SUZANNE FRANK

Das Geheimnis von Alexandria

Buch

Wer tötete Kleopatra? Eigenartige Nachrichten aus der Vergangenheit erreichen die junge Wissenschaftlerin Zimona. Sie kommen aus der berühmten Stadt Alexandria, die einmal das Gedächtnis der Menschheit, die große Bibliothek, beherbergte. Kann es sein, dass die Geschichtsschreiber sich irren, wenn sie behaupten, dass Kleopatra sich selbst nach dem Fall ihrer Stadt und dem Tod ihres Geliebten Marcus Antonius durch einen Natternbiss tötete?

Zimona erhält den Auftrag, in Alexandria den wahren Ablauf der Ereignisse zu protokollieren, denn sie ist eine »Schattenspringerin« – sie kann durch Zeit und Raum reisen. Schon bei ihrem ersten Blick auf die letzte der großen Ptolemäerinnen, Kleopatra VII., und ihre lebenslustige, bunte Stadt Alexandria spürt sie, dass dieser Auftrag anders ist als jede Zeitreise zuvor. Aus dem Verborgenen verfolgt Zimona die Pharaonin in ihren letzten Stunden, beobachtet ihre Trauer, ihre Würde, ihre Intelligenz und ihren Charme. Bald reift in ihr eine folgenschwere Entscheidung: Vielleicht lässt sich der unausweichliche Untergang Alexandrias und seiner kostbaren Bibliothek verhindern. Kann Zimona mit Hilfe von Antyllus, dem gut aussehenden Sohn von Marcus Antonius, dem geschichtlichen Verlauf eine neue Wendung geben? Aber Antyllus scheint der schönen Fremden mit den eigenartigen Gewohnheiten zutiefst zu misstrauen...

Autorin

Suzanne Frank arbeitete als Journalistin und in der Modebranche, bis sie auf ihren zahlreichen Reisen durch Europa und Ägypten die Inspiration für ihr großes Zeitreisen-Quartett bekam, das auf Anhieb zu einem großen internationalen Erfolg wurde. Wenn sie nicht an der Universität unterrichtet, widmet sie sich dem Schreiben und veröffentlicht unter ihrem Pseudonym Chloe Green auch romantische Kriminalromane. Suzanne Frank lebt in Texas.

Von Suzanne Frank bereits erschienen:

Das große Zeitreise-Quartett: Die Prophetin von Luxor (35511) – Die Seherin von Knossos (35704) – Die Hüterin von Jericho (35611) – Die Händlerin von Babylon (36174)

Suzanne Frank

Das Geheimnis von Alexandria

Roman

Aus dem Amerikanischen
von Christoph Göhler

blanvalet

Umwelthinweis:
Alle bedruckten Materialien dieses Taschenbuches
sind chlorfrei und umweltschonend.

Der Blanvalet Verlag ist ein Unternehmen
der Verlagsgruppe Random House GmbH.

Einmalige Sonderausgabe Oktober 2005

Published by arrangement with J. Suzanne Frank
Dieses Werk wurde vermittelt von der Literarischen Agentur
Thomas Schlück, Garbsen
Umschlaggestaltung: Design Team München
Umschlagmotiv: Corbis, Bridgeman Art Library, Sir
Lawrence Alma Tadema
Druck: GGP Media GmbH, Pößneck
Titelnummer: 36418
ES · Herstellung: LW
Made in Germany
ISBN 3-442-36418-3
www.blanvalet-verlag.de

Für Peter

Geschichten erzählen ist niemals ein unschuldiges Geschäft
Lucy Hughes-Hallett

»Schattenspringer, die Elitetruppe unter den Historikern, übernehmen nur die mysteriösesten, gefährlichsten Aufträge. Dabei müssen sie leibhaftig in die Geschichte eintreten und mit eigenen Augen beobachten, wie sich die Wahrheit entfaltet.«

Dieses Zitat aus einem Unterrichts-Viz schoss mir durch den Kopf, als die Welt aus meinem Bewusstsein entschwand.

Denn ich bin eine Schattenspringerin.

Schattenspringen hat nichts mit einer physischen Ortsveränderung zu tun; es ist eher so, dass das Bewusstsein neu ausgerichtet wird und das Fleisch dabei einfach mitgenommen wird. Die Zeit ist kein fester Ort, sie besteht aus unendlich vielen Punkten, die gemeinsam einen größeren Punkt bilden; aus Millionen von Fäden, die zusammen ein festes Garn ergeben; sie ist wie ein geschliffener Edelstein, der jedes Bild in ein Kaleidoskop von Facetten aufbricht.

Und all diese zahllosen Punkte, Fäden, Facetten sind unvergänglich.

Meine Aufgabe war es, einen bestimmten Punkt zu finden, einen bestimmten Faden aufzunehmen, durch eine bestimmte Facette zu blicken.

Ich brauchte nur in Erfahrung zu bringen, wer es getan hatte, wer den berühmtesten Selbstmord der Geschichte in Szene gesetzt hatte.

Wer hatte Kleopatra ermordet?

Um das herauszufinden, musste ich mich in ihre Zeit zurückversetzen, musste ich jene Augenblicke miterleben, in denen sie gesund und munter in ihrem Palast am Meer Pläne geschmiedet und Intrigen gesponnen hatte. Ich musste Kleopatra bespitzeln, ich musste beobachten, wer ihr nahe gewesen war, und ich musste feststellen, wer zuletzt das seidene Band um ihren Hals geknotet hatte. Und all das würde ich in Erfahrung bringen, indem ich auf meinem Beobachtungsposten im Schatten ausharrte.

Das Bild Alexandrias mit seinem hohen, blinkenden Leuchtturm, dem mächtigen Museion, den marmorgepflasterten Fahrstraßen und der glühenden Mittelmeersonne begann mich zu erfüllen. Immer deutlicher sah ich mich in meinem Jeansoverall und meinen dunklen Zöpfen in der Stadt stehen. Ich begann das Sprachengewirr zu hören, das diese äußerst kultivierte internationale Metropole erfüllte – Persisch, Griechisch, Hebräisch, Aramäisch, Latein. Der Duft von Obst und Blumen stieg mir in die Nase, und ich atmete ihn lustvoll ein, tiefer und tiefer sinkend, bis ich warmes Gras unter meinen Füßen spürte – und die Sonne in meinem Haar.

Alexandria, 30 vor Christus.

Mission: Kleopatra
Erster Teil

View of Alexandria.

1. Kapitel

Set Eins

Ich stand in einem Hain, einem Garten, wo die helle Nachmittagssonne auf den Rasen strahlte. Im ersten Moment konnte ich mich nur staunend umsehen. So hatte die Welt früher also ausgesehen? Der Himmel war blau, unbefleckt und endlos. Die Baumrinde unter meinen Fingern war rau, das Gras unter meinen Füßen samtig weich.

»Die haben nicht übertrieben«, murmelte ich vor mich hin. Meine Kollegen hatten mir prophezeit, dass die Teknologie entscheidende Fortschritte gemacht hatte.

Als ich mit dem Schattenspringen angefangen hatte, war der Besuch in einer anderen Zeit und an einem anderen Ort mit dem Blick durch eine Infrarotkamera vergleichbar gewesen. Wir hatten nur Silhouetten beobachtet und unsere Zielobjekte anhand ihres persönlichen Wärme-Indexes identifiziert (kaum zu glauben, was man aus einem DNA-Code alles herauslesen kann). Bei meinem letzten Sprung hatte ich mich schon gefühlt, als wäre ich in ein Vizual getreten. Die dritte Dimension hatte verzerrt gewirkt, die Farben waren wie in Technicolor, und alle Bewegungen ruckartig wie bei einer schlechten Computersimulation. Mundbewegungen und Worte stimmten nicht überein. Das Timing hinkte.

Dies hier war beinahe real. Nein, es war real, nur nicht für mich.

Meinen Berechnungen nach schrieben wir den ersten August 30 vor Christus, gegen 16:00 Uhr. Es hatte schätzungsweise zweiunddreißig Grad Celsius, was mir ein bisschen kühl vorkam, für die damalige Zeit wahrscheinlich aber warm war. Damals hatte die Erde noch eine Ozonschicht.

»*Zimona 46723904.alpha?*«, rief mich Flore, meine Verbindungsoffizierin.

»*Ich höre*«, antwortete ich.

»*Wie sieht's aus?*«

»*Saubere Ankunft. Niemand zu sehen.*«

»*In welche Richtung siehst du?*«

Ich blickte kurz auf mein Universalortungssystem. »*Nach Südosten. Ich kann eine Mauer sehen.*« Ich konnte die Mauer sogar sehr genau sehen. Inklusive Spalten, Rissen und Flechten. »*Der Schleier ist praktisch durchsichtig.*«

»*Wir haben dich geortet. Du befindest dich im Palastviertel, im äußersten südöstlichen Quadranten.*«

»*Ich gebe Bescheid, sobald das Zielobjekt gesichtet wurde.*«

»*Meldung bestätigt, Zimona 46723904.alpha.*«

Wir Schattenspringer lassen uns von dem Deenah-(DNA-)-Code unserer Zielperson leiten wie von einem Radarstrahl, und ich hatte Kleopatras. Kurz vor der letzten großen Schlacht in den arabischen Weltkriegen hatten Archäologen bei Ausgrabungen in Alexandria zwei Leichname aus der entsprechenden Zeit mitsamt den dazugehörigen Grabbeigaben zutage gefördert. Einer davon war weiblich gewesen. Die Archäologen hatten die Leiche Kleopatra getauft. Dadurch hatte ich ihren Deenah-Code.

Mein Kollege Kelp hatte mir eine Liste von Pflanzen mitgegeben, von denen er Proben brauchte oder haben wollte. Ich sah mich um. Eine graubraune Palme neigte sich über ein Narzissenbeet, und wilde Rosen überwucherten in dorniger Schönheit ein Säulenpaar, zwischen dem sich eine halb verfallene Statue erhob. Ich stand inmitten eines Büschels von Pelargonien, an denen sich Sternjasmin emporrankte.

Kelp wollte alle davon haben, aber ich würde aus dem Schleier treten müssen, um die Proben zu nehmen. Wenn ich sie andererseits nicht einsammelte, würde ich 1. einen weiteren Problematik-Vermerk in meiner Akte kassieren, und wir würden 2. nie graubraune Palmen, Narzissen, wilde Rosen oder Sternjasmin in meiner Welt bekommen.

Ich atmete tief durch und trat hinter dem Schleier hervor. Es gibt einen Haufen Erklärungen in Tek-Sprech über das Schleiern, wie es funktioniert, was es bewirkt. Im Grunde ist der Schleier einfach eine Art Tarnkappe, die den Träger unsichtbar macht. Unter dem Schleier kann man mich weder sehen noch verletzen. Erst wenn ich heraustrete, nehmen mich die Menschen in ihrer Zeit wahr, und ich bin genauso verletzlich wie jeder andere.

Aber ohne etwas zu berühren kann man keinen Deenah-Scan nehmen.

Innerhalb weniger Sekunden hatte ich den Schleier wieder zugezogen, die Scans in meinem Handgelenkholster gespeichert und die zukünftige Existenz von Palmen und Rosen gesichert.

Die Säulen trugen den Namen von Thutmosis III., und die abgebrochene Statue sollte Merkur darstellen, dem aber ein beflügelter Fuß sowie ein Teil seines Gesichtes fehlte. Ich meinte jenseits der Mauer Wellen klatschen zu hören – ich war demnach am Fuß der Halbinsel gelandet, auf der sich der Königspalast befand.

Rechts von mir watschelten ein paar Enten durch einen ausgetrockneten Teich. Ich sah kurz auf der Liste nach. An Enten war Kelp nicht interessiert. Dreißig Schritte hinter den Enten erkannte ich zwischen den Bäumen einen Säulenvorbau.

Das Palastviertel, Brucheion genannt, umfasste das Museion, die Mausoleen und das Soma, wo der Leichnam von Alexander dem Großen ruhte.

»*Zimona*«, meldete sich Herzog. »*Kannst du sie sehen?*«

Herzog ist mein Vorgesetzter im Institut, aber wir sind beide Fans der GBA – der Großen Bibliothek von Alexandria. Schon beim Wort »sie« war mir klar, dass er von den Überresten der berühmten Bibliothek sprach. Unseren historischen Quellen zufolge hatte Julius Cäsar sie zwanzig Jahre zuvor niedergebrannt. Ein Detail, das er in seinen Memoiren zu erwähnen vergessen hatte.

»*Nach wie vor im Garten. Ein Irrsinn – überall blühen Bäume und Blumen!*« Ich konnte immer noch nicht fassen, wie beeindruckend dünn der Schleier war. Ich konnte praktisch alles sehen. Pfade, gepflastert mit rotem Granit und grauem Mörtel – ein überlieferter ptolemäischer Brauch – wanden sich zwischen schimmernden Teichen und Steinbänken hindurch. Dazwischen standen vereinzelt Statuen, teils ägyptisch, teils griechisch, manche noch praktisch unbeschädigt, andere mit dem Namen bekannter Pharaonenherrscher versehen. »*Die Vegetation ist ausgesprochen üppig.*«

»*Gras und Himmel?*«, fragte Herzog.

Seit beides im Krieg vernichtet wurde, sind sie die begehrtesten künstlich hergestellten Produkte in meiner Welt. Das Gras war weich und nachgiebig und sonnenwarm, nur unter den Bäumen fühlte es sich kühler und leicht feucht an. »*Ein Genuss, darauf zu gehen.*« Ein roter Käfer mit schwarzen Tupfen krabbelte über meinen Zeh. »*Haben wir noch Marienkäfer?*«, fragte ich Herzog.

»*Ausgelöscht*«, war die Antwort.

»*Nicht mehr*«, sagte ich. Ich würde einen Scan nehmen.

»*Sind das Vögel?*«, fragte er. »*Im Hintergrund?*«

»*Aller Art*«, bestätigte ich. In unserer Welt gibt es nur noch starenähnliche Grackeln und künstliche Nachtigallen. Aber hier … hier … Ich schaute über die Schulter den Pfad zurück. »*Alles kommt mir so verlassen vor. Ich folge dem Deenah-Code durch den Garten. Sobald ich etwas von der Bibliothek sehe oder höre, gebe ich dir Bescheid.*«

»Hol dir keinen Sonnenbrand«, sagte er. *»Herzog Ende.«*

Ich lachte. Einen Sonnenbrand konnte ich mir keinesfalls holen, denn wir aus der Alpha-Generation sind dunkelhäutiger, um vor dem aggressiven Sonnenlicht geschützt zu sein, falls jemand so dumm sein sollte, aus der Kuppel herauszutreten. Dabei sind wir aber immer noch so hellhäutig, dass unsere Haut die Vitamine aus dem Sonnenlicht filtern kann. Ich hatte das Gefühl, just in diesem Moment unter der goldenen Wärme auf meinem Kopf und meinen Schultern neue Energien zu tanken. Ich folgte einem Pfad, der sich durch Gruppen von Schatten spendenden oder Obst tragenden Bäumen auf eine Rasenfläche zuschlängelte.

Zu meiner Linken erhob sich das Alte Ägypten in Form eines Tempels in bunter, prunkvoller Pracht. Zur Rechten wuchs ein griechischer Säulenportikus mit einem golden und rosa getönten Fresko in die Höhe. Geradeaus, der Landspitze zu, erblickte ich einen weiteren griechischen Bau. Und dahinter wiederum ein Haus mit Ecktürmen, Pylonen genannt, im Stil des ägyptischen Neuen Königreiches auf der einen Seite, eine Rotunde auf der anderen Seite und einen riesigen sitzenden Pharao dazwischen.

»Historiker-Logbuch: Blickfeld umfasst Querschnitt durch verschiedenste antike Architekturstile.«

Der Anblick war berauschend, aber ich musste meine Zielperson aufspüren und hatte keine Zeit, müßig durch die Gärten zu wandeln. Immerhin stand eine friedliche Invasion auf dem Programm. Und gleichzeitig griff in diesem Moment irgendwo ein noch unbekannter Mörder nach seiner Waffe und nahm die Verfolgung seines Opfers auf.

Unter dem Schatten von Palmen und Bergahornbäumen eilte ich in Richtung Norden. Gebäude, teils in verspielt griechischem, teils in authentisch ägyptischem Stil, quadratisch, rechteckig oder rund, ragten zwischen Obelisken, sitzenden Widdern, Sphinxen und zahllosen Königsstatuen auf.

Ramses der Große blickte von einer langen, offenen Galerie herab; er schien über einen kleinen Tempel aus glattem grünem und rauem schwarzem Stein zu lächeln, ein Monument zu Ehren von Arsinoë der Dritten.

Immer noch war ich keinem Menschen begegnet. Nicht einmal einer menschlichen Spur. Inzwischen befand ich mich auf einer kleinen Landzunge seitlich an der Halbinsel und konnte etwas Blaues zwischen den Gebäuden blitzen sehen – das Meer – und jenseits der Bucht – »Der Pharos!« Ich schlug mir die Hand auf den Mund und blinzelte ungläubig.

Das siebte Weltwunder der Antike, der Leuchtturm von Alexandria. Auf allen mir bekannten Bildern war er weiß dargestellt. Stattdessen setzte er sich aus einer bunten Anhäufung von rosa, roten, lila und weißen Abschnitten zusammen. In den verschiedensten Formen. Ganz oben wurde ein lila Minarett von einer goldenen Wetterfahne gekrönt. Mein Blick glitt an dem obersten, rosa Abschnitt mit den runden Mauern abwärts zum nächsten, sechseckigen Teil, wo ein Muster aus weißen und rosa glitzernden Steinen in die Mauern eingebettet war. Ein großer, fester, quadratischer Klotz in Weiß mit vereinzelten, rosa funkelnden Ornamenten stellte die Basis dar. Vor dem Pharos, das Gesicht dem Meer zugewandt, standen Statuen mit einer ägyptischen Krone.

Der Pharos befand sich auf einer Insel, ebenfalls Pharos genannt, die durch einen langen Deich mit dem Festland verbunden war, wodurch die Küste in den Osthafen, auch Großer Hafen genannt, und den Westhafen geteilt wurde.

Und hinter dem Leuchtturm konnte ich Schiffe sehen. Römische Schiffe.

Natürlich war viel über diese Flotte geschrieben worden, trotzdem war ich unwillkürlich stolz, dass ich mit eigenen Augen jene Instrumente sehen durfte, mit denen die *Pax Romana* durchgesetzt worden war. Von diesem Zeitpunkt an hatte sich Oktavian, der sich später Cäsar Augustus nennen sollte, für einen festen Kurs entschieden, um Ordnung in die Welt zu bringen, und zwar in Gestalt von sicheren Reisewegen, schnurgeraden Straßen und einer gemeinsamen Sprache.

Mir fiel auf, dass die Mauer rings um den kleinen Landvorsprung an einem Tempel endete, der einem der zahllosen Ptolemäer gewidmet war. Die Gebäude daneben standen so nah am Meeresrand, dass die Marmortreppen im Wasser verschwanden. In einem Weiher gleich hinter dem Strand wuchs Papyrus, das ich allerdings nur aufgrund der entsprechenden Hieroglyphe erkannte.

Kleopatra befand sich vor mir. Im Norden, weiter oben auf der Halbinsel.

Mein Blick kehrte zu den Schiffen zurück. Die römischen Schiffe blockierten diesen Hafen, den Großen Hafen, vollkommen, und hinter der Insel Pharos konnte ich erkennen, dass sie auch den westlichen Hafen Eunostos gesperrt hatten.

Wie wir aus historischen Quellen wussten, war die gemeinsame Flotte von Antonius und Kleopatra an diesem Morgen in die Schlacht gesegelt, scheinbar um gegen Oktavian zu kämpfen – und hatte sich sofort dem Feind zu ergeben, sobald die Schiffe außer Reichweite der eigenen Bogenschützen waren. Danach hatte sie sich den angreifenden Römern angeschlossen und war vereint mit deren Flotte wieder in den Hafen eingelaufen.

Trotzdem sah ich im Hafen ägyptische Schiffe, den Bug wartend der See zugewandt. Rot und gold wölbten sich die Segel mit dem Ptolemäer-Emblem; schwarz und gold glitzerte das ägyptische Horusauge am polierten Bug. Sie bewachten Alexandria und überwachten das Meer. In Erwartung eines Angriffs?

Vielleicht hatten sich meine römischen Quellen getäuscht, was die Einzelheiten der Flottenkapitulation betraf. Die Invasion von Alexandria hatte sich in einer Zeit der Wirren ereignet, und die meisten der Schreiber und Historiker, deren Berichte bis in meine Zeit überdauert hatten, hatten ihre Erlebnisse erst niedergeschrieben, nachdem Oktavian längst zum Imperator gekrönt worden war.

Vielleicht hatten sie die Abend- und nicht die Morgendämmerung gemeint, obwohl die lateinischen Begriffe – *Crepescule* und *Aurora* – kaum zu verwechseln waren.

Jenseits des Tempels entdeckte ich so etwas wie einen Palast. Das Gebäude mit dem Säulenvorbau war dem Meer zugewandt. Vorhänge wehten aus den offenen Türen. Nur Menschen waren keine zu sehen. Hielten sie alle Siesta, oder waren sie bereits in Gefangenschaft geraten? Ich huschte über die Marmorstufen, wo mein Blick auf die in der Sonne dösenden Katzen und die Schildkröten am Meeresufer fiel. Tiefer Friede lag über der Szenerie. Es war bekannt, dass Oktavians Invasion friedlich und blutlos verlaufen war, aber war es möglich, dass die Ägypter sie einfach verschlafen hatten? Lächelnd ging ich weiter.

An einem kleinen, eleganten Tempel hielt ich inne. Er war Isis-Aphrodite und Bes, der alten ägyptischen Göttin der Geburt, geweiht und mit einer Inschrift versehen, derzufolge Julius Cäsar ihn gestiftet hatte. Die Behauptung, dass Kleopatra Cäsar einen Sohn geboren hätte, war nie verifiziert worden.

Kleopatras Mausoleum lag, soweit wir wussten, direkt neben einem Isis-Tempel. Ein von Palmen gesäumter Fußweg führte von hier aus weiter zur Spitze der Halbinsel. Ich ging darauf zu, hielt dann aber inne.

Direkt am blauen Meer, umgeben von verdorrten Gärten kauerte eine Rotunde mit einer Facettenkuppel. Ein Säulengang aus Porphyr- und Marmorsäulen lief um das Gebäude herum. Die Säulen waren oben dunkler und unten fast weiß. In der Dämmerung musste es so aussehen, als würde das Gebäude in der Luft schweben.

Ich war am Meer angekommen; das musste Kleopatras Mausoleum sein.

Nur dass der Überlieferung zufolge Kleopatra wegen eines Fensters zu Tode gekommen war. Ich machte mich auf den Weg um das Gebäude herum. Hier gab es keine Fenster im engeren Sinne, denn die Kuppel war angehoben und ruhte auf einer Reihe von Säulen, wodurch ein Lichtgaden zwischen Dach und Seitenwänden geschaffen wurde. Natürlich war, im römischen Architekturverständnis, dieser Luftspalt ein Fenster.

Die einzige Tür war acht Meter hoch und bestand aus glatt poliertem Zedernholz.

Ich ging weiter um das Gebäude herum, bis ich es entdeckt hatte: knallrot, direkt unter zwei Säulen unterhalb der Kuppel. Ein blutiges Leuchtfeuer, an dem sich die Römer orientieren konnten. Als ich mich umsah, entdeckte ich auch eine Leiter, die versteckt im Schatten an einem Baum lehnte.

Kein Wunder, dass Oktavians Männer gewusst hatten, wo sie sich versteckt hatte und wie man in das Mausoleum kam. Kleopatra hatte sich durch ihre eigene Sorglosigkeit verraten – sie hatte den Fenstersims nicht abgewaschen.

Ich schaute kurz auf mein Handgelenk; die Person mit Kleopatras Deenah-Code befand sich in diesem Gebäude.

Schattenspringer sind – gewöhnlich – unsichtbar für die Welt, die sie besuchen, aber gewichtslos sind wir nicht. Und wir können Blut verschmieren. Ich beschloss, dass es besser wäre, das blutige Fenster zu meiden.

Meine Aufgabe war es, die Geschichte zu beobachten, nicht sie zu verändern. Nicht dass das einem einzelnen Menschen wirklich möglich gewesen war, und wenn, dann höchstens an einem geschichtlichen Gabelungspunkt. Trotzdem waren GPs nicht immer leicht zu erkennen, und ich konnte nicht ausschließen, dass die Römer, wenn ich das Blut verwischen würde, vielleicht nicht wüssten, wie sie ins Gebäude klettern und zur Königin gelangen konnten, und dann – kurz und gut, ich konnte die Geschichte damit ganz schön aus der Bahn werfen. Nicht auf Dauer, das Ergebnis wäre auf jeden Fall dasselbe – denn die Geschichte schützt sich selbst, genau wie Mutter Natur –, aber doch so weit, dass ich mir einen weiteren Problematikvermerk einhandeln würde.

Und drei Problematik-Vermerke ergeben einen Kausativ-Vermerk.

Und dreimal Kausativ … Nein, darüber wollte ich lieber nicht nachdenken.

Ich musste auf Position gehen; der Zeitpunkt für Kleopatras Verhaftung stand kurz bevor.

Mit ein paar Sätzen war ich die acht Meter hohe Wand hinaufgeeilt und hockte zwischen zwei Säulen, von wo aus ich ins Innere des Gebäudes sehen konnte.

So hatte ich mir das vorgestellt.

Luxus. Verschwendung. Orientalische Exotik.

Kleopatras Ägypten.

Ich musste die Augen zusammenkneifen, so blendete mich der Glanz der Sonne auf dem Gold. Statuen von Kleopatra und Antonius, sieben Meter groß und ganz in Gold gefasst, flankierten einen reich geschmückten Altar. Köstliche Düfte würzten die Luft, und faustgroße Türkise und Smaragde blinkten an Elfenbeinschatullen. Rund um Körbe voller Geschmeide häuften sich Tierfelle, gestreift, getüpfelt oder gefleckt.

Kisten, mit Juwelen besetzt und mit Gold beschlagen, waren nachlässig aufeinander gestapelt worden. Ein wenig abseits standen alabasterne Lampenhalter, bronzene und goldene Weihrauchplatten, Statuen von Isis-Aphrodite und Osiris-Dionysos; Kissen, Teppiche, seidene Gobelins, Amphoren, intarsienverzierte Tische und Stühle, Kisten, Rüstungen, alles verstreut, umgeworfen – entweder konnten sich Kleopatra und Antonius kein Leben ohne all diese Reichtümer vorstellen, oder es handelte sich um Grabbeigaben.

An der gegenüberliegenden Seite gab es eine Art Galerie, die über eine Treppe mit dem Erdgeschoss verbunden war.

Dort war Kleopatra.

Ich beugte mich weiter vor. In der Mitte der Galerie thronte ein goldenes Bett mit geschnitzten Klauenfüßen und Löwenkopfpfosten, von dessen Himmel ein durchsichtiges Tuch in schimmernden Pastellfarben hing. Dem Bett gegenüber stand eine aus Olivenholz geschnitzte, lebensgroße Anziehpuppe, auf deren Kopf die gold-silberne Krone mit Geier und sich krümmender Schlange saß, die im Alten Ägypten als Herrschersymbol galt. Das Gewand, das an der Puppe hing, war eher griechisch und um Brust und Taille mit Bändern in ägyptischem Blau und Rot geschnürt.

Zu Füßen der Puppe saß eine Katze mit goldenem Ohrring und leckte sich die Pfote.

»Das ist nicht königlich genug«, sagte eine feierliche Stimme mit wohlbedachter Kühle und Würde. »Nimm ein anderes.«

»Möchtest du lieber Neid oder Mitleid erwecken?« Die zweite Stimme klang lieblich, aber längst nicht so voll und herrschaftlich wie die erste. Trotzdem sah ich Kleopatra, jene Statue, die ich schon tausendfach angeschaut hatte, in Fleisch und Blut vor mir stehen und sprechen. Den Arm voller Kleidungsstücke, stand sie vor dem Bett.

Eine Schwarze mit hagerem Gesicht und Hakennase streifte der Puppe ein neues Gewand über – einfarbig und hoch unter der Brust geschnürt. Es war von einem Grabgemälde kopiert worden.

»Nein.« Auf dem Bett ruhte eine dritte Frau. Sie hatte mir den Rücken zugewandt. Sie wurde offenbar bedient, aber… von Kleopatra?

Ein paar Sekunden später war ich die Innenwand hinabgeklettert und stand unterhalb der Galerie. Unten war die Luft geschwängert mit dem Duft von Zimt und Cumin und etwas anderem, von dem ich nie geahnt hatte, dass es überhaupt einen Duft hatte: Gold. So viel Gold hatte einen ganz eigenen Geruch. Der Boden war bedeckt mit Teppichen, die über goldene und emaillierte Fliesen gebreitet worden waren. Ein mit Gold beschlagener Fries mit griechischen und demotischen Gebeten an Isis und Serapis zog sich ein Mal rund um den Raum.

Der von Goldbarren umzäunte Schatzhaufen überragte mich um einen vollen Meter. Und dafür waren zahllose Kriege geführt worden? Ganz hübsch, aber eindeutig kein Menschenleben wert.

Sämtliche Schätze – Juwelen, Gewürze, Felle, Münzen – lagen wie auf einem Scheiterhaufen, der nur auf eine Flamme wartete. Damit hatte Kleopatra Oktavian gedroht: Lieber würde sie ihre

Besitztümer verbrennen, als sie ihm zu überlassen. Sie hatte sich der Invasion der Römer um keinen Preis beugen wollen.

Die Kuppel aus rosa getöntem Alabaster tauchte das ganze Bild in ein warmes Licht. Katzen dösten an lebensgroßen Statuen von Arsinoë der Zweiten, Ptolemäus dem Sechsten und Julius Cäsar – dem lebensgroßen Abbild eines jugendlichen, gut gebauten Mannes. Es gab auch eine Statue von Kleopatra, das Gesicht, das ich eben gesehen hatte, auf einem nackten Körper, der ein zeitloses Bild der Perfektion darstellte.

Womit ich wieder bei dem Gesicht angekommen war, das ich eben gesehen hatte; Kleopatra bediente eine andere? Das widersprach allem, was ich von der verwöhnten Königin vom Nil erwartet hatte.

Drei Zedernholzstufen auf einmal nehmend, schlich ich mich dicht an der Balustrade auf die Empore. Die Katze hielt im Pfotenlecken inne und stellte den Fuß ab, um mich aus zusammengekniffenen Augen zu beobachten. Mitunter können Tiere und Kinder einen Schattenspringer spüren.

Die beiden Frauen eilten hin und her, mit immer neuen Kostümen und Schmuckschatullen beladen. »Isis wird dir helfen«, sagte das Kleopatra-Gesicht zu der Frau auf dem Bett.

»Wirklich?« Die Frau auf dem Bett lachte. »Dann wollen wir hoffen, dass sie sich bald zeigt und mir verrät, welchen Plunder ich Oktavian anbieten kann, damit er das Leben meines Mannes, meiner Kinder und mich selbst verschont.« Die bezaubernde Stimme klang melancholisch, beinahe gelangweilt.

Die Statuen-Kleopatra tauschte einen verärgerten Blick mit der Nubierin.

Die Katze tappte auf leisen Pfoten zu mir her. Sie rieb sich an meinem Bein, presste ihren Kopf gegen meinen Fuß, und ich bedauerte, sie nicht streicheln zu können.

»Bastet, komm her«, rief die Nubierin die Katze, hob sie auf und ging mit ihr weg. Um ein Haar hätte sie mich dabei berührt. Ich hüpfte auf die Balustrade und balancierte darauf nach vorn, um die Frau auf dem Bett besser sehen zu können.

Dies war das Mausoleum. Dies war der Tag der Invasion. Nur noch ein paar Stunden, dann würden Oktavians Soldaten hier eindringen, den Schatz rauben und Kleopatra wegtragen. Aber irgendwas fehlte, ein Detail, irgendetwas –

Blut.

Ich konnte überhaupt kein Blut riechen. Dabei war das Fenster blutverschmiert. Eigentlich hätte Mark Antons Leichnam hier sein müssen. Kleopatra hätte den Tod ihres Seelenverwandten beklagen und sich vor Trauer auf die Brust schlagen sollen.

Stattdessen lagerte sie friedlich in der Nachmittagsruhe in diesem griechischen Tempel und überlegte, was sie abends anziehen sollte? War diese so gar nicht kriegerische Einstellung der Grund dafür, dass Kleopatra den Krieg verloren hatte? Oder hatte sie den tapferen Römer nie geliebt, sondern ihn nur benutzt, genau wie sie zuvor Cäsar benutzt hatte? Und jetzt, nach seinem Tod, das Theaterspielen aufgegeben?

Ich fasste an meine Glücksperlen und stellte fest, dass ich vor lauter Begeisterung über die neue Teknik vergessen hatte, sie anzulegen. Sie sind ein Kausativ – wie alles, das nur ein einziger Mensch besitzt –, aber alle Einsätze, auf denen ich sie nicht getragen habe, endeten katastrophal.

So katastrophal wie eine Hexenverbrennung bei lebendigem Leibe.

Ich zog sie aus meiner Wadentasche und legte sie an. Drei Reihen tahitianischer schwarzer Perlen. Meine Biomutter hatte sie mir zu meinem sechzehnten Geburtstag überbringen lassen. Ich musste sie auf meine Einsätze schmuggeln.

Ich fummelte am Verschluss, um sie anzulegen.

»*Zielperson erreicht*«, meldete ich danach. »*Aber die Situation entspricht ganz und gar nicht den Erwartungen.*«

»*Zimona, wie meinst du das?*«

»*Man hat überhaupt nicht den Eindruck, dass sie ihren Selbstmord plant; oder aber sie ist eine Mörderin kurz vor dem Zuschlagen.*«

»*Du hast das Viz gesehen*«, sagte Flore.

»*Ich weiß schon, mit dem Beweis, dass Kleopatra erwürgt wurde.*« Darin hatte sie teilnahmslos dagelegen, während ihr Gesicht blau angelaufen war.

»*Wir wissen also definitiv, dass sie nicht durch eine eingeschmuggelte Giftschlange starb.*«

Darum war ich hier – um die Wahrheit zu ergründen. Wer hatte Kleopatra ermordet?

»Versucht es mit dem Nilgrünen«, befahl die vornehme Stimme.

»*Zimona alpha ... Ende.*«

Ich drehte mich zu der Frau auf dem Bett um.

Zu den ersten und wichtigsten Lektionen für einen Schattenspringer gehört, stets auf Überraschungen gefasst zu sein. Deswegen wählen JWB als Schattenspringer ausschließlich Kandidaten aus, die ihr Adrenalin kontrollieren können. Wer den primitiven Kampf-oder-Flucht-Instinkt unterdrücken kann, kann entschiedener agieren und klarer denken. Ich blinzelte, starrte wie gebannt geradeaus und war dankbar dafür, dass ich diesen Angst- oder Begeisterungsschub beherrschen kann, der oft so törichte Reaktionen auslöst.

Andernfalls wäre ich von der Brüstung gefallen.

Die Geschichte hatte uns Lügen aufgetischt. Kleopatra war wunderschön.

Züge, die in Stein so kalt wirkten, waren in Fleisch und Blut leidenschaftlich und bezaubernd. Die Nase, die auf einer Statue klobig und bäuerlich aussah, wirkte unter der warmen, nussbraunen Haut herrschaftlich, königlich und sinnlich. Lange, dunkle, geschwungene Wimpern umrahmten schiefergraue Augen, die einem in die Seele blicken konnten.

Wir hatten Kleopatra ins Gesicht geblickt, aber wir hatten sie nie wirklich *gesehen*.

Der zweite Eindruck war, dass Kleopatra VII. Thea Philopater, Philadelphus, Thea Neotera, Regina Regum Filiorum Regum, die gefürchtete Schlangenkönigin vom Nil, den Körper einer Göttin hatte. Es war beinahe unmöglich, den Blick von ihr abzuwenden. Die Luft selbst schien wie hypnotisiert um sie herumzutanzen.

»Vielleicht würde meine göttliche Mutter«, fuhr Kleopatra fort, »vorschlagen, dass ich mir einen weiteren Römer ins Bett hole?« Sie seufzte. »Aristoteles hat einst behauptet, jedes Drama hätte drei Teile. Drei Akte. In meinem Leben gibt es Akt eins – der glorreiche Cäsar, Mentor und Geliebter. Akt zwei –« ihre Stimme klang gepresst, aber sie sprach trotzdem weiter – »General Marcus Antonius. Soll der dritte Akt etwa jene Frau zeigen, die von Oktavian begehrt wird und die dadurch für weitere zwei, fünf, fünfzehn Jahre Ägyptens Freiheit erkauft? Soll ich zu guter Letzt das werden, was ganz Rom mir unterstellt?«

»Herr –«

Die andere Frau musste Kleopatras Schwester sein. Sie hatte Kleopatras Gesicht, aber es war jenes Gesicht, das die Nachwelt kannte, in Stein gemeißelt, ohne die Beseeltheit, ohne das Selbstbewusstsein des Originals. Die Nase der anderen Frau wirkte übergroß, ihr Mund missbilligend, ihr Blick unruhig.

»Du hast alles getan, was du tun konntest«, sagte sie mit mitleidigem Lächeln.

Kleopatra entstammte einer riesigen Familie, in der immer wieder dieselben Namen verwendet wurden. Selbst Historiker verheddern sich bisweilen in den langen Ketten von Berenikes, Kleopatras, Arsinoës und Ptolemäen, die sich durch die dreihundertjährige Herrschaft der Ptolemäer ziehen. Sogar unter den direkten Geschwistern dieser Kleopatra gab es eine älteste Schwester, die ebenfalls Kleopatra hieß, aber – zur großen Erleichterung der Historiker – schon als Kind gestorben war.

Berenike, die jüngere Schwester Kleopatras, war von ihrem eigenen Vater vor der versammelten Familie als Verräterin umgebracht worden. Nachdem Julius Cäsar für Kleopatra VII. Partei ergriffen hatte, hatte die nunmehrige Herrscherin über Ägypten ihre jüngere Schwester Arsinoë nach Rom geschickt, wo sie als Symbol für Julius' Sieg im Triumphzug mitmarschieren musste. Mark Anton hatte diese Arsinoë später umbringen lassen, ebenfalls als angebliche Verräterin. Kleopatras Ptolemäer-Brüder waren allesamt auf unglückselige und teils höchst verdächtige Weise aus dem Leben geschieden.

Zum jetzigen Zeitpunkt waren keine weiteren lebenden Ptolemäer mehr überliefert. Vielleicht war »überliefert« das Schlüsselwort in diesem Satz, denn die beiden Frauen vor mir waren sich eindeutig nahe, genetisch gesprochen. Spiegelbilder, von denen eines perfekt war, das andere aber wie ein fleckiger Spiegel die Makel hervorhob.

Wer war die andere Frau?

Die Kleopatra auf dem Bett war ganz eindeutig das Vorbild für die Statue unten im Gebäude. Cäsar hatte ihr Abbild in einem Tempelschrein auf dem Kapitolshügel aufstellen lassen, wo sie die Venus verkörperte. Seit ich sie gesehen hatte, konnte ich verstehen, warum Julius sie als Liebesgöttin betrachtet hatte. Jeder einzelne Muskel bewegte sich geschmeidig unter ihrer Haut, die sich nach Berührung zu verzehren schien; jede einzelne Wölbung ihres Körpers wirkte perfekt.

»Unsinn, Iras, Alexander dem Großen wäre etwas eingefallen.«

Die beiden anderen Frauen wechselten einen mitleidigen Blick.

Das fließende Haar der Königin schien überall zu sein, auf ihren Schultern, ihren Brüsten, auf der grauen Katze in ihren Armen: dick, wellig und ebenholzschwarz. Ungeheuer griechisch. Obwohl ich wusste, dass sie genetisch nicht mit Alexander verwandt war, meinte ich in ihrem Blick oder ihrer Kopfhaltung Ähnlichkeiten mit seinem Bild zu erkennen.

»Das Kostüm passt nicht«, sagte sie zu Iras. »Ich brauche etwas Männlicheres. Wir dürfen nicht vergessen, dass Oktavian Knaben liebt.«

»Wie man hört, ist seine Frau blond und zierlich und das Sinnbild einer römischen Matrone«, wandte Charmian ein.

Oktavian hatte seine Gemahlin Livia ihrem ersten Ehemann

ausgespannt, als sie im sechsten Monat schwanger gewesen war. Sobald das Kind geboren war, wurde es zum Vater geschickt. Denn für die Römer war es genau wie für die Griechen vor ihnen das eine, eine ehrbare Ehe zu führen, und etwas ganz anderes, einen Erben zu zeugen.

Ehe und Fortpflanzung standen auch nicht im Widerspruch zu einer erotischen Beziehung zwischen einem Mann und seinem Liebhaber. *Delicia* wurden diese Knaben in Rom genannt. Ich glaube, das Fremdwort »delikat« stammt davon ab.

Kleopatra lachte schallend. »Wir haben alle gesehen, wie sehr die Römer mich geliebt haben, und am allermeisten die Matronen«, sagte sie. »Wir müssen Oktavian vor Augen halten, dass er es mit einer Königstochter zu tun hat, die über unermessliche Macht und unerschöpflichen Reichtum verfügt und deren erotische Verführungskünste nicht einmal er, trotz seines lüsternen Wesens und seiner liederlichen Neigungen, sich ausmalen kann.«

Genau so einen Kommentar hatte ich von dieser meisterhaften Männer-Manipulatorin erwartet. Sie wollte ihre Reize ausspielen. Dennoch erschien es mir kleinlich und schofel, Oktavian so zu verunglimpfen. Kleopatra winkte ihr Ebenbild heran.

»Für Cäsar war ich Athene und Artemis; für Antonius Venus und Nike. Für Oktavian...« Sie nagte an ihrer Unterlippe, »werde ich Hekate und Atalanta sein müssen.«

Eine Hexe und eine Läuferin?

Charmian beugte sich wieder über die Koffer.

»Bring mir silberne Tücher, meine blaue Perücke, Isis-Schlangen für die Arme und den Hals und Perlen für meine Ohren«, befahl Kleopatra.

Iras war die Frau mit der genetischen Verknüpfung. Eine Dienerin? Oder eine Angehörige, die von ihrer königlichen Verwandten versklavt worden war? Obwohl ich zugeben musste, dass es ihr hier zu gefallen schien.

Die Anziehpuppe wurde mit einer blauen Perücke und einem eng anliegenden silbernen Kleid ausgestattet. Die drei Frauen betrachteten nachdenklich dieses so fremd wirkende Abbild des Alten Ägypten.

»War etwa schon in Aktium alles zu Ende?«, fragte Kleopatra und stand von ihrem Bett auf. Sie bewegte sich langsam, elegant und mit geschmeidigen Gliedern wie eine Tänzerin. »Hätten wir uns damals beide umbringen sollen? Hätten wir damit Alexandria die kommende Demütigung erspart?«

Aktium? Die Schlacht, aus der sie geflohen war? Wo sie Antonius auf verlorenem Posten zurückgelassen und Rom durch ihren feigen Akt endgültig gegen sich aufgebracht hatte.

»Der junge Cäsarion war bei uns«, meinte Iras beschwörend. »Du konntest ihn und Ägyptens Staatsschatz nicht der Gnade Oktavians ausliefern.«

Das war eine neue Erkenntnis.

»›Gnade‹ und ›Oktavian‹ passen nicht in einen Satz«, verkündete Kleopatra und lachte leise. »Nein, in Aktium konnten wir es nicht beenden.« Sie blieb stehen und sah hinaus aufs Meer. »Hätte ich vielleicht auf den Thron verzichten und das Leben meiner Kinder hingeben sollen, als Herodes und seine verdammungswürdigen Vettern meine Schiffe in Brand setzten?«

Und jetzt auch noch Herodes? Ein unbedeutender Statthalter, eine von Antonius eingesetzte Marionette. Welche Vettern meinte sie wohl?

Lachend zog Charmian neue Kleider aus dem Koffer.

»Du würdest von den Toten auferstehen, um dich an Herodes zu rächen!«, meinte Iras.

Die Königin lächelte und drehte sich zu ihnen um.

»*Bitte melden*«, hörte ich Flore.

»*Du wirst es nicht glauben, aber Kleopatra hat erstklassige Zähne. Und ein bezauberndes Lächeln.*«

»*Sie ist also noch am Leben?*«

»*O ja, und sie spricht über Dinge, die in unseren historischen Quellen kaum Erwähnung finden.*«

»*Dann sind sie in der abschließenden Analyse wohl nicht von Bedeutung.*«

»Zimona alpha Ende.«

»Herodes«, sagte Kleopatra. »Der einzige Streit, den ich ein für alle Mal gewinnen werde.« Sie schwieg kurz und strich dabei mit der Hand über ihren Arm, eine Berührung, die sie sichtlich zu genießen schien.

Ihre Pupillen reagierten nicht auf das Licht. Sie stand unter Drogen. Hatte sie sich selbst welche verabreicht, oder war das ein Feind gewesen? »Vielleicht bleibt das mein einziger Sieg«, sagte sie leise, als würde sie nur laut nachdenken. »Schon von frühester Kindheit an habe ich gewusst, dass Rom mit seinen unersättlichen Gelüsten nichts als ein wucherndes Krebsgeschwür ist.«

Charmian reichte ihr einen Becher und nahm der Puppe die Perücke ab. »Die Römer sind ein zu junges Volk, um erkennen zu können, dass die Genügsamkeit die einzige Garantie für Sicherheit und Stabilität ist«, meinte sie.

»Wie würden sie lachen, wenn sie wüssten, dass dies das große Geheimnis des mächtigen Ägyptens ist, das Mysterium der Pyramiden, das Rätsel der Tempel: nie mehr zu benötigen, als man erarbeiten kann, und nie mehr zu verbrauchen, als man wirklich braucht.« Kleopatra lachte leise und schüttelte dabei traurig den Kopf, wobei ihre Haare über den Rücken strichen. Dann sagte sie nüchtern: »Ich wünschte, meine hochwohlgeborenen ptolemäischen Vorfahren hätten die Weisheit dieses uralten Landes beherzigt.«

Die drei Frauen sahen einander an.

»Wenn Antonius sich selbst entleibt hätte, wie es einem guten, edlen Römer ansteht –«

»Lass es gut sein, Charmian«, sagte Kleopatra leise und mit einem Anflug von Ironie. »Es lag nicht in seiner Natur, vor dem entscheidenden, dramatischen Augenblick von der Bühne des Lebens abzugehen.«

»Dem selbstsüchtigsten Augenblick«, murrte die Schwarze.

»Selbst Cäsar war am Ende kein Cäsar mehr«, stellte Kleopatra fest. Sie setzte sich aufs Bett, schlug die Beine übereinander und klopfte beim Reden mit einem Zeh auf den Boden, während sie sich gleichzeitig räkelte und streckte wie eine Katze. »Männer finden Ruhm und Erfüllung, indem sie nach Größe streben, indem sie versuchen, Friede und Ruhe zu schaffen. Aber hindert sie nicht letzten Endes ihr eigenes Wesen, dem derartige Vorstellungen vollkommen fremd sind, am Erreichen dieser Ziele?«

»Nein, Cäsar war einfach nur zu ungeduldig.« Iras kramte in einem Kästchen nach Armreifen.

»Und Antonius war ein Idiot.«

»Er ist tot!«, fuhr Kleopatra Charmian mit finsterem Blick an. »Lass ihn in Frieden ruhen!« Der Zorn, mit dem sie das sagte, irritierte mich.

Aber noch mehr irritierte mich das Gelächter von unten. »Ptolemäus, Selene!«, rief Kleopatra, die sofort wieder fröhlich wirkte. »Ärgert ihr etwa Mardian?«

Weiteres Gelächter. »Wir schauen Isis zu, Mami!«

Kleopatra und ihre Frauen lächelten einander an. »Und was tut Isis gerade?«, rief die Königin.

»Sie schaut dir zu!«, jubelte die Kinderstimme.

Kleopatra blickte an ihrem Rock herunter und straffte das glatte Leinen an den Falten, in die es gebügelt worden war. »Zuschaut, aber nicht hilft«, murmelte sie.

»Klea!«, mahnte Charmian vorwurfsvoll.

»Wenn ich eine Göttin wäre und demnächst von einem ungebildeten Barbaren ausgelöscht werden sollte, der alle Frauen und obendrein jeden hasst, der nicht im felsigen, harten Italien geboren wurde, dann würde ich sein Feldlager mit einer Seuche schlagen oder –«

»Sie sitzt auf dem Geländer, Mami«, rief das Kind wieder.

Ich schaute über meine Schulter. Ein stämmiges Mädchen mit braungoldenen Locken und angstlosen blauen Augen – *blauen Augen?* – deutete genau auf mich. Das kleine Mädchen, Kleopatra Selene, konnte mich SEHEN!

Wie manche Tiere, Verrückte oder Sterbende können auch

Kinder bisweilen hinter den Schleier blicken, weil sie weniger in die physische Welt in ihrer unmittelbaren Umgebung verstrickt sind. Genau wie ein Mensch, der den Kampf um sein Leben verloren gegeben hat, oder ein scheinbar halt- und beziehungslos durch den Raum treibender Wahnsinniger genau wissen, dass mehr um sie herum geschieht, als der Verstand erfassen kann, so können auch Kinder oft tiefere Wahrheiten erkennen.

Andere Wirklichkeiten, ob man sie nun als parallel, verborgen oder verschleiert bezeichnet, umgeben uns ständig in endloser Zahl. Wir entschließen uns entweder, sie nicht zu sehen, oder wir fügen uns in die allgemeine Lehre, dass solche Welten nicht existieren. Diese Lehre zu verinnerlichen braucht allerdings seine Zeit, und darum können Kinder manchmal noch tiefere Wahrheiten erkennen.

Charmian drehte sich um und sah zum Geländer hoch, mit neugierigem und angsterfülltem Gesicht. Wenn sie ihren Geist nur weit genug öffnete, würde auch sie mich sehen.

Ich fragte mich, ob Kleopatra das konnte; ihr Blick … etwas lag darin, etwas, das ich vorher nicht bemerkt hatte.

Plötzlich erstarrte ich – genau wie die Katze neben mir. Etwas kam auf uns zu. Ein Beben, das uns zu umzingeln schien, gleichmäßig, kraftvoll, langsam vom Gefühl zum Geräusch übergehend.

Zwei Kinder eilten die Treppe herauf; ein blauäugiger Junge, zierlich gebaut wie Kleopatra, und das Mädchen, das die Hand fest um sein Handgelenk geschlossen und den Blick ängstlich auf die Mutter gerichtet hatte. Selene war elf; Ptolemäus vier. Ihnen folgte ein schlankes Wesen mit langen Fingernägeln, rückenlangem Haar und rosa bemalten Lippen, das in einen Wirbelwind aus bunten Tüchern und Plateausandalen gehüllt war. Mardian, vermutete ich, Kleopatras berüchtigter Eunuch. Auch er hatte blaue Augen, doch seine waren meerblau. Selenes Augen dagegen hatten das Kobaltblau der ägyptischen Malereien …

Das Trampeln wurde immer lauter. Die Kinder klammerten sich an ihre Mutter, auch die Dienerschaft drängte sich um sie.

Man konnte meinen, die Menschen wollten einen Schutzwall um die Königin bilden, dabei suchten sie in Wahrheit nach einem Versteck. Kleopatra lauschte mit hoch erhobenem Kopf. Ihre Pupillen waren immer noch geweitet, aber ihre Bewegungen wirkten klar und präzise.

Die Soldaten blieben stehen. Stille.

»Auf Befehl Oktavian Cäsars, öffnet diese Tür!«

Die Gruppe drängte noch enger zusammen. Kleopatra kniff die Augen zusammen, aber sie weinte nicht. Nach einem kurzen Moment küssten die Sklavinnen die Kinder und Mardian.

Draußen wiederholte der Römer seinen Befehl in radebrechendem Griechisch und hämmerte gleichzeitig gegen die Tür.

Kleopatra küsste ihre Kinder, legte die Hände auf ihre Scheitel und lächelte sie an. Dann zog sie einen Ring von ihrem kleinen Finger, steckte ihn ihrer Tochter an, tätschelte dem Mädchen den Kopf und küsste es noch mal. Selenes Tränen versiegten, und ihre Stirn glättete sich. Tapfer nahm sie die Hand ihres kleinen Bruders. Mardian küsste erst Kleopatras Hand, dann ihre Wange, und schließlich umarmten sich die beiden ein letztes Mal.

Als sie die Treppe hinuntereilten, lächelten alle drei; ihre Schritte wirkten nicht schwer und beladen, sondern beinahe fröhlich und eifrig. Alle außer Kleopatra folgten ihnen.

»Königin Kleopatra!«, rief ein Soldat von draußen. »Cäsar wünscht nur ein Gespräch mit dir. Öffne die Tür!«

Von meinem Geländer aus konnte ich beobachten, wie sich die drei Erwachsenen mit einer goldgerahmten Fliese auf dem Boden des Mausoleums abmühten. Das Lärmen der Römer übertönte das Schaben von Stein auf Stein, mit dem die Diener die Fliese beiseite schoben und einen dunklen Gang freilegten.

Nach weiteren Küssen und Umarmungen führte Mardian die Kinder ins Dunkel. Selene drehte sich noch einmal um und winkte mir zu. Die zwei Dienerinnen folgten ihrem Blick, aber ich war schon vom Geländer gesprungen und hatte mich hinter der Balustrade versteckt. Nur für den Fall, dass sie anderen Wirklichkeiten gegenüber aufgeschlossener waren, als ich dachte.

Draußen berieten sich die Römer lautstark: Rammbock? Verhandlungen? Iras und Charmian warteten, neben der offenen Fliese kniend. Die Römer beschlossen, einen Boten zu schicken und Cäsar um Rat zu fragen; dann setzte das Hämmern wieder ein.

Die zwei Frauen schoben die Fliese zurück an ihren Platz und kamen heraufgelaufen.

Die Zederntür war in Metall gefasst und mit einem eisernen Riegel gesichert, der in zwei Bronzehalterungen ruhte. Der Eingang wirkte wie ein uneinnehmbares Bollwerk. Aber die Römer begannen durch ihr beständiges Hämmern die Halterungen zu lockern.

Dann hörte das Hämmern auf. »Cäsar wünscht dich zu sprechen!«, rief ein Soldat. »Ein Gespräch unter Staatsleuten!«

Kleopatra bedeutete der Nubierin mit einer Geste, an die Öffnung zwischen den Säulen unter der Kuppel zu treten. »Sag ihnen, ich wüsste nichts davon, dass Cäsar aus dem Hades zurückgekehrt sei. Und dort muss er wohl gelandet sein, wenn er Oktavian als Erben eingesetzt hat.«

»Klea …«

Die Königin seufzte. »Du hast ja Recht. Oktavian hat keinen Humor. Sag ihnen, dass ich ausschließlich mit Proculeius sprechen werde.«

Ich hörte ihre Worte. Sie waren geschichtlich überliefert.

Der geschichtlichen Überlieferung zufolge hatte Proculeius sie danach hintergangen.

Antonius hatte ihr auf dem Totenbett geraten, nur mit Proculeius zu sprechen. Wie die Geschichte gezeigt hat, war Antonius kein guter Menschenkenner gewesen. Für einen kurzen Moment hatte ich Mitleid mit Kleopatra. Im Grunde war sie vor allem durch Antonius' Fehlentscheidungen in diese Lage geraten, aber sie vertraute ihm immer noch. Nicht besonders schlau, aber bemitleidenswert.

Unter dem Fenster standen die Soldaten in Formation, mit Lederschilden bewehrt, unter flatternden Federhelmen und mit kurzen Schwertern bewaffnet. Sie wirkten in diesen grünen Gärten, unter diesem makellosen blauen Himmel genauso fehl am Platz wie ich.

Wenn ich sichtbar gewesen wäre.

Charmian nannte ihnen Kleopatras Bedingungen, und die Römer berieten sich unter einem Dach von Schilden. Ein Soldat verschwand, die übrigen gingen rund um das Gebäude wieder in Position. Ich fragte mich, ob Mardian mit den Kindern wohl in einem Versteck kauerte oder ob es sich bei der Höhle um einen Geheimgang handelte. Bald würden die Soldaten das Blut entdecken, und der Weg wäre frei.

Ich drehte mich um und erstarrte. Kleopatra lagerte auf ihrem Bett, geschmückt und geschminkt, in einem unerhört sinnlichen und überaus exotisch wirkenden ägyptischen Kostüm – spinnwebendünnen Tüchern aus weißem Leinen, geschwärzten Augen, mit Schlangenkrone und Juwelenkragen geschmückt. Tausende Maler hatten sie genau so porträtiert – Shakespeare und Plutarch hatten sie in ihrer Phantasie so gesehen. Sie wirkte überhaupt nicht mehr griechisch, sondern auf überkandidelte Weise orientalisch und bedrohlich in ihrer absoluten Fremdartigkeit.

Genau das jagte Oktavian solche Angst ein – dass sie weder berechenbar noch beherrschbar oder vernünftig war.

»Herr Kleopatra«, trällerte ein Mann unter dem Fenster. »Ich bin auf dein Geheiß gekommen!«

Ich eilte hinter Charmian an die Fensteröffnung. Unten saß ein akkurat frisiertes Wesen auf einem Pferd. Im Gegensatz zu Mardian, der ebenfalls weder Mann noch Frau war, trug dieser Mensch eine römische Uniform und einen Bart. »Wer ruft Herrn Kleopatra?«, knurrte Charmian.

»Proculeius«, antwortete das Wesen und tupfte sich dabei die Augen. »Ich habe vom Tod des lieben, guten Antonius gehört und wusste, dass die liebreizende Königin meinen Kondolenzbesuch erwartet.« Er hielt inne. »Ich habe Cäsars Ohr.«

Kleopatra marschierte hinter uns auf und ab und erfüllte den Raum mit dem Duft von Rosen und Kräutern, der aus ihren Kleidern aufstieg. »Sag ihm, Kleopatra wurde von ihrer Trauer gefällt und bittet Oktavian um Gnade«, meinte sie nach langem Zögern. Ihr war bei jedem Wort anzuhören, wie verbittert sie war.

Wo steckte eigentlich Olympus? Er war Kleopatras Leibarzt gewesen, und Plutarch hatte sich vor allem auf seine Tagebücher berufen, die ihm von Oktavian persönlich übergeben worden waren. Olympus war Augenzeuge der Ereignisse, die meinem Institut als Geschichte überliefert war. Außerdem hatte er in dieser Lage als Mittler gedient. Wo steckte er also?

Charmian wiederholte Kleopatras Worte und diente auch weiterhin durch den ganzen Verhandlungsprozess als Sprachrohr; Proculeius drängte auf Einlass, während die Frauen im Mausoleum bleiben und niemand außer Oktavian Zutritt gewähren wollten. Und zwar Oktavian allein.

Unsere geschichtlichen Quellen deuteten an, dass Kleopatra versucht hatte, Oktavian zu verführen, was er angeblich standhaft und edelmütig abwehrte. Dies war weder die Zeit noch der Ort, die uns überliefert waren, aber konnte das Gerücht hier seine Wurzeln haben? Weil sie Oktavian allein und in dieser Aufmachung empfangen hatte? Ich drehte mich zu ihr um. Sie stand hinten an der Wand und blickte hinunter auf eine… Mumie?

Eine Mumie? *Antonius?* Wie hatte ich ihn übersehen können? Und wenn er gerade erst gestorben war, wie hatte man ihn dann so schnell mumifiziert?

Meine Chronologie war offenkundig nicht ganz stimmig.

Iras und Charmian standen nach wie vor neben dem Fenster, wo sie Fragen und Antworten weitergaben, als wir die Schritte der Römer auf der Treppe hörten. Iras fasste nach einem Dolch an ihrer Hüfte.

Die Römer waren durch das blutbefleckte Fenster eingestiegen.

Sie packten erst Iras und pressten ihr Handgelenk zusammen, bis sie die Klinge fallen ließ. Nachdem auch Charmian gefesselt war, sahen die drei Soldaten auf und entdeckten Kleopatra, die hinter Mark Antons umwickeltem Leichnam stand.

Sie blieben wie angewurzelt stehen.

Kleopatra stand in ihrer ägyptischen Aufmachung vor ihnen, mit unergründlichen, emotionslosen grauen Augen, den Leib in meterlange Bahnen aus hauchdünnem Leinen gehüllt, das sich um ihre atemberaubende Figur schmiegte, Taille und Hüfte mit Gold- und Juwelenketten geschmückt. Die Schlange über ihrer Stirn fixierte die Männer mit ihren Rubinaugen. »Du hältst meine Halbschwester in deinen Händen«, sagte sie zu dem Soldaten, der Iras an der Schulter festhielt. Ihre Stimme klang ruhig, aber voller Gefühl. »Um Venus' Liebe willen flehe ich dich an, bring sie zu den Priesterinnen im Tempel nebenan, damit sie gefahrlos geboren werden kann.«

Ich sah Iras genauer an. Sie war schwanger? Unter den weiten Gewändern war das schwer festzustellen – und meine römischen Quellen hatten dieses Detail eindeutig übersehen.

»Braucht ihr Verstärkung?«, rief ein Soldat von draußen.

Die drei Soldaten standen da, als hätten sie der Medusa ins Auge geblickt. Sie wandten keine Sekunde den Blick ab, ich war nicht einmal sicher, ob sie atmeten.

»Herrin… Majestät«, sagte einer von ihnen, ein älterer, erfahrener Soldat, der trotzdem schlucken musste wie ein kleiner Junge. »Ich muss dich das fragen, aber trägst du an deinem… Leib… irgendwelche Gifte oder Waffen?«

»Ich bin die Fleisch gewordene Göttin«, sagte sie, die Arme zu beiden Seiten ausgestreckt, sodass die goldenen Schlangenarmbänder zu sehen waren, die sich um ihren Bizeps und die Unterarme wanden. »Was brauche ich Gift? Sollte ich zu sterben wünschen… werde ich es tun.«

Das betretene Schweigen wurde durch einen Ruf von draußen durchschnitten: »Was ist mit dem Gold?«

Die drei Soldaten im Raum standen weiter wie gelähmt. »Ist

hier«, antwortete einer, ohne die Augen von der Königin abzuwenden.

»Passt gut darauf auf. Es gehört Rom«, kam der Befehl. »Wir schicken Verstärkung rein.«

Plutarch hatte geschrieben, die Römer hätten Kleopatra gefesselt und abgeführt wie eine ganz gewöhnliche Gefangene. Diese Männer rührten sie jedoch nicht an, stattdessen steckten sie die Schwerter in die Scheiden zurück und folgten ihr nach unten.

Zehn weitere Römer stiegen durch das Fenster ein, und gemeinsam bemühten sich die Soldaten, den Riegel anzuheben. Schließlich hatten sie es geschafft, und die Römer hatten nach der restlichen Stadt auch Kleopatras Mausoleum erobert.

Die Römer verneigten sich nicht, als die Königin ins Freie trat, aber sie verstummten. Ich sah keine Lust in ihren Augen brennen, nur schüchterne Ehrfurcht. Sie wussten, dass diese Frau Julius Cäsar entmachtet und Antonius verführt hatte.

Und zum ersten Mal begriff jeder einzelne von ihnen, warum.

Kleopatra hätte in diesem Augenblick einfach weggehen können, daran hatte ich nicht den geringsten Zweifel. Kein Soldat hätte sie aufgehalten, wäre sie auf ein Schiff gestiegen, in dem Geheimgang verschwunden, durch den Mardian geflohen war, oder hätte sich in einer Wolke Feenstaub aufgelöst.

Die Königin schritt inmitten der römischen Truppe dahin, als wären die feindlichen Soldaten ihre Leibwache und nicht ihre Bewacher. Jeder einzelne Legionär hielt sich stramm wie auf einer Parade, den Kopf hoch erhoben, die Brust vorgereckt und voller Stolz.

Stolz darauf, dass Rom diese Frau aus dem Osten besiegt hatte oder dass sie an ihrer Seite marschieren und ihren Duft einatmen durften?

Die Sonnenstrahlen waren lang und schwach, und ein Brise war aufgekommen. Charmian und Iras folgten Kleopatra; beide wurden von jeweils zwei Römern gehalten.

Sie marschierten an dem Tempel vorbei, den Julius Cäsar ihr

zum Geschenk gemacht hatte, und hinein in den griechischen Palast direkt am Meer.

Dort wurden die Frauen voneinander getrennt. Iras und Charmian wurden jeweils in ein Zimmer gestoßen, dann knallten die Türen zu. Kleopatra trat in die ihr zugewiesenen Gemächer und blieb mit dem Rücken zur Tür stehen, bis die Römer die Türflügel zögernd schlossen, wobei sie sich bis zum allerletzten Moment vor dem offenen Spalt drängten.

Die Tür wurde verriegelt und ein doppelter Wachposten aufgestellt.

Vorerst würde niemand sie umbringen. Unter normalen Umständen, auf einer gewöhnlichen Mission, würde ich einfach abwarten, bis ich mit eigenen Augen gesehen hatte, wer die Tat verübte, dann würde ich auf »Reset« drücken und dem Täter etwa einen Tag lang vor dem Mord folgen.

Aber die historischen Diskrepanzen, die ich hier festgestellt hatte, beunruhigten mich. Und sie stachelten meine Neugier an. Ganz offenbar hatte Oktavian Kleopatra ermordet. Antonius, mein zweiter Kandidat, war tot. Cäsarion war verschwunden. Ihre Zofen wirkten loyal und liebevoll. Wenn sich nicht ein unbekannter Attentäter im Auftrag von Herodes – oder einem Unbekannten – in ihr Gemach geschlichen hatte, hätte nur ein einziger Mensch Zugang zu Kleopatra: Oktavian.

Sie war erwürgt worden; zur Überraschung von uns Historikern, die wir immer angenommen hatten, sie sei am Biss einer Viper gestorben. Immerhin wäre Oktavian kräftig genug gewesen, sie zu erwürgen. Es schien nicht zu dem zu passen, was ich von ihm zu wissen meinte, aber in manchen Quellen wurde behauptet, dass er auch den Spitznamen »Henker« trug.

Wo steckte Olympus? Wie war Antonius gestorben? Wieso lagen die Schiffe nach wie vor im Hafen?

Ich musste noch mehr sehen, den ganzen Tag nachverfolgen. Also schaltete ich das CereBellum zurück, schloss die Augen und passte meinen Willen dem Gerät an. Wieder sah ich mich in Alexandria stehen – mit Perlen um den Hals, in meinem Overall und mit titanbeschichteten Füßen, das Haar zu Zöpfen geflochten –, aber diesmal auf der Agora. Ich atmete konzentriert ein und aus, bis ich merkte, wie ich von dem Bild in meinem Kopf festgehalten wurde und die Wellen, die von 6,4 Milliarden Gehirnen ausgesandt wurden, mich fortspülten.

2. Kapitel

Set Zwei

Ich atmete eine Stadt der Antike ein: Urin, Moder, Cumin und Fisch.

Nach einer Weile öffnete ich die Augen und kniff sie sofort wieder zu, für einen kurzen Moment geblendet.

Alles war weiß, intensiv und rein weiß, und das grelle Sonnenlicht raubte mir die Sicht. Ich blinzelte kurz, um die Sonnenschilder unter meinen Lidern in Position zu bringen.

Weiße, von Marmorsäulen gesäumte Fußwege umgaben mich. Blumen in weißen Töpfen schmückten die Stufen vor den Gebäuden, in übervollen Körben standen sie neben den weißen Bänken, und lange Ranken bedeckten mit ihren Blüten den Boden rund um den Brunnen in der Mitte. Leer und einsam hallte die Stille von dem Marmor um mich herum zurück.

Ich sah auf meinen Timer; es war kurz nach zehn Uhr morgens und kühl.

Wo steckten die Menschen?

»Zimona alpha – wir beginnen mit Set Zwei. Wo bist du?«, meldete sich Flore.

Ich blickte zu Boden. »*Ich stehe neben einem riesigen Zeh.*«

»*Zeh?*«

»*Genauer gesagt einem Fuß, einem riesigen Fuß.*«

Jicklet mischte sich ein. »*Hast du deine Nährstoffe gegen* FREUDE *getauscht?*«, wollte er wissen.

Ich sah von dem Fuß zum Bein auf und zog gleichzeitig den Reißverschluss an meinem Overall höher. »*Nein, ich –*« Die griechisch wirkende Statue war die naturgetreue Darstellung eines Mannes unter der schweren Amtskrone eines ägyptischen Pharaos.

Die Inschrift war auf Latein, Griechisch, demotisch und in Hieroglyphen verfasst: Cäsarion. Nachkomme der Kleopatra-Isis und des Cäsar-Serapis.

Pharao Ptolemäus Cäsar, Horus.

»*Zimona?*«

»*Ich stehe neben der Statue eines Mannes, der … der nie geherrscht hat.*«

»*Zimona?*«, meldete sich Jicklet zweifelnd.

Cäsarion war zur selben Zeit gekrönt worden, als Antonius und Kleopatra beschlossen hatten, dass Antonius' Sohn Antyllus zum Mann gereift sei und es verdiente, eine Toga zu tragen. Dieses Ereignis hatten sie in der ganzen Stadt feiern lassen. »*Hat Cäsarion jemals neben Kleopatra regiert? Als Koregent?*«

»*Ich bin für Religion zuständig*«, war Flores Antwort. »*Die politischen Details sind dein Gebiet.*«

»*Wieso weißt* du *das nicht?*« Zähneknirschend hörte ich Kelp das fragen. Sein Tonfall löst bei mir unwillkürlich negative Schwingungen aus. Da stehst du drüber, Zimona, ermahnte ich mich.

»*Wenn Cäsarion der Pharao eines unabhängigen Ägyptens geworden wäre, hätte er doch eigentlich gegen das Römische Imperium kämpfen müssen*«, sagte ich.

»*Ja, denn die Römer hätten das reichste Land der Welt –*«, sagte Rjon.

»*– ihren persönlichen Marktplatz –*«, ergänzte Herzog,

»– *keinesfalls aus ihren Klauen gelassen*«, vollendete Kelp den Satz.

Ich verstummte; mein gesamtes Komitee hatte sich versammelt. Durch die Bank spezialisierte Historiker. Die besten auf ihrem Gebiet. Nur dass die Geschichte auf aufgezeichneten Informationen beruhte. Und diese speziellen Details entweder gar nicht oder falsch aufgezeichnet worden waren.

»*Rom konnte es sich nicht leisten, Ägypten in die Unabhängigkeit zu entlassen*«, fasste Herzog zusammen.

Rom hatte zwar kein Gold, aber dafür viele tapfere Männer, die niemals lockerließen, allen Rückschlägen, allen Misserfolgen, der Zeit, dem Wetter und allen Unbilden zum Trotz. Die Römer verfügten über ein unnachgiebiges Gespür für richtig und falsch und über ein Rechtssystem, das als unfehlbar galt.

Rjon sagte: »*Ruhm war Rom allein vorbehalten.*«

Sie hätten den Ägyptern keinen Sieg gegönnt. Die Bedingungen für die Pax Romana wurden von den Römern diktiert.

»*Willst du uns wirklich erzählen, dass Ptolemäus Cäsar als Pharao geherrscht hat?*«, sagte Kelp. »*Obwohl es dafür keinerlei Beweise gibt?*«

Ich blickte erst auf die Zehe, dann auf das Bein, dann auf die Krone. »*Na ja, vielleicht haben wir es hier mit künstlerischer Freiheit zu tun. Zimona Ende.*« Aber mir war klar, dass kein Volk der Antike an »L'art pour l'art« geglaubt hatte. Die Kunst arbeitete mit Symbolen, sie war Magie, sie stellte Hoffnungen dar, die sich erfüllen sollten.

Hoffnungen, die sich erfüllen sollten; vielleicht hatte Kleopatra diese Statue ihres Sohnes mit der Pharaonenkrone errichten lassen, weil sie Cäsarion gern auf dem Thron gesehen hätte. Hoffnungen. Die unerfüllt geblieben waren.

Ich atmete tief durch und konzentrierte mich auf die Gerüche. Fisch. Cumin. Lebensmittel.

Vielleicht war dies die Agora, der momentan verlassene Marktplatz.

Ich ging über das Pflaster in Richtung Süden und durchquerte einen Bereich mit festen Marktständen. Leer. Dahinter kam ich auf eine breite Hauptstraße.

»*Wie heißt die wichtigste Ost-West-Verbindung in Alexandria?*«, fragte ich nach.

»*Kanopische Straße*«, antwortete Flore.

Die Straße sei so breit, dass in jeder Richtung vier Karren nebeneinander fahren könnten, hatte Strabon behauptet. Lange, von Palmen überschattete flache Wasserbassins teilten die Straße in zwei Hälften – eventuell war dies der erste Boulevard der Welt gewesen.

Angeblich hatten die Menschen in Alexandria ausschließlich Schwarz getragen, weil man sie sonst vor dem weißen Marmor nicht gesehen hätte. Als ich diesen Satz gelesen hatte, hatte ich das für blanken Unfug gehalten, doch hier, an Ort und Stelle, kam mir der Gedanke nicht mehr so abwegig vor. Die Straße war ein einziges endloses, blendendes Weiß. Mehrstöckige Gebäude, Säulenfassaden, Statuen, die einer Überfülle von Göttern geweiht waren – wohin ich auch schaute, alles leuchtete weiß, strahlend weiß.

Im Südwesten konnte ich einen Hügel erkennen. Rhakotis, wo sich die Serapeum-Akropolis befand. Strabon hatte von einem goldenen Dach und einer frei schwebenden Statue im Inneren berichtet.

Stattdessen handelte es sich um einen offenen griechischen Tempel auf einem Grundstück, das von ägyptischen Säulen begrenzt wurde. Die bunten Farben der ägyptischen Kunstwerke hoben sich schockierend grell von der weißen Stadt ab, waren aber vom Meeresufer aus gut zu erkennen. Die Meeresbrise kitzelte eine Gänsehaut aus mir heraus, und die Sonne vergoldete meine titangeschützten Hände und Füße. Der Tag war verblüffend still, nur das Gezwitscher der Vögel durchschnitt den kühlen blauen Himmel.

Kein leises Maschinengebrumm, das die Umwelt in Gang hielt.

Kein leises Tek-Summen, das verriet, dass hier mehrere tausend Menschen am selben Ort lebten.

Und erst recht nichts, was die nahende Invasion der Römer ankündigte.

Nachdem ich die Kanopische Straße überquert hatte, bog ich in eine der kleineren Gassen ein, die davon abzweigten. Alexander der Große selbst hatte die Stadt entworfen und sich aus Gründen der Einfachheit und Organisation für ein rechtwinkliges Straßenraster entschieden. Dabei hatte er den Südteil der Stadt, die zwischen dem Mareotis-See und dem Mittelmeer lag, als Wohnviertel anlegen lassen, während der nördliche Teil unterhalb des Hafens und die ins Meer ragende Halbinsel Lochias dem Brucheion, also dem Palastviertel, vorbehalten blieb. Gesichert wurde die gesamte Stadt von einer Mauer mit dem Mondtor im Westen und dem Sonnentor im Osten, ihr Trinkwasser bezog sie über einen Kanal aus dem Mareotis-See.

Ich sah mich neugierig um. Hier waren die Straßen schmaler und bunter. Hohe, helle Mauern, über die Palmen- und Akazienäste strichen, flankierten die Fahrbahn. An der Ecke überschatteten ein paar Zitronenbäume einen kleinen Park, in dem ein riesiger Taubenschlag mit offenen Türen stand. Feigenbäume und Zypressen säumten die nächste Straße, in der die Mauern mit Vögeln, Bäumen und lächelnden Augen bemalt waren. Dahinter konnte ich flache oder mit Terrakottaziegeln gedeckte Dächer erkennen.

Eine geschmeidige Kreatur mit braunem Pelz schoss aus einer Mauer heraus. Ich jagte ihr nach, konnte aber nur noch ein paar Streifen auf einem länglichen Körper ausmachen – keine Ratte, aber definitiv ein Nagetier. Das Wesen verschwand in einem Mauerspalt. Ich wartete kurz ab. War es ein Mungo gewesen? Oder ein Wiesel? Ich wusste, dass beides in Ägypten verbreitet war.

Wie auch immer, es war jedenfalls auf der Hut und tauchte nicht wieder auf.

Aber die Begegnung hatte mir die Augen geöffnet. Plötzlich

bemerkte ich die Vögel, die Eidechsen, die Schmetterlinge, das Grillengezirpe, das Flüstern der Grashüpfer. In Alexandria mochte sich vielleicht kein menschliches Leben regen, aber es stolzierten Katzen auf den hohen Mauern herum, und andere Tiere kauerten im Schatten, von wo sie mich mit großen Augen und angstbebenden Leibern beobachteten.

Ich hielt mich mehr oder weniger in östlicher Richtung.

An der Ecke einer weiß gekalkten Mauer entdeckte ich eine Eidechse, die mit ihren Haftfüßen an den rauen Steinen klebte. Kopf und Leib waren leuchtend rot, Bauch und Vorderbeine hingegen kobaltblau. Die Eidechse verharrte so reglos, dass ich nach einer Weile meinen Augen nicht mehr traute. Dann rannte sie plötzlich los, senkrecht nach oben!, und sprang in die Luft, um auf einem Käfer zu landen.

Ein Ruf schreckte uns beide auf: »Ergebt euch Oktavian! Er wird alle verschonen, die ihr Schwert nicht gegen ihn erheben!«

Ich drehte mich um.

»Hört auf die Götter!« Ein weiterer Ruf, diesmal von der anderen Seite der Stadt her. »Alexandria hat einen neuen Pharao! Ergebt euch Oktavian!«

Die Eidechse hatte sich verzogen. Ich hastete um die Ecke, auf die Stimme zu. Dass es unter den Bewohnern Alexandrias auch eine pro-oktavianische Fraktion gegeben hatte, war mir neu. Ein weiteres vergessenes Detail. Während ich die Straße hinunterlief, gingen bunte Türen auf, hinter denen ich kühle Innenhöfe erspähte. Über mir wurden die Vorhänge vor den Fenstern zurückgezogen, und ich blickte in aufmerksame Gesichter mit dunklen Augen.

Die Rufe wurden leiser und schienen inzwischen von weiter weg zu kommen. Einholen würde ich die Rufer nicht mehr. Außerdem hatte ich es versäumt, die Eidechse einzuscannen und ihren Code mit nach Hause zu nehmen. Sie war auf den Hinterbeinen gelaufen? Ich lief nach Norden; irgendwann würde ich den Boulevard überqueren oder ins Meer plumpsen oder beides. Als der Boden unter mir zu vibrieren begann – ein Erdbeben? –

ging ich in Deckung. Dann wurde das Beben zum Geräusch, und ich begriff, dass ich es mit einer Armee in voller Rüstung zu tun hatte, die genau auf mich zumarschiert kam.

An der nächsten Kreuzung sah ich, wie Reiter mit flatternden Capes und schweißnassen Pferden die Kanopische Straße hinuntergaloppierten. Aus der Stadt hinaus.

Antonius' Männer.

Ihnen folgten Legionäre im Laufschritt, jeder in absolutem Einklang mit seinem Nebenmann, die ganze Truppe wie ein einziger, tausendfach reproduzierter Mensch. Was für eine Organisation, was für ein Geist! Sie trugen zwar keine römische Uniform, dennoch waren es latinische Soldaten. So und nicht anders hatten die Römer der damaligen Welt Frieden aufgezwungen, durch Disziplin und Entschlossenheit.

Der Anblick erfüllte mich mit Stolz, selbst an der Pax Universa teilzuhaben.

Aus dem Schatten eines Säulenvorbaus heraus sah ich sie vorbeilaufen. Wie von Zauberhand hatten sich die Straßen gefüllt. Plötzlich hatten sich die Menschen aus ihren Häusern gewagt, weil sie das Schauspiel nicht verpassen wollten. Weißbärtige Männer in Chitonen, verschleierte Frauen, Sklaven und Sklavinnen mit durchstochenen Ohren und fremdartigen Gesichtern und schmutzige Kinder warteten am Straßenrand, bis die Soldaten vorbeigelaufen waren, und verzogen sich anschließend wieder.

Weil ich erst einmal ein Gefühl für die Stadt entwickeln wollte, beschloss ich, zweien von ihnen zu folgen.

Der Mann war älter und ging am Stock. Den anderen Arm hatte er auf die Schulter eines jungen Mädchens gestützt. Ich hatte noch nie einen grauhaarigen Mann gesehen oder jemanden, der nicht ohne fremde Hilfe laufen konnte. Es war interessant zu beobachten, wie vorsichtig er seine Schritte setzte und wie weiß seine runzlige Hand wurde, sobald er das Mädchen fester an der Schulter packte, um nicht umzufallen.

»Was sollen wir jetzt tun, Abba?«, fragte sie ihn. Sie war jung, doch obwohl sie bereits ein Kleid und goldene Armreifen trug, war sie noch nicht in der Pubertät. Und sie redete diesen Greis als Vater an?

Rechts von uns sah ich weitere Gebäude, die allerdings weniger geschmückt waren als die vorhin. Hier bestanden die Verzierungen eher aus Blumen und Ranken als aus Friesen von Göttern und Menschen. Den Juden waren keine Darstellungen von Menschen erlaubt. Und sie stellten unter Kleopatras Herrschaft ein volles Drittel der Bevölkerung von Alexandria. Befand ich mich hier in einer jüdischen Enklave?

»Cäsar war gut zu uns«, antwortete der Alte mit einem mir unbekannten Akzent. »Vielleicht wird der junge Oktavian genauso gut sein. Er hat uns zugesichert, dass der Tiger als Freund und Verbündeter Roms seinen Thron behalten darf.«

»Der Tiger ist nicht einmal Jude«, entgegnete das Mädchen angewidert.

Wer war dieser Tiger?

»Er tut viel für unser Volk, und ein wahrer Jude könnte unmöglich gleichzeitig die Gebote achten und die Römer zufrieden stellen. Wir brauchen jemanden, der das Gesetz«, der Alte lachte, »flexibel auslegt.«

»*Flore, sagt dir der Spitzname Tiger irgendwas?«,* meldete ich.

»Werden die Latiner die Königin töten?«, flüsterte das Mädchen.

»Ja.« Der Alte blieb stehen und ließ sich umständlich auf einer Bank nieder. Ein paar Meter vor seinen Füßen pickten ein paar Vögel im Staub herum. Der Alte schaute ihnen zu, die Augen gegen die Sonne zusammengekniffen. »Das nehme ich an. Sie und alle ihre Gefolgsleute.«

Mit aschgrauem Gesicht ließ sich das Mädchen neben dem Alten auf die Bank fallen. Die Vögel flatterten auf. Er nahm sie in den Arm und drückte sie. »Jakob wird schon nichts passieren«, sagte er. »Mach dir keine Sorgen wegen der Latiner. Schon eher um Canopus!«

»Abba!«, kreischte das Mädchen auf und vergrub ihr Gesicht

an seiner Brust. Ihre Ohren waren knallrot. »Ima wird entsetzt sein, dass du mit mir über fleischliche Dinge sprichst«, meinte sie mit gedämpfter Stimme.

»Flore, kannst du mich hören?«

»Genau darum hast du ja deinen Großvater, damit er die Wünsche deiner Mutter ausgleicht. Sie würde dich gern verhüllt wie eine Griechin sehen, und genauso stumm und dumm!«

»Mein Lehrer ist geflohen«, seufzte das Mädchen. »Also wird sich Imas Wunsch vielleicht erfüllen.«

Der Alte richtete sich mühsam wieder auf. »Alle gebildeten Männer sollten fliehen. Die Latiner wollen keine denkende Bevölkerung, nur eine reiche.«

Ich wandte mich ab, während die beiden die Straße kreuzten.

»Flore? Zimona 46723904.alpha. Bitte kommen!«

Nichts.

Ich atmete tief durch und probierte es noch mal.

Keine Verbindung.

Ich schaute auf meine CereBellum-Bedienung unter den schweren ptolemäischen Silberarmreifen, die Jicklet extra für diese Mission angefertigt hatte (falls mich jemand sehen sollte). Auf der Bedienung gab es einen »Pause«-Knopf, der den Schleier in dieser Sekunde einfrieren und mich ruckzuck zurück zur Basis transportieren würde. Auf diese Weise konnte ich die Position halten. Aber der war nur für Notfälle, hatte Jicklet erklärt.

Eine unterbrochene Verbindung war kein Notfall. Wahrscheinlich war es bloß ein Tek-Problem. Sie wären sauer, wenn ich wieder auftauchte, bevor meine Mission abgeschlossen war. Vielleicht sogar sauer genug für einen Problematik-Vermerk.

Ich würde mich schon zurechtfinden.

Langsam ging ich den Weg zurück, den wir gekommen waren, aber ich hatte nicht aufgepasst. Darum landete ich schließlich in einem anderen kleinen Park, wo ein Geländer ein Loch im Boden absicherte.

Eine Treppe führte ins Erdreich hinunter.

Warum nicht? Ich kletterte nach unten. Aus der Dunkelheit

schälte sich eine zweite Stadt mit Säulenvorbauten und Ziergiebeln aus Marmor und Porphyr, genau wie oben. Die Katakomben, erkannte ich. Die berühmten unterirdischen Passagen von Alexandria. Sie führten durch die ganze Stadt und waren angeblich voller Grabstätten und Schätze.

In einem der vielen Tunnel entdeckte ich ein paar schwankende Lichter.

Behutsam folgte ich ihnen. Goldene Borten funkelten im Schein der Fackeln; es handelte sich um reiche Menschen. Ich schlich mich näher. Die Frau war älter und hatte ein abgezehrtes Gesicht und eigenartig gelbes Haar. Der Junge war schon fast ein Mann, aber seine Stimme hüpfte noch auf und ab, und auf seinen Wangen sprossen ein paar vereinzelte blonde Barthaare. Die beiden schauten sich um und blieben mitten in der Passage stehen.

»Hast du das gehört?«, flüsterte die Frau.

»Sie sind noch nicht da«, sagte der Junge.

»Mach schnell!«, befahl sie.

Sie schoben eine große, mit griechischen Buchstaben beschriebene Platte beiseite, hinter der ein rechteckiges Gelass voller steinerner Behälter zum Vorschein kam. Ein Beinhaus. »Der hier?« Der Junge hatte die Hand auf den ersten Behälter gelegt und sah sie fragend an.

»Nein, das ist dein Vater.«

»Großvater liegt hinter ihm?«, fragte er und wagte sich tiefer in die Höhle vor.

»Das ist Alexos.«

»Welchen willst du nehmen?«

»In den deiner Großmutter werden sie wahrscheinlich nicht schauen.«

»Der letzte?«

»Auf dieser Ebene.«

»Wir könnten auch die Zelle dort hinten öffnen.« Er deutete in den Gang.

»Wenn sie genau hinschauen, werden sie die frischen Abdrücke bemerken, und dann wissen sie, dass erst vor kurzem jemand da war. Nachdem dein Vater erst letzten Monat gestorben ist, wäre es –«

»Setz dich«, fiel er ihr ins Wort. »Ich mache das. In den von Großmutter also?«

Die Frau nickte. »Wir müssen es dort einlagern.« Sie nagte an ihrer Unterlippe. »Hoffentlich schaffen wir es noch in den Palast, bevor sie die Tore schließen.«

»Ich bin sicher, dass die Tore den ganzen Tag aufbleiben werden«, sagte der Junge, bevor er ächzend eine der kleinen Kisten nach vorne zog und sie auf dem Boden abstellte.

»Wir haben einen gewissen Vorteil«, sagte die Frau. »Immerhin war dein Vater –« Sie verstummte, weil der Junge unter dem Gewicht des zweiten Behälters zu taumeln begann. »Der arme Alexos«, seufzte sie. »Er war noch so jung.«

Der Junge zog zwei weitere heraus, dann eilte die Frau an seine Seite.

Ich war im Schatten geblieben, doch die Neugier ließ mir keine Ruhe. Ich beugte mich vor.

Der Junge schreckte hoch, zog seinen Dolch und drehte sich zu mir um. Ich trat zur Seite, in der Hoffnung, dass er kein zweites Gesicht und auch keinen außergewöhnlichen Spürsinn für die Anwesenheit eines menschlichen Wesens besaß.

»Was? Was ist denn?«, rief seine Mutter und sah sich gehetzt um.

Das Messer in der Hand des Knaben zitterte. »Nichts, ich dachte nur, ich hätte etwas gehört. Wahrscheinlich war es nur ein Tier.«

Sie öffneten das Behältnis, und die Frau leerte ihren Korb hinein. Die Sachen waren in Tücher gehüllt, schepperten aber metallisch. Ihre Wertsachen, die nicht den Römern in die Hände fallen sollten?

Aber die Römer hatten nicht gewütet, als sie in Alexandria einmarschiert waren. Nur das Gefolge der Königin war getötet worden, und das war damals eine gängige Vorsichtsmaßnahme.

»Bleibt uns danach noch genug übrig?«, fragte der Junge, ehe er die Kiste wieder schloss.

»Ein paar Münzen, um den Kammerdiener zu bestechen.« Die Frau zählte das Geld in ihre Hand ab. »Ein paar Münzen für den *strategus*. Ein paar Münzen für den Kapitän. Ein paar Münzen für die zypriotischen Wachposten. Ein paar Münzen, um deinen Onkel zu finden.«

»Und ein paar Münzen für etwas zu essen, ein Obdach und die Reise?«, fragte er mit nervösem Blick. Er hatte sich noch nicht von dem Schreck erholt, den ich ihm eingejagt hatte.

Sie wollten nach Zypern fliehen. Es mussten enge Vertraute von Kleopatra sein.

Lärm von oben. Rufe. Der Krach schallte durch die Tunnel.

Ich lief zum Eingang zurück und hörte Stein auf Stein schaben, als der Junge die Gebeinkisten in den Loculus zurückschob. Ich rannte ins Tageslicht, wo ich mit zweimaligem Blinzeln die Sonnenschilder vor meine Lider schob.

»*Katastrofee!*«

Ein leichtfüßiger Jüngling mit blonden Locken und blutverschmiertem Körper rannte an mir vorbei, immer wieder schreiend: »*Erhomos! Katastrofee!*« Auf seinem Stab prangte das Merkurzeichen, und auf seinem Umhang leuchtete Alexanders Wappen.

Er kam pünktlich. Antonius' Männer waren zu Oktavian übergelaufen, und Antonius würde in Kürze in den Palast zurückkehren, wo er Kleopatra vorwerfen würde, sie hätte ihn hintergangen. Morgen in der Abenddämmerung würde Oktavian in die Stadt einmarschieren.

Ich folgte dem Herold.

Immer mehr Menschen strömten in seinem Gefolge auf die Straße. Ich fand mich bedrängt von hunderten, nein tausenden von Alexandrinern. Männern, Frauen, Kindern. Alt und Jung. Die bunt gemischte Menge spülte mich davon. Ich fühlte mich wie unter Drogen oder unter Schock: In wie vielen Farben und Formen gab es uns Menschen eigentlich? Bis dahin hatte ich ausschließlich Menschen in Mokkabraun gekannt.

Hier dagegen … waren die Leute rot oder gelb oder weiß oder gefleckt. Die Haare waren mal lockig, mal rot oder gelb, mal glatt, mal wellig. Verwundert strich ich über meine eigenen glatten schwarzen Haare. Diese Gesichter, diese Vielfalt … von der Menge geschoben, fand ich mich im Innenhof eines weiteren Gebäudes im griechischen Stil wieder. Ich sprang mit einem Satz auf die erste Statue, die mir in den Weg kam – Auteles, Kleopatras Vater, der als Neos Dionysos mit einer Rebenkrone und einer Flöte in der Hand dargestellt war.

Ich verstand sämtliche Sprachen, die hier gesprochen wurden, aber ich hatte mir nie klar gemacht, dass es so viele verschiedenen Arten von Menschen gab.

Ich schmiegte mich an Auteles. Wieder blieb meine Meldung über Funk unbeantwortet.

»Er kommt in Frieden!«, rief ein Mann, der hoch über der aufsehenden Menge auf einem Ziegeldach stand. »Er wird uns Frieden bringen!«

»Rom bringt uns nur Frieden, wenn wir uns unter ihr Joch beugen!«, rief einer aus der Menge zurück, und der Rest johlte zustimmend. Ich presste mich noch fester an Auteles.

Der erste Mann duckte sich unter dem heranfliegenden Obst weg und versuchte weiterzusprechen. »Wenn wir uns ergeben, wird er Gnade walten lassen!«

»Heil Cäsarion!«, sang der Mob. »Heil Kleopatra!« Unter den Gesängen erkletterten zwei Männer das Gebäude und bauten sich hinter dem Pro-Oktavianer auf.

Unten war ein Mann auf die Schultern von zwei anderen Demonstranten gestiegen und mühte sich ebenfalls ab, aufs Dach zu kommen. Die beiden oben näherten sich dem Redner. »Er bringt uns Frieden!«, beteuerte der Pro-Oktavianer und sah sich ängstlich nach einem Fluchtweg um. »Andernfalls wird Alexandria nicht überleben!«

Er wurde ausgebuht, wie es der Stimme der Vernunft so oft widerfährt.

Er rutschte aus, fiel vom Dach und riss dabei den Mann mit,

der auf den Schultern seiner Freunde stand. Alle vier verschwanden aus meinem Blickfeld.

»Diebisches Gesindel!«, schrie jemand aus einem anderen Eck. Ein Raunen ging durch die Menge, alle drehten sich um, doch ich konnte bloß einen Mann erkennen, der mit hochgereckten Armen auf und ab hüpfte. Etwa der Bestohlene?

Von einer anderen Seite des Platzes her flehte ein weiterer Pro-Oktavianer die Menge an: »Sie hat uns bestohlen!«, rief er. »Unsere Kinder geraubt und in ihre Armeen gesteckt, mit unserem Gold ihre Schatztruhen gefüllt und unsere Töchter an ihre Edelleute verheiratet!«

Womit er die Wahrheit sagte.

Er war umringt von Freunden wie von einem menschlichen Schutzschild. Ein *schlauer* Wahrheitsverkünder.

»Oktavian wird uns leben lassen, wie es uns gefällt, ohne –«

»Oktavian interessiert sich nicht für uns! Er will bloß unser Geld!«

»Tod dem Oktavian! Tod dem Oktavian!«

So war es immer, wenn Splittergruppen aufeinander trafen. Solche Konflikte führten schließlich zu Kriegen, zu Blutvergießen, zur Auslöschung eines ganzen Volkes. Unseren Quellen zufolge war Oktavian mit offenen Armen in der Stadt aufgenommen worden. Natürlich gab es regelmäßig kleinere Gruppen von Abweichlern, aber hier waren die Pro-Oktavianer eindeutig in der Minderheit.

Meine Quellen waren ganz eindeutig nicht auf dieser Agora gewesen.

»Gegen Rom kann sie unmöglich gewinnen!«, rief ein anderer. »Antonius hat die Nerven verloren, und ihr werden die Legionen nicht folgen!«

»Sie braucht uns!«, rief ein anderer. »Auf zum Brucheion!«

»Auf zum Brucheion!«, nahm ein Zweiter den Ruf auf.

Eine kleine Gruppe versuchte sich durch die Menge zu drängen, aber sie war zu schwach. Die meisten Menschen blieben eng gedrängt und aufgeregt schnatternd stehen. Kinder weinten;

ein paar Händler boten Obst feil – reifes zum Essen, überreifes zum Werfen –, Wahrsager gaben Prophezeiungen zum Besten, Geldverleiher boten Kredite an und überall huschten Kinder, hager und ungewaschen, wie Mäuse von einer Gruppe zur nächsten.

Taschendiebe, nahm ich an.

Staunend und mit weit aufgerissenen Augen betrachtete ich die Menge; Inder, Asiaten, Juden, Nubier, Skythen – und das waren nur jene Rassen und Nationalitäten, die ich aus meinen Quellen wieder erkannte. Dazu hörte ich Griechisch und Aramäisch und Latein und Hebräisch… und sah blaue Augen und grüne Augen, rotes Haar und blondes Haar, tausend verschiedene Augenpartien, hundert verschiedene Nasen.

Es war unfassbar. Beängstigend. So prachtvoll und chaotisch. Ich wusste kaum, wohin ich schauen, worauf ich mich konzentrieren sollte. Offenbar war die Menge genauso verstört wie ich, denn niemand unternahm etwas, nicht einmal jene, die eigentlich zum Palast gehen wollten. Alle drängten sich in Grüppchen zusammen und palaverten, in die verschiedensten Gewänder gehüllt, aus ihren vielförmigen Mündern in unzähligen Zungen aufeinander ein, aber niemand *unternahm* etwas.

Ein Mann kletterte auf das Podest der Statue und schubste mich dabei zur Seite. »Seid ihr von Sinnen?«, rief er der Menge zu. »Die Römer kommen! Wenn wir Widerstand leisten, wird Oktavian seinen Männern freie Hand lassen! Geht in eure Häuser! Lasst sie kommen!«

Ich sah ihn im Profil; auf seiner Oberlippe glitzerte Schweiß. »Wenn wir uns wehren, werden sie unsere Töchter vergewaltigen und eure Häuser verwüsten! Geht nach Hause!« Dieser Mann wusste, welcher Ruf Carnifex vorauseilte, das stand fest. Aber er hatte nichts zu befürchten, obwohl ich, als ich ihn genauer ansah, an Charmians und Kleopatras Gespräch über Oktavians Vorlieben denken musste. Vielleicht hatte dieser Mann *allen* Grund, sich zu fürchten.

Seine kurzen Haare wurden von einem Band zusammengehalten. Sein Gesicht wirkte kantig und trotzdem voll, die dichten Brauen streckten sich deutlich sichtbar über einer langen, geraden Nase, die Lippen waren fleischig und das feste Kinn ragte energisch vor. So ein Gesicht hatte ich noch nie gesehen. Seine leuchtend grünen Augen waren mit goldenen und smaragdgrünen Sprenkeln durchsetzt und von langen Wimpern überschattet. Unter seinem kurzen weißen Chiton und dem grünen Himation sah ich glatte goldene Haut über festen Muskeln und geschwungene Schenkel, die in einem felsenharten Hintern endeten.

Er war der Grieche par excellence. Eine zum Leben erwachte Statue. Er war einfach unglaublich schön.

»Seid ihr taub? Sie sind schon im Anmarsch! Geht nach Hause! Beschützt eure Familien!« Er brüllte die Menschen an, beleidigte sie, beschwor sie und drohte, bis sich die Menge schließlich widerwillig in Bewegung setzte. Träge und ohne Ziel, fast wie H_2O, dem langsam Wärme zugeführt wird. »Sie werden das Gold aus unseren Tempeln schleppen, unsere Bäume fällen und in unsere Brunnen pinkeln! Schützt euch! Leistet keinen Widerstand –«

Alle hörten die fernen Hufe. Diese steinerne Stadt wirkte wie ein einziger riesiger Verstärker. Die Menge reagierte, wie Mengen es immer tun – die Leute stürmten los, ohne auf ihre Mitmenschen zu achten, sie trampelten über Gefallene hinweg, kreischend und um sich schlagend, um den marmornen Mauern zu entrinnen.

Ich kletterte an Auteles hoch, bis ich über das Gebäude sehen konnte.

Ein einsamer Reiter kam, tief über seinen weißfleckigen, schwarzen Hengst gebeugt, auf der Straße herangedonnert. »Betrügerin!«, brüllte er ständig und jagte dabei durch die auseinander stiebende Menge. »Ich bringe sie um!«

Seine Waffe blinkte kurz in der Sonne auf, dann tauchte er ein in die Tiefen der Stadt, in dieses Gewirr aus weißem Stein. Ich konnte die Palastmauern nicht einmal sehen. Sein Tier übersprang den Teich in der Straßenmitte, schlug den Weg zum Meer ein und war verschwunden. In Richtung des Brucheion-Viertels kam die Menge, die zur Hälfte noch auf der Agora war, zur Hälfte bereits die umliegenden Straßen füllte, wieder zur Ruhe. Die Diskussionen lebten erneut auf und erfüllten die Luft. Die immer gleichen Fragen, in Dutzenden von Sprachen gestellt.

Hatte Kleopatra ihn *wirklich* betrogen?

Kam Rom *wirklich* in friedlicher Absicht?

Würde sie sich *wirklich* mit Oktavian verbünden?

Waren sie *wirklich* gerettet?

Der Schönling lehnte inzwischen erschöpft an Auteles, aschfahl und offenkundig ohne jede Hoffnung. Ich musste so schnell wie möglich zu Antonius gelangen. Der Grieche sprang hinunter in die Menge, die sich mit gehässigem Flüstern vor ihm teilte. In welcher Richtung lag von hier aus der Palast? Ich würde ihn schon finden, aber vielleicht nicht schnell genug. Darum lief ich dem Griechen hinterher, so nahe, dass er meinen Atem im Nacken spüren konnte, und rannte mit ihm vom Marktplatz weg.

Manchmal können wir in der nächsten Realität den Menschen Gedanken eingeben, ohne dass sie sich dessen bewusst sind. Er würde mich hören, aber nur in seiner Einbildung. »Geh zum Brucheion«, flüsterte ich ihm ins Ohr.

Dabei hätte ich lieber ganz andere Sachen mit ihm angestellt, als ihm was einzuflüstern. Aber Jene Welche Bestimmen haben feste Regeln aufgestellt. Und selbst wenn es nur mental geschah, würden sie bald wieder Verbindung mit mir aufnehmen.

Hoffentlich.

Er fuhr abrupt herum, mit fassungslosem, aber immer noch schönem Gesicht. Mit zusammengekniffenen Augen spähte er genau durch mich hindurch. Ich war fest in meinen Schleier gehüllt, aber man konnte nie wissen, wie gut wir darin verborgen waren. Er drängelte durch die Menge und lief dann im Tempo eines Langstreckenläufers los in Richtung Nordosten. Ich folgte ihm.

Während wir losrannten, verwandelte sich der Mob von einer

panisch verängstigten Menge in eine hin- und herwogende, besorgte Menge.

»Er hat den halben Senat hinrichten lassen und mit dem Gold der Ermordeten seine Soldaten bezahlt, und ihr glaubt, er würde uns Alexandriner verschonen?«

»Ich für meinen Teil trinke heute Abend alles aus! Sollen Antonius und Kleopatra doch ihre Gelage für die Unvergleichlichen Lebern veranstalten! Ich veranstalte meines für all jene, die morgen sterben müssen!«

»– ist Seide, glaubst du, das gibt Flecken?«

Sie machte sich Sorgen um ihre Kleidung? Diese frivole Gleichgültigkeit war mit ein Grund für so viele Probleme der wohlhabenden Welt. Ich reckte den Hals, um dieses Wesen zu erspähen. Eine zweite Frau legte die Hand auf den Arm der Sprecherin. »Vielleicht wird Isis dich und dein Gold beschützen.«

»Oktavian hasst uns alle, und vor allem hasst er Frauen, die mit Göttinnen sprechen können«, erwiderte die erste. Ich prägte mir ihr Gesicht fest ein und lief dann weiter, um meinen Adonis nicht aus dem Blick zu verlieren.

Weil es so voll war, konnte ich ihn nicht laufen sehen, aber ich erhaschte eine Straße weiter einen kurzen Blick auf seine Schultern und seinen weißen Chiton und schlängelte mich daraufhin hastig durch die versammelten Gruppen, um ihn einzuholen.

Ich holte ihn tatsächlich ein; das aus riesigen Steinplatten zusammengefügte Pflaster war so eben, dass ich nicht einmal auf meine Schritte zu achten brauchte – ich konnte mich im Laufen umsehen: Theater, Tempel – und zu guter Letzt die Tore vor Kleopatras Palast.

Sie waren gigantisch, machtvoll und dazu gedacht, einer Belagerung standzuhalten. »Ptolemaios« war in griechischen Lettern über dem ägyptischen Türsturz eingraviert. Die fünfzehn Meter hohen Torflügel darunter standen weit offen.

Weit und breit war kein Soldat zu sehen.

Der Adonis blieb vor dem Tor stehen, ohne die Schwelle zu übertreten. Er rieb sich stirnrunzelnd über die Arme, als würde er an diesem warmen Morgen frösteln. Ich hauchte ihm ein Danke ins Ohr und presste dann meine Lippen auf seinen roten Mund.

Er machte einen Satz zurück, strich sich mit den Fingern über den Mund – er hatte lediglich einen leichten Druck gespürt, ich war schließlich unter dem Schleier –, drehte sich um und rannte davon. Ich sah ihm nach, bis er außer Sichtweite war. Ja, seine Götter hatten ihn wirklich gesegnet.

Gleich darauf befand ich mich wieder innerhalb des Brucheions, diesmal allerdings am anderen Ende. Eine Reihe von Gebäuden in griechisch-ägyptischem Stilmischmasch füllte mein Blickfeld. In der Mauer zu meiner Rechten waren im rechten Winkel zwei griechisch wirkende Gebäude eingelassen. Und vor mir reihten sich wie eine Barriere kleine, durch ägyptische Gesimse verbundene Bauten, die quer über die verdorrte, braune Rasenfläche zwischen den griechischen Gebäuden und dem großen Tempel reichten, der mir schon vorhin aufgefallen war.

Ich linste durch ein Fenster. Die kleinen Bauten waren Unterkünfte. Und leer.

Ein Mosaikbrunnen erhob sich im Zentrum einer Sphinxenallee zwischen dem Tempel und einem weiteren Gebäude im griechischen Stil.

Der Brunnen war ausgetrocknet, die Pflanzen darum sahen verdorrt und abgestorben aus. Ich blickte auf den Eingang und blieb stehen.

MUSEION, Heim der Musen.

Die berühmte Denkfabrik der Ptolemäer. Genau wie mein Institut diente das Museion gleichzeitig als Museum, Akademie und Bildungsstätte.

Ich hätte es näher an die Große Bibliothek gebaut, aber möglicherweise hatte man es hierher verlegt, nachdem die Bibliothek zerstört worden war. Es war zu wenig Platz für die Bibliothek, und die Gebäude rundherum sahen so aus, als stünden sie schon seit Jahrhunderten.

Ich starrte gerade auf einen weiteren ausgetrockneten Brunnen, als ich einen Knaben entdeckte, der von der Landzunge her auf mich zugerannt kam. Hören konnte ich ihn ebenfalls, denn auf dem Rücken trug er ein Bündel Schwerter, das gegen seine Rüstung schepperte. Ich folgte ihm zu dem rosa Mausoleum Kleopatras.

Vor der Rotunde hatte sich eine ansehnliche Menge versammelt. Offenbar gab es auch Sklaven in allen Farben und Größen.

Der Jüngling eilte zu einem fassbäuchigen Kerl in blutverschmierter Rüstung, der unter dem Fenster stand. Alle schwiegen gespannt.

Der Mann sah zu Charmian im Fenster auf. »– und es ist Zeit zu sterben«, sagte sie.

Augenblicklich fielen die Sklaven auf die Knie und riefen Kleopatras Namen.

»Aber Antonius hat sie gerade noch gesehen«, protestierte der Mann und setzte den gelb gefiederten Helm ab, der ihn als Mitglied der Reiterei auswies. »Sie war doch noch eben ... und jetzt soll sie schon ...?«, fragte er Charmian. Er war groß, hatte muskulöse Schenkel und kraftvolle, wie gemeißelt aussehende Arme. Sein gewelltes, braunes Haar war nass vor Schweiß, sein jungenhaftes Gesicht ebenfalls. Er wirkte verdutzt, war aber in seiner Jugendlichkeit eine freundlich wirkende Erscheinung.

Der Knabe, dem ich gefolgt war, packte den Riesen am Arm und wollte ihn wegziehen. »Herr, lass uns in deine Gemächer gehen.«

»Wieso sollten wir das Unausweichliche hinauszögern?«, fragte der Mann. »Auch wenn die Sonne am Himmel steht und die Vögel singen, gibt es keinen Grund mehr, sich am Leben festzuklammern. Sie, die dein Leben war, ist von uns gegangen.«

Ich schoss herum und hielt in der Menge Ausschau nach jemandem, der wie Antonius aussah.

»Herr –«

Der Riese fummelte an den Schließen seines gehämmerten und versilberten Brustharnischs herum, bekam ihn aber nicht auf. Erst als der Sklave die beiden Teile löste, sah ich, dass das

Vorderteil mit den Gesichtern von Herkules und Dionysos verziert war.

Herkules – der Urvater der Antonier. Dionysos, Mark Antons Schutzgottheit. Ich beobachtete den Riesen, der sich heftig blinzelnd aus seinem Panzer befreite. In unaufhörlichen Wogen hoben und senkten sich über allem die schneidenden Klagegesänge, die so bezeichnend waren für Trauergesellschaften im Nahen Osten.

Mit geballten Fäusten und voller, tiefer Stimme, der die Tränen anzuhören waren, wandte er sich an das leere Fenster. »Es dauert mich nicht, von dir geschieden zu sein, Kleopatra.«

Das *war* Antonius.

»Bald werde ich wieder bei dir sein. Es bestürzt mich nur, dass… dass so ein großer General einem Weib an Mut so augenscheinlich unterlegen sein soll.«

Dies war Antonius' große Rede, das –

Er sah unvermittelt über seine Schulter. »Hast du das?«, fragte er völlig ungerührt.

Was?

Erst jetzt bemerkte ich den Schreiber mit dem schief hängenden Chiton, dem die Schreibfedern hinter den Ohren und im Taillenbund steckten. Er notierte hastig jedes Wort. »Noch mal den letzten Satz?«, bat er, ohne auch nur aufzusehen.

»Dass so ein glorreicher General –«, wiederholte Antonius ohne jedes Pathos.

»Ich hatte ›groß‹«, wandte der Schreiber ein und sah mit seinen weit auseinander liegenden, haselnussbraunen Augen zu Antonius auf.

Und das sollte Antonius sein?

»Groß.« Antonius verstummte kurz und überlegte mit zusammengekniffenen Lippen. »Groß passt schon. Dass so ein großer General einem Weib an Mut so augenscheinlich unterlegen sein soll.«

»Wirklich sehr römisch, Herr.«

»Meine Worte mögen römisch sein, doch mein Herz ist griechisch«, sagte Antonius. »das Theater, die Rebe und die Ehre, nur das zählt wirklich für mich.«

Was?

Unseren historischen Quellen zufolge hatte Antonius vor seinem Tod noch große Reden geschwungen. Ich hatte angenommen, das wären Phantasien Plutarchs gewesen, um den Eindrücken, die Olympus gesammelt hatte, mehr Farbe zu verleihen. Und ich wusste, dass Antonius sich für einen Schauspieler hielt, aber dennoch…

»Eros?«, wandte sich Antonius an den Knaben, der eben zum Mausoleum gekommen war. »Erinnerst du dich noch an dein Versprechen mir gegenüber? In Parthien?«

Das war *eindeutig* Antonius.

Der Junge nickte, und sein Blick wurde glasig unter unvergossenen Tränen. Er half Antonius aus dem Rest der Rüstung – einem Netzhemd aus Eisen, zwei Lagen geleimter Lederhemden und einigen weiteren Gürteln und Schwertern. Schließlich und endlich stand Antonius in einer ochsenblutroten Tunika vor uns, mit einem einfachen Lederstreifen als Gürtel und den berüchtigten Caliga-Soldatenstiefeln an den Füßen. Er atmete tief durch, schloss die Augen und verkündete dann mit so dröhnender Stimme, dass man ihn bestimmt bis in Oktavians Lager hören konnte: »Ich bin bereit.«

Ich wusste, was passieren würde, aber es war trotzdem grausig anzusehen. Der zwölfjährige Knabe erstach sich selbst. Sein helles Blut spritzte in alle Richtungen. Blutend, stöhnend und zuckend fiel er Antonius zu Füßen, von Antonius' Dolch gefällt.

Die Trauernden jammerten stärker, das Wehklagen wollte kein Ende nehmen. Ich schlich mich näher, auch wenn mir der Blut- und Eingeweidegestank schier den Atem verschlug.

Antonius ließ sich ungelenk auf ein Knie nieder und tätschelte dem Knaben den Kopf. Das Kind lebte noch, auch wenn es vor Schmerzen leichenblass war und mit weit aufgerissenen Augen verzweifelt nach Luft schnappte.

»Gut getan, Eros. Gut getan.« Antonius wedelte den Schreiber fort und ließ sich ein neues Schwert bringen. Dann wandte er sich wieder an den Knaben. »Auch wenn du nicht *mich* erstachst, so wie du es versprochen hast.« Er murmelte leise: »Schon wieder wurde ich hintergangen.« Dann seufzte er. »Trotzdem hast du mir gezeigt, was ich nun tun muss.«

Antonius hielt dem Knaben die Hand. Eros wimmerte, aber er war schon halb verblutet. »Du warst ein guter Junge«, lobte Antonius ihn. »Ein ehrbarer Römer. Geh zu den Göttern.« Er schloss Eros' blinde Augen und rief nach einer Münze.

Ich sah zum Fenster auf. Es war leer.

»Flore, Flore –«

Keine Antwort.

Wieso stellte Kleopatra sich tot? Wollte sie Antonius durch diese List zum Selbstmord treiben? Oder handelte es sich hier nur um ein schreckliches Missverständnis? Plutarch, Dio und Oktavian hatten das Geschehen an diesem Nachmittag aus jeweils unterschiedlicher Warte betrachtet. Kein Wunder; ich war Augenzeugin und hatte trotzdem keine Ahnung, was sich hier abspielte.

Antonius schob die Münze unter die Zunge des Knaben und richtete sich mühsam wieder auf.

Ein Sklave reichte ihm das Schwert.

»Ein größeres konntest du wohl nicht finden?«, bemerkte Antonius sarkastisch mit einem Blick auf das Streitschwert. »Nun, es wird schon gehen.«

Er versuchte sich die Klinge von vorn ins Herz zu stoßen, aber seine Arme waren nicht lang genug, um das Schwert senkrecht zu halten. »Schicksal, führe mich zu ihr«, tönte er daraufhin und rammte sich das Schwert schräg in den Bauch.

Die Menge schrie, und das Wehklagen schwoll noch mehr an. Antonius stöhnte auf, fiel blutend auf die Knie und kippte dann auf die Seite.

Er regte sich nicht mehr.

In der Theorie hört sich der Satz: »Er stürzte sich in sein Schwert« nach einem schnellen, sauberen Tod an. In Wirklichkeit waren alle Umstehenden mit Blut besprenkelt. Antonius hatte das Schwert in der Linken gehalten und es im schrägen Winkel in seinen Bauch und dabei in den Magen gestoßen. Der genauso beeindruckend groß war wie der übrige Leib. Es würde noch Stunden dauern, bis er verblutet war.

»Großer Antonius«, sagte einer der Sklaven.

»Ein Römer, männlich besiegt von einem Römer«, ergänzte ein anderer.

Ich blickte zum Fenster auf und sah Iras? Kleopatra? – aus dieser Entfernung und diesem Winkel war das schwer festzustellen – dahinter stehen und mit einem bunten Tuch über ihre Augen wischen.

Der Seewind raschelte in den Palmen und bestäubte uns alle mit Gischt. Jemand meinte, es sei Aphrodite, die um Dionysos weinte, woraufhin ihm ein anderer ins Gedächtnis rief, dass Dionysos Antonius in der vergangenen Nacht verlassen habe. »Aber Antonius war betrunken, als er auf seine Liege fiel, darum bezweifle ich, dass er den Gesang auch nur gehört hat.«

»Die Infanterie und Kavallerie hat ihn jedenfalls gehört«, meinte der erste Sklave.

Beide lachten leise.

Antonius setzte sich auf.

Beide Sklaven nahmen Reißaus – sie glaubten, er sei von den Toten wieder auferstanden, um sie für ihre freche Bemerkung zu bestrafen. Ich nahm jedenfalls an, dass sie das dachten. Die übrigen Sklaven kreischten auf und rannten ihnen hinterher.

»Macht meinem Leid ein Ende!«, brüllte Antonius ihnen nach.

Keine fünfzehn Sekunden später war ich, abgesehen von dem toten Eros und dem sterbenden Antonius, die einzige Person unter Kleopatras Fenster.

Er sah entsetzlich aus, käsig wie kalter Knorpel. »Kleopatra«, bellte er, wobei unmöglich zu sagen war, ob er sie im Jenseits erreichen wollte oder glaubte, dass sie sich im Mausoleum versteckt hielt. »Ich habe getan, was du von mir verlangt hast, aber Antonius hat schon wieder versagt. Wieder habe ich versagt.«

Er begann zu weinen. »Kleopatra, hab Mitleid. Charmian, Iras, kommt und setzt meinem Leben ein Ende. Nur etwas«, er keuchte – ein grässlicher, tierischer Schmerzenslaut – »Wein, um meinen Göttern zuzuprosten und dieser Qual ein Ende zu bereiten.« Er kippte keuchend zurück auf den Boden.

»Du«, sagte er und blickte mir dabei fest in die Augen. »Bring mir Wein, Göttin. Hab Mitleid.« Er schloss die Augen, atmete aber immer noch.

Über mir hörte ich Schreie. Alle drei Frauen beugten sich aus dem Fenster. Ein paar Sklaven, die ihre Köpfe hinter Büschen und Bäumen hervor und aus den Türnischen reckten, wurden von – Kleopatra? Iras? – herbeigerufen.

»Holt Seile«, kommandierte Charmian. »Wir hieven ihn hoch.«

»Öffnet die Türen«, schlug ein kleiner Grieche vor, der scheinbar aus dem Nichts aufgetaucht war.

»Sie wird sie nicht öffnen, Oktavians Männer könnten hereinkommen«, erklärte Charmian.

»Ihr könnt ihn nicht hochziehen, er wiegt mehr als –«

Antonius bellte wieder, diesmal noch schlimmer als beim ersten Mal.

Der Laut versetzte sämtliche Sklaven und Zuschauer in helle Aufregung.

»Zieht endlich das Schwert aus seinem Bauch!«, kreischte eine Frau.

»Ich mache das nicht«, lehnte ein neben mir stehender Sklave ab.

Antonius begann zu zappeln, die Hände fest um das Schwert gekrallt. Aber seine Arme waren nicht lang genug, um es tiefer zu stoßen, und er schaffte es auch nicht, die Klinge herauszuziehen. Alles war voller Blut. Kurz flackerte in mir der Gedanke auf, dass ich eine Blutprobe für seinen Deenah-Code nehmen sollte, während wir schweigend zusahen, wie er stöhnend verendete. Unendlich langsam.

»Ich helfe dir«, flüsterte ich in einer List dem rundlichen jungen Mann neben mir ins Ohr. Er sah den Sklaven an, der hinter mir stand. »Also gut, dann komm«, sagte er, auf meine List hereinfallend, und trat vor.

Die Übrigen bildeten einen neugierigen Kreis, während die beiden Männer bis drei zählten und dann das Schwert aus dem Fleisch rissen. Ich bin nicht sicher, ob diese Szene irgendwo geschichtlich erwähnt wurde; ganz kurz fragte ich mich, ob ich Antonius mit meinem Vorschlag um seine große Sterbeszene gebracht hatte. Die Geschichte würde das schon wieder einrenken. Das hier war definitiv kein GP.

»Klea«, stöhnte er. »Klea!«

Mit überraschendem Geschick wurde Antonius auf ein Brett gelegt, in Leinen gehüllt und an Brust, Bauch, Hüfte und Knien am Holz festgebunden. Die Enden der Seile wurden zu den Frauen hochgeworfen, die ihn nach oben zogen, wobei sie sich gegen den Sims stemmten.

Beim ersten Versuch brachten die Frauen den mächtigen Feldherrn höchstens einen halben Meter hoch. Dann holten die Sklaven Leitern herbei und drückten von unten, während die Frauen von oben zogen. Antonius schrie bei jedem Ruck laut auf und brüllte mit ausgestreckten Armen nach Kleopatra. Es war ein langwieriger, mühsamer Prozess, bei dem acht Beteiligte mitwirkten und ein gutes Dutzend Zuschauer Anweisungen und Tipps gab.

Ich kletterte in Windeseile mit meinen künstlich verstärkten Sprunggelenken an der Außenmauer hoch und schaute vom Dach aus weiter zu.

Endlich hatte Antonius, gezogen von drei Frauen, die zusammen eventuell hundertvierzig Kilo wogen, und mit aller Kraft geschoben von den auf den Leitern wankenden Sklaven, den Fenstersims erreicht. Die Frauen sanken schwer keuchend zu Boden, und Antonius blieb auf dem Sims schaukelnd liegen.

»Mein Schreiber!«, rief er.

Der junge Mann wurde durch die Menge zu den Leitern geschubst.

»Ich dachte, er ist tot«, sagte der Schreiber.

»Er stirbt«, verbesserte ein Sklave. »Und er wird es nicht ohne dich tun.«

»Ich bin aber nicht schwindelfrei.« Furchtsam sah der Junge zu Kleopatras Fenster auf.

«Du solltest dich eher davor fürchten, was sie mit dir anstellen wird, wenn du sein Ende verpasst«, warnte der Sklave und setzte die Hände des Jungen auf die Leiter. Schwitzend und mit grauem Gesicht kletterte der Junge nach oben. Die bereits auf der Leiter stehenden Sklaven schwangen zur Seite weg, um ihn vorbeizulassen.

Fünf Leitern lehnten inzwischen an den Wänden, alle voll gepackt mit Schaulustigen, die diese Szene keinesfalls verpassen wollten. Andere kletterten noch weiter nach oben und drängten sich zwischen den Säulen auf dem Sims.

Der Junge sprang zitternd ins Innere des Mausoleums.

Kleopatra schien wie versteinert, als sie Antonius anstarrte. Sie trug einen bestickten schwarzen Himation über einem federleichten weißen Chiton. Die Sklaven und Sklavinnen heulten und jammerten lautstark. Weiß wie Marmor kniete Kleopatra neben Antonius nieder und küsste erst seine Hände, dann seine Füße, während sie ununterbrochen auf ihn einflüsterte, mit starren, weit offenen Augen, deren Pupillen sich ständig dem Licht anpassten.

Was immer sie auch später nehmen würde, noch hatte sie es nicht genommen.

Antonius erwachte und strich ihr zitternd übers Haar. Sie unterhielten sich mit gedämpften Stimmen.

«Wein!«, rief Kleopatra, zu ihren Dienerinnen gewandt. Sie flößte ihn Antonius ein. Er ließ sich zurücksinken und erhob seine Stimme zu seiner letzten Darbietung.

Ich kannte den Text.

«Beklage nicht mein Sterben, Fortuna war mir wohl gewogen«, sagte er.

Der Schreiber schrieb, die Unterlippe zwischen die Zähne geklemmt, wie wild mit.

Antonius war noch nicht fertig: «Bestärke dein Gedächtnis an der Erinnerung unseres früheren Glücks.« Inzwischen war kein Auge mehr trocken. «Ich war der erste Weltgebieter und der edelste dazu, und auch jetzt sterb ich nicht feige, sondern wie ein Römer, männlich nur besiegt vom Römer.«

«He, das habe ich gesagt«, meldete sich der Sklave zu Wort, der den Satz zuerst geprägt hatte. Aber niemand hörte auf ihn. Alle Blicke waren wie gebannt auf diese Pieta gerichtet: Antonius, das schöne Gesicht kein bisschen entstellt vom Tod, lag in den Armen der einzigartigen Kleopatra, und beide wurden überspült vom ägyptischen Licht und der linden Mittelmeerbrise.

Nach einer Weile löste sich die Königin aus seinen Armen und rief nach Diomedes.

Der kleine, auf einer Leiter hockende Grieche hob die Hand.

«Sag Oktavian, dass Mark Anton tot ist.« Kleopatras bezaubernde Stimme ließ auf der Stelle alle Tränen versiegen. «Der Kaiser ist nun bei Cäsar.«

Eine Wortwahl, die Oktavian zur Weißglut treiben musste.

An diesem Punkt seiner Laufbahn bestand Oktavian nämlich darauf, Cäsar genannt zu werden. Erst nach seinem Sieg über Kleopatra würde er seinen Namen in Augustus ändern, weil er im Monat August über seine tödlichste Feindin – die Frau vor meinen Augen – triumphiert hatte.

Diomedes kletterte über die anderen Schaulustigen hinweg zu Boden und rief nach einem Lastkarren. «Man soll seinen Leichnam wegbringen!«, rief er, auf den toten Eros deutend, der unten vor dem Gebäude in der prallen Sonne lag.

Zwei Priester und eine Hand voll Sklaven kamen zum Mausoleum geeilt. Sie trugen Leinen, Weihrauch und versiegelte Kästchen mit Metallbeschlag. Eilig gaben die Sklaven die größte Leiter frei, damit die Priester hinaufklettern konnten. Erst als die zwei im Inneren verschwunden waren, verfolgte ich das Geschehen im Mausoleum wieder.

Zwischen den Säulen unter der Kuppel zog sich die Reihe der neugierigen Sklaven entlang wie ein lebendiges Fries, und auf dem Bett bot Charmian Kleopatra etwas zu trinken an. Die Königin schüttelte den Kopf, doch Charmian ließ sich nicht abwimmeln. Schließlich nahm Kleopatra den Becher in die Hand. Auf der anderen Seite der Plattform umringten die Priester und Sklaven Antonius' Leichnam und schirmten ihn auf diese Weise von allen Blicken ab. Nur ab und zu sah ich das Ende des Leinenstreifens tanzen, mit dem er umwickelt wurde.

Sie mumifizierten Antonius also gar nicht, was mindestens siebzig mühsame Tage in Anspruch genommen hätte, sondern wickelten ihn einfach nur ein? Kleopatra sank zurück auf ihr Bett und fiel dabei in ein Nest von Schriftrollen. Charmian und Iras zogen die Vorhänge des Betthimmels um sie herum zu und machten sich daran, die Truhen zu öffnen.

Als sie die Anziehpuppe aus Olivenholz hervorgeholt hatten, setzte ich mich wieder auf.

Diese Szene würde direkt in jene übergehen, die ich zu Anfang gesehen hatte. Offensichtlich war in dem Getränk, das Charmian Kleopatra gegeben hatte, jene Droge, die später ihre Pupillen erweitern würde. Antonius war tot, eingewickelt und in seinem Sarg, genau wie später, wenn die Römer eintreffen würden.

Aber nach wie vor blieben zu viele Fragen unbeantwortet. Und viele Details waren völlig falsch.

Kleopatra trauerte nicht um Antonius, jetzt nicht und später auch nicht. Den Römern zufolge hatte sie geweint und sich in ihrer Trauer selbst gepeinigt, indem sie sich nach damaliger Sitte die Haare ausriss und die Haut aufkratzte, um ihren Kummer zu zeigen. Dabei waren ihre Augen genauso trocken wie meine.

Ich musste die Schlacht mit ansehen; und wie Dionysos Alexandria verlassen hatte. Vielleicht würde ich sogar Oktavian beobachten müssen, bevor sich sein Pfad mit Kleopatras kreuzte. Und vielleicht hatte ich nach einem Reset wieder Verbindung zur Basis.

Ich berührte den Schalter an meinem Handgelenk und tauchte ins CereBellum ein. Ich sah die Dunkelheit der Nacht vor mir und spürte die Kühle des Windes; ich malte mir aus, wie ich in meinem Overall und mit meinen Zöpfen auf dem Gras stand und meine in Titan gehüllten Füße im Mondschein schimmerten. Ich ließ mich von meinen Sinnen forttragen und verlor mich in den Bildern der Hirnwellen, bis ich die Rosen riechen konnte.

3. Kapitel

Set Drei

Nacht. Der Rosenduft schwebte auf einer kühlen Brise heran, und ich stand auf taufeuchtem Gras. Wieder befand ich mich in einem Garten, doch diesmal war es eine ganz andere Art von Garten, durchwebt von rosengesäumten Pfaden. Ein fast voller Mond stand über dem Meer und erhellte mit seinem Schein den Hafen. Alles war in blaues und gespenstisch bleiches Licht getaucht. Mondlicht. Ich hatte noch nie welches gesehen. Viel kühler als das Licht der Sonne, überzog es die Landschaft mit ihren Bäumen und Blumen und das Meer mit einem silbernen Schleier, löste sie auf in Flecken aus Dunkel und Hell.

»Das Licht ist ja tatsächlich silbern«, sagte ich zu mir. Kleopatras Flotte dümpelte dicht am Ufer im Hafen, die Schiffe von Fackeln erhellt und belebt mit den Silhouetten hin und her eilender Matrosen. Das Licht des Pharos war vom Land abgewandt; ich konnte leider nicht feststellen, ob die Fackel wirklich so kräftig war, wie die Historiker behaupteten. Aber andererseits war ich froh darüber, denn dadurch blieb das wunderbare Mondlicht unberührt. Jungfräulich.

»Zimona alpha ...«

»Flore!«

»In welchem Set bist du?«

»Ich beginne gerade mit Nummer drei. Ist wieder alles ...?«

»Die teknischen Probleme sind behoben, aber du musst mit möglichen Quantenstörungen rechnen.«

»Verstanden«, sagte ich. *»Zimona alpha Ende.«*

Quantenstörungen gibt es in allen nur erdenklichen Formen, aber eines ist ihnen allen gemeinsam: Sie treiben die Wissenschaftler zum Wahnsinn. Sie stellen unsere Vorstellung eines ordentlichen, vorhersehbaren und katalogisierbaren Raum-Zeit-Kontinuums auf den Kopf. Quantenstörungen machen außerdem den Schleier zu einem unsicheren Werkzeug, das jeden Moment seine Funktion verlieren kann. Ich musste mich darauf gefasst machen, dass mich jemand sehen würde.

Mir unbekannte Geräusche erfüllten die Nacht. Vögel gurrten und krächzten und flatterten; aber das waren nicht die einzigen Laute. Ganz in der Nähe schnaufte und raschelte etwas, das bestimmt kein Vogel war. Die Blätter flüsterten im Wind, und im Gras hörte ich das Knacksen und Trippeln kleiner Pfoten. Was für ein Wesen das war, konnte ich nicht sagen. Weil wir Schattenspringer auch unter dem Schleier einen Schatten werfen, trat ich in den Schutz der Bäume und wartete ab.

Ich schärfte meinen Blick, löste meine Zöpfe und breitete meine Haar über meine Schultern.

Ich schielte durch das Gebüsch und erkannte, dass ich mich direkt vor dem Palast, dem Venustempel und Kleopatras Mausoleum befand. Eine schwankende Fackelreihe beleuchtete die endlose Kette von Sklaven, die schwer beladen alle möglichen Güter vom Palast ins Mausoleum schleppten. Die Kuppel glänzte rosa, und die lila Säulen schienen wie aufmerksame Wächter in der Luft zu schweben.

Wieder ein Rascheln, als würde sich etwas Kleines nähern. Ich schaute zu Boden.

Ein Wesen mit langer Schnauze und stachligem Rücken watschelte, die großen Ohren aufmerksam gespitzt, praktisch über meine Zehen. Ich rührte mich nicht vom Fleck, aber auch das Wesen erstarrte; vielleicht hatte es mich ja gewittert und wusste nicht, was es nun tun sollte. Nach einer Weile wühlte es mit der Schnauze im Boden und verzehrte gleich darauf schmatzend eine Made, die es zwischen zwei winzigen rosa Pfoten hielt. Was war das für ein Tier? Ich ging in die Hocke und streckte die Hand aus dem Schleier, um es zu berühren –

Unvermutet rollte es sich zu einer Kugel zusammen. Gesicht und Füße hatte es untergeschoben, damit es komplett durch seinen Stachelrücken abgeschirmt war. Meine Software konnte das Tier lediglich als »Insektenfresser« identifizieren, was ich bereits mit eigenen Augen festgestellt hatte. Das Wesen rührte sich nicht weiter, sondern verharrte reglos in seiner Kugelstellung.

Ich stand auf und strich meine Uniform glatt.

In der Bucht hinter dem Mausoleum leuchtete ein Inseltempel im Fackelschein. Vor dem Quarzrosa der Mauern zeichneten sich Isis-Statuen und mit Metall überzogene Obelisken ab. Offenbar war meine Beobachtungsgabe doch nicht so gut, wie ich geglaubt hatte; irgendwie war mir dieser Bau bis jetzt entgangen.

Alexandria glühte unter dem Mond und den Sternen. Der Heptastadion, der lange Damm, der die Stadt mit der Pharos-Insel verband, schnitt wie ein weißer Pfeil durch das schwarze Wasser. Flaggen wehten über den Pfeilern. Die massige Säulenfront des Emporiums schimmerte golden. Bemannte Schiffe lagen im Hafen vor Anker und verwehrten den Blick auf alles, was dahinter lag.

Es waren ägyptische Schiffe. Ich war also in der richtigen Zeit gelandet. Diesen Set würde ich bis zum bitteren Ende verfolgen. Ich drehte mich wieder zum Palast um.

Nachdem ich ein paar Minuten ziellos durch das Palastgelände geirrt war, landete ich durch Zufall in der Palastküche. Sklavinnen und Köche, Dienstmädchen und Kammerdiener eilten wie in einem Säbeltanz mit Messern und heißen Speisen hin und her. Leicht hundert Menschen bewegten sich hier in den verschiedensten Richtungen.

In einer Ecke schnauzte ein Mann ein Mädchen an: »Zieh dich an!« und warf ihr dabei einen Faltenrock, einen roten Ball und diversen Schmuck zu. »Bind dir das Haar hoch und schmink dich. Die Sterbegesellschaft unseres Herrn Antonius wird in Kürze eintreffen, und alle werden sich heute Nacht in Wein ersäufen wollen. Hast du verstanden? Die Kelche dürfen niemals leer werden!«

In einer anderen Ecke standen eng zusammengedrängt Sklaven und Dienstboten (zu unterscheiden lediglich an den Schildern um ihren Hals – die Dienstboten mussten sie tragen, damit stets zu erkennen war, wem sie dienten; Sklaven waren besser gekleidet, besser frisiert und trugen keine derartige Kennzeichnung). Die Gruppe drängte sich um einen ganzen gekochten Fisch und zupfte mit spitzen Fingern daran herum.

An einer Wand standen einander zugewandt ein Mann und eine Frau, die nichts von dem geschäftigen Treiben um sie herum mitzubekommen schienen. Sie war Sklavin, er Dienstbote. Ihre Finger waren miteinander verwoben, aus ihren Augen leuchtete Verlangen. Nach einem hastigen Seitenblick gaben sie sich einen kurzen Kuss und stürzten sich gleich darauf wieder in das Chaos, aus dem sich allmählich die Vorbereitungen für ein Festmahl herauskristallisierten.

Die Sklavin von vorhin erschien wieder, gekleidet wie eine Tänzerin aus einem Grab des Alten Königreiches. Sie hatte die Haare zu einem langen Zopf geflochten, an dessen Ende der rote Ball baumelte. Die Augen hatte sie mit Bleiglanz umringt, die Lippen blutrot gefärbt.

Ein zweiter Kammerdiener schielte prüfend in einen kleinen Handspiegel, während er Karminpaste auf seine Lippen auftrug.

Die Hälfte der Anwesenden sang, und alle wirkten ausgesprochen gut gelaunt, der drohenden Invasion zum Trotz. Ob man als Sklave wohl unter den Ptolemäern oder unter Oktavian besser dran war? Machte das für einen Sklaven überhaupt einen Unterschied?

Die Sklaverei war, wie die Geschichte zeigt, ein weiteres großes Kausativ-Konzept.

»Die Gäste kommen!«, rief der Kammerdiener plötzlich. Sofort stürmte ein ganzes Heer von Sklaven und Dienern los, an dem Papyrushain und am Tempel des Ptolemäus Ephipanes vorbei in ein Gebäude mit offenen Seitenwänden. Aus dem Schatten heraus konnte ich sehen, dass die von Säulen gesäumte Veranda wie ein Triklinium, ein römisches Speisezimmer, eingerichtet war. Nacheinander betraten Männer und Frauen von unbeschreiblich verschiedenartigem Aussehen die Bühne.

Eine Frau, die besonders leicht wieder zu erkennen war, weil sie die Lider bis über die Brauen und die Schläfen hinaus blau gefärbt hatte, hatte sich mit einer Amphore am Eingang aufgebaut. Jeder Neuankömmling wurde mit dem Inhalt der Amphore betupft, ohne dass ich den Duft hätte zuordnen können.

Bis eine Frau ausrief: »Zenobia! Das ist ja Myrrhe!«

»Wozu soll ich sie aufsparen?«, erwiderte Zenobia. »Lieber würde ich darin baden, als den Latinern auch nur einen Tropfen zu überlassen.«

Myrrhe hatte überall in der antiken Welt als kostbarster aller Düfte gegolten. Dies hier war eine reine Trotzreaktion.

Ich schlenderte unerkannt zwischen den Gästen umher, bewunderte ihren Schmuck, labte mich an den verschiedenen Düften und lauschte ihren Gesprächen. Die meisten Anwesenden unterhielten sich auf Griechisch.

Diese Menschen, Antonius' berühmte »Todesgesellschaft«, teilten in ungehemmter Genusssucht ihre teuren Weine, Parfüms und ihr Haschisch miteinander. Sie plauderten miteinander, als würden sie sich schon ewig kennen, streichelten sich gegenseitig, küssten sich, umarmten sich oder hielten sich bei den Händen. Männer, Frauen, Alte, Junge, nichts schien von Bedeutung. Die Berührungen waren befremdlich asexuell. Niemand schien zu spüren, dass er dadurch in die Intimsphäre seiner Mitmenschen, in ihren privaten Bereich eindrang. Je länger ich zusah, desto deutlicher wurde mir bewusst, dass ich, außer im Vorspiel zu einem sexuellen Abenteuer, noch nie jemanden berührt hatte und auch noch nie von einem anderen Menschen berührt worden war.

Sie lachten und weinten, prosteten sich zu und spaßten. Sie überreichten einander Geschenke, sie redeten über die »guten alten Zeiten«, und mehr als ein Mal beobachtete ich, wie eine Unterhaltung in Tränen und weiteren Umarmungen endete.

Ob wir ebenso gefasst bleiben würden, wenn wir wüssten, dass morgen unser Leben enden würde? In meiner Welt waren die großen Tode allesamt ohne Vorwarnung eingetreten. Trotzdem wollte mir die Frage nicht aus dem Kopf. So wie ich es sah, war es wesentlich einfacher, in einer Wolke von Atomen zu verdampfen, als Minute um Minute verrinnen zu sehen, wohl wissend, dass alle Fragen, was die Nachwelt anging, sich schon bald von selbst beantworten würden.

Antonius platzte herein. Er war noch am Leben.

Und er trug eine schlichte Tunika und in seinem Haar einen Reif mit vergoldeten Blättern. Niemand blieb von seinem Auftritt unberührt. Er setzte sich in Szene, er erzählte Geschichten. Sein schönes Gesicht glühte vor Lebenskraft, und sein dröhnendes Lachen steckte unwiderstehlich an. Er war wie ein Junge, der die Menge mit seinen Possen betört, wie ein Schauspieler, der sein Publikum verzaubert. Die Männer drängten sich um ihn, und die Frauen versuchten mit ihm zu flirten.

Mir fiel auf, dass inzwischen längst nicht mehr so viele Frauen da waren wie zu Anfang. Antonius rief alle an den Tisch und verschwand. Ich folgte ihm in die Küche. Bei seinem Eintritt warf sich die Dienerschaft zu Boden.

»Steht wieder auf, steht wieder auf!« Er legte mehreren die Hand auf die Schulter, während er durch die Küche schlenderte. Dann riss er ein Stück Brot ab und kaute darauf herum, ohne seine Rede zu unterbrechen. »Ihr habt uns treu gedient«, sagte er zu den bunt gemischten Gesichtern, die gespannt zu ihm aufsahen. »So viele Nächte seid ihr aufgeblieben und habt über den fertig bereiteten Speisen gewacht, um sie jederzeit servieren zu können.« Er lachte. »Ich glaube, einmal haben wir zwölf Ochsen gleichzeitig gebraten!«

Sie lachten mit.

»Ihr dürft euch als Zeichen meiner Wertschätzung das Tafelgeschirr und alle Geräte und Kelche nehmen, wenn wir heute Abend fertig sind. Morgen werdet ihr mit Sicherheit anderen Herren dienen, falls ihr im Palast zu bleiben wünscht.« Er klang so gelassen. Warum setzte er sich nicht zur Wehr? Sein Fatalismus verstörte mich. Wenn er vielleicht einen nächtlichen Überfall auf das feindliche Lager gewagt hätte, statt eine Party zu feiern –

Antonius befahl ihnen, den Wein zu öffnen, »und zwar den besten!«, wie er betonte. »Er ist für euch! Genießt ihn!«

Sie streckten ihm Kelche und Krüge entgegen. Antonius brach das Siegel. »Ein Falerner«, sagte er, »ich würde meinen, dass der junge Römer im Hippodrom keinen so edlen Tropfen trinkt.«

Sie wussten, wo Oktavian sich aufhielt?

Die Diener lachten wieder, und Antonius schenkte ihnen ein, ließ den köstlichen Wein in ihre Kelche fließen. »Aber vergnügt euch nicht so sehr, dass wir hungern müssen!«, rief er ihnen über die Schulter zu, als er die Küche verließ.

Antonius kehrte nicht gleich zum Triklinium zurück. In einem anderen Gebäude sammelte er eine Gruppe von Männern mit Schreibtafeln und -kielen um sich. Ernste Männer.

»Ihr werdet Niederschriften aufnehmen«, kündigte er an. »Briefe, an wen auch immer, worüber auch immer, wohin auch immer.«

Die Schreiber nickten.

»Noch vor dem Morgengrauen muss alles getan sein, damit sie durch Oktavians Blockade gelangen.«

Die Phalanx folgte ihm zurück zu der Feier, wo der Wein in Strömen floss und Akrobaten, Jongleure, Feuerschlucker und Tänzer im Fackelschein hüpften, wirbelten, Feuer spien und sich drehten.

Kleopatra war noch nicht aufgetaucht. Auf dem Fest waren überhaupt keine Frauen mehr.

Ich ging die Königin suchen. In aller Seelenruhe schlenderte ich durch den Palast. Die Ptolemäer verfügten über sagenhafte Schätze, und Ägypten war das reichste Land der Erde, das alles war mir bekannt. Aber im Grunde bedeutete es mir nichts. In meiner Welt gibt es kein Geld und keinen Besitz. Unsere Wohnungen, unsere Kleider, unsere Besitztümer sind allesamt Geschenke von JWB, die uns für den Dienst an der Alpha-Generation gewährt werden.

Die Sachen hier – Möbel mit Einlegearbeiten aus Ebenholz, Elfenbein und Rosenholz, Weihrauchschalen, um die Luft mit Duft zu erfüllen, unzählige Statuen jeder beliebigen Götterkombination: Amon-Zeus, Aphrodite-Isis, Hermes-Trismegistus-Merkur und so weiter und so fort; es war ... erschlagend. So viel Zeug. So viele Gegenstände, die hergestellt und ausgesucht und gekauft worden waren und vermutlich auch geliebt wurden.

Ich trat in den Hof, wo ich die kühlen Porphyrfliesen unter meinen Füßen spürte und die Luft still war. Topfpflanzen säumten die Säulengänge. Kieselmosaike kündeten von flachen Teichen – allesamt ausgetrocknet. Ich sah wieder zum Mond auf, der ein Stück weiter über den Himmel gewandert war. Ein Sternenschwarm folgte ihm.

Auch wenn ich wusste, dass es sich eigentlich um Himmelskörper aus Gasen und chemischen Stoffen handelte, die Milliarden von Lichtjahren von uns entfernt waren, wirkten diese silbernen Pünktchen auf mich fest und nah. Rund um mich herum erblickte ich Palmwedel und Oleanderblüten, reifende Myrrhefrüchte und fast kreisförmige Zitronenblätter, überspült von kühlem Mondlicht und bestäubt von einer aromatischen Brise.

Mein Blick verschwamm. Wie hatten wir all das nur verlieren können? Was für Menschen hatten vor JWB über die Welt geherrscht? Wer hatte nur beschlossen, dass wir keinen Mond brauchten, dass der Himmel ausgelöscht werden konnte?

Kopfschüttelnd trat ich in einen weiteren Gang.

Am anderen Ende hatten Soldaten Posten bezogen, die Makedonische Garde – die Leibgarde der Ptolemäer seit den Tagen Alexanders. Ich erkannte sie an ihren Stiefeln.

Dahinter – aus der Nordstoa – erklang Musik, betörend, sinnlich, feminin. Ich schlüpfte zwischen den Wachposten hindurch – einer war außergewöhnlich gut gebaut: Er hatte den felsenharten Oberkörper eines Mannes in seiner Blütezeit und hellblaue Augen.

Ich sah ihn mir eine Weile an. Sein Blick war ständig in Bewegung, seine Haltung stets angriffsbereit. Blaue Augen. Drei Mal hatte ich nun schon blaue Augen gesehen, und jedes Mal schmerzte es mich, dass sie nicht in die Alpha-Generation übernommen worden waren. Andererseits waren braune Augen resistenter gegen Krankheiten, sie lieferten in dem endlos gleißenden Licht meiner Welt ein wesentlich klareres Bild, und sie boten besseren Schutz, weil sie mehr Melanin enthielten – genau wie unsere dunkle Haut das Überleben besser sicherte und die langen Glieder dazu beitrugen, den Körper in unserem heißeren Wetter zu kühlen. JWB hatte die Alpha-Generation mit Bedacht ausgewählt.

Natürlich hatten wir nicht gewusst, dass blaue Augen eine genetische Option dargestellt hätten.

Ein Kichern lockte mich weiter den Gang entlang. Ich schlich, eng an die Wand gepresst, in einen Raum und merkte, wie meine Augen groß wurden.

Gut hundert Frauen in griechischer, ägyptischer oder auch keinerlei Kleidung lagerten auf Kissen und Sesseln, um leere Wasserbecken herum und inmitten verwelkter Topfpflanzen. Die Türen zum Strand, zum Pharos, zur Tempelinsel und dem mondbeschienenen Meer hin waren weit offen.

Auf beinahe jeder verfügbaren Fläche standen Platten mit erlesenen, handlich portionierten Speisen. Die Frauen ruhten auf ihren Kissen, tranken, rauchten, spielten, plauderten, frisierten sich gegenseitig –

Offensichtlich ohne einen einzigen Gedanken an die Soldaten und die Schiffe auf dem Meer zu verschwenden.

Raum um Raum stand offen. Nichts wurde bewacht. Schließlich entdeckte ich die drei Gesuchten: Iras, Charmian und Kleopatra. Sie waren nicht allein, befanden sich aber auch nicht unter Belagerung. Ich hatte nicht das Gefühl, dass die Menschen danach drängten oder darum wetteiferten, in der Nähe der Königin zu sein.

In allen uns bekannten Quellen wurden stets nur die vier Menschen aus Kleopatras engstem Umkreis erwähnt: Olympus, den ich bis jetzt noch nicht zu Gesicht bekommen hatte, Mardian, Charmian und Iras. Waren die übrigen Frauen eventuell Hofdamen?

Hatte es vor dem Mittelalter überhaupt Hofdamen gegeben? Fast zu jeder Zeit hatte es mehr Frauen als Männer gegeben, weil so viele Männer im Krieg fielen. Wurde in Alexandria auf diese Weise für die überzähligen Frauen gesorgt?

»Iras, mein Honigtopf, gib ihr das. Die Farbe passt ausgezeichnet zu ihren Augen.« Ich hätte Kleopatras Stimme inzwischen im Schlaf erkannt – obwohl die träge Gleichgültigkeit, die später darin zu hören sein würde, wie weggeblasen schien.

Ich trat neben sie und bewunderte das scheinbare Idyll. Kleopatra lag in einem langärmligen schwarzen Kleid und schwer mit Gold behängt auf einem weißen Tigerfell. Neben ihr hatte sich eine Katze zusammengerollt, eine zweite hockte auf ihrem Oberschenkel und leckte sich die Pfoten. Kleopatra trug die Geierkrone, deren mit Türkisen, Lapislazuli und Karneolen besetzte Schwingen ihr Gesicht umrahmten. Rund um sie warteten offene Kisten und Kästen, aufgeklappte Juwelenschatullen und Schmuckkästchen, sodass sie in einem Chaos aus Gold und Preziosen zu ruhen schien.

»Oh, vielen Dank, Klea.«

Mir blieb der Mund offen stehen. Klea? Diese Frau sprach ihre Königin mit *Klea* an?

Die Grünäugige, die eben gesprochen hatte, presste sich das Kleid an die Brust. »Das hat mir schon immer besonders gut gefallen«, bekannte sie lächelnd.

»Das weiß ich doch, darum habe ich, als sich der Wind zu drehen begann, beschlossen, dass du es bekommen sollst. Trag es mit meinem Segen.« Kleopatra beugte sich vor und hob ein Paar Ohrringe mit Jadetropfen hoch. Sie reichte sie der Frau. »Nimm die noch dazu, sie werden dir stehen.«

Die Dame dankte ihr, aber Kleopatra war schon damit beschäftigt, der nächsten Frau das perfekte Kleid auszusuchen. In der Ecke musizierten dezent ein Flötist, ein Leierspieler und ein Trommler. Katzen strichen zu Dutzenden zwischen und unter den Frauen hindurch.

Ich hatte mit Klagegeheul, mit Angst und Schrecken gerechnet. Ich bin Historikerin, natürlich hatte ich eine Begräbnisfeier erwartet. Aber diese Frauen wirkten total gelassen. Glücklich. Ich roch Haschisch und sah Wein, aber niemand wirkte berauscht.

Klea drehte sich zur Seite und schob dabei behutsam die Katze von ihrem Schenkel. Dann setzte sie sich in einer flüssigen Bewegung und vollkommen mühelos auf, obwohl sie dabei die mindestens sechs Kilo schwere Krone auf dem Kopf balancieren musste. »Wie geht die Feier meines Antonius' voran?«, fragte sie, die Hand nach einer weiteren Katze ausgestreckt, um ihr den Kopf zu kraulen.

»Er hat die goldenen Teller an die Küchensklaven verschenkt«, antwortete eine ältere Frau.

Klea lachte. »Charmian, Iras, erinnert ihr euch noch an Pothinus, den kleinen, untersetzten Kerl, der Ptolemäus dem Älteren gedient hat?« Die Frauen nickten, ohne im Auseinanderfalten und Sortieren der Kleider innezuhalten. Kleopatra schlenderte zu einer Gruppe von Frauen hinüber, die in einem Kissenberg zu versinken schienen. Sie ließ sich in einer Wolke aus flatterndem schwarzen Leinen zwischen ihnen nieder und legte die Hand auf das Handgelenk eines zartgliedrigen blonden Mädchens. »Als Cäsar während der Alexandrinischen Kriege hier war –«

»Während der Alexandrinischen *Verführung*«, fiel ihr eine Frau ins Wort.

Kleopatra lachte. »Da glaubte Pothinus, wir würden den Römer schneller wieder los, wenn wir ihm ungenießbare Speisen auf hölzernen Tellern servierten.« Sie war eine begnadete Erzählerin, denn sie verstand es, ein Gefühl von Vertrautheit herzustellen, und hatte stets ein Lächeln in der Stimme. »Dieser angepinselte Eunuch hatte alle anderen Teller vor Cäsar versteckt. Als Cäsar irgendwann eine Bemerkung darüber machte, antwortete ihm Pothinus, Ägypten könne es sich nicht leisten, die römischen Truppen durchzufüttern.« Sie senkte die Stimme und ließ ihre ungewöhnlichen grauen Augen von einer Frau zur nächsten wandern. »Cäsar war eine edle Seele, aber unter uns gesagt, was das Essen anging, war jede Geiß wählerischer als er.«

Die Frauen lachten.

»Cäsar war das egal, er schickte den Kleinen einfach mit einer Handbewegung fort.« Kleopatra ahmte die verächtliche Geste des Römers nach.

Plötzlich ließ Iras die Schultern sinken, baute sich breitbeinig vor Kleopatra auf und verwandelte sich in einen starrköpfigen alten Mann, dem ein Gestank in die Nase schlägt.

Die Frauen kreischten vor Lachen.

»Natürlich war das Pothinus' letzte große Enttäuschung«, endete Kleopatra.

»Den Göttern sei Dank für die braven Barbiere«, bemerkte eine der Zuhörerinnen.

Wieder lachten alle.

»Zu schade, dass wir Oktavian nicht zum Essen einladen können«, meinte eine andere.

»Runter mit seinem Kopf!«

Alle brüllten los; ganz offensichtlich war das zum Totlachen.

Ich wollte schon Flore rufen, doch dann fiel es mir wie Schuppen von den Augen.

Der Überlieferung zufolge hatte Cäsars Barbier ein Gespräch zwischen Pothinus und einem gedungenen Mörder belauscht. Die beiden hatten Pläne geschmiedet, Cäsar bei einem Festmahl umzubringen. Stattdessen hatte Cäsar Pothinus' Flügel im Palast umstellen und den Eunuchen köpfen lassen, ohne sein Bankett auch nur zu unterbrechen.

Dass alle in dieser Gruppe bis in alle Einzelheiten mit dieser historischen Fußnote vertraut waren, war mir neu. Dass sie so frech über die Ereignisse sprachen, drückte viel aus. Ob darüber, wie in Alexandria Geheimnisse gewahrt wurden, oder darüber, wie sich der historische Blickwinkel langfristig verschiebt, vermochte ich allerdings nicht zu sagen.

Kleopatra nahm einen Schluck Wein. »Vom Mareotis-See?«, fragte sie mit Blick auf Iras.

Iras nickte. »Aus den westlichen Weingärten.«

Kleopatra wanderte weiter zum nächsten Grüppchen. »Immer wieder eine angenehme Überraschung. Fließt er heute Abend gut durch die Kehle?«, fragte Kleopatra, während sie sich neben einer halb nackten Rothaarigen niederließ.

Die Frau umfasste ihre üppigen Brüste, offenbar kein bisschen beeindruckt, dass die Königin sie angesprochen hatte. »Alle scheinen ihre gesamte Speisekammer mitgebracht zu haben.«

»Gut, die armen Frauen. Es ist der letzte Abend. Morgen werden wir alle dem westlichen Horizont entgegenschreiten.« Ein trauriger Schleier legte sich kurz über Kleopatras Miene und war im nächsten Moment wieder verschwunden. Sie küsste die Rothaarige auf die Wange und kehrte dann zu ihren Truhen zurück, wobei sie sich geschmeidig wie eine Katze durch das Gewirr von Frauen, Essen, Wein, Blumen, Kleidern und herumstreunenden echten Katzen bewegte.

Kleopatra ließ sich wieder auf ihrer Liege nieder und strich mit der Hand über das weiße Tigerfell. Ganz kurz verhärtete sich ihre Miene, und ihre Hand ballte sich zusammen, doch gleich darauf hatte sie sich wieder gefasst. Sie sah auf, entdeckte ein junges Mädchen und winkte es heran. Nach einem Wangenkuss nahm sie die Kleine an der Hand und führte sie an eine offene Truhe.

Achtlos schob die Königin eine scharlachrote Jacke beiseite, deren überdimensionale, knielange Ärmel mit kunstvollen Vogel- und Blumenmustern bestickt waren. Ich konnte meinen Blick einfach nicht von der Jacke losreißen; wie hypnotisiert starrte ich darauf. Meine Hände juckten, so gern hätte ich sie berührt, so gern hätte ich sie an meiner Haut gespürt.

Kleopatra ging neben dem Mädchen in die Hocke und sah ihr in die Augen.

»Die Latiner werden dir weismachen wollen, dass eine Frau nichts wert ist«, sagte sie. »Aber in Wahrheit ist sie alles, glaube mir. Als Frauen können wir unsere Wünsche heraufbeschwören und alles, was gut ist, um uns scharen. Wir und niemand anderes verkörpern das schöpferische Element.« Sie strich dem Mädchen über das Haar, genau wie sie es im Mausoleum bei ihrer Tochter tun würde.

Dann richtete sie sich auf und sprach alle an, ohne dabei lauter zu werden. Es reichte, dass sie die Aufmerksamkeit der anderen wünschte. Wie von süßem Honig angelockt, schwieg jede einzelne der versammelten Frauen, um ihr zu lauschen.

»Auch im neuen latinischen Alexandria, ob es nun von Cäsarion regiert wird – so es Isis gefällt – oder ob Oktavian die kommende Schlacht gewinnt – die er so inbrünstig herbeisehnt –, sollt ihr nie vergessen, dass wir als Frauen stets frei sein werden.«

Sie lächelte erst das Mädchen an und sah dann zu den Übrigen auf. Diese simple, verbindende Geste genügte, um alle in ihren Bann zu schlagen.

War dies die außergewöhnliche Macht Kleopatras? Warum hatte keiner der Historiker darüber geschrieben, obwohl sie in diesem Abschnitt der Geschichte mit Sicherheit eine entscheidende Rolle gespielt hatte?

»Isis ist eine Frau, und sie herrscht über Osiris' Herz. Sie ist die Königin der Nachwelt. Sie hat Horus geboren und regiert die Welt der Gegenwart. Sie erlangte Ewigkeit und herrscht in Tausenden von Ländern, in tausenden von Gestalten; sie ist die ewige Vertreterin der Weiblichkeit, der Mond, das Blut, die Macht.«

Ein leiser Wind zog durch den Raum, aber sonst war kein Laut zu hören. Kleopatra schritt durch die Frauen, hier eine Schulter tätschelnd, dort einen Kopf streichelnd, und ununterbrochen lächelnd. Diese Menschen liebten sie. »Isis hat durch mich ein Imperium regiert und durch meine Ahninnen, die Arsinoës, Berenikes und Kleopatras, eine Dynastie beherrscht. Isis regiert sogar in Jerusalem, dank Alexandras Witz und Willenskraft.« Offenbar in Gedanken versunken, kehrte Kleopatra zu der Liege mit dem Tigerfell zurück. »Auch wenn die Jahreszeiten wechseln... und die Muster... unberührt bleiben«, sie schüttelte den Kopf und setzte sich, »wird Isis wieder herrschen.«

Alexandra von Jerusalem? Die Schwiegermutter von Herodes? In welcher Beziehung stand Kleopatra zu ihr?

Dann begriff ich erst, was sie zuletzt gesagt hatte. Kleopatra hatte *Das Muster* erwähnt. Aber bestimmt nur als Gleichnis?

Mit ein paar Schritten war ich bei der roten Jacke, die Kleopatra so achtlos beiseite geschoben hatte. Ich streckte behutsam einen Finger aus, spürte aber nichts.

Mein Finger zuckte zurück. In der Alpha-Generation kommt es auf jeden Einzelnen an. Der Gemeinschaft zuliebe müssen wir alle stark und standhaft bleiben.

Ich drehte der Jacke den Rücken zu. Kleopatra unterhielt sich inzwischen mit einer Frau namens Daphne und versuchte sie zu überzeugen, einen Himation aus rosa Seide anzunehmen.

Extreme Unterschiede zwischen den Geschlechtern gelten bei uns als »Problematik«. Alle Personen sollten dem Umgang mit beiderlei Geschlechtern gleichermaßen zugeneigt sein. Weibliche und männliche Rollen hatten sich überlebt, komplizierte Balz- und Paarungsrituale desgleichen. Kosmetik. Schmuck. Schönheit ist Symmetrie und Gesundheit. Nichts anderes zählt.

Draußen spielten in der Brandung ein paar Frauen, deren Lachen bis zu den stillen Schiffen hinüberschallte. Die Sterne wirkten matt neben dem Licht des Pharos, der jetzt in unsere Richtung leuchtete, aber der Mond hing immer noch fest am Himmel.

Weiter vorn auf der Halbinsel entdeckte ich einen leeren Sandstrand voller Vögel. Ohne Gebäude oder Menschen. Ganz am anderen Ende konnte ich ein Fort erkennen und eine zweite lange Hafenmole, die sich von dort aus der Insel Pharos entgegenstreckte. Je weiter ich ging, desto schmaler wurde die Landzunge, und desto energischer übertönte der auffrischende Wind alle anderen Geräusche.

Dass Kleopatra so gütig sein konnte, wie ich es eben gesehen hatte, dass sie sich nicht zu vornehm war, ihre Freundinnen in einer zutiefst menschlichen Geste zu beschenken, wobei sie ihnen die Sachen nicht einfach überließ, sondern jeder einzelnen das überreichte, was ihr besonders gut gefiel, was sie insgeheim begehrte, war von keinem Historiker erwähnt worden. Mich beeindruckte weniger die Kostbarkeit der Geschenke als viel mehr Kleopatras… Aufmerksamkeit. Kleopatra kannte jede dieser Frauen. Und sie kannten ihre Königin.

Was bedeutete es wohl, dass ein anderer Mensch einen kannte? Wirklich kannte? Ich schüttelte den Kopf über meine Torheit.

In der Ferne wartete ein Krieg auf den Tagesanbruch.

Und der Tag brach bereits an.

Den Quellen zufolge hatte man überall in der Stadt die Sänger von Antonius' fliehendem Dionysos gehört. Allem Anschein nach waren sie die Kanopische Straße entlanggegangen, obwohl niemand sie wirklich gesehen hatte.

Gemäß der symbolischen Deutung von damals hieß das, dass Dionysos Antonius im Stich gelassen hatte und zu Oktavian übergelaufen war.

Ich würde hingehen und zuschauen. Ich machte mich quer über diesen Friedhof von Tempeln und Palästen auf den Weg zum Tor. Im Triklinium war Antonius' Feier inzwischen in Schwung gekommen, wie es dem Lieblingssohn des Dionysos wohl zusagen musste. Lauter Betrunkene, weinend, lachend, koitierend, speiend, raufend, singend – und Sklaven mit glasigem Blick, die durch die Orgie eilten, um Kelche nachzufüllen und Leinen auszuteilen. Die Frauen hatten sich dazugesellt, und ich sah, dass Kleopatra Antonius gegenüber am anderen Ende des Raumes Platz genommen hatte. Sie lachte, aber sie wirkte nicht berauscht. Das Gold und Schwarz ihres Kostüms bildete den perfekten Hintergrund für ihre goldgetönte Haut und ihr schwarzes Haar. Die Frau verstand sich anzuziehen.

Wie schade, dass ausschließlich Männer über sie geschrieben hatten.

Sie drehte sich um, und ich blieb wie angewurzelt stehen. Ein Ohrring baumelte an ihrem Ohr, eine riesige, birnenförmige Perle. Ich hatte diese Perle schon einmal gesehen, und zwar auf einem Porträt des Maharadscha von Patiala aus dem Jahr 1924. Er hatte sie als Anhänger in einem Perlenkollier getragen. Was hatte die Königin dazu bewogen, sie in einen einzelnen Ohrring einsetzen zu lassen?

Das sündteure Abendmahl. Sie hatte das Gegenstück in Essig aufgelöst und getrunken, um eine Wette mit Mark Anton zu gewinnen.

Nur dass sich Perlen nicht in Essig auflösten – es sei denn, es handelte sich um Kokosperlen, eine perlenförmige Fehlbildung in der Kokosnuss und die seltenste aller pflanzlichen Preziosen.

Ich fuhr mit der Hand über meine eigenen Perlen. Kleopatras Blick traf auf meinen, und sie stutzte, das Glas erhoben, die Augen fest auf mich, auf mein Gesicht gerichtet.

Ich tauchte in den Schatten der Säulen ein und zog mich hastig in die dunklen Gärten zurück. Ich konnte Magnolien erkennen, Jasmin, Oleander. Oliven. Zitronen. Sykamorfeigen.

Ich zitterte am ganzen Leib. Sie hatte mich gesehen. Da mich sonst niemand zu sehen schien, schrieb ich das ihrem ausgeprägten Gespür zu. Noch nie hatte ein geistig gesunder Erwachsener den Schleier durchdrungen. Kein einziges Mal. War sie verrückt?

War sie eine Irre? Oder war sie einfach die einfühlsamste Person, der ich je begegnet war?

In fremdartiger Pracht breitete sich der Tempel vor mir aus.

Obwohl ich Expertin für alles Ägyptische bin – soweit man mit unseren begrenzten Ressourcen überhaupt Expertin sein kann –, war die Erfahrung, diesen Tempel mit eigenen Augen zu sehen, seine Inschriften lesen zu können, mit nichts zu vergleichen. Ich träumte oft in Hieroglyphen, wenn FREUDE durch meine Adern floss.

Ägyptische Tempel hatten eine streng festgelegte Architektur, wobei man durch eine bestimmte Tür eintreten und danach einem vorgegebenen Pfad folgen musste. Sie stellten eine symbolische Reise dar.

Gleich nach Dionysos' Abschiedsvorstellung würde ich diesen Tempel besuchen.

Am PTOLEMÄUS-Tor starrten zwei schwer bewaffnete Posten ins Dunkel.

Draußen vor dem Palast verlief eine aus ebenen, roten Granitplatten gepflasterte Straße mit dem typischen grauen Mörtel der Ptolemäer am Hafen entlang. Die Schiffe lagen reglos und schweigend im Becken. Ob Soldaten vor einer Schlacht wohl schliefen? Oder wurden sie von ihrer Angst und Spannung wach gehalten? Ich wandte mich nach Süden, der Stadt zu. Kartuschen von Ptolemäern und Kleopatras, Arsinoës und Berenikes schmückten die Beete und Brunnen, Becken und Bänke.

Vor mir erhob sich ein Amphitheater, neben dem schmale, matt erleuchtete Gassen lockten. Ich tauchte in ein Theaterviertel ein, von dessen Existenz ich bis dahin nichts geahnt hatte. In zahllosen kleinen Gassen reihte sich eine Bühne an die andere, wie an den Spielplänen zu erkennen war, die an den Wänden klebten. In den Schatten erkannte ich tiefere Schatten, schweigende Gruppen von zwei bis vier Menschen, die mit festem Schritt in Richtung Westen zogen.

Die Ängstlichen, die im Schutz der Dunkelheit aus der Stadt flohen? Waren es Sympathisanten Oktavians oder Anhänger Kleopatras? Sie bewegten sich bedacht und leise, in ihre weißen Umhänge gehüllt. Umhänge schienen mir bei 21,3°C unangebracht.

Ich bog in die nächste mir fremde Straße ein und schloss aus den hebräischen Schriftzeichen an den Wänden, dass ich in dem berühmten jüdischen Viertel gelandet war. Hier war der Wind am stärksten. Vor mehreren Generationen hatte sich ein Grieche darüber beschwert, dass Ptolemäus den Juden das angenehmste Viertel von Alexandria überlassen hätte. Der Überlieferung zufolge hatten die Juden diesen Siedlungsplatz zur Belohnung dafür erhalten, dass sie Ptolemäus geholfen hatten, den Thron zu behalten.

Ein weiteres Element war in der Geschichte von Kleopatra, alias »Klea«, im Lauf der Zeit untergegangen: was die Juden mit Alexandria verband. Kleopatra liebte Alexandra. Kleopatra *kannte* Alexandra, die hasmonäische Jüdin?

Kleopatra und Herodes verabscheuten sich gegenseitig. Josephus wie auch Plutarch berichteten, die beiden hätten sich alle erdenkliche Mühe gegeben, einander zu piesacken. Offenbar war Herodes' Schwiegermutter Alexandra irgendwie ein Teil dieser unbekannten Gleichung.

Allerdings behaupteten dieselben Historiker, dass die alexandrinischen Juden Kleopatra gehasst hätten – die Königin hatte sie während einer Hungersnot darben lassen und stattdessen die Griechen mit Nahrung versorgt.

Wahrscheinlich hatten die beiden voneinander abgeschrieben.

Katzen jammerten und Babys weinten, aber zwischendurch hörte ich auch Lachen oder Fluchen. Vor einigen wenigen Hoftoren brannten Fackeln, aber größtenteils lag die Straße still und im Dunkeln. War das normal für eine Augustnacht, oder hatten sich alle Bewohner in ihren Häusern verkrochen? Was machte man eigentlich am Abend vor einer Invasion?

Ich spazierte gerade durch irgendwelche Gärten, als ich die Musik hörte.

Aufhorchend wandte ich den Kopf.

Aus der Ferne vernahm ich Stimmen, Flöten- und Leiernklänge, die in der Nachtluft heranwehten. Woher, konnte ich nicht feststellen, irgendwie schienen die Stimmen überall zu sein.

Der Gesang wurde allmählich lauter. Er wirkte fröhlich, und nach einer Weile gesellten sich Hörner, Tamburine und Sistren zu den Flöten. Dazu war Klatschen zu hören und das Tappen von Schritten auf Marmorstraßen. Ich lief los in Richtung Süden; irgendwann würde ich auf die Kanopische Straße stoßen. Der Gesang wurde lauter, offenbar kam ich ihm näher. Aber immer noch sah ich keine Menschenseele. Die Kanopische Straße öffnete sich vor mir, aber so weit das Auge reichte, war nichts als weißer Alabaster zu sehen. Der Mond hatte sich hinter einer Wolke versteckt, und die Tiefe der Schatten war nur noch zu erahnen.

Das Lärmen wurde noch lauter; sobald ich die Augen schloss, sah ich sie auf mich zukommen. Aber wenn ich die Augen wieder aufschlug, war keine Menschenseele zu sehen.

Dionysos. Der Antonius im Stich lässt.

Mich überlief eine Gänsehaut, die nichts mit den nächtlichen Temperaturen zu tun hatte. Die unsichtbare Prozession verschwand in der Ferne, ohne dass ich einen Menschen gesehen hätte.

Ein Quantentunneleffekt. Hatten wir versehentlich ein anderes Universum angezapft, das sich mit unserem überlagerte? Hatte ein Quantentunnel die Straßen eines weiteren Alexandrias aus einer Parallelrealität, wo die Menschen bereits den Sieg feierten, mit unserem verbunden; hatte er diesen Freudenzug mit dem Hier und Jetzt verknüpft, wo Antonius und Kleopatra ihrer Niederlage entgegensahen?

Geister, fliegende Untertassen und unzählige andere Phänomene, die einst als »übersinnlich« qualifiziert wurden, sind inzwischen als Erscheinungen aus parallelen Universen identifiziert worden, die sich mit unserem überlagern. Die Quantentunnel ermöglichen uns kurze Einblicke in andere Welten, andere Fäden von Wahrscheinlichkeiten, die andernorts zur Realität geworden sind und sich für einen oder mehrere Momente mit unserer verweben.

Das Wissen, dass es eine Erklärung dafür gab, ließ die einsetzende Stille nicht weniger gespenstisch wirken.

Kein Vogel, kein Tier gab einen Laut von sich; selbst der Wind flaute ab und erstarb. Es war wirklich nicht das erste Mal, dass ich in Alexandria allein war, doch diesmal ging mir die Stille durch Mark und Bein.

Wenn selbst ich, eine gebildete Frau aus dem 21. Jahrhundert, so reagierte, was mochten dann die Alexandriner empfinden? Ich rannte zurück zum Palastviertel. Kleopatras Latinische Garden lehnten mit aschfahlem Gesicht an der Wand. Auch sie hatten die Musik gehört.

Die Geschichte hielt sich genau an den überlieferten Zeitplan.

Gegenüber dem Tor kauerte der Tempel im Schein der blakenden Fackeln. Wenn ich einen Blick ins Alte Ägypten wagen wollte, musste ich es jetzt tun. Morgen würde ich Oktavian folgen müssen, der sich später Cäsar Augustus nennen sollte.

Die Sphinxenallee beim ersten Eindruck war Ehrfurcht gebietend. Sie wäre vielleicht noch ehrfurchtgebietender gewesen, wenn man die Sphinxen nicht von den alten Pharaonen und aus fremden Gräbern gestohlen hätte. Das Licht der Fackeln tanzte auf dem äußeren Pylonen des Tempels. Drinnen herrschte schwarze Dunkelheit.

Ich blinzelte, um die Lichtverstärkungslinsen in meinen Augen neu einzustellen. Gleich würden sie auf Nachtsicht umschalten. Ich blinzelte noch mal und sah mich dann in diesem Schrein des Alten Ägypten um.

Ich bin groß. Nicht übertrieben, aber bestimmt eine Handbreit größer als alle, die ich hier gesehen hatte. Dieser Bau war für Giganten gemacht. Oder für Götter. Säulen mit einem Umfang von zehn Metern schossen vierundzwanzig Meter in die Höhe, um die blaue Decke zu stützen, in der es silbern und golden blitzte und die leichthin achtzehn Meter überspannte. Auch wenn ich wusste, dass dieser Tempel eine Nachschöpfung der Schöpfung darstellen sollte und dass die Ägypter immer noch genauso tiefe Ehrfurcht vor diesem Akt empfanden wie vor tausenden von Jahren, fühlte ich mich winzig, eingeschüchtert, bedeutungslos.

Wenn dies das gesamte Universum darstellte … Ich überlegte

und lugte dann auf meine Füße, die auf dem gefliesten Boden viel zu klein wirkten. Ich spürte Wind, so wie vor Urzeiten durch eine Brise der erste Staub vom Nil heraufgeweht worden war und dann zu einem Ort aushärtete, an dem die Menschen siedeln konnten.

Sitzende Gottheiten flankierten den Eingang. Links von mir thronte Thot, der Gott der Schreiber und des Lernens. Die andere, größere Statue stellte einen Pharao dar. Ich fuhr mit dem Finger über die Kartusche und las sie. Dann las ich sie noch mal.

Ich blickte über die Schulter zurück auf das Museion hinter der Sphinxenallee und studierte anschließend die Kartusche ein drittes Mal.

Der Pharao, der auf das Museion drüben blickte, war Ptolemäus Soter I.

Ptolemäus Soter war der erste Ptolemäus überhaupt gewesen. Er hatte die Serapis-Religion begründet, indem er ägyptische und griechische Vorstellungen vermengt hatte.

Er hatte die Große Bibliothek von Alexandria gegründet.

Jene Bibliothek, die Cäsar niedergebrannt hatte.

Die Bibliothek, in der angeblich all jene Geheimnisse verwahrt wurden, die unserer Welt ein friedlicheres Antlitz gegeben hätten. In der Pax Universa betrauerten wir den Verlust der Großen Bibliothek von Alexandria. Wir betrauerten sie als einen jener Schätze, die das Muster hätten verändern können.

Ich trat in eine Säulenhalle ohne Dach, deren Boden mit Binsen ausgelegt war. Die Säulen, die hier so nahe beieinander standen, dass man den Himmel fast nicht mehr sehen konnte, waren zwanzig Meter hohe Papyrusdarstellungen. An diesem Ort würden sich die ägyptischen Götter zu Hause fühlen. An einem solchen Ort waren sie geboren worden.

Als ich den Blick wieder senkte, kam er auf Geschichten zu liegen, die von Ehre und Gerechtigkeit handelten und auf ausufernden Wandgemälden dargestellt waren. Darunter zog sich eine Reihe kleiner Nischen über die Wand. In jeder stand eine Statue. Oft waren es kleinere Gottheiten, die am Hof eines

Hauptgottes dienten. Die zentrale Gottheit wurde im Allerheiligsten des Heiligtums aufbewahrt, am tiefsten und dunkelsten Herz des Tempels.

Die Namen auf der Nische waren zu klein geschrieben, um sie zu lesen; dazu musste ich aus dem Schleier treten. Weil ich niemanden gesehen oder gehört hatte, fühlte ich mich sicher und schaltete meine Tarnung ab. Die kleine Figur fühlte sich angenehm in meinen Händen an, der uralte Stein war von unzähligen Händen glatt geschmirgelt. Ich drehte ihn um und wendete ihn hin und her, um die Hieroglyphen lesen zu können, konnte aber keine finden.

Die Inschrift war in Griechisch und ausschließlich für Griechen geschrieben.

Ich betrachtete das Gesicht der Statue. Eratosthenes. Ein Weiser der Antike. Oberster Bibliothekar der Bibliothek von Alexandria unter Ptolemäus III. Euergetes, dem »Wohltäter«.

In der nächsten Nische entdeckte ich Euklid, den Geometer.

Archimedes, der Mathematiker und Physiker, stand in der dritten Nische.

Ihm folgte Aristarchus, der als Erster ein heliozentrisches Weltbild entwickelt hatte.

Hipparchus, der die erste Himmelskarte erstellt hatte.

Erasistratos, der das Abbinden von Blutgefäßen gelehrt hatte.

Ich tastete mich an der Wand entlang. In jeder Nische stand ein weiterer Grieche. Zum Teil waren es Namen, die ich seit Jahren nicht mehr gehört hatte, oder Männer, an die ich seit Jahrzehnten keinen Gedanken mehr verschwendet hatte. Trotzdem hatten alle diese Gelehrten mit ihren Erkenntnissen unsere Sicht auf die Welt grundlegend beeinflusst. Sie hatten sie nicht nur zu ihren Lebzeiten, sondern für alle Zeit verändert.

Es waren durch die Bank Akademiker, Bibliothekare und Lehrer, die durch ihre Werke unsterblich geworden waren.

Und sie hatten nur eines gemeinsam – sie hatten alle im Dienst der Ptolemäer gearbeitet, in der berühmten Bibliothek von Alexandria.

Wieder sah ich auf, ehrfürchtig gebannt von den Gesichtern Isis' und Anubis', die in Hieroglyphen sprachen.

In der nächsten Kammer war die Decke deutlich niedriger, der Raum beengter, die Atmosphäre intimer. Menschlicher. Unter meinen Füßen knisterte eine Bodenstreu aus getrockneten Kräutern. Nut, die ägyptische Göttin des Nachthimmels, schmückte den Türstock, unter dem ich in den nächsten rechteckigen Raum trat. Hier gab es zwei Sorten von Kapitellen auf den Säulen – mit Hathor-Kopf oder als offenen Lotos –, die einen mit Sternen bemalten Himmel hielten.

Die Nordseite jeder Säule war mit dem Abbild eines anderen griechischen Gottes verziert, jede Südseite mit der Darstellung eines ägyptischen Gottes. Und überall brachten Ptolemäer Opfer dar.

Ich stolperte weiter in den dritten Säulensaal. Wegen der abgesenkten Decke und des gleichzeitig erhöhten Bodens war dies der bislang kleinste Raum, obwohl er immer noch zwölf Meter lang war. Mein Blick blieb an einer Sitzgruppe in der Mitte des Raumes hängen, wo eine Reihe von griechischen Liegen wie Speichen rund um einen Tisch angeordnet waren. Hier waren die Säulen kleiner und ohne Verzierungen.

Dafür trugen sie Inschriften, auf Griechisch, demotisch und in ägyptischen Hieroglyphen. »Tra-gö-die«, las ich laut vor. Eine Säule namens Tragödie? Ich trat zurück und entdeckte eine Aushöhlung an der Seite. Das Loch war mit Schriftrollen gefüllt, an deren Holzspindeln kleine Anhänger baumelten.

Bei der nächsten Säule war es genauso; auch bei der dahinter. In jeder gab es eine Aushöhlung, und alle Aushöhlungen waren mit Schriftrollen gefüllt. Alle Rollen hatten griechische Anhänger.

Ich war nur zu einem einzigen Gedanken fähig: Julius Cäsar hatte die Große Bibliothek von Alexandria niedergebrannt.

Auch der nächste Raum war eine Säulenhalle. Hier waren die Säulen eher kurz, wahrscheinlich nur zwölf Meter hoch. Über die Decke streckten sich gemalte Tierkreiszeichen.

Ich kannte das Bild gut, denn uns war exakt eine Darstellung von Tierkreiszeichen aus dem Alten Ägypten überliefert. Die Decke eines Tempels in Dendera. Ich war hier nicht in Dendera, ich war in Alexandria. Und diese Darstellung war eine genaue Kopie des Tierkreises in Dendera.

Das war einfach unmöglich. Wir konnten uns auf keinen Fall so lange geirrt haben.

Die Rückwand des Saales setzte allen Zweifeln ein Ende: Schriftrollen über Rhetorik und Recht stapelten sich neben den Niederschriften der Siedler vom Indus und den Weisheiten Zoroasters.

Ich rannte zurück in den ersten Raum, in dem ich die Säulen bemerkt hatte.

Der Bibliothekar Callimachus hatte die Bibliothek in verschiedene Sachgruppen unterteilt: Epen, Tragödien, Poesie, Komödien, historische Werke. Ich eilte von Säule zu Säule und stellte fest, dass sie allesamt vorhanden waren. Alle Kategorien, alle Werke.

Aristoteles im Original. Demosthenes. Homer. Demokrit. Zeno von Citium. Herodot. Ich wischte mir übers Gesicht, merkte überrascht, wie feucht es auf einmal war, und las aufgeregt weiter.

Unter jeder Nische fand ich in einem kleinen Staufach zum Anzünden bereit eine Lehmlampe mit Docht. Aus den steinernen Mauern schälten sich die Füße und Beine von Göttern, deren Rümpfe und Körper sich in der Dunkelheit über mir verloren, so als würden sie auf dem binsengedeckten Boden jenes Urhügels stehen, aus dem einst Ägypten entstanden war. In diesen Säulen lag die Weisheit der gesamten Menschheit.

Ich zählte die Kategorien durch und bemerkte, dass die Säulenverzierungen stets in Beziehung zu den Schriften darin standen. Ich war gerade auf dem Weg in einen weiteren Raum, als ich weiter hinten ein Licht flackern sah.

Kam da jemand? Ich blieb einen Moment mit angehaltenem Atem stehen. Niemand tauchte aus dem Schatten auf, hier war kein Mensch außer mir.

Ich war ganz allein in der Großen Bibliothek von Alexandria.

Das Licht wollte nicht weichen, es flackerte hinter dem nächsten Durchgang, so als wollte es mich in einen weiteren Raum locken. Ich blieb kurz stehen, um die goldene, in Hieroglyphen und griechischen Buchstaben eingemeißelte Inschrift im Türsturz zu lesen:

Ort der Heilung des Ka.

Psyches iatreion – Saal des Seelenheils.

Im Gegensatz zu den übrigen, nachtschwarzen Sälen wurde dieser Raum von zahllosen Fackeln erhellt, deren Licht sich in schimmernden Metallwänden brach. Flachreliefs von Pharaonen und Göttern, Fleisch-, Bier und Obstopfern zierten die Friese dieses Raumes, und von der mit gehämmertem Gold überzogenen Decke leuchteten blaue Sterne.

Alabastersäulen teilten die Sektionen voneinander ab. An den Außenmauern standen Liegen vor Schriftenregalen. Diese gesamte Folge kleinerer Kammern musste zwischen der Außenmauer und der Innenmauer des Heiligtums eingelassen sein. Es waren mindestens hundert Räume, jeder voller Schriftrollen – und alle unkatalogisiert.

Ich öffnete eine Rolle mit dem Thema »Materie« und staunte mit offenem Mund die Zeichnungen an. Vor mir lag, klar umrissen und auf Griechisch erklärt, jener Grundgedanke, den wir erst begriffen hatten, als die Welt zerstört wurde und bevor JWB die Alpha-Generation und die Pax Universa erschufen.

Die Materie war nicht stabil, und was wir sahen, erschufen wir, *zum Teil*, allein durch unsere Beobachtung.

Wodurch die Existenz eines Schöpfers bewiesen war. Vollkommen unbeobachtet hätte das Universum überhaupt nicht aus dem Nichts entstehen können. (Da war die Materie eigen.) Kurz vor JWB war der Schöpfer erschienen und hatte Menschen aus allen Ländern und von verschiedenster Abkunft gesammelt, die alle dem Schöpfer gehörten.

Die Griechen wussten, wie eigenwillig die Materie war?

Wie ich während meiner Ausbildung zur Historikerin gelernt

hatte, hatte man zur Zeit der Griechen sehr wohl gewusst, dass die Erde eine Kugel war, die um die Sonne kreiste, allerdings war diese Information verloren gegangen, bis der große Gelehrte Kopernikus sie wieder entdeckte. Und auch danach wurde diese Vorstellung gute hundert Jahre lang für Gotteslästerung gehalten.

War das Wissen um das Wesen der Materie auf ähnliche Weise in Vergessenheit geraten?

Laut unseren geschichtlichen Quellen hatten die Ptolemäer versucht, das Wissen aller Menschen aus allen Ländern zusammenzutragen. Hier war alles versammelt – alles was die Menschen bis dahin wussten.

Das Kebra Nagast; das Buch Enoch; die Bücher der Elohim; das Buch der gefallenen Engel; die Überlieferungen von Yiona und den Var; die sieben Rishis; der goldene Schnitt; das Buch vom Sturz Apopis; das Gewebe der Welt; der Dilmun-Mythos.

Indisches, Persisches, Asiatisches, Ägyptisches, Griechisches, Hebräisches – die gleiche polyglotte Palette, die mir auch in den Gesichtern der Alexandriner begegnet war, ins Griechische übersetzt und in dieser Bibliothek versammelt. Hier und da las ich einen Titel, manches klang vertraut, bei einigen Schriften wusste ich sogar, wovon sie handelten oder wenigstens, woher sie kamen. Andere sagten mir gar nichts.

Bücher über Metallurgie und Geodäsie, Karten, auf denen ein alternativer Nordpol eingetragen war; Werke über Architektur mit Zeichnungen von beiden Pyramiden und Risszeichnungen von Konstruktionen, die an gotische Spitzbögen erinnerten. Chinesische Gesetze, der Edle Achtfache Weg, die Technik des Galvanisierens, optische Linsen. Ich hätte mein Leben hier drin verbringen können. Genau wie jeder andere.

Die Große Bibliothek stand noch! Nach Cäsars Tod! Ich wollte es von den Pylonen rufen, es über den ganzen Hafen brüllen. All dieses Wissen war noch nicht verloren!

Ich erkundete gerade den Rückweg in den Saal des Seelenheils – und wenn sich die Seele nicht durch Wissen heilen ließ, dann wusste ich nicht wie –, als ich im Augenwinkel eine schmale, steile Treppe bemerkte, halb verborgen hinter einem Regal mit Schriftrollen.

Jede einzelne Setzstufe war aus Gold.

Nicht einmal die Kombination von FREUDE und FROHLOCKEN konnte solche Gefühle in mir auslösen. Ich stieg die Stufen hinauf und begriff schon nach der ersten Wendung, dass ich mich in einem der Außenpylone befinden musste. Oben an der Treppe blieb ich erschrocken stehen.

Ein von Fackeln beschienener Sarkophag aus rosa Stein und Gelbgold beherrschte den oberen Raum. Und in diesem Sarkophag lag ein Mensch.

Ferngesteuert wie ein Drohn, trat ich an den Sarg und blickte der wahren Unsterblichkeit ins Gesicht.

Der Leichnam von Alexander dem Großen.

Seit dreihundert Jahren war dieser Mann tot; nur wenige Tage nach seinem Tod hatte man ihn in einer Wanne mit reinem Honig mumifiziert. Er sah aus, als hätte er lange gefastet und würde nun ein Nickerchen machen; die durchscheinende Alabaster-Abdeckung über dem Sarg verlieh seiner Haut Farbe, und auch wenn das Fleisch ausgezehrt wirkte, sah er seinen Statuen doch verblüffend ähnlich. Sein welliges Haar war aus der goldenen Stirn gekämmt. Sein Mund war ein bisschen zu klein und hatte einen grausamen Zug, seine Nase war ein bisschen hakenförmig. Er war betörend anzuschauen.

Fast wie Kleopatra. Fast genau wie Kleopatra.

Alexanders Stellvertreter war damals Ptolemäus gewesen. Gerüchten zufolge waren die beiden möglicherweise Halbbrüder gewesen. Alexander hatte sein Königreich – das von Makedonien bis zum Hindukusch reichte – nach seinem plötzlichen Tod verwaist hinterlassen.

Ptolemäus hatte Alexanders goldgepanzerten Leichnam an sich genommen, ihn in einen Sarg aus Gold und Alabaster gesteckt und war damit nach Ägypten geflohen. Dort hatte er einen neuen Namen angenommen, sich den örtlichen Traditionen angepasst, was inzestuöse Eheschließungen und absolutistische Herrschergewalt einschloss, und eine Dynastie begründet.

Unerwartet hörte ich Schritte und versteckte mich mit angehaltenem Atem hinter dem Sarg. Ein Mann trat ein. Er trug einen Umhang, doch seine breiten Schultern konnte er damit nicht verbergen. Er eilte durch den Raum und kniete, in goldenen Widerschein gebadet, vor Alexanders Sarg nieder. Es war mein griechischer Adonis.

Auch wenn die beiden Männer atemberaubend wirkten, so leuchteten sie doch nicht von selbst. Ich sah zur Decke auf – die Decke bestand aus purem Gold. Und an verschiedenen Punkten blinkten Juwelen aus ihren Einfassungen; rot und grün, lila und blau.

»Ich ertrage es einfach nicht mehr«, sagte der Adonis zu Alexander. Sein Griechisch war genauso makellos, wie ich es auf der Agora gehört hatte, doch bei näherer Überlegung schon fast zu makellos. »Der Traum ist verloren. Sie kümmert das gar nicht. Sie umgibt sich mit Preziosen und Idioten und diesem *Schwachkopf.*«

Ich konnte nicht weg; dann würde er mich sehen. Und im Kauern konnte ich den Schleier nicht aktivieren. Also presste ich mich fester an den Goldrahmen des Sarkophags und lauschte.

»Sie wollen, dass ich es tue«, sagte er. »Ich habe geschwankt und gestritten.« Der Adonis ließ die Stirn auf den Rand des Sarkophags sinken. »Aber er ist auch nicht vernünftiger oder einsichtiger als sie.«

Die Pronomen schlugen Saltos in meinem Kopf. Wenn Kleopatra die »Sie« war… war der »Er« dann Antonius? Oder Cäsarion?

»Morgen verschwinden wir«, sagte der Adonis. »Tief in die Wüste. Vielleicht werde ich dich nie wieder sehen.« Sein Seufzer hörte sich an wie ein ersticktes Schluchzen. »Es sei denn, ich täte es doch. Dann darf ich dich zur Belohnung jeden Tag sehen, dann darf ich wieder hier leben, nur diesmal als Lehrer und nicht mehr als Student.«

Er fuhr mit dem Finger über den Rand des Sarkophags, als wollte er Alexander übers Haar streichen. Ich sehnte mich danach, seine festen Locken zu kraulen, die so sanft im Dämmerlicht leuchteten.

»Ich habe schon das Fenster gekennzeichnet. Der Rest wird wohl... ich bin so weit gegangen.« Wieder ließ er den Kopf auf den Sarkophag sinken.

Das Fenster gekennzeichnet. Kleopatras Fenster?

War der Adonis eine hypothetische Alternativversion? Ein junger, griechisch sprechender Mann. Mit einer Loyalität Alexander gegenüber, die schon an Besessenheit grenzte. Und einer tiefen Abneigung gegen einen anderen Mann, den er für schwachsinnig hielt. Er hatte davon gesprochen, dass er zu etwas verpflichtet worden sei und dass er vor einer Reise in die Wüste stand. All das wollte sich nicht zu einer mir bekannten historischen Gestalt zusammenfügen, aber ich wusste auch, dass ich im Moment zu keinem klaren Gedanken fähig war.

Die Bibliothek stand noch! Sie stand noch!

Ein Duftgemisch aus Sandelholz, Leder und Männerschweiß wehte zu mir herüber. Wer war dieser Mann, der behauptete, das Fenster gekennzeichnet zu haben? Die roten Zeichen an der Rückseite des Mausoleums hatten den römischen Truppen gezeigt, wo sie ins Haus eindringen konnten. Aber wenn dieser schöne Mann tatsächlich Kleopatra betrogen hatte, wer *war* er dann?

Ich brauchte seinen Deenah-Code. Dadurch würde ich seine Rasse ermitteln und seinen gesundheitlichen Zustand überprüfen können, was wiederum auf bestimmte Nahrungsmittel oder Gewohnheiten hinweisen konnte – etwa ob er für Herodes arbeitete und kein Schweinefleisch aß? Oder ob er Oktavians gallischer Geliebter war? Mörder mit persönlichen Motiven, vor allem leidenschaftlichen Motiven, was »Träume« und Ideale einschloss, sind in der Geschichte gar nicht so selten, wie man meint.

Er verschwand im Laufschritt und mit wehendem Umhang die

Treppe hinunter. Ich wollte ihm schon nachlaufen, hielt aber dann doch unter der goldenen Decke des Raumes inne.

Sternbilder, nicht im typisch ägyptischen Stil wie im zentralen Tempelraum oder in Dendera, sondern die skizzenhaften Punkt-Strich-Punkt-Darstellungen altmodischer Astrologen, waren hier ins Gold geritzt. Hin und wieder und augenscheinlich ohne jede Logik waren Juwelen ins Gold eingelassen worden. Und zwar keine schlichten Glitzersteine, sondern fünfzig Karat schwere Rubine und facettierte Smaragde.

Wer schliff im ersten Jahrhundert vor Christus Edelsteine?

Ich versuchte gar nicht erst, am Sarkophag eine DNA-Probe zu sammeln. Ich brauchte genaueres Material.

Der Adonis war am Fuß der Treppe in die Knie gegangen und studierte eine Schriftrolle vom Toten Meer. Herodot war dorthin gereist, so wurde berichtet, allerdings traute ich meinen Griechen immer weniger. Der Fremde überflog suchend eine Schriftrolle nach der anderen. In einem Windhauch hätte ich eine Wimper von seiner Wange zupfen oder im Vorbeistreichen eine Hautprobe nehmen können. Wenn ich unter dem Schleier gewesen wäre.

Schließlich hatte er gefunden, wonach er suchte, und stellte die Schriftrollen wieder zurück.

Gelöst spazierte er durch den Tempel, den Umhang locker über die Schulter geworfen und offenkundig vertraut mit der Umgebung. Er ging zielstrebig weiter, er zögerte nicht ein Mal, wenn er von einem Raum in den nächsten trat.

Wie ein Gespenst folgte ich seinen Schritten, zwischen den beiden Pylonen hindurch, stets im Gleichschritt mit ihm, damit er nicht die trockenen Gräser unter meinen Füßen rascheln hörte.

Auf halbem Weg über die Sphinxenallee zum Museion bog er zwischen den duftenden Bäumen ab und verschwand in der Dunkelheit.

Dies war kein GP in der Geschichte; nichts, was ich tat, würde etwas am Lauf der Geschichte ändern. Ein Mensch allein kann die Welt nicht verändern. Aber dieser eine Mensch konnte *meine*

Welt verändern, und wenn es auch nur bis zum Morgengrauen wäre.

Ich verschmolz mit den Bäumen, um genau vor ihm auf den Pfad zu treten, wo mir der Mond ins Gesicht schien. Dem Adonis blieb der Mund offen stehen; unendlich langsam wanderte sein Blick von meinem ungeflochtenen Haar zu meinen silbern überzogenen Füßen. Er hob die grün gesprenkelten Augen und blickte mir ins Gesicht. »Göttin«, flüsterte er. Seine Stimme berührte mich im Innersten. Ich lächelte und winkte ihn zu mir in die Dunkelheit.

4. Kapitel

»Zimona alpha, hörst du mich?«

»Zimona alpha, verstanden«, sendete ich zurück, froh, dass meine Kollegen mich nicht sehen konnten und dass niemand in dieser Welt meine Gedanken lesen konnte.

»Ist alles in Ordnung? Vor einer Weile sind deine Vitalzeichen ziemlich außer Kontrolle geraten. Wir wollten schon intervenieren, aber Jicklet war dagegen. Er meinte, wenn du so unerwartet von der Basis hörst, könnte das deinen Stress noch verstärken.«

Ich war schweißnass und lag eingeklemmt unter meinem schlafenden Prinzen. Jicklet sei gedankt. Obwohl er mich ein bisschen zu gut kannte, vor allem nach so vielen Jahren.

»Zimona?«

»Alles bestens.«

»Du rennst also keinen Einheimischen mit riesigen Fackeln mehr hinterher, oder?«, fragte Flore amüsiert.

Mein Blick wanderte über den Adonis. Riesige Fackeln? Nicht mehr. *»Alles bestens.«*

»Wie ist der Set?«

»Ich bin noch im dritten. Ähm … ist Herzog in der Nähe?«

»Er muss unterrichten.«

Wir unterrichteten alle. Wir lehrten von Kriegen, von Gewalt, von den schrecklichen Kämpfen Mensch gegen Mensch. Wir erzählten der jungen Generation davon, damit sie nie, aus keinem Grund und allen Provokationen zum Trotz zur Waffe greifen würden. Der Friede war jedes Opfer wert.

»Soll ich ihm etwas ausrichten?«

»Nein, ich rede später mit ihm. Zimona alpha Ende.«

Der Adonis rührte sich in meinen Armen und küsste mich auf die Schulter. »Ich wusste gar nicht, dass auch Isis Nemesis schlafen muss«, murmelte er.

»Du weißt es immer noch nicht«, verbesserte ich. »*Du* hast geschlafen.«

»Fühlt sich das etwa nach schlafen an?« Er presste sein Becken gegen meines. Er war schon wieder hart – und ich nass. Ich sah zum Himmel auf, der mir noch dunkler vorkam als zuvor, und hob die Hüfte an. Aufstöhnend schob er die Hand in meine Haare. Wir küssten uns, dann hörte ich, wie er mir, Isis Nemesis, etwas ins Ohr flüsterte.

Eine halbe Ewigkeit später ließ ich ihn mit offenem Mund schnarchend zurück, die Haut in der nächtlichen Kühle von einer leichten Gänsehaut überzogen. Nachdem ich den Saum seines Umhangs über seinen Arm gedeckt hatte, zog ich meinen Overall von den Zweigen des Busches.

Sein Deenah-Code war historisch nicht überliefert; seine sterblichen Überreste waren nie geborgen worden. Trotzdem kannte ich ihn in- und auswendig.

Er würde mit einer achtzigprozentigen Wahrscheinlichkeit Bauchspeicheldrüsenkrebs entwickeln, er war allergisch gegen Meeresfrüchte; ethnisch stammte er aus dem »Mittelmeerbecken«, er war zweiundzwanzig Jahre alt; seine spezifisch definierten Muskeln bewiesen, dass er Ringer war; er ernährte sich von der typischen Kost eines reichen Griechen – also praktisch ohne Obst und Gemüse –, sein IQ überstieg die 155; und er besaß eine ganz ausgeprägte Begabung für Mathematik und Physik.

Aber ich wusste immer noch nicht, wie er hieß und warum er Kleopatra hintergehen sollte.

Als ich schließlich die Gärten mit den leeren Lotosteichen gegenüber dem Palast erreicht hatte, vertrieb bereits das erste Tageslicht die Nacht. Frech, weil immer noch ohne Schleier, ging ich durch den schon dämmernden Morgen in Richtung Strand.

Die Schiffe harrten nach wie vor auf ihren offensiven und defensiven Positionen aus. Pharos strahlte, doch das Leuchtfeuer zeigte nach Nordwesten. Ich kam am Mausoleum vorbei, hinter dessen weit geöffneten Türen Goldschätze warteten. Und wenig später spazierte ich über den einsamen Strand.

Wie ein weiß schäumendes Untier kroch das Wasser über den Sand. Der Wind frischte auf, bis ich merkte, wie sich die Härchen an meinen Armen aufstellten.

Warm wie Blut an meiner kalten Haut schwappte der Ozean heran und um meine Knöchel. Ich wagte mich tiefer ins Wasser vor. Kichernd lief ich vor den Wellen davon und ließ mich von ihnen verfolgen. Die Möwen und Wogen und Winde umspielten mich. Weiter und weiter ließ ich mich ins Wasser locken, fasziniert von den ständig neuen Mustern und den Skizzen, die es in den Sand zeichnete.

Dann wurde die Bucht von der aufgehenden Sonne rosa getönt. Die Quarzitsimse und -muster am Pharos strahlten in der klaren Morgenluft. Der Isis geweihte Inseltempel erwärmte sich zu einem reichen Rosa, und die weißen Mauern und Kalksteinbauten Alexandrias leuchteten in Gold und Pink. Die Wellen sahen aus wie mit Perlmutt überzogen, und durch die Luft wirbelten Schaumwölkchen, die meinen Körper mit Lichtflecken tupften.

Ich drehte mich im Kreis und beobachtete, wie die Schaumbläschen auf meiner Haut die Farbe änderten.

Ich wagte mich tiefer ins Wasser vor; inzwischen stand es mir bis zur Taille. Ich ließ die Finger hindurchgleiten und schaute den Tröpfchen zu, die in der Morgensonne glitzernd von meinen

Fingerspitzen perlten. Ganz in meiner Nähe stand, in das rosa Licht des Sonnenaufgangs getaucht, ein Reiher im Wasser, elegant wie ein in grauen und schwarzen Strichen hingepinseltes kalligraphisches Kunstwerk. Er war nicht einmal einen Meter von mir entfernt.

In einer eleganten Bewegung breitete er die Schwingen aus, die Luft begann ihn zu tragen, und dann stieg er auf, die Füße gerade nach hinten gestreckt, gleichmäßig höher in den Himmel hinauf. Mit klatschenden Flügeln flog er übers Wasser dahin. Ich schaute ihm nach, bis er mit dem Morgenlicht verschmolzen war. Dann tauchte ich mit einem glücklichen Seufzer unter.

Unter Wasser war es trüb und dunkel, nur wenige vorwitzige Sonnenstrahlen durchbohrten die Oberfläche. Nach Luft schnappend kam ich wieder hoch und spürte, wie das Wasser aus meinen Haaren über meine Schultern und Schenkel rann und die Küsse und Leidenschaft meines Adonis' wegwusch. Inzwischen trafen immer mehr Sonnenstrahlen auf dem Wasser auf und brachten die ganze Bucht zum Gleißen. Ein blendender Streifen nahm mir die Sicht auf das Brackwasser. Ich konnte nichts außer dem Himmel und dem Wasser direkt um mich herum erkennen. Alles andere löste sich in strahlender Helligkeit auf.

Überglücklich lief ich den Strand hinauf und hielt dann inne, gebannt durch das Abbild meines Fußes im Sand. Ein Abdruck. Ein Beweis dafür, dass ich hier gewesen war, dass all das Wirklichkeit war und dass ich, und sei es auch nur für ein paar Sekunden, darin existiert hatte.

Plötzlich hatte ich so etwas wie eine Vorahnung und sah auf. Nicht weit von mir entfernt stand ein Mann. Sein Gesicht konnte ich nicht erkennen, aber er hatte langes braunes Haar und einen Bart. Würdevoll stand er da und ließ den Wind durch seine griechischen Gewänder wehen. Er beobachtete mich.

Ich starrte ihn an; er starrte zurück.

Der Wind fühlte sich kalt auf meiner Haut an, aber solange er zuschaute, konnte ich unmöglich meinen Overall anziehen. Ich begann zu bibbern.

Er sah mich zittern, neigte kurz den Kopf und wandte sich ab, um auf den Palast zuzugehen. Inzwischen war mir bitterkalt. Ich kletterte in meinen Anzug und zog alle Reißverschlüsse zu. Dann flocht ich meine Haare zu einem Zopf und wanderte weiter am Strand entlang.

Am Wasser hielt ich inne, wie gebannt von diesem Anblick: halb überspülte Fußabdrücke. Sie führten hinauf aufs Land.

Der Mann war wirklich da gewesen und hatte mich beobachtet.

Und er war mir beinahe so nah gewesen wie der Reiher.

Ich suchte die Umgebung ab, wobei ich vor allem auf den Weg achtete, auf dem er verschwunden war. Als ich sicher war, dass niemand mich sah, trat ich hinter den Schleier.

Der heutige Tag sollte Kleopatras letzter sein.

In den Küchen schliefen die Bediensteten noch, zum Teil goldene Teller oder Kelche umklammernd, andere mit Amphoren voll Wein oder Öl im Arm.

Die meisten waren allerdings spurlos verschwunden.

In den Triklinen lagen laut schnarchend die Männer und Frauen kreuz und quer wie vergessener Unrat. Antonius' berühmte Feierrunde, die sich selbst als die »Unnachahmlichen Lebern« bezeichnet hatte und heute zu einem Kreis von Todgeweihten geworden waren. Die Vorhänge waren zugezogen, um die Sonne und den hereinbrechenden Tag draußen zu halten.

Keines meiner Hauptziele war irgendwo zu sehen.

Im Palast fiel mir sofort ins Auge, wie viel schon fehlte – Ornamente waren verschwunden, an mehreren Stellen waren die Edelsteine aus den Fresken gebrochen worden, wo gestern noch weiche Teppiche gelegen hatten, lief man jetzt über nackten Stein. Viele Türen standen offen und gaben den Blick auf überstürzt verlassene Räume frei. Ich betrat Kleopatras Wohnflügel – indem ich über die dösenden Makedonier hinwegstieg.

Kleopatra stand in der Tür zu ihren Wohngemächern, mit zerzausten dunklen Locken, in nichts als einen Schal gehüllt, mit nackten, schlanken Tänzerinnenbeinen, und küsste Antonius. Er war in Uniform. Am Ende des Korridors warteten Soldaten, den Rücken dem königlichen Paar zugewandt. Sie machten einen Pfad in der Mitte frei, und drei Kinder platzten durch die offenen Türen. Der ältere Junge musste Helios sein, er war Selenes Zwilling. Er sah ihr zum Lachen ähnlich.

»Was ist mit Antyllus?«, fragte Kleopatra Antonius, während die drei Kleinen im Kreis um ihre Eltern herumrannten. Antyllus war Antonius' ältester Sohn, den seine römische Mutter hierher geschickt hatte, damit er mit den übrigen Kindern aufwuchs.

»Der reitet mit mir«, antwortete Antonius lächelnd und ohne seine Kinder aus den Augen zu lassen. »Und Cäsarion?«, fragte er dann zurück und sah Kleopatra wieder ins Gesicht.

»Er reist heute mit Rhodon ab«, sagte Kleopatra, doch ihre Miene war ernst.

»Was macht dir solche Sorgen?« Antonius strich ihr über die Wange, schnappte sich dann Helios und warf ihn in die Luft. »Ihm wird bestimmt nichts passieren.«

»Der Junge ist zu selbstverliebt, zu gut aussehend«, bekannte sie. »Er war so schrecklich enttäuscht, als –«

»Du bist die Königin«, fiel er ihr ins Wort und setzte seinen jubelnden Sohn ab. »Cäsarion ist ein guter Junge.«

»Es widerstrebt ihm zutiefst, Rom anzugreifen.« Seufzend trat Kleopatra einen Schritt zurück und tätschelte gedankenverloren Helios' Kopf. »Und es widerstrebt ihm ebenso zu fliehen.« Sie zog den Schal fester um ihre Brüste.

Antonius' Blick senkte sich auf ihren Ausschnitt, dann wich er geschickt zur Seite aus, um Ptolemäus' Attacke auf seine Knie zu entgehen.

»Ich habe ihm immer und immer wieder erklärt, dass er in Alexandria kein Individuum ist, sondern dass er Ägypten verkörpert. Macht bedeutet hier Leben, und Leben ist Macht. Wenn es ihm nicht gut ergeht, wenn er nicht am Leben und an der Macht bleibt, dann wird es sein Volk ebenso wenig. Er begreift doch sonst auch die feinsinnigsten philosophischen Konzepte, wieso will ihm dieser Syllogismus nicht in den Kopf?« Kleopatra klang frustriert.

Antonius küsste sie auf die Stirn. »Er wird es schon noch verstehen.« Er sah zu seinen wartenden Männern hinüber.

»Er hätte schon vor Monaten abreisen sollen.«

»Du hättest bestimmt nicht gewollt, dass er auf einem dieser Boote gewesen wäre«, wandte Antonius ein.

Ihre dunkelgrauen Augen flammten auf, und ihr Antlitz versteinerte. »Dafür wird Herodes bezahlen.«

Schon wieder Herodes.

»Es waren die Nabatäer.« Antonius gab ihr noch einen Kuss auf die Stirn, wie um sie zu besänftigen. »Das weißt du doch. Sie vergessen ihren Groll niemals.«

Sie lächelte, allerdings nur mit den Lippen, und wechselte das Thema. »Ich werde vom Fenster aus verfolgen, wie du den Feind besiegst.«

»Lass die Kinder nicht zusehen.«

»Sie sind nicht mehr so klein, dass sie nicht verstehen, was es bedeutet, König zu sein. Außerdem werden sie dir Glück bringen.«

»Fortuna ist mir wohlgesonnen, das war sie für mich von Geburt an«, sagte Antonius, der bereits in die Hocke gegangen war, um Helios und Selene in die Arme zu schließen. Ptolemäus rannte unentwegt im Kreis herum und rief, dass er die Latiner töten werde. »Und wenn nicht, werde ich wenigstens in meiner Rüstung sterben«, prophezeite Antonius, nachdem er den Kleinen schließlich eingefangen hatte und seinen zappelnden Leib in den Armen hielt.

»Isis möge dir beistehen«, flüsterte Kleopatra ihm zu. »Kinder, kommt her«, rief sie dann laut und sammelte sie ein. Selene sah ihren Vater aus ernsten blauen Augen an. Ich hatte den Eindruck, dass sie nur zu genau verstand, was hier vorging. Ich hielt mich dicht an der Wand für den Fall, dass sie mich wieder »sah«. Helios und Ptolemäus versuchten sich Kleopatras Griff zu entwinden. Vielleicht ahnten sie etwas; oder sie waren einfach lebhafte kleine Jungen. »Winkt eurem Vater nach«, befahl Kleopatra, während Antonius und seine Eskorte in widerhallendem Gleichschritt aus dem Korridor abmarschierten.

Iras und Charmian erschienen an der Tür und holten die Kinder ins Zimmer, sodass Kleopatra allein zurückblieb. In Gedanken versunken schaute sie Antonius nach.

Die Ähnlichkeiten waren nicht mehr zu leugnen. Handelte es sich bei meinem Adonis etwa um Rhodon, Cäsarions Lehrer, der ihn später nach Alexandria zurückholen sollte, wo Oktavian den Königssohn töten lassen würde?

Ich folgte der Königin in ihr Gemach. Iras flocht Kleopatras dichte Haare und legte den Zopf um ihren Kopf, ehe sie ihn mit dem gestreiften Kopftuch abdeckte, das uns aus der ägyptischen Kunst so bekannt ist. Kleopatra war damit beschäftigt, sich zu schminken, während Charmian mit den Kindern Verstecken spielte.

Keine zwei Minuten später schwebte die Königin von Ägypten aus ihren Gemächern, in einen lila Chiton gekleidet, mit Schlangenarmbändern geschmückt und in einen Himation mit Kobra-Saum gehüllt. Sie war klein und zierlich, aber schnell. Die Soldaten mussten sich sputen, um mit ihr Schritt zu halten.

Am Torbau, in dem die Wachen untergebracht waren, verschwand sie in einer Gruppe von Makedoniern und ließ sich auf einem Tragsessel nieder. Im Laufschritt eilten ihre Träger anschließend zu einem Gebäude, das direkt an den Palastmauern in der Südecke des Brucheion stand.

Ein unscheinbarer Durchlass, nicht bemalt und nicht vergoldet, führte in einen Innenhof, an dessen anderem Ende ein überdachtes Podest stand. Kleopatra stieg aus ihrem Tragsessel und ließ sich unter der Säulenreihe auf einem Thron nieder, in den in griechischen Lettern ihr Name eingemeißelt war. Charmian reichte ihr eine Kiste, aus der Kleopatra den Krummstab und die Geißel der altägyptischen Pharaonen nahm.

Unseren geschichtlichen Quellen zufolge hatte sie diese Objekte, die ihre Herrschaft über Ägypten verkörperten, Oktavian mit ihrem Gnadengesuch zusammen überbringen lassen. Hatte sie ihm etwa die falschen Insignien geschickt? Reproduktionen? Oder hatte er alles zurückgeschickt? Schließlich hatte Oktavian alle Friedensangebote abgewiesen.

Stimmten diese Überlieferungen überhaupt?

Zwei Sklaven fächerten Kleopatra Luft zu. Sie überkreuzte die beiden Symbole, die für die Macht und für das Leben standen, vor ihrer Brust und stellte die Sandale ihres einen Fußes auf einen Hocker, der mit den Gesichtern ihrer Feinde bemalt war. Ich hätte zu gern gewusst, ob auch Oktavians Antlitz darauf war. »Bringt die Schauspieler und Sänger«, befahl sie. »Mir ist nach einem Blutvergießen.«

Schauspieler? Sänger? Blutvergießen?

»*Flore*«, flüsterte ich. »*Kannst du dich erinnern, ob Kleopatra irgendwas mit Schauspielern und Sängern zu tun hatte?*«

»*Ihr Vater wurde auch ›der Flötenspieler‹ genannt. Bestimmt ist sie im Isistempel aufgewachsen, wo pausenlos gesungen und getanzt wurde. Mal sehen – Antonius wäre gern Schauspieler geworden. Er leitete ständig irgendwelche dionysischen Feierlichkeiten und Ähnliches.*«

»*Kannst du dir vorstellen, warum sie sie umbringen will?*«

»*Antonius?*« Flore war die Verwirrung anzuhören.

»*Die Schauspieler und Sänger*«, sagte ich.

Flore blieb vorübergehend still. »*Und du bist ganz bestimmt in unserer Geschichte?*«

Dreißig Männer und Frauen wurden in Ketten in den Hof und vor Kleopatras Thron geführt. »*Zimona alpha Ende.*«

Kleopatra musterte die Gefangenen finster. »Unter allen Verbrechen ist der Verrat das niederträchtigste«, sagte sie.

Die Königin winkte einen Soldaten heran. Er ließ sich auf ein Knie nieder und durchtrennte einem Gefangenen die Fußsehnen. Der Gefangene kippte laut schreiend in sein eigenes Blut.

Was für ein Wesen war die Königin? Ich merkte, wie mich der Gestank, wie mich dieses Schauspiel anekelte.

Sie verzog keine Miene. »Wer will mir erzählen, welche Bedingungen ihr mit dem Eindringling ausgehandelt habt?«, fragte sie.

Die Gefangenen schienen im Zeitraffer kleiner zu werden, aber keiner wagte es, den Blick von Kleopatra abzuwenden. Der Verwundete wälzte sich auf dem Boden. Ich war die Einzige, die ihn beachtete.

»Eine wirklich originelle Idee, die Cäsars Neffe da gehabt hat. Sie zeigt sein Einfühlungsvermögen und beweist, dass er zu manipulieren versteht. Wer weiß«, sie zuckte mit den Achseln, »womöglich hat er sogar Aristoteles gelesen.«

War ich in einem Paralleluniversum gelandet, ohne dass es mir aufgefallen war?

»Zu dumm für euch«, ihr Lächeln rief unter den Gefangenen ein leises Wimmern hervor, »dass ich eure Tricks kenne. Jedes Kind weiß, wie man sich auf der Kanopischen Straße unsichtbar macht. Man braucht nur Weiß zu tragen.« Kleopatra ließ ihren Blick über die Gefangenen wandern. »Eine geschickte List, nur habt ihr euer Stück diesmal vom falschen Regisseur in Szene setzen lassen.«

Schauspieler und Sänger. Verrat. Weiß auf der Kanopischen Straße.

Sie kam die Stufen herunter und stolzierte, anders konnte man es nicht nennen, auf einen der Männer zu. Der am größten und stolzesten wirkte. »Demokles.« Er neigte den Kopf. »Wie oft warst du im Palast eingeladen, um Herrn Antonius zu unterhalten? Er hat dich mit Gold überschüttet. Er hat dich sogar zu deinem Agamemnon beglückwünscht, obwohl es, genau besehen, kein großes Talent braucht, um einen Leichnam zu spielen.«

Einige unter den Schauspielern lächelten. Nervös. Der Gefällte lag nun reglos in seinem Blut.

Sie wandte sich nacheinander an jeden von ihnen. »Dionysos, der Antonius verlässt. Die Symbolik: wie effektiv sie doch ist.« Sie verstummte vorübergehend, bis die Gefangenen nervös mit den Füßen zu scharren begannen. »Auletes, mein Vater, hat mir oft erklärt, dass der Einzelne allein intelligent sei, das Volk aber dumm wäre und dauernd nach einem Schauspiel verlangte.« Sie kreuzte die uralten Insignien vor der Brust. »Statt etwas zu schauen, habt ihr ihnen zumindest etwas zu hören gegeben. Ein brillantes Manöver, vor allem dank des gewählten Weges, der euch an den Baracken vorbeiführte.«

Plötzlich begriff ich: dass Dionysos Antonius verlassen hätte, war eine Finte gewesen. Oktavian hatte diese alexandrinischen Schauspieler und Sänger angeheuert, damit sie vorgeben sollten, Diener des Gottes zu sein. Ganz in Weiß und dadurch unsichtbar waren sie an den Unterkünften der Soldaten vorbeimarschiert. Kleopatra hatte Recht; wenn sich die Sache wirklich so zugetragen hatte, war diese List geradezu brillant. Hinterhältig, nicht wirklich geschmackvoll, aber schließlich war man im Krieg.

Sie lächelte wieder, unter einem basiliskenhaften Blick. »Ihr habt euren Schutzherrn verraten. Und euren König.« Sie rief über die Schulter einem der vielen wartenden Diener zu: »Bring den Wein.«

»Majestät! Gefürchtete Königin!«, rief einer der Angeschuldigten. »Lass Gnade walten, dann werde ich den Namen unseres Verbindungsmannes preisgeben, jenes Anführers, der uns durch seine Hinterlist dazu gebracht hat, Antonius zu verabscheuen!«

»Du kennst seinen Namen?«, fragte sie.

Schlagartig richtete sich der Schauspieler selbstbewusst auf. »Ich kenne ihn nur zu gut, Herr Kleopatra –«

Ein Wächter trat ihn in den Staub. »Du wirst den Namen der Gefürchteten Königin nicht in den Mund nehmen, du Wurm!«

»Gnade, dann verrate ich euch alles«, keuchte er.

Auf Kleopatras Nicken hin rissen die Wachen den Gefangenen wieder hoch.

»Du wirst den Namen auch so verraten«, fuhr einer der Soldaten ihn an. »Du hast keine Gnade verdient.«

Der Schauspieler öffnete den Mund zu einem gellenden Schrei, aber der Wachposten schlug ihn mit dem Handrücken ins Gesicht. Ohne ein weiteres Wort wurde der Gefangene weggezerrt.

Ein Sklave erschien mit einem Tablett voller Kelche. Goldene Trinkschalen, mit Juwelen besetzt. »Unzählige Male habt ihr an meinem Tisch gespeist, weil mein Gemahl euch wohlgesonnen war«, sagte Kleopatra zu ihnen. »Ihr kennt diese Schalen gut.«

Unsere geschichtlichen Quellen besagten, dass sie verschiedene Gifte an Sträflingen ausprobiert hatte, um das am besten geeignete herauszufinden. Natürlich stammten diese Berichte von den Römern, die ihrerseits die Kunst des langsamen, qualvollen Sterbens verfeinert hatten, bis sie im Tod durch Kreuzigung zur Perfektion gefunden hatten.

In Ägypten wurden Verurteilte durch den Biss einer Viper hingerichtet. Schnell und einigermaßen schmerzlos. Aber war diese Massenhinrichtung unter Umständen das Körnchen Wahrheit in der Giftgeschichte?

Kleopatra nahm wieder auf ihrem Thron Platz. »Ihr habt eine Stadt verraten, die euch geliebt hat, ihr habt einer Kultur abgeschworen, die stolz darauf war, euch gekannt zu haben. Ihr habt eure Seelen verbrannt und verkauft.« Ihre Stimme bebte vor Zorn, vielleicht auch vor Kummer, so genau konnte ich das nicht feststellen. »Ihr habt uns alle verbrannt.«

Jeder Mann, jede Frau nahm eine Schale.

Kleopatra nahm eine Schale mit Wein aus Charmians Hand und hielt sie hoch. »Ich trinke darauf, dass ihr die Ewigkeit in einer Hölle voller Verräter verbringen mögt.« Widerwillig, aber gehorsam, führten die Männer und Frauen die Schalen an die Lippen und tranken. Einer nach dem anderen begann zu schreien, zu flehen, zu drohen, zu versprechen und zu höhnen. Anscheinend ungerührt schaute Kleopatra zu, bis der Letzte der dreißig reglos am Boden lag.

Innerhalb von zehn Minuten hatte sich der Hof mit Leichen gefüllt. Kleopatra seufzte tief auf. Sklaven brachten die Toten fort; Sklavinnen wischten den Boden sauber.

Ein Mann mit einem Schakal im Arm erschien, ein Weihrauchfässchen schwingend. Er besang die Läuterung Anubis', des Reinigers der Toten. Nach seinem Abgang war der Hof auch zeremoniell wieder gesäubert.

Die ganze Zeit über blieb Kleopatra auf ihrem Thron sitzen, den Blick starr geradeaus gerichtet, die Amtsinsignien fest umklammernd. In einem unbeobachteten Moment trat Charmian neben die Königin, legte den Arm um sie und drückte sie. Sie sprach kein Wort, die Königin auch nicht. Wieder füllte sich der Innenhof, diesmal mit bedeutenden Männern, die ihre einflussreiche Position durch Halsketten und Stickereien auf ihren Roben und Tuniken zur Schau stellten.

Kleopatra winkte einem Mann, der vor einer riesigen, goldbeschlagenen Tür Wache stand. Er öffnete die Torflügel, und herein schwappte eine Flutwelle von mit Paketen beladenen Menschen, die nach vorn drängten und sich vor der Königin zu Boden warfen.

Ob sie die Schreie der Sterbenden gehört hatten?

Diese Menschen behandelte die Königin ganz anders. Eine neue Facette ihres Wesens wurde enthüllt. Einen Rattenschwanz von Schreibern, offiziellen Beratern und persönlichen Ratgebern hinter sich herziehend, wanderte Kleopatra durch die Menge.

»Diese Lieferungen müssen in den Kanal nach Heliopolis umgeleitet werden«, befahl sie, auf eine Karte deutend, die ihr jemand entgegenstreckte. »Verteilt sie auf vier Schiffe, denn der Kanal ist noch nicht ganz repariert. Es gab einen Todesfall in der Familie, und der Dorfbewohner Useramun musste das Grab vorbereiten.«

Sie befasste sich mit Schriftrollen und Menschen, setzte ihr Siegel hierhin und dorthin, riet zu Fluchtwegen, erließ Schulden und verschenkte Gold. Langsam arbeitete sie sich durch die Menge vorwärts, wobei sie viele mit Namen ansprach, oft lächelte und wiederholt göttlichen Segen wünschte. Jedes Antlitz wirkte ruhiger, glücklicher, nachdem sie es angesehen hatte. Jeder Bittsteller ging größer, stolzer heim, nachdem sie mit ihm gesprochen hatte.

Sie teilte Getreide aus, sie unterzeichnete Empfehlungsschreiben an Herrscher in fremden Ländern, und sie legte jenen, die zu aufgeregt zum Reden waren, beruhigend die Hand auf die Schulter.

»Sie haben die Schatzkammer ausgeraubt, Herrin!«, flehte ein Mann sie an. »Wir werden als Erste sterben, wir haben kein –«

Kleopatra brachte ihn zum Verstummen, indem sie ihre Hand auf seine Brust, auf sein Herz legte. »Du hast uns lange geliebt. Geh nun.« Ein Schreiber notierte etwas auf einer Schriftrolle, ein zweiter reichte dem Mann einen klingelnden Beutel. »Eilt euch, denn Oktavian wird es gewiss tun«, sagte sie.

Der Kammerherr flüsterte ihr etwas ins Ohr, während sie ungerührt Geld und Papiere sichtete. Sie vergeudete keine Zeit, aber die Menge wuchs stetig an. Sie versuchte, die Leibeigenen am Fluss ebenso zu schützen wie die Adligen, die ihr treu gedient hatten; all jene, die mit Sicherheit von den Invasoren hingerichtet würden.

»Was ist mit meinem Gefolge?«, fragte sie einen ihrer Ratgeber, während sie wieder einmal ihr Siegel auf ein Dokument setzte.

»Wer fliehen wollte, ist schon fort. Das Schiff hat in der aufgehenden Morgensonne Segel gesetzt.«

»Gut.« Sie lächelte, ohne den Blick von dem zu siegelnden Dokument abzuwenden. »Und was ist mit denen, die bleiben?«

»Die meisten sind bei Verwandten untergeschlüpft oder haben sich auf ihren Landsitz zurückgezogen.«

»Wenn Oktavian hier eintrifft, wird kein Freund der Ptolemäer noch einen Landsitz besitzen.« Sie bewegte sich ununterbrochen weiter und unterbrach das Gespräch häufig, um jemandem zu danken oder sich zu verabschieden. Sie kannte nicht nur unzählige Namen und Kindernamen, sondern auch die jeweiligen Reiseziele und Vorhaben und Pläne.

»Nachrichten von der Front! Nachrichten von der Front!«

Die Menge teilte sich vor der Königin, und die Makedonier bauten sich mit gezogenen Schwertern im Halbkreis um sie herum auf. Ein Herold, derselbe Junge, den ich schon mal gesehen hatte, warf sich vor ihr zu Boden. »Heil, Gefürchtete Königin!« Er wartete ihre Antwort gar nicht erst ab, sondern platzte sofort heraus: »Wie geplant marschierte Herr Antonius im Lager ein, als Oktavian sich gerade auf die Schlacht vorbereitete«, keuchte der Herold. Kleopatra winkte nach einer Schale und reichte sie eigenhändig dem Boten.

»Wie viele Verluste gab es?«

»Schlimme, Herrin, aber nicht so schwere wie unter Oktavians Römern.«

»Wie ist ihr Wasser?«

»Alle Brunnen innerhalb des Lagers sind verseucht, Herrin.« Er sah mit nicht zu verleugnender Angst auf.

»Aber?«

»Sie haben das praktisch sofort entdeckt, Herr. Und eine ... neue Quelle ... aufgetan.«

»Wen?«

Der Sklave sah sie an, sah ihr mitten ins Gesicht, und wurde sichtbar blasser. »Den ... jüdischen Tiger.«

Der Schreibkiel in ihrer Hand knickte ab. Sie erbleichte. Dies war die Frau, die Plutarch bei seinen Schilderungen im Geist vor sich gesehen hatte: das Antlitz eine Maske des Zornes, lodernde Flammen im Blick. »Seth«, knurrte sie mit zusammengebissenen Zähnen. »Bringt ihn her.«

Der Herold kauerte immer noch vor ihr.

Sie winkte ihn zu sich und flüsterte ihm etwas ins Ohr.

Er erbleichte noch mehr und nickte dann.

»Führt ihn in die Küche, damit er sich erfrischen kann«, sagte Kleopatra.

Der Herold verbeugte sich und verschwand, geführt von einem Diener.

»Iras«, zischte Kleopatra der Frau zu, die ihre Doppelgängerin war. Ihre Stimme senkte sich so weit, dass ich sie trotz all meiner teknischen Hilfsmittel kaum verstehen konnte. »Cäsarion ist hier.«

Charmian fasste Kleopatra an der Schulter.

»*Flore*«, meldete ich mich, »*sind sich Cäsarion und Augustus jemals begegnet?*«

»*Nein, Oktavian ließ ihn umbringen, um Ägypten einen Bürgerkrieg zu ersparen. Weil niemand zwei Herren dienen könne und so weiter.*«

»*Zimona alpha Ende.*«

Charmian verbeugte sich und trat zurück, während der restliche Hof vorwärts stürmte. »Gib mir Bescheid, wenn Herr Antonius sich irgendwo zeigt!«, rief Kleopatra ihr zu, während sie sich durch die Menge arbeitete.

Zwei Frauen mit schwarzen Himatien über ihren weißen Gewändern traten vor sie hin. Die eine war die Frau, die ich schon zuvor beobachtet hatte, die frivole. Kleopatra schloss sich den beiden an, und alle verschwanden, dem Palast oder dem Mausoleum zu.

»Verräterin!«

Hinter mir ertönte ein Schrei, der sich zunehmend fortpflanzte. Mark Antons Ankunft, genau wie beim ersten Mal.

Aber wieso wurde von Verrat gesprochen, wenn die Schiffe gar nicht aus dem Hafen ausgelaufen waren? Der geschichtlichen Überlieferung nach hatte Antonius Kleopatra die Schuld daran gegeben, dass ihre Flotte vor den Römern kapituliert hatte, ohne dass auch nur ein einziger Pfeil abgefeuert worden wäre. Aber so – lagen alle Schiffe noch wartend im Hafen.

Hinter mir galoppierten Pferde. Ich sah Antonius vorbeidonnern, nach Kleopatra brüllend. Von Wachen verfolgt, jagte er durch das Labyrinth von Gärten und Tempeln. Erst als er sich dem Palast näherte, packte jemand die Zügel seines Pferdes. Antonius sprang ab und versetzte dem Mann, ununterbrochen nach Kleopatra rufend, einen kräftigen Schlag. Ich sah, wie sich hinter dem Palast etwas regte.

»Kleopatra!«, rief er. Er hatte es ebenfalls bemerkt.

Drei Frauen und zwei Kinder rannten vom Palast zum Mausoleum. Antonius versuchte ihnen nachzulaufen, aber schon nach wenigen Schritten blieb er keuchend stehen, die Hände auf die Knie gestützt. Sein Körper sah noch recht ansehnlich aus, aber in Form war er eindeutig nicht.

Bis er das Mausoleum erreicht hatte, waren die Türen verriegelt.

»Kleopatra!«, heulte er. Unter seinem Keuchen redete er wie ein Irrer vor sich hin, murmelte, dass ihre Ägypter ihn hintergangen hätten, dass sie Cäsarion und nicht ihn auf dem Thron sehen wollte. Dass sie Cäsarion zu Oktavian geschickt habe, um ein Abkommen auszuhandeln.

Schon wieder wurde davon gesprochen, dass sich die beiden Männer begegnet waren. Eine Begegnung, die in den historischen Quellen nicht einmal angedeutet wurde.

»In Aktium hat alles angefangen«, sagte er. »Damals hat alles begonnen. In Aktium hätte ich sterben sollen. In Aktium hat sie versucht, dich umzubringen.« Er sang die Worte beinahe, aber bei jeder Wiederholung schien er ein kleines bisschen ruhiger zu werden.

Ich konnte mich nicht erinnern, irgendwo eine Andeutung gelesen zu haben, dass Marcus Antonius wahnsinnig gewesen war.

»Herr!«, rief Charmian ihm zu. Wie besessen von seinen eigenen Gedanken marschierte Antonius nun murmelnd auf und ab. Charmian rief ihn erneut. Beim dritten Ruf berührte einer der vielen anwesenden Sklaven den Römer an der Hand. Zischend zog Antonius sein Schwert und richtete es auf den Sklaven, der sich ängstlich duckte und zu Charmian hinaufdeutete.

Charmian winkte aus dem vorderen Fenster.

»Was ist denn?«, bellte Antonius. »Die Infanterie hat mich im Stich gelassen, sie sind einfach abmarschiert! Sie haben meine Befehle verweigert! Oktavian versteckt sich in diesem verfluchten Hippodrom und schmiedet zusammen mit ihr Intrigen! Sie hat den Reitern keinen Sold bezahlt, nicht wahr? Darum sind sie desertiert und –«

»Es wird Zeit, Herr!« Charmian musste mehrmals rufen, damit er sie über seinen Grübeleien und Anschuldigungen hörte.

»Zeit wofür?«, bellte er. »Und dann noch diese elenden Bastarde, diese Soldaten – glaubt mir, in der neuen ägyptischen Armee werden nur noch Männer dienen, die mir treu ergeben sind, deren Blut wahrhaftig ist –«

»Es ist Zeit zu sterben.«

Antonius verstummte.

Von diesem Punkt an hatte ich den Set bereits gesehen, aber diesmal kannte ich viele der Faktoren, die dazu geführt hatten. Und ich hatte weit mehr unbeantwortete Fragen als beim ersten Mal. Kleopatra würde noch eine ganze Weile am Leben bleiben – in Gefangenschaft zuletzt und irgendwann … ermordet?

Ich huschte ins Mausoleum und suchte mir ein Versteck außer Sichtweite des sterbenden Antonius, wo ich Kleopatras Miene beobachten konnte. Die Sklaven und Dienstboten hatten sich wieder versammelt, die Wunde war dieselbe, und selbst der Leichnam des armen Eros blieb genauso auf dem Gras zurück wie beim ersten Mal

Nur war mein Gehör diesmal wesentlich besser eingestellt.

»Du weißt, was du zu tun hast«, keuchte Antonius, an Kleopatra gewandt. Sein Gesicht war totenbleich.

»Sag nicht so etwas, ich bin seine Stieftante!«

Oktavian; nachdem er ein Großneffe von Julius Cäsar war, war Kleopatra formell gesehen Oktavians Stieftante.

»Du bist Ägypten, Kleopatra. Du musst für ihre Sicherheit –« Antonius schnappte vor Schmerz nach Luft. »Bringt mir Wein, aber nicht gleich.«

»Das waren im Wahn geschmiedete Pläne. Sie –«

»Trotzdem könnten diese Pläne dich retten, dich und unsere Familie«, fiel ihr Antonius mit einem angestrengten Lächeln ins Wort. »Ich bin nur froh, dass Pompeius nicht vor Cäsar hier eingetroffen ist, sonst wäre ich womöglich am Kreuz geendet.« Er lachte kurz auf und stöhnte augenblicklich vor Schmerz. »Mars' Klinge könnte nicht quälender sein.«

Kleopatra streichelte sein Gesicht. »Lass mich nicht allein. Du bist mein einzig wahrer Freund.«

»Schon seit Aktium«, würgte er hustend hervor, »wünschst du mir den Tod.«

»Ja. Aber da hätte er mir noch genutzt. Jetzt nicht mehr. Jetzt brauche ich dich.«

Er hörte ihre Worte nicht mehr, er war in einen Dämmerschlaf gefallen. Klea schloss die Augen. Nur der Pulsschlag in ihrem Hals verriet, dass sie keine Statue war.

»Die Jungen.« Antonius kam hustend und nach Luft schnappend wieder zu sich. Blut sickerte durch das Tuch, mit dem die Wunde abgedeckt worden war. Kleopatra wechselte es aus, aber Antonius verlor zu schnell zu viel Blut. »... Tempel ... Schutz«, hauchte er. »Die Kleinen?«

Kleopatra schüttelte den Kopf. »Du hattest Recht, sie werden noch früh genug die Last des Königtums zu tragen haben.«

»Ich liebe sie«, lallte Antonius. Sein Atem ging flach.

Kleopatra winkte Charmian herbei und nahm ihr einen Becher ab. »Wein vom Mareotis-See«, sagte sie zu ihm und hielt seinen Kopf zum Trinken. »Aus einer Lage am Ostufer. Deiner liebsten.«

»Du bist meine Liebste«, antwortete Antonius mit glasigem Blick. Er nahm einen Schluck Wein und ließ dann den Kopf zurückfallen. Kleopatra hielt ihn fest, während er die letzten Atemzüge tat und dann endgültig verstummte.

»Verflucht«, flüsterte sie seinem reglosen Körper zu.

Charmian beugte sich zu ihr herab. »Nimm das.« Sie reichte Kleopatra einen Kelch.

»Ruft die Priester«, befahl Kleopatra, während sie Antonius' Augen schloss. »Wir müssen seinen Leichnam einwickeln, damit Oktavian ihm keinen Frevel zufügen kann. Antyllus ist in Lebensgefahr, schließlich hat er gemeinsam mit Antonius den Angriff geleitet.«

»Majestät, trink das.«

»Antyllus ... Wir müssen ihn im Tempel verstecken. Vielleicht hat Oktavian Hemmungen, ihn zu töten, wenn er ihn vor seinen Göttern stehen sieht.«

»Hier, Klea«, sagte Charmian und streckte ihr den Becher hin. »Das wird dich beruhigen.«

»Glaubst du etwa, ich bin nicht ruhig?«, fragte die Königin. Ihre Stimme klang ruhig, doch ihre Hände bebten.

Hinter ihr traten die Priester ein.

»Antonius hatte ganz Recht –«

»– in einer Beziehung«, fiel Charmian ihr ins Wort.

»– kein Römer hat dir je widerstehen können«, vollendete Iras den Satz.

Kleopatra sah mich direkt an, sah direkt durch mich hindurch. »Ich werde mich nicht dazu erniedrigen, einen Knaben zu verführen, der bereits meinen Knaben verführt hat.«

Mir klappte der Kiefer herunter. Oktavian sollte Cäsarion verführt haben? Auch das hatte Plutarch für sich behalten.

»Klea, damit wollte er sich nur dafür rächen, wie Cäsar ihn ausgenutzt hat.«

»Und er war gut darin, jemanden so auszunutzen. Cäsar hat ihm Rom als Geschenk überlassen, als wertloses Spielzeug.« Sie hob das Gesicht an und schloss die Augen. »Diese Männer aus dem Westen mit ihren demütigenden Ritualen. Wo jede Generation der vorhergehenden als Buhlknabe dient. O Alexander, was hast du da nur angefangen?«

»Antonius hat die Schlacht gewonnen, Majestät«, wandte Iras ein. »Du hast noch nicht verspielt.«

»Nein. Wir haben den Krieg verloren, als Cäsarion Oktavian in sein Bett ließ.« Sie sah auf. »Warum ließ ich Cäsarion nur ziehen? Warum habe ich vergessen, dass man keinem Menschen mehr trauen darf, sobald man ihm den Rücken zugewandt hat?«

Kleopatra sah hinauf aufs Meer, auf die immer noch vor Anker liegenden Schiffe, auf dieses Wasserschach vor dem ersten Zug. Mit einem energischen Winken lehnte sie den Kelch ab. »Nein.« Sie schien neue Kraft zu sammeln. »Noch ist nicht alles verloren. Wir haben die Schätze der Pharaonen in unserer Hand. Wir haben Mittel, um die nächste Partie für uns zu entscheiden.«

Iras und Charmian wechselten einen Blick.

»An allererster Stelle steht Ägypten. Die Königin vor der Frau und vor der Mutter. Das habe ich auch Cäsarion beizubringen versucht, aber …« Kleopatra sackte sichtlich zusammen, »das ist mir wohl nicht gelungen.«

»Du hast ihm alles gegeben, Majestät. Es liegt an seinem Geburtszeichen, es ist einfach zu schwach, um eine so schwere Last zu tragen.«

»Ich hätte präziser in meinen Gebeten sein sollen.« Aus ihrem Tonfall sprach gehässige Ironie. »Liebe Isis: nicht nur ein Kind von einem halbtoten Mann, sondern auch kein Kind unter dem Zeichen der Fische, denn das wird ein Träumer. Auch kein Kind im Zeichen des Stiers, denn das wäre zu friedfertig. Das Zwillingszeichen ist zu verwirrend für –«

Charmian drückte ihr noch einmal den Kelch in die Hand, und diesmal nahm sie ihn. »Bringt mir Olympus.«

Olympus. Eine geschichtliche Gestalt, die tatsächlich in diese Szene gehörte.

Kleopatra lächelte. »Wahrscheinlich sitzt er im Leichenhaus und hat noch gar nicht mitbekommen, dass wir einen Krieg erwarten.« Draußen dümpelten die Schiffe vor Anker. Auf den weißen Mauern der Stadt standen dicht gedrängt die Menschen, abwartend und schauend.

Ein paar Minuten später kamen drei Männer durch das Fenster hereingeklettert. Einer schien schon älter zu sein, obwohl er sich bewegte wie ein junger. Die beiden anderen waren im besten Alter. Ratgeber? Gelehrte? Sie deuteten die Verbeugung vor der Königin nur durch ein Nicken an.

»Was gibt es für Neuigkeiten?«, fragte sie.

»Herr Antyllus ist zum zweiten Mal in Oktavians Lager eingefallen«, meldete ein bartloser Mann mit langer Hakennase.

Kleopatras Kiefer spannte sich an. »Das ist mir bereits zu Ohren gekommen. Ich wusste gar nicht, dass wir noch eine Armee haben.«

»Nicht alle haben kapituliert«, meinte der Weißhaarige. War das der berühmte Olympus?

»Und mit welchem Resultat?«, wollte sie wissen.

»Tja, *nun* sind alle tot oder haben sich Oktavian angeschlossen.«

»O ja, diese wenigen Stunden Unterschied sind wirklich von Bedeutung«, höhnte sie. Der dritte hatte einen Vollbart und das dunkle, zottige Haar durch einen Mittelscheitel geteilt. Grüne Augen leuchteten aus seinem hellen Gesicht. Er schien leicht gebaut, wirkte aber stark, und er hatte lange, schöne Finger. »Hast du Herodes getroffen?«, fragte sie ihn auf Hebräisch.

In Israel wurde damals vor allem Aramäisch gesprochen. Ich wusste, dass Kleopatra viele Sprachen beherrschte, darunter auch Altägyptisch, aber ich hatte nicht damit gerechnet, dass sie sich in der heiligen Sprache der Juden verständigen konnte.

Der Mann antwortete lächelnd auf Hebräisch: »Er riet Antonius, dich zu töten, um einen besseren Frieden mit Oktavian aushandeln zu können. Die Botschaft wurde losgeschickt, ehe Antonius in die Schlacht ritt.«

»Wie ich gehört habe, wartet er wie ein Aasgeier am Rand seiner Wüste.«

»Nein, Gefürchtete Königin, er wartet in Oktavians Lager.«

Kleopatra zog die Lippen zu einem boshaften Lächeln auseinander. »Er würde mich zu gern umbringen, um sein Wäldchen zurückzukriegen.«

»Bei allem gebotenen Respekt, es sind die kostbarsten Bäume der Welt.«

»Das sind sie allerdings«, bestätigte sie. »So vieles hat der gute Herodes schon versucht: die Nabatäer gegen mich aufgehetzt; meine Flotte niedergebrannt –«

»Es deutet zwar manches darauf hin, aber es ist trotzdem nicht bewiesen, dass es sein Werk war«, wandte der Mann ein.

»Seth, du fürchtest jeden schnellen Entschluss. Du bist im Zeichen des Stieres geboren, nicht wahr?«

»Des Wassermannes, Majestät«, sagte er. Aus seinen grünen Augen funkelte der Humor. Irgendetwas an der Art, wie er sich bewegte, wie er sich gab, kam mir vertraut vor.

»Wasser, wie schön, dass du mich daran erinnerst«, sagte Kleopatra, als wäre ihr eben etwas Bezauberndes und Staunenswertes eingefallen. »Herodes versorgt meinen Feind mit Trinkwasser. Auf diese Weise hat er Alexandria im Handstreich um zwei seiner mächtigsten Verteidigungsmittel gebracht: Sand und Durst.«

»Herodes tut nur, was du auch tun würdest«, wandte Seth ein. »Er verbündet sich mit dem Sieger, um sein Volk, seinen Thron und seine Dynastie zu beschützen.«

Kleopatra zischte. »Dynastie! Was wissen die Idumäer schon von Dynastien? Zwei Generationen, und Herodes ist ihr erster König!«

Der Mann schwieg.

»*Herodes tut nur, was ich auch tun würde*«, wiederholte sie und sah ihn zornig an. »Wenn ich wirklich so wäre, wie diese Latiner behaupten, dann hätte ich dir für diese Frechheit die Zunge herausreißen lassen –«

»Ich danke tagtäglich dem Allmächtigen, dass du eine so vernunftvolle, gebildete Griechin bist«, sagte Seth.

Ihre Lippen zuckten. »Dann rate ich dir in meiner vernunftvollen, gebildeten Weise: Brenn seinen Balsambaumhain nieder.«

»Den heiligen Hain von Gilead vor den Toren Jerichos?« Zum ersten Mal wirkte Seth verstört.

»Die Bäume im Hof der Isis meine ich jedenfalls nicht, mein geliebter Gefolgsmann.« Sie schaute aus dem Fenster, den Kelch fest in der Hand. »Herodes kennt mich gut genug, um die Geste zu verstehen. Ein Abschiedsgruß, ganz unabhängig vom Ausgang des Krieges.« Sie musterte Seth. »Enttäusche mich nicht. Lass sie niederbrennen, danach kannst du dich vom Haus der Ptolemäer lossagen.« Sie streckte ihm die geschlossene Hand entgegen.

Seth presste seine flache Hand auf die Brust. »Du kannst mich um alles bitten, Gefürchtete Königin, aber darum nicht!«

»Es ist nur zu deinem Schutz.« Sie lächelte traurig. »Herodes wird alles daransetzen, dich zu vernichten, wenn er davon erfährt; und Oktavian wird dich ebenfalls töten wollen.«

»Ich werde beiden aus dem Weg gehen.«

»Du bist ein Narr«, sagte sie angewidert.

»Wieder einmal ist Klea die gewitzteste Schülerin im Museion«, sagte er lächelnd.

Abrupt ging sie davon. Sie hielt nach wie vor den Kelch in der Hand. Getrunken hatte sie nicht davon. »Worauf warten sie denn noch?«, fragte sie auf Griechisch, den Blick fest auf die römischen Schiffe gerichtet, die dicht außerhalb der Molen vor dem Hafen von Alexandria lagen.

Die drei Männer folgten ihrem Blick.

»Soll das etwa ein Angriff sein?«, fragte sie. »Worauf also warten sie denn noch?«

»Vielleicht ist das die Verstärkung.«

»Aber natürlich, schließlich hat die Schlacht schon so viele Opfer gefordert«, bemerkte sie mit beißender Ironie.

»Noch ist er nicht da«, meinte der mit der Hakennase. »Noch ist Zeit.«

»Wozu? Um nach Indien zu fliehen, meine Kinder diesem Latiner zu überlassen und meine Tage mit dem Schmieden von Racheplänen gegen das aufblühende römische Imperium zuzubringen?«

»Vielleicht nicht unbedingt nach Indien«, sagte Seth.

»Rom ist kein Imperium«, wandte Hakennase ein.

Kleopatra spießte ihn mit einem vernichtenden Blick auf. »Oktavian ist dabei, ein Imperium zu errichten, ganz egal, wie er es nennt. Und die Letzten, die das begreifen werden, sind die römischen Latiner.« Sie seufzte. »Ach, meine lieben Freunde, ihr müsst fort von hier. Erzählt ihm, was ihr wollt, tut alles, um euer Leben zu retten.«

Wieder presste Seth die Hand auf die Brust; erst jetzt merkte ich, dass er einen Ring an seiner Hand verbarg.

Sie hatte ihn als Gefolgsmann und Freund angesprochen. »Gefolgsleute« wurden der Sitte gemäß die Perser genannt, bei denen Ptolemäus länger gelebt hatte, um aus mehreren Familien eine eigene Gefolgschaft für sein Königshaus zu schmieden. Nicht direkt Gefangene, aber auch keine gleichberechtigten Gefährten. Standen diese drei Männer, die Kleopatra als »Gefolgsleute« titulierte, in einer ähnlichen Beziehung zu ihr?

»Seth hat sich bereits als Narr entlarvt«, sagte sie zu dem hakennasigen. »Und was sagst du?«

»Ich war schon vor meinem Herrn hier, ich werde erst nach ihr gehen«, sagte er.

»Zwei Narren; was für ein Kabinett!«

»Ein Arzt weicht nicht von der Seite seines Patienten«, behauptete der Kahle.

»Ich weiß genau, wieso du dich so loyal gibst, Olympus. Dir sind da unten einfach die guten Leichen ausgegangen. Andernfalls hätte man dich nicht mal mit vorgehaltenem Schwert aus deinem Laboratorium bekommen.«

Alle lachten.

»Es ist ein bisschen zu warm, um die Anatomie zu studieren«, wehrte er ab. »Aber dafür sind es quasi ideale Voraussetzungen, um mehr über die Wechselbeziehung zwischen der Etymologie und dem menschlichen Verfall zu erfahren.«

»Du weißt nie, wann du schweigen musst«, sagte Seth zu ihm.

»Mir ist nicht ganz wohl.« Kleopatra presste eine Hand auf ihren Magen.

»Du würdest dich besser fühlen«, sagte Charmian und fixierte dabei wütend den Kelch, »wenn du das nicht nur herumtragen, sondern auch trinken würdest.«

Nachdem alle gelacht und wieder aus dem Fenster geschaut hatten, meldete sich der Eremit zu Wort. »Ich bitte um Vergebung, aber zu handeln ist stets besser, als abzuwarten. Wer den anderen unter Druck setzt, löst damit irgendetwas aus. Eine Reaktion.«

Er war verdächtig nah daran, das erste Trägheitsgesetz zu formulieren: Jede Aktion führt zu einer gleich starken Reaktion. Aber andererseits war diese Erkenntnis höchstwahrscheinlich bereits niedergeschrieben und in der Großen Bibliothek archiviert. Wie hatten wir nur all dieses Wissen verlieren können?

Kleopatra streckte ihm lächelnd die Hand entgegen, an der sie lediglich einen Ring mit einem breiten, ungeschliffenen Amethyst trug. Ach ja, jener Ring, der ihr angeblich Macht über die Trunkenheit verlieh. »Die Reaktion wäre die Auslöschung meiner Stadt. Das kann ich nicht wollen. Nein, Aktium war die letzte Gelegenheit, bei der wir hätten gewinnen können. Wenn Römer zu Besuch kommen, dann bleiben sie lange.« Sie seufzte. »Ich habe mein Leben lang versucht, so viele Flüsse und Meere und Armeen und Königreiche zwischen mich und Rom zu schieben wie überhaupt nur möglich. Aber diese Latiner marschieren einfach zu schnell, und ihre Bäuche sind viel zu gierig.«

»Du gibst also auf?«, fragte Olympus.

»Nur ein Mann würde meinen Entschluss als Niederlage oder Kapitulation deuten. Eine Frau würde die Weisheit in meinem Verhalten erkennen: Ich gebe nach.«

Die Männer blieben stumm und verlegen vor ihr stehen, dann knieten sie der Reihe nach nieder und küssten mit Tränen in den Augen ihren Ring. Seth ging als Letzter ab. Sie wartete, bis er aus dem Fenster geklettert war und leerte danach in einem tiefen Zug ihren Kelch.

»Möchtest du noch mehr?«, fragte Charmian, als sie ihr den Trinkbecher abnahm.

»Das war meine letzte Auseinandersetzung mit Herodes«, sagte sie. »Ich habe meine Nahrung aufgebraucht, jene eine Sache, derer ich niemals müde wurde, mein alles bestimmendes Ziel im Leben. Den Hass auf ihn. Nie hätte ich geglaubt, dass reiner Hass ebenso erfüllend sein könnte wie Liebe.« Sie drehte sich um und lachte auf. »Stellt euch sein Gesicht vor, wenn sich seine Reichtümer in Rauch auflösen! Seine kostbaren Bäume sollen mir als Zunder dienen!«

Sie befand sich mitten im Krieg und redete von Herodes? Warum hassten die beiden sich so sehr? Und warum wussten wir nicht, wieso?

Mit einem stillen Lächeln legte sie sich aufs Bett, ohne sich weiter um die Diener zu kümmern, die Sims und Mauer reinigten und die Leitern abzogen.

Sie streichelte das weiße Tigerfell, unermüdlich, so als wäre es eine lebendige Katze. »Eigentlich ist es Zeit zu sterben; kein Hass erhält mich noch am Leben.« Sie nahm einen weiteren Schluck von ihrer Droge. In nicht einmal dreißig Minuten war sie zur Ruhe gekommen, lag gemütlich auf dem Bett und scherzte darüber, wie sie Oktavian verführen würde und was sie dabei tragen sollte.

Genau wie ich es im ersten Set gesehen hatte.

Die Schiffe hatten sich immer noch nicht vom Fleck gerührt; auf dem Meer war immer noch alles offen.

Ich kletterte aufs Dach, von wo aus ich beobachtete, wie die Römer eindrangen, zwei Frauen aus dem Mausoleum zerrten – und Kleopatra in ihren Palast folgten.

Ich merkte mir, in welchem Raum sie untergebracht wurde – nicht in ihren Gemächern, sondern in einer kleinen Kammer zur Mauer auf der Seeseite hin. Sollte ich bei ihr bleiben und beobachten, ob jemand im Schutz der Nacht eindrang und sie erwürgte? Oder sollte ich in die Bibliothek zurückkehren und Kopien von Aristoteles' Handschriften machen? Vielleicht sollte ich auch den Hafen im Auge behalten, um festzustellen, ob es dort überhaupt zu irgendwelchen Kampfhandlungen kam?

Im Zweifelsfall war es das Beste, beim Zielobjekt zu bleiben. Irgendwann musste der Mörder ja auftauchen. Allerdings erschien mir ihr Tod nicht mehr so wichtig, nachdem so viele andere Fragen und Bedenken aufgetaucht waren. Trotzdem bezog ich Posten in ihrer Fensteröffnung, von wo aus ich gleichzeitig den Hafen und ihren Raum überwachen konnte. Kleopatra stand mit dem Rücken zur Tür da; seit mindestens einer Stunde hatte sie sich nicht von der Stelle gerührt. Von einem Lotosfries abgesehen war der Raum schlicht und schmucklos.

»O Isis«, flüsterte Kleopatra und ließ sich auf die Liege sinken. »Ich hätte angreifen müssen.« Sonst sagte sie nichts, sie weinte auch nicht, sondern drehte nur unablässig den Amethyst um ihren Finger.

Als Gefangene in ihrem eigenen Palast schlief Ägyptens Königin schließlich ein.

5. Kapitel

Die Tore zur Stadt standen weit offen. Die Römer waren da. So weit das Auge blickte und von so vielen Fackeln erleuchtet, dass man meinen konnte, es sei heller Tag, kauerten römische Zelte, eins neben dem anderen, von hier bis zum Horizont.

Ich passierte jede Menge Wachposten, alles Zenturionen und Soldaten, die sich mit Würfelspielen oder der Pflege ihrer Rüstung die Zeit vertrieben. Unseren historischen Quellen zufolge waren diese Römer vierhundertsechzig Kilometer weit von Pelusium hermarschiert.

Ganz offenbar versorgte Herodes sie mit Nachschub.

Ich ging weiter.

Vor einem Zelt mit lila Saum wartete Prokuleius.

Ich huschte zwischen den zehn Wachposten hindurch ins Zelt.

Eine goldene Liege beherrschte das Innere. Auf ihr lag zusammengerollt ein Mann, in das Lila eines Imperators gehüllt. Aus seinen Augen brannten Leidenschaft und Charisma; seine geschwollene Nase leuchtete rot. Er nieste dreimal hintereinander, und die versammelten Sklaven zuckten bei jedem Niesen zusammen.

Zu seiner Linken stand ein Sklave mit einem Becher voll

dampfendem Wasser. Zu seiner Rechten wartete einer mit einem Teller voller geviertelter Zitronen.

Der blasse Knabe schnäuzte sich und ließ das Tuch zu Boden fallen.

»Augustus eins«, meldete ein Mann in Uniform, »Prokuleius wartet schon –«

Der Junge nieste erneut, wieder dreimal hintereinander. »Er soll warten«, blaffte er.

Dies also war Oktavian, der spätere Kaiser Augustus.

Er seufzte schwer, trank das dampfende Wasser und zuzelte dann an einer Zitrone. »Na schön. Er soll eintreten.«

Prokuleius kam ins Zelt und verbeugte sich.

»Sprich«, befahl Oktavian und kniff sich die Nase zu.

»Herr Antonius ist tot.«

»Das ist er schon seit Stunden. Der alte Narr hat lang genug dazu gebraucht, und du noch länger, um hierher zu kommen.« Finster sah Oktavian Prokuleius an. Aus seinem Näseln sprach blanker Hohn. »Sonst noch was?«

»Die Königin ist, äh, nicht tot.«

»Sie bleibt optimistisch bis zum bitteren Ende, wie?« Oktavian streckte ihm die Hand zum Kuss entgegen, und Prokuleius zog sich rückwärts und unter Verbeugungen zurück. Oktavian schwenkte die geküsste Hand. »Macht hieraus ein Stabszelt«, befahl er. »Bringt mir billigen Wein, ein paar tönerne Trinkschalen und bratet irgendwelches Fleisch. Ich brauche meine Alltagsrüstung und eine Rasur.« Er entließ die Sklaven mit einem Winken, schnalzte dann aber mit der Zunge, woraufhin sich alle umdrehten. »Wo steckt dieser gerissene Jude?«

»In seinem Lager, Augustus eins.«

»Seht zu, dass er dort bleibt. Schickt ihm eine Frau vorbei. Mir ist zu Ohren gekommen, dass seine eigenen Frauen ihn von ihrem Lager verbannt haben. Darum sollte man ihm ein, zwei Paar willige Schenkel schenken. Geht.«

Cäsar Augustus, der angeblich Frieden und Ordnung und Gerechtigkeit gebracht hatte.

Er kam dicht an mir vorbei, und ich las ein Armhaar auf, das zu Boden gefallen war.

Ein Vogel krächzte aus einem Käfig in der Ecke.

»Ruhe, Julius. Mir ist nicht wohl.«

Oktavian wuchtete sich in seine Rüstung, klatschte sich Pferdeschweiß auf die Kleider und schminkte seine Wangen, damit sie abgehärmter aussahen. Ich prüfte seinen Deenah-Code.

Er litt unter Allergien. Unzähligen. Gegen Hefe, im Brot wie im Wein. Staub. Pollen. Gräser. Federn. Wolle. Katzenschuppen. Sämtliche Blumen aus der Gattung der Narzissen. Marmorstaub und Süßwasserfische. Die Toxizität war gering, aber unter den gegebenen Umständen und bei dieser Lebensführung litt dieser Römer wahrscheinlich ununterbrochen unter einer laufenden Nase, Gliederschmerzen, Kopfweh und einem entzündeten Rachen.

Krankheiten werden in der Alpha-Generation nicht akzeptiert. Auf Allergien wird mit einer Recodierung des Deenah-Codes reagiert. Funktionierende Immunsysteme sind selten. Wer auch nur etwas Widerstandskraft beweist, wird als Brüter ausgewählt.

Ich konnte nicht glauben, dass eine der am meisten bewunderten geschichtlichen Gestalten in meiner Welt komplett … recodiert worden wäre, wenn er in meiner Welt zur Welt gekommen wäre.

Während die Sklaven geschäftig hin und her eilten, verfasste er eine kurze Nachricht. Um ihn herum verwandelte sich das Zelt in einen Besprechungsraum. Oktavian reichte die fertige Nachricht einem Sklaven und schickte ihn los. Wieder krächzte der Vogel.

»Nein, ich weiß genau, was ich tue. Ich forme ein Imperium. Ich werde diese Faulpelze im Osten das Arbeiten lehren. Ich werde das tun, was weder du noch dieser Versager Mark Anton zustande gebracht haben. Ich werde Ägypten zeigen, wer das Sagen hat.« Oktavian zog ein Tuch über den Käfig. »Und jetzt schlaf, Julius. Morgen bist du zurück in Alexandria.« Und dann ließ Oktavian Antonius' Heerführer zu sich befehlen.

Die Männer waren gerade ins Zelt getreten, als der Sklavenjunge, schweißgebadet und nun ebenfalls nach Pferd riechend, hereingerannt kam und sich Oktavian zu Füßen warf. »Bitte töte mich nicht, o edler Cäsar!«, greinte er. »Ich bringe Nachricht von Antonius!«

»Antonius?«, sagte Oktavian, in seine Soldatentunika gekleidet und mit umgegürtetem Schwert, halb von der Sonne verbrannt und abgezehrt aussehend, wobei er die Hand nach dem Dokument ausstreckte.

Die Ratgeber und Generale drängten sich enger um ihn und ließen ihn nicht aus den Augen. Langsam las Oktavian die Nachricht durch. Dann wandte er sich schweigend von seinem Publikum ab. Die Männer blickten einander an und dann betreten zu Boden.

»Heute«, verkündete Oktavian mit tränenerstickter Stimme, »heute hat Rom einen seiner fähigsten und beliebtesten Generäle verloren. Marcus Antonius ist tot.«

Diese Männer waren noch am Morgen an Antonius' Seite geritten, ehe sie sich Cäsars Truppen angeschlossen hatten. Sie waren Veteranen, die schon in Aktium gekämpft hatten; viele hatten auch den Krieg gegen die Parther und andere Feldzüge unter Mark Anton bestritten. Alle setzten die Helme ab.

»Mit allen Mitteln habe ich versucht, genau das, genau diese Tragödie zu verhindern«, deklamierte Oktavian betrübt. Er drehte sich zu den wartenden Männern um, durchquerte mit langen Schritten das Zelt und trat an die Kiste auf seinem Schreibtisch – beides frisch aufgestellte Requisiten. Er zog eine Hand voll Briefe heraus und schwenkte sie durch die Luft. »Ich habe Antonius angefleht, nach Rom zurückzukehren, dieses ägyptische Weib für seine wahre Gemahlin aufzugeben! Ich –« Er verstummte abrupt.

»Cäsar«, versuchte ihn einer der knorrigen Soldaten zu trösten, »sie hatte Antonius fest in ihren Klauen. Er hatte keinen eigenen Willen mehr. Sie hat ihm magische Tränke eingeflößt und ihn mit Zaubersprüchen gefügig gemacht.«

»Sie hat uns gezwungen, zur See zu kämpfen«, ergänzte ein zweiter, »obwohl sie genau wusste, dass Antonius zu Lande am stärksten war.«

»Darum haben wir auch bei Aktium verloren«, bestätigte ein dritter. »Sie hat ihn erst betört und dann verlassen.«

»Antonius ist aus Aktium geflohen, weil er wusste, dass er und Kleopatra die Truppen wieder zusammenführen könnten, wenn er nur überlebte«, führte der nächste, etwas jüngere General aus. »Er hat uns nicht im Stich gelassen. Er hat so weit vorausgedacht wie Cäs – wie Julius Cäsar.«

Oktavian lächelte den Mann an, doch sein Lächeln war kalt. »Mein Vater war der größte Feldherr, und er schätzte Antonius mehr als jeden anderen Mann.« Er seufzte schwer. »Diesen Krieg habe ich nie gewollt.«

»Nein, Cäsar«, sagte einer der Generäle.

»Wir hätten das Geld lieber dafür ausgeben sollen, die Veteranen zu entlohnen und ein besseres Rom zu erbauen, wo alle Römer in einem festen Haus und in Sicherheit leben können«, rief Oktavian aus. »Aber dieses Weib –«

»Sie ist wie die Pest, Imperator«, ergänzte einer der Männer.

»Sie wollte das Imperium für Cäsars Sohn haben«, pflichtete ein anderer bei.

»Sie hatte keinen Sohn von Cäsar!«, schnauzte Oktavian ihn an. »Sie hat alles darangesetzt, einem verzweifelten und genialen Mann seinen größten Traum vorzugaukeln!« Oktavian beruhigte sich und zupfte seinen Brustharnisch zurecht. »Sie wollte sich Rom untertan machen, sie wollte den Orient nach Italien bringen, und zwar mit dem ältesten Kniff, den die Frauen kennen: indem sie sich schwängern ließ.«

Die Männer lachten, aber dann meldete sich derselbe General wie zuvor zu Wort: »Antonius hat uns versichert, er hätte das Testament gesehen, in dem Cäsar Cäsarion als seinen Sohn anerkannte und ihm das Imperium und sein Vermögen hinterließ.«

Dieser Soldat würde sich bald in Iberien wiederfinden, wo er gegen Pompeius kämpfen konnte.

Oktavian lachte. »Cäsar wusste genau, dass es gegen das Gesetz ist, einen Nicht-Römer als Erben einzusetzen. Antonius erzählte gern Geschichten, wenn er zu tief in den Becher geschaut hatte, nicht wahr?«

Die Männer lachten erneut. »General Antonius war einem guten Schluck nie abgeneigt.«

»Ein Jünger des Dionysos«, ergänzte ein anderer.

»Cäsar hätte nicht einmal im Traum daran gedacht, Rom an ein *Weib* zu verscherbeln«, sagte Oktavian. »Sein Wahlspruch war lieben und lieben lassen! Hat er nicht auf jedem einzelnen Feldzug verkündet, dass die beste Frau entweder die sei, die er gerade verlassen hatte, oder aber die, mit der er als Nächstes ins Bett steigen wollte?«

Johlendes Gelächter antwortete ihm. Ich war perplex. Oktavian hatte sich die Kunst des Staatsspiels und des Schauspiels angeeignet, so wie Cäsar sie einst beherrscht hatte, und er stand seinem Mentor in nichts nach.

»Ständig haben wir gesungen: Römer, sperrt die Frauen ein –«, grölte Oktavian ein Trinklied. Eines, das von den geschichtlichen Quellen gut dokumentiert oder zumindest oft wiederholt worden war. Schlüpfrige Gesänge, die vor allem vor Schülern angeführt wurden, um die historischen Gestalten menschlicher wirken zu lassen.

Die Generäle stimmten alle mit ein: »Wir bringen den kahlen Bock nach Haus – das Gold, das ihr gegeben habt, gab er in Britannien für Huren aus!«

Oktavian stimmte in ihr Lachen ein und ließ, als es verebbt war, Wein bringen. Eigenhändig teilte er die Becher aus und erhob schließlich seinen zu einem Trinkspruch: »Auf den mächtigen Cäsar, der davon träumte, Ägypten in Besitz zu nehmen –«

»Auf den mächtigen Cäsar!«

»Und auf Antonius, einen tapferen und ruhmreichen Römer, dessen helden- und wagemutige Taten trotz des Fluches, den die alexandrinische Schlange Kleopatra über ihn gelegt hat, nie vergessen sein sollen.«

»Auf Antonius!«

Sie leerten die Becher, und Oktavian ergriff erneut das Wort. »Man hat mir berichtet, Kleopatra hätte sich zurückgezogen, um neue Ränke zu schmieden.«

»Ich dachte, sie würde sich umbringen«, widersprach der tumbe, aber unverzagte junge Soldat.

»Sich selbst zu entleiben, bleibt edlen Römern vorbehalten«, wies ihn einer der anderen Soldaten zurecht. »Eine Frau ist viel zu schwach, um so viel Mut zu zeigen.«

»Wir werden abwarten, wie sie weiter reagiert«, sagte Oktavian. Er sah die Männer reihum mit ernster Miene an, während die Sklaven die Becher nachfüllten. »Rom hat einen *bellum justum* gegen dieses Weib aus dem Osten erklärt, das sich ausgesponnen hat, vom Kapitolshügel aus zu herrschen, wo es den Senat mit ihren Eunuchen und Friseuren, ihren Sklavenmädchen und Astrologen bevölkern wollte. Dieser Krieg hat uns viel gekostet, aber er wird zum Ziel führen!«

»Tod der Kleopatra!«, grölte einer der Männer. Schon wollten alle einstimmen, als Oktavian die Stimme erhob.

»Kleopatra hat den Tod durchaus verdient, aber zuvor soll sie, die sich selbst zur Königin über Könige erklärt hat, zusammen mit ihren Kindern in meinem – unserem – ägyptischen Triumphzug marschieren.«

Jetzt jubelten die Generäle nicht mehr, sondern sahen einander betreten an.

»Antonius war ein Römer von edlem Stand«, wandte einer der älteren ein. »Mir gefällt der Gedanke nicht, dass wir über ihn triumphiert haben sollen.«

»Das könnte den Männern übel aufstoßen«, bekräftigte ein anderer. »Sie haben Antonius geliebt, immerhin sind sie ihm nach Parthien und zurück gefolgt.«

»Er war ohne Unterlass an ihrer Seite, er hat stets das Gleiche gegessen und getrunken wie sie«, sagte der nächste.

»Die Ägypter haben schließlich nur versucht, sich zu verteidi…«, setzte der junge General ahnungslos an, doch einer der älteren schlug ihm so fest auf den Rücken, dass der Rest des Satzes in einem Hustenanfall unterging.

»Die Königin hat ihn geblendet, Cäsar«, verteidigte ihn der erfahrenere. »Achtet gar nicht auf ihn. Zwei kräftige römische Schenkel und ein gut gebratenes Schwein werden ihn wieder daran erinnern, dass er Römer ist.«

»Er sollte sich lieber bald daran erinnern, wenn er nicht in Ägypten am Kreuz hängen werden will.« Oktavian sah den Jungen finster an.

»Verzeih mir, Herr.« Dem Soldaten ging plötzlich ein Licht auf und der Schweiß brach ihm aus.

»Cäsar«, knurrte Cäsar.

»Heil Cäsar«, wiederholte der Soldat stammelnd.

»Was sollen wir mit den Männern machen, Cäsar? Die Hitze und der Durst machen sie reizbar.«

»Und die zehn, die an vergiftetem Wasser gestorben sind – jetzt meinen die übrigen, sie hätten einen ägyptischen Zaubertrank und kein Wasser getrunken. Vor Angst trocknen sie noch aus.«

»Antonius' Tod wird sie sehr treffen«, meinte ein anderer. »Er war beliebt, auch nachdem die Männer beschlossen, sich dir anzuschließen.«

Auf eine Geste Oktavians hin füllten die Sklaven die Becher wieder auf. »Ich habe darüber nachgedacht, lange darüber nachgesonnen. Vor uns liegt eine tapfere Stadt, ein Juwel von einer Stadt, doch Kleopatra hat diese Stadt mit einem Geschwür behaftet.«

Die Männer betrachteten ihn besorgt.

»Wir müssen dieses Geschwür herausschneiden«, erklärte Oktavian. »Alexander der Große hat diese Stadt so entworfen, dass sie mit ihren eleganten marmornen Prachtstraßen, ihren Sportstätten und Amphitheatern dem großen Athen gleichen sollte. Stattdessen ist sie durchsetzt mit orientalischer Fäulnis, mit Schwachheit und Tiergötzen.«

Ich hatte keine Ahnung gehabt, dass Oktavian so vorurteilsbeladen war.

»Kleopatra hat diese gute griechische Stadt mit Krankheiten verpestet, und es ist unsere Aufgabe, Alexandria vom Schmutz des Ostens wieder reinzuwaschen.«

Unablässig wiederholte er seine Schlüsselphrasen in einem festen, beinahe hypnotisierend wirkenden Rhythmus. Von seiner Wortgewalt überrollt, nickten die Männer beifällig.

Oktavian war ein besserer Politiker, als selbst in seinen Memoiren zu lesen war.

Er fuhr fort: »Ich habe mein Wort verpfändet, dass in dieser griechischen Stadt nicht geplündert, nicht vergewaltigt und nicht gebrandschatzt wird. Die Alexandriner sind stolz auf ihre Bauten, auf ihre Kolonnaden, ihre Peristyle und Fassaden. Zu Recht. Diese Stadt setzt einen Maßstab an Schönheit, an dem selbst Rom sich messen muss.«

Alle nickten beipflichtend.

»Ich habe eine Liste.« Oktavians Sklaven verteilten Kopien an die aufgeschlosseneren unter den Generälen. »Diese Familien müssen entfernt werden, weil sie dieser Metze hoffnungslos und treu ergeben sind. Ihr Vermögen wird an Rom übergehen und irgendwann an euch. Verzeichnet genau, was alles eingesammelt wurde und wohin es verschifft wird, denn ich werde es ebenfalls tun. Ägypten gehört sich nicht mehr selbst, es hat nun einen neuen Herrn. Eine westliche Stadt für ein westliches ... Rom.«

Um ein Haar hättest du Imperium gesagt, wie?

Seine braunen, rot geränderten Augen blickten tiefernst und besorgt. »Nichts, was mit Tiergötzen oder weiblichen Gottheiten oder östlichen Monstren verziert ist, soll Teil *meines* Alexandrias sein. Die Menschen, die in diesen Tempeln beten oder in solchen Häusern leben, sind Roms nicht würdig, und sie haben Roms Respekt nicht verdient.«

Die Männer nickten.

Was sollte das heißen?

»Und die Flotte, Herr?«, fragte einer der Männer.

Oktavian schaute kurz aus dem Zelt. »Sie haben ihre Befehle. Ihr habt eure.«

Die Männer sahen auf ihre Unterlagen. »Heil Cäsar.« Sie verbeugten sich und verschwanden.

Cäsar plumpste in einen Stuhl und rief nach Wasser. »Und Honig, mein Hals schmerzt.« Er ließ eine Zwiebel aus der geschlossenen Hand auf den Tisch fallen und befahl mit einem Handwedeln, sie zu entfernen. Dann griff er nach einem Tuch und tupfte sich die Augen trocken. »Tötet den Soldaten. Bringt mir den Philosophen.« Der Gehilfe?, Sklave? verschwand.

Oktavian massierte sich den Nacken und ließ die Schultern kreisen, um die verspannten Muskeln zu lockern. Den Vogel namens Julius sprach er nicht an, obwohl er mehrmals in dessen Richtung blickte.

Ein bunt gekleideter Grieche betrat das Zelt, klopfte sich den Staub vom Umhang und rieb sich den Schlaf aus den Augen. »Heil Cäsar!«, setzte er an und räusperte sich anschließend, um seine Stimme aufzuwecken. »Willkommen in Alexandria!«

»Arius, wie ergeht es dir heute?«, fragte Oktavian, als befänden sie sich am helllichten Nachmittag in einem Palast und nicht nach Mitternacht in einem Feldlager kurz vor einer Invasion.

»Heute...« Arius wirkte verdattert. »Cäsar, bei deinem Einzug in die Stadt wird dich ein phantastischer Sonnen- äh... untergang empfangen. In der Abendröte leuchten die Gebäude in tiefem Zinnoberrot, als wären sie in ein Prisma des Lebens getaucht worden, der Granat leuchtet, und es pulsiert –« Der Philosoph wurde allmählich wach und hielt sich, seinem Wortschwall nach zu urteilen, zusätzlich für einen Poeten.

»Deine Begeisterung gefällt Cäsar«, fiel Oktavian ihm ins Wort.

»Ohne jeden Zweifel, Cäsar!« Arius schwieg kurz. »Und was diese Familien angeht –«

Oktavian wies lächelnd auf den Tisch. »Natürlich sind jene Höflinge, die der vorigen Verwaltung treu ergeben waren, gefährlich und werden entsprechend behandelt, aber die Schönheit und der Reichtum Alexandrias wird deiner sicheren Hand anvertraut. Möchtest du noch etwas Wein?«

»Danke, Cäsar«, sagte der Philosoph.

Er trank; Cäsar nicht.

»Schlaf gut«, sagte Cäsar.

Der Philosoph schreckte hoch, den Becher noch an den Lippen, und begriff erst dann, dass er schon wieder entlassen war. »Natürlich«, sagte er und verbeugte sich, ohne recht zu wissen, was er mit seinem Becher anfangen sollte. »Und dir, mächtiger Cäsar, mögen die Götter die Träume bestäuben und –«

Er wurde aus dem Zelt geschubst.

Cäsar ließ sich wieder in seinen Sessel fallen und hatte einen Niesanfall. Sein ganzer Körper wurde durchgeschüttelt, bis er schließlich reglos, schwach und zusammengesunken in den Polstern hing. Niemand kam, um nach ihm zu sehen, obwohl ihn bestimmt jemand gehört haben musste. »Ein Bad!«, rief er krächzend. Er hatte seine Rollen perfekt gespielt. Da ich keine Lust hatte, noch einmal seinen hageren, blasigen, weißen Leib zu sehen, verschwand ich.

In der Dunkelheit draußen legten die Soldaten ihre Rüstung an.

Gegen wen wollten sie noch kämpfen? Wer war überhaupt noch übrig? Das Militär hatte bereits kapituliert. Alexandria war eine offene Stadt. Die einzigen Waffen, die ich in den Händen der Alexandriner gesehen hatte, waren faule Eier und Spazierstöcke.

Wahrscheinlich wollten sie lediglich besonders eindrucksvoll aussehen, wenn sie morgen einmarschierten. Unseren geschichtlichen Quellen zufolge war Oktavian ganz behutsam vorgegangen. Er hatte bei seinem Einmarsch auf die Fasces verzichtet, jene Rutenbündel mit Beil, die das Zeichen der römischen Herrschaft waren, und alles vermieden, was Anstoß erregen konnte. Er verhielt sich respektvoll und wurde dementsprechend freundlich von den Alexandrinern aufgenommen. Trotzdem war mir nicht wohl bei der Sache. Die Befehle an seinen Generalstab konnte man so oder so auslegen.

Hatten die geschichtlichen Quellen vielleicht den Ablauf der

Ereignisse durcheinander gebracht, und die plötzlich abgeblasene Seeschlacht hatte erst nach Antonius' Tod stattgefunden? Was hatte die Flotte überhaupt vor?

Ich stand im dunkelsten Schatten des Zeltes, als ich einen weiteren Schatten auf das Zelt zukommen sah. Einen männlichen Schatten. Die kaiserlichen Wachposten verbeugten sich vor ihm. Kurz bevor der Mann eintrat, warf er seine Kapuze in den Nacken.

Cäsars Geist! Nein, Cäsarion. Ganz eindeutig Cäsars Sohn. Das genaue Abbild einer Cäsarstatue, nur dass er erst siebzehn war. Kein Wunder, dass es kaum Tratsch über oder Zweifel an Cäsars Vaterschaft gegeben hatte. Sie war nicht zu übersehen. Dies war Cäsars und Kleopatras Sohn.

In Oktavians Zelt.

Der junge römische Regent lag in der Badewanne, und Cäsars Sohn stand vor ihm. Er war schlank und sehnig, genau wie sein Vater, hatte olivbraune Haut und ebenso dunkle Augen wie Haare. Unter einem Umhang mit lila Saum trug er eine römische Tunika. Nicht gerade eine Toga virilis, aber doch beinahe. An die Ptolemäer erinnerte einzig und allein der Siegelring an seinem Finger.

»Was ist mit Antyllus?«, fragte Cäsarion.

»Der ist dein Problem«, war die Antwort.

»Antonius ist tot?«

»Ja.«

Das schien Cäsarion völlig kalt zu lassen.

»Deine Mutter ist im Palast.«

Er seufzte. »Ich nehme an, ich sollte sie besuchen.«

»Bald.« Oktavian erhob sich aus dem Wasser, nackt und mit steil aufragendem Glied. Cäsarion reichte ihm einen Überwurf. »Die Soldaten sind wütend auf Alexandria«, erzählte Oktavian, während er den Überwurf um seine Schultern schlang und auf einen Pelzvorleger trat. Er schniefte. »Irgendwie machen sie die Stadt für Antonius' Tod verantwortlich. Und das Problem mit den Zisternen –«

»Ich habe dich gewarnt, dass das Wasser mindestens zwei Monate lang nicht trinkbar sein würde!«

Oktavian ließ sich auf seinem Bett nieder und seufzte. »Ja, ja, du hattest Recht. Das wolltest du doch hören?« Er sah zu dem Knaben auf, und seine Miene wurde weich. »Komm zu mir. Es war ein langer Tag.«

Cäsarion nickte und begann sich auszuziehen. Ich wartete noch ein paar Sekunden, dann schlich ich aus dem Zelt. Cäsarion diente Oktavian als Buhlknabe. Freiwillig.

Ich begab mich auf den langen Weg zurück zum Palast; als meine Gedanken allzu düster wurden, sah ich zu den Sternen auf. Einfach unbeschreiblich.

Ich saß schon eine ganze Weile in der Fensteröffnung und beobachtete den Hafen und das Schlafzimmer. Kleopatra hatte sich auf ihrem Bett zusammengerollt und schlief tief und fest. Eine Gefangene in ihrem Palast. Gegen Westen zu wurde der Himmel dunkler, woraus ich schloss, dass es im Osten allmählich heller wurde. »Vor dem Tag ist die Nacht am dunkelsten.« Endlich verstand ich das.

Auf meinem Rückweg hatte ich die Spannung und Angst in den Straßen spüren können. Hin und wieder hatte ich Menschen von einem Haus zum anderen huschen sehen, sich ängstlich umsehend, als könnte die Nacht sie beißen, obwohl ich nirgendwo etwas entdecken konnte, das auch nur entfernt militärisch wirkte.

Jetzt hörte ich die Römer anmarschieren.

Laut Plutarch hatte Kleopatra, als Oktavian sie besuchte, ihn in ihrem Chiton empfangen, unbewaffnet und allein. Ganz offenbar war dieser Zeitpunkt bald gekommen, denn sie schlief noch. Ich sah hinaus auf das anrückende Kommando, vier Leibwächter mit lila Tunika, die einen fünften Mann umringten.

Die Römer, die Kleopatras Tür die ganze Nacht durch liebevoll bewacht hatten, nahmen Habtachtstellung an und salutierten. Sie glotzten den Neuankömmling mit offenem Mund an, vor allem die älteren, die Cäsar noch zu Lebzeiten gekannt hatten.

Cäsarion warf die Kapuze zurück. »Öffnet die Tür.«

Bei seinen Worte fuhr Kleopatra in ihrem Zimmer hoch.

Die Tür ging auf, und Cäsarion trat ein. »Mutter.«

»Mein Sohn«, sagte sie. Ihr Blick musterte ihn von Kopf bis Fuß; tiefe Furchen gruben sich in ihre Stirn. »Geht es dir gut? Bist du verletzt?« Sie eilte auf ihn zu, schlang die Arme um ihn, und Cäsarion tätschelte ihr den Rücken. »Hat er dich abgefangen, bevor du aus Ägypten fliehen konntest? Wo steckt Rhodon?«

»Es geht mir gut, Mutter.« Er löste sich von ihr und holte tief Luft. »Ich werde bei Oktavian bleiben.«

Kleopatra zuckte zurück. Sie sagte kein Wort, doch ihre grauen Augen sahen zum Fenster auf, als wollte sie den Himmel um Unterstützung bitten.

»Mutter, er war in Rom so gut zu mir«, sagte Cäsarion. »Nur weil –«

»Sie nutzen die Menschen nur aus, Cäsarion. Die Römer haben keine Achtung vor –«

»Du kennst sie nicht.«

»Ich habe zwei Jahre in Rom gelebt, wo ich darauf gewartet habe, dass sich dein Vater entweder zum Imperator erklärt oder seinem Amt abschwört und mit mir nach Ägypten zurückkehrt. Sie sind Tiere, Barbaren –«

»Ich bin Römer, Mutter. Nur falls du das vergessen haben solltest.«

»Wie könnte ich das je vergessen.« Sie schüttelte den Kopf. »Wie habe ich zu Isis gebetet, dass du geboren werden mögest. Wie habe ich sie angefleht.« Sie senkte den Blick auf ihre Hände, doch als sie weitersprach, war ihre Stimme ohne jede Tiefe. Zwar noch bezaubernd, aber völlig emotionslos. »Antonius ist tot.«

»Das weiß ich schon, Mutter.« Er zeigte ein schüchternes Lächeln, ein charmantes, umwerfendes Lächeln. »Ich stehe dem feindlichen Oberbefehlshaber ziemlich nahe.«

Aus Kleopatras Blick sprach ein gebrochenes Herz. »Hast du dir jemals Ägyptens Sieg gewünscht?«

Cäsars Sohn hatte nichts von einem Befehlshaber, ihm fehlte jede Leidenschaft, jedes Feuer. »Aber natürlich«, antwortete er nach einer Minute. »Ich mag Ägypten ganz gern.«

Kleopatra versteinerte. Sie weinte nicht, sie schrie nicht.

»Mutter«, sagte er, setzte sich auf ihr Bett und zog sie an seine Seite. »Es macht doch keinen Unterschied, wer siegt, oder? Oktavian wird einen Ptolemäer auf dem Thron behalten, allerdings nicht Dich-Ptolemäus. Oder irgendwen sonst, der Antonius' Lenden entsprossen ist.«

»Oktavian wird dich zum Regenten ernennen?« Ihrer samtigen Stimme fehlte jedes Gefühl.

»Genau das wollte ich dir mitteilen. Er überlässt mir Ägypten.«

Kleopatras Lächeln erschien so strahlend und unerwartet wie ein Sonnenstrahl. »Gelobt sei Isis, Mutter, du hast meine Gebete erhört! Ägypten wird sein eigener Herr bleiben, und ein Ptolemäer wird herrschen. Auch in Zukunft wird Alexandrias Glanz in die Welt ausstrahlen.« Sie nahm Cäsarion in die Arme. »So war doch nicht alles umsonst!«

»Mutter«, entwand sich Cäsarion ihrer Umarmung. »*So* wird es nicht sein.«

Kleopatra erstarrte. »Was soll das heißen? Oktavian wird dir Ägypten überlassen.«

»Ja, aber er will mich an seiner Seite haben, und das heißt, dass ich nach Rom muss. Oktavian errichtet ein Imperium.«

»Ein Wort, das dein Vater nicht einmal auszusprechen wagte, weil überall Republikaner lauerten.«

»Der Senat ist völlig neu besetzt. Und alle lieben Oktavian.«

»Das sollten sie auch. Schließlich bezahlt er sie gut dafür.«

»Das hört sich aber griesgrämig an. Hast nicht du mir ständig erzählt, ich könnte alles erreichen, wenn ich es nur wirklich wollte? Hast nicht du behauptet, aus der Begierde würde irgendwann Wirklichkeit?«

Plötzlich wirkte Kleopatra uralt. »Oktavian wird also nicht kommen.«

Cäsarion schüttelte den Kopf. »Ich rufe die Armee in die Kasernen zurück. Oktavian wird wahrscheinlich noch heute Abend einmarschieren. Natürlich wird er im Palast wohnen und das Gymnasium besuchen, auch das Museion und Alexander. Vielleicht machen wir sogar eine Kreuzfahrt auf dem Nil mit ihm, so wie du und Vater. Vermutlich werden wir vorher ein paar ägyptische Götter aussuchen müssen, denen wir dann nacheifern können.« Er kicherte.

»Ägypten wird Teil des Imperiums.«

»Sei nicht traurig, Mama, auch in Zukunft wird ein Ptolemäer herrschen, nur nicht in Ägypten. Das ist nicht zu ändern.«

Sie schluckte. »Ich habe dich zum Pharao gemacht.« Ich fragte mich, ob er das schmerzhafte Bedauern in ihrer Stimme hörte. Kleopatra stand auf. »Ich werde Antonius im Mausoleum besuchen.«

Cäsarion erhob sich ebenfalls. Er war größer als sie, aber neben ihrer sehnigen Kraft und ihrem Charisma wirkte er zerbrechlich. »Wo ist Antyllus?« Sichtlich unentschlossen, setzte er sich wieder hin.

»Er betrauert seinen Vater. Warum?« Kleopatra hatte energisch gesprochen und sah ihren Sohn missbilligend an.

»Er ist Befehlshaber des feindlichen Heeres, Mutter. Ich muss wissen, was er treibt.«

»Wäre es nicht an der Zeit, deinen Hass zu begraben?«

»Wo ist er?«, wollte Cäsarion noch einmal wissen.

Kleopatra wirbelte herum, die Hände in die Hüften gestemmt und mit loderndem Blick. »Dein Stiefbruder hat die ägyptische Armee angeführt, um Alexandria zu verteidigen und damit alles, was deine Familie mühsam in zweihundertdreiundneunzig Jahren aufgebaut hat! Während du dich im Lager des Feindes mit deinem Päderasten vergnügt hast!«

»Mein Vater war *sein* Päderast.« Cäsarion stützte die Ellbogen auf die Knie. »Auch eine Familientradition.«

Kleopatra entfernte sich mit steifen Schritten von ihm und marschierte im Zimmer auf und ab, wobei ihr Umhang im Takt der Schritte gegen die Waden schlug.

»Vergiss nicht, dass ich ein Ptolemäer bin.«

Wie viele Ptolemäer hatten ihre Frauen, Neffen, Söhne, Töchter, Väter, Mütter, Onkels und Cousins aus dem Weg geräumt, um selbst den Thron zu besteigen? Ich war sicher, dass Kleopatra die Drohung verstand.

Cäsarion erhob sich und ging zur Tür. »Ich werde dafür sorgen, dass du alles bekommst, was du brauchst.« Er ließ sie allein zurück, auf und ab gehend. Acht Schritte hin und zehn zurück. »Ach Isis, warum eine Frau, es muss wohl unbedingt eine Frau sein, oder?«, murmelte sie. »Ein Mann schafft das einfach nicht, selbst wenn er vom besten aller Väter gezeugt wurde…« Sie seufzte. »Isis, ach Isis.«

Ich hatte keine Ahnung, was das bedeuten sollte.

Die Rufe ließen uns beide hochschrecken. Ich spähte über meine Schulter zum Hafen hinaus. Schiffe mit dem Horus-Auge am Bug schossen ins offene Meer hinaus, mit peitschenden Rudern. Die römischen Schiffe erwarteten sie in den blutroten Gewässern.

Kleopatra stellte sich ans Fenster und starrte hinaus. Ich begriff, dass sie nur den Himmel sehen konnte – die hoch angebrachten Fensteröffnungen waren zum Lichteinfall gedacht, nicht zum Hinausschauen. Sie krampfte die Hände in ihr Gewand und riss die Augen weit auf.

Sie würde sich keinesfalls dazu herablassen, die Wachposten zu fragen, was da draußen vor sich ging. Lieber würde sie in ihrer Angst und in unbeantworteten Fragen ertrinken. Irgendwie konnte ich sie verstehen.

Ich trat aus meinem Schleier heraus.

Die Königin Ägyptens zuckte gerade mal mit der Wimper. »Isis Nemesis«, sagte sie nach kurzem Zögern. »Endlich kommst du zu mir.«

»Die alexandrinischen Schiffe haben Feuerkörbe geschleudert«, erläuterte ich ihr. »Oktavians weißes Segel ist jetzt flammend rot.« Wie die Flammen, die über die Triremen und horusäugigen Boote leckten. Feuer, das sich im Wasser spiegelte, denn der Kampf fand draußen außerhalb des Brackwassers statt.

Die Sonnenstrahlen legten ein regenbogenbuntes Gleißen über das ganze Schauspiel, bis der Lichteinfall wechselte und die sich spiegelnde Sonne mich blendete.

»Meine Schiffe hätten sich längst zurückziehen müssen!«, sagte Kleopatra und sah dabei zum Himmel über mir auf. »Jetzt ist es zu spät. Jetzt können sie die Römer nicht mehr sehen, wenn sie näher kommen.«

Mir fiel der letzte Set ein, in dem mich die Sonne kurzfristig blind gemacht hatte.

»Warum haben die Alexandriner angegriffen?« Ich konnte nicht sagen, ob sie mich das fragte oder sich selbst. Sie begann wieder auf und ab zu gehen. »Oktavian hasst es, sich verteidigen zu müssen! Er vergisst niemals –« Sie sah wieder zu mir hoch. »Und was passiert jetzt?«

Diese Schlacht hatte überhaupt nie stattgefunden. »Alle Schiffe kämpfen mit«, sagte ich. Laut unseren Quellen hatten die vierhundert ägyptischen Schiffe, denen die doppelte Anzahl an römischen Galeeren gegenüberstand, gar nicht erst angegriffen.

»Oktavian hat mindestens achthundert Schiffe«, sagte sie. »Er möchte gern, dass man ihn für einen Flottenkommandanten hält.«

»Wer segelt deine Schiffe?«, fragte ich. Da geschichtlich gesehen Kleopatras Marine gleich nach dem Verlassen des Hafens vor Oktavian kapituliert hatte, hatten die Historiker angenommen, die Schiffe seien mit Römern bemannt gewesen. Ich konnte zwar kaum etwas durch den Qualm erkennen, aber die Schreie und das Scheppern der Waffen waren unüberhörbar. Diese Menschen kämpften eindeutig um ihr Leben.

Mir wurde übel.

»Ich weiß nicht«, sagte sie und fuhr sich mit den Fingern durchs Haar. »Wir haben noch eine Art Heimatschutz, eine zivile Streitmacht, um unsere Stadt zu verteidigen. Die ägyptische Armee wurde von Cäsar aufgelöst, als Rom sich hier einnistete.« Sie war nicht einmal eine Sekunde lang stehen geblieben. »Es muss die Bürgerwehr sein.«

In meiner Welt war Krieg etwas, das mit Knöpfen und Technik zu tun hatte und das sich auf dem Viz bestaunen ließ. Krieg, das waren immer »die da«, »da unten«. Und Krieg war immer eine Sache von Menschen, die zur Gewalt *gegriffen* hatten, von Menschen, die sich als professionelle Mörder betrachteten.

»Und was geschieht jetzt?«, wollte Kleopatra wissen.

»Ich kann nichts mehr erkennen. Der Qualm ist zu dicht.«

Kleopatra runzelte die Stirn. »Bei einer Seeschlacht? Eigentlich müsste der Rauch aufs Meer hinauswehen.« Ich sah Angst in ihre grauen Augen treten. Sie sah an mir vorbei zum Himmel auf. »Es muss Rhakotis sein, das da brennt«, erklärte sie. »Die Zisternen sind fast ausgetrocknet.«

Ich sah hinaus; der Wind kam von Süden her. Von dort, wo auf einem Hügel das Viertel Rhakotis lag.

»Isis, Göttin der Nemesis, bitte geh und beschütze meine Stadt. Unsere Sache kann warten, sie wartet schon seit Jahrzehnten, und jetzt –« Die Königin von Ägypten bettelte mich an; sie hielt mich für eine *Göttin!* »Die Stadt ist aus Stein, ihr wird nichts passieren, aber die Menschen ...«

Ein Brand wäre eine wahre Katastrophe, aber ich würde ihn nicht verhindern können. Die Natur schlägt uns mit Tragödien, damit wir nicht vergessen, dass wir nur Menschen sind. »Bleib am Leben«, sagte ich zu ihr, trat zurück hinter den Schleier und sprang aus dem Fenster. Unten auf dem Boden war der Qualm noch schlimmer. Der Himmel war praktisch nicht mehr zu sehen. Ich eilte um den Hafen herum zum Emporium der Stadt.

Der Hügel von Rhakotis stand *tatsächlich* in Flammen. Der Tempel hinter den farbigen Pylonen war orange und gelb und schwarz umhüllt. Auf den Straßen rannten schreiende Menschen hin und her.

Was für ein unglückseliger Zufall, ein Brand ausgerechnet in der Trockenzeit. Was Strabon gesehen hatte, war wahrscheinlich der wieder aufgebaute Tempel der Serapis. Ich sah zu den Flammen auf und bemerkte, dass der Qualm noch dichter geworden war. Ein zweiter Brand, unten am Serapeum. Eine Gänsehaut überlief mich. »Oder… womöglich… kein Zufall.« Hatte sich Antyllus nicht im Tempel der Serapis versteckt? Hatte Cäsarion erfahren, wo sein verhasster Stiefbruder steckte?

Ein Brand kann springen. Eventuell war es ja doch ein Zufall; Oktavian würde doch bestimmt nicht die Heimatstadt seines Geliebten zerstören.

»Der Hathortempel!«, hörte ich jemanden brüllen. »Die Priesterinnen!«

»Sie brennen das Ibisieum nieder!«

Ein Tempel für Ibisse? Stirnrunzelnd blickte ich nach Südosten. An immer mehr Stellen blühten Brände auf. Auf dem Wasser näherte sich die Schlacht, in der die Schiffe nicht mehr voneinander zu unterscheiden waren, unaufhaltsam dem Hafen. Wer würde diese Seeschlacht gewinnen, die angeblich nie stattgefunden hatte?

Überall in der Stadt hörte ich Schreien und Klagen.

»Das Haus der Toten brennt!«

»Meine Tochter, meine Tochter!«

Die Menschen rannten, um ihre Familien und ihre Besitztümer zu retten. Der Wind hatte sich gedreht, und ein beißender Gestank nach Feuer und nach Verbranntem wirbelte durch die Hafenanlagen. Selbst unter meinem Schleier musste ich husten. Die Knie gaben unter mir nach, ich musste zurück in den Palast.

Mein Weg führte am Gymnasium vorbei. Römische Legionäre bewachten die Eingangstüren. Am Straßenrand wartete eine Reihe von voll geladenen Karren. Was sie geladen hatten, konnte ich durch den Qualm nicht erkennen. Aber aus dem Inneren des Gymnasiums hörte ich Heulen und Schreien.

Ich schlich näher an die Karren heran, auch wenn der Gestank dort kaum auszuhalten war. Mit klopfendem Herzen sah ich hinein.

Leichen.

Nein, Moment mal.

Angeblich hatte Oktavian die Alexandriner vor dem Gymnasium begrüßt. Strabon würde den Bau besonders hervorheben, wenn er in sechs Jahren auf seiner vom römischen Staat gesponserten Tour vorbeikommen würde. Er hatte behauptet, das Gymnasium sei hundertachtzig Meter lang, und er habe nirgendwo ein schöneres gesehen.

Die Schreie aus dem Inneren des Baus wollten kein Ende nehmen. Mein Blick blieb an einer Hand hängen, die über die Brüstung des Karrens baumelte. Man hatte ihr alle Ringe abgezogen, die hellen Streifen waren unübersehbar, aber einen Ring hatte man stecken gelassen.

Ptolemäus.

Es war gängige Praxis, nein, ganz normal, dass ein Eroberer bei seinem Einmarsch den ehemaligen König, seinen Hofstaat und seine Familie auslöschte. Das war notwendig, um Aufruhr und Rebellion zu unterbinden, Aktionen, die noch nie irgendwem geholfen oder irgendwas gebracht hatten. Mein Herz wollte aufhören zu schlagen.

Oktavians Soldaten führten eine Säuberungsaktion entsprechend den damals akzeptablen Standards durch. Schluckend zählte ich die Karren: Es waren acht Karren voll Menschen. Voller Leichen. Soeben rollten die Römer den nächsten Karren heraus. Die Ptolemäer hatten, so schien es, einen großen Hofstaat.

Ich mischte mich in das Gedränge, auch wenn ich dabei ständig gegen irgend eine Leiche stieß. Warme Leichen fühlen sich gar nicht so unangenehm an. Man merkte kaum, dass der Tag angebrochen war, denn die Straßen waren schwarz vor Rauch. Ich kam an mehreren Bränden vorbei, stieg über umgestürzte Statuen von Bast, der Katzengöttin, und Neith, Isis' Schwester, einer weiteren altägyptischen Gottheit.

Die Straßen wucherten zu einem Labyrinth aus; wie riesige Fackeln ragten zwischendurch brennende Bäume auf. Schreie,

Rufe, ich kam kaum vorwärts, weil alles auf den Straßen lag. Einmal kam ich ins Stolpern, stürzte und landete auf nachgebendem Fleisch. Angewidert rollte ich zur Seite weg und dabei in eine Blutpfütze. Wo ich in tote Augen starrte.

Leichenhaufen säumten die Straßenränder. Ganze Familien waren niedergemetzelt worden, bis hinab zum kleinsten Kind. Oktavian, der seinen Anspruch durchsetzen will, dachte ich. Damals ein notwendiges Übel. Nicht ungewöhnlich. Und nicht grausam. Aber es waren so viele … und viele von ihnen sahen keineswegs so reich oder griechisch aus, wie man es von einem Angehörigen von Kleopatras Hofstaat erwarten würde. Warum also schlachten? Ich stolperte weiter. Genau beobachtend. Alle Sinne betäubt von dieser Stadt.

Das nervenzerreißende Schreien und Weinen vibrierte bis in meine Zähne und meine Brust.

Der Geruch der sengenden Sonne auf erstarrenden Leichen, nach Blut, Fäkalien, Erbrochenem und totem Fisch, nach Feuer und Qualm hatte meine Nasenhärchen verbrannt und mir jeden Schutz geraubt. Der Rauch klebte an meiner Haut, in meinen Kleidern; es waren so viele … so viele.

Der Geschmack nach verkohltem Fleisch überzog meine Zunge. Ich schmeckte Angst und Qual und Schrecken und Hass. Gift stieg von den dampfenden Leichen am Straßenrand auf und füllte meinen Mund.

Unvermutet sehnte ich mich nach den Tagen zurück, als sich das Schattenspringen auf Silhouetten und Wärmestrahlungsdetektoren beschränkt hatte. Ich sah die Leichen von Kindern, die so klein waren, dass sie noch in Säuglingssachen steckten, zu klein für Mädchen- oder Jungenkleidung und viel zu unschuldig zum Sterben. Mütter, deren leblose Arme ihre toten Kinder umschlossen. Niedergesäbelte Männer, die versucht hatten, den römischen Berufssoldaten mit einem Zierschwert oder Stock oder Stein Einhalt zu gebieten. Und in jeder Miene sah ich Angst und Schrecken und Qual und Hoffnungslosigkeit.

Es war zu viel. Ich zwang mich, nur noch farbige Umrisse zu

sehen, wo in Wahrheit Leichen lagen, nur noch befleckte Seide und Wolle und Leinen wahrzunehmen.

Ich bewegte mich durch ein Gemetzel, das es angeblich nie gegeben hatte.

Die entsetzliche Echtheit dieser Bilder schmeckte nach jener Lust an der Gewalt, die zweitausend Jahre später in der Detonation der IndiPak gegipfelt hatte, in der Auslöschung der Stadt des Friedens, in den Kriegen, die allein an den Frontlinien fünfzig Millionen Menschenleben gekostet hatten.

Vielleicht hatte die Lust am Erobern hier nicht ihren Ursprung, doch hier hätte man ihr zumindest noch Einhalt gebieten können. Irgendwo in allen möglichen Zukünften war es so geschehen; in irgendeiner möglichen Welt war schon am 31. Juli 31 vor Christus der Frieden eingetreten, lange vor Beginn der Gemeinsamen Ära.

In den Seitenstraßen entdeckte ich umgekippte Lotossäulen. Statuen von Bast und Seth und Osiris, alle zu Boden gestürzt. Der Geruch nach verglimmenden Pflanzen, Kräutern, erinnerte mich an etwas, und mein Schritt wurde schneller.

Serapis hieß der Gott, den Ptolemäus erschaffen hatte, um die uralte ägyptische Kultur mit der griechischen zu vereinen. Die neue Religion war so überaus erfolgreich gewesen, dass diese Praxis an jedem Hafen der Welt wiederholt worden war. Er hatte den ägyptischen Stiergott vereint mit …

Ich blieb wie angewurzelt stehen.

Die Tempel, die niedergebrannt worden waren: Serapis, Hathor, das Ibisieum. Alles ägyptische Götter. Alles, in Oktavians Worten, orientalische Geschwüre in einer griechischen Stadt. Der Geruch nach brennenden Kräutern rührte von den Binsen her, mit denen die Tempel ausgelegt waren, um die Betenden daran zu erinnern, dass alles Leben dem magischen Nil entsprang.

Und der größte unter diesen Tempeln, der eindrucksvollste –

»Nein!« Nur ich selbst hörte den Schrei, mit dem ich losrannte, den Verzweifelten ausweichend, die überall weinend auf die Knie sanken; über Leichen hinweg, die keine Menschen mehr waren, sondern nur noch Nahrung für die Würmer. Eine Flut von Menschen schwemmte durch die Kanopische Straße und die Nebengassen, die um das Amphitheater herum zum Ptolemäus-Tor hinführten.

Ich nahm den längeren Weg, jenen zum Tor auf der Ostseite. Auch hier waren die Straßen überfüllt, aber diesmal mit Menschen, die, den Blick konzentriert zu Boden gesenkt, auf allen vieren herumkrabbelten und versuchten, die Pflastersteine herauszubrechen, die Straßen aufzureißen.

Die Straße des Soma endete als Sackgasse vor dem zweiten Palasttor, das fest verschlossen war. Ich kletterte den dicken Pylonen hinauf. Oben richtete ich mich auf und erstarrte. Fassungslos.

Die Bibliothek brannte lichterloh.

Flammen flackerten zwischen den Säulen, sie leckten an den Mauern hoch, um sich an dem Sauerstoff zu laben, der durch die Fensteröffnungen hereinströmte. Rauch quoll in dicken Wolken aus den Türen und von der Säulenhalle auf.

Die Sklaven würden mit ihrer Eimerkette vom Strand her kaum etwas ausrichten können, vor allem, da gerade Ebbe war. Im Garten standen schon die Bäume in Flammen, und ich hörte Tiere schreien.

Ein Zoo, auf den Karten war auch ein Zoo verzeichnet gewesen.

Ich rannte in Richtung der Schreie los und fiel auf die Knie.

Es war ein Zoo mit lauter Geschöpfen aus dem Alten Ägypten. Jenen Tieren, die in Gestalt von Hieroglyphen in die Sprache eingegangen waren. Die Römer hatten auch sie niedergemetzelt. Eine Gazelle lag mit aufgeschlitzter Kehle in ihrem Gehege. Ein Nilpferd trieb reglos in seinem blutigen Tümpel. Die Vögel lagen allesamt auf dem Boden, in ihren Käfigen gefangen und mit blutverschmiertem Gefieder. Die Männer waren noch nicht abgezogen, immer noch hackten und säbelten sie gnadenlos alles nieder.

Ich taumelte weiter.

Die Große Bibliothek war von hin und her huschenden Schatten umringt, Silhouetten vor der Flammenwand. »Du kannst nicht hinein!«, hörte ich jemanden brüllen. »Du wirst darin umkommen!«

»Alexander!« Es war ein Schrei reinen Entsetzens, reiner Angst.

Ich kannte diese Stimme.

Direkt vor dem Tempel hielten die Römer die Gelehrten aus dem Museion mit gezogenen Schwertern in Schach. Erwachsene Männer schluchzten, starrten oder zerrissen vor Gram ihre Gewänder.

Das Dach der Großen Bibliothek war noch kühl. Ich kletterte eine Säule hinab und ließ mich in die Haupthalle fallen. Hier gingen alle Schreie im Tosen der Flammen unter. Aber ich wusste, wo er war; er versuchte in den Saal des Seelenheils zu gelangen.

Bei welcher Temperatur schmolzen Alabaster und Gold eigentlich?

Ich flitzte über den Boden. Seine Haare standen bereits in Flammen, trotzdem versuchte er unbeirrbar, unter dem schmelzenden Türsturz hindurchzukommen. Gold tropfte auf seine Haut, ohne dass er es merkte. Die Schriftrollen in den Falten seines Himations schmauchten.

»Lass es sein«, flüsterte ich seinem Geist zu. »Es ist zu spät.«

Seine Schreie verebbten zu einem Krächzen, weil der eingeatmete Rauch seine Lungen verkohlt und seine Stimmbänder verätzt hatte. Er warf sich gegen den unbeweglichen Stein, während sich das Gold in seine Haut brannte. Um uns herum wurde es zunehmend heißer.

»Er darf nicht verbrennen«, keuchte er und sank hustend, spuckend auf die Knie. »Sonst war alles umsonst.«

Es war der Verräter, wie er Alexander gestanden hatte, der Adonis, dessen Leidenschaft mir den Atem geraubt hatte. Ich trat aus dem Schleier, hob ihn auf und rannte durch das Gebäude hinaus. Jede einzelne Öllampe hatte Feuer gefangen und verbrannte nun die Werke, die sie eigentlich beleuchten sollten. Die Schriftrollen waren längst zu Asche zerfallen.

Als ich aus dem Gebäude gelaufen kam, rannten die Menschen schreiend auseinander. Ich legte meinen Adonis auf dem Rasen ab; Römer kamen mit gezogenen Schwertern auf mich zu. Ich duckte mich unter einem Speer weg und zog den Schleier wieder zu.

Unter meinem sicheren Schleier beobachtete ich, wie die Gelehrten zu dem Ohnmächtigen eilten, ihm Luft zufächelten und Gebete sprachen.

Und hörte, wie sie ihn Rhodon nannten.

Der Adonis schlug die Augen auf und sah mich an; ich glaube, er konnte mich unter dem Schleier sehen.

Dann starb er.

Kleopatra sah ängstlich auf, als ich in ihr Zimmer zurückkam. »Wie steht es um meine Stadt?«

Ich schaute auf meine fleckigen, rauchgeschwärzten und brandblasigen Hände. Ich hatte mir die Füße verbrannt, der schützenden Titanumhüllung zum Trotz. »Alles Ägyptische wurde ausgelöscht.«

»In der Stadt?«

Ich schwenkte den Arm über die Landzunge von Lochias, das Palastviertel. »Alles.«

»Außer der Großen Bibliothek. Sie wissen nicht einmal, wo sie ist! Sie ist –«

Ich schüttelte den Kopf. »Alles Ägyptische«, wiederholte ich. »Alles.«

Aus Kleopatras Gesicht wich jedes Leben. »Du irrst dich bestimmt. Nicht die Große Bibliothek. Du meinst die Tochterbibliothek, die ich erbauen ließ, um die Pergamen ...«

Ich brachte keinen Ton mehr heraus, ich schüttelte wortlos den Kopf.

»Er hat die Große Bibliothek niedergebrannt?« Ihre grauen Augen suchten mein Gesicht ab, flehten mich an, ihr zu widersprechen, und sei es mit einer Lüge.

»Es tut mir so Leid.«

Die Frau, die ihren Gemahl und ihr Land verloren hatte, die von ihrem eigenen Sohn verraten worden war und ihre Kinder nie wieder sehen würde, die sich in ihren sicheren Tod gefügt hatte und die bei alldem nie geweint hatte, brach in Tränen aus. Schluchzend sank Kleopatra zu Boden.

Ihre Tränen zerrissen mir das Herz. Abgerissene Schluchzer, Ringen um Luft. Ihr Kopf war ihr auf die Knie gesunken, die Arme hatte sie um die Beine geschlungen, als wollte sie sich so klein machen wie überhaupt möglich. Ich strich ihr über den Kopf, über das Haar.

»Warum hast du ihnen nicht Einhalt geboten, Isis?«, schluchzte sie.

Warum nicht?

Ich zog den Reißverschluss bis zum Hals hoch und drückte auf Pause.

Ich machte die Augen auf und schnappte nach Luft.

»Du wirst schon wieder«, sagte Jicklet, der direkt neben mir stand. »Die Pause hat dich so schnell zurückkatapultiert, dass sich dein Adrenalinregulationsprogramm abgeschaltet hat. Wenn du wieder reingehst, wirst du etwa zwölf Stunden bewusstlos gewesen sein, aber hier waren das nur zwölf Minuten.«

Ich hörte ihn kaum, so pochte mein Herz. Es hämmerte wie wild und dröhnte in meinen Ohren und meinem Hals. Meine Hände zitterten. Ich schob die Manschette zurecht und schaute hoch.

»Was ist denn, Zimona?«

»Warum hast du Pause gedrückt?«

»Du riechst komisch.«

»Warum hast du dich nicht gemeldet und uns mitgeteilt, dass du Hilfe brauchst?«, fragte Flore, die zu meinen Füßen stand. Erst jetzt begriff ich, dass ich auf einem Bett lag, umgeben von Viz und Kameras.

Die Gemeinschaft war bei uns. Mit Augen und Ohren.

Der Raum wurde beherrscht von einem krakeligen Gemälde auf der zwanzig Meter langen Mauer. Das Licht war angenehm hell, die Titaniumeinrichtung sauber und karg. In einer Ecke stand ein Dickicht von Pflanzen, die aus ihrer DNA rekonstruiert worden waren. Auf der anderen Seite der Tür führte ein langer Gang in die Gärten. Dort standen die Blumen immer in voller Blüte, und der Himmel war immer blau. Die Menschen waren stets höflich – zu Fremden wie zu Freunden.

»Du bist aus dem Schleier getreten?«

»War das Bild von Alexandria gut?«

Die Gesichter um mich herum sahen sich alle ähnlich: dunkles Haar, mokkabraune Haut, braune Augen. Alle Anwesenden waren groß und schlank und trugen einen Denim-Overall. Die Unterschiede lagen in den Details. Herzog hob sich durch seine Brille ab, Flore durch ihre penibel gepflegten Fingernägel, und Jicklet trug die Insignien seines Berufes, das Labortuch.

Heute Abend würden wir uns alle beim Tai-Chi wieder treffen. Wir würden jeweils eine Infusion als Nahrung und eine zur Unterhaltung auswählen, FREUDE, FROHLOCKEN oder XXXTASY. Es gab zwanzig Aktivitäten zur Auswahl, mit denen wir uns die Zeit vertreiben konnten, bevor die »Nacht« begann, also die große Lampe in der Kuppel ausgeschaltet wurde und es Zeit zum Schlafen war.

Flore zog die Stirn in Falten. »Zimona, du hast noch kein Wort gesagt. Jicklet, ist mit ihr alles in Ordnung?«

»Das ist nur das Adrenalin. Sie steht noch unter Schock.«

Sie standen um mein Bett herum, berührten mich aber nicht. Flore betrachtete ich als Freundin und als Kollegin, dabei kannte ich sie ausschließlich beruflich, nur von unseren gemeinsamen Einsätzen her.

»Wer hat Kleopatra umgebracht?«, fragte Herzog. Sein Viz-Bild lehnte schimmernd an der Wand. Rjon und Kelp standen neben ihm, zwar nicht in Fleisch und Blut, aber auch so war praktisch das gesamte Komitee anwesend.

»Wir sind nicht echt«, flüsterte ich.

»Was hast du gesagt?«, wollte Herzog wissen.

»Sie hat gesagt, es war ›so echt‹«, antwortete Jicklet.

»Was war echt?«, fragte Rjon.

»Offensichtlich das Feuer.« Besorgt studierte Flore den Ruß auf meiner titaniumgeschützten Haut und die versengten Stellen auf meiner Uniform.

»Wir haben uns geirrt«, erklärte ich ihnen und wollte aufstehen. »Alles, was wir als gesichert angenommen haben, ist falsch.«

»Warte einen Moment, Zimona«, sagte Jicklet, der mit den verschiedensten Gerätschaften herumhantierte. »Du musst dich erst wieder sammeln.«

»Nein, jede Sekunde zählt.«

»Du bist auf Pause. Dort rührt sich überhaupt nichts, der Set ist angehalten und wartet auf deine Rückkehr«, widersprach Rjon.

»Was ist eigentlich los?«, mischte sich Kelp ein.

»Du brauchst noch nicht Bericht zu erstatten«, meinte Herzog. »Das kann warten.«

»Wer hat Kleopatra ermordet? Das ist doch die Frage, oder? Die Frage, weshalb wir diesen geschichtlichen Moment untersuchen?«, fragte ich.

Herzog seufzte. »Du möchtest sofort Bericht erstatten, Zimona?«

»Ja!« Die roten Lämpchen an den Kameras zeigten an, dass wir nach wie vor auf Sendung waren. Die Gemeinschaft war jede Sekunde dabei.

Ich stand endgültig auf, und Jicklet ließ das Bett von einigen Drohnen wegrollen. Wir gingen an den Tisch, wo wir drei uns hinsetzten, während die drei Männer auf Viz über ihren Stühlen schwebten.

»Wer ermordete Kleopatra?«, fragte Herzog und eröffnete damit offiziell die Sitzung. »Zimona?«

»Ganz offensichtlich ist die uns überlieferte Darstellung, dass ihr Tod ein Suizid gewesen sei, nicht korrekt«, sagte ich. »Wir haben den Beweis dafür auf Viz gesehen, was zu meinem Einsatz in ihrer geschichtlichen Periode geführt hat. Ein Mord ist im Grunde ein kleines Detail, das mit ein paar Stunden Beobachtung aufgeklärt und bestätigt werden sollte, sodass dank dieser Information unser Wissen über die antike Geschichte komplett wäre.« Ich sah auf meine rauchschwarzen Hände.

»Oktavian – was wissen wir über ihn? Er gilt als Retter der westlichen Zivilisation, als wohlmeinender Vater unserer Kultur, als einer der wenigen guten Cäsaren. Er erbaute Tempel, er brachte der Welt Frieden, und wenn er auch ein Geschöpf seiner Zeit war – was heißt, dass er natürlich in den Krieg zog und seine Feinde unterjochte –, so war er doch ... ein ehrenhafter Mann.«

Meine Hände zitterten immer noch, wenn auch kaum merklich. »Strabon, der sechs Jahre nach Kleopatras Tod im Jahre fünfundzwanzig vor Christus seine Reise nach Alexandria aufzeichnete, berichtet uns, er hätte Cäsars großartigen Tempel mit dem massiven Golddach gesehen, Serapeum genannt. Strabon besuchte auch das Museion und das riesige Gymnasium. Leider erhielt er keinen Zutritt zum Soma, wo der Leichnam von Alexander dem Großen aufbewahrt wurde. Damals war bereits überall verbreitet worden, dass Julius Cäsar die Große Bibliothek niedergebrannt hatte, als er sich und Kleopatra im alexandrinischen Krieg gegen Kleopatras damaligen Koregenten Ptolemäus und seine ägyptische Armee verteidigen musste.«

Sie sahen mich mit offenen Mündern an.

»Oktavian, so will es die Geschichte, betrat am frühen Abend des ersten August die kapitulierende Stadt Alexandria. Er ritt an der Seite von Arius ein, einem dort lebenden Philosophen. Oktavian sprach zu den Menschen am Gymnasium und versicherte ihnen, dass er ein Mann von Kultur und tiefem Verständnis sei. Die Flotte von Kleopatra und Antonius hatte bereits die Segel gestrichen. Das Heer und die Kavallerie waren am Morgen zu Oktavian übergelaufen; es war der gleiche Tag, an dem Antonius sich entleibte und Kleopatra sich im Mausoleum einschloss.«

All das war ihnen nicht neu, wir waren schließlich Historiker.

»Merkwürdigerweise war es während Oktavians Regierungszeit als Cäsar Augustus keinem Römer erlaubt, Alexandria zu besuchen, außer auf kaiserlichen Befehl hin, der von Cäsar eigenhändig unterzeichnet werden musste.« Ich zog einen der Stühle heraus, setzte mich rittlings darauf und stützte mich auf der Lehne auf.

»In allen geschichtlichen Werken wird auf die ›Plünderung Alexandrias‹ verwiesen, obwohl keiner der Römer, welche die Stadt vor der neuen Zeitrechnung besuchten, jemals eine Plünderung erwähnt hatte. Trotzdem wurde schon im ersten Jahrhundert nach Christus von Plutarch, Gellius und Seneca gleichermaßen behauptet, es sei allgemein bekannt gewesen, dass Julius Cäsar die Stadt niedergebrannt habe.«

»Nicht er selbst, sondern seine Hilfstruppen. Sie steckten die unter Ptolemäus' Befehl stehende alexandrinische Flotte in Brand, um selbst die Pharos-Insel besetzen zu können und auf diese Weise eine Blockade der Stadt zu verhindern.«

»Vielen Dank«, sagte ich. »Seine Hilfstruppen. Stimmt genau. Julius Cäsar berichtet in seinen Memoiren, er hätte die Flotte in Brand gesetzt, und die Lagerhallen hätten Feuer gefangen. Lagerhäuser voller Schriftrollen. Nun wissen wir aber, dass es unter den Ptolemäern die Vorschrift gab, jedes Buch und jedes Dokument zu konfiszieren, das in ihren Hafen gelangte.

Dazu schickten sie Agenten aus, die alle Schiffe und Karawanen durchsuchten, sämtliche Schriftstücke beschlagnahmten, sie kopieren ließen und anschließend den Besitzern die Kopien zurückgaben. Alle Originale wanderten in die Große Bibliothek. Im Verlauf mehrerer Generationen wurden die Alexandriner die besten Kopisten weit und breit und begannen Bücher zu exportieren. Es wäre daher nicht ungewöhnlich, wenn in einem Lagerhaus am Hafen zehntausende von Schriftrollen auf die Verladung warten würden.« Ich fuhr mir mit der Zunge über die Lippen und schmeckte noch den Rauch, obwohl hier im Raum alles klimatisiert war, sauber und ordentlich und korrekt und friedlich.

Gerade so viel Licht, dass man es als angenehm empfand und nicht als ermüdend; gerade so viel Arbeit, dass man sich herausgefordert fühlte, aber nicht erdrückt. Gerade so viele Feiertage, dass man etwas hatte, auf das man sich freuen konnte, aber nicht so viele, dass man sie als Last empfand. Unser Leben war erfüllt mit sorgsam bemessenen Gartenarbeiten, sportlichen Aktivitäten, Vergnügungen und Orgasmen, damit wir uns stets ausgefüllt und entspannt fühlten. Und Infusionen mit Chemikalien, die uns von Grund auf umkrempelten, wenn alles andere fehlschlug.

Jeder Atemzug war künstlich.

»Ich werde euch erzählen, was ich *gesehen* habe. Als die aufgehende Sonne die Straßen in rotes Licht tauchte, machten sich die Römer daran, sie mit Blut zu füllen. Ganze Familien wurden abgeschlachtet –«

»Zimona, du weißt, dass ein neuer Herrscher seine Position durch eine tief greifende Säuberungsaktion festigen musste –«, wandte Herzog ein.

Ich sah sein Bild lange an. »Das weiß ich. Ich habe mich damit abgefunden, dass acht Karren voll Menschen jeden Alters, Männer wie Frauen, umgebracht worden waren, weil sie, falls sie noch einen Atemzug hätten tun dürfen, womöglich die Frechheit besessen hätten, Widerstand zu leisten.«

Flores Augen wurden groß.

»Die Fakten sind diese: Antonius zog in den Kampf, während die Flotten in Schlachtordnung abwarteten, ohne sich zu rühren, ohne zu kapitulieren oder anzugreifen. Nach Antonius' Tod und Kleopatras Gefangennahme versuchten die Ägypter, ihre Stadt zu verteidigen, wurden aber vernichtend geschlagen. Im Morgengrauen des folgenden Tages.«

»Sie haben sich gewehrt?« Rjon traute seinen Ohren kaum. Wir wussten beide, dass Plutarch das Gegenteil behauptet hatte.

»Und zwar bis zur letzten Trosse«, sagte ich. »Gleichzeitig wüteten Oktavians Römer in der Stadt und zerstörten alle ägyptischen Monumente und Tempel.«

Flore mischte sich wieder ins Gespräch. »Geschichtlich betrachtet stand Oktavian der ägyptischen Religion eher arrogant gegenüber. Sogar nachdem er zum Pharao gekrönt worden war, verweigerte er dem Stiergott Apis, der das Vorbild für die Serapis-Gottheit gegeben hatte, die gebotene Ehrerbietung. Seine Antwort war, er sei ein Mensch und würde keine Tiere anbeten. Er –«

»Oktavian hat die Große Bibliothek niedergebrannt.«

Herzog fielen fast die Augen aus dem Kopf. »Die Große Bibliothek von Alexandria?«

Sie sahen erst mich, dann einander und dann wieder mich an.

»Soweit wir aus der Geschichte wissen, wurde sie von Julius Cäsar niedergebrannt – das berichten unsere Quellen Plutarch, Sueton, Dio Cassius. Also Männer, die Jahrhunderte später lebten und nur das niederschrieben, was man ihnen erzählt hatte. In seiner Autobiographie schreibt Cäsar zwar vom Brand der Lagerhäuser, aber kein Wort von der Großen Bibliothek«, sagte ich. »Glaubt mir, gestern habe ich noch darin gestanden. Die Bibliothek und das Soma sind im selben Gebäude untergebracht, in einem Bau im ägyptischen Stil, einem Bau, der im Jahr dreißig vor Christus immer noch steht.«

Sie starrten mich mit offenem Mund an. »Zimona, begreifst du eigentlich, was du da sagst?«, rief Herzog aus. »Das widerspricht allen –«

»Oktavians Römer haben sie angesteckt. Und alles, was darin war.«

Alle verstummten.

Ich stand auf und schob meinen Stuhl unter den Tisch zurück. »Kleopatra lebte von sechsundvierzig bis vierundvierzig vor Christus bei Cäsar in Rom, da sind wir uns doch einig?« Alle nickten. »Dort ist sie Cicero begegnet.«

»Er hat sie gehasst.«

»Allerdings«, bestätigte ich. »Und warum? Unter anderem, weil er um eine Schriftrolle aus der Großen Bibliothek von Alexandria gebeten hatte. Und sie hatte ihm erwidert, dass sie ihm eine Kopie zukommen lassen würde. Cicero war tief beleidigt, dass sie ihm nicht das Original überlassen wollte. Woraufhin Kleopatra erklärte, dass die Große Bibliothek ausschließlich Originale für die Nachwelt aufbewahrte – und zwar ausnahmslos, aus westlichen wie östlichen Kulturen.« Ich beugte mich vor.

»Wenn Julius Cäsar wirklich die Große Bibliothek niedergebrannt hätte, als er zwei Jahre zuvor in Alexandria war, dann hätte es gar keine Schriftrollen zum Kopieren und erst recht nicht auszuhändigen gegeben. Mehr noch, Cicero hätte es Cäsar nie verziehen, dass er die Bibliothek angezündet hat. Er war Cäsars eifrigster Kritiker und ist ihm an den Karren gefahren, wo es nur ging. Und Cicero hat, was wir nicht vergessen dürfen, selbst Bücher gesammelt.«

Absolutes Schweigen. Jeder wich dem Blick der anderen aus.

»Die Große Bibliothek war eine Erfindung der Ägypter?«, fragte Herzog nach einer Weile. Selbst im Viz war ihm die Verwirrung anzusehen. »Dass die Ägypter große Bibliothekare waren, wäre mir neu.«

»Ramses der Große ließ einen Tempel am Rande der Westlichen Wüste erbauen, nahe dem Tal der Könige. Es war ein mystischer Ort und zugleich Heimstatt seiner geheiligten Bibliothek. Hekataios besichtigte ihn während der Regentschaft von Ptolemäus dem Ersten und gibt eine lebendige, wenn auch unzusammenhängende Beschreibung davon.

Die Große Bibliothek von Alexandria nahm sich diese Anordnung zum Vorbild. Sie war ein Ort, an dem keine Götter verehrt wurden, sondern die Menschen im Museion. Archimedes, Demokrit. Die Stoiker, die Epikuräer.«

»Bist du sicher?«, fragte Herzog.

»Ich habe die Schriftrollen selbst in Händen gehalten«, beschwor ich ihn. »Aristoteles' Vorlesungen in seiner eigenen Handschrift. Alexanders Briefe an seine Mutter Olympia. Die Erzählungen der Juden von ihren Wundern.«

Herzogs Brille drohte ihm von der Nase zu rutschen. »Ich kann das einfach nicht glauben, Zimona.«

»Und wer hat Kleopatra nun umgebracht?«, mischte sich Kelp ein.

»Weißt du es?«, fragte Rjon.

»Kleopatra?«, platzte es aus mir heraus. »Sie ist bloß eine Frau, hier geht es um die Bibliothek! Eine unerschöpfliche Quelle des Wissens…« Meine Hände begannen wieder zu zittern. »Buddhas Schriften wurden dort aufbewahrt. Chinesische Dokumente, Karten von den Zivilisationen vor unserer! Alles war dort zu finden!

Wir behaupten, dass wir die Wahrheit erfahren wollen, dass wir besessen davon sind, weil wir die Geschichte verstehen wollen.« Mein Blick wanderte von einem braunen Augenpaar zum nächsten. »Und die Wahrheit ist, dass Oktavian gelogen hat, was Alexandria angeht –«

»Hat Oktavian gewusst, was er getan hat?«, fragte Flore.

»Ich weiß nicht, ob er von Anfang an gewusst hat, dass er die Große Bibliothek niederbrennt, aber inzwischen ist mir klar, dass er es irgendwann begriffen haben muss. Darum hat er alle Reisen nach Ägypten untersagt. Darum hat er das Serapeum wieder aufbauen lassen, genauso wie jeden anderen Zentimeter der Stadt – als Wiedergutmachung für seinen Fehler. Um die Menschen zu bestechen, damit sie sich nicht beschwerten oder ihn bloßstellten.«

»Warum hat er die Große Bibliothek nicht wieder aufgebaut, wenn er doch alles andere neu erbauen ließ?«, wandte Flore ein.

»Da bin ich mir ehrlich gesagt nicht sicher. Theoretisch könnte ich mir mehrere Gründe denken: Julius Cäsar war ein idealer Sündenbock; die Erwähnung der Bibliothek und ein eventueller Wiederaufbau hätten seiner Darstellung widersprochen, dass ihn ein unbewaffnetes und unbeschädigtes Alexandria mit offenen Armen empfangen hatte; vor allem aber glaube ich, weil in dieser Bibliothek auch die Weisheiten des Ostens aufbewahrt wurden. Oktavian verabscheute den Osten. Er betrachtete den Brand der Großen Bibliothek nicht als großen Verlust. Das Museion und die Gelehrten Alexandrias überlebten vor allem, weil sie griechisch, westlich waren.«

»Er brachte die Pax Romana«, wandte Rjon ein.

»Stimmt«, bestätigte ich. »Nachdem er alles beseitigt hatte, was seinem Thronanspruch gefährlich werden konnte, konnte er sich entspannt zurücklehnen. Er war im Grunde seines Herzens kein Soldat. Eigentlich wollte er geliebt werden. Er wollte der Nachwelt als Schöpfer, nicht als Zerstörer im Gedächtnis bleiben. Er wollte nicht länger Oktavian Carnifex, der ›Scharfrichter‹ sein.«

»Die Römer haben uns das Muster für die Pax Universa hinterlassen.«

»Er hat uns um die Möglichkeit gebracht, das Muster der Geschichte abzuändern.«

Ihren Mienen war deutlich anzusehen, wie entsetzt sie über meine Worte waren.

»Wir könnten die Bibliothek retten«, sagte ich.

»Und in der Geschichte herumpfuschen?«, schnauzte Kelp.

»Zimona?«

»Dort lag der Schlüssel«, wandte ich ein. »Dort könnten wir das Muster der Geschichte für alle Zeiten ändern.«

»Was ist das nur für eine Idee?«, fragte Herzog fassungslos.

»Wir könnten ein Team dorthin schicken, das die Rollen aus diesem Gebäude in ein anderes bringt«, sagte ich.

»Was redest du da, Zimona?« Rjon sah mich ungläubig an. »Es war eine Bibliothek, es waren bloß Bücher, stimmt's? Wieso –«

»Es waren nicht bloß Bücher«, widersprach ich. »Die Bibliothek stand für die Überzeugung, dass auch andere Menschen etwas Wichtiges zu sagen haben. Allein ihre Existenz widersprach der Vorstellung von ›Ich habe Recht, darum irrst du dich.‹« Ich blickte von einem zum anderen. »Die Bibliothek war Ausdruck des Respektes vor anderen Traditionen und Glaubenssätzen. Es war eine aktive Instanz für Frieden und Verständnis.«

»Selbst wenn wir sie retten würden, würden die Römer einmarschieren«, wandte Rjon ein.

»Schon, aber wenn diese Worte den Einmarsch überdauern, wenn diese Werte physisch präsent bleiben, als greifbare Gegenstände, die von einer Generation an die nächste weitergegeben werden, dann werden diese Informationen und die dort beschriebenen Techniken, dann wird dieses Menschenverständnis dem römischen Ideal einer einheitlichen Welt widersprechen und die Herrschaft der eisernen Sandale verhindern.«

Ich sah auf die Wand, auf jenes unergründliche Farbengekrakel, das die Chaostheorie darstellen sollte. Jedes ungesteuert herumirrende Partikel war in Wahrheit Teil eines größeren Motivs. Jeder Strich war akkurat platziert, selbst wenn alles auf den ersten Blick total chaotisch aussah.

»Der Abgrund liegt genau hier«, flüsterte ich. »Dort, zwischen dem Muster, wie die Dinge sein könnten und wie sie wirklich sind. Alexandria ist der Ausgangspunkt, hier fällt die Entscheidung zwischen Mitgefühl und Kompromiss, wofür Kleopatra mit ihrer griechischen Lebenseinstellung und ihrem östlichen Erbe steht, oder dem anderen Weg, dem Weg der Römer, einem Weg der Gewaltherrschaft und böswilligen Täuschungen.«

Ich sah sie wieder der Reihe nach an. »Oktavian log und siegte. Seine Lügen führten zu immer weiteren Lügen, seine Ängste zu immer weiteren Ängsten. Wie hätte die Welt ausgesehen, wenn sie nie unter dem römischen Joch gestanden hätte? Hätte der Feudalismus und die damit verbundene Erbsünde der Sklaverei so lange über einen so großen Teil der Welt regieren können? Die Kreuzzüge. Der Imperialismus. Der Kolonialismus und die daraus entspringenden, jahrhundertelangen Konflikte. Die Pax Americana, die interarabischen Weltkriege.« Ich senkte die Stimme zu einem Flüstern. »Wäre ohne die Römer irgendetwas davon passiert?«

»Du willst allen Ernstes, dass wir in die Geschichte eingreifen?«, fragte Flore.

Das war alles, was sie aus meinen Worten hörten? Verschwendeten sie denn gar keinen Gedanken an die Auswirkungen, an das Gesamtbild? »Wenn ich in die Geschichte eingreifen wollte, dann würde ich sagen, lasst uns zurückgehen und die Römer zurückschlagen!«

Verdutztes Schweigen. Ich hatte lauter und energischer gesprochen als beabsichtigt.

»Zimona 46723904.alpha! Befürwortest du etwa die Anwendung von Gewalt?«, fragte Herzog. Er sah gequält drein, aber es war sein Job, mich das zu fragen.

Ich sah ihn lange an und sagte dann – mühsam – mit leiser und beherrschter Stimme: »Ich befürworte sie nicht. Aber ich begreife ihre Notwendigkeit. Die Stadt Alexandria steht in Flammen. In den Straßen liegen Tote. Diese Soldaten, diese Römer sind keiner Vernunft zugänglich.«

»Du schlägst allen Ernstes vor, dass wir uns selbst auslöschen, indem wir die Vergangenheit manipulieren?«, fragte Kelp.

»Nein –«, sagte ich.

»Das ist ein Paradox«, sagte Rjon. »Das geht nicht. Wir können nicht erst existieren, dann die Grundlagen unserer Existenz verändern und damit aufhören, je existiert zu haben. Das ist unlogisch. Obwohl es theoretisch gesehen faszinierend wäre, Herzog im Zweikampf mit einem Zenturion zu sehen«, scherzte er.

»Wirst du eine Rüstung tragen, Herzog?«, fragte ihn Flore augenzwinkernd.

»Ich befürworte nicht –«, wiederholte ich.

»Ein Kurzschwert, oder müssen wir Übrigen unsere Schilder über uns halten und eine Schildkröte bilden?«, frotzelte Kelp.

Mein Blick traf Jicklets. »Was hat es für einen Sinn, in Frieden zu leben, wenn alles ausgelöscht wurde, was wert war, verteidigt zu werden?«, flüsterte ich.

Wieder Schweigen.

»Frieden um jeden Preis, Zimona«, sagte Herzog. »Worte, auf die du einen Eid abgelegt hast, Ideale, die du niemals verraten würdest, und wenn es dich das Leben kosten sollte, so hast du gelobt. Frieden um jeden Preis.«

»Schon, aber hier geht es um die Bibliothek!« Frustriert riss ich meinen Kragen weiter auf. »Sie steht noch. All das Wissen, all die –«

»Was hast du da um den Hals?«, fragte Kelp.

Ich schloss die Augen. Die Zeit zerdehnte sich ins Unendliche.

Mein Leben – wie ich es bis dahin gekannt hatte – war vorüber.

Die Justiz war automatisiert. Damit kein Raum für Mitleid oder Korruption blieb.

Ich brachte keinen Ton mehr heraus, ich schüttelte nur noch den Kopf. Die Kameralampen erloschen. Die Kleopatra-Büste verschwand.

Auf einem Viz über dem Tisch erschien meine Akte mit ihrer langen Liste von Problematik-Vermerken. Lauter kleine Verstöße gegen die Gemeinschaft, und nun noch dieser letzte große Paukenschlag – meine verbotenen Perlen. Kein Spielraum zum Flehen und Verhandeln, kein Verweisen auf mögliche mildernde Umstände. Ich zählte die roten Zeichen zusammen, erstaunlich gelassen, aber trotzdem zitternd.

»Was ist das für ein fetter Vermerk ganz oben?«, fragte Kelp.

Herzog stand auf. »Der stammt noch aus ihrer Kindheit.« Er setzte die Brille ab, und ich sah seine Augen traurig schimmern, selbst über das Viz. »Neun Problematik-Vermerke ergeben drei Kausativ-Vermerke, Zimona 46723904.alpha. Jene Welche Bestimmen haben so viel Verständnis für dich und deine Talente aufgebracht.«

»Ach, Zimona«, flüsterte Flore mit Tränen in den Augen. »Es tut mir so Leid.«

Eigentlich hätte ich betteln, bitten, beten, beschwören müssen. »Bezeichnet die Darstellung von Oktavian und Kleopatra in Zukunft wenigstens als Legende oder Mythos«, bat ich. »Sie war kein bisschen so, wie wir dachten, und die Invasion hat sich nicht so abgespielt, wie man es uns beigebracht hat.«

»Mit deinen ständigen Vergehen hast du uns, deine Alpha-Familie, betrogen.« Herzogs Stimme bebte vor Kummer.

»Wir werden hier sein, wenn du zurückkommst«, versprach Flore, bevor sie aufstand und wegging.

»Oktavian begründete ein neues Zeitalter der Lügen –«, wiederholte ich.

»Alles wird gut werden«, sagte Rjon, bevor er sich auflöste.

Jetzt flehte ich sehr wohl, jetzt bettelte ich sie an, mir Gehör zu schenken. Doch das würden sie nicht. Das taten sie nie.

Jicklet sah mich kopfschüttelnd an. »Ach, Zimona«, sagte er und tätschelte meine Hand.

Ich brüllte ihn an: »Oktavian sollte nicht unser Held sein, denn sein Imperium war auf Gewalt begründet!« Das waren meine letzten Worte. Meine Gefangennahme hatte begonnen.

Die Schellen packten mich und hielten mich am Boden fest.

Ich würde recodiert.

Trotz allem, was ich gesehen und erfahren hatte, brannte Alexandria.

Kleopatra würde sterben.

Niemand würde je wieder Aristoteles' Handschriften lesen.

Und Cäsar Augustus würde bis in alle Ewigkeit als Held gelten.

Mission: Kleopatra
Zweiter Teil

View of Alexandria.

6. Kapitel

Als ich aufwachte, brannte sich das Gefällig-Grün an den Wänden und an der Decke in meine Augen. Gefällig-Grün war die angemessene Farbe für meinen Persönlichkeitstyp. Ich hatte es nie ausstehen können und mein Haus stattdessen in Organisch-Orange gestrichen.

Demzufolge war ich nicht zu Hause.

Ich würde nie wieder in meinem Haus sein; ich würde nirgendwo mehr sein.

Ich würde bald aufhören zu »sein«.

Ein Summer weckte mich das zweite Mal.

»Z-A 46723904?« Der Inquisitor, ein gesichtsloser Drohn, rollte in meine Zelle.

Mein Name war ausgelöscht worden – jetzt schon? »Ich bin Zimona.«

»Z-A 46723904?«, wiederholte er. Ein Gefängnis, ich war im Gefängnis. Sobald jemand ins Gefängnis kam, wurde nur noch die nummerische Bezeichnung verwendet. Das wusste ich. Und vor dem Recodieren musste eine Gefängnisstrafe absolviert werden. Der Drohn würde meine neue Bezeichnung wiederholen, bis ich sie akzeptierte. Ganz egal, wie lang das dauern würde.

Ich nickte, weil ich es einfach nicht über mich brachte, meine Identität abzustreifen, indem ich den neuen Code laut aussprach.

Wie jeder andere wusste auch ich, wie die Strafe in einem Fall wie meinem aussah. JWB waren großmütig, aber unerbittlich in ihrer Gerechtigkeit. Man hatte mir eine ganze Welt zum Spielen überlassen, doch ich hatte meine Freiheiten missbraucht. Der schlimmste Verstoß, nämlich ein Kausativ zu tragen – ein persönliches, genetisch eindeutig zuzuordnendes Eigentum, eine Annehmlichkeit, die bei anderen Neid erwecken konnte –, bezeugte meine Missachtung für jegliche gesellschaftliche Strukturen. Vor dem Hintergrund der übrigen Kleinigkeiten, die ich getan oder unterlassen hatte, musste der Eindruck entstehen, dass mir nichts an meiner Welt, meinen Kontakten, meiner Generation lag.

Das alles war mir wohl bekannt. Es war nur vernünftig. Man konnte nicht von JWB erwarten, dass sie ewig verständnisvoll und großzügig sein würden, aber trotzdem war ich rasend wütend.

Die Wahrheit, behaupteten sie, sei alles, was zähle, doch sie hatten die Wahrheit ignoriert, hatten die Chance vergeben, etwas zu –

Der Drohn rollte rückwärts aus der Zelle und den Korridor entlang. »Bitte folgen.«

Mit unsicheren Schritten stakste ich über den Rost im Zellenausgang. Ich hörte etwas klicken, und die Kette zwischen meinen Handgelenken spannte sich an.

Meine Arme drückten seitlich gegen meine Brüste, und die Fußkette beschränkte meine sonst so energischen Schritte auf ein demütiges Schlurfen. Ich bekam kaum Luft und spürte, wie mir der Schweiß am Nacken hinab in den Uniformkragen lief.

»*Es ist uns nicht daran gelegen, diejenigen, die uns so teuer waren, durch angewendete Gewalt zu strafen*«, verkündeten JWB. »*Mit Liebe und Frieden werden wir uns über die gequälte Seele erheben.*«

Ich hasste diese Sprüche. Zitternd ging ich weiter. Bloß nicht schreien, Zimona, ermahnte ich mich. Das durfte nicht passieren, ich konnte doch unmöglich – aber war ich nicht schon einmal hier gewesen? Eine Erinnerung begann an mir zu nagen. Hand- und Fußfesseln. Ein enger Raum.

Wann? Wo?

Der Korridor wollte kein Ende nehmen.

Zu beiden Seiten reihten sich Zellen in Gefällig-Grün mit Viz-Schirmen und Gefangenen ohne Handschellen; die Räume schienen zunehmend enger zusammenzurücken, bis sie mich beinahe erdrückten. Du hast genug Platz, redete ich mir insgeheim ein. Atme. Der Atem schien in meiner Brust gefangen zu sein. Mein ganzer Leib war mit kaltem Schweiß überzogen; ich schaute nach vorn und sah den Drohn auf mich warten. Niemand rief mir etwas zu, während ich vorbeiging, aber ich spürte die mitleidigen und hasserfüllten Blicke in meinem Rücken, sobald ich an den Zellen vorbei war.

Die Geschichte formte ein festes Muster. Wir hätten dieses Muster in Alexandria ändern können, ein für alle Mal. Selbst wenn wir es versucht hätten, ohne etwas zu erreichen, hätten wir wenigstens die Erkenntnis gewonnen, dass das Prinzip der temporalen Stabilität unumstößlich war und die Geschichte sich selbst schützte. Oder wir wären womöglich alle in einer ganz anderen Zukunft erwacht, scheinbar aus dem Staub des Alls aufgetaucht.

Der Drohn bog nach rechts ab.

Ich folgte ihm um die Ecke und sah, dass der Drohn stehen geblieben war. »Nein!« Mein Aufschrei war ein Winseln; instinktiv.

»Bitte eintreten«, sagte der Drohn.

Ein zahnloser Schlund, schwarz und bodenlos, führte in ein noch tieferes, dunkleres Nichts.

»Nein. Nein.« Das war alles, was ich denken, was ich tun konnte: stehen bleiben und protestieren.

»Bitte eintreten. Dies ist die zweite Aufforderung.«

Ich konnte meinen Blick nicht abwenden, aber ich konnte mich auch nicht vom Fleck rühren. Jede Faser meines Körpers brüllte Nein.

»Bitte eintreten, dies ist die dritte und letzte Aufforderung.«

»Nein!«, schrie ich.

Auf der Brust des Drohns leuchtete ein Viz-Schirm auf.

»Z-A 46723904«, sprach ein Mann mit gütigem Gesicht zu mir, »schon in deiner Kindheit hat deine DNA gezeigt, dass dein Wesen wenig anpassungswillig und stattdessen kausativ ist, nicht wahr?«

Die Bilder, die vor mir aufblitzten, verwirrten mich: der Plasmastreifen, den ich mit sieben Jahren bekommen hatte; eine Deenah-Code-Analyse, die mir alles über mich selbst verriet, über meine Neigungen und Stärken, meine Wahrscheinlichkeiten und Chancen, sogar meinen zu erwartenden Todeszeitpunkt. Danach... ein erstickendes Gefühl. »Nein, darüber bin ich hinweg!« Ich wand mich, um der Vision in meinem Kopf zu entrinnen.

»Du bist deinem Code lange Zeit entkommen, und Jene Welche Bestimmen haben ihr Bestes getan, um dir dabei zu helfen; du hattest so viele Talente und Gaben. Jene Welche Bestimmen waren glücklich, deiner Entwicklung nachhelfen zu können. Aber wir sprechen von vergangenen Tagen, Z-A 46723904. Jetzt ist es an der Zeit, deine genetische Bestimmung anzunehmen.

Du bist von Natur aus eine Unruhestifterin, eine Wiederholungstäterin, die sich über das Gesetz erhaben glaubt. Dafür musst du bestraft werden. Nachdem du deine Strafe verbüßt haben wirst, wirst du recodiert werden, und die Gemeinschaft wird dich wieder aufnehmen. Deine vergangenen Taten werden dir nicht länger vorgehalten werden, denn JWB verzeihen immer. Aber JWB müssen Missetäter und alle, die systematisch Regeln brechen, zurechtweisen, und du, Z-A 46723904, handelst mit Bedacht gegen das Gesetz.«

»Die Umstände –«, setzte ich an. Meine Stimme klang fest, aber ich schlotterte am ganzen Leib.

»Tritt in die Zelle, Z-A 46723904. Du hast gelobt, den Frieden um jeden Preis zu bewahren. Deine Taten sind kausativ. Du hast deinen Eid gebrochen. Dies ist deine Strafe. Tritt in die Zelle.«

Ich hatte das Gefühl, dass das schwarze Maul bei der Vorstellung, mich zu verschlingen, zu sabbern und die Lefzen zu lecken begann. Meine Kehle war wie zugeschnürt, ich schnappte verzweifelt nach Luft. »Nein! Nein!«

Der Drohn fuhr einen Stab aus. Die Verschlüsse meiner Hand- und Fußfesseln richteten sich danach aus. Wehrlos wurde ich von dem Teknik-Gerät vorwärts gezerrt, Schritt um Schritt, und als ich stolperte, wurde ich von meinen Handschellen an den ausgestreckten Armen über den Boden geschleift. Ich konnte nicht fliehen, ich konnte mich nicht wehren. Ich wurde ins Nichts gezogen.

Ein Gitter rollte nach vorn, und der Raum versank, verschmolz mit dem Schacht, bis meine Schreie unter herzlosem Gestein erstickten. Erst als die Abwärtsbewegung mit einem Seufzen des Bedauerns endete, lösten sich meine Hand- und Fußschellen. Ein Licht ging an.

Drei auf fünf Meter. Schwarze Wände, schwarzer Boden, schwarze Decke. Ein weißes, gespenstisch leuchtendes Waschbecken. Eine Pritsche mit Decke und Kissen. Alles vollkommen kahl, und direkt neben mir eine Klappe.

Hand- und Fußschellen lösten sich. Klirrend fielen sie auf den Zellenboden. Ich machte einen Schritt vor; »Freiheit« war mein einziger Gedanke. Meine Seele bibberte.

Unter der Erde. Ich war unter der Erde! Ich hörte nichts außer meinem eigenen Atem, schnell, hastig, keuchend. Du bekommst genug Luft, Zimona. Du wirst nicht ersticken. Du kannst atmen. Atemzug um Atemzug zwang ich mein rasendes Herz und meine eingeschnürten Lungen zur Ruhe. Was stimmte nicht mit mir? Warum reagierte mein Körper so unbeherrscht? Was –

»Z-A 46723904«, sprach ein Drohn aus der Wand. »Zur Strafe für die Entehrung deiner Uniform, für die Geringschätzung deiner Ausbildung und für den schweren Schaden, den du dem Ansehen des Instituts 950231, des Institutes für die Kontinuität und Kenntlichmachung der Geschichte, zugefügt hast, wirst du, gemäß deiner Gen-codierten Ängste, zur Höchststrafe verurteilt: Einzelhaft.«

Ich fiel in Ohnmacht.

Ein anderer Raum. Eine andere Strafaktion. Ich war sieben und brüllte wie am Spieß.

Schwärze. Wände, die ich alle vier gleichzeitig berühren konnte.

Schreien, kämpfen, weinen. Lasst mich nicht allein hier drin! Eine Siebenjährige hätte eigentlich keinen so reichhaltigen Wortschatz an altmodischen Flüchen und Schimpfwörtern haben dürfen; eine Siebenjährige ist nicht so stark, dass sie Verankerungen aus dem Beton reißen und damit Löcher in die Mauern schlagen kann.

»Warum?«, weinte die Siebenjährige. Warum war ihre Mutter verschwunden? Warum war der Plasma-Aufkleber schlecht?

Das weißt du genau, Zimona. Du weißt, weshalb du hier bist.

Die Stimme war dieselbe wie heute, antwortend und nachbohrend, aber doch irgendwie anders. Du hättest in einem Lichtblitz in einer gleißend hellen Welt sterben sollen, denn du warst nie dafür geschaffen, im Schatten, in Grauschattierungen zu leben.

Du gehörst nicht hierher.

Der schwarze Raum bleckte die Zähne und biss zu.

Als ich wieder zu mir kam, lag ich steif und blutend am Boden, aber ich war wieder normal. Immer noch allein. Keine Stimmen, keine Kommunikation. Einzelhaft. In totaler Dunkelheit, es sei denn, ich bewegte mich eine volle Minute lang und wurde dafür mit Licht belohnt.

Das Licht machte mir erst bewusst, wie eng der Raum war, wie tief in den Eingeweiden der Erde mein Gefängnis lag. Das

Licht ließ meinen Atem schneller gehen und meinen Puls hektisch rasen. Ich merkte das, als ich zu der Klappe kroch, wo ein schmales Glas auf mich wartete: ERINNERUNG.

Die erste Stufe jeder Bestrafung bestand darin, die Ängste und Beschränkungen des Missetäters zu neuem Leben zu erwecken, all jene Dinge, die JWB in ihrer Güte der Alpha-Generation gegenüber überdeckt hatten.

ERINNERUNG. Zu neuem Leben erwacht.

Schon das Wort löste neue Atemnöte aus. Erinnere dich nicht, nein! Aber ich tat es doch – und zwar in allen Einzelheiten.

Die grün gekleideten Männer mit den Metallgesichtern, die mich meiner Mutter wegnahmen, die mir ihren exotischen Blumenduft stahlen, ihre feine, perlgleiche Haut. Die Baracken, in denen wir lebten, die gesamte Alpha-Generation unter einem Dach. Die Angst, als ich ein paar Jahre später auf den Plasmastreifen sah und meine Neigung erkannte, alles in Frage zu stellen, gegen alles zu rebellieren, zur Missetäterin zu werden.

Man hatte mich in ein Präventionslager gesteckt, ein Gefängnis für Kinder mit unruhigem Geist. Selbst dort bekam ich oft Problematik-Vermerke. Dann hatte die Bildung mich entdeckt, das Studium der Geschichte, die Geschichten von Männern und Frauen in ihren verschiedenen Welten. Mit Leichtigkeit fand ich mich in jeder Sprache zurecht, die mir zu Ohren kam, problemlos erinnerte ich mich an fast alles, was ich gelesen hatte. Lernen war meine Zuflucht, meine Rettung. Schließlich erkannten JWB in mir eine besondere Begabung für Fragen der Materie, Physik und Bewegung, die jener meiner Mitschüler um Jahrzehnte voraus war.

Bis zu jenem Tag, jenem Tag … Ich krümmte mich zusammen, fiel hin und wälzte mich auf dem Boden – wodurch ich das Licht einschaltete.

Kleine Räume, jetzt fiel es mir wieder ein. Ich litt an Klaustrophobie. Die physiologischen Abläufe waren mir bekannt; dass dabei ein primitiver Flucht- oder Kampfinstinkt meinen Körper übernahm und mein Gehirn lahm legte, damit die Beine mehr Blut zum Rennen bekamen. Ein Erbe jenes prähistorischen Menschenwesens, das ich einst gewesen war, Überreste eines tierischen Verhaltens, das die Evolution erst noch auslöschen musste. Das Adrenalin brannte in meinen Adern.

Adrenalin?

Ich kontrollierte es genetisch. Das war einer der Gründe, weshalb man mich ausgewählt hatte, Historikerin zu werden. Ich schaute auf meine zitternden Hände. Was hatte Jicklet noch mal gesagt, als ich zurückgekommen war? Dass während der Pause mein »Adrenalinregulationsprogramm« ausgesetzt hatte?

Ich konnte es also gar nicht kontrollieren? Man hatte mich ausgetrickst, um eine Historikerin aus mir zu machen? Mein Adrenalin war künstlich niedergehalten worden, während man mir weisgemacht hatte, ich besäße die genetische Fähigkeit, es zu kontrollieren. Sie hatten mich angelogen?

»Du bist im Grunde deines Wesens eine Missetäterin.« Ich meinte meinen alten Berater in der Baracke zu hören, nachdem er mich aus dem Unterricht geholt hatte. »Aber deine Talente übersteigen alles, was Jene Welche Bestimmen sich je erträumten. Daher sollst du, dank ihrer Großzügigkeit, die beste Ausbildung und alle Möglichkeiten erhalten –«

Erinnerung.

JWBs zweiter Schritt der Bestrafung bestand darin, die Erinnerungen des Missetäters zu neuem Leben zu erwecken und ihn dadurch zu zwingen, mit seinen persönlichen Fehlschlägen zu leben. JWB glaubten, dass jede Form von Gewalt aus Ängsten herrührte und dass Ängste sich oft aus einem Kindheitserlebnis entwickelten; folglich wurde der Mensch, indem er seine Kindheit neu durchlebte, gezwungen, auch jene Ängste zu durchleben, die später zur Gewalt geführt hatten. Entweder verarbeitete der Betreffende dabei seine Emotionen – oder er beging Suizid.

Neben dem Glas mit ERINNERUNG stand eines mit EWIGKEIT.

»Bleiben dir keine Wahlmöglichkeiten mehr, Z-A 46723904.alpha? Hast du Schande über die gebracht, die dich

lieben, haben sie deinetwegen das Gesicht verloren? Kannst du den physischen Schmerz oder das mentale Leid nicht mehr ertragen? JWB haben dich liebevoll geleitet, aber du hast dich ihren liebenden Armen entwunden, und nun spielst du mit dem Gedanken an die Ewigkeit. Überlege es dir gut, Z-A 46723904.alpha, denn die EWIGKEIT *wird dein letzter Tropfen sein.«*

Falls ich mich gegen die EWIGKEIT entschied, würde ich wer weiß wie lang alle Foltern durchleben müssen, die meine Psyche sich ausdachte. Erst wenn JWB der Auffassung waren, dass ich genug gelitten hatte, würde ich recodiert.

Zimona 46723904.alpha würde aufhören zu existieren, da mein Deenah-Code modifiziert und ich aller Besonderheiten beraubt würde, die mich von meinen Mitmenschen unterschieden. JWB hatten zu viel in meinen Körper und meine Ausbildung investiert, um mich einfach ins Draußen zu werfen.

Dort lebten die wirklich Gewalttätigen. Sie lebten unter einer gnadenlosen Sonne, in Städten ohne Schirm. Sie hatten keine Beschließenden, keine Beobachtenden; sie überlebten allein durch ihren Witz und ihre Blutrünstigkeit. Sie waren der lebende Beweis für die Devolution, denn innerhalb einer einzigen Generation war die Menschheit zurückgefallen in das Stadium von Höhlenbewohnern, die sich von der Jagd ernährten.

Weil es kaum etwas anderes gab, jagten sie sich gegenseitig.

Klaustrophobie, dachte ich mit einem bitteren Lachen, war unter den Außenmenschen bestimmt keine weit verbreitete Angst, nicht unter ihrem sengenden Gifthimmel.

Meine Finger tasteten nach meiner Manschette, nach dem ziselierten ptolemäischen Armband, das Jicklet so kunstvoll hergestellt hatte. EWIGKEIT war die einzige Lösung, die irgendeinen Sinn ergab. Ich konnte nicht hier bleiben, ich würde es nicht ertragen. Ich schob das Armband zurück, und mir blieb der Mund offen stehen. Alle Schlitze waren gefüllt.

Natürlich: Ich war eben erst von Kleopatra zurückgekehrt und hatte sofort Bericht erstattet. Dann war meine berufliche

Laufbahn abrupt abgebrochen, und im nächsten Moment hatte man mir Handschellen angelegt. Niemand ahnte, dass ich immer noch sprungbereit war.

Ich fasste an meinen Hals; die Perlen hatte man mir abgenommen. Natürlich. Meine Kehle fühlte sich nackt an.

Mit zitternden Händen schob ich die andere Manschette zurück. Das CereBellum war nicht abgeschaltet worden. Ich hatte in Kleopatras Zelle auf Pause gedrückt, falls meine Kollegen mich wieder in die Vergangenheit schicken wollten. In Kleopatras Zeit war gerade einmal eine Minute vergangen.

Eine einzige Minute.

Ich konnte hier allein im Gefängnis sitzen oder dort mit ihr zusammen eingekerkert sein. Mit ihr.

Das CereBellum wünschte mich nach wie vor ins Jahr 30 vor Christus zurück.

Ich schleuderte die ERINNERUNG auf den Boden und schaltete die Pause aus.

7. Kapitel

Alexandria

»Isis?«, fragte Kleopatra. »Isis Nemesis?«

Ich brauchte meine ganze Kraft, um die Augen aufzuschlagen. Ihr grauer Blick traf auf meinen. »Ich bin hier«, flüsterte ich.

»Was für eine Sprache sprichst du?«, fragte sie. »Kannst du mich verstehen?«

Ich redete in der Sprache der Alpha-Generation, einem Konglomerat verschiedener Sprachen, das geschaffen wurde, als mit JWB die Welt neu begann. Mühsam rief ich mir die Sprachen ins Gedächtnis, die sie verwendete. Dann fielen mir die Augen zu. Ich schlotterte am ganzen Leib, und mein Herz hämmerte, als wollte es mir aus der Brust springen.

Ich hatte es zurückgeschafft. Ins Jahr 30 vor Christus. Genau wie die Pause versprochen hatte.

»Göttin«, sagte sie. »Sprich zu mir.«

Ohne die Augen zu öffnen, schob ich die Manschette zurück und schaltete das CereBellum ab. Auf diese Weise würden sie mich nicht so schnell finden können. Ich war nicht so dumm oder so optimistisch zu glauben, dass ich ihnen endgültig entwischt war. Ich zögerte lediglich das Unvermeidliche hinaus und schwelgte dabei ein letztes Mal in ungezügelter Freiheit.

»Isis?« Sie berührte mich.

Sie berührte mich.

»Du kannst mich sehen?«, fragte ich. Ich schaute mich mit weit aufgerissenen Augen um.

Kleopatra stand auf; sie hatte direkt neben mir gekauert. Ihr Gesicht war ungeschminkt, und ihre Augen waren rot geweint.

Isis. Sie nannte mich Isis.

Der Himmel verlor sich in einem grauen Schleier. Beißender Qualmgeruch lag in der Luft. Der Geruch, der Anblick, alles war grauenvoll deutlich und eindringlich. Ich sprang auf und stützte mich an der Wand ab, weil ich andernfalls sofort wieder umgefallen wäre. »Der Schleier«, murmelte ich, eine Hand gegen den dröhnenden Schädel gepresst. Ich schaute über meine Schulter, dann nach oben. Wo war er?

»Hast du etwas verloren?« Kleopatra sah mich fragend an.

Ich suchte nach dem Schleier, der eigentlich in der Luft schweben sollte. Meinem Schutz, meinem Schild, meiner Tarnkappe.

»Wonach suchst du?«, fragte sie.

Nach meinem Leben, meiner Arbeit, meiner Welt und meinem Schleier. Aber da war kein Schleier. Ich war IN ihrer Zeit. Ich lehnte mich gegen die Wand und sah Kleopatra wieder an. Wie war es möglich, dass ich mit dem CereBellum reiste und ohne Schleier war? »Wann… wann hast du mich das erste Mal gesehen?« Wie war es möglich, dass mir der Schleier abhanden gekommen war?

»Ich dachte, ich hätte dich im Mausoleum gesehen«, sagte sie. »Selene hat dich dort gesehen, nicht wahr?«

Ich antwortete nicht. Wo war der Schleier abgeblieben? Und wieso hielt man mich hier für Isis?

Der Adonis hatte mich ebenfalls für Isis gehalten. Der Adonis, der jetzt tot war.

»Du warst hier, bevor du dir den Brand angesehen hast«, sagte sie.

Den Brand. Die Zerstörung der Bibliothek. Und das Gemetzel in den Straßen von Alexandria. Wie viele Tage war all das für mich her? Wie viele lebensverändernde Entscheidungen hatte ich seither gefällt?

»Du bist zurückgekehrt, hast mich getröstet und bist dann wieder verschwunden. Nur für einen Augenblick.« Sie lächelte, und mir verschlug es den Atem. »Ich hatte kaum Zeit, an meinem Verstand zu zweifeln, als du schon wieder aufgetaucht bist. So wie ... jetzt«, fuhr sie auf mich zeigend fort. »Ich wusste, dass du nicht tot sein kannst, aber du warst seit Mitternacht ohne Bewusstsein.«

Die zwölf Stunden, von denen Jicklet gesprochen hatte.

Ich tastete mein Gesicht ab, befühlte die Schnitte und Beulen. Meine Hände waren blutig, der Titaniumschutz hatte sich abgeschält, und meine Finger waren rußgeschwärzt. Mein Overall war in Fetzen, und die Haare hingen mir in Strähnen ins Gesicht und über die Schultern. Ich zitterte, wahrscheinlich weil mich die Pause so abrupt hierher befördert hatte. »Isis Nemesis. Wieso ... weshalb hältst du mich für eine Göttin?«

Kleopatra ging weg. Acht Schritte weit. Dann drehte sie sich um und durchmaß den Raum in der Gegenrichtung. Zehn Schritte. Acht. Zehn. Meine Kehle war wie zugeschnürt. Ich glühte. Das Keuchen in meinen Ohren kam aus meinem eigenen Mund. Acht. Zehn. In der einen Richtung brauchte sie acht Schritte, dann machte sie kehrt und ging denselben Weg zurück.

Ich schwitzte so, dass ich den Reißverschluss meines Overalls öffnen musste. Denk an etwas anderes. Wer war Nemesis? Die griechische Göttin der Rache. Hör auf, Kleopatras Schritte zu zählen. Konzentrier dich.

Aber das schaffte ich nicht. Ich sah ständig nur den Raum kleiner und größer werden. Die Wände drängten auf mich ein, drohten mich zu erdrücken. Sie brauchte immer noch acht Schritte, aber waren sie nicht kleiner geworden? Kleinere Schritte, weil der Raum kleiner geworden war? Mein Gesicht war schweißgebadet. Ich wischte es am Ärmel trocken.

»Ist es nicht ein bisschen kleinlich von einer Göttin, sich von einer armen Sterblichen aufzählen zu lassen, über welche Mächte sie verfügt?«, sagte Kleopatra. Dann sah sie mich resigniert an. »Du bist hier, um Vergeltung zu üben, genau wie es mir versprochen wurde.«

Ich stutzte. Ihr Griechisch war leicht verständlich; um ein sprachliches Problem konnte es sich nicht handeln. Ich hatte einfach keine Ahnung, wovon sie redete. »Vergeltung?«, wiederholte ich. Mir schwirrte der Kopf. Mein Mund schmeckte nach Blut. Ich hatte mich selbst halb tot geprügelt, als ich versucht hatte, aus der Zelle zu entkommen. Aus meiner Zelle.

Kleopatras Zelle war wesentlich angenehmer. Eine Tür. Genau eine Tür, die einzige Tür. Acht auf zehn. Ich sah nach oben – ein Fenster! Ich saß nicht in der Falle! Das Fenster. Ich starrte lange hinaus in die diesige Nacht und atmete tief durch. Meine Brust wurde weiter, mein Magen kam langsam zur Ruhe. Mein Kopf wurde klarer. Freiheit. Ich konnte jederzeit hinauf- und ins Freie klettern.

Draußen wartete das Wasser, draußen gab es frisches Gras, draußen wuchsen blühende Blumen. Jeder Tag wäre hier ein bisschen anders als der vorige, weil hier alles echt war. Zu echt, dachte ich, während ich erneut den Rauch aus den Ruinen Alexandrias schmeckte.

Wenigstens kam mein rasendes Herz halbwegs zur Ruhe. »An wem soll ich denn Vergeltung üben?«, fragte ich. »Wenn du mir die kleinliche Bitte, die Liste von … Übertretungen durchzugehen, nicht verübelst.« Was würde wohl passieren, wenn sie merkte, dass ich keine Göttin war?

Sie legte den Kopf schief und betrachtete mich nachdenklich. »Du bist ganz anders als deine Kammerdienerin, die mich in jener Nacht besucht hat und mir genau erklärte, was ich zu tun habe.«

»Individualität ist eine durchaus wünschenswerte Eigenschaft«, sagte ich. Ich mogelte mich so gut wie möglich durch unser Gespräch. Konnte ich einfach abhauen? Aus dem Fenster springen und verschwinden? Sie würden mich nie finden. Ich würde einfach so lange leben, wie ich konnte, und irgendwann zum Sterben ins Meer gehen.

Wie friedlich, wie schön sich das anhörte.

»Die Eide, die ich geschworen habe«, sagte sie. »Ich habe sie alle gebrochen. Ich habe Herodes verraten, Herodes hat mich verraten, und wir haben beide Cäsar und Antonius verraten.«

Mein Hirn litt an Blutleere, während meine Beine zitterten, weil sie zu viel Blut bekamen, und was an Blut noch übrig war, floss scheinbar aus den Schnitten überall an meinem Leib. Ich lehnte mich an die Wand und betrachtete Klea, ihren perfekten Leib, ihr exquisites Gesicht. Was hatte sie eben Unmögliches gesagt? »Du hast … was?«

»Du hast meine Gebete erhört, Rom einen Sohn zu schenken«, erklärte sie ungeduldig. »Genau das hast du mir gewährt. Aber auch nicht mehr. Ich hatte versäumt, um Liebe oder Weisheit zu bitten, um Vertrauen und Vertrauenswürdigkeit, und du hast mir nichts davon geschenkt.« Sie funkelte mich zornig an.

Ich ließ mich aufs Bett fallen. Hart. Kleopatra war wütend auf ihre Göttin?

»Wirst du mich reinigen, damit ich die Sonnenbarke besteigen kann? Ich würde das ägyptische Jenseits eindeutig dem griechischen vorziehen.«

Das ägyptische Jenseits versprach Freude und Frieden in einem nie versiegenden Garten. Das griechische ein ewiges Leben im Halbdunkel, halb verhungert und allein.

Ich hatte früher mit einem Gelehrten zusammengearbeitet, der die Auffassung vertrat, die grundlegenden Unterschiede in den jeweiligen Jenseitsvorstellungen seien durch die geografischen Wurzeln der beiden Völker begründet. Ägypten war ein zuverlässig fruchtbares Land. Griechenland dagegen ein felsiges, karges Gebiet auf einer wackligen tektonischen Platte, heimgesucht von Stürmen, Überschwemmungen und periodisch wiederkehrenden Orkanen. In Ägypten gab es hin und wieder eine Trockenheit oder einen Sandsturm. Abgesehen davon waren alle

Tage sonnig und schön. Der Nil stieg an, der Nil ebbte wieder ab, das schwarze Land blieb unfehlbar fruchtbar. In der Ägäis peitschte das Meer gegen die Küsten, die Menschen waren wehrlos der grimmigen Natur ausgeliefert, und die Griechen konnten kaum mehr als Oliven anbauen und nur Schafe und Ziegen halten.

Der Gegensatz war leicht zu verstehen.

Vielleicht zu leicht.

Ich nickte.

Kleopatra setzte sich neben mich. »Gut. Nachdem meine Stadt zerstört und meine Bibliothek ausgelöscht wurde, hält mich nichts mehr in diesem Leben. Lass uns beginnen.«

»Beginnen«, wiederholte ich wie ein Drohn. Hatte ich Schwierigkeiten, ihr Griechisch zu verstehen? Oder war mir bei der Pause der Verstand weggeschmolzen? Hatte ich mir in der Zelle eine Gehirnerschütterung zugezogen? »Du hast gesagt… Herodes?«

Sie atmete tief durch. »Herodes, Cäsar, Cäsarion, Antonius. Meine großen Lügen.« Kleopatra sah mir erst ins Gesicht, dann auf die Hände. »Brauchst du einen Schreiber?«

»Nein«, sagte ich. »Ich kann mir das merken.«

Jemand klopfte an die Tür. »Majestät?«, rief ein Mann.

»Bitte warte draußen, Dolabella«, antwortete sie. »Ich bin leider… nicht bereit.«

Dolabella, einer von Oktavians Genossen, der den Geschichtsschreibern zufolge Kleopatras Charme erlegen war.

»Soll ich dir ein Bad bringen lassen?«, fragte er. »Deine Zofen? Etwas zum Anziehen? Essen?«

»Nein«, sagte sie. »Nicht meine Zofen.« Sie schaute mich an und legte ihre Hand auf meine. »Meine Worte sind nur für dich gedacht«, flüsterte sie. Dann erhob sie wieder die Stimme, ihre liebliche Stimme. »Hat man meiner Halbschwester gestattet, den Tempel der Bes zu besuchen?«

»Äh… Cäsar überdenkt die Angelegenheit noch.«

Sie sah zu mir her und verdrehte die Augen. »Du bist ein braver Mann, Dolabella. Ich hoffe, deine Dienste werden dir gut entlohnt.«

»Cäsar ist ein guter und gerechter Mann«, antwortete der Römer. »Essen? Ein Bad? Kleider?«

»Nichts zu essen, denn ich bin gerade mit meiner Göttin zusammen«, antwortete sie. »Aber etwas später wäre ich zu einem Bad bereit.«

»Ich werde das Wasser warm machen lassen«, sagte er.

»Vielen Dank und einen guten Tag, Dolabella.«

Wir lauschten den leiser werdenden Schritten. »Da drin ist Wasser«, sagte sie, auf einen Alkoven hinter einem Vorhang deutend. »Deine Wunden ...«

Ich hatte mir die Hände aufgeschnitten, als ich versucht hatte, die Halterungen aus dem Zellenboden zu reißen. Schnitte konnten Infektionen nach sich ziehen. Offene Geschwüre. Alles in dieser Welt konnte mich umbringen. Einfach alles. Ich war vollkommen wehrlos.

Nickend verzog ich mich in die Nische hinter dem Vorhang, ließ eine Desinfektionstablette ins Wasser fallen, um es zu reinigen, schob dann meine Manschette zurück und holte ein Medtuch heraus. Erst spülte ich das Blut mit Wasser ab, dann schob ich die Manschette wieder vor und rieb meine blauen Flecke und Schnittwunden mit dem Medtuch ab.

»Was ist das?«, fragte sie hinter mir.

Das Tuch noch in Händen, drehte ich mich um. Sie starrte fassungslos auf die bereits heilende Haut an meinen Händen und auf meinem Gesicht. »Das ist ... Zauberei«, sagte ich. Ehrlich gesagt hatte ich von Jicklet auch nie eine bessere Erklärung zu hören bekommen. Wissenschaftlich betrachtet handelte es sich um eine chemische Verbindung, die das Gewebe zu neuem Wachstum stimulierte. Offene Verletzungen waren eine Einladung für schwere Krankheiten. Und eine Infektion war praktisch ein Todesurteil, da die Alpha-Generation grundsätzlich nur wenig weiße Blutkörperchen besaß. Offene Stellen mussten so schnell wie möglich verschlossen werden.

»Was für eine Zauberei?«, fragte Kleopatra und besah dabei interessiert meinen Handrücken. Die neu gebildete Haut sah frisch und rosa aus. »Ich habe Fische gesehen, die neue Flossen bilden können, und Nagetiere, denen neue Schwänze wachsen, aber ich habe noch nie gesehen, wie eine ... Du bist *wirklich* eine Göttin?«

Aus ihrem Blick sprach weniger Ehrfurcht als Neugier. Sie schien eine Bestätigung zu wollen. Ich wusste nicht, was ich sagen sollte. Lügen? Schwindeln? Ihr die Illusion lassen?

Sie war noch nicht fertig. »Groß wie eine Nubierin, mit den Mandelaugen einer Asiatin und in Kleidern, wie ich sie ... wie ich sie mir nicht hätte ausmalen können. Und deine Füße ... Ich dachte immer, Göttinnen hätten Füße aus Lehm und wären darum verwundbar. Deine sind aus ... Silber.«

Der Titanschutz.

»Wie könntest du etwas anderes sein als eine Göttin?«, sann sie nach.

Das Wasser war rosa von meinem Blut, aber meine Wunden waren verheilt. »Erzähl mir von Herodes.« Vielleicht war meine Zeit hier knapp bemessen – aber das musste ich einfach erfahren.

»Du bist also *doch* gekommen, um mich zu reinigen? Oder wolltest du nur Alexandria fallen sehen? Deine Rache aus erster Hand genießen?«

Ich hatte keine Ahnung, von was für einer »Reinigung« sie sprach. Oder wieso sie Vergeltung erwartete. »Erzähl es mir einfach.«

Sie nickte und begann wieder auf und ab zu gehen, während ich meine Hände abtrocknete.

Acht Schritte. Ich sah aus dem Fenster. Dunstig und grau war es draußen, aber immerhin gab es ein Draußen. Ich saß nicht in der Falle. Zehn Schritte. Ich konnte es hören.

»Hast du Seth gesehen? Ich habe ihn auf eine Mission geschickt, die er um jeden Preis erfüllen muss, bevor er gefangen oder gefoltert wird.«

»Den Hain des Herodes anstecken? Wieso ist das so wichtig? Was bedeutet dir Herodes?«

»Was mir Herodes bedeutet?«, fragte sie wehmütig. »Göttin, das müsstest du besser wissen als jede andere – Herodes bedeutet mir alles.«

Herodes von Judäa?

»Der Wüstenprinz aus Idumäa«, wiederholte sie versonnen. »Der Gemahl meiner Pflegetochter Mariamne, jener Mann, der mir meine Stadt, mein Wasser, mein Herz geraubt hat. Herodes. Im Grunde hat sich alles um Herodes gedreht.«

»Aber du hast ihn gehasst!« Darauf ritten alle Geschichtsschreiber herum. »Du hast alles unternommen, um ihn zu provozieren, um ihn zu verletzen.«

»Gibt es ein vollkommeneres Beispiel für wahnsinnige Liebe als gewalttätigen Hass?« Sie drehte sich um, sodass das Licht auf sie fiel, ihr Gesicht beleuchtete und die Schatten ihrer langen Wimpern auf ihre Wangen warf. Einen kurzen Moment sah sie aus wie ein junges Mädchen, ihr Blick hatte nichts Abgeklärtes mehr, und sie stand kerzengerade und sehnig vor mir.

»Wie seid ihr euch überhaupt begegnet?«

Sie drehte sich zu mir um, eine Frau in den besten Jahren, eine Braue skeptisch hochgezogen. »Du willst, dass wir wie Fremde miteinander sprechen, Isis Nemesis?« Sie seufzte. »Wie du meinst. Dann denk einfach nach«, fuhr sie fort und begann wieder auf und ab zu gehen. »Wann stand ich das einzige Mal in meinem Leben vollkommen allein da? Wann hatte ich niemanden, der auf mich aufpasste, und nichts mehr zu befürchten, weil ich bereits alles verloren hatte?«

»Mark Anton hast du kennen gelernt, als die Römer deinen Vater wieder auf den Thron gesetzt haben.« Ich zermarterte mir das Gehirn, durchforstete die zwanzig Jahre, die ich mich mit der Materie beschäftigt hatte, ohne irgendetwas zutage zu fördern. »Du bist Herodes begegnet –«

»Als sein Vater noch unter uns weilte und Herodes wahrhaftig ein Prinz der Wüste war.«

»Als du vor deinem Bruder Ptolemäus fliehen musstest?«

Sie lachte. »Du solltest dein Gesicht sehen! Du solltest Theater spielen, meine Göttin. Aber ja! Er kam aus dem Wüstensand galoppiert, als hätte ihn ein Geschichtenerzähler auf dem Marktplatz heraufbeschworen. Er war stolz und groß, schön und anmaßend. Bei unserer ersten Unterhaltung wechselten wir durch alle Sprachen und versuchten uns gegenseitig zu übertrumpfen, bis uns vor Lachen der Bauch wehtat.«

»Und stimmt es, dass Herodes' Mutter eine Nabatäerin war?«, fragte ich.

»Aber ja. Er war Prinz von Nabatäa und Idumäa.«

»Ein paar Jahre älter als du und ein strahlender, junger Mann?«, riet ich.

»Fünfundzwanzig, während ich einundzwanzig war. Ein Titan. Er ritt wie ein Zentaur. In Jerusalem war er von alexandrinischen Gelehrten unterrichtet worden. Selbst in der Wüste behandelte er mich wie eine Königin. Und zum ersten Mal wurde ich von niemandem beaufsichtigt.«

Wie hatten Plutarch, Josephus und all die anderen diese Begegnung vergessen können?

»Wir wollten heiraten. Wir waren uns schon einig.«

»Was? Wann?« Konnte sie mir anhören, wie entsetzt ich war? Wie lange würde es noch dauern, bis sie begriff, dass ich ganz und gar nicht göttlich und allwissend war?

»In der Nacht, als ich nach Alexandria zurückkehrte.«

»Äh, du musst meine Erinnerung auffrischen.«

»Herodes und ich warteten vor Pelusium. Die Armee meines Bruders verstellte uns den Weg nach Westen, nach Alexandria. Es war eine Pattsituation; keine Partei war stark genug, die andere zu schlagen, darum starrten wir uns wie gelähmt über das Wasser des Kanals hinweg an. Mein Vertrauter Apollodorus überbrachte mir eine Nachricht. Cäsar saß damals in meinem Palast, genoss seinen Aufenthalt und liebäugelte mit Ptolemäus, meinem Koregenten und Bruder. Cäsar brauchte einen Beweis, dass ich noch am Leben war und dass mein Anspruch auf den

Thron begründet war. Mein Diener eilte los, und ich eilte zu Herodes.

Er tröstete mich zuerst so, wie ein Freund einen Freund tröstet, dann so, wie ein Mann eine Frau tröstet. Ich liebte ihn, ich liebte seinen unbeugsamen Geist, sein wildes Lachen und sogar die schwarzen Stunden, in denen er keinen Finger rühren konnte. Er versprach mir, Cäsar zu töten und den Osten zu vereinen. Er behauptete, er würde in den Palast schleichen, in einen Teppich gerollt – eine Methode, die sich in Petra als äußerst nützlich erwiesen hatte –, und den Römer töten, um mich anschließend auf den ägyptischen Thron zu setzen. Ptolemäus' Soldaten würden kapitulieren, und wir würden im Triumphzug nach Alexandria zurückkehren.

Es war ein verrückter Plan, ein bubenhafter, törichter Plan, aber ich liebte ihn.« Sie drehte mir den Rücken zu. »Ein paar Stunden später, als die Euphorie des Weines verflogen war, bedachte ich seinen Plan erneut, und mir wurde wieder bewusst, welche Macht Rom hat.

Also rief ich Apollodorus zu mir, und wir fuhren los nach Alexandria.«

»Den Teppich hast du trotzdem benutzt?«

Sie zuckte mit den Achseln und sah mich wieder an. »Ich wurde tatsächlich in einem Teppich in Cäsars Gemächer geschmuggelt. Aber ausgeschmückt wurde die Geschichte erst in Rom – dass Cäsar von einer halben Legion mit gezogenen Schwertern bewacht worden sei. Dass ich nackt gewesen sei …« Sie schüttelte den Kopf. »Alles Märchen.«

»Es ist also gar nichts passiert?«, fragte ich.

»O doch, denn der große Cäsar war zwar im Herzen ein Grieche, aber im Fleisch ein Römer.«

»Und das bedeutet?«

Sie zog eine Braue hoch. »Eine Frau konnte sich nicht in seiner Nähe aufhalten, ohne ihm als Gefäß zu dienen.«

»Er hat dich vergewaltigt?«

»Mich?« Sie lachte. »O nein. Das nicht. Vergewaltigt werden

die bedauernswerten Frauen, deren Männer in der Schlacht gefallen sind. Eine Königin wird erobert oder gezähmt oder unterworfen. Verführt, umschmeichelt. Das Wort tut nichts zur Sache. Die Waffe bleibt stets die gleiche, ganz egal, welchen Rang der Mann bekleidet. Genau wie eine Frau, ob sie nun Königin oder Sklavin ist, immer eine Frau bleibt.«

Sprach sie von Sexualität, Politik oder von beidem? »War Herodes dein erster Liebhaber?«, wollte ich wissen.

Kleopatra lächelte wehmütig. »Mein Liebhaber? Nein, er war meine große Liebe. Er wollte mich als Braut haben, aber nicht als Geliebte. Er wusste, dass die unzerstörte Haut einer Königin einen hohen Preis hatte. Er dachte nicht daran, mich anzubetteln.«

»Also Cäsar?«, bohrte ich weiter.

»Nein, es war Mardian.«

»Mardian? Der Erzieher deiner Kinder?« Mit den blauen Augen, den wehenden Gewändern und den rosa lackierten Fingernägeln? Der Eunuch?

»Eben der. Er lehrte mich alles über die Liebe, über das Schminken, über Frau und Mann.« Sie musste kurz lachen. »Er leitete ein Bordell in Kanopus, ein äußerst elegantes Etablissement für die erlesensten ... Geschmäcker. Er hat mir beigebracht, die Lust in ihren unzählbaren Formen zu genießen.«

»Wann warst du in Kanopus?« War ich in einer Parallelrealität gelandet, oder hatten wir Historiker wirklich keine Ahnung von alledem?

»Vor Cäsar. Du musst verstehen, nach sechs Monaten in der Wüste war ich nicht gerade eine strahlende Vertreterin des ptolemäischen Königshauses. Niemand hatte mir jemals beigebracht, wie ich mich kleiden oder pflegen sollte. Die Frauengemächer waren mir früher unangenehm gewesen. Apollodorus wusste genau, dass ich mich Cäsar nicht wie eine streunende Katze präsentieren konnte.«

»Du hast dich herausputzen lassen?«, verwendete ich ein altmodisches Wort, ins Griechische übersetzt.

Sie stutzte kurz, sann darüber nach und musste schließlich lachen. »So könnte man es nennen. Mardian ließ mich in Milch baden, um meine Haut zu bleichen und geschmeidig zu machen. Sonne, Wind und Sand hatten sie gegerbt. Er brachte mir bei, mich zu schminken. Er war Bildhauer, und darum betrachtete er alle Gesichter unter dem Blickwinkel von Licht und Schatten. Er lehrte mich zu schreiten, als wäre ich nicht von Kindheit an auf Kamelen und Pferden geritten. Er ...« Sie lachte. »Er brachte mir bei, weiblich zu sein. Zumindest äußerlich. Ich hatte von klein auf gern getanzt, ich war mit Schauspielern und Bühnentricks aufgewachsen und verstand daher, dass die Königin Ägyptens unbedingt ein wenig Schminke und ein paar Theatertricks brauchte.«

Ich starrte sie mit offenem Mund an. Unsere geschichtlichen Quellen hatten uns gar nichts gelehrt, wir wussten nichts, rein gar nichts über sie.

»Auch wenn das niemand einer Königin ins Gesicht sagen würde, so wusste ich doch, dass ich keine klassische griechische Schönheit bin. Meine Schwestern waren blendend schön und so unbeschreiblich blond. Ich ... nicht«, brach sie unvermittelt ab, mir zugewandt, und fuhr sich mit den Händen über Taille und Hüften, um ihre perfekten Proportionen nachzuzeichnen. »Mardian kennt die Menschen. Lust gefällt. Lust zieht an. Alexander –«

Ich nahm an, dass sie Alexander den Großen meinte –

»– sagte oft, ein wahrhaft großer Anführer muss sein Volk verzaubern. Ein Herrscher muss in allem besser sein als seine Untertanen, schöner und einfühlsamer als in ihren kühnsten Vorstellungen. Ein Mensch, der die Menschen in seinen Bann zieht. Genauso musste ich werden.«

Sie lächelte mich an, und ich spürte ihr Lächeln tief in meiner Magengrube. Ein Flattern und ein warmes Glühen.

»Mardian lehrte mich, dass ich die Menschen anziehen würde, wenn ich lustvoll lebe und Lust genieße und Lust finde und Lust verbreite. Die besten Lehrer hatten mich unterwiesen;

an Verstand war ich den Mitgliedern meines Kabinetts und meinen Ministern ebenbürtig und meinem Bruder mit seinen Ränke schmiedenden Sykophanten überlegen. Mir fehlte es lediglich an Unterstützung.«

»Lust…«, wiederholte ich. Das also war Kleopatras großes Geheimnis.

Sie lehnte sich an die Wand und strich sich beim Reden über den Arm. »Wer Lust verspürt, verbreitet auch Lust – durch sein Lächeln, durch Berührungen, durch die eigene Aura. Wer sich in der Nähe einer lustvoll lebenden Person aufhält, wird selbst Lebenslust verspüren. Die Ansichten ändern sich, das Bewusstsein ändert sich.« Sie sah mich mit ihren seelenraubenden grauen Augen an. »Ich weiß mich zu schätzen, darum vergnüge ich mich«, sagte sie.

Mein Atem ging schneller, und diesmal nicht, weil ich klaustrophobische Beklemmungen bekam.

»Ist dies ein Geheimnis, das nicht einmal eine Göttin kennt?«, fragte sie, einen Finger an die Lippe legend.

Ich merkte, wie meine Lippen sich unwillkürlich öffneten und meine Brustwarzen sich zusammenzogen. »Bist du dir der Wirkung bewusst, die du hast?«, fragte ich. Meine Stimme klang eigentümlich rau.

»Wie lustvoll, nicht wahr? Zu rätseln, wie sich der Kuss einer zum Tode verurteilten Königin anfühlen würde? Während ich mich gleichzeitig frage, wie eine Göttin wohl schmecken mag.« Sie biss sich sacht in den Finger, ohne mich aus den Augen zu lassen. Ich konnte den Blick nicht abwenden. Und mich nicht rühren. Sie setzte sich zu mir, ohne mich zu berühren, aber doch dicht neben mich, wie eine alte Freundin. »Selbst wenn kein einziges Wort mehr gewechselt werden sollte, wenn nichts mehr geschehen sollte, werden doch die Augenblicke, die wir teilen, uns Lust bereitet haben, so lang oder kurz sie auch sein mögen.«

Mühsam wandte ich den Blick ab. Trotzdem roch ich den Duft ihres Parfüms, ihren Rosenduft, der den widerwärtigen Qualmgestank vergessen ließ und mir den Kopf vernebelte. »Du liebst also nicht nur Männer?«

Die kokette Königin erhob sich, immer noch lächelnd, und strich das Kleid über ihren Hüften glatt. »Eine Frau zu lieben erfordert keine Demut. Es gibt keinen Eroberer, keine Eroberung, keine Besitznahme.« Sie sah mich wieder an, und ihre Stimme senkte sich zu einem Flüstern. »Eine Frau liebt um ihrer Lust willen, nicht für ihr Land oder ihre Nachkommenschaft, nicht um vor ihren Freundinnen zu prahlen oder um ihrer erschlafften Selbstsicherheit neuen Auftrieb zu geben.«

»Und ein Mann?«, krächzte ich.

Kleopatra drehte die Handflächen nach oben und verkündete missmutig: »Ein Mann muss sein Banner einrammen, ein Fort errichten, die Eingeborenen unterwerfen. Ein Mann kann nicht wieder abziehen, ohne … ach … Spuren zu hinterlassen.«

Ihre Miene ließ mich lachen. Jetzt begriff ich, warum sie auch als »Wildkatze« bezeichnet wurde. Eine Mischung aus kesser Klugheit und Humor.

Sie fasste sich an den Hals und zog das schwere Haar über ihre Schultern. »Ich liebe, wenn die Liebe lustvoll ist. Wenn Seele, Leib und Geist lebendig und kraftvoll sind.« Sie warf ihr Haar zurück. »Was tut alles andere schon zur Sache?«

»Du … du bist wahrhaftig eine Zauberin«, sagte ich. Wollte mich die Königin Ägyptens etwa verführen? Sie war so wunderschön, so unwiderstehlich.

Sie blickte auf, in einem langsamen Aufwärtsschwung von dunklen Augen und langen Wimpern.

Im nächsten Moment hatte Kleopatra mich zurück auf die Liege gedrückt und zog die Decke über uns beide. Ihr Mund, weiche Lippen und eine fordernde Zunge, lag fest auf meinem. Vollkommen überwältigt erwiderte ich den Kuss. Ihre Locken schirmten uns wie ein Vorhang ab, während ihre Lippen von meinem Mund an mein Ohr weiterwanderten. »Zwei Männer, genauso gekleidet wie du, sind eben für einen kurzen Moment hinter dir erschienen.«

Ich erstarrte. JWB. Hier. Genau am richtigen Ort. Die aus dem Schleier getreten waren, um mich zu holen.

»Sie hatten Fesseln dabei«, sagte sie und stöhnte.

Ich hatte gehofft, mir wäre mehr Zeit vergönnt; ich hatte unterschätzt, wie hartnäckig JWB mich verfolgen lassen würden.

»Können sie durch die Decke blicken?«, fragte sie.

»Nein.« Und sie konnten auch nicht meine DNA scannen, ohne mich zu berühren. Zitternd krallten sich meine Hände um ihre stoffverhüllte Taille. Außerdem würden sie nicht eingreifen, solange es Zeugen gab, solange ich nicht allein war – zu groß war die Gefahr, den Lauf der Geschichte zu beeinflussen, falls sie sich irrten.

»Kennen Sie das Zeichen auf deinem Haar?«

Was für ein Zeichen? Ach – »Nein«, sagte ich. Waren sie immer noch da? Warteten sie unter dem Schleier auf mich?

»Kennen sie dein Gesicht?«, fragte sie. Sie stöhnte, und obwohl ich genau wusste, dass ihre Erregung gespielt war, überlief mich ein Hitzeschauer.

»Nein«, flüsterte ich. »Aber meine Uniform –«

Kleopatras Hände wanderten über meine Brüste zum Reißverschluss. »Dann zieh sie aus.«

Sie mühte sich mit dem Haken ab, den sie offenbar als Verschluss erkannt hatte, und wenig später spürte ich, wie sich der Stoff teilte, wie sie den Schlitten langsam über meinen Leib abwärts gleiten ließ. Ich zog die Decke nach oben. Angst und Spannung und die Lust am Augenblick vernebelten mir die Sinne. »Werden sie dir etwas antun?«, fragte sie.

Ich fummelte an der Schnalle über meiner Taille herum und versuchte sie mit einer Hand zu lösen.

Kleopatra rollte von mir herab, und ich öffnete den Gürtel.

Sie hatten Fesseln dabei. »Sie wollen mich zurückholen«, flüsterte ich, wie gelähmt vor Angst bei dem Gedanken an das Recodierungszentrum und an die dunklen Zellen, die mich dort erwarteten.

Der Reißverschluss war genau bis zu meinem Schambein geöffnet. Ich schauderte, als Kleopatra ihre Hand wegnahm und mich dabei zärtlich streichelte. »Kannst du ihn jetzt ausziehen?«

Verlegen befreite ich meine Schultern aus dem Overall und schob den Anzug bis zu den Hüften und Schenkeln nach unten. »Die Waden«, flüsterte ich, ehe es mir den Atem verschlug. Sie hatte ihren Kopf auf meine Brust gesenkt und eine Brustwarze zwischen die Lippen genommen. Mit einer Hand löste sie den Reißverschluss an der linken Wade. Ich tastete nach dem Reißverschluss an der rechten und erstarrte.

»Was ist?«, flüsterte sie.

»Ich weiß nicht«, sagte ich, zappelte mich aus dem Overall und tastete in der Tasche herum. Ihre Locken strichen über meinen nackten Bauch; mit knapper Not konnte ich ein albernes Kichern unterdrücken. Dann riss ich die Tasche auf und schnappte nach Luft.

Kleopatra sah nach unten, streckte die Hand aus und betastete die Perlen in meiner Hand, die Perlen, die in meiner Wadentasche gesteckt hatten.

Das musste Jicklet gewesen sein, er musste mir die Perlen erst abgenommen und sie dann in meine Tasche gesteckt haben. Ich hatte meine Perlen wieder!

»Ich schaue mal nach«, murmelte sie, »ob diese Männer immer noch da sind.« Sie streckte sich nach oben. Die seidenverhüllte Brust der Königin von Ägypten schwebte Zentimeter über meinem Mund –

»Du musst auf die Schatten achten«, flüsterte ich.

Sie linste unter der Decke hervor und setzte sich dann auf, nach wie vor voll bekleidet, sodass die Decke von der Liege rutschte. Wir waren allein. Keine JWB, keine Schatten.

Und ich war nackt, bis auf meine Armbänder.

Wir sahen einander an.

»Du bist keine Göttin«, stellte sie fest und sah mir in die Augen. »Dein Leib ist der einer Göttin, aber du bist sterblich.«

Ich nickte, unfähig, den Blick von ihren geschwollenen Lippen abzuwenden. Lippen, die unter unserem Kuss angeschwollen waren.

»Aber trotzdem bist du mehr als wir – oder wenigstens irgendwie anders?«

»Nein.« Mit einem Mal war ich vollkommen erschöpft. Sie suchten schon nach mir, und sie wussten, wohin ich verschwunden war. Es war nur eine Frage der Zeit.

»Können sie einfach so aus der Luft auftauchen?«

»Ja.«

»Du bist vor ihnen geflohen?« Ihre grauen Augen bohrten sich in meine.

»Ich bin aus dem Gefängnis entkommen«, antwortete ich. Plötzlich fühlte ich mich nackt und kreuzte die Arme über der Brust. »Woher weißt du das?«

Sie stand vom Bett auf und wandte mir den Rücken zu. »Deine Wunden haben dich verraten. Irgendwer hat dich verletzt. Und da sie die gleichen Uniformen trugen wie du und Fesseln in den Händen hatten, nahm ich an, dass sie dir die Wunden zugefügt haben.«

»Und du hast dich sofort zwischen uns gestellt?« Ich stützte mich ungläubig auf einen Ellbogen auf. »Obwohl du dich damit selbst in Gefahr gebracht hast?«

Sie sah mich über die Schulter an. »Ich glaube kaum, dass sie mir etwas antun würden. Ich bin die Königin von Ägypten.« Sie klopfte an die Tür. »Dolabella?«

Draußen war Getrappel zu hören. »Ja, Majestät?«

»Bring mir etwas zum Anziehen und bitte meinen Eunuchen Mardian, mir eine Kiste mit Material zu bringen.«

»Zu Befehl, Majestät.«

Die Schritte entfernten sich.

»Ist Mardian wirklich ein Eunuch?«

Sie lächelte viel sagend. »Mardian wurde von Cäsar als Eunuch bezeichnet, und der Name ist ihm geblieben. Er ist so vital wie«, ihr Blick tastete meinen nackten Leib ab, »du und ich.«

Ich begann zu zittern, ohne dass ich irgendwas dagegen unternehmen konnte. Hatte sie mich nur geküsst, um mich zu beschützen, um mir eine Tarnung zu geben? Hatte ich mir meine Empfindungen nur eingebildet? Entwickelte ich bloß erotische Phantasien über eine Frau, die so witzig und anmutig war, dass mir dauernd neue Schauer über den Rücken liefen? Während Kleopatra vor der Tür auf und ab ging, zerbrach ich mir den Kopf darüber, ob der Körper unter der Seide wohl tatsächlich so exquisit war, wie es den Anschein hatte.

Ihre Taille war geradezu winzig, unglaublich schmal, und trotzdem meinten meine Hände jedes Mal, wenn sie sich bewegte, die Muskelstränge unter ihrer Haut zu spüren.

Trotz ihrer zierlichen Erscheinung kamen mir ihre perfekt modellierten und geschmeidigen Beine lang vor, die Waden wirkten hoch, die Knöchel delikat und die Füße elegant. Ihre Haut glühte samtig golden, und jede ihrer Bewegungen schien einen unbeschreiblichen Duft zu verbreiten.

»Sie werden dich nicht mitnehmen«, sagte sie, ohne stehen zu bleiben, sodass ihr Kleid ihre Beine und den Hintern umschmeichelte. »Du stehst unter meinem Schutz.«

Ich hätte um ein Haar laut herausgelacht; und gleichzeitig geheult. Dass sie mich unter ihren Schutz stellen wollte, war eigentlich eine Demütigung. Dass sie glaubte, mich gegen eine Welt verteidigen zu können, die so viele Waffen besaß, dass sie sich mehrfach selbst auslöschen konnte, war fast komisch, so naiv kam es mir vor. So ... lieb.

Sie konnten jederzeit und überall auftauchen und mich mitnehmen. »Wieso hast du mich Isis Nemesis genannt?«, fragte ich, die Decke hochziehend und bemüht, mir nicht allzu viele Sorgen zu machen. Ich würde versuchen, so viel zu erreichen wie nur möglich, und keine Zeit damit vergeuden, mir meine schlimmsten Befürchtungen auszumalen.

»Das Zeichen in deinem Haar, das Nemesis-Zeichen.«

Ich fuhr mir mit den Fingern durchs Haar und strich es, nach dem Zeichen suchend, über meine Schultern. Es befand sich an meinem Hinterkopf, darum hatte ich es nie wirklich gesehen. Da ich mein Haar regelmäßig geflochten und hochgesteckt trug, hatte ich das Zeichen nie besonders beachtet.

In meiner Zeit wurde eine derartige Pigment-Unregelmäßigkeit als genetischer Defekt betrachtet. Einer von dreien, deretwegen ich keine Brüterin sein konnte. Ich hatte schon früh gelernt, mir deswegen nicht den Kopf zu zerbrechen. Gegen die eigene DNA kam man nicht an – jedenfalls nicht über einen bestimmten Punkt hinaus. »Und weswegen Isis?«, fragte ich.

»Hast du jemals in den Spiegel geschaut?«, fragte sie, zu mir gewandt. »Du bist perfekt«, sagte sie leise, »wie aus einem Tempelgemälde gestohlen. Jede Linie deines Gesichtes und deines Körpers zeugt von Symmetrie.« Ich konnte fast spüren, wie ihre Worte meine Haut streichelten.

Kleopatra lehnte sich lächelnd an die Tür. »Aber mir wurde schnell klar, dass du nicht Isis bist. Sie ist sehr unseren Traditionen verpflichtet und hat viel zu tun. Sie liebt ihren Gemahl und ihr Kind und beschützt die vielen, die ihr Antlitz zu erblicken suchen.« Ihre Zungenspitze fuhr kurz über ihre Oberlippe, und sie zwirbelte eine Locke zwischen den Fingern. »Sie ist keine Göttin der Lust.«

»Sie ist die ägyptische Venus, oder etwa nicht?«

»Venus«, schnaubte Kleopatra und begann von neuem auf und ab zu gehen. »Die einstige Göttin Aphrodite, die von den Römern gestohlen und umgeschmolzen wurde in eine Göttin der ehelichen Hingabe statt der wilden Leidenschaft; in eine ehrbare Gemahlin statt der wilden Hure der Wellen.«

»Isis diente zehn Jahre lang in Cyrenaica als Prostituierte, nicht wahr?«

Kleopatra sah mich an, eine Hand an ihrem Hals. »Isis-Nemesis, ganz recht.«

Mit trockenem Mund beobachtete ich sie beim Hin- und Hergehen.

»Wieso bist du hier?«, fragte sie.

»Ich bin verurteilt worden«, sagte ich. »Und ich wollte deine Geschichte hören.«

»Aha, so werde ich *doch* noch gereinigt, wenngleich durch andere Mittel.«

Jemand klopfte an die Tür. Ich zog mir die Decke über den Kopf und blieb reglos liegen. Dann hörte ich, wie die Tür geöffnet wurde und jemand ins Zimmer trat.

»Du strahlst heute Nachmittag wie die Sonne, Majestät«, sagte ein Mann in elegantem Griechisch.

»Im Gegensatz zu meiner Stadt, die brutal vergewaltigt wurde«, erwiderte Kleopatra. »Stell das bitte dort drüben ab.«

Lautes Scheppern; verlegenes Schweigen.

»Möchte Deine Majestät vielleicht einen Rundgang durch den Palast machen?«, fragte der Mann.

»Mit einem römischen Aufpasser, um mich mit eigenen Augen davon zu überzeugen, wie der junge Oktavian gewütet hat? Ich glaube nicht«, erwiderte sie freundlich.

»*Cäsar*, Majestät. Es würde die Dinge… vereinfachen, wenn du ihn einfach Cäsar nennen würdest.«

»Einfacher für wen, mein guter Dolabella? Für ihn? Warum sollte ich ihm das Leben problemloser gestalten, wenn er in meinem Bett schläft, meine Ibisse geschlachtet hat und meinen Sohn als Buhlknaben benutzt?« Ihre Stimme verlor nichts von ihrer Freundlichkeit, wodurch die Worte nur noch schärfer wirkten.

»Cäsar hat bemerkt, dass eure Gemächer außerordentlich bequem sind«, sagte der Römer.

»Das freut mich zu hören«, erwiderte sie. (Wenn ich bedenke, dass ich Kleopatra nie für sarkastisch gehalten hatte!) »Vielleicht werde ich im Jenseits als Pensionswirtin leben.«

»Majestät, ich…« Der Mann verstummte. Ich konnte nicht anders, ich musste ihn mit eigenen Augen sehen. Vorsichtig hob ich eine Ecke der Decke an. Dolabella: ein messerscharfes Profil, nach vorn gekämmtes Haar, junger gesunder Körper, inständiges Lächeln. Der perfekte Römer.

Kleopatra legte eine Hand auf seine Brust und senkte die Stimme, während die Sklaven in den Gang hinaushuschten. »Du bist ein guter Mann in einem unlösbaren Konflikt, mein guter

Dolabella. Wir sollten uns auf eines einigen: Versuch mich nicht davon zu überzeugen, dass Cäsar ein guter Mensch oder gar um mein Wohl besorgt ist. Und ich werde mich im Gegenzug nicht über deine Kommentare lustig machen oder dich in Verlegenheit bringen. Wir werden zu unserem gegenseitigem Nutzen Freunde bleiben. Einverstanden?«

Der Römer nickte, sternengeblendet und ohne zu blinzeln. Willenlos trabte er hinaus, als Kleopatra ihm einen sanften Schubs gab. »Bring mir ein Bad, Dolabella. Seifen und Milch und Kräuter, ja?« Lächelnd drückte sie die Tür hinter ihm zu. Sie wartete, bis er von außen abgeschlossen hatte, dann drehte sie sich entschlossen und energisch zu mir um. »Wenn du schon wie Isis aussiehst, sollten wir dich auch zur Isis machen.«

Es würde mir nicht helfen. Eine Berührung, ein Scan, und schon wäre ich weg. Ich wusste nicht, wie ich ihr das Spurensammeln, die Zeitreisen, die Zukunft und meine Gewissheit, dass JWB mich finden würden, erklären sollte.

»Du hast Angst, dass deine Zeit hier begrenzt ist?«, fragte sie.

»Ja.«

»Dann ist sie es für uns beide.« Sie deutete auf die Truhe. »Meine Gewänder werden dir nicht passen, aber ich überlasse dir gern alle Stoffe, die ich hier habe. In dieser Kiste dort«, sie deutete auf eine kleinere Truhe, »findest du Fibeln und Gürtel. Deine Füße –«

»Ich brauche keine Schuhe«, sagte ich. »Auch keine Sandalen oder was auch immer.«

»Du gehst stets barfuß?«, fragte sie.

»Ich erfahre so vieles, indem ich die Erde berühre«, war meine Erklärung.

Ein erneutes Klopfen an der Tür. Ich deckte mich hastig zu. Wasser, das eingegossen wurde, dann dankte Kleopatra Dolabella freundlich und schloss die Tür wieder.

»Das Wasser ist warm«, erklärte sie mir, »wie das Meer.«

Ich setzte mich auf, sodass die Decke um meinen Hals lag.

»Du badest zuerst.« Sie kam auf mich zu und nahm mir die

Decke aus der Hand. »Du hast gesagt, du möchtest meine Geschichte erfahren? Dann hör mir zu.« Sie nahm mich an der Hand und führte mich zum Bad, einer langen Kupferwanne.

»Was ist mit dir?«, fragte ich.

»Später«, antwortete sie.

Das Wasser sah verlockend aus. »Sie könnten wiederkommen«, sagte ich.

»Ich bin die Königin.«

Ich meinte JWB; sie sprach wahrscheinlich von den Sklaven. Was für einen Unterschied machte es schon? Ich würde einfach auf verdächtige Schatten achten – mehr konnte ich sowieso nicht tun. Es war nur eine Frage der Zeit.

Das Wasser war kühl genug, um erfrischend zu sein, aber doch so warm, dass ich nicht fröstelte. Ich ließ mich mit einem tiefen Seufzer hineinsinken.

»Streck dich aus«, befahl sie, über den Wannenrand gebeugt. »Du passt bestimmt ganz hinein.«

Ich streckte die Beine aus und war mir dabei überdeutlich bewusst, wie klar das Wasser war. Kleopatra entkorkte eine Reihe von Fläschchen und gab Öle und Kräuter ins Wasser. Dann verquirlte sie die trüben Schlieren mit den Fingern, bis sich das Öl mit dem Wasser vermischt hatte.

»Herodes?«, fragte ich.

»Herodes«, bekräftigte sie.

Ich streckte die Hand nach einer Bürste aus, um meine Haut zu schrubben, doch sie legte einen Finger auf meine Schulter. »Lehn dich zurück und genieße. Es ist eine lange Geschichte mit vielen Wendungen.« Sie tunkte die Bürste ins Wasser und grinste. »Und praktischerweise brauche ich heute Abend keine Audienz zu geben.«

»Du wirst dein Kleid nass machen«, sagte ich. Unbeholfen.

Sie sah mich tadelnd an, goss dann eine sahnige Flüssigkeit auf die Bürste und nahm mein Bein am Fußgelenk, um mit den weichen Borsten über meine Wade zu streichen. »Entspann dich«, sagte sie.

Ich schloss die Augen und atmete das Bukett von Aromen ein, das stets leicht überlagert wurde von Kleopatras eigenem Duft.

»Als ich in Cäsars Bett erwachte«, erzählte sie, »erfuhr ich, dass Herodes und seine Nabatäer sich Cäsar angeschlossen hatten.«

Ich öffnete die Augen; ihre Miene war härter geworden, genau wie beim ersten Mal, als sie Herodes erwähnt hatte. Sie war mit der ersten Wade fertig und wandte sich nun der anderen zu. »Du meinst, dass er dich verraten hat?«, fragte ich.

»Sein Herz hat mich verraten, und zwar gleich als er mir seine Bewunderung gestand. Aber in Taten, ach«, sie seufzte, »da habe ich ihn zuerst verraten. Er hat es mir nur gleichgetan.«

»Und Cäsar?«

»Ach ja, Cäsar. Cäsar war besessener von Alexander als irgendeiner meiner Lehrer im Museion. Er sehnte sich nach einer Dynastie, er verzehrte sich nach Unsterblichkeit.«

»Und du hast ihm einen Erben geschenkt«, ergänzte ich.

Sie lachte, aber es war kein heiteres Lachen. Dann nahm sie meine Hand und meinen Arm und überspülte beides mit warmem Wasser. »Isis ist eine gerissene Göttin«, sagte sie. »Sie liebt es zu spielen, aber gewinnen lässt sie uns Sterbliche nie. Bittgebete können uns höchstens helfen, das Schlimmste zu verhüten. Als Schutz gegen all die Schrecken, die sich hinter dem Schild des Tages verbergen.«

Sie hörte auf, mich einzuseifen, und ich sah auf. Kleopatra kniete neben der Wanne, die Unterarme auf den Rand gestützt, den Kopf gesenkt. Ich konnte ihr Gesicht nicht sehen. Aber ich hörte, wie sie litt. Ich strich ihr zaghaft übers Haar und beobachtete, wie sich ihre Locken um meine Finger schlangen, wenn ich mit der Handfläche über ihre Kopfhaut fuhr und ihre Wärme spürte.

»Ach.« Sie atmete scharf ein.

Ich spürte die Sehnen in ihrem Nacken, die Muskeln in ihren Schultern. Sie rührte sich nicht. Ängstlich zog ich meine Hand zurück; was hatte ich angestellt? Ich roch ihr Parfüm an meinen

Fingern, ich konnte die einzelnen Noten nicht identifizieren, trotzdem meinte ich in der Mischung das Leben selbst zu riechen.

Während ich sie betrachtete, schaute sie mir ins Gesicht. »In Cäsars Augen war ich wild und unersättlich. Jeden Augenblick, den wir während unserer Nilreise allein waren, wollte ich mit ihm schlafen.

Wir unternahmen die Reise, weil er ganz Ägypten vorführen wollte, dass Rom eingetroffen war. Dass Rom mich unterstützen würde. Ich andererseits musste meinem Volk demonstrieren, dass ich keine Metze ohne jede Moral war, die mit dem Feind schlief, sondern dass unsere Vereinigung, der Zusammenschluss von Ägypten und Rom, vom Schicksal gewollt war und von den Göttern gutgeheißen wurde.«

Sie ging um die Wanne herum auf die andere Seite, um den anderen Arm zu waschen; sie fragte gar nicht nach den Manschettenarmreifen, die ich nach wie vor trug. Sie ließ sie schlicht beim Waschen aus. »Er war alt«, merkte ich an.

»Cäsar war vielleicht kein junger Mann mehr, aber er war willig. Jede Strategie diente ihm als Vorspiel, ob es nun ein Brettspiel war oder ein erster Entwurf, wie Ägyptens Schätze aufgeteilt werden sollten. Andere Menschen nach seinen Interessen zu manipulieren, ohne dass sie das merkten, war Cäsars stärkster Liebestrank. Er war Römer von Abstammung und in seiner Kriegslust, aber vom Verstand her war er ein gerissener Grieche.

Während der Reise bekam ich meine Zeit. Ich hatte sie nur wenige Male erlebt, wusste aber nun, dass ich nicht schwanger war. Trotz meiner *äußerst* konzentrierten Bemühungen.«

Ihre Miene und ihre Verärgerung ließen mich lachen. Sie drehte mich in der Wanne um, legte mir das Haar über die Schultern und begann meinen Rücken zu schrubben.

»Tentyra war der Wendepunkt unserer Reise. Ich wusste, dass Cäsar, falls es auf dieser Reise lediglich um finanzielle Fragen ging, bei unserer Rückkehr nach Alexandria ganz Ägypten als Siegespreis einfordern würde. Er brauchte Gold für seinen Krieg gegen die Parther; wir besaßen welches. Alexandria hatte er erobern müssen, um sich zu beweisen; er hatte es erobert, und nun brauchte er den Triumph über Ägypten, um Roms Vertrauen zu gewinnen. Im Grunde verband ihn nichts mit mir. Als Bettgefährtin war ich ohne jede Bedeutung. Als Mutter seines Sohnes hingegen …« Kleopatra schnalzte mit der Zunge. »Also musste ich um jeden Preis schwanger werden.

In Tentyra war der Tempel für seine medizinische, seine heilende Wirkung berühmt. Es gab dort ein Heim für Kranke und ein heiliges Becken. Das Wasser wurde von Hathor selbst von Zeit zu Zeit umgerührt. Und wer danach zuerst im Becken war, wurde geheilt.«

Sie drückte mich sanft nach vorn, bis meine Stirn auf dem Wannenrand zu liegen kam und mein Rücken über den gekreuzten Beinen aus dem Wasser ragte. Mit kräftigen Händen massierte sie die Knoten und harten Stellen aus meinem Nacken und meinen Schultern.

Ich hörte ihr mit geschlossenen Augen zu und ließ die Bilder, die sie heraufbeschwor, in meiner Phantasie zum Leben erwachen. Ihre Stimme veränderte sich ständig und erzeugte dadurch Bilder, die lebendiger wirkten als ein Viz.

»Nachdem wir den Tempel betreten hatten, unterzogen Cäsar und ich uns den heiligen Waschungen. Dann ging er mit seinen Männern in das Dorf am Ufer, um«, ihre Hände kamen kurz zur Ruhe, »irgendwelche Soldatendinge zu tun. Mir war das gleich. Ich bat darum, an das Becken gebracht zu werden. Allein.

Ich wartete am Rand, ständig in der Hoffnung, dass das Wasser in Bewegung kommen und mich danach heilen würde, damit ich schwanger werden konnte.«

»Warst du krank?«, fragte ich.

»Nicht im gängigen Sinn. Ich fühlte mich wohl. Aber ich hatte Angst, dass ich eventuell nicht schwanger werden könnte. Um Ägyptens willen musste ich ein Kind empfangen, das war mir bewusst. In der Abenddämmerung kam schließlich eine Frau aus dem Tempel. Sie wollte wissen, was ich hier tat. Ich nahm das heilige Becken und den Segen der Göttin, so sie ihn erteilen würde, für mich allein in Anspruch, denn ich war Ägypten.

›Wenn du das wirklich glauben würdest‹, sagte die Alte zu mir, ›dann wärst du jetzt im Tempel und würdest von Frau zu Frau mit der Muttergöttin sprechen. Du bist keine Sklavin, die wie eine Bettlerin vor ihrer Türschwelle warten muss‹, sagte sie, ›du bist die Geliebte Tochter. Und nun komm.‹«

Dann flüsterte Kleopatra mir ins Ohr: »Lehn dich zurück.«

Ich gehorchte und sie seifte meine Brüste und meinen Bauch ein, ohne ihre Geschichte zu unterbrechen. »Dieser Geruch, am stärksten ist mir der Geruch im Tempel im Gedächtnis geblieben. Er war so ... so satt, so schwer wie die Felder nach der Nilüberschwemmung. Die Alte setzte mich zwischen zwei andere Frauen. Eine war damit beschäftigt, einen Korb zu flechten, die andere fütterte ein kleines Kätzchen, indem sie Milch von ihrem Finger tropfen ließ. Es waren ganz gewöhnliche Frauen, gebürtige Ägypterinnen. Die eine war alt und wohlhabend, die andere jünger und arm.

Die beiden hießen Mara und Sheshet. Drei Tage lang saßen wir zusammen, plauderten über Belangloses, lachten und aßen miteinander, tanzten im Mondaufgang und schliefen, auf die Leiber der jeweils anderen gebettet.«

Ihre Berührung war zärtlich und liebevoll und unendlich angenehm. Ich war halb wach, halb döste ich. »Hast du ihnen erzählt, wer du bist?«, wollte ich wissen.

»Klea, sagte ich nur. Sie fragten nicht weiter nach. Wir lackierten uns gegenseitig die Fingernägel, massierten uns den Rücken und unterhielten uns ausschließlich über die Göttin und ihre unergründlichen Ratschlüsse.

Am dritten Tag um Mitternacht wurde ich von einer Priesterin geweckt. Wir schlichen aus dem Zimmer, und ich wurde in eine enge Kammer gebracht. ›Was wünschst du von der Göttin?‹, fragte sie. ›Ich brauche ein Kind von dem Römer‹, antwortete ich. ›Nur durch einen Sohn kann ich Ägypten retten.‹«

Kleopatra schmiegte ihre Hand um mein Kinn und ließ ihren

Kopf gegen meinen sinken. Ich sah, wie sich ihre schwarzen Locken mit meinen glatten, langen Haaren vermischten. »Ach, ich wünschte, ich wüsste noch, was ich damals genau gesagt habe, was die Göttin genau hörte.«

Die Qual in ihrer Stimme. Ich legte meine Hände auf ihre und drückte meinen Kopf an ihren.

»Ach, wir sollten uns gut überlegen, worum wir bitten, ob wir auch wirklich meinen, was wir erflehen.« Kleopatra verstummte ein paar Sekunden, ihr Gesicht an meinem Hals vergraben, sodass ich die Spannung in ihrem Körper spüren konnte. Ich umarmte sie so gut es mir möglich war. Dann hatte sie sich wieder gefangen, löste sich von mir und erzählte mit beherrschter Stimme weiter.

»Die Priesterin neigte den Kopf. Als sie ihn gleich darauf wieder hob, schien sie sich in eine andere Frau verwandelt zu haben, so behände, so selbstsicher, so kraftvoll war sie. ›Dein Römer schläft im Tempelbezirk‹, sagte sie. ›Geh zu ihm, aber sei geschmeidig und anschmiegsam wie eine Katze. Lass dich von ihm besteigen, und wenn er fertig ist, dann drück ihn an deine Brust, schling deine Schenkel um ihn und wiege ihn in den Schlaf.

Bei Sonnenaufgang werdet ihr ein Mahl serviert bekommen, von dem du essen musst. Wenn die Sonne zwischen den Säulen steht, musst du den Römer dazu bringen, dich erneut zu besteigen. Halte ihn auch dieses Mal in dir fest. Iss und trink wieder und bleib im Bett liegen, damit du ihn dazu bewegen kannst, dich ein drittes Mal zu nehmen, wenn der Tempel still in der Nachmittagshitze liegt.

›Drei Mal!‹, protestierte ich«, sagte Kleopatra. »›Er ist kein junger Mann mehr, jede Frau weiß, dass Männer wie er nicht mehr in vollem Saft stehen.‹ Aber die Priesterin brachte mich zum Schweigen, indem sie mir einen Finger auf die Lippen legte. ›Sobald er das dritte Mal Erfüllung gefunden hat, musst du ausrufen, dass Osiris Isis besucht hat, um ein neues Ägypten hervorzubringen. Bezeichne ihn als Gott. Er wird seinen Samen mit all seiner Kraft füllen, und sein Keim wird in deinem Bauch Wurzeln schlagen. Halte ihn bis zum Sonnenuntergang bei dir und lass ihn dann gehen. Danach werde ich zu dir kommen.‹«

Ein paar Sekunden war ich neidisch auf sie. Mir war es verwehrt, mich fortzupflanzen. Wie jede Frau außer einigen wenigen Auserwählten bin ich unfruchtbar und werde es stets sein. Monatsblutungen, die Vorgänge bei Empfängnis und Geburt waren für mich nichts als graue Theorie, die ich am Viz-Schirm studiert hatte. Die geschilderten Anweisungen überstiegen eindeutig meine Phantasie.

»Was geschah dann?«, fragte ich und sah sie wieder an.

Kleopatra stand auf und schenkte sich Wein ein.

»Alles«, antwortete sie und warf ihr Haar zurück. »Genau wie es die Priesterin prophezeit hatte. In der Abenddämmerung kam sie zu mir. Ich lag noch auf dem Bett, nicht auf einer Liege, sondern auf einer großen, breiten Matratze mit Decken und Kissen. Ich musste mich flach auf den Rücken legen, dann zog sie die Beine über meinen Kopf. Sie legte die Hand auf meinen Unterleib, und wir warteten. Um Mitternacht döste ich leicht, aber ich hörte, wie die Tür aufging.«

Die Königin ließ sich am Wannenrand nieder. Sie war eine begnadete Rednerin, die ihre Stimme, Gesten und Mimik zugleich einsetzte. Unwiderstehlich.

»Zwei Menschen waren in den Raum getreten. Die Priesterin deckte mir die Hand auf den Mund, weil ich sonst vor Überraschung aufgeschrien hätte. Der eine war ein ägyptischer Priester und der andere, also, der andere war Cäsar.«

»Schon wieder?«, fragte ich.

»Willst du ein Kind Roms oder willst du ein Kind von deinem Römer?«, fragte mich die Priesterin. Ich verstand kein Wort; immerzu wanderte mein Blick von ihr auf diesen … diesen Cäsar.«

»Diesen Cäsar?«, wiederholte ich verdutzt. Hatte die Geschichtsschreibung uns etwa einen weiteren Cäsar unterschlagen?

»Es war nicht mein Cäsar mit dem Hals voller Venusringe und

dem Krokodilsatem. Es war ein junger Cäsar, groß und stark, mit ernsten jungen Augen und fester Haut. Ich konnte kaum glauben, wie ähnlich er den vielen Statuen sah. Anders als Cäsar hatte dieser Mann raue, ungeschlachte Hände, aber ansonsten war die Ähnlichkeit …« Kleopatra schüttelte den Kopf, als könnte sie ihrer Erinnerung immer noch nicht trauen.

»Erbost fuhr ich die Priesterin an«, erzählte Kleopatra. »›Du willst, dass ich ihn täusche –?‹, aber die Priesterin brachte mich zum Schweigen. ›Der Keim hat hier Wurzeln geschlagen‹, sagte sie und tätschelte mir den Bauch. ›Dein Zyklus hat nicht eingesetzt. In vier Wochen werdet ihr in Hermopolis vor Anker gehen. Wenn du während deiner Reise dein Blut bekommst, dann geh in dieser Nacht alleine dem Gott opfern.‹

Als sie das sagte, sah ich den jungen Cäsar an. ›Falls dein Gebet bis dahin nicht erhört wurde‹, sagte die Priesterin, ›wird es spätestens dann erfüllt werden.‹ Der Mann neigte den Kopf, genau wie Cäsar, und die beiden Männer verschwanden.

›Du bist eine erwachsene Frau‹, meinte die Priesterin, ›aber niemand hat dir je beigebracht, wie eine Frau zu leben. Du weißt auch nicht, wann du erst Frau und dann Königin sein musst oder erst Mutter und dann Königin und wann es allein darauf ankommt, eine Göttin und Ägypten zu sein, während du die Frau, Mutter, Geliebte und Freundin abstreifen musst wie einen Umhang.‹«

»Was hat sie dir erzählt?«, fragte ich. »War das nach deinem Erlebnis mit Mardian?«

»Ja, Mardian war ein genialer Lehrer in allen fleischlichen Belangen, in der weiblichen Lust am Kleiden und Schmücken. Die Priesterin war … bodenständiger. Sie brachte mir alles über die Wurzeln des Frauseins bei. Sie sagte, wenn ich Kinder wollte, müsste ich einen Zyklus bekommen. Das viele Reiten und Schwimmen und Kämpfen würden das verhindern. Durch das Ausbleiben der Blutung schützt uns die Göttin, sagte sie, wenn das Leben zu hart ist, um einen Säugling durchzubringen oder wenn dem Körper das Feuer fehlt, ein Kind zu wärmen. Sie sagte, dass mein Leib jetzt wieder im Einklang mit dem Mond sei und darum jeder durchlaufene Mond mit meiner Zeit zusammenfallen müsste. Wenn die Blutung zwei oder drei Monate aussetzte, wäre ich wahrscheinlich schwanger.«

Unsere geschichtlichen Quellen behaupten, dass die Ägypter eine Art »Inkubation« praktizierten, wobei ein Kranker mit einem Gesunden »befruchtet« wurde oder eine unfruchtbare Frau von einer fruchtbaren. Die Frauen spornten sich gegenseitig zu ihren Blutungen an. Auf gewisse Weise war das ein bestechender Gedanke. Hatten deshalb die beiden Frauen so lange mit Kleopatra zusammengesessen? Sollten sie ihren Zyklus wieder in Schwung bringen? Alles Weitere, die hochgezogenen Beine, die drei Durchgänge, all das... überstieg meine Erfahrungen, war aber wahrscheinlich Volksweisheit.

Nichts davon hätte ich als Manipulation oder Verrat betrachtet. »Musstest du sie bezahlen?«, fragte ich. »Oder gab es diesen Rat umsonst?«

»Gibt es überhaupt einen Rat, der nichts kostet? Die Südwand des Tempels wurde umgehend vorbereitet für eine Darstellung, die mich und meinen erwachsenen Sohn Ptolemäus den Fünfzehnten, Cäsars Sohn, beim Opfern zeigen sollte.«

»Du warst gerade mal eine Minute schwanger und wusstest schon den Namen und das Geschlecht deines Kindes?«

»Nicht ich. Die Priesterin. Die Inschriften waren ein Akt des Glaubens, aber sie stellten zugleich ein Beglaubigungsschreiben für den Tempel dar. Ein Beglaubigungsschreiben, das den Priesterinnen mehr Geld, mehr Macht und mehr Prestige bringen würde.«

»So wie eine Reklametafel?«, fragte ich, während sie mir eine Schale reichte.

»Gewissermaßen. Die verschiedenen religiösen Richtungen wetteifern verbissen um die Spenden und Gaben der Gläubigen.«

»Die Frau auf der Wand bist also du?« Ich hatte das Viz von der Mauer gesehen, aufgenommen per Satellit, bevor der Himmel selbst für Tek-Augen zu giftig geworden war.

»In Tentyra? Ja, das bin ich, gezeichnet vom Architekten persönlich.«

»Und Cäsar wusste nichts von alledem?«

Kleopatra lächelte und zog eine Braue hoch. »O doch. Er stolzierte wie ein Pfau daher. Offenbar hatte man meine Schreie im ganzen Tempel gehört, auf dem Tempelgelände und auf den Schiffen dazu. Die Soldaten wussten, dass die Frauen ihn liebten, aber als Gott hatte ihn bis dahin noch keine Frau bezeichnet.«

Sie leerte ihre Schale in einem Zug. »In Hermopolis ging ich in den Tempel. Ich gelobte Isis, wenn ich einen Sohn bekäme, würde ich ihn zum Philosophenkönig erziehen. Man versicherte mir, dass ich das Goldene Kind gebären würde, das uns in ein neues Zeitalter führen sollte. Mein Kind sollte die Inkarnation der Vision Alexanders werden.« Ihre Stimme klang immer noch so selbstbewusst wie zuvor, aber ihre Miene wirkte ernster und älter.

»Warum ist dieses neue Zeitalter, dieses Goldene Kind, dieser Traum Alexanders des Großen so wichtig?«, fragte ich.

Sie drehte den Amethyst an ihrem Finger. »Er könnte das Muster ändern«, antwortete sie.

»Was?« Ich fuhr mit klopfendem Herz aus der Wanne hoch.

»Stell dir vor, wir Menschenkinder würden ein Tuch weben, ein Muster von Taten und Unterlassungen.« Sie sah aus dem Fenster hinaus in den gestaltlosen grauen Nebel. »Zurzeit setzt sich das Muster aus Blutvergießen, Grausamkeit, Ehrlosigkeit, Misstrauen und Voreingenommenheit zusammen. Seit Jahrtausenden weben wir schon an diesem Muster. Wenn wir ein neues Zeitalter einläuten könnten, ein Zeitalter des Verständnisses, des Handels und des Friedens, dann könnte das eine Veränderung im Muster erzwingen.« Sie sah mich an. »Muster wiederholen sich, sonst wären es keine Muster. Wenn wir ein Muster des Friedens und des Verständnisses beginnen würden, dann könnte die Zukunft eine andere Welt für uns bereithalten, mit edleren, besseren, weiseren Menschen.«

Mein Blut war zu Eis gefroren.

An der Wand im Besprechungsraum meines Komitees – hängt Gekrakel. Auf den ersten Blick sieht es aus wie ein mittelmäßiges Kunstwerk. Für den Wissenden stellt es die Geschichte selbst dar. Die Geschichte mit ihren unendlichen Wiederholungen von Taten und unterlassenen Taten. Die Muster sind schwer zu erkennen, aber sie sind da, tief verwoben mit dem Boden, auf dem wir alle stehen. Zyklen von Kriegen, Hungersnöten und Friedenszeiten, die von Misstrauen überschattet waren. Letzten Endes ist ein Gabelungspunkt ein Ort der Möglichkeiten, ist es jener Punkt, an dem sich ein Zyklus vollendet, wo ein ganz neuer Zyklus beginnen könnte.

Der Punkt, an dem wir die Welt verändern könnten.

Dies allerdings war kein Gabelungspunkt. Das Muster war zu fest gefügt; jede Veränderung hätte früher einsetzen müssen.

»Du sagst gar nichts?«, fragte sie und musterte mich dabei.

»Du hast Recht«, bestätigte ich langsam. »Das Muster könnte verändert werden.« Wenn wir die Bibliothek gerettet hätten, wenn –

»Wenn es in Aktium anders geendet hätte«, murmelte sie.

»Was wirst du jetzt tun?«, fragte ich sie.

»Jetzt?« Sie stand auf. Ihre Hände, schmucklos bis auf den Ring mit dem großen, ungeschliffenen Amethysten, lösten die Schärpe ihres Gewandes. Ihre grauen Augen versenkten sich in meine. »Wie soll ich dich ansprechen?«, fragte sie. »Wie lautet dein Name?«

Ihr Gewand sank zu Boden und glitt dabei an ihrem Leib hinab, als würde sich die Seide nur widerstrebend von ihrem Körper lösen.

»Zimona«, antwortete ich und stand ebenfalls auf.

Sie warf ein Leintuch um meine Schultern und ließ es zu meinen Hüften herabgleiten. Ich trat aus der Wanne. Kurz bevor ich sie küsste, flüsterte sie: »Ich heiße Klea.«

Als hätte mich noch nie ein Mensch geküsst, noch nie geschmeckt, noch nie berührt. So fühlte es sich an, mit ihr zusammen zu sein, ein Unterschied wie Tag und Nacht zu allen Liebhabern, die ich bis dahin gehabt hatte. Mit fast beängstigender Sicherheit wusste sie, wo ich ihre Hände und ihren Mund spüren wollte, erahnte sie mein Bedürfnis nach Worten oder nach Schweigen. Sie reagierte auf jede winzige Berührung und wusste jeden Seufzer, jedes Keuchen, jedes Stöhnen richtig zu deuten. Sie liebte ohne Grenzen und ohne Distanz. Sie erkundete genussvoll meine langen Gliedmaßen, die Beschaffenheit meiner Haut, den Geschmack meines Körpers. Ich verlor mich in der Fülle ihrer Brüste, dem Hunger ihrer Hüften, der Gier ihres Mundes.

Ihre Locken streichelten mich, kitzelnd umspielten sie meine Brustwarzen, während die Königin meine Brüste und meinen Bauch küsste, während sie mich mit Fingern und Zunge erfüllte, während sie mich trank. Ich konnte nicht aufhören, wie verzaubert ihre Haut zu streicheln, die Wölbung ihrer Waden und ihres Hinterns, ihrer Schenkel und ihres Bauches nachzufahren. Ihre Brustwarzen zogen sich unter dem Hauch meines Atems zusammen, und ich spürte, wie sie enger und feuchter wurde, je tiefer ich sie erforschte. Schließlich kam sie in meine Hand, ließ ihren Schrei von unserem Kuss ersticken, und dann lagen wir in unserer Umarmung, in der dunklen Stille der Nacht.

8. Kapitel

»Was wirst du jetzt tun?«, fragte ich erneut, während ich mit den Fingern in ihrem Haar spielte und ihren betörenden Duft auf meiner Haut spürte.

Sie schwieg lange. »Sterben«, stellte sie schließlich fest. Sie sagte das einsichtig und vollkommen ruhig. »Habe ich denn eine Wahl?«

»Was wäre die Alternative?«

Sie fuhr mit der Hand über meine Hüfte und meinen Bauch und packte mich dann unvermittelt an der Taille. »Er möchte mich auf seinem Triumphzug präsentieren. Er will die nächste Ptolemäer-Königin demütigen.«

Eine Ptolemäer-Königin, ich hielt eine Ptolemäer-Königin in den Armen. Aber im Moment war sie nicht Kleopatra, die Königin vom Nil, die Geißel des Westens. Hier und jetzt war sie einfach Klea. Meine Klea, für einen kurzen, einzigartigen Augenblick. »Was kannst du mir von Arsinoë erzählen?«, fragte ich.

»Sie war wunderschön. Sie hatte das rotblonde Haar einer Makedonierin. Ihr Gesicht war ebenmäßig wie das von Arsinoë der Zweiten. Bis man ihr in die Augen sah.« Kleopatra schauderte. »Sie und Berenike liebten einander, und zwar so.« Sie ließ ihren Zeigefinger um meine Brustwarze kreisen.

»Als Arsinoë im Triumphzug die Via Sacra hinunterschritt, verstummten die Römer vor Bewunderung. Sie war damals dreizehn Jahre alt. Zwei Jahre hatte sie im Gefängnis gefristet. Sie war zerbrechlich, blass, eine Prinzessin und das Fleisch gewordene römische Schönheitsideal. Sie der Menge vorzuführen war keine gute Idee. Die Bevölkerung konnte sich nicht dafür begeistern, dass Cäsar eine große Schlacht gegen ein kleines Mädchen gewonnen hatte. Der Senat und die Republikaner murrten. Vielleicht hätte sich Cäsar zuvor nicht so höhnisch darüber auslassen sollen, dass er seine römischen Mitbürger besiegt hatte.«

Kleopatra legte sich auf den Rücken, ein Bein quer über meinem. Ich konnte sie im Halbdunkel kaum sehen, aber ich spürte und fühlte sie. »Arsinoë trug einen Schlangen-Kopfschmuck und einen Lendenschurz aus Goldfasern. Und goldene Fesseln. Die Römer spuckten sie an. Die Männer begannen bei ihrem Anblick zu masturbieren. Sie wurde mit fauligem Obst beworfen und rutschte in den Exkrementen der Tiere von Julius' Menagerie aus, hinter der sie marschieren musste.«

So primitiv hatte ich mir den Triumphzug nie vorgestellt. Der Kontrast zwischen dieser graziösen Prinzessin und der römischen Welt traf mich vollkommen unvorbereitet. Zum ersten Mal wurde mir klar, was Plutarch nie so deutlich ausgesprochen hatte: Die Römer prahlten nicht nur damit, wen sie besiegt hatten, die Römer genossen es auch, die Besiegten zu demütigen.

»Oktavian ist vom Typ her eher ein stiller Beobachter«, fuhr Kleopatra fort. »Er ist gerissen, und er hatte mehr Geduld – und Zeit – beim Planen als Cäsar. Oktavian weiß genau, dass es einen besseren Eindruck macht, wenn er um Mark Anton trauert.« Sie lachte kurz auf und deckte dann die Hand über die Augen. »Bei mir ist das allerdings anders.« Ihr versagte die Stimme.

»Wie meinst du das?«, fragte ich, auf einen Ellbogen gestützt.

»Ich bin die Hure des Ostens, hast du das nicht gehört?«, antwortete sie, zwischen zwei Fingern hindurchschielend. »Nimm dich in Acht«, sagte sie, hob meine Hand und nuckelte an meinem Finger. »Ich hure mit meinen Dienern herum und töte sie am nächsten Morgen, um meinen Orgasmus zu vervollkommnen.« Sie nuckelte am nächsten Finger und strich dann damit über ihren Bauch. »Ich probiere Gifte an meinen Sklaven aus, weil mir das einen besonderen Kitzel verschafft. Ich trinke ohne Unterlass. Ich habe geschworen, dass ich eines Tages vom Kapitol aus herrschen würde, und ich habe versucht, in Rom einzumarschieren.« Sie presste meine flache Hand auf ihre Brust, und ich spürte ihr Herz klopfen. Ängstlich, obwohl sie sich alle Mühe gab, das zu verbergen.

»Sollte nicht genau das mit Aktium bezweckt werden?«, fragte ich. »Wenn du verschwunden wärst und Antonius die Schlacht gegen Oktavians Truppen gewonnen hätte, dann wäre er danach nach Rom zurückgekehrt, ohne dass du als Eroberin einmarschiert wärst.«

Sie setzte sich auf. »Was will ich mit Rom, wo ich Alexandria habe? Rom ist ein dreckiges, widerliches Lehmhüttenkaff. Wo der Kot durch die Straßen fließt und die Frauen wie Gefangene in ihren Häusern gehalten werden. Warum sollte ich dorthin wollen?«

»Weil Rom über die mächtigste Armee der Welt verfügt«, erwiderte ich und setzte mich ebenfalls auf.

Kleopatra sprang aus dem Bett und fing wieder an, auf und ab zu gehen. »Du argumentierst genau wie Oktavian, damit hat er den Römern Angst vor mir gemacht, mit dieser List hat er ihnen die Söhne entlockt, um sie gegen mich kämpfen zu lassen. Worum es ihm in Wahrheit ging, hat er verschwiegen.«

Um nicht völlig aus dem Konzept zu kommen, rief ich mir kurz das historische Gemälde vor mein inneres Auge, so wie es unsere geschichtlichen Quellen überliefert hatten. Danach hatte Marcus Antonius, Cäsars Kavallerieoffizier und späterer Mitkonsul, erst die Mörder Cäsars verfolgt und ins Exil gejagt. Sein Machtanspruch brachte ihn in Konflikt mit dem Senat und vor allem mit Oktavian, der von Cäsar testamentarisch zu seinem Nachfolger bestimmt worden war. Den ersten Sieg über Antonius hatte Oktavian beim heutigen Modena errungen, doch schon bald kehrte der nach Gallien geflohene Antonius nach Rom zurück, wo er auf Vermittlung des Lepidus mit diesem und Oktavian zusammen das zweite Triumvirat gründete, das über Rom herrschte. Nachdem Antonius die Cäsarmörder bei Philippi besiegt hatte, blieb er im Osten des Reiches, wo er im Jahr 41 vor Christus in Athen Kleopatra begegnet war. Noch im selben Jahr folgte er ihr nach Ägypten. Doch die Spannungen mit Oktavian wollten kein Ende nehmen. 40 vor Christus trafen sich die Triumvirn in Brindisi und einigten sich darauf, dass Oktavian über den Westen des Reiches herrschen sollte, Antonius hingegen über den Osten. Um das Abkommen zu bekräftigen, heiratete Antonius Oktavians Schwester Oktavia. Nach Antonius' gescheitertem Feldzug gegen die Parther verschlechterte sich die Beziehung zwischen den beiden Männern erneut, auch weil Antonius offenkundig lieber mit Kleopatra zusammen war als mit seiner Gemahlin Oktavia. Darum präsentierte Oktavian nach Antonius' Scheidung von Oktavia dem Senat das angebliche Testament von Antonius, in dem Kleopatras Söhne als Herrscher über römische Provinzen eingesetzt waren. Die Kriegserklärung folgte postwendend. Am 2. September 31 unterlagen Antonius' und Kleopatras Flotte vor Aktium der von Oktavian, woraufhin beide nach Alexandria geflohen waren. So hatte es sich abgespielt, wenn man den Geschichtsbüchern glauben durfte. Woran ich immer stärkere Zweifel hegte. Ich sah Kleopatra an, die gedankenversunken auf und ab gegangen war und nun stehen blieb.

»Oktavian war in der schlechteren Ausgangslage in einem Bürgerkrieg, während der rechtmäßige Erbe, Julius Cäsars leibhaftiger Sohn, an fremden Gestaden im Exil weilte. Oktavian hat seinen Hass auf mich dazu missbraucht, um vergessen zu machen, wie sehr die Römer einen geborenen Soldaten lieben. Ich spreche von Mark Anton, einem blaublütigen Römer. Oktavian ist der Enkel eines niederen Geldverleihers und der Sohn eines einfachen Schusters.«

»Und du hast all das gewusst?« Ich sah ihren Schatten hin und her wandern. Der Rauch hatte sich verzogen; hinter dem hohen Fenster blinkten Sterne, und ein leichter Meeresgeruch mischte sich in den Duft ihres Parfüms. »Du wusstest, was Oktavian erzählte und warum er es tat?«

»Ob ich es wusste? Ich weiß es. Uns Ptolemäern liegt die Kunst der Täuschung im Blut, wir saugen sie mit der Muttermilch auf.«

»Und Rom wolltest du nie erobern?«, fragte ich, den Kopf über die Lehne der Liege streckend.

»Ich wollte vor allem, dass Cäsarion nichts passiert.« Sie blieb ein Stück von mir entfernt stehen. »Und dazu musste Antonius Imperator werden.«

»Du wolltest gar nicht, dass Cäsarion über ein vereintes Imperium regiert?«

Alle Geschichtsschreiber, ganz egal, wie sie über die Schlachten, die Scharmützel, die Propagandakriege dachten, waren einhellig der Meinung, dass Kleopatra versucht hatte, die Welt zu vereinen; angeblich war ihr Ziel Rom gewesen, das die westliche Hauptstadt eines weit in den Osten reichenden Imperiums werden sollte.

»Du hörst dich so überrascht an. Denk doch nach. Wirtschaftlich wäre das unsinnig gewesen. Rom kauft unser Getreide. Es macht uns reich. Wieso sollte ich das ändern wollen? Und wer über andere Länder herrschen will, muss das eigene verlassen. Die Ägypter verlassen nur äußerst ungern ihr Tal, sie würden lieber desertieren und sterben, als den Rhythmus des Nils auch nur einen Monat lang missen zu müssen. Hier hat das Leben begonnen, sagen sie. Was könnte die Welt noch Besseres bieten?«

Sie rieb sich lächelnd das Handgelenk, als wollte sie sich ihres Blutes vergewissern. »Ich kann ihnen da nur Recht geben. Wo könnte es schöner sein als in Alexandria, es ist der Gipfel an Schönheit, an Bildung, an Weisheit und Freude. Mein Traum, der eines Alexanders würdig gewesen wäre, war es, diese Dinge mit der Welt zu teilen. Ich wollte sie den Menschen nicht aufdrängen, denn die Menschen sind am willigsten, wenn man sie nicht zwingt. Cäsar teilte meinen Traum. Wir dachten, wir hätten… ach«, sie fuhr sich mit der Zunge über die Lippen, »Blut allein genügt eben nicht. Ganz gleich wessen Blut, es genügt einfach nicht.« Sie ließ sich neben mir auf der Liege nieder. »Ich weiß nicht einmal, ob in Cäsarion überhaupt Cäsars Blut fließt.«

Selbst Kleopatras vehementeste Kritiker mussten ihr widerwillig zugestehen, dass sie ihren beiden Ehemännern treu gewesen war. Wären irgendwelche anderen Verbindungen bekannt gewesen, wären sie von ihren Gegnern mit Sicherheit angeprangert worden.

»Du hast dich also dem Römer hingegeben? Dem falschen Cäsar?«

Sie ließ sich aufs Bett zurückfallen, jeden Muskel räkelnd, und antwortete mürrisch: »Was tut das zur Sache? Mein Gebet war falsch.«

Ich küsste sie auf den Schenkel. »Wie meinst du das?«

Sie fuhr mit der Hand über meinen Rücken, meinen Po und anschließend über mein Gesicht, wo sie mit den Fingerspitzen meine Lippen liebkoste. »Ein Mann kann unmöglich Frieden schließen. Ich bezweifle, dass irgendein Mann wahren Frieden will, denn ein Mann weiß gewiss nicht, wozu ein Frieden gut sein soll, außer, um die nächste Invasion zu planen.«

Ich küsste ihre Fingerspitzen und hielt ihre Hand fest. »Das ist zu allgemein. Auch Männer können des Tötens müde werden.«

Mindestens die Hälfte von JWB waren männlich, und sie alle wollten und forderten Frieden.

JWB. Einen Moment lang kam ich ins Wanken und strauchelte in meiner Verwirrung. Ich hatte das Gefühl, mich im nächsten Moment bei Flore rückmelden zu müssen. Aber melden durfte ich mich nie mehr; ich war ein Flüchtling, ich war der Justiz entflohen, ich brach schon wieder meine Gelübde. Jede Sekunde konnte jemand auftauchen und mich gefangen nehmen.

Wenn ich überhaupt leben wollte, musste ich es jetzt tun.

»Ich bin nicht vielen Männern begegnet, die so empfinden«,

sagte sie. »Abgesehen von jenen, deren Eroberungsdurst sich auf andere Ziele richtet. Medizin, Wissenschaft, Kunst. Ich hoffe nur, dass Iras ein Mädchen bekommt«, sann sie nach. »Ein schönes Mädchen mit Selenes Verstand. Zwei Schwestern, die uns regieren und uns in ein goldenes Zeitalter führen könnten.«

Ich beugte mich über sie, um ihre Lippen in einem langsamen Kuss zu schmecken, doch eines wollte der Historikerin in mir dabei absolut nicht aus dem Sinn: In zweihundert Jahren würde eine Königin Zenobia in Alexandria einmarschieren. Sie würde behaupten, von Kleopatra selbst abzustammen. Natürlich hielten alle Historiker das für erlogen. Aber vor allem deshalb, weil wir nicht geahnt hatten, dass Kleopatra eine weitere leibliche Schwester hatte. Wir hatten noch viel weniger geahnt, dass besagte Schwester schwanger war – aber wenn sich weiter alles so abspielen würde, wie von Plutarch dargestellt, würde Iras zusammen mit Kleopatra sterben.

Die Vorstellung, dass Klea sterben würde, dass dieser wunderbare Mensch nicht mehr sein sollte, machte mir Angst und machte mich wütend. »Ich will dich«, flüsterte ich und begann an ihrer Zunge zu saugen, meine Hände fest um ihre Brüste geschmiegt.

Wer würde sie umbringen?

Und wann?

»Du hast mich bereits, Zimona«, sagte sie, und dann verlor ich mich ein weiteres Mal in ihren Haaren, ihren Gliedern, ihrer Leidenschaft. Bis zu diesem Tag hatte Sex für mich darin bestanden, im Rausch über einen ebenso berauschten Partner herzufallen, ein Gefühl, eine Empfindung oder ein Erlebnis heraufzubeschwören, das halb intravenös und halb vom Viz stimuliert war.

Natürlich konnte ich mir auch selbst Lust bereiten, aber sogar meine Phantasien hatte ich eher als einstudiert denn als leidenschaftlich empfunden.

Vielleicht rührte es daher, dass wir beide zum Tode verurteilt waren, vielleicht war es die eigenartige Vertrautheit, die dadurch entstand, dass ich ihre Geschichte kannte, vielleicht fühlten wir uns auch nur zueinander hingezogen, weil wir einander völlig fremd und zugleich so vertraut waren.

Aber das glaubte ich nicht.

Klea war unvergleichlich lebendig, greifbar und berührbar, beeinflussbar und verwandelbar. Ich wollte ein Teil von ihr sein, ich wollte ihr etwas schenken, ich wollte sie erfahren. Sanfte Berührungen und grobe Begierden, zarte Haut und spitze Schreie. Ich berührte sie und fühlte mich, sie küsste mich, und ich schmeckte mich selbst.

Ich war mit einem anderen Menschen verschmolzen. Einer Frau, die mich kannte und die keine Angst hatte oder sich abgestoßen fühlte. Ich wurde begehrt, und ich begehrte diesen vor Lebensfreude pulsierenden Menschen. Sie war einnehmend… Oktavian hatte allen Grund, vor Angst zu zittern.

Antonius war nicht der Einzige, der jederzeit für sie in den Tod gehen würde.

Wir dösten kurz. Als sie wieder aufwachte, küsste sie mich und bot mir Wein an. Ich fühlte mich überraschend munter und zufrieden. Einstweilen. Darum lehnte ich den Wein ab und verwebte stattdessen meine Finger mit ihren, um dann unsere beiden Hände schwingen zu lassen.

»Würdest du dich unter Umständen von Iras erwürgen lassen?«, fragte ich. Die Frage überraschte mich ebenso, wie sie Kleopatra überraschen musste.

»Ein Ptolemäer-Tod«, erwiderte sie und überraschte mich noch mehr durch ihre fehlende Überraschung. »Es wäre ein halbwegs ehrenvoller Tod. Unangenehm und unattraktiv, aber nicht ungebührlich.« Sie lachte leise. »Wahrscheinlich hat man mir meine Dienstboten weggenommen, weil der Römer Angst hat, ich könnte sterben.«

In meinem Kopf schälte sich ein Gedanke heraus. Ein lächerlicher, weit hergeholter, unmöglicher Traum.

»Die Bibliothek ist zerstört.« Es war keine Frage, sondern eine Feststellung.

»Ja«, bestätigte ich und ließ die Hand fallen.

»Cäsarion ist so gut wie tot für mich«, sagte sie. »Ich bedauere das nicht; ich hätte nicht anders handeln können. Damit er überhaupt als Cäsars Sohn anerkannt wird, musste er nach Griechenland, nach Rom gehen, er brauchte eine möglichst gewöhnliche Erziehung. Und gewöhnlich war sie ganz bestimmt«, stellte sie mit bitterem Humor fest. »Dieses fruchtbare Land, dieser altehrwürdige Thron soll einem verwöhnten Fratz anvertraut werden, der alles seinem Liebhaber überlassen wird. Ich glaube, Ägypten ist für ihn nur ein Spielzeug. Ach Isis, wie konnte alles nur so enden?«

Cäsarion war in Rom gewesen? Niemand hatte das auch nur angedeutet –

Sie spähte zum Fenster auf. »Der Morgen beginnt zu grauen.« Sie streckte mir ihre Hände entgegen, und jeder Gedanke an Cäsarion war verflogen.

Wir liebten uns ein letztes Mal, und die Endgültigkeit unseres Aktes sprach aus jeder Geste, jeder Miene und jeder Träne, die zu vergießen wir uns weigerten. Ich betrachtete ihren nackten Leib im warmen Glanz eines goldenen Morgens über Alexandria und wusste, dass unsere Idylle damit beendet war.

Sie küsste mich und ging zur Tür. »Dolabella?«

Ich zog mir die Decke über den Kopf und döste, während sie sich frisches Wasser bringen ließ. Die Tür fiel zu, und ich hörte Kleopatra in die Wanne steigen. Vorsichtig streckte ich den Kopf unter der Decke hervor.

»Komm, sieh dir den Stoff an«, sagte sie über die Schulter zu mir.

Ich kniete vor der Truhe nieder, und mir stockte der Atem. »Oh«, entfuhr es mir unwillkürlich.

»Steuern und Geschenke aus fernen Provinzen. Rom mag über sie herrschen, über seine so genannten ›Verbündeten und Freunde‹«, zitierte sie ätzend, »aber für den Transport über Alexandria müssen mir alle Tribut zollen. Siehst du irgendetwas, das dir gefällt?«

»Sie sind unglaublich«, hauchte ich, wie geblendet von dem Reichtum der Farben und Materialien.

»Wie kannst du das wissen, ohne sie getragen zu haben? Du musst sie herausnehmen und ausprobieren, wie sie fallen und dich umschmiegen. Mach schon, eine Göttin braucht etwas anzuziehen.« Klea verstummte kurz. »Es ist nichts Schlechtes daran, die Schönheit zu genießen und zu feiern«, sagte sie dann.

»In meiner Welt«, flüsterte ich, »sind Männer und Frauen gleich. Vollkommen gleich. Wir kleiden uns gleich, wir riechen gleich, wir … sehen fast gleich aus.«

»Deine Welt weiß nicht, wie du dich freuen kannst«, sagte sie. »Du bist eine Göttin.«

Ich sah sie an, im Bad sitzend, das Haar auf dem Kopf zusammengedreht, mit leuchtenden Augen. Mit einem Mal wurde ich von etwas ergriffen, einer Erkenntnis, einem Entschluss. Ich konnte es nicht benennen, aber schlagartig wurde der Gedanke zu meinem einzigen Antrieb: Diese Frau, diese Zeit, diese Stadt, diese Ideen durften nicht untergehen.

»Weißt du, wie man einen Chiton und Himation faltet?«, fragte sie.

Ich glaubte es jedenfalls. Ich öffnete das Kästchen mit Fibeln und holte einen Stoffballen nach dem anderen heraus. Dann nahm ich einen langen Stoffstreifen, faltete ihn ein Mal, steckte mit Nadeln den oberen Rand fest und zog mir alles zusammen über den Kopf. Anschließend heftete ich auch die andere Seite des oberen Randes zusammen und schlang eine goldene Kordel um meine Brüste und meine Taille, ehe ich mich umdrehte, um ihr das ganze Bild darzubieten.

»Wunderschön«, bestätigte Kleopatra. »Diese Bronzefarbe passt gut zu deiner Haut, aber«, sie schüttelte den Kopf, »sie ist so furchtbar griechisch. Dabei siehst du aus wie eine Frau aus dem alten Ägypten. Das Kleid passt nicht zu dir.«

»Fast als würde man Isis mit Aphrodite ansprechen?«

Sie lachte und spritzte mich an. »Ja! Genau!« Kopfschüttelnd streckte sie ein Bein aus und begann es zu waschen. »So vieles

Ägyptische ist den griechischen Gaumen meiner Ahnen immer fremd geblieben. Bevor es zu einer Verschmelzung der Religionen kommen konnte, mussten die Götter und Göttinnen zu ansehnlicherer Gestalt umgeformt werden. Jeder einzelne verlor seinen Tierkopf und die Maske, außer… Anubis, glaube ich.«

»Der schakalköpfige Gott des Einbalsamierens«, sagte ich.

»Das ist interessant«, sinnierte sie. »Die meisten Priester im Anubis-Tempel sind entweder so hässlich, dass sie sich hinter einer Maske verstecken müssen, oder so schön, dass sie sich hinter einer Maske verstecken müssen.«

Wir mussten beide lachen.

Dann sah sie zu mir auf. »Such dir einen kürzeren Stoff aus und wickle ihn wie eine Ägypterin. Kannst du das?«

»Mal sehen«, antwortete ich und wühlte wieder in der Truhe. Ich stieß auf ein dünnes, gefälteltes Seidenfähnchen und mühte mich damit ab, es erst um meine Taille zu wickeln und es dann über meine Schulter zu legen, ohne dass mir alles wieder vom Leib fiel.

Nach einer Weile begann Kleopatra zu lachen.

Ich stellte mich absichtlich ungeschickt an und hörte sie umso herzhafter lachen. Jetzt verstehe ich, was einen Hofnarren antreibt. Es ist seine Liebe. Er würde alles tun, um den Monarchen von seinen Sorgen zu erlösen, und sei es nur für ein paar Sekunden.

Ich hörte sie aus der Wanne steigen. Trotzdem blieb ich weiter mit dem Rücken zu ihr stehen und fummelte mit dem Stoff herum.

»Du solltest deine Perlen anlegen«, sagte sie. »Ich habe noch nie so perfekte Perlen gesehen.«

Aus dem Augenwinkel sah ich etwas an der Wand hinaufhuschen. Ich wirbelte herum, doch Kleopatra lachte. »Ein Chamäleon«, erklärte sie. »Jetzt siehst du es nicht mehr, nicht wahr?«

»Sie tarnen sich, stimmt's?«, fragte ich und suchte dabei die Wand nach Stellen ab, die zu atmen schienen.

»In Alexandria sind sie besonders begabt, noch begabter als

in der Wüste. Ich habe schon welche gesehen, die rot oder blau wurden, um nicht aufzufallen.«

»Und ich habe gesehen –«

Ein Klopfen. »Majestät?«

»Ja, Dolabella?«

»Möchtest du heute Abend Ente speisen?«

»Ist es eine von den Enten, die in meinem Privatpark herumlaufen und -schwimmen durften?«, fragte sie.

Gemurmel. »Nein, Majestät. Es ist eine Ente aus einer Kolonie am Mareotis-See.«

»Woher willst du wissen, dass man dich nicht vergiftet?«, flüsterte ich.

»Das weiß ich genauso wenig wie du«, antwortete sie leise. »Ente wäre wunderbar, Dolabella«, rief sie dann laut. »Aber vielleicht könnten wir schon jetzt etwas Obst bekommen?«

»Aber natürlich, Majestät. Kommt sofort, Majestät.« Man hörte forteilende Schritte.

»Magst du Obst?«, fragte sie.

Ich wusste es nicht. Ich hatte noch nie welches probiert. Normalerweise ernähre ich mich, indem ich eine Ampulle mit Vitalstoffen – aus dem Labor – in meinen Venenschlitz schiebe. Für die Alpha-Generation gibt es keine Alternative zur direkten Ernährung. Es gibt nicht genug Land zum Bebauen und zum Vergraben von Abfallstoffen. »Ich weiß nicht«, sagte ich.

»Ach, richtig, ihr Göttinnen trinkt nur Bier und speist weißes Brot.«

Die Sklaven klopften an, und ich versteckte mich hinter einer Säule, während sie einen Tisch hereinbrachten und die Wanne mitsamt den Nachttöpfen hinaustrugen. Kleopatra lotste Dolabella wieder in den Gang hinaus und schob nach ein paar freundlichen Worten die Tür wieder zu. Sie wartete ab, bis er sie von außen verriegelt hatte, und setzte sich dann an den Tisch, wo sie sich einen Becher Wein einschenkte.

»Bist du Dionysierin?«, fragte ich.

Sie lachte.

Ich hatte gehört, dass sich die ptolemäischen Herrscher entweder mit Dionysos oder mit Apollo identifiziert hatten. Während sie redete, faltete ich die Stoffe zusammen. Und wenn ich damit fertig bin, dachte ich, lasse ich alle wieder fallen, nur damit ich einen Vorwand habe, alles noch einmal zusammenzufalten. Die Stoffe strichen so unglaublich geschmeidig über meine Haut, meine unendlich empfindsame Haut, die immer noch Kleopatras Berührung spürte.

»Ich weiß nicht mal, was das heißt«, gestand ich.

»Es bezeichnet den jeweiligen Pfad zur Erleuchtung«, erklärte sie. »Die Pythagoreer glauben, dass in der Mathematik, der Geometrie und der Musik wahre Weisheit und Einsicht lägen. Indem ein Mensch diese eng verknüpften Formeln erkennt, wird er gottähnlicher und menschlicher zugleich. Dionysier streben nach Göttlichkeit, indem sie sich ganz und gar dem Wein hingeben. Sie verlieren sich in der Ekstase des Augenblicks und erfahren so die Götter. Apollonier glauben an die innere Prüfung, sie sind überzeugt, dass der Mensch durch Verstand und Seelenruhe auf den göttlichen Pfad geführt werden kann. Antonius ist Dionysier, genau wie mein Vater einer war. Obwohl Auletes in seinen klareren Momenten auch Pythagoreer war. Julius«, sie lachte leise und zupfte an ihrer gebratenen Ente herum, »Julius glaubte an gar nichts. Oktavian arbeitet daran, sich mit Apollo zu verbünden.«

»Du kommst mir eher wie eine Apollonierin vor.«

»Ich glaube, dass alle Fragen anhand der zwei Mahnungen des Orakels ermittelt werden können: Erkenne dich selbst und halte Maß in allen Dingen.« Unsere Blicke trafen sich kurz, dann sahen wir beide weg.

»Dann bist du keine Dionysierin«, sagte ich. »Aber die Geschichten über dich... Die Barke auf dem Cyndus, die kostspieligen Feiern. Die Kostüme. Die Extravaganz.«

Kleopatra lachte erst leise, dann zunehmend lauter. »Ironisch, wie manche Dinge im Nachhinein gesehen werden.«

Ich zog verdutzt die Stirn in Falten.

»Ich habe zweieinhalb Jahre in Rom gelebt. Ich kam wegen des Triumphzuges und blieb dann, gut, ich blieb wegen Julius, weil ich hoffte, dass er irgendetwas unternehmen würde. Egal.« Sie stand auf und begann auf und ab zu gehen. »Die Römer leben fürs Schauspiel. Während der Triumphspiele ließ Julius Gladiatoren in einem Kampf auf Leben und Tod gegen hungrige Löwen antreten.« Sie verstummte.

»Jedes Schauspiel, das ich mir ausdachte, sollte dem gemeinen Volk etwas mitteilen. Ich kann gar nicht so viele Schreiber anstellen, dass sie alle meine Absichten festhalten könnten. Selbst wenn ich in jedem Dorf von hier bis Krokodopolis Schriftrollen verlesen lassen würde, würde man an meinen Motiven zweifeln. Aber wenn die Menschen von meinen Taten hören, wenn ihnen die Geschichtenerzähler im Dorf von meinem Leben erzählen, wenn sie ihnen schildern, wie ich gekleidet bin und was ich gesagt habe, dann glauben mir die Menschen viel eher.«

»Weil sie dann alles selbst erkannt haben?«

»Ja, und weil das Schauspiel – jedenfalls all das, was ich getan habe – ihre Seele anspricht, jenes innere Selbst, das mit den Mythen der Götter und den Symbolen der unsichtbaren Welt vertraut ist. Weil die Menschen all jene Elemente wieder erkennen, empfinden sie die Geschichte als wahr.«

Sie lugte über die Schulter und lächelte mich an. »Vergiss also nie, dass ich im Theater aufgewachsen bin. Dionysos ist der Schutzgott der Ptolemäer und der Schauspieler zugleich. Ich konnte schon aus der Antigone zitieren, bevor ich mein erstes Kleid bekam. Und wenn es eine perfekte Bühne gibt, dann ist das der Palast.

Aristoteles hatte von Philosophen-Königen geträumt, von Männern, die so weise, so einfühlsam und so gebildet sein sollten, dass sie ohne Furcht und ohne jede Angst vor Bestechung regieren konnten.« Sie sah mich an, und ihre grauen Augen leuchteten im Morgenlicht. »Das ist das Ideal, nach dem ich strebe.«

»Und was geschah also in Aktium?«, fragte ich.

»Nur ... das Schlimmste«, antwortete sie langsam, offensichtlich nach den richtigen Worten suchend. »Agrippa, Oktavians General, schnitt uns den Nachschub ab. Wir saßen einen sonnenlosen Sommer in einem mückenverpesteten Sumpf fest. Die Männer hungerten, und unsere Schiffe wurden morsch.«

»Darum wurdet ihr besiegt?«

»Wir wurden nicht besiegt. Schließlich lag unsere letzte Hoffnung in der Flucht. Uns war bewusst, dass wir hohe Verluste haben würden.« Sie schüttelte den Kopf.

»War Antonius des Bürgerkriegs überdrüssig?«

»Es war nicht so, dass er es nicht ertragen hätte, Römer gegen Römer in den Kampf zu schicken, aber ihm fehlte die Entschlusskraft, weil er jedes Vertrauen in sich selbst verloren hatte. Er traute seinem eigenen Urteil nicht mehr. Eine See- oder eine Landschlacht? Flucht oder Widerstand? Auf Leben und Tod oder nur als Finte? Ständig schwankte er in seinen Entscheidungen. Er wusste nicht, was er tun sollte. Monatelang debattierte und diskutierte er, analysierte oder spekulierte er. Seine Unentschlossenheit setzte uns allen zu ... allen.«

Dass Antonius' und Kleopatras Truppen so dezimiert worden waren, hatte man vor allem auf die Malaria und die Ruhr geschoben. »Habt ihr verloren, weil ihr das Schlachtfeld nicht verlassen wolltet?«

»Was für ein Schlachtfeld?«, fragte sie zynisch. »Monatelang lagerten wir dort, doch Antonius wollte absolut nicht glauben, dass Oktavian ihn hintergehen würde; er weigerte sich zu glauben, dass ihn irgendwer im Stich lassen würde. Dafür, dass er so welterfahren war, verstand Antonius erstaunlich wenig von der menschlichen Natur. Er war loyal – nicht unbedingt treu –, aber ewig und bis zum letzten Atemzug loyal.«

»Du hast Ägypten seinetwegen verloren.«

»Ich habe Ägypten verloren, weil die Römer vor allem Republikaner sind. Oktavian ausgenommen«, ergänzte sie mit einem bitteren Lachen. »Er ist ihr erster Regent, der wahren Weitblick und eine Vision hat, ich stehe ihm im Weg, und nun ist alles zu spät.«

Was für eine Welt hätten Oktavian und Kleopatra – hätten sie sich verbündet – entstehen lassen können?

»Römer, Plural?«, hakte ich nach.

»Auch Cäsar wartete lange ab. Er konnte sich ebenso wenig entscheiden. Er hatte nicht die Nerven, das Imperium auszurufen und sich dem folgenden Sturm zu stellen.« Sie lächelte melancholisch. »Man kann Antonius kaum zum Vorwurf machen, dass er unterlassen hat, was nicht einmal Cäsar gewagt hatte.«

»Und wenn du alles noch einmal durchmachen müsstest?«

»Aktium? Wenn ich noch einmal an diesen gottverfluchten Ort zurückmüsste?« Sie zog einen Umhang um ihre Schultern und wippte mit dem übergeschlagenen Fuß, während sie sich das durch den Kopf gehen ließ. »Ich würde wesentlich mehr Decken mitnehmen. Ich würde die Männer zwingen, das Wasser abzukochen. Ich würde die Verteidigungsanlagen von Methone stärken. Ich würde Cäsarion in Griechenland lassen –«

»Würde dir das zum Sieg verhelfen? Die Truppen würden nach wie vor von Antonius angeführt, genauso wie er unentschlossen und zögerlich wäre.«

Klea sprang auf, als würde sie es nicht mehr auf ihrem Stuhl aushalten. »Ich würde ausschließlich an Ägypten denken.« Sie seufzte schwer. »Ich würde mich selbst und mein Herz opfern müssen und nur noch für Ägypten handeln.«

»Inwiefern?«

»Weshalb fragst du das?« Sie sah mich im Morgenlicht an.

Weil du keine Ahnung hast, wie viele hitzige Debatten und Streitereien du und Antonius mit euren unlogischen Aktionen vor Aktium ausgelöst habt. »Weil wir aus unseren Fehlern lernen können, wenn wir sie herausarbeiten und untersuchen und aus einem anderen Blickwinkel betrachten.«

»Ach ja, meine Reinigung, ich vergaß«, murmelte sie. »Nun ja… meine Verbündeten und ich saßen in der Falle. Wir hatten keine andere Wahl als zu fliehen.«

»Du hättest sehr wohl eine Wahl gehabt.«

»Ein Selbstmord zu diesem Zeitpunkt hätte allzu dramatisch

ausgesehen«, erwiderte sie spröde und nahm ihre Patrouille durchs Zimmer wieder auf.

Mühsam löste ich meinen Blick von ihrem Körper und konzentrierte mich auf ihre Worte. »Es hätte noch eine dritte Möglichkeit gegeben.«

»Und zwar?«

Ich sah auf, ihr in die Augen. »Zu gewinnen.«

Sie machte kehrt und setzte ihren Marsch schneller, ungeduldiger fort. »Zu gewinnen? Du verstehst das nicht. Die Kavallerie war desertiert. Von unseren acht Verbündeten hielten uns nur noch drei die Treue. In der Nacht vor dem Sturm verriet Antonius' engster Freund Dellius dem Gegner unsere Schlachtpläne. Dann regnete es vier Tage lang. Wenn wir noch vor dem Winter nach Alexandria zurückkehren wollten, mussten wir absegeln, ehe das Meer unpassierbar wurde.«

»Warum konntet ihr nicht auf Kreta überwintern?«

Sie seufzte. »Ich war schon zwei Jahre lang nicht mehr in Alexandria gewesen. Der Kronprinz war seit sechs Jahren außer Landes. Außerdem«, sie warf die Hände hoch, »gehörte mir Kreta nicht mehr. Zu diesem Zeitpunkt gehörte es schon Oktavian. Wie auch die meisten anderen Häfen. Wir mussten auf direktem Weg, ohne Zwischenaufenthalt, von Griechenland nach Hause segeln.«

Darauf fiel mir nichts mehr ein. Kleopatra ging weiter auf und ab – und draußen zwitscherten die Vögel, für meine Ohren das erste Anzeichen, dass die Stadt in ihren früheren, präoktavianischen Zustand zurückkehrte.

»Du warst nicht dabei«, sagte sie, »aber du hältst dich offenbar für klüger als die Generäle und Admiräle, die bei mir waren. Sag du: Was hätte ich tun sollen?«

»Was macht man mit querulantischen Ratgebern, wenn sie eine Bedrohung darstellen?«, meinte ich.

Sie drehte mir den Rücken zu und rief nach Dolabella und frischem Wasser.

»Heil Cäsar«, brüllten die Römer, als sie die Tür aufrissen.

Sie war auf der Liege eingeschlafen, und auch ich hatte geschlummert, auf dem Boden sitzend, eingeklemmt zwischen einer Säule und der Wand. Nicht einmal das Stampfen der römischen Sandalen hatte mich aufgeweckt.

Kleopatra setzte sich in ihrem dünnen Chiton auf. Sie hatte sich das Gesicht geschrubbt und das Haar gelöst; man hätte erwartet, dass es ihr peinlich wäre, so Besuch zu empfangen. Aber sie besaß eine angeborene Eleganz, dank der selbst die winzige Geste, mit der sie ihren Arm unter das Kinn stemmte, perfekt wirkte. Sie beobachtete, wie die Römer in ihr Zimmer gestürmt kamen. Die Männer umzingelten sie und verstellten mir dadurch den Blick. Ich rutschte noch weiter hinter meine Säule und verfolgte die Szene durch die wohlgeformten Schenkel eines Soldaten hindurch.

»Kleopatra.« Oktavian war hinter den Soldaten eingetreten und sah nun auf sie herab. Er kam mir blass und zerbrechlich vor, vor allem, wenn er von bäuerlichen Römern in Uniform umgeben war. Einer von ihnen trug einen abgedeckten Vogelkäfig in der Hand.

»Oktavian«, erwiderte Kleopatra und stemmte sich auf einen Ellbogen hoch. »Julius' Neffe.«

Er neigte den Kopf. »Cäsar«, korrigierte er.

»Ja, deines Onkels Julius Cäsar«, erwiderte sie lächelnd. Um ihn zu ärgern.

Oktavians Gesicht lief rot an. »Ich bin in Alexandria«, sagte er.

»Das hat man mir bereits mitgeteilt. Hast du es zum Vergnügen oder zu deinem persönlichen Gewinn niedergebrannt?«

Die Römer mir gegenüber starrten wie Roboter an die Wand. Hatte man sie gewarnt – oder ihnen befohlen –, der Königin nicht in die Augen zu sehen?

»Cäsar!« Die entsetzte Stimme ließ uns alle herumfahren. Dolabella kam hereingelaufen und verbeugte sich vor Kleopatra.

Oktavian sah ihn ärgerlich an.

»Cäsar, bitte«, sagte Dolabella. »Dein Besuch wurde der Königin nicht im Voraus angekündigt? Du bist einfach so in ihre Gemächer geplatzt?«

Oktavians Miene verfinsterte sich noch weiter.

»Das gehört sich nicht«, flüsterte Dolabella ihm zu. »Genau wegen solcher Patzer sind die Römer als Bauern verrufen! Das entspricht nicht dem diplomatischen Protokoll!«

»Ich soll ihr also Zeit lassen, meine Männer zu verführen?« Oktavian sah seinen Gehilfen eindringlich an. »Oder ist ihr das bei dir bereits gelungen?«

»Das ist eine Beleidigung, Herr. Und überdies bin ich überzeugt, dass du nicht wirklich meinst, was du da sagst. Nun lass die Dame allein. Ihre Zofen sollen ihr aufwarten, und ich kündige deine Ankunft an. Seit zwei Tagen ist sie nun schon hier eingesperrt, ohne dass sie sich beschwert oder beklagt hätte. Sie verdient deinen Respekt.«

»Sie kann von Glück sagen, dass sie nicht in einer Zelle sitzt«, zischte Oktavian.

Dolabella seufzte müde.

»Sie hat sie alle verhext«, meinte Oktavian verärgert. »Jeden einzelnen der Wachsoldaten, die sie aus ihrem Grab geholt haben.«

»Dann dürfte ich vorschlagen, beim nächsten Mal nicht ganz so viele Wachsoldaten mitzubringen?«, schlug Dolabella listig vor.

Kleopatra saß wie eine Königin vor ihnen und schien das Gespräch überhaupt nicht zu hören. Das helle Tageslicht fiel auf ihr ungeschminktes Gesicht, und ich staunte über ihre glatte Haut. Normalerweise war in dieser geschichtlichen Epoche ein Alter von neununddreißig Jahren gleichzusetzen mit verfaulten Zähnen, einem verkrümmten Rückgrat, einem Magen voller Würmer und einem Bein im Grab.

Oktavian drehte sich wieder zu ihr um. »Rom hat dich nicht gut behandelt«, bekannte er, strich über seine Toga und nahm auf einem Miniaturthron Platz, den seine Soldaten hereingeschleppt hatten.

»Mehr Grund zum Klagen hätte ich darüber, wie deine Latiner meinen verstorbenen Gemahl behandelt haben«, erwiderte sie.

Oktavian lächelte schmallippig. »Es ist einem Römer nicht gestattet, ausländische Frauen zu haben.«

»Ich glaube, ich war die einzige ausländische Frau, die er hatte«, erwiderte sie ebenso kühl lächelnd.

Oktavians Blick war eisig. »Mir ist zu Ohren gekommen, dass du Forderungen stellst.«

»Ich bitte um Bewegungsfreiheit innerhalb des Palastes, um die Erlaubnis für meine Schwester, zum Tempel zu gehen, damit sie dort ihr Kind gebären kann, und um die Freilassung aller meiner Sklaven. Keine ungewöhnlichen Bitten. Ich dachte, das mächtige Rom könnte sich einen solchen Gnadenerweis erlauben? Oder vielleicht muss ich dir dieses Wort erst erklären? Gnade. Es bedeutet, Schutz zu gewähren –«

Oktavian schnitt ihr mit einem wütenden Blick das Wort ab. »Ein Versehen«, knurrte er mit zusammengebissenen Zähnen.

»Und das mit meinen Kindern ist auch ein Versehen?«

»Sie sind in Sicherheit.«

»Alle? Auch Antyllus?«

»Er war ein Verräter, ein Gefolgsmann seines Vaters.«

»Er war im Tempel.« Kleopatra setzte sich auf. »Er ist noch ein Knabe!«

Oktavian erhob sich. »Und ein Feind.«

»Sind meine Kleinen auch Feinde?«, wollte sie wissen.

Er sah sie lange eindringlich an. »Das hängt vom Verhalten ihrer Mutter ab«, antwortete er milde.

»Es sind Kinder!«, flüsterte sie mit aschfahlem Gesicht. »Vier Jahre alt. Elf. Sie haben ihren Vater verloren. Sie verstehen nichts von Politik. Sie sind unschuldig!« Ihre ruhig vorgebrachten Argumente waren viel emotionaler, viel bewegender, als ein hysterischer Ausbruch oder Tränen es gewesen wären. Die römischen Wachsoldaten senkten die Blicke, und obwohl sie sich nicht vom Fleck zu rühren wagten, war ihnen anzusehen, dass sie am liebsten den Rückzug angetreten hätten.

Oktavian ließ sich nicht beeindrucken. Er spielte an seinen Ringen herum und schaute gelangweilt drein.

Kleopatra senkte den Kopf und sagte kaum mehr hörbar: »Bitte, bitte lass sie am Leben. Ich werde alles tun, nur lass sie –«

»Es reicht!«, kreischte Oktavian. »In einem Tag reisen wir ab. Du hast eine lange Reise vor dir. Und einen noch längeren Gang!«

Den Triumphzug. Er drohte ihr mit dem Marsch durch Rom. Oktavian floh mit wehendem Cape aus dem Raum. Die Soldaten folgten ihm, aber mehr als nur ein Mann blickte noch einmal verstohlen zurück.

Oktavian hatte Klea überrumpeln wollen. Plutarch zufolge würden zwischen dieser und ihrer großen Todesszene noch Tage, möglicherweise sogar zwei Wochen vergehen. Aber Oktavian hatte doch angekündigt, dass sie morgen abreisen würden?

»Du hast nicht nach Cäsarion gefragt«, stellte ich fest, als wir wieder allein waren.

»Er trägt den Ring, den mein Sohn von seinem Vater erhalten hat.« Ihre Stimme war tonlos. »Oktavian trägt ihn an seinem Finger. Entweder hat Cäsarion auf den Thron verzichtet, oder er ist tot.« Sie legte sich aufs Bett und zog sich die Decke vors Gesicht.

Genauso hatte Cäsar im Augenblick seines Todes die Toga vor sein Gesicht gezogen, als er begriffen hatte, dass keine Hoffnung mehr bestand, dass sogar sein unehelicher Sohn Brutus Teil des Mordkomplotts war. Ich sah sie reglos liegen und fragte mich, ob die Frau, die sonst unermüdlich neue Pläne schmiedete, kampflos aufgegeben hatte.

Oder brauchte sie nur einen neuen, einen ganz anderen Plan?

Es gab so vieles, was ich nicht wusste, was ich wissen musste. Geschichten, die erzählt zu bekommen mir keine Zeit blieb, Aspekte dieser Geschichte, von denen ich bis dahin keine Ahnung gehabt hatte. Nur Kleopatra kannte sie alle.

Kleopatra war unter dem Zeichen der Fische geboren. Ein Tierkreiszeichen, dem entschlossenes Handeln eigen ist, sie war ein vernünftiger, ein rationaler Mensch. Dass sie im Herzen Apollonierin war, passte nur dazu.

Aber was war sie noch – im Herzen? Darüber zerbrach ich mir den Kopf, während ich sie beim Schlafen beobachtete. Sie hatte die Decke abgeworfen und lag auf dem Rücken, die Hüfte halb zur Seite gedreht.

Was sie mir über Herodes erzählt hatte, war ein Schock. Wie viele weitere Faktoren hatte ich in meinem Entscheidungsfindungsprozess wohl nicht berücksichtigt, weil ich nichts davon *geahnt hatte?* Uns wurde allmählich die Zeit knapp. Jeden Moment konnten JWB auftauchen und mich verschleppen. Zweimal würden sie sich von Klea nicht hinters Licht führen lassen.

Ich machte einen Schritt auf sie zu.

Wer die Erinnerungen eines anderen Menschen liest, ist auf alle Zeiten mit ihm verbunden. Es ist die intimste aller Arten von Kommunikation. Mich mit Kleas Geist zu verbinden würde mich tiefer berühren als die physischen Berührungen vorhin.

Ich setzte mich neben ihr auf das Bett.

»Hast du dich entschieden?«, murmelte sie. Ihre Augen blieben geschlossen, und ihr Atem ging gleichmäßig.

Die Spätnachmittagshitze glühte im Raum, weil die Sonne durch die nach Westen ausgerichteten Fenster hereinschien. Rauchgefiltert. Ich wagte mir nicht auszumalen, welchen Schaden die Ozonschicht nehmen würde.

»Du hast eine Entscheidung gesucht, als du dich neben mich gesetzt hast.« Jetzt schlug sie die Augen auf. »Hast du sie gefällt?«

»Lass mich fühlen, was du in deinem Leben gefühlt hast«, sagte ich.

Sie blinzelte und schenkte mir ein halbes Lächeln. »Ich vertraue dir, obwohl das wahrscheinlich töricht ist. Was muss ich dazu tun?«

»Leg dich hin und entspanne dich. Es wird nicht wehtun, aber… wir werden verbunden sein, und diesmal noch enger als –«

»Psst«, sagte sie. Sie schloss die Augen und atmete tief aus.

»Geboren bist du im Zeichen der Fische«, sagte ich und fuhr dabei mit den Händen durch ihr Haar. »Dem alten Kalender nach wurdest du am ersten Tag des neuen Jahres geboren.« Ich malte mir ihren Schädel als Himmelskuppel aus und fand schließlich jene Punkte, die das Zeichen der Fische bildeten. Mit einem tiefen Brummen in meiner Brust baute ich in meinem Körper eine elektrische Spannung auf, ließ sie nach oben steigen – und verband mich mit ihr.

»Deine erste Erinnerung«, sagte ich. »Lass sie mich sehen.«

9. Kapitel

»Sie werden mir wehtun«, dachte Kleopatra, als sie in die Gesichter sah, die sie seit ihrer Geburt kannte. Heute, rund um den Leichnam ihrer Mutter, sahen sie ganz anders aus als sonst. Berenikes Tränen waren nicht echt, sie weinte so, wie wenn Eunuchen in der Nähe waren und sie mein Spielzeug haben wollte. Dann sagte sie immer, dass es ihr gehörte, und dann bekam sie so einen Anfall, dass die fetten, geschminkten Männer alles taten, nur damit sie wieder ruhig war.

Kleopatra hatte auf diese Weise mehr als ein Spielzeug verloren.

Und Arsinoë. Kleopatras kleine Schwester sah sie mit gleichgültigen schwarzen Augen an, ganz ohne zu blinzeln, genau wie ein Mungo. Arsinoë starrte immer so, und sie lutschte immer am Daumen. Arsinoës Mutter sah genauso aus, nur wenn sie Kleopatras Mutter Alexandra angeschaut hatte, dann hatte sie stets aufgepasst, dass sie dabei lächelte.

Alexandra, die Priesterin des Amon im Alexander-Tempel in der Oase, war die Lieblingsfrau von Auletes, dem Flötenspieler, gewesen; und das hieß, dass Kleopatra VII. seine Lieblingstochter war. Alexandra war gestorben, als sie einen Sohn geboren hatte. Kleopatra hatte keine Ahnung, wie es war, wenn sie einen Bruder hatte – ihr Halbbruder Ptolemäus der Ältere war mit Berenike befreundet; und ihr Halbbruder Ptolemäus der Jüngere rannte noch nackt herum und bettelte um Süßigkeiten. Er war ein fettes Baby, und Kleopatra fand, dass er eklig roch. Keiner von beiden Jungs meinte, dass Kleopatra zur Familie gehörte.

Iras, Kleopatras Halbschwester, weinte für Kleopatra. Iras war älter und hatte sich am Arm ihrer Mutter festgeklammert. Kleopatra konnte Iras zwar gut leiden, und sie glaubte, dass auch Iras sie mochte, aber vor Iras' Mutter hatte sie ein bisschen Angst.

Wieder musste Kleopatra daran denken, was Alexandra ihr kurz vor ihrem Tod stöhnend geraten hatte: « Traue keinem. Sie wollen dir alle nur wehtun. «

Ihr wehtun, wie sie ihrer Mutter wehgetan hatten. Kleopatra glaubte nicht, dass ihre Mutter an der schweren Geburt gestorben war. Alexandra hatte oft gesagt, dass sie dafür geschaffen war, Kinder zu bekommen, dass sie gesegnet sei vom Gott Alexanders und Amons. Und Kleopatra hatte häufig mit Alexandra getanzt und ihre Hüften geschwungen, genau wie ihre Mutter. »Du wirst viele Kinder für Alexander bekommen«, hatte Kleopatras Mutter dann lachend gesagt und ihr einen Kuss gegeben. »Vielleicht sogar das Goldene Kind.«

Das Goldene Kind würde das Goldene Zeitalter bringen, jenes Zeitalter, in dem die Menschen glücklich sein würden und die Götter auch und alle den ganzen Tag singen und tanzen würden. Das hatte ihr Alexandra jeden Tag erzählt. Dass das Goldene Zeitalter bevorstand.

Heute war es ganz bestimmt nicht gekommen, dachte Kleopatra. Es würde überhaupt nicht mehr kommen, jetzt wo Alexandra tot war, dachte die siebenjährige Kleopatra. Nie wieder würde etwas Gutes geschehen.

Die Straße verschwamm vor ihren Augen, und das Geheul der Priester des alten Amon-Gottes machte ihr Kopfschmerzen. Auletes war irgendwo weit weg in der Menge; sie konnte nur noch die Spitze der rot-weißen Krone sehen, die er an besonderen Feiertagen aufsetzte. Am liebsten wäre Kleopatra direkt neben ihm gegangen. Das Gemälde auf dem Sarkophag war ihrer Mutter kein bisschen ähnlich. Es war ein hässliches Bild, mit dunklen Augen, die sie scheinbar verschlingen wollten.

Sie schlich aus der Gruppe davon, weg von den Müttern und Kindern und Konkubinen und Sklavinnen und Eunuchen, und schob sich in die Menge am Rand. Nur die Menschen aus der Alten Welt, die Rekkit, *die den Boden beackerten und die Tierkopfgötter verehrten, waren zum Begräbnis gekommen.*

Die Alexandriner waren zu stolz, um den Tod einer einfachen Konkubine ihres ungeliebten Königs zu betrauern, und waren in ihrer strahlend weißen und rosa Stadt geblieben, während Auletes und seine Sippe viele Tage durch die Wüste bis nach Siwa gereist waren, um Alexandra auf althergebrachte Weise zu bestatten.

Die Menschen in Siwa waren klein und elegant und dunkel. Kleopatra schaute ihnen gern zu; sie waren alle Tänzer, genau wie ihre Mutter. Wenn Auletes jetzt zu spielen beginnen würde, würden bestimmt alle anfangen zu tanzen.

Kleopatra wünschte sich, sie würden tanzen. Das würde ihre Mutter glücklich machen. Sie schaute zum Himmel hoch – weiß vor Hitze. »Amon«, hatte ihr die Mutter beizubringen versucht, »ist der König der Götter. Osiris heiratete Isis, und die beiden bekamen ein Kind namens Horus. In der Alten Welt war der Pharao bis zu seinem Tode Horus und verwandelte sich danach in Osiris.«

»Und warum wurde Isis nicht zu Osiris?«, fragte Kleopatra.

»Weil Isis eine Frau ist. Sie kann kein Gott sein.«

»Aber sie ist eine Göttin?«

»Eine sehr mächtige«, bestätigte ihre Mutter.

»Aber nicht so mächtig wie Osiris?«

»Es ist eine andere Art von Macht, meine Süße.«

»Verehren die Römer auch Osiris?«

Alexandra seufzte. »O ja, aber sie nennen ihn Zeus.«

»Zeus ist der König der Götter.«

»Das ist Osiris auch.«

»Aber Osiris steuert die Sonnenbarke, nicht wahr?«

»Sehr gut! Genau das tut er.«

Kleopatra zog die Stirn in Falten und versuchte das zu begreifen. »Aber den Sonnenwagen fährt Apollo. Und er ist doch nicht Zeus, oder?«

Alexandra gab ihr lachend einen Kuss. »Kind, deine Weisheit ist jetzt schon größer als meine. Komm, lass uns schwimmen gehen.«

Jeden Tag schwammen sie im Meer, spielten wie Delphine in der Brandung und ritten wie Nereiden auf den Wellen. Alexandra war noch schöner, wenn sie nass war, fand Kleopatra. Dann war ihr Haar ganz glatt und glänzend, und ihre schwarzen Augen schienen noch größer und rätselhafter. Kleopatra glaubte nicht, dass sie wie Alexandra aussah; Kleopatra hätte es sich gewünscht.

Und jetzt war ihre Mutter tot.

Kleopatra schlüpfte zwischen vielen Beinen hindurch hinter die Reihen der sich reckenden, neugierigen Ägypter, bis sie aus der Menge heraus war und allein auf einem mit Palmwedeln gedeckten Feldweg stand. Hier gab es keine richtigen Straßen oder Häuser, alles war staubig und braun, und es war schrecklich heiß. Sie hatte Durst. Die Füße taten ihr weh. Und der Kopf. Und der Bauch.

Am Wegesrand sah sie eine Hütte mit offener Tür.

Drinnen lockte kühle Dunkelheit. Sie drückte die Tür auf, aber sie konnte nichts erkennen. Also trat sie ein, tiefer in den engen, dunklen Raum. Sie stolperte über irgendwas und fand dann einen Ausgang auf der Rückseite, wo es schattig, aber nicht ganz so dunkel war. Ein vor kurzem gelöschtes Feuer qualmte vor sich hin. Der Duft nach frisch gebackenem Brot hing in der Luft. Kleopatra folgte ihrer Nase und entdeckte fünf flache Laibe. Sie tröpfelte etwas Honig darauf und aß sie. Schnell, weil ihr der Bauch wehtat und weil er vielleicht nicht mehr wehtun würde, wenn sie ihn gefüllt hatte.

Dann krabbelte sie in den Schatten und schlief ein.

»Diebin!«

Der Schrei weckte sie auf, gemeinsam mit einem stechenden Schmerz, so wie wenn Berenike ihr einen Fußtritt versetzte. Kleopatra setzte sich auf und sah sich um. Wo war sie? Ein Mann und eine Frau standen vor ihr. Er hielt einen Dreschflegel in der Hand, und die Frau versteckte sich hinter ihm. Es waren Ägypter, klein und dunkelhäutig, und sie sahen sie voller Hass an.

»Es ist ein kleines Mädchen«, stellte der Mann fest.

»Und eine Diebin, ihr klebt noch mein Honig am Mund!«, ereiferte sich die Frau. Ihre dunklen Augen machten Kleopatra Angst, aber sie sah ein bisschen aus wie Alexandra.

»Ich hatte Hunger«, sagte Kleopatra.

»Sie hat sich verlaufen«, meinte der Mann.

»Sie ist weggelaufen«, verbesserte die Frau. »Wahrscheinlich ist sie Sklavin bei einem dieser reichen Besucher, wollte fliehen und ist zu dumm, um zu wissen, dass man sie erwischen und auspeitschen wird.«

»Ich bin keine Sklavin«, widersprach Kleopatra.

»Sie ist sehr gut gekleidet.« Der Mann senkte den Dreschflegel.

»Dann ist sie eben eine gut gepflegte Sklavin«, sagte die Frau. »Sie trägt eine Jugendlocke, sie ist gebaut wie eine Ägypterin. Was sollte sie sonst sein?«

»Ich bin keine Sklavin!«, wehrte sich Kleopatra.

»Wer bist du dann?«

»Kle-Kleopatra die Siebte. Phi-lo-pa-pa-ter. Neo …«

«Bei den Göttern, wir sind tot«, japste der Mann, ließ den Dreschflegel fallen und warf sich zu Boden.

Die Frau war stehen geblieben; Kleopatra wollte einfach nicht mehr einfallen, was nach Neo kam. Neo Philadelphus?

»Runter«, beschwor der Mann seine Frau und zupfte dabei an ihrem Rock. »Es ist die Prinzessin.«

»Was? O Götter!« Auch die Frau warf sich jetzt zu Boden.

Kleopatra sah auf die beiden herab, die nun selbst flach auf dem Boden lagen wie Sklaven. »Wo bin ich?«

»Im bescheidenen Heim von Apollodorus und Irmeni«, antwortete der Mann. »Wir bitten um Vergebung, Majestät.«

»Ihr braucht keine Angst zu haben«, sagte sie. »Ich wollte nur … das Heulen hat mir Kopfweh gemacht.«

Der Mann sah auf. »Deine Mutter?«

Kleopatra nickte. »Sie haben sie begraben –« Plötzlich stürzte alles auf sie ein. Niemand würde sie noch lieben. Alexandra und ihre warmherzigen Umarmungen gab es nicht mehr. Alle anderen im Palast hassten sie und wünschten ihr den Tod. Sie hatte nichts falsch gemacht, sie versuchte immer, brav zu sein, aber trotzdem wollte jeder ihr wehtun. Kleopatra begann zu weinen, in Schluchzern, bei denen sie das Gefühl hatte, die Eingeweide würden ihr aus dem Leib herausgerissen, genau wie bei den Geschichten, die Berenike vom Mumienmachen erzählte.

Kleopatra wusste, dass niemand sie berühren durfte, der nicht von königlichem Geblüt war. Dafür konnte man sterben. Trotzdem fühlte sie sich geborgen, als sie die festen Arme um sich spürte und schlichtes Leinen roch.

In der Abenddämmerung war nach wie vor niemand aufgetaucht, der sie suchte, und sie aß fröhlich weitere Brote mit Honig, während sie zuschaute, wie Irmeni Puder und Öl zu einer Paste quetschte und diese dann in kleine Gefäße goss. »Bleiglanz«, sagte sie. »Ich weiß, dass man es in Raq-ed«, – so nannten die einfachen Leute Alexandria – »nicht trägt, aber hier in Siwa schützt es die Augen. Die Alten haben es regelmäßig aufgetragen.«

Sie senkte den Kopf und hielt sich einen kleinen Pinsel ans Auge. Als sie wieder aufsah und das Auge öffnete, erkannte Kleopatra die Paste wieder. »Bleiglanz. Meine Mutter hat das auch gemacht.«

»Sie kam aus Siwa, nicht wahr?«

Kleopatra nickte.

»Wahrscheinlich stammte der Bleiglanz, den deine Mutter

verwendete, von Irmeni«, sagte Apollodorus. »Sie ist die beste Kosmetikerin in Siwa.« Er schlug seiner Frau freundlich auf die Schulter.

»Kann ich es ausprobieren?«, fragte Kleopatra.

»Weißt du, wie man es auflegt?«, fragte die Frau und reichte ihr das Pinselchen.

Kleopatra schüttelte den Kopf. »Du darfst mich berühren«, sagte sie und reichte das Stäbchen wieder zurück.

Die Frau wechselte einen Blick mit Apollodorus und winkte dann Kleopatra zu sich. »Du musst das Auge halb zumachen«, sagte sie. »Und stillhalten.«

Kleopatra harrte reglos aus und spürte gleich darauf die kühle, glatte Paste auf ihren Lidern. Sie drehte sich um, und Irmeni nahm sich das andere Auge vor.

»Und jetzt blinzle«, sagte Irmeni. »Damit sich das Öl besser setzt.«

Kleopatra befolgte ihren Rat, und ihr Blickfeld verschwamm ein wenig. Gleich darauf sah sie wieder klar. »Wie sehe ich aus?«

»Perfekt. Wie ein Mädchen aus der Alten Zeit.«

»Kann ich es ansehen?«

Das Paar sah sich um. »Wir haben keinen –«

Die Tür flog auf. Die Ägypter wurden zu Boden geschleudert. Die Soldaten zückten ihre Schwerter.

»Nein!«, schrie Kleopatra.

Die drei Männer aus Auletes' Leibwache sahen sie überrascht an. »Kleine Majestät!« Sie sprachen sie mit dem Namen an, der sich für sie eingebürgert hatte, weil sie ständig in Auletes' Nähe war, der einfach als »Majestät« angesprochen wurde. »Der König hat befohlen, dass die Entführer geköpft werden sollen.«

»Ich bin nicht entführt worden.«

Das schien die Soldaten zu verwirren. Das Paar lag vor Angst schlotternd auf dem Boden. »Sie haben mich beschützt«, sagte Kleopatra. »Sie kommen mit in den Palast und werden bei mir wohnen.« Eigentlich rechnete sie damit, dass die Soldaten nicht auf sie hören würden, sondern das taten, was sie für richtig hiel-

ten, aber sie hatte sich getäuscht. Die Männer schoben die Schwerter in die Scheiden zurück und halfen dem Paar auf die Füße. Apollodorus und Irmeni umklammerten sich zitternd.

»Packt ihre Sachen. Sie gehören von nun an zu meinem Gefolge.«

Die Soldaten sahen sich an.

»Jetzt«, befahl Kleopatra in genau dem gleichen Tonfall, den sie bei Auletes gehört hatte. Die Menschen reagieren nicht auf Gebrüll, hatte er ihr erklärt. Aber sie horchen auf, wenn etwas mit fester Stimme und überlegt vorgetragen wurde. »Sofort.«

Ich zog meine Hände zurück, obwohl ich noch den Strom durch meine Finger fließen spürte. Meine erste Erinnerung bestand nicht darin, dass mir jemand wehtun wollte, sondern dass er es bereits getan hatte.

Sie schlug die grauen Augen auf. »War es das, was du gewollt hast?«

»Du hast gesagt, Herodes hätte dich verraten und dann hättest du ihn verraten. Dann Cäsar und zum Schluss Antonius. Das will mir nicht in den Kopf.«

Sie lachte, ein bitterer Klang, der aus ihrer wunderschönen Kehle befremdlich wirkte. »Kannst du das noch mal machen? Dir selbst anschauen, warum ich Herodes hasse? Es wäre einfacher, als dir alles erklären zu müssen.«

Wahrscheinlich kehrten die Römer gleich zurück.

»Es gefällt mir, dass du mich durch und durch kennst«, sagte sie und versenkte dabei ihren Blick in meinen. Ich schluckte schwer.

»Aber beeil dich«, sagte ich und ertastete von neuem die Stellen auf ihrem Kopf. Diesmal brauchte ich länger, um die Spannung in mir zu erzeugen, aber dann hatten wir wieder feste Verbindung. Ich brauchte sie gar nicht erst nach Herodes zu fragen, plötzlich sah ich es mit eigenen Augen vor mir: Jericho. Vor fünf Jahren – 35 vor Christi Geburt.

»Wenn es einfach nur Klea und Herodes sein könnten statt zwei Staatsoberhäupter, zwei –« Kleopatra ging durch den reich und üppig geschmückten Raum, aber sie sah nichts außer dem weißen Tiger, der auf dem Fußboden döste.

Herodes war inzwischen achtunddreißig. Ein Lebensalter war vergangen.

»Ich habe nie aufgehört, die Klea in dir zu sehen«, sagte er. Seine Stimme klang inzwischen voller und tiefer. Sie löst keinen Kitzel in mir aus, dachte sie. Ich weigere mich, einen Schauer zu spüren, ihn überhaupt als Mann wahrzunehmen.

»Aber du hast aufgehört, an mich zu denken.« Sie verabscheute sich dafür, dass sie das sagte, dass sie ihn anbettelte.

»Hast du etwa an mich gedacht, als du mit dem großen Cäsar das Bett geteilt hast oder als du mit Pracht und Pomp in Antonius' Arme gesegelt bist?«, fragte er.

O ja, dachte sie. Als ich in jener ersten Nacht unter Cäsar lag, fragte ich mich unentwegt, wie es wohl gewesen wäre, deinen Körper auf meinem zu spüren und statt der grauen Stoppeln dein braunes, seidiges Haar auf meiner Haut zu fühlen. Als Frau mit einem Mann zusammen zu sein, nicht nur als Unterpfand. Wie es wohl gewesen wäre, bei einem Mann zu liegen, für den ich in Gedanken Klea war, selbst wenn er mich Ägypten nannte.

»Du hast wirklich *an mich gedacht?«, fragte er.*

Sie drehte sich um. Seine scharfen Züge verrieten, wie überrascht er war. Das lange Schweigen hatte sie verraten.

»Nur wenn ich Mitleid mit Mariamne bekam«, fuhr sie ihn an.

»Nimm den Namen meiner Frau nicht in den Mund«, zischte er sie an, die schwarzen Augen von Schmerz erfüllt. »Sprich nicht von ihr. Sie ist makellos, perfekt. Du bist nicht würdig, ihren Palast zu betreten.«

Aber es war so, wie es seit ewigen Zeiten zwischen ihnen gewesen war; sie durchschaute ihn, sie durchschaute ihn bis auf den Grund seiner Seele, sie durchschaute ihn mühelos. Seine Worte waren wie ein auswendig gelernter schlechter Text, und die Gefühle standen ihm offen ins Gesicht geschrieben. »Sie verabscheut dich«, sagte Kleopatra. »Warum?«

»Ich könnte dich töten lassen.« Er richtete sich dabei auf und machte sogar die Schultern breiter, so wie eine Kobra, die ihr Schild öffnet. »Es gibt zahllose Räuberbanden in den Hügeln zwischen Jericho und Jerusalem, das ist allgemein bekannt.«

Er war von einem jungen Mann zu einem reifen Staatsführer herangewachsen. Seine Schultern waren breit und seine Waden sehnige Muskeln. Der Rest seines Körpers lag verborgen unter den schweren Überwürfen eines graecojudäischen Königs. Sein Haar war kürzer, und sein inzwischen dichter Bart verbarg die vollen roten Lippen, Lippen, die Antonius wahrscheinlich ebenfalls geschmeckt hatte.

Lippen, die sie nie vergessen hatte.

Kleopatra lächelte ihn an. »Antonius wäre vielleicht gewillt gewesen, dir eine solche Räuberposse abzunehmen, wenn du sie ihm aufgetischt hättest, bevor er mir deine Wälder schenkte. Jetzt würde er dich wahrscheinlich töten lassen und anschließend abwägen, ob du schuldig bist. Im Nachhinein.«

»Dein Tod käme ihm nur gelegen«, widersprach Herodes. »Damit könnte er sich Roms Wohlgefallen und Oktavians Gunst zurückkaufen.« Sie wusste, dass er damit Recht hatte. Sie hatte das schon öfter gehört. Das Vitriol, das Oktavian über sie ausgoss, schwappte bis übers Mittelmeer.

»Trotzdem würde er dich dafür zermalmen«, sagte sie.

»Er ist wahnsinnig, dein Gemahl.« Trotzdem lag ein Hauch von Respekt in Herodes' Stimme. Ein Löwe, der klug genug ist, das Revier eines anderen Löwen zu respektieren.

»Wahnsinn ist sein persönlicher Weg zu den Göttern«, sagte sie und versuchte damit Antonius' Ausdrucksweise, seine Manieren, seine Unfähigkeit, vor dem Nachmittag aufzustehen, seine plötzlichen, wie ein Nachmittagsgewitter hereinbrechenden Stimmungsumschwünge zu entschuldigen.

»Bist du ebenfalls Bacchanalin geworden, Klea?« Herodes' Stimme, seine Stimme … wie war es möglich, dass er so sprach,

als wären sie nicht älter geworden, als hätten sie nicht andere Menschen geheiratet, als hätten sie nicht all ihre Träume verloren und nicht erfahren, dass Hass ebenso erfüllend und allumfassend sein konnte wie Liebe.

Sie rief sich die Nacht ins Gedächtnis zurück; nein, zurückzurufen brauchte sie nichts: Die Nacht hatte sie nie verlassen. Er war fünfundzwanzig gewesen, schlank und braun vom Wüstenleben und von sanfter Wesensart, die ihr bewusst machte, dass unter dem Schmutz und dem Sonnenbrand und ihren zerrissenen Lumpen eine Frau verborgen lag. Er hatte ein fröhliches Lachen gehabt, eine natürliche Begabung für die griechische Sprache, ein blitzendes Schwert und tiefe Grübchen, wenn er lächelte. Die kleine Lücke zwischen den Schneidezähnen verhinderte, dass er allzu gut aussah.

In jener Nacht …

Sie war einundzwanzig gewesen, eine entmachtete Königin, die wie eine Eidechse in der Wüste lebte. Er war in ihr Zelt geweht und hatte ihr mit einem einzigen Wort Schutz und eine Armee verschafft. Sie hatte mit eigenen Augen gesehen, wie er kommandierte und seine Männer positionierte, hatte beobachtet, wie genau er auf Nachschublinien und abergläubische Vorbehalte achtete. Dann, eines Nachts, nachdem zwei Monde gekommen und gegangen waren, hatten sie gemeinsam zu Abend gegessen und waren danach spazieren gegangen.

Und in seinem Zelt gelandet …

Ich merkte, wie ich zunehmend tiefer in ihre Erinnerung einstieg, wie meine Hände unter der kombinierten Energie ihres und meines Geistes fast zu knistern begannen. Pelusium, die alte ägyptische Hafenstadt am äußersten östlichen Nilarm, jenseits eines schmalen Rinnsals, das sich Kanal nannte und voller hungriger Krokodile war. Ein Lager auf jeder Seite. Kleopatras Bruder Ptolemäus hatte sie vom Thron gestürzt und aus der Stadt gejagt. Ägypter, die sich gegen Ägypter stellten. Verzweiflung. Ich wurde tiefer hineingezogen …

…auf dem Boden sitzend, die Plane zurückgeschlagen, um die stete Brise einzulassen. Es war ein nabatäischer Feiertag, darum feierten die Soldaten, die dienstfrei hatten, und tanzten ums Feuer. Das Scheppern der Tamburine und das Dröhnen der Trommeln drang durch den Boden in ihr Blut. Herodes schenkte Wein in zwei Becher.

»Ich möchte keinen«, sagte Klea.

»Die Königin des Mareotis-Sees verschmäht ihre eigenen Trauben? Das muss deinen Griechen gut gefallen.« Er streckte ihr den Becher entgegen. »Er wird dir das Einschlafen erleichtern.«

Kleopatra hatte ihr Spiegelbild nicht gesehen, aber sie konnte sich vorstellen, dass sie mitgenommen aussah. Ihre Haut reagierte nach der Sonne empfindlich auf jede Berührung, ihre Lippen schälten sich, und sie hatte nicht *geschlafen; Nacht für Nacht zermarterte sie sich den Kopf darüber, wer ihr in Alexandria wohl noch die Treue hielt und wer schon abtrünnig geworden war. »Traue nie jemandem, dem du den Rücken zugewendet hast«, hatte Auletes ihr eingeschärft. Nicht einmal dem eigenen Vater oder dem eigenen Kind.*

Sie nahm den Wein und einen Schluck. Die Süße löste ihre trockene Kehle und wärmte ihr das Herz. »Und der stammt vom Mareotis-See?«, fragte sie nach einem weiteren Schluck.

»Von deinem eigenen Inlandssee. Man hat ihn reifen lassen, ein Wunder, das die Griechen und Römer noch nicht mit Regelmäßigkeit zu bewirken verstehen.« Er nahm ebenfalls einen Schluck und atmete dann durch den offenen Mund ein. »Man kann den Boden schmecken, der ihn hervorgebracht hat, die Sonne, die ihn gewärmt hat, und die Hände, die ihn fermentiert haben.«

Sie machte es ihm nach, nahm einen weiteren Schluck Wein und atmete durch den offenen Mund ein. Plötzlich flatterten Geschmacksnoten auf wie Schmetterlinge, und ihr standen das flache blaue Gewässer und die grünen Felder rund um den See vor Augen. »Das ist gut!«, stellte sie überrascht fest.

»Du klingst, als hättest du dich erschrocken«, lachte Herodes. »Du hast nie deinen eigenen Wein getrunken?«

»Nicht so«, bekannte sie und leerte ihren Becher. Er schenkte ihn wieder voll. »Worin besteht der Unterschied zwischen dem hier und Chian?«

Herodes lehnte sich zurück. »Der Chian kommt aus Griechenland, er ist fruchtiger, und man meint zu ahnen, wie die Trauben vor der Fermentation geschmeckt haben. Er prickelt leicht, wenn er gut ist. Antonius, Cäsars Lieblingsgeneral, liebt den Chian. Er kann beim Essen ganze Amphoren davon leeren.«

»Die Römer trinken beim Essen?«, fragte sie. »Wie ungebührlich.« Bei den Griechen gab es Symposien, auf denen die Gespräche und der Wein flossen. Gegessen wurde vorab.

Herodes nickte. »Ja. Darum ist bei den Latinern das Erbrechen auch ein fester Bestandteil jeder Feier.«

Sie schauderte. »Ich bin so froh, dass du kein Latiner bist.«

Er nickte wieder. »Sie sind unzivilisiert, aber extrem gut organisiert. Und Cäsar ist ein Mann von Gnade, von fast griechischer Empfindsamkeit. Er steht weit über dem gemeinen Römer.«

»Cäsar«, wiederholte sie und leerte erneut ihren Becher. Cäsar hatte eben mitsamt den römischen Rutenbündeln in Alexandria Einzug gehalten. Seine Absichten waren klar. Der alexandrinische Pöbel, der allein in seiner Launenhaftigkeit Beständigkeit zeigte, hatte postwendend aufbegehrt. Cäsar war ins Brucheion geflohen und hatte sich dort verbarrikadiert. Herodes schenkte ihr noch mehr Wein nach. »Lass uns heute Abend nicht von Latinern sprechen«, sagte sie.

»Sprechen wir lieber über deine Stadt«, sagte er. »Ich habe sie noch nie gesehen.«

»Ich dachte, du seist dort auf die Akademie gegangen?«

Er schüttelte den Kopf. »Ich wurde in Jerusalem von alexandrinischen Gelehrten unterrichtet, aber mein Vater Antipas brauchte meine Hilfe, darum habe ich meine Studien aufgegeben. Soweit ich gehört habe, sind die Griechen nur schwer zu regieren.«

»Allerdings«, bestätigte sie. »Vor allem, wenn sie dich hassen.«

»Sie hassen dich für deine Enthaltsamkeit! Ich habe es gewusst!«, frohlockte er augenzwinkernd.

»Nein, sie hassen mich, weil ich regiere.« Ihre Zunge fühlte sich dick an, und sie genoss das lockere Gefühl, das ihren Körper durchströmte.

Er runzelte die Stirn. »In deiner Dynastie haben schon immer Frauen regiert.« Dann ließ er sich in die Kissen zurücksinken. »Berenike, Arsinoë –«

»Alles griechische Frauen«, bemerkte sie.

Herodes beugte sich wieder vor. Die Falten auf seiner Stirn hatten sich vertieft. »Sie hassen dich, weil deine Großmutter Nabatäerin war? Sie war eine Prinzessin! Sie brachte den Hafen von Klysma als Mitgift in die Ehe ein und vergrößerte dadurch Ägyptens Reichtum um die Hälfte!«

»Deine Mutter war ihre Nichte?«, fragte Klea. Irgendwie verschwammen die vielen Namen ineinander, aber Kleopatra entsann sich, dass sie schon von dieser Verbindung gehört hatte; demnach war Herodes ihr entfernter Verwandter.

»Wahrhaftig. Wir sind Cousins, Cousine.«

Sie schüttelte den Kopf; er fühlte sich schwerer an, dafür war sie unendlich gelassen. Was tat es schon, dass ihr Bruder im Palast ausharrte, um Cäsar gegen sie umzustimmen? Was tat es schon, dass sie es nicht wagte, sich der Stadt zu nähern, weil Ptolemäus sie umbringen lassen würde? Was tat es schon, dass sie kaum mehr Geld besaß, um diese Soldaten zu bezahlen, die hier mit ihr lagerten, und ihnen noch weniger in Aussicht stellen konnte? Im Augenblick fühlte sie sich, als würde sie an einem ruhigen Tag auf dem Meer treiben, wenn sich die Wellen weniger wie galoppierende Pferde und eher wie dahintreibende Wolken anfühlten.

»Wir sind keine Cousins?«, fragte Herodes.

»Nein, nein, das sind wir. Aber darum hassen sie mich nicht.« Honig floss durch ihre Adern, weicher, warmer Honig.

»Hassen sie dich, weil du klüger bist als dein Bruder? Und, wie ich gehört habe, auch als all deine Schwestern?«

»Meine Schwestern sind wunderschön«, sagte sie.

Er beugte sich zu ihr her, ein Lächeln auf dem schmalen Gesicht. »Du bist wunderschön.«

Klea war enttäuscht. Er war genau wie alle anderen, er log, um zu bekommen, was er sich wünschte. Sie war weder blond noch zierlich wie ihre Halbschwestern.

»Nein, hör mir zu«, sagte er und schenkte ihnen beiden erneut Wein nach. »Die Schönheit einer Statue oder Münze ist nur eine Art von Anmut. Für deine Art von Verführungskraft braucht es lebendigen Atem.«

Sie hasste es, ihr Gesicht in Stein gemeißelt oder in Bronze geprägt zu sehen. Falls sie jemals zurückkehren würde, falls Alexandria je wieder ihr gehören würde, dann würde sie Iras an ihrer Stelle ausgeben, dann würde sie Iras Modell sitzen und die Wand anstarren lassen, während der Bildhauer ihren Körper vermaß und begutachtete, als wäre sie aus Stein.

Sie und Iras hatten von jeher die Leute irregeführt; Iras hatte so getan, als sei sie die Königin, und Kleopatra hatte sich als ihre Dienerin ausgegeben. Iras hatte sich ein königliches Gebaren zugelegt, das sogar das von Berenike übertraf. Sie übte vor dem Spiegel des Badebeckens zu stolzieren und jedermann Befehle zu erteilen.

Das hieß, wenn sie Iras noch trauen konnte.

Bei der Vorstellung, dass sich ihre einzige Freundin von ihr abgewandt haben könnte, wurde Kleopatra übel.

Herodes packte sie am Handgelenk und zog sie an seine Seite. Er roch nach Staub und Weihrauch und süßem Wein. Auletes hatte ständig nach süßem Wein gerochen; und so entspannte sich Kleopatra in Herodes' Umarmung. »Ich liebe es, dich reden zu sehen«, sagte er. »Dein Gesicht beginnt zu glühen, du gestikulierst und wechselst beim Geschichtenerzählen von einer Stimme zur anderen. Und wenn du über ernsthafte Dinge sprichst, über deine Studien oder Begierden, dann scheinst du ganz begeistert von deinen eigenen Ideen zu sein. Dein Mund wird rosig, und deine Augen fangen an zu glänzen.«

Ihr Gesicht fühlte sich glühend heiß an, und sie meinte zu spüren, wie ihre Hände zitterten. Sie packte ihre beiden Oberarme, um sie ruhig zu halten.

»Du bewegst dich, dass Venus selbst vor Neid erblassen würde, du gehst wie Atalanta, wenn sie, ohne aus dem Schritt zu kommen, die goldenen Äpfel pflückt.«

Herodes drehte sich zu ihr um, und sie sah auf in seine unergründlichen schwarzen Augen, in denen ihr Spiegelbild schwamm wie im Mareotis-See unter der Dunkelheit des Mondes. Sein Blick senkte sich auf ihren Mund, und sie merkte, wie sich ihre Lippen in Erwartung seines Kusses teilten. »Du bist eine Königin«, sagte er.

»Und du ein Prinz«, entgegnete sie.

»Vor allem aber ein Mann.«

Er näherte sich nicht, sondern wartete aufmerksam ab. Ihr Gesicht glühte, ihre Hände juckten. Das hier war nicht zu vergleichen mit Ptolemäus' anmaßendem Befehl, ihn zu heiraten, wenn sie Königin werden wollte. Dem Befehl, vor ihm niederzuknien und seinen Penis mit dem Mund anzubeten.

»Küss mich«, flüsterte sie.

Und so geschah es. Hart presste sich sein Mund auf ihren. Ihre Seele wurde verschlungen, von ihrem Mund in seinen gesogen. Klea stemmte die Hände gegen seine Brust; auch sein Herz klopfte wie besessen unter der seidigen Haut. Er tastete mit der Zunge ihre Zähne ab, und sie öffnete den Mund weiter, um seine Zunge mit ihrer zu umschlingen. Ein Knurren stieg aus den Tiefen seiner Brust.

Sie musste kichern.

»Meine Küsse sind so lächerlich?« Er zuckte zurück.

»Wenn du knurrst, hörst du dich an wie Bellum«, erklärte sie nach wie vor kichernd. »Mein Tiger.«

»Dann lass mich dein Tiger sein«, knurrte er wieder und küsste sie erneut, halb über ihr liegend und seinen Leib an ihren

pressend. Kleas Lachen erstarb; er hielt ihren Kiefer geöffnet und labte sich genüsslich an ihrem Mund. Sie erwiderte seinen Kuss und versuchte, bei jedem Kuss mehr mit seinem Körper zu verschmelzen. Sie rollte ihn auf den Rücken, setzte sich rittlings auf seinen Bauch und erforschte mit der Zunge seine Mundwinkel. Seine Augen glühten dunkel aus seinem braunen Gesicht, und sie genoss den Druck seiner Hände auf ihren Hüften. Triumphierend setzte sie sich auf.

Herodes schob sie zur Seite, drückte den Docht der Lampe aus, und schwarze Dunkelheit deckte sie zu. Tränen stachen in Kleopatras Augen. »Was ist denn?«

»Auch ich habe Feinde.« Er setzte sich neben ihr auf und zog sie an seine Seite. »Wenn ich um unserer Familienehre – unserer Verwandtschaft – willen gegen Rom in den Kampf ziehe, werden mir die Nabatäer folgen. Die Ehre ist für sie ein einleuchtendes Motiv, und die Familienehre nimmt unter allen Formen von Ehre den ersten Platz ein. Aber wenn sie das Gefühl bekommen, dass ich aus Leidenschaft ihr Leben aufs Spiel setze, ist unser beider Leben in Gefahr.«

»Deinem jüdischen Volk würde es wahrscheinlich ebenso wenig gefallen«, sagte sie, »wenn du dich mit mir zusammentust.« Der Stachel saß trotzdem.

»O ja«, bestätigte er mit einer Bitterkeit, die ihr neu an ihm war. »Sie lassen keine Gelegenheit aus, das einfache Volk daran zu erinnern, dass ich nur halb jüdisch bin. Sie nennen mich den Idumenäer.«

»Aus dem gleichen Grund hassen mich die Griechen«, flüsterte sie. »Darum schmieden Berenike und Arsinoë und Ptolemäus ein Komplott nach dem anderen gegen mich. Ich bin ihre Halbschwester.«

»Ich dachte, deine Mutter wäre ebenfalls eine Kleopatra gewesen?«

»Nein. Meine Mutter war nur eine Konkubine. Aber vor allem hassen sie mich, weil …«, sie schluckte, »ich von hier stamme.«

»Von wo?«

»Aus Ägypten.« Sie hatte Angst, dass er sie von sich stoßen und seinen Truppen befehlen würde, auf der Stelle abzuziehen. Doch Herodes zeigte keine Reaktion. »Meine Mutter stammt von dem Orakel ab, das Alexander zum Gott erhoben hat«, sagte sie, froh, endlich mit einem Menschen darüber sprechen zu können. »Auletes liebte meine Mutter. Nach ihrem Tod hat er keine andere mehr geliebt. Und er hat seinen Frauen nie verziehen, dass sie meine Mutter umgebracht haben.«

»Du hast Glück, dass du noch am Leben bist.«

Sie lächelte. »Ich wich nie von seiner Seite.«

»Trau keinem, dem du den Rücken zuwendest«, sagte Herodes.

»Ja! Ganz genau! Auletes vertraute mir, bis er nach Rom reiste.«

»Damals riss deine Schwester die Macht an sich?«

Kleopatra nickte. »Ich versteckte mich im Museion, während sie alle treuen Anhänger von Auletes hinrichten ließ.«

»Hinrichtung. Ein vertrauter Ritus für alle, die herrschen wollen«, stellte Herodes seufzend fest.

»Wenn ich einst Kinder bekomme, möchte ich, dass sie einander lieben«, sagte Klea. »Ich möchte, dass sie sich gegenseitig unterstützen und gemeinsam das Beste für unser Land zu bewirken versuchen.« Sie grinste. »Sobald ich wieder zu Hause bin und Ptolemäus aus dem Weg geräumt habe.«

Herodes lachte.

Eine Weile saßen sie schweigend beieinander, hielten sich an den Händen und spürten, wie gut sie sich ineinander fügten, seine gehärtet vom Halten der Zügel und des Schwertes, ihre mit abgebrochenen Nägeln und schwieligen Handflächen. Er berührte den Amethyst an ihrem Finger, das einzige Schmuckstück, das sie auf ihre Flucht mitgenommen hatte. »Ein Geschenk?«

»Von meinem Vater, als er mir erklärte, dass mir der Thron gehören würde, aber erst, nachdem ich mich bewiesen hätte.«

»Glaubst du, das hier gehört mit zum Beweis?«, fragte Herodes. »Dass sich dein Bruder gegen dich wendet, dass du ge-

zwungen bist, um dein Leben zu laufen und zu lernen, wie man reitet und kämpft und Soldaten kommandiert?«

Sie verstummte und ließ sich die Frage durch den Kopf gehen. Herodes trug keinen Ring am Finger, aber um seinen Hals baumelte eine Kette mit einem schweren, fremdartigen Anhänger.

»Das wissen die Götter allein, meinst du nicht auch?«

»Glaubst du an sie?«, fragte er.

Klea war schockiert, dass er diese Frage so unverblümt zu stellen wagte, so als verdiene die Frage nach der Existenz der Götter keine tiefere Betrachtung als etwa die Frage, was sie zu Abend essen sollten. »Du nicht?«, fragte sie zurück.

»Religion spaltet«, meinte er.

»Das ist keine Antwort.«

»Du hast mir genauso wenig eine Antwort gegeben«, stellte er fest.

Ihr Leben war in all seinen Facetten von unzähligen Göttern durchdrungen: Isis, der die Stadt Alexandria geweiht war; Amon, den ihre Mutter verehrt hatte; Dionysos, den Auletes verehrt hatte; Diana, die von Arsinoë und Berenike angebetet wurden, und von zahllosen anderen Gottheiten, deren Geschichten sie kannte und deren Legenden sie als Teil des Herrscherrituals verkörperte und schauspielerisch darstellte. »Ich bin keinem von ihnen besonders verbunden«, antwortete sie unsicher. »Höchstens mir selbst.«

»Bist du eine Göttin?« Er küsste ihre Hand.

»Allerdings.«

Er lachte und küsste ihre Hand noch mal. »Und welche Opfer muss man an deinem Altar erbringen?« Er wälzte sie beide herum, bis sein Körper wieder auf ihrem lag. Sie blickte in seine schwarzen Augen und fuhr mit einem Finger erst über seinen Mund, drehte die Fingerspitze dann in sein Haar und strich damit zum Schluss über sein Ohrläppchen. »Welche Opfer kannst du denn erbringen?«, fragte sie und spürte dabei nur zu deutlich das Ziehen zwischen ihren Beinen und das Stocken in ihrer Stimme.

Herodes knurrte und küsste sie, bis ihr der Atem stockte. Klea konnte es nicht mehr erwarten, seinen Körper auf ihrem, seine nackte Haut auf ihrer zu spüren. Sie rissen sich gegenseitig die Kleider vom Leib. Nur ihr schwerer Atem war zu hören. Das fröhliche Treiben draußen war verstummt. Sie wurden ruhiger, küssten sich sanfter, und schließlich drückte er sie an seine Brust und drehte sich mit ihr um, sodass sie die Sterne über der Wüste funkeln sehen konnten.

Kleopatras Mund fühlte sich angeschwollen an, und sie gab sich alle Mühe, die Sterne zu beobachten, doch immer wieder fielen ihr die Augen zu. Sie hatte sich nicht mehr sicher gefühlt, seit Apollodorus ihr auf die Schulter getippt und ihr einen Umhang gereicht hatte. Einen Finger auf die Lippen gelegt, hatte er sie durch den Gang der Sklaven geführt, über die schlafenden Diener hinweg, bis sie endlich im Freien gestanden hatten. Erst da hatte sie die Fackeln und die Soldaten rund um ihren Palast gesehen. Sie und Apollodorus waren in den Rosengärten rund um Berenikes verlassenes Mausoleum untergetaucht, und er hatte ihr erst geholfen, die Mauer zu erklimmen, und ihr dann auf der anderen Seite wieder hinuntergeholfen. Ein kleines Boot war ihr Weg in die Freiheit gewesen.

»Dein Bruder will dich wegen Hochverrats verhaften«, hatte er geflüstert, der einzige Satz, den er überhaupt gesprochen hatte. Dann hatte er sich in die Riemen gelegt und sie nach Osten gerudert, nah an der Küste entlang. Fest in ihren Umhang gehüllt, hatte Kleopatra beobachtet, wie die Lichter des Pharos in der Ferne verblassten, und sich dabei gefragt, ob sie wohl je wieder zurückkehren würde.

Aber hier und jetzt machten ihr diese Gedanken keine Angst. Hier konnte ihr Ptolemäus nichts anhaben. Ihre Lider glitten wieder zu. Herodes schwieg, sein Atem ging tief und regelmäßig, vielleicht war er eingeschlafen, dachte sie, bis er sprach.

»Wir könnten eine neue Welt errichten, Klea. Eine Welt, in der es egal ist, ob jemand halb Makedonierin und halb Ägypterin oder halb Jude und halb Idumenäer ist. Die Menschen könn-

ten entscheiden, wen sie anbeten wollen und ob sie überhaupt beten wollen, und sie könnten leben, wo es ihnen gefällt.«

»Solange sie ihre Steuern bezahlen«, sagte sie. »Und Handel treiben.«

»Und sich an unsere Gesetze halten«, ergänzte er leise lachend.

»Es wäre Alexanders Traum«, sagte sie.

»Wir könnten sofort anfangen. Schon heute.«

Sie setzte sich auf und sah auf ihn hinab. »Wir sind mitten in der Wüste, wir haben nicht einmal genug Truppen, um die Ägypter anzugreifen.«

»Ägypten ist nicht unser wahrer Feind.«

»Nein, sondern Rom.« Sie schüttelte den Kopf.

Wie oft hatte Auletes sie vor den Römern gewarnt? Aber er hatte sich geirrt; er hatte auf Kooperation gesetzt. Die einzige erfolgreiche Strategie bestand darin, so viele Meere und Länder und unbesiegte Völker zwischen Ägypten und Rom zu schieben wie nur möglich. »Es gibt keine Verteidigung außer der Entfernung.«

»Du musst strategisch denken, Klea! Vergiss deine Emotionen und denk nach! Wer sonst könnte die Römer bekämpfen und für dich in die Schlacht ziehen?«

Die Nabatäer waren Söldner und nur hier, weil Herodes sie mit seiner goldenen Zunge betört hatte und sie ihnen Gold versprochen hatte. Wer sonst – »Wir sollen meinen Bruder gegen die Römer kämpfen lassen?«

»Ganz genau? Warum sollten wir *unsere Kräfte vergeuden, wenn jemand anderes sie aufwenden könnte?«*

»Cäsar sitzt bereits in Alexandria«, dachte sie laut nach. »Es hat Aufstände gegeben, aber Ptolemäus kann seine Armee nicht abziehen, um dort anzugreifen, solange er mich hier in Schach halten muss.«

»Ich werde einen Mörder in Cäsars Gemächer einschleusen, und wir werden Ptolemäus die Schuld dafür in die Schuhe schieben.«

»Wie willst du das anstellen?«, fragte Kleopatra.

»Versteckt. In einem Teppich. Einem feinen, von Nabatäern gehandelten Teppich aus dem Osten. Das Opfer rollt den Teppich aus, und, Überraschung, ein Attentäter springt ihn an.« Herodes sprach immer schneller, er hatte Feuer gefangen.

Kleopatras Blut glühte vor Freude. Sie konnten gewinnen! Sie konnten alles gewinnen! Sie konnten das Imperium der Ptolemäer zurückerobern, die Römer schlagen… »Und wie soll der Mörder entkommen?«

»Gar nicht. Sein Leben ist verwirkt, aber er wird wahrscheinlich versuchen, durch das eigene Schwert zu sterben.«

»Rom besitzt sechzehn Legionen, und zwei davon stehen in Alexandria.«

»Sie sind in der Unterzahl, und die übrigen liegen in Syrien oder Zypern. Cäsar hat keinen Nachfolger, denn Pompeius wurde von deinem Bruder getötet. Wenn Cäsar getötet wird, müssen die Legionen nach Rom zurückkehren, um sich neue Befehle zu holen. Der Senat wird sich mit der Ernennung eines neuen Regenten Zeit lassen.«

»Und was ist mit Mark Anton?«

»Antonius ist ein guter Soldat, ein hervorragender Anführer auf dem Schlachtfeld. Aber um ihn brauchen wir uns keine Sorgen zu machen. Er ist bei Cäsar in Ungnade gefallen. Er war in Rom monatelang betrunken. Bis er wieder nüchtern und hier angekommen ist, könnte der Osten längst uns gehören.«

»Was würden deine Juden dazu sagen?«

Er zuckte mit den Achseln. »Ich werde ihren Tempel wieder aufbauen. Sie werden überhaupt nichts sagen – nun, sie werden natürlich reden«, schränkte er lachend ein, »aber sie werden nichts unternehmen. Solange wir uns nicht in ihre Religion einmischen, sind sie zufrieden mit ihrem Stück der Welt. Sie hassen die Heiden.«

»Wir könnten es schaffen«, flüsterte sie. Inzwischen zitterte sie wirklich. Ihr Geist war wie benebelt gewesen, doch diese Idee brannte die Verwirrung, brannte alle Ängste weg. »Wie viele Soldaten haben wir?«

»Zehntausend, aber wir könnten noch mehr ausheben.«

»Und wie würden wir herrschen?« Sie sah ihn eindringlich an.

»Als Imperator und Imperatorin des Ostens«, antwortete er.

»Und die Parther?«

»Ein Handelsabkommen. Sie zahlen, und wir lassen sie dafür in Frieden. Mit ihren Talenten und Mitteln könnten sie unserem Imperium zu immensem Wohlstand verhelfen.«

»Wir würden gemeinsam regieren?«, fragte sie und spürte, wie ihr Gesicht dabei wieder heiß wurde.

»Wir würden das Zeitalter der Sonne begründen. Kleopatra«, sagte er, nahm ihre Hände in seine und sah ihr tief in die Augen. »Für nichts anderes sind wir geschaffen. Gemeinsam können wir die hellenistische Welt vereinen und ruhmreicher sein, als selbst Alexander es erträumte.«

Er strich ihr über die Wange und erklärte sanft: »Wir könnten den Sonnenkönig zeugen, Klea. Ein Kind von makelloser Schönheit und Ausgewogenheit, von den Göttern gesegnet. Einen Philosophenkönig, der allen Ländern Frieden bringt.«

Ihr Herz pochte. Sie konnten es schaffen! Nur ein, zwei entschiedene Aktionen, dann würde sich alles Weitere von selbst ergeben; so wie sich die Zisternen der Megalopolis für ein weiteres Jahr füllten, sobald nur ein Mal der Kanal geöffnet wurde. Sobald das Wehr hochgezogen war, gab es kein Zurück, kein Halten mehr.

Überzeugende Entscheidungen zogen unwiderrufliche Reaktionen nach sich.

»Ich werde dich ewig lieben«, gelobte sie und küsste ihn, seinen Mund verschlingend, die Kraft seiner Arme spürend. Er erwiderte ihren Kuss und ließ dabei seinen Mund an ihren Hals weiterwandern.

Sie wollte seine Haut an ihrer spüren. Sie küsste seinen Hals, seine Schultern.

Doch Herodes löste sich aus ihrer Umarmung und hielt sie auf Armeslänge von sich weg. »Dein Diener wird dich suchen kommen«, sagte er.

»Apollodorus wird mich in den Armen meines Verlobten, des zukünftigen Imperators des Ostens, finden.«

»Klea, so etwas dürfen wir nicht laut aussprechen. Das muss unser Geheimnis bleiben, bis der richtige Zeitpunkt gekommen ist.«

»Ich dachte, der sei jetzt; dass wir uns schon einig wären?«

»Das sind wir auch, aber wir müssen sicherstellen, dass die Nabatäer uns unterstützen; ich kann schlecht verkünden, dass ich als Imperator über sie herrschen will, wenn ich nicht sicher sein kann, dass sie mir bis ans Ende der Woche treu bleiben.«

Sie blinzelte und sah ihre Umgebung plötzlich wieder mit klarem Blick: ein schlichtes Zelt am Rande der Wüste, gesichert von nicht mal viertausend Mann, deren Treue und Kriegskunst höchst zweifelhaft waren und denen am anderen Ufer eines schmalen Seitenarmes des Nils die Truppen von Kleopatras Blutsverwandten gegenüberstanden. »Das war alles nur ein Witz? Eine Gedankenspielerei?«

»Natürlich nicht«, widersprach er. »Aber ich muss erst mit meinem Vater sprechen.« Herodes lachte leise in sich hinein. »Er hat alles in seiner Kraft stehende getan, um uns an Rom zu binden, da werden meine Pläne …« Er schüttelte den Kopf. »Sie werden ihn entsetzen, aber er denkt nicht wie Alexander. Noch nicht. Er wird etwas Zeit brauchen.«

Die Nachtkälte ließ sie frösteln. »Natürlich«, sagte sie mit ausgestreckten Händen. Herodes stand auf und zog sie auf die Füße. Das Blut schoss ihr in den Kopf, Magensäure quoll ihr in den Mund, und für einen kurzen Moment gaben ihre Beine nach.

»Wir werden eine ruhmreiche neue Welt erschaffen«, schwadronierte er und nahm sie in die Arme. »Ein Imperium und einen Erben. Unsere Dynastie wird über Jahrtausende hinweg regieren!« Er küsste sie noch mal, ehe er ihr das Himation über den Kopf zog. Dann wanderten sie durch das schlafende, schnarchende Lager zu ihrem Zelt.

»Gute Nacht«, sagte er. »Morgen werden wir eine neue Welt entstehen lassen.«

Klea trat ins Zelt, wo Apollodorus auf sie wartete, den Kopf zur Seite gekippt und tief schlafend. Ihr Blick wanderte ein Mal durch das ganze Zelt, über die Stühle und den Tisch, über ihren Koffer, alles auf mehreren Lagen von exquisiten nabatäischen Teppichen aus exotischen Häfen im Osten stehend. Sie starrte auf die verschlossene Truhe, in der Cäsars Aufforderung lag, ihn zu einem Gespräch in Alexandria aufzusuchen.

Eine neue Welt. Ein Imperium. Ein Erbe.

An Herodes' Seite waren das alles nur dionysische Träume, auf Rebenmaische errichtete Luftschlösser.

Sie tätschelte Bellum, der neben der Liege zusammengerollt schlummerte, ein letztes Mal zum Abschied und rüttelte dann Apollodorus wach.

Nur ein einziger Mann konnte ihr ein Imperium bieten.

Kleopatra blinzelte und ließ vor ihrem inneren Auge den Raum in Jericho wieder auferstehen. Dreizehn Jahre später, und sie befand sich in Herodes' Palast, zusammen mit seinem Weib – einer früheren Schülerin von ihr – und mit Alexandra, Kleopatras verbitterter, cholerischer Freundin. »Nein«, sagte Klea und schoss Herodes einen Blick zu. »Ich habe von klein auf gelernt, mich vor den Lügen des Rebstockes in Acht zu nehmen.«

»Und ich habe lernen müssen, dass für eine Frau das Wort ›Liebe‹ gleichbedeutend ist mit ›Verrat‹.« Er sah sie dabei nicht einmal an.

»Ich hätte eine originellere Erwiderung von dir erwartet, wo man dich überall als großen Redner preist. Schließlich hat Homer längst alles Wesentliche über Frauen und Betrug gesagt«, meinte sie, nahm eine kleine Statue in die Hand – der Beweis dafür, dass Herodes im Geist ebenso wenig ein gläubiger Jude war wie seinem Blut nach – und setzte sie wieder ab.

»Er hat von Penelope gesungen, die schön und stets treu war.«

»Ganz recht«, bestätigte Klea. »Völlig anders als Odysseus in seinem überwältigenden Bestreben, heimzukehren.«

Mariamne trat in den Raum, das liebliche Gesicht ängstlich verkniffen, und lugte nervös aus dem Augenwinkel auf ihren Mann. »Verzeihung. Ich dachte, du hättest vielleicht Lust auf einen Spaziergang«, sagte sie zu Klea.

»Allerdings«, antwortete Kleopatra. Sie rief barsch nach Bellum, der auf leisen Pfoten angetappt kam und neben ihr stehen blieb. Der Tiger war gealtert, zu großen Sprüngen oder weiten Sätzen war er nicht mehr in der Lage. Dabei war er noch nicht einmal ausgewachsen, als ich ihn das letzte Mal gesehen habe, dachte Klea. Und das letzte Mal verlassen habe?

Mariamne musterte ihren Mann und seinen Gast mit großen Augen. »Was habt ihr beide gemacht?«, fragte sie, nicht direkt anklagend, aber durchaus misstrauisch.

»Über Homer gesprochen, meine Liebe«, sagte Herodes. Er küsste Mariamne auf die Stirn und wuschelte ihr durch das Haar, das die Farbe des Mondes hatte. »Du kennst ihn bestimmt nicht, ein heidnischer Sänger.« Mariamne stand da wie eine Gazelle, mit beinahe bebenden langen Gliedern, so als könne sie es kaum erwarten zu fliehen. »Viel Spaß beim Spazierengehen!« Dann war er verschwunden.

»Bellum!«, rief Herodes vom Gang aus.

Die große Katze zögerte kurz zu Kleas Füßen und lief dann ihrem Herrn hinterher.

Sie verkniff sich ein Lächeln. »Ich habe schon so viel über eure Gärten gehört«, sagte Klea zu Mariamne. Sie war noch kühler, noch distanzierter als bei ihrem Besuch in Alexandria. Wie hatte das Mädchen Cäsar angelacht, als sie und Kleopatra am Rand der Brandung Ball gespielt hatten. Wie jung war sie damals gewesen, so bemitleidenswert jung, und wie müde und alt war sie jetzt. Kleopatra streckte Mariamne ihre Hand hin; damals hatte das Mädchen Kleopatra eine erste Ahnung davon gegeben, wie erfüllend die Mutterschaft sein konnte.

»Ja, Antonius muss sehr stolz auf die Wälder sein, wenn er sie dir zum Geschenk macht«, antwortete Herodes' Frau mit abgewandtem Gesicht.

Kleopatra ließ die Hand sinken.

Ich löste meine Hände von ihr. Sie waren so heiß, dass ich erst ein paar Mal tief durchatmen musste, um die Energie zu verringern.

Ihre Mutter war Ägypterin. Kein Wunder, dass Kleopatra Altägyptisch sprach; es war ihre Muttersprache. Kein Wunder, dass ihr Ägypten wichtiger war als jeder ptolemäische Thron. Die makedonisch-griechische Königin war zugleich eine Tochter des Nils.

Wussten die Römer von ihrer Abstammung? Fürchteten sie auch deshalb ihre »orientalischen« Verhaltensweisen?

Kleopatra schlug die Augen auf. »Und du bist ganz gewiss keine Göttin? Du kannst meine Erinnerungen zu neuem Leben erwecken, du kannst glatte Mauern erklimmen und nach Belieben auftauchen und wieder verschwinden.«

»Nicht mehr«, widersprach ich bedauernd. Ich konnte zwar noch klettern, aber den Schleier durfte ich auf keinen Fall benutzen.

Draußen unterhielten sich die römischen Wachposten darüber, was mit den Leichen am Ufer und den Schiffen im Hafen geschehen sollte. Kleopatra tat so, als würde sie die Soldaten nicht hören, als würde sie kein Latein verstehen.

»Ich bin keine Göttin«, sagte ich. »Allerdings habe ich meine Mächte.« Ich atmete tief durch und sah sie an. »Du kennst die Lehren Demokrits?«

Sie stemmte sich auf einen Ellbogen hoch. »Der Atomist?«

»Genau der. Er hat gesagt, die Welt würde aus winzigen Einzelteilen, Atome genannt, bestehen.«

»Er behauptete auch, so etwas wie eine Seele gäbe es nicht.«

Die Lehre von der Seele war Flores Fachgebiet. Auch sie hatte ich für immer verloren. »Demokrit behauptete, weil die Welt aus Atomen zusammengesetzt sei, müssten alle Möglichkeiten, alle Taten und alle Entscheidungen nebeneinander existieren.«

»Und wo?«, fragte Kleopatra. Sie wirkte kein bisschen überrascht. Aber andererseits hatte diese Frau die beste Erziehung genossen, die man in ihrer Zeit haben konnte. Wir hatten dieselben Gelehrten studiert, bloß mit ein paar Jahrtausenden Abstand.

»Im Raum«, sagte ich. Das Wort schien den Gedanken nur unzureichend auszudrücken. »In der Zeit. In dem Kontinuum, in dem wir leben.«

»Alle Möglichkeiten aller Welten existieren im Raum-Zeit-Kontinuum?«

Mir klappte der Kiefer herunter. Und dann sah ich ein Haar an meinem Chiton hängen. Ihr Haar. »Einen Moment«, sagte ich und verglich es mit der DNA-Probe, die ich bei mir führte.

Sie war der in Alexandria begrabene Leichnam.

Kleopatra würde ermordet werden. Sie würde begraben werden. Den Beweis dafür hielt ich in meiner Hand. Noch war sie bei bester Gesundheit, aber ich wusste, dass sie andernfalls mit fünfundvierzig Jahren an Knochenkrebs gestorben wäre. Das war eine genetische Gewissheit.

»Isis Nemesis?«, meinte sie ironisch und fixierte mich aufmerksam.

»Im Moment erscheint mir Nemesis passender«, sagte ich. Ihrem IQ nach war Kleopatra mehr als genial, und genau wie ich vermutet hatte, besaß sie eine natürliche Begabung für Physik und Naturwissenschaften. Ich musterte sie erneut.

Sechs Jahre dort draußen, sechs Jahre, um die gesamte bekannte Realität aufs Spiel zu setzen, von jetzt ab gerechnet. »Ich komme aus der Zukunft«, platzte ich heraus. »Ich wurde hergeschickt, um Zeuge deines Todes zu werden.«

Die Königin Ägyptens ließ sich nicht dazu herab zu fragen, wie oder wann sie sterben würde.

»In Demokrits Theorie gibt es tausend verschiedene Du, die tausend verschiedene Entscheidungen treffen. Ich könnte zu dir stoßen, zu einem früheren Zeitpunkt als jetzt, und deine Beraterin werden. Wenn du damals anders entschieden hättest, stünden dir heute andere Optionen offen.«

»Und die Zukunft, der du entflohen bist, sähe ebenfalls anders aus«, ergänzte sie.

Das konnte ich nur hoffen. »Die Zukunft ist Alexanders… Albtraum.«

»Deine Zeit?«

Ich nickte. »Vor meiner Geburt war die Welt für die Menschen zu klein geworden. Ständig griffen sich verschiedene Rassen oder Religionen an, und alle Völker bekamen die Auswirkungen zu spüren. Schließlich kam es zu einem –« Wie sollte ich einen Atomkrieg erklären?… Obwohl sie das Konzept der Kernspaltung wahrscheinlich kapieren würde.

»Es gab einen katastrophalen Krieg zwischen zwei Ländern, bei dem fast die ganze Welt ausgelöscht wurde. Seither ist die Welt in drei Sektoren unterteilt. In meinem Sektor konzentrieren sich Reichtum und Macht«, zumindest bei den wenigen Menschen, die noch funktionierten – »und es wurde ein umfassender Friede geschaffen, indem Rassen, Religionen und Nationalitäten ein für alle Mal ausgelöscht wurden.«

»Und seither herrscht Verständnis füreinander?«

Die Römer draußen hatten das Thema gewechselt; sie warteten noch auf einen Bescheid über die Wetterlage – wie rau das Meer war –, bevor sie endgültig über die Heimfahrt nach Italien entschieden.

»Kein Verständnis, sondern Toleranz. Doch die Toleranz wurde uns zum Gefängnis. Ich lebe in einer Stadt, ganz ähnlich wie Alexandria, nur dass mir alles vorgeschrieben wird. Wann ich morgens aufstehe, was und wann ich esse, mit wem ich kopuliere, ob ich ein Kind bekommen darf, was ich tue –«

»Du lebst in einem Sklavenstaat? Euripides sagte: ›Ein Sklave ist, wer nicht sagen kann, was er denkt.‹«

Ihre Worte trafen mich ins Mark. War es tatsächlich ein Sklavenstaat? »Das oberste Ziel ist Gleichheit. Nichts, was einen Konflikt heraufbeschwören könnte, ist erlaubt. Kein originärer Gedanke, kein Privileg irgendeiner Art. Die Völker wurden vermischt, die Rassen, die früher einander hassten, bekamen Mischlingskinder, die keiner Rasse mehr zuzurechnen sind. Darum hat auch niemand mehr einen Grund, gewalttätig zu werden.«

»Alexander heiratete eine persische Prinzessin«, sagte Klea. »Seine Soldaten mussten ebenfalls Perserinnen heiraten. Ein Teil seiner Armee bestand aus Halbblütern. Er glaubte an die Macht der Ehe.«

»Aber seine Kinder waren zur Hälfte Perser und zur Hälfte Makedonier. Sie kannten die Traditionen in beiden Familien, sie waren nicht von ihren Vorfahren abgeschnitten. Sie entschieden selbst, wenigstens teilweise, über ihre Zukunft und ihr Leben. Sie wurden in ihren eigenen Familien großgezogen, und sie hatten Entscheidungsfreiheit.«

»Du hast auch deine Familie verloren?«

Wir berührten uns nicht, aber ich spürte ihren Trost und ihr Mitgefühl so deutlich, als hätte sie ihre Hand auf meine gelegt. »Die Familie wird als enge, gefährliche Keimzelle betrachtet, der man den Kampf angesagt hat«, erklärte ich. »In meiner Welt gibt es keine echten Entscheidungen mehr, weder darüber, wie man sein Haus streichen möchte, noch über das Programm im Viz – äh, zur Abendunterhaltung.«

Sie setzte sich auf, strich sich das Haar glatt und runzelte die Stirn. »Du magst deine Welt nicht?«

»Anderen sagt sie vielleicht zu. Mir nicht. Ich weiß schon seit meiner Geburt, dass ich nirgendwo dazu passe.« Ich betastete meine Perlen. »Ich will Alexanders Traum zum Leben erwecken, ich möchte, dass es den Menschen freisteht, anders zu sein, ohne dass Anderssein mit Auslöschung gleichgesetzt wird.«

»Warum erzählst du mir das alles?«

»Das Muster, von dem du gesprochen hast, das Gewebe?«

Sie nickte, angespannt bis in die letzte Muskelfaser.

»Ich glaube, ich weiß, wo sich das Muster ändert, wo wir unsere Verhaltensmuster verändern und auf diese Weise eine neue Zukunft erschaffen könnten. Die unmittelbare Zukunft eingeschlossen. Kein Oktavian, keine niedergebrannte Bibliothek, kein geplündertes Alexandria und ... kein Grund zum Sterben.«

Aus ihren Augen loderte Feuer. Ihr Tonfall traf mich wie eine Ohrfeige. »Ich dachte, du wärst meinetwegen hier, dass du mich, wenigstens ein bisschen, lieben würdest. Stattdessen hasst du mich.«

Ich starrte sie sprachlos an.

»Wie kannst du nur so grausam sein? Niemand kann zweimal in denselben Fluss steigen, oder hast du, genau wie Oktavian, niemals Alexanders Tagebücher gelesen?« Schmerz und Zorn blühten auf ihren Wangen, sprühten aus ihren Augen.

»Alexander hat Tagebuch geführt?«, war alles, was ich stammeln konnte.

Sie nickte knapp, dann sank ihr Körper in sich zusammen. »Sie waren in seiner Handschrift verfasst und wurden in der Großen Bibliothek aufbewahrt.«

»Ein weiterer Grund, alles zu verändern.« Ich kniete neben ihr nieder. »Dann könnte die Welt Alexanders Schriften lesen.«

»Die Große Bibliothek war nicht für die Welt gedacht«, wehrte sie brüsk ab. »Sondern für die Ptolemäer, für das Museion. Nicht für jedermann.«

Das war wohl der entscheidende Grund, warum es solche Unstimmigkeiten darüber gab, wann die Große Bibliothek wirklich zerstört worden war, erkannte ich. Lediglich ein paar vom Glück Begünstigte kannten alle Einzelheiten, weil nur wenige Auserwählte wussten, was wirklich darin aufbewahrt worden war und wo sie gestanden hatte.

Noch etwas, das verändert werden musste. Das in der Großen Bibliothek aufbewahrte Wissen sollte der ganzen Welt zur Erbauung und Lehre dienen.

»Wenn du mir schon vor Aktium begegnet wärst«, sagte ich, da ich dort den Gabelungspunkt vermutete, »hättest du dann irgendetwas anders gemacht?«

Sie stutzte, setzte sich auf und strich über ihr Gewand, ohne mich anzusehen.

»Wenn ich dir damals erzählt hätte, was alles passieren würde – mit Alexandria und Cäsarion und der Bibliothek, wenn ich dir von dem heutigen Tag erzählt hätte, an dem du in deinem eigenen Palast gefangen sein würdest –«

Kleopatra stand auf und ging so hastig auf und ab, dass ihr langes Kleid zuckend gegen ihre Waden schlug. Ich wusste, dass sie geistig in der Lage war, mich zu verstehen, meine Worte nachzuvollziehen. Hauptsache, die Vorstellung erschien ihr nicht total abwegig.

»Wenn du gewusst hättest, dass dies alles eine Folge der Schlacht von Aktium ist –«

»Wenn ich gewusst hätte, dass die Vision einer Welt, wie Alexander sie erträumte, von meinen Verbündeten nicht geteilt wird?«, unterbrach sie mich. »Wenn ich gewusst hätte, dass ein Römer immer ein Römer bleibt? Pah!« Sie blieb abrupt stehen und fuhr auf dem Absatz herum. Ihre Worte schienen sich fast zu überschlagen. »Dann hätte ich sie gegeneinander aufgehetzt, Oktavian gegen Antonius, genau wie du gesagt hast. Damit sich die beiden gefährlichsten Streithähne gegenseitig auslöschen.«

Sie hatte mir zugehört. Sie hatte alles durchdacht.

»Ägypten wäre heil und vollständig aus dem Krieg hervorgegangen, und mindestens eine weitere Generation hätte in Frieden leben können.«

»Cäsarions Generation?«, fragte ich.

Ihr Blick glitt von meinem ab. »Kein Mann, egal wer, kann allein regieren. Er braucht eine Frau als Gegengewicht. Selene sollte herrschen.«

»Würdest du Selene allein regieren lassen?«

»Nicht allein, das ist zu einsam für einen Zwilling. Helios andererseits …« Kleopatra schluckte. »Er ist ein so lieber Junge, aber seine Schwester hat die Klugheit für alle beide geerbt, und die Entschlossenheit dazu. Er ist noch ein Kind und wird immer eines bleiben.«

Beschrieb sie damit Helios' Persönlichkeit oder seine genetischen Grundzüge? Ich hatte ihn mir nicht näher angesehen. Ich hatte ihn rundweg übersehen, um genau zu sein. »Du hättest damals gewonnen, und Antonius hätte ebenso verloren wie Oktavian.«

»Wenn ich noch einmal die Chance hätte, dann ja. Dann

würde ich meinen eigenen Rat befolgen, nur an Ägypten denken und mein Herz und meine Träume für mich behalten. Aktium.« Sie senkte den Blick auf ihre geballten Fäuste. »Was für eine beschämende Zeit. Wie erbärmlich. Ich hatte mich selbst verloren...«

Ich atmete tief durch. »Wenn ich dir in Aktium begegnen würde, wenige Tage vor der Schlacht, was müsste ich dann tun oder sagen, um dein Vertrauen zu gewinnen? Wie könnte ich dich zwingen, mir Gehör zu schenken, wie könnte ich dich dazu überreden, deinen Schlachtplan zu ändern?«

Sie lachte laut auf. »In Aktium? Du müsstest auch meinen letzten Zweifel daran ausräumen, dass du eine echte Göttin bist. Dein Haar, deine Größe, deine merkwürdigen Gaben einsetzen. Ich war damals ständig auf der Suche nach einer Antwort, einer Entscheidung, einer Lösung – und selbst wenn ich mich beklagen und dich bekämpfen würde, so würde ich doch auf dich hören.«

»Verrate mir ein Geheimnis, das niemand außer dir kennen kann, etwas, das dich überzeugt, dass ich die Göttin bin, die ich zu sein vorgebe.«

Draußen war kurz ein Tumult zu hören. Kleopatra wandte sich zur Tür, mit dem ganzen Körper lauschend, aber die Wachsoldaten waren schon wieder abgezogen, und draußen blieb es still. Mir war schlecht. »Gleich kommen die Römer«, sagte ich. »Und du wirst sterben.«

»So hatte ich es geplant.«

»Oktavian wird behaupten, du seist von einer Viper gebissen worden, aber in Wirklichkeit wirst du erwürgt. Unsere geschichtlichen Quellen berichten, dass Kleopatra zwei Bedienstete hatte, die mit ihr starben: Charmian und Iras.«

»Was ist mit Mardian?«

»Über den schweigen sich die Historiker aus.«

»Oktavian wird das alles niederschreiben lassen?«, fragte sie.

»Seine Historiker werden es niederschreiben, zum Teil in sieben, zum Teil erst in hundert Jahren.«

»Wie lange wird er herrschen?«, fragte sie nachdenklich.

»Dreiundfünfzig Jahre.«

»Dreiundfünfzig Jahre?«

Ich nickte.

»Was verschweigst du mir?«

Ich fuhr mit der Zunge über meine Oberlippe. »Olympus wird ihnen als Quelle dienen.«

»Er wird also überleben, mein griechischer Gefolgsmann?«

»Ja.« Mein Blick wanderte zu ihr hinüber. »Ich habe nie, wirklich nie von einer schwangeren Dienerin Kleopatras gehört. Das könnte ein Versehen sein oder –«

»Iras entkommt.«

»Es ist ganz wesentlich, dass du so stirbst, wie es in den Geschichtsbüchern steht. Vielleicht überwachen meine Leute –« Ich konnte meine Ängste nicht einmal aussprechen, aber ich wusste, dass wir in den nächsten Tagen sehr vorsichtig sein mussten. »Wenn sich irgendetwas anders abspielt, als es ihrer Meinung nach geschehen müsste, dann werden sie genau wissen, wo sie mich finden können.« Und dann würden sie mich aufhalten können.

Das lockige Haar offen über die Schulter gebreitet, den phantastischen Leib in edle Seide gehüllt, drehte die Königin Ägyptens den Ring von ihrem Finger. »Gebe ich Ägypten, meinen Kindern und den Ptolemäern wirklich noch eine Chance, wenn ich auf dich höre?«, fragte sie.

»Alexanders Traum könnte zum Leben erwachen.«

Sie senkte den Kopf. »Und wann muss die Entscheidung fallen?« Dann sah sie zu mir auf. Ihre bohrenden grauen Augen wirkten nicht mehr freundlich, sondern wütend. »Wann muss ich einer jener Frauen, die mich lieben und die ich liebe, sagen, dass sie mich erwürgen muss, weil Isis … ein traditioneller Tod nicht genügt?«

»Auf jeden Fall vor …«, ich kam ins Stottern, »dem Ende.«

»Und wann wird das sein?«

»Wenn Oktavian deinen Leichnam betrachtet.« Obwohl ich

da nicht sicher war. Schließlich stand Oktavian auch auf der Liste der potenziellen Täter. Hatte er sie vielleicht nach ihrem Tod gewürgt? Nein, sie war noch am Leben gewesen, als sie im Viz gewürgt worden war. Sollte ich das Risiko eingehen, sollte ich darauf bauen, dass der kühle Römer lang genug die Beherrschung verlieren würde, um diese von seinen Soldaten geliebte Frau zu erdrosseln und auf diese Weise die Szene umzusetzen, die JWB erwarteten?

Sie nickte. »Ich werde jetzt meine Frauen rufen lassen und sie allein empfangen.«

10. Kapitel

Die drei Frauen fielen sich in die Arme und begannen alle gleichzeitig zu reden.

»Mardian hat erzählt, der Latiner hätte in der Stadt schreckliche Dinge getrieben«, berichtete Iras. Selbst vom Fenster aus wirkte sie müde und resigniert.

»Wenn er die Schriftrollen gelesen und nicht nur angesteckt hätte, würde er wissen, dass Marmor nicht brennt«, sagte Klea. »Er wird die Stadt schwarz färben, aber auf diese Weise bestimmt nicht zerstören.«

»Er hat den ganzen Hofstaat im Gymnasium zusammengerufen«, fuhr Iras fort. »Und dann wurden alle exekutiert. Als Familien.«

»Auch die Juden?«

Sie nickte.

»Ich habe Alexandra von Jerusalem versprochen, dass den Juden nichts zustoßen würde«, seufzte Kleopatra. »Ein weiteres gebrochenes Versprechen.« Händeringend nahm sie ihre nervöse Wanderung wieder auf.

Iras und Charmian tauschten einen Blick und beobachteten sie.

»Was sollen wir jetzt tun, Herr?«, wollte Charmian wissen.

Kleopatra musterte beide abwechselnd. »Selene wird sich niemals geschlagen geben«, prophezeite Kleopatra. »Und die Jungen – wie können so stille, so ruhige und gelehrsame Knaben überhaupt Antonius' Jungen sein?«

»Im Osten hockt dieser verabscheuenswürdige Idumäer, und im Westen eine Marionette Oktavians«, sinnierte Iras. Sie streichelte nachdenklich ihren Bauch. »Wir haben kein Gold, keine Mittel.«

»Du bist nach wie vor der Meinung, dass ich fliehen sollte?«, fragte Kleopatra ihre Halbschwester. Dann lachte sie. »Was fängt eine abgesetzte Königin überhaupt an?«

»Du darfst keinesfalls durch Oktavians Hand sterben«, erklärte Charmian stirnrunzelnd. »Du bist eine Königin, eine Göttin.«

Die drei Frauen reichten sich die Hände. Kleopatra sah die beiden an. »Wir haben unser Leben eng miteinander verknüpft. Ihr seid meinem Herzen am allernächsten.« Ihr Blick zuckte kurz hoch zu meinem Fenster und kam dann wieder auf ihren Gesichtern zu liegen. »Ihr habt mir und Ägypten gedient – wenn auch nicht immer ohne Widerspruch«, schränkte sie ein, woraufhin alle lachten, »aber doch treu und mit ganzem Herzen.« Sie fuhr sich mit der Zunge über die Lippen. »Ich brauche meine Isis-Gewänder, mein Geschmeide, meine Krone. Wir müssen Oktavian um die Erlaubnis zu einem Besuch bei Antonius im Mausoleum bitten, bevor wir uns auf diese letzte Reise begeben.«

Die beiden Frauen nickten, und Kleopatra umarmte sie. Sie küsste sie nacheinander auf die Lippen und flüsterte ihnen etwas ins Ohr. Die Frauen verzogen keine Miene, aber sie eilten sofort los.

Ein weiteres Bad, dann erschienen die Gewänder und Mardian.

Ich beobachtete, wie sich die Römer fast überschlugen, Kleopatras Forderungen zu erfüllen, wie sie die Sklaven anbrüllten und Soldaten abkommandierten, Kleidertruhen und Schmuckschatullen herbeizubringen.

Die Soldaten kehrten mit Mardian, der Krone, den Roben, den Untergewändern und allen nötigen Insignien für eine Fleisch gewordene Isis zurück. »Ich brauche auch Sachen für meine Kinder«, sagte Kleopatra zu Charmian, weil sie sich nicht dazu herablassen wollte, die Römer direkt anzusprechen. »Sie müssen für eine so lange Reise ausgerüstet sein! Die Kinder des ägyptischen Königshauses sollen schließlich nicht aussehen wie Bettelknaben! Was würden die Menschen von Cäsar denken?«

Zwei Wachen blieben im Zimmer zurück, die anderen vier waren schon unterwegs.

Ich sprang vom Fenster auf den Rasen unten und flitzte in den Schutz der Mauer. Die Sonne begann bereits zu sinken, und ich machte mich mit gesenktem Kopf (wie ich es mir bei einer Priesterin vorstellte) auf den Weg zum Museion.

Jemanden ans Kreuz zu schlagen ist eine ausgesprochen römische Methode der Folterung und Hinrichtung.

Zwanzig Kreuze waren in dem Bereich zwischen der Seitenwand der Tempelanlage/Bibliothek und dem Rand des Obstgartens errichtet. Die meisten Opfer waren bereits tot oder so tief bewusstlos, dass kaum mehr ein Unterschied zwischen Leben und Tod bestand. Die Gekreuzigten waren ausnahmslos Männer, und die meisten von ihnen so gesichtslos – aller Kleider, ihres Schmuckes, ihres Auftretens und ihrer Haltung beraubt – wie abgehangenes Fleisch. An manchen von ihnen machten sich bereits die Vögel zu schaffen, die erst die Augen behackten und sich dann die zarten Innereien vornahmen.

Wer waren diese Männer? Warum waren sie hier? Diese Massenexekution war nirgendwo erwähnt.

Kein Soldat stand Wache, und nirgendwo klammerten sich klagende Frauen oder Männer an die Stümpfe der gefällten Bäume und weinten um die Gestorbenen. Die Sonne mühte sich ab, den immer noch grauen Himmel zu durchdringen – doch

Qualm und Fäulnisgestank vergifteten die Luft. Tödliche Stille lag über der Szene.

Das Folterkreuz der Römer würde zum religiösen Symbol werden, weil die Römer später auch einen Juden ans Kreuz schlagen würden, der Toleranz und Liebe predigte. Der Mann würde, das besagten die wichtigsten Dokumente dieser Religion, drei Tage lang tot sein und danach auferstehen. Aber er würde weiterhin die Kreuzigungsmale tragen: Löcher in Händen und Füßen. Oder, genauer gesagt, in Hand- und Fußgelenken.

Aus allem, was ich gelesen hatte, vermutete ich, dass der Kreuzigungstod eine schreckliche Quälerei war. Man hing an den Händen und musste sich gegen den Nagel in den Fußgelenken stemmen, um überhaupt Luft zu holen. Schwerkraft, Schmerz und Erschöpfung bewirkten, dass der Körper ständig nach unten sackte, bis man schließlich vollkommen entkräftet und qualvoll erstickte.

Wenn die Römer einem Gekreuzigten die Beine brachen, galt das als große Gnade. Das Opfer starb dann schneller, weil es sich nicht aufrichten konnte, um Luft zu holen.

Mehr als nur ein römischer Eroberer hatte seine unterlegenen Feinde bestraft, indem er deren Straßen mit gekreuzigten Bürgern säumte. Bei einer Gelegenheit hatten achttausend Juden an der Straße von Jerusalem ans Mittelmeer gehangen. Fünfzig Kilometer lang.

Die Kreuze waren grob gehämmert – ich hatte sie mir immer aus poliertem Holz und mit ausgewogenen Proportionen zwischen Pfeiler und Querstrebe vorgestellt. Stattdessen bestanden sie aus ungehobeltem Holz: zwei splittrigen, lieblos zusammengeschnürten Holzstücken. Man hatte abgebrannte Bäume entastet, umgehackt und in zwei Abschnitte zerhauen. Lücken mit dunkler Erde in dem versengten Grün des Rasens zeigten an, wo das Massaker stattgefunden hatte. Keinen Meter vom ehemaligen Obstgarten entfernt erhob sich nun eine neue, grässliche Plantage: die Gekreuzigten.

Ich betrachtete die gebrechlichen Leiber; die Pigmentierung

ließ erkennen, wo die Haut ständig in der Sonne gewesen war und welche Teile ihr nie ausgesetzt waren. Die Männer sahen so bemitleidenswert aus, derart ans Holz genagelt, so... menschlich. Im Geist sah ich meinen eigenen Leib hier hängen – würde mir das Tek erlauben, länger durchzuhalten? Würden es mir die superstarken Knie und Knöchel und Hüften ermöglichen, mich beim Atmen immer wieder aufzurichten und sinken zu lassen, bis der Wunsch zu atmen längst erloschen war?

Geflüster, Worte, ich hörte sie wohl, entdeckte aber niemanden, der sich bewegte. Als ich zwischen den zwei letzten Kreuzreihen durchging, bemerkte ich im Aufsehen einen bärtigen und langhaarigen Hingerichteten. Der Brustkorb des Mannes bewegte sich immer noch, auch wenn sein Leib bereits zusammengesackt war. Blut durchtränkte den Fuß des Kreuzes, auch unter den Wunden in den ausgestreckten Armen des Opfers war alles dunkel von geronnenem Blut. Der Gekreuzigte richtete sich mit einem ohnmächtigen Stöhnen auf und flüsterte wieder: »Der Herr unser Gott ist der einzige Gott.« Er sprach Hebräisch.

»Seth?«, rief ich leise und lief auf ihn zu.

Er sackte wieder zusammen, sein Körper schauderte, und die Finger öffneten und schlossen sich, als wollten sie unabhängig vom restlichen Körper den Nagel abstreifen, den die Mörder durch sein Handgelenk getrieben hatten.

»Seth?«

Ihm stockte der Atem; kurz befürchtete ich, ich hätte ihn zum Husten gebracht.

Ich baute mich unter ihm auf, und mir brach das Herz, dass dieser Adlige aus dem königlichen Gefolge derart die Würde verloren hatte. Er war nackt, er hatte die Kontrolle über seinen Körper verloren, er stand kurz vor dem Tod. Erschöpft kniff er die Augen zusammen und riss sie dann kurz auf. »Ich bin Jude«, keuchte er. »Keine Göttin... sollte mich besuchen.«

Ich biss mir auf die Lippe. »Sie liebt dich«, sagte ich, weil ich daran denken musste, wie vertraulich Kleopatra und ihr Berater miteinander umgegangen waren.

»Die Konstellation«, sagte er. »Von mir haben sie nichts erfahren, sie –« Er sackte wieder zusammen. Ich beschleunigte seinen Tod nur, indem ich ihn zum Reden brachte.

»Sie haben die Konstellation nicht erfahren«, wiederholte er. »Sie ist sicher, sie … sie …« Er erschlaffte wieder. Unter der Haut sah ich seine Muskeln zucken, und seine Adern waren so geschwollen, dass sie jeden Moment zu platzen schienen. Erbrochenes und Blut bedeckten seine glatte Brust. Ich konnte ihn töten – um ihm die Schmerzen zu ersparen, aber wollte er überhaupt schon sterben? Er bemühte sich so sehr, noch einmal einzuatmen, noch einmal –

»Indien«, keuchte er. »Konstellation –«

Was wollte er mir da um jeden Preis mitteilen?

»Weg«, sagte er, dann schoss der Schmerz durch seinen Körper, und er bäumte sich auf, bis er um ein Haar die Handgelenke losgerissen hätte. »Klea … muss weg«, murmelte er und sackte zusammen. Diesmal in die Bewusstlosigkeit.

Niemand schaute her, niemand wartete auf seinen Tod. Ich wünschte, ich hätte fliegen können, ich hätte neben ihm schweben und sein Gesicht waschen können, ich hätte ihm die Stirn kühlen und verstehen können, was er mir zu sagen versuchte.

Aber ich konnte es nicht – seine Geheimnisse würden für alle Zeit in seinen Geist eingeschlossen bleiben.

Getrampel – Römer im Anmarsch.

Seth war immer noch am Leben, er atmete immer noch, wenn auch halb im Koma. Sie würden ihm die Beine brechen, ein paar Minuten abwarten und dann seinen Leichnam vom Kreuz nehmen. Das hier ist kein Gabelungspunkt, ermahnte ich mich. Du bist ganz allein, du kannst keine Veränderung bewirken.

Dabei wollte ich nichts anderes bewirken als eine Veränderung, eine entscheidende Veränderung.

Gebückt und heulend rannte ich auf die Römer zu. »Bitte«, flehte ich auf Latein, »bitte, er stirbt schon. Lasst ihn in meinen Armen sterben, bitte!« Verglichen mit allen anderen Sprachen, die ich beherrsche, ist Latein schlicht, geradlinig und effektiv.

»Sie sind schon tot, Weib.«

Mit schnellen Fingern löste ich mein Haar und lockerte meinen Chiton. »Bitte, er atmet noch. Nehmt ihn herunter und lasst ihn in meinen Armen sterben!«

»Sie spricht sogar Latein«, meinte einer von ihnen. »Sie wird schon nicht mit dem Leichnam durchbrennen.«

»Du kannst warten, bis er tot ist«, sagte ein anderer zu mir.

Die Soldaten sahen alle gleich aus. Unter meinen Tränen und meinen Haaren konnte ich unmöglich feststellen, welcher von ihnen Mitleid mit mir hatte. Die gleichen Uniformen, die gleiche Sprechweise, die gleichen Augen unter den gefiederten Helmen. Mich überlief ein eisiger Schauer: Sie waren alle gleich.

Die Römer suchten nach Gleichförmigkeit, genau wie JWB.

Ich warf mich zu Boden, umklammerte irgendwelche Fußgelenke und jammerte aus vollem Hals.

»Bei Jupiter, bring sie zum Schweigen!«

»Ich würde sie gern ficken.«

»Tu's halt, dann ist sie wenigstens still.«

»Bitte, bitte«, flehte ich und sah in das Gesicht des Soldaten auf, an den ich mich gekrallt hatte.

»Er stirbt, sagst du?«

»Ja, schon bald. Ich möchte nur ... ich möchte ihn ein letztes Mal in den Armen halten.«

»Ach Scheiße, meinetwegen«, sagte der Soldat und winkte zwei Kameraden herbei. »Welcher von diesen Versagern ist es?«

»Sei still, sie versteht dich doch«, wies ihn ein anderer zurecht, während wir zu viert zu Seths Kreuz eilten.

»Wenn ich erst mit ihr fertig bin, wird sie noch viel mehr verstehen«, meinte ein anderer. »Das hier wird sie teuer bezahlen.«

Seth war noch am Leben. Schnell hatten die Römer ihn vom Kreuz geholt. Sie ließen ihn auf den Boden fallen und gingen weg, um mir die Illusion zu geben, ich könnte ungestört mit ihm zusammen sein. Ich fuhr mit den Fingern durch Seths Haar – was für ein Sternzeichen war er? Hatte Kleopatra das nicht erwähnt?

Ein Wasserzeichen ... »Atme weiter«, sagte ich. »Ich will dir helfen.«

Das erste Wasserzeichen war der Wassermann. Ich setzte die Finger auf die Punkte des Zeichens und atmete tief ein, um eine elektrische Spannung zu erzeugen. Die Verbindung war brutal – all seine Lebensfunktionen waren kurz vor dem Zusammenbruch.

»Das Sternbild«, sagte ich auf Hebräisch zu ihm.

Ein Bild – nicht der Nachthimmel, aber ein genaues Abbild davon. Mit Gold und Juwelen statt Sternen. Dann sah ich Kleopatras Gesicht, allerdings in ein indisches Gewand gehüllt. Ein Boot. Gleich darauf verblasste das Bild. »Nein«, flüsterte ich Seth und seinem Geist zu. »Erklär es mir!«

Seine Lider flatterten auf, so schmerzvernebelt, dass ich mir wie ein Folterknecht vorkam.

»Ich verstehe das nicht«, sagte ich. »Das Sternbild. Indien, ein Boot?«

»Der Schatz«, hauchte er, »liegt in dem Sternbild.«

Das Bild des Nachthimmels – die Decke über Alexanders Sarkophag. Das hatte ich gesehen – und die Juwelen, seltsam gesetzt – »Erzähl es mir«, sagte ich, aber Seth lag bereits im Sterben.

Meine Hände unterbrachen die Verbindung und hielten nur noch seinen Kopf. Er blinzelte und hauchte mit heiserer Stimme das Sterbegebet der Juden. »Du bist hier«, sagte er. »Zwei Mal habe ich dich jetzt gesehen.« Er versuchte zu lächeln, seine Augen wurden glasig vor Schmerz, aber er bemühte sich mit aller Kraft, wach zu bleiben. »Bringst du mich«, keuchte er, »bringst du mich ...« Er fasste nach mir und packte überraschend kräftig meine Hand. »Nächstes Mal«, sagte er und hörte auf zu atmen.

Die Römer hatten sich zurückgezogen, um ihren Kameraden Hilfestellung zu leisten, die die Leichen von den Kreuzen holten. Seths Körper war noch warm; ich wusste, dass es bei seinem Volk Tradition war, den Leichnam sofort zu beerdigen. Die Juden hielten nichts vom Verbrennen. Leichen zu verbrennen war etwas für Römer, und genau das würden diese Römer tun.

Sollte ich Seths Leichnam retten und mich einer dreifachen Vergewaltigung stellen oder lieber in Alexanders Soma zurückkehren und den Schatz in der Sternenkarte finden?

Ich legte Seth auf dem Gras ab und floh zwischen die noch übrig gebliebenen Bäume. Ich hatte keine Ahnung, wie lange die Römer nach mir suchen würden. Aber sie würden wohl kaum das Mausoleum absuchen. Bis zur Dunkelheit konnte ich nichts weiter unternehmen. Die ganze Zeit über wiederholte ich Seths Gebet, in der inständigen Hoffnung, dass das göttliche Element in ihm bereits bei seinem Schöpfer war, ganz gleich, was sie mit seinem Leichnam anstellen mochten.

Auch wenn ich nicht mehr unter den Schleier wegtauchen konnte, so konnte ich doch zwischen den Bäumen verschwinden.

Es war genau wie von Plutarch beschrieben: das Leichenmahl für Antonius. Oktavian hatte seiner Feindin in einem Anfall von Großmut erlaubt, es im Mausoleum abzuhalten. Kleopatra trug das Gewand der Isis und ein schwarzes Himation, das zwischen ihren Brüsten von einem großen, komplizierten Knoten gehalten wurde. Sterne, Planeten und astrologische Symbole glitzerten in goldenen und silbernen Stickereien auf dem dunklen Hintergrund. Die dreiteilige Perücke mit Geier und Kobra umrahmte ihr bleiches Gesicht, aus dem nur ihre von Bleiglanz umringten grauen Augen leuchteten, unendlich dunkel und rätselhaft.

Iras trug ein lockeres schwarzes Gewand und ein gestreiftes Nemes-Kopftuch wie das der Sphinx, während Charmian in das Rot der Isis gehüllt war und das Nemes-Tuch als Schal übergeworfen hatte. Beide hatten die Augen mit Bleiglanz geschminkt. Gerade war Iras dabei, Kleopatras Handflächen zu vergolden.

Alles schien genau den historisch überlieferten Lauf zu nehmen. Als ich die Frauen weder im Palast noch in den Tempeln gefunden hatte, war ich in Panik geraten. Dabei waren sie hier, genau dort, wo sie sein »mussten«. Kleopatra nahm mich nicht zur Kenntnis, dennoch schien sie zu wissen, dass ich da war.

Würde sie mir vertrauen, obwohl sie nichts als mein Wort hatte? Würde sie ihr Ende so hindrehen, dass ich einen neuen Anfang finden konnte? Und was war, wenn ich alles in meiner Macht versuchte und sich trotzdem nichts änderte? So durfte ich nicht denken, wenn ich auch nur im Entferntesten eine Niederlage befürchtete, würde ich nicht ertragen, was ich gleich anschauen musste.

Sie würde nur dieses eine Mal sterben, versprach ich mir. Die Geschichte wird sich ändern; ich musste nur dies hier durchstehen und dann zum Gabelungspunkt reisen.

Die Frauen sprachen kein Wort – vielleicht gab es nichts mehr zu sagen, nachdem sie so lange so eng zusammengelebt hatten und sich in- und auswendig kannten. Kleopatra übergab Charmian eine Nachricht und befahl ihr, sie Oktavian zu überbringen.

Charmian steckte sie in ihre Schärpe, dann nahm sie ihre Position am Kopf des toten Antonius ein, dessen Leichnam bereits in einem Sarkophag lag. Sie stimmte eine leise, traurige Weise an. Iras fiel in einer gespenstischen Art von Harmonie in das Lied ein, während Kleopatra das Sistrum schlug.

Ein Klopfen unterbrach die Musik, und die Tür ging auf.

»Eine Ente für das Totenmahl unseres Herrn Antonius«, sagte ein Soldat, der mit gesenktem Blick die Tür aufhielt. »Klopft, wenn ihr fertig seid«, sagte er zu den Sklaven. Drei Sklaven traten, einen Tisch tragend, in den Raum. Zwei setzten das Möbel ab und verbeugten sich vor Kleopatra, während der dritte eine Schüssel auf dem Tisch abstellte. »Die Lieblingsente unseres Herrn Antonius«, erklärte er. »Mit Pistazien gefüllt und in Wein vom Mareotis-See mariniert.« Er tupfte sich die Augen trocken. »Möge er zehntausend tausend Jahre leben.«

»Danke, Niko«, sagte Kleopatra und streckte die Hand aus. Der Sklave warf sich zu Boden, weinte auf ihre Hand und küsste sie. Die beiden anderen zerrten ihn weg. Dann ließ der Wachsoldat die drei wieder hinaus.

Zehn Minuten später traten andere Diener ein, die gebratenes

Gemüse mit Walnüssen und Granatapfelsamen brachten. Wieder fünf Minuten später wurden Sklaven mit gekochtem Getreide eingelassen, das mit Taubenherzen verziert war. Weitere zehn Minuten später wurde ein Krug Wein serviert. Danach eine Ochsenfleischplatte. Mindestens sechs Stunden lang kamen und gingen die Menschen; alle traten mit Gaben für Antonius' Leichenschmaus ein, und alle gingen mit Tränen in den Augen.

Die ganze Zeit über sangen Kleopatras Frauen. Alle Lieder gingen ineinander über, ein Klagegesang folgte dem anderen. Kleopatra dankte jedem Besucher namentlich. Die Augen der Wachsoldaten begannen zu glänzen, als sie Gericht um Gericht ankündigten, die den toten Antonius kräftigen sollten.

Schließlich setzten sich die Frauen an den Tisch. Er bog sich beinahe unter der Last der Speisen. Jede trank ein Glas Wein, aber keine rührte das Essen an. Nach ein paar Minuten der Stille atmete Kleopatra tief ein. »Es wird Zeit.«

Iras und Charmian küssten einander.

Wieder ein Klopfen.

»Feigen für Herrn Antonius' Leichenschmaus«, verkündeten die Wachsoldaten, ohne auch nur ins Zimmer zu schauen, der ständigen Wiederholungen müde. »Klopf, wenn du wieder raus willst«, mahnten sie.

Der Eintretende ging gebückt und war in einen weißen Mantel gehüllt. Er trug einen Korb in beiden Händen.

Die Tür fiel wieder zu.

Unvermittelt geriet alles in Bewegung.

Der Mann schlug den Umhang zurück und richtete sich auf – Mardian. Kleopatra und Charmian nahmen Iras' loses schwarzes Gewand und warfen es dem Eunuchen über, dessen Augen bereits mit Bleiglanz umringt waren. Mit zitternden Händen rückte er das Nemes-Kopftuch zurecht. Charmian wand den weißen Feigenverkäuferturban um Iras Kopf, während Mardian sich geschickt und schnell die Nägel vergoldete.

Kleopatra setzte sich auf ihre Liege, woraufhin sich Mardian und Charmian, beide als Isis-Priesterinnen gewandet, neben ihr aufbauten. Die Königin setzte ihre dreiteilige Isis-Krone ab und zog dann den Ring mit dem ungeschliffenen Amethysten vom Finger. Sie drehte den Stein aus der Fassung, woraufhin auf dessen flacher Unterseite eine eingravierte Kartusche zum Vorschein kam.

Dann wendete sie die Krone zu sich her, bis die Juwelenaugen des Geiers und der altägyptischen Kobra sie ansahen, und steckte den Ring innen in die Krone.

Alle hielten die Luft an: Die goldene Kobra auf der Krone öffnete das Maul. Den kleinen Kopf in der Hand haltend, zog Kleopatra den Schlangenaufsatz von der Krone ab.

»Iras, meine Schwester«, sagte Kleopatra und umarmte das Mädchen in Weiß. »Lass Alexanders Traum leben.«

Iras nickte, mit bebenden Lippen und glasigem Blick. Sie küsste Kleopatra und ließ sich von Charmian zur Tür begleiten. Mardian streckte der Königin die Arme entgegen, und Kleopatra presste das Schlangenmaul in seine Haut, bis die Flüssigkeit in seine Adern schoss.

Er presste genau wie sie die geschminkten Lippen zusammen und lächelte dann unter hellen Tränen. Kleopatra küsste ihn, und er trat zurück, wobei er sich an der Kante von Antonius' Sarkophag festhielt.

Während Charmian klopfte und die Wachen Iras hinausgeleiteten, drehte Kleo der Tür den Rücken zu. Charmian reichte einem der Soldaten eine Nachricht, und die Tür wurde erneut zugeschlagen. Ich hörte, wie man draußen den Riegel vorschob.

Jetzt presste Kleopatra den Schlangenkopf in ihre eigene Haut. Daher stammten also die winzigen runden Wunden, welche die Römer gefunden hatten, wie Plutarch berichtete. Sie starb tatsächlich am Gift eines Schlangenbisses, allerdings nicht am Biss einer lebendigen Schlange.

Darum war die Schlange nie gefunden worden.

Die Brillenschlange, die Beschützerin des Königshauses, hatte die ganze Zeit in Kleopatras Krone gesteckt; meine kluge Klea.

Sie winkte mich her, sie sah mich.

Charmian eilte zur Königin und drückte sich die goldenen Kobrafangzähne ebenfalls in die Haut. Mardian lag auf dem Boden. Er sah schon jetzt aus wie eine Schlafende.

Kleopatra nickte Charmian zu, die sich zu mir umdrehte. Die Nubierin schien nicht im Geringsten überrascht, dass ich hier war.

Nervös und hektisch schlossen die beiden Frauen das Schlangenmaul, schoben es in die Einfassung in der Krone zurück und lösten den Ring wieder aus der Krone heraus. Charmian drehte den Stein um und setzte ihn wieder in den Ring der Königin ein.

Kleopatras Blick war schon jetzt leer – das Gift der *Naja Haja* war äußerst wirksam.

»Sie hat gesagt, wenn du die Zukunft und die Vergangenheit ändern würdest, dann musst du das tun«, sagte Charmian, zog einen Seidenstreifen aus ihrem Ärmel und drückte ihn in meine Hand.

Ich sah die Königin an.

»Sie spürt schon nichts mehr.« Die Dienerin lallte nur noch mühsam und musste sich am Tisch festhalten, um nicht umzufallen.

Auch ihr stand der Tod bereits ins Gesicht geschrieben.

Der Seidenschal in meiner Hand war ein Objekt der Schönheit, ein Unterpfand jener Welt, die in Alexandria erschaffen worden war; er stand für die kulturelle Vermischung, für die Verschmelzung von Glaubensrichtungen, für gegenseitiges Verständnis. Genau wie die Große Bibliothek, genau wie die Gärten und Tempel. Genau wie Kleopatra.

Ich blickte in ihre grauen, starren Augen.

Lärm von draußen verriet mir, dass die Römer im Anmarsch waren. Noch in einiger Entfernung, aber unaufhaltsam. Mein Herz raste, doch meine Hände blieben ruhig. Tief, tief in Kleopatras Augen blitzte ein ironischer Funke auf – sie hatte die Entscheidung mir überlassen. Die Verantwortung mir auferlegt.

Ich kenne den Tod. Ich habe schon viele Morde durch den Schleier beobachtet. Säugetiere sind gewalttätige Wesen.

Sorgsam darauf achtend, dass ich auch die Halsschlagader abdeckte, zog ich das Seidentuch vorn um ihren Hals, ihren so eleganten Hals, den ich geküsst und gestreichelt und liebkost hatte. Dann schlang ich die Enden um meine Hände und drehte den Stoff ein, bis er straff gespannt war.

Jetzt war ich an der Reihe, das Schicksal mit all seinen Konsequenzen zu wenden.

Die Stimmen prügelten auf mich ein, mein JWB-Training, die Autoritäten, denen ich mich mein ganzes Leben lang gebeugt hatte: *Historiker greifen nicht in den Lauf der Welt ein. Die Vergangenheit ist unantastbar. Unsere Quellen sind heilig.*

Ich überkreuzte die Hände, presste die Seide gegen die Adern und spürte plötzlich nur noch die gespannten Sehnen in meinen Armen, den Puls in meinem Hals, die Hitze in meinem Gesicht, die verblüffende Lebendigkeit meines Körpers. Dann zog ich das Tuch noch einmal energisch an und hielt es fest, bis die Tränen über meine Wangen gerollt waren und von meinem Kinn zu tropfen begannen.

»Sie ist im anderen Reich«, sagte Charmian irgendwann.

Ich öffnete die Augen und blickte in das entstellte Gesicht, das ich vor so vielen Tagen in einer vollkommen anderen Welt auf einer Viz-Leinwand gesehen hatte. Kleopatra war tot, genau wie wir es beobachtet hatten.

JWB: Wer tötete Kleopatra?

Zimona 46723904.alpha. Ich war es. Ich habe sie geliebt, und ich habe sie getötet, weil ich ihren Traum noch mehr liebte als sie.

Ich zog den Schal weg, während Charmian mühsam Kleopatras dreiteilige Krone gerade rückte und die Königin flach auf den Boden legte.

Gepolter an der Tür, so als ob ein Mann im Kampf gegen das Holz geschleudert wurde.

Charmian strich die Gewänder der Königin um ihre Knöchel glatt.

»Wer bist du?«, hörte ich die Römer draußen energisch fragen.

»Olympus! Der königliche Leibarzt«, schrie ein Mann in panischer Aufregung.

»Wie willst du das beweisen?«, fragte einer der beiden provokant.

»Cäsar selbst hat mich euch vorgestellt! Er wird gleich kommen! Und nun öffnet die Tür!«

Charmian faltete mit hölzernen Bewegungen Kleopatras Gewand zur Perfektion. Mardian lag tot auf dem Boden und blickte mit seinen wunderschönen blauen Augen in eine andere Welt.

»Öffnet im Namen Cäsars!«, kreischte Olympus.

Charmian streckte die Hand aus, um den juwelenbesetzten Flügel des Geiers um Kleopatras Wange zu schmiegen.

Ich kletterte zum Fenstersims hoch und war gerade in Deckung gegangen, als die Tür aufflog.

»Was ist das?«, brüllte einer der Wachsoldaten. Aus seiner Stimme gellten zu gleichen Teilen Empörung und Entsetzen.

»Ein Ende, wie es einer wahren Königin und der Tochter vieler Könige geziemt«, keuchte Charmian und sank zu Boden.

Genau wie von Plutarch beschrieben.

Olympus lief zu Kleopatra hin, blieb aber abrupt stehen.

»Wer war das?«, donnerte Oktavian, der eben in den Raum getreten war. »Wer hat das getan?«

Die Soldaten hinter ihm starrten in blankem Entsetzen auf die grässliche Szenerie. Einigen standen Tränen in den Augen.

»Wer war noch hier drin?«, wollte Oktavian wissen.

»Es gab ein Totenmahl«, bekannte einer der Männer.

»Als der Letzte gegangen ist, war sie noch am Leben«, wandte ein anderer ein. »Sie hat am Tisch gesessen. Sie waren alle noch am Leben.«

»Eine ihrer Zofen –«

»Raus hier, und zwar alle!«, brüllte Oktavian. »Jetzt werden sie behaupten, ich hätte die Königin Ägyptens ermordet!«

Die Soldaten, deren Gesichter ich zum Teil schon unter Männern gesehen hatte, die Klea so ehrfürchtig aus dem Mausoleum abgeführt hatten, blieben wie angewurzelt stehen.

»Raus, oder ich lasse euch kreuzigen!«, kreischte Oktavian. Die Soldaten ließen Olympus, Oktavian und zwei weitere Männer allein im Raum zurück.

»Bei Jupiter, sie sieht schrecklich aus.« Oktavian beugte sich neugierig über Kleopatra.

»Du wolltest doch, dass sie stirbt, Herr«, wandte ein Mann in einer Toga ein.

»Sie sollte erst sterben, nachdem sie im Triumphzug marschiert war ...« Er deutete auf die Erwürgte. »So war es nicht geplant.«

Olympus war aschgrau – er schien echt entsetzt. »Und wenn es ein Selbstmord war?« Die Worte kamen tonlos, so als läse er sie in einer ihm unbekannten Sprache ab.

Die drei Männer gafften ihn mit großen Augen an – sich selbst zu erwürgen war schwierig, wenn nicht unmöglich. Jeder, der sie sah, würde das wissen.

»Hmm ... wir reden vom mysteriösen Tod ... einer exotischen Königin«, murmelte Oktavian, jedes einzelne Wort nachschmeckend wie ein Geschichtenerzähler auf dem Markt. »Wahrscheinlich hat sie sich selbst umgebracht und es wie einen Mord aussehen lassen, nur um mir einen Strick daraus zu drehen.« Oktavian biss die Zähne zusammen. »Ich wollte sie im Triumphzug marschieren lassen. Wie soll ich jetzt beweisen, dass ich sie besiegt habe?«

»Ich dachte, sie sollte hier, bei Antonius, begraben werden –«, wandte Olympus energisch ein.

Dann begann ich mich zu fragen: Inwieweit hatte Kleopatra Olympus' Treuebruch von Anfang an geplant? Hatte sie dieses endgültige, symbolische Schauspiel noch vom Totenreich aus arrangiert? Als der Arzt wieder sprach, klang er vernünftig und verschwörerisch zugleich. »Wer würde schon einen orientalischen Sarkophag auf einem Triumphzug sehen wollen? Cäsar weiß, dass sein Volk einen Hang zu heidnischen Bräuchen hat. Zu bombastischer Schauspielerei.« Er setzte eine Kunstpause. »Wie wäre es mit einer öffentlichen Verbrennung?«

»Von einer Toten? Einer Erwürgten? Sie ist abgewichen von –«

»Sieh, mächtiger Cäsar«, meldete sich der Togaträger zu Wort und deutete dabei auf Kleas Geschmeide. »Die alexandrinische Hure aus dem Orient, in ihren fremdartigen Gewändern und mit Schlangen auf dem Kopf und an den Armen.«

»Die Giftschlange ist Isis' heiliges Tier«, erläuterte Olympus.

»Eine Giftschlange!«, rief Cäsar aufgeschreckt. »Römer«, sagte er zu dem vierten Mann, »lauf auf den Markt! Bring die Schlangenbeschwörer her! Die Menschen, die Gift aussaugen können! Los!«

Olympus blickte von der Erwürgten auf die Tür. »Sie ist längst –«

»Sie hat sich mit ihren Schlangen umgebracht«, überlegte Oktavian, hektisch auf und ab gehend. »Sie hat sie hereingeschmuggelt, oder vielleicht waren es auch die Diener – Holt mir die Diener her!«, brüllte er. »Du hast doch Bisswunden an ihrem Leichnam entdeckt, nicht wahr, *Medicus* Olympus?«

Olympus trat an den Leichnam, aber Oktavian hielt ihn zurück. »Schlangen an ihrer Brust«, zischte er. »Sie hat sie an ihrem Busen genährt, genau wie ihre perverse Göttin es tun würde.«

Olympus' Lächeln erlosch kurz, aber Oktavian war nicht zu bremsen. Auf der Lippe kauend, dachte er laut nach und spann dabei jenes Märchen, das zur Legende, zu Kleopatras ewigem Vermächtnis werden sollte.

»Kleopatra hat sich umgebracht, indem sie Giftschlangen an ihre Brust setzte. Das ist gut«, überlegte Oktavian, mit scharfen Zähnen an einem Häutchen unter dem Nagel knabbernd. »Als Cäsar die Mitleid erregende Nachricht erhielt, in der sie darum bettelte, an Antonius' Seite begraben zu werden, kam bereits jede Rettung zu spät. Ja, genau, sie starb von eigener Hand. Wie eine ganz gewöhnliche alexandrinische Kriminelle. Sie zwang ihre Zofen, ihr in den Tod zu folgen. So könnte es aufgehen.«

»Ich bezweifle, dass auch nur ein Mensch in Alexandria glauben wird, sie hätte ihre Zofen gezwungen«, wandte Olympus trocken ein. »Vielleicht sollten wir auf dieses Detail verzichten?«

Oktavian blickte den Arzt finster an, aber noch bevor Cäsar antworten konnte, streckte ein Soldat den Kopf zur Tür herein. »Die Psylli, Herr«, sagte er.

Die Schlangenmenschen.

War ich die Einzige, der auffiel, wie belegt und heiser der Soldat klang?

»Es ist zu spät«, antwortete Oktavian. »Sagt ihnen das.«

»Bist du sicher, dass nichts mehr zu machen ist?«, protestierte der Soldat. »Ich habe diese Männer gesehen, und sie können –«

»Sie ist tot!«, schnauzte Oktavian ihn an. »Erzähl den Psylli, was passiert ist, und schick sie wieder weg. Und falls irgendwer an ihrer Todesart zweifeln sollte, wird er selbst den Tod finden. Am Kreuz!«

»Heil Cäsar!«

Finster musterte Oktavian den Leichnam. »Ganz wunderbar«, erklärte er sarkastisch. »Das Meer ist unbefahrbar, die Alexandriner sind launisch und widerspenstig, und jetzt auch noch das.« Wieder sah er Olympus an. »Kümmere dich um sie und erstatte mir dann Bericht. Ein Soldat wird auf dich warten.«

»Dolabella, Herr, ist er mein Bewacher?«

»Ich glaube, er sitzt in einer Zelle und betrauert deine Königin«, antwortete Oktavian im Hinausgehen.

Die Tür fiel hinter ihm zu, und im Mausoleum wurde es wieder still. Jede Minute würde sich die Dunkelheit mit jener Plötzlichkeit auf uns herabsenken, die ich inzwischen als typisch für die alexandrinische Nacht kannte.

Olympus schloss Charmians Lider. »Du hast es leichter, ihr zu gehorchen, mein Mädchen«, flüsterte er. »Du stirbst als ihre Legende, während ich als ihre unerbittlich treue, unerbittlich liebende Missgeburt in einem Käfig überdauern muss.«

Er trat zu Mardian, küsste den Mann auf den Mund und rückte seinen Körper gerade. Dann überkreuzte Olympus die Arme des Toten über der Brust und strich seine Kleider glatt. Den

Rücken mir zugewandt, näherte sich der Leibarzt der Königin. Sein leises, grausam heiseres Männerschluchzen zerriss mir beinahe das Herz. Ich wusste nicht, wie dieser Mann zu seiner Königin gestanden hatte, aber seine Trauer war echt. Sein Schmerz war so peinigend, dass ich am liebsten verschwunden wäre. Er hatte es verdient, allein zu trauern. Aber falls er irgendetwas sagen oder tun würde, falls er Cäsarion oder gar das Sternbild erwähnte, dann konnte mir das von Nutzen sein, wenn ich das, was mir vorschwebte, in die Tat umsetzen wollte. Ohnehin hatte ich bereits alles verraten, was mir als Historikerin teuer gewesen war.

Konnte ich es wagen, mich noch mehr einzumischen?

Konnte ich es wagen, das nicht zu tun?

11. Kapitel

Oktavian, so ist uns überliefert, war ein bescheidener Mann mit schlichten Ansprüchen.

Als ich zum Fenster hineinschaute und ihn auf einen von Kleopatras löwenförmigen Sesseln sitzen sah, musste ich das glauben. Duftöl brannte in den Alabasterlampen neben ihm und beleuchtete um drei Uhr morgens die Szenerie, und unter seinen Füßen lag ein Seidenkissen. Aber er rutschte und zappelte auf dem Seidenpolster herum, als könnte er keine Ruhe finden.

Er trug eine schmucklose römische Soldatentunika, die in dem gleichen unregelmäßig gefärbten Rot leuchtete, das die ersten Wehrpflichtigen getragen hatten, als das kleine Dorf Rom losgezogen war, um sich unter Marius »zu wehren«, und mit dem Gold des Nachbardorfes und der Gier auf das Gold des übernächsten Dorfes heimgekehrt war.

Das Wachkommando, das sich durch Kleopatras Anwesenheit hatte verführen lassen – nicht einmal durch ihr Wesen, sondern nur durch ihre Anwesenheit –, war eben zu Peitschenhieben verurteilt worden. »Ich will keinen Befehl zweimal erteilen müssen«, sagte Oktavian, während er es sich in seinem Sessel bequem zu machen versuchte.

»Nein, Herr, das solltest du nicht«, bestätigte der Zenturion.

Oktavian überlegte kurz, an seinem Nagel kauend. »Vielleicht könnten die Männer, statt sich auspeitschen zu lassen, ihre Loyalität mir gegenüber beweisen.«

»Und wie, Herr?«, fragte der Soldat.

»Indem sie die Leichen von Antonius und Kleopatra verbrennen.«

Der Soldat antwortete langsam: »Ich habe Jahrzehnte unter Herrn Antonius gedient«, sagte er. »Als wir hungernd durch Phraata irrten, hungerte und ging er neben uns. Trotz seiner Niederlagen gegen die Parther und in Aktium war er ein ehrenwerter Mann und edler Römer, Herr.«

»Du willst mir schon wieder trotzen?«, fragte Oktavian.

Der Römer nickte knapp. »Ich kann nicht anders, Herr.«

»Du bist mitsamt deinen Männern vom Dienst entlassen. Lasst eure Waffen an der Tür und begebt euch in euer Quartier.«

»Heil Cäsar«, grüßten die Männer und stapften hinaus.

Der Togaträger, den ich schon früher mit Oktavian zusammen gesehen hatte, schlängelte sich an den Imperator heran. »Die Priester sind da«, sagte er.

Oktavians Seidenpolster rutschte auf dem glatten Stuhl, und das Seidenkissen bot keinen Halt auf dem Boden. Er setzte sich auf, stemmte die Füße auf das Kissen und kam kurz zur Ruhe. »Sie sollen eintreten.«

Drei Männer und eine Frau wurden eingelassen. Mein Blick blieb an der Frau hängen – es war die »Frivole«, eine der Frauen, die an jenem letzten Tag vor der Invasion im Hof des Palastes zu Kleopatra gesprochen hatte. Sie trug ein schwarzes Gewand mit einem blauen Himation darüber. Ihr Haar war lose und, genau wie ihr Gesicht, mit Asche befleckt. Sie war barfuß.

Die Männer stellten ihre Trauer noch deutlicher zur Schau, mit zerfetzten Kleidern, gammligen Bärten und unzähligen Schorfstellen über den eigenhändig zugefügten Wunden. Alles unter Asche. Ihr Anblick musste Oktavian in Rage versetzen.

Schon rutschten die Füße des jungen Cäsar unter ihm weg, und er glitt von seinem goldenen Polster auf dem Thron ab.

Der dritte Bittsteller hatte einen Bart, einen spitzen Hut und einen langen Mantel an. Er sah ein bisschen aus wie ein mittelalterlicher Zauberer, nur dass aus seinem Blick tiefes Mitgefühl sprach. Seine Augen waren rot umrändert.

»Heil dir, mächtiger Cäsar«, grüßte einer der kahlköpfigen Priester, »du bist der Eroberer Alexandrias.«

»Was wollt ihr?«, fuhr Oktavian ihn auf Lateinisch an.

Falls der Priester überrascht war, so ließ er sich das jedenfalls nicht anmerken. »Wir sind gekommen, den Leichnam unserer Königin und unserer Hohepriesterin Kleopatra einzufordern.«

»Nein.«

»Wie auch den Leichnam ihres Gemahls Antonius.«

»Nein!«

Oktavians Beine waren praktisch ausgestreckt, und sein Kopf lag fast hinter der Stuhllehne. Wütend starrte er die Männer an.

Die beiden Priester zogen sich hinter die Frau und den Zauberer zurück. Die Frau verbeugte sich nicht. »Die Soldaten des mächtigen Cäsar legen unsere Stadt in Schutt und Asche«, sagte sie. »Sie suchen nach Gold und finden doch keines.«

»Ich rede nicht mit Frauen.« Jetzt hing er fast waagerecht in seinem Stuhl.

»Ich bin Priesterin der Isis, die auch in Rom und Griechenland herrscht. Deine Männer verehren sie und ihre Frauen ebenfalls. Kleopatra war unsere Hohepriesterin. Man wird von Antiochia bis Suburra um sie weinen. In Alexandria sollten ihre Statuen erhalten bleiben, und die Menschen sollten sehen, wie sie zu Grabe getragen wird.«

»Nein!«, krächzte Oktavian.

»Vielleicht wünscht der mächtige Cäsar nicht, dass die Alexandriner ihren Leichnam sehen«, meinte sie. »Vielleicht ist die Kunde von der Schlange gar nicht wahr?«

»Raus mit ihr!«, zeterte Oktavian. Ein paar römische Soldaten erschienen und wollten die Priesterin packen.

Sie sah die Männer hochmütig an. »Ich komme von Isis.«

Die Soldaten sahen Oktavian an. Er kickte das Kissen unter seinem Fuß weg und wand sich zappelnd auf seinem Polster nach oben. Niemand wagte zu lachen. Weil niemand dafür sterben wollte.

Der Zauberer griff zu einem anderen Kissen und trat vor Cäsar. »Vielleicht möchte mein Herr dieses hier probieren?«, sagte er und hielt ihm ein Kissen aus rauerem Material hin. Cäsar schleuderte es zu Boden. Der Zauberer ließ sich nicht beirren. »Wenn Cäsar dann eventuell einen Schemel probieren möchte«, sagte er, als einer der Priester einen herbeibrachte, »wird er bestimmt die Annehmlichkeiten eines so feinen Stuhles zu schätzen wissen.« Der Zauberer reichte Oktavian das Kissen zurück, und Cäsar ließ sich darauf nieder. Dann stellte der Mann Oktavians Füße auf den Schemel, verbeugte sich und trat zurück.

»Wozu wollt ihr die Leichen haben?«, fragte Oktavian.

»Es ist bei uns Brauch, die Toten einzubalsamieren und sie in der vorgeschriebenen Weise zu bestatten«, sagte einer der Priester.

»Sie verrottet bereits, falls ihr das meint«, antwortete Oktavian ungerührt.

Nur ich allein konnte ihre Mienen sehen. Die Priester waren fassungslos. Schnell senkten sie die Köpfe.

»Ich habe die Leichen einwickeln lassen. Es ist zu heiß«, fuhr Oktavian fort, »und ich brauche euch bestimmt nicht zu erklären, was mit einer Leiche passiert, selbst mit der Königin Ägyptens, wenn –«

»Der mächtige Cäsar war zu gütig«, beeilte sich einer der Priester zu sagen.

»Wenn ich euch die Leichen überlasse, dann werde ich einen Soldaten mitschicken. Es wird euch nicht erlaubt sein, sie auszuwickeln. Ihr dürft sie auf eure ägyptische Weise begraben, aber in römischem Leinen.«

Das musste sie misstrauisch machen.

»Was bekomme ich, wenn ich euch den Leichnam eurer Königin überlasse?«, fragte Oktavian.

»Und den unseres Herrn Antonius«, ergänzte die Frau.

»Nein! Antonius ist Römer und wird als Römer verbrannt! Das war gut genug für Julius Cäsar und ist fast zu gut für Antonius!«

»Was ist mit den Standbildern?«, fragte die Frau. »Deine Soldaten verwüsten Alexandria.«

Oktavian schoss den Schemel weg und stand auf. »Alexandria war bereits verwüstet. Es war voller unheimlicher, obszöner Kreaturen und wurde in obszöner Weise von einem Weib geführt.« Er sah sie hasserfüllt an. »Wenn ihr wollt, dass die Statuen stehen bleiben, dann verratet mir, wo das Gold ist.«

»Das Gold?«, fragte einer der Priester verwirrt.

»Die Tempel Ägyptens sind berühmt für ihre Schätze«, sagte Oktavian. »Das ist überall bekannt. Ganz Alexandria ist auf Gold erbaut. Dieses Gold will ich haben. Als neuem Herrscher Ägyptens steht es mir zu.«

»Was werden die anderen Römer sagen, die im Senat, denen du Bericht erstatten musst?«, fragte der Zauberer.

Oktavian durchbohrte den Mann mit einem blassen, brennenden Blick. »Die brauchen Ägypten nicht. Dieses Land wird mir allein gehören.«

Der Zauberer winkte die drei religiösen Führer beiseite und trat näher zu Oktavian. »Ich glaube, wir könnten uns einig werden.«

Oktavian lächelte und sah einen kurzen Moment fast normal aus. »Woher willst du wissen, dass ich dich nicht in Ketten legen und foltern lasse, bis du mir alles verraten hast, was du weißt?«

Der Zauberer strich sich über den Bart. »Weil die Menschen in Alexandria dann aufbegehren würden. Und wenn Herodes hören würde, dass du einen Juden gefoltert hast, würde sich auch sein Volk gegen dich wenden. Selbst die römischen Juden würden sich dagegen auflehnen, dass einer der ihren gequält wird. Verzeih mir, dass ich mich nicht vorgestellt habe«, sagte er und neigte den Kopf. »Ich bin Archibius, Führer des Stadtrates und einer von Kleopatras«, er schluckte und fuhr sich mit der Zunge über die Lippen, »Schatzmeistern.«

»Der Isis-Tempel ist etwa zwanzigtausend Pfund Gold wert, habe ich gehört«, sagte Oktavian.

»Deine Schätzung liegt zwanzig Prozent zu hoch«, sagte Archibius, der sich keinerlei Regung anmerken ließ. »Der Serapis-Tempel hatte, bevor er niedergebrannt wurde, einen Wert von etwa zwölftausend Pfund. Isis besaß nicht einmal ein Viertel dessen.«

»Ich will alles.«

»Du willst die Tempel in den Ruin treiben?«, fragte Archibius.

»Ich will Rom bereichern.«

Der jüdische Schatzmeister sann kurz darüber nach. »Wir werden Kleopatra begraben. Und ich möchte dich bitten zu bedenken, welch großherzige Geste es wäre, auch Antonius begraben zu lassen. Jeder in der Stadt weiß, dass es der letzte Wunsch der Königin war, bis in alle Ewigkeit an seiner Seite zu liegen. Deine Soldaten werden noch heute aufhören, die Stadt zu zerstören. Wir werden das königliche Paar morgen beisetzen. In drei Monaten wirst du als reicher, unermesslich reicher Mann heimsegeln.«

Oktavian nickte. Die vier zogen ab, ihre Mission war erfüllt.

Im Schatten verborgen, beobachtete ich den Römer. Kaum war er allein, sackte er in seinem Sessel zusammen und begann an den Nägeln zu kauen. Heute schniefte er nicht. Wie Kleopatra befohlen hatte, waren alle Räume verwüstet hinterlassen worden, überall lagen Kleider und Trinkkelche herum. Aber die Katzen waren nirgendwo zu sehen.

Oktavian ging an ihr Bett. Er öffnete eine der Truhen und zog einen juwelenbesetzten Kragen heraus. Er wog ihn in der Hand und hielt ihn dann vor seine Brust.

Es war ein Kragen, wie ihn die Pharaonen auf ihren Grabgemälden trugen, aus schweren Gliedern zusammengesetzt und mit einem Verschluss versehen, den eine vom Nacken aufsteigende Goldschlange stützte, während viele kleine Schlangen hinten über den Rücken hingen. Oktavian ließ das unvergleichlich kunstvoll gearbeitete Stück auf den Boden fallen und lehnte sich gegen das Bett.

»Man hat mir gesagt, ich würde dich hier finden«, sagte eine Stimme. Cäsarion kam zur anderen Seite des Raumes herein. Seine Ähnlichkeit mit Cäsars Porträts war verblüffend. Gespenstisch. Kaum zu glauben, dass Kleopatra an Cäsars Vaterschaft gezweifelt hatte.

»Ich habe gerade eben ihren Leichnam an die Priester verscherbelt«, sagte Oktavian.

Cäsarion suchte sich einen Weg durch die achtlos herumliegenden Frauensachen und blieb vor Oktavian stehen. »Hast du bekommen, was ich dir vorgeschlagen habe?«

»Deine Bitten waren zu bescheiden, ich habe viel mehr verlangt.«

»Hast du es bekommen?«

Oktavian nickte.

Ob Cäsarion den Neid in Oktavians Gesicht erkannte? Erkannte er, dass *er* so war, wie Oktavian gern sein wollte? Kleopatras Sohn hob den Kragen vom Boden auf und legte ihn in die Truhe zurück. Dann schaute er sich um. »Müssen wir hier drin bleiben?«

»Ich glaube schon«, antwortete Oktavian und fasste sich zwischen die Beine. »Ich finde, wir sollten in ihrem Bett ficken. Was meinst du dazu?«

»Sie war meine Mutter«, wehrte sich Cäsarion. »Rom hat Ägypten verdient, das finde ich auch, aber ... sie versuchte nur, sich und ihr Land zu verteidigen. Sie war eine gute Herrscherin.«

»Weil sie gegen mich gekämpft hat?«, fragte Oktavian erbost.

Cäsarion seufzte. »Nein, natürlich nicht«, gab er niedergeschlagen nach. »Julius hat dich ausgewählt. Du bist alles, was Rom braucht.« Cäsarion wandte sich kurz ab und drehte sich dann mit einem strahlenden Lächeln wieder zu Oktavian um. »Komm, gehen wir ins Theater! Ins Arsinoëum! Du wirst es nicht glauben, aber es gibt dort tatsächlich eine Statue von Arsinoë, und sie schwebt frei in der Luft!« Er lächelte und zeigte dabei eine Schönheit, die Cäsar wahrscheinlich nicht besessen hatte, die aber seiner Mutter eigen gewesen war. »Ich kann dir Alexandria zeigen.«

»Wir werden den ganzen Winter hier bleiben«, blaffte Oktavian ihn an. »Da haben wir noch Zeit genug.«

»Und dann reisen wir zurück nach Rom?«, fragte Cäsarion. Er hörte sich an, als wollte er nur die anstehenden Termine abhaken. Weder ängstlich noch aufgeregt.

»Ja. Nach Rom. Wir reißen dich aus deiner geliebten Stadt.« Oktavians Stimme war bitter und scharf wie ein Schwert.

Cäsarion sah ihn an. »Du bist müde«, stellte er fest. »Du solltest dich ausruhen.«

»Wie viele Söhne Cäsars könnte Rom deiner Meinung nach ertragen?«, fragte Oktavian.

Cäsarion sah ihn kurz eindringlich an. »Es gibt nur einen einzigen Sohn Cäsars«, antwortete er. »Dich.«

Oktavian winkte ihn her, und sie umarmten sich.

Im Flur hörte ich die genagelten Sandalen römischer Soldaten über den Marmor klackern und tausendfach widerhallen, bis der ganze Palast zu vibrieren schien – selbst die Mauern, wo ich mich versteckt hatte. Cäsarion huschte hinter eine Tür. Gleich darauf stürmten die Römer herein.

Mit dem Daumen deutete Oktavian auf Cäsarions Versteck.

Die Römer kamen nicht einmal aus dem Tritt, sondern verschwanden durch die Tür. Stille. Ein Schrei. Wieder Stille. Dann Stiefelstampfen. Ein Soldat hielt etwas in der ausgestreckten Hand – Cäsarions Kopf, den Mund zum letzten Schrei aufgerissen. Oktavian winkte den Kopf weg, und die Römer zogen wieder ab. Er sah zur Seite, und mein Blick fiel auf den abgedeckten Vogelkäfig. Leise schlich er hinüber und öffnete den Verschlag, ohne die Abdeckung herunterzunehmen. Oktavian presste den Vogel gegen seine Brust; ich sah das Tier kämpfen, aber es gab keinen Laut von sich und Oktavian ebenso wenig. Wenige Sekunden später schleuderte er den Kadaver zurück in den Käfig und warf sich dann auf Kleopatras Bett.

Er seufzte tief.

»Von nun an gibt es nur noch einen Cäsar«, lachte er leise in sich hinein. »Nur noch einen.«

In der Großen Bibliothek/Tempelanlage setzten die Römer mit der ihnen eigenen Effektivität ihr Zerstörungswerk fort. Zwei Ochsen unter einem schweren Joch waren an die Säulen des Portikos gebunden worden und wurden nun mit Peitschenhieben vorwärts getrieben. Im wahrsten Sinn des Wortes zu Tode geschunden. Das Blut lief ihnen über die Flanken; sie schwitzten und schnauften und schrien, konnten die Säule aber nicht von der Stelle bewegen.

Das Gebäude wollte einfach nicht einstürzen.

Andere Soldaten waren dabei, andere Ochsen zu zerlegen. Ganz offenbar war dies nicht das erste Paar. Ein menschlicher Leichenhaufen bewies, dass die Römer es davor mit Sklaven versucht hatten. Der lange alexandrinische Tag war erst zur Hälfte vorüber.

Der Legat saß in einem Zelt und trank Wein.

»Holt neue Tiere«, rief ein Römer, während er einen Ochsen piekte, dessen Brust im Todeskampf flatterte. »Die hier sind nicht mehr zu gebrauchen.«

Auf den Stufen zum Museion standen Menschen aller Art, jeden Alters, jeder Farbe und jeden Standes eng zusammengedrängt, in Angst und Entsetzen vereint und in Schach gehalten durch blitzende Speerspitzen. Zeugen der Schändung.

Ich tauchte ein in die versengten Überreste eines Obstgartens. Das Feuer war nicht weit vorgedrungen, hatte aber alle Blätter abgeschmurgelt, und nun schienen sich die Äste am Himmel festkrallen zu wollen. Die Kreuze vor mir waren leer, standen aber nun als blutbeflecktes Zeugnis.

»Jetzt!«, kam der Befehl. Ich hörte ein grässliches Schaben, als die Säule unter dem Dach hervorgezogen wurde. Die Ochsen zerrten mit aller Kraft. Ein Römer peitschte auf sie ein, aber das Ptolemäer-Bauwerk hielt stand.

Ich schlich zur Rückseite der Bibliothek/Tempelanlage und kletterte dort aufs Dach. Die Ersatzochsen muhten protestierend, weil sie das Blut ihrer Brüder rochen. Nachdem ich genau ausgekundschaftet hatte, wo ich landen würde, ließ ich mich innen ins Gebäude fallen.

Rauchgeschwärzte Gemälde, geschmolzenes Gold, in den Nischen nichts als Asche, wo einst die Weisheit der Welt aufbewahrt worden war. Es zerriss mir das Herz, die Große Bibliothek derart ausgeweidet zu sehen. Ich war froh, dass Klea nicht sehen würde, wie die Römer gewütet hatten.

Immer noch hing Rauch in der Luft. Holzkohle und Asche, wo einst Liegen gestanden hatten; nichts als Ruß selbst in den höchsten Nischen, wo einst Schriftrollen aufbewahrt worden waren. Ich arbeitete mich durch die verwüsteten Räume vor zur Treppe. Hier hatte Rhodon das Leben verloren, als er versucht hatte, zu Alexanders Bahre zu gelangen. Die kleinen Räume rundherum waren nur noch leere Hülsen, ihrer geschnitzten Regale, luxuriösen Liegen und vor allem ihrer Schriftrollen beraubt. Der Gang war blockiert – falls die Römer wussten, was sich hier drin befand, würden sie jeden Goldbarren, jedes Juwel so gründlich zu entfernen versuchen, dass mir allein bei der Vorstellung übel wurde.

Ob sie wohl ahnten, dass auch Alexander hier war?

Ich kroch über den heruntergebrochenen Sims und arbeitete mich über die Treppe nach oben. Die Setzstufen waren weggeschmolzen, aber die Trittflächen waren unberührt. Rein und rauf und rum. Ich trat in die Geheimkammer. Die Decke war eingesunken, und die goldenen Füße von Alexanders Sarkophag waren abgeschmolzen.

Das Sternbild hatte sich verzogen, war aber noch erkennbar. Dies also sollte der Tempelschatz sein? Diese Perlen und Smaragde, Türkise, Rubine und Amethyste? Was irritierte mich so an ihrer Position? Wieso erschien sie mir so … fremd?

Statt am nördlichen Stern des Kleinen Bären – Anubis im ägyptischen Nachthimmel –, war die Konstellation zum südöstlichen

Ende hin ausgerichtet. Auch alle anderen Sternbilder waren so dargestellt, wobei komischerweise die hellsten und am besten erkennbaren Sterne nicht durch Edelsteine hervorgehoben waren.

Den Himmel auf diese Art darzustellen, hatte nichts mit künstlerischer Freiheit zu tun. Diese Darstellung der Sternkreiszeichen war mehr als eine schlichte Himmelskarte. Im Sternbild des Drachen (einem ägyptischen Nilpferd) hatte sich eine riesige Perle gelockert. Sie würde über kurz oder lang herunterfallen. Mit einer heimlichen Entschuldigung an Alexander gerichtet, sprang ich hoch und packte sie.

Sie fiel mir in die Hand. Getrockneter Guano regnete auf mich herab. Ich machte einen Satz zur Seite und schüttelte den Kot aus meinem Haar. Fledermäuse. Wesen, bei denen ich es zutiefst bedauerte, dass sie nicht ausgelöscht worden waren. Gruselige fliegende Ratten, die Höhlen und Ritzen mit diesen stinkenden Hinterlassenschaften füllten und –

Ich sah zur Decke auf. Höhlen, Winkel, Ritzen.

Gab es dort oben womöglich eine Zwischendecke?

Ich tastete den Raum mit Blicken ab; nirgendwo sah ich eine Treppe, offen oder versteckt, die nach oben führte. Vielleicht gab es vom Dach aus einen Zugang?

Vorn an der Tempelanlage/Bibliothek hatten die Römer beschlossen, vier Ochsen ins Joch zu spannen, hatten sich aber noch nicht entschieden, wie sie angeordnet werden sollten. Zwei hinten, zwei vorn oder vier in einer Reihe? Der Aufseher war in die Mittagspause gegangen, und niemand wollte ihn mit dieser Frage belästigen.

Gleich darauf war ich auf dem Dach.

Dicht über die Dachfläche gebeugt, sah ich, dass die riesigen Kalkstein-, Marmor- und Granitblöcke zwar schwarz vor Ruß waren, dennoch hatte das Feuer ihnen nichts anhaben können. Ich kletterte über die Pylone und ließ mich dann in einen abgesunkenen Abschnitt des Daches fallen.

Nach einigem Suchen entdeckte ich einen schmalen Spalt. Mit einem letzten, sehnsüchtigem Blick zum Himmel quetschte ich mich in den schmalen, dunklen Durchlass. Der ätzende Gestank verschlug mir den Atem. Offenbar lebten hier schon seit Jahrhunderten Fledermäuse, denn der Guano war an manchen Stellen knietief, und der Ammoniakgestank brannte in Augen und Nase. Mehrmals musste ich stehen bleiben, weil ich dem Drang umzukehren kaum widerstehen konnte. Wie konnte ich mich noch weiter vorwagen? Das hier war Ekel erregend und wahrscheinlich nicht ungefährlich.

Hausten im Guano nicht mikroskopisch kleine Insekten?

Dann dachte ich an alles andere; die unzähligen Toten, das unerträgliche Leid.

Und musste ich in der Enge wirklich hyperventilieren? Ich hing nicht am Kreuz, mir schnürte auch niemand die Luft ab. Meine Augen hörten auf zu tränen, und meine Nachtsichtautomatik schaltete sich ein. Endlich konnte ich den Raum erkennen. Klar und deutlich.

Drei Meter hohe Decken. Kahle Wände. Eine Topografie von guanobedeckten Hügeln. Über meinem Kopf hunderte von schwarzen Objekten, die friedlich von der Decke hingen und den Tag verschliefen.

Ich stapfte durch die Extremente zum ersten Hügel. Unter dem Guano konnte ich die Form einer Truhe erahnen. Ich schaufelte den Fledermauskot weg, tastete dabei nach dem Verschluss, öffnete ihn brutal und stemmte dann den Deckel auf.

Die Fledermäuse flatterten kreischend auf.

Ich ließ mich auf die Knie fallen und schlug die Arme vors Gesicht. Reglos harrte ich aus, bis die Tiere wieder zur Ruhe gekommen waren. Beim nächsten Mal würde ich nicht so viel Krach machen.

Vorsichtig sah ich in die Truhe.

Plötzlich passten die Geheimnisse der Ptolemäer zu den geschichtlichen Abläufen, wie ich sie kannte.

Die Kiste war randvoll mit Schätzen: einem Brustharnisch; Manschetten mit Bildern und Kartuschen; Siegelringen und Ohrringen; faustgroßen Rubinen und Goldskarabäen mit juwelengeschmücktem Rücken. Die Truhe daneben war mit Perlenketten und Amethystanhängern, Smaragdgürteln und Karneolohrringen gefüllt. In den nächsten Truhen fand ich Grabbeigaben, Lampen und zeremonielle Schwerter, Uschebti-Statuetten und Fächer.

Auf allen las ich denselben Namen: Ramses II.

Waren demnach die *Ptolemäer* die ersten Grabräuber gewesen?

Wenn dieses geheime Schatzlager einen Rückschluss erlaubte, hatten sie das Grab von Ramses geplündert – Ramses, dem reichsten und berühmtesten Pharao.

Ungläubig nahm ich einen Türkisanhänger von der Größe eines Straußeneis in die Hand. Warum hatte Auletes diese Reichtümer nicht dazu benutzt, sich aus den Ketten Roms freizukaufen? Warum hatte Kleopatra nicht den römischen Senat bestochen, um ihre Freiheit zu behalten, so wie es alle anderen Könige ›von Roms Gnaden‹ getan hatten? Schließlich wollte Rom nichts weiter als frisches Kapital.

Ich zählte mindestens zwanzig weitere Hügel. Den Guanobergen am Boden und der Ammoniakkonzentration in der Luft nach zu urteilen standen sie seit hundert Jahren hier, wenn nicht noch länger. Ich kletterte über ein paar weitere Hügel und öffnete noch eine Truhe. Sie enthielt weiteren Schmuck, doch der hier war mit der Kartusche von Thutmosis III. gekennzeichnet.

Wie viele Gräber im Tal der Könige hatten die Ptolemäer geplündert?

Bei weiteren Nachforschungen stieß ich auf die Namen von Amunhotep, Thutmosis und Seti. Alles Königsgräber, die noch im Altertum ausgeräumt worden waren.

Unseren historischen Quellen zufolge waren die Arbeiter aus Gurna verantwortlich für die Plünderungen. Sie hatten die Gräber entworfen. Außer ihnen wusste niemand, wo sich die Reichtümer befanden. Sie wussten, wie man die Fallgruben und Todesfallen umgehen konnte, in deren Technik sich die Pharaonen gegenseitig übertroffen hatten.

Und doch hatte ich mich häufig gefragt, warum die Arbeiter die Königsgräber leer räumen sollten.

Besser als jeder andere – schließlich waren die Gräber ihr Geschäft – hätten die Arbeiter wissen müssen, wie wenig es ihnen nutzen würde, auch nur eine gestohlene Goldmünze zu besitzen. Das ganze Dorf tauschte seine Arbeitskraft gegen Nahrung, Öl und Kleider ein. Gold war für diese Menschen wertlos. Sie konnten es nicht essen, sie konnten es nicht verkaufen (zu viele Fragen), und sie konnten es auch nicht vererben. Selbst wenn sie es eingeschmolzen hätten, so wusste der Staat doch genau – und zwar aufs Gramm –, wie viel Gold jeder Handwerker besaß. Die Ägypter waren penible Buchhalter gewesen.

Die Arbeiter wären die Allerersten gewesen, die bei irgendwelchen Unregelmäßigkeiten unter Verdacht geraten wären, und sei es nur, weil sie dem Tatort am nächsten wohnten.

Ein einziger Ring, ein einziges Armband hätte Folterungen nach sich gezogen. Und nicht nur für den Dieb selbst. Seine ganze Verwandtschaft, seine Freunde und Bekannten wären verhört worden. Es gab keine Entschuldigung dafür, ein Schmuckstück mit einer königlichen Kartusche zu besitzen. Und keine Erklärung.

Noch dazu waren die Arbeiter Künstler. Würden sie die Schönheit entweihen, die ihre eigenen Väter erschaffen hatten?

Und zu guter Letzt waren sie gläubig. Sie glaubten an die Flüche, die sie über den Türen eingemeißelt hatten, sie vertrauten auf die Zaubersprüche, die jedes Gemälde lebendig machten, die jeder Statue Atem einhauchten. Für die Menschen des alten Ägypten wurde jedes Grab von einer Geisterarmee bewacht.

Würde ein Handwerker nicht nur sein diesseitiges Leben, sondern auch das Leben seiner Kinder und Freunde und obendrein sein eigenes Leben im Jenseits aufs Spiel setzen, nur um irgendwelchen Plunder zu ergattern, der im Diesseits wie im Jenseits mit einem Todesurteil behaftet war? Grabschändung galt im Alten Ägypten als Todsünde. Die meisten Vergehen wurden irgendwann vergeben und vergessen. Ein Diebstahl aus einem Königsgrab nicht. Niemals.

Ich schloss eine weitere Truhe, diesmal voller exquisit geschnitzter Jade-Uschebti, jenen Ersatz-Statuen, die im Jenseits für den Toten einspringen sollten, wenn er zu einer unangenehmen Arbeit gerufen wurde. Alle waren mit der Kartusche eines mir unbekannten Pharaos verziert.

Ptolemäus Soter hatte diese Bibliothek/Tempelanlage genau nach dem Vorbild des Ramses-Tempels erbaut. Ptolemäus hatte Theben – das damalige Waset – besucht und war auch im Tal der Könige gewesen. Er hatte die alte ägyptische Religion adoptiert und umstrukturiert, aber geglaubt hatte er wahrscheinlich nicht an sie. Er hatte die Verwünschungen an den Grabwänden nicht einmal entziffern können.

Ich setzte mich.

Er hatte die Bibliothek und ganz Alexandria aus den Schätzen der toten Pharaonen erbauen lassen.

Das alte Ägypten hatte das ptolemäische Ägypten finanziert.

War es möglich, dass er keinem Menschen von dieser verborgenen, exzellent versteckten Schatzkammer erzählt hatte?

Woher wusste Seth dann Bescheid? Oder kannte Seth lediglich den Begriff »Sternbild«, ohne genau zu wissen, was damit gemeint war? Seth, der am Kreuz hängend, noch mit dem letzten Atemzug seiner Königin helfen wollte?

Es war zu viel. Plötzlich wurde der Raum zu klein, zu eng für mich. Ich krabbelte aus dem Guano hinaus in die Spätnachmittagssonne. Eine Weile blieb ich reglos mit geschlossenen Augen auf dem Dach liegen und ließ mir die Sonne ins Gesicht scheinen.

Hatte Kleopatra von diesen Schätzen gewusst? Nein – sie hatte geglaubt, sie hätte alles an Rom verloren.

Die Römer waren dabei, das Gebäude einzureißen. Wenn es nicht zum Heulen gewesen wäre, wäre es zum Lachen.

Vom Licht geblendet, rollte ich mich auf den Bauch. Meine Augen würden eine Weile brauchen, um sich anzupassen. Und ich stank; ein kurzer Sprung ins Meer wäre perfekt. Und was dann?

Wie stellt man es an, den Lauf der Welt zu verändern?

»Nein! Sieh dir an, was du getan hast! Du bist vom Wahnsinn besessen!«

Die Schreie schreckten mich aus dem Schlaf. Die Sonne stand dicht über dem Horizont. Gebückt eilte ich am Dach der Bibliothek/Tempelanlage entlang zur Säulenhalle, sprang hinab und huschte von einer Säule zur anderen. Vor dem riesigen Bau – der nach wie vor stand, auch wenn der Haufen an toten Ochsen gewachsen war – stand die römische Abordnung, die den Aufruhr erregt hatte.

»Tötet ihn«, hörte ich den neuen Cäsar, in einen neuen Purpurumhang gehüllt, sagen.

»Du hast die Große Bibliothek zerstört! Was für ein Mensch bist du nur?« Der da brüllte, sah ganz anders aus als beim letzten Mal, aber es war ganz eindeutig Areius, jener Philosoph, der sich Oktavian so übereifrig angedient hatte.

»Was redest du da? Die Bibliothek steht, heute Morgen bin ich daran vorbeigeritten, sie steht genau neben dem Serapeum«, fuhr Oktavian ihn an.

Er wusste es nicht.

»Du stehst direkt davor!«, schrie Areius, auf den Tempel deutend. »Dies hier ist das Juwel unserer Stadt! Der Stolz des Ostens! Jedes Land der Erde hat dazu beigetragen, jedes –« Ein Soldat brachte den Philosophen mit einer Ohrfeige zum Schweigen.

Niemand sagte etwas, aber mehrere der Umstehenden schauten neugierig auf den Tempel.

Die Soldaten ließen Areius wieder los. Er stand auf und rang um Fassung.

»Ich habe deinen Rat, es könnte zu viele Cäsaren geben, beherzigt«, erklärte Oktavian dem Philosophen freundlich.

»Julius Cäsar hat unsere Lagerhäuser niedergebrannt«, stellte Areius fest. »Aber Oktavius Cäsar hat das Wissen der gesamten Welt ausgelöscht!« Er rannte auf Oktavian zu.

Drei Schritte vor Oktavians Füßen stürzte Areius zu Boden, von einem Speer gepfählt, die Hand nach Cäsars Umhang ausgestreckt. »Ganze Generationen werden dich verfluchen«, keuchte er. »Man wird dich bis in alle Zeit verabscheuen.« Ein Soldat brachte ihn mit einem Tritt zum Schweigen, aber es war zu spät. Areius hatte das letzte Wort behalten.

Schweigen senkte sich zusammen mit der Dunkelheit über die Szene. Oktavian sah lange nachdenklich auf den Toten. Dann winkte er den Togaträger zu sich her.

»Stimmt das, was er gesagt hat?«, fragte Oktavian.

Der Mann blickte betreten beiseite und nickte knapp.

»Dieses Ding hier«, fragte Oktavian und deutete dabei auf jenes Bauwerk, das in Ptolemäus' Auftrag einem altägyptischen Tempel nachgestaltet worden war, »war die Große Bibliothek? Sie war hier drin?«

»Ich ... ich weiß es nicht mit Sicherheit, aber Aristoteles' Schriften waren ganz gewiss hier untergebracht.«

»Dieser hochnäsige Grieche«, meinte Oktavian feixend.

»Äh ... mehr aber auch nicht«, fuhr der Togaträger fort. »Soweit ich weiß.«

»Dann ist das kein großer Verlust. Wir besitzen die Schriften Roms und Griechenlands; die Werke aller vernünftigen Griechen, die sicher in Rom aufbewahrt werden.« Er schwenkte den Arm. »Reißt das Ding ein.«

Ich handelte, ohne zu denken. Mit einem Griff hatte ich meine Manschette zurückgeschoben und das CereBellum eingeschaltet. Um es neu zu programmieren.

August im Jahr 31 vor Christi Geburt. Ich bebte vor Zorn. Jemand musste Oktavian Einhalt gebieten; eine Ideologie, die kein fremdes Gedankengut gelten ließ, die davon ausging, dass nur sie allein Respekt verdient hatte, eine solche Denkart durfte sich einfach nicht weiterverbreiten.

Die Ochsen waren inzwischen in zwei Gruppen zu je vier Tieren zusammengespannt worden. Irgendwann würden es die Römer schaffen, die Säule herauszuziehen und das ganze Gebäude zum Einsturz zu bringen. Wenn nicht bei diesem Versuch, dann beim nächsten oder übernächsten. Plötzlich sah ich genau hinter den Soldaten Silhouetten auftauchen, Overalls mit Reißverschlüssen und Gürtelschnallen aus funkelndem Titan. Sie hielten Zylinder in der Hand.

Die auf mich zielten.

Ich zog mein dreckiges Himation über Kopf und Gesicht. Dann stellte ich mir vor, wie ich auf einer Landspitze stand und aufs Meer hinausschaute. Kleopatra wartete in einem Zelt, sie wartete auf mich. Ich stand in meiner griechischen Kleidung und meiner Isis-Nemesis-Frisur auf der Felsenklippe und wartete. Erst spürte ich den Wind, dann roch ich Meer und Sumpf. Das qualvolle Knirschen der Steine und das Brüllen der Tiere wurde leiser, und schließlich verwandelte sich der warme Granit unter meinen Füßen in spitze Steine und Gras. Wellen. Schreie.

Inmitten des geschäftigen Treibens von zweihunderttausend Soldaten berührten meine Füße die Küste vor Aktium.

»Da ist sie!« Das rief jemand in meiner Sprache.

Der Felsvorsprung unter mir bröckelte ab, und ich flog durch die Luft, während die Geschosse an mir vorbeizischten. Guano, Chiton und Tek – alles plumpste mit mir in die Bucht.

Wenn ich das hier überlebe, dachte ich, während mir das salzige Wasser in Mund und Nase und Ohren drang, dann lerne ich endlich schwimmen.

12. Kapitel

Aktium

Aktium. Ich kauerte am Strand unter einem Felssims, um mich vor dem Regen zu schützen. Ich war in den Golf von Ambrakia gefallen, eine große Lagune. Hier hockte ich am Ufer.

Eine Landzunge schützte die Schiffe in der Lagune. Wahrscheinlich warteten Oktavians Schiffe jenseits der Landzunge im Ionischen Meer. Ich war ziemlich sicher, dass die Soldaten am anderen Ende der Bucht, winzige Gestalten in Rot und Gold, zu Oktavians Truppen gehörten. Ich meinte durch den Regen die Umrisse einer Standarte mit dem römischen Adler ausmachen zu können.

Soweit ich sehen konnte, waren JWB mir nicht gefolgt. Ich schaute auf mein Handgelenk, wo ich das Tek für das CereBellum und die Pause zerschmettert hatte. Ich war angekommen; eine Rückkehr war ausgeschlossen. Vielleicht würden JWB mich ausfindig machen, aber das tat nichts zur Sache. Ich musste es einfach versuchen.

Ich musste es schaffen.

Nach Süden zu kauerten gleich neben meiner kleinen Bucht

rund um ein Lagerfeuer ein paar Männer, denen der Regen anscheinend überhaupt nichts ausmachte. Sie bewachten ein paar Galeeren mit jeweils acht oder zehn Ruderbänken – jene Schiffe, die Kleopatra und Antonius eingesetzt hatten, wie Plutarch berichtete.

Dies hier war Aktium? Jener Ort, an dem der Niedergang des Orients und der Aufstieg des Westens eingeläutet werden sollte? An dem Frauenverachtung und Misstrauen über Toleranz und offenen Handel triumphiert hatten? War dieser Fleck wirklich der Schauplatz jener Schlacht, nach der sich Oktavian über alle Menschen, über alle Könige erhoben hatte und die ihm die Basis verschafft hatte, zum Augustus der Pax Romana zu werden … dies hier war Aktium?

Irgendwie hatte ich mehr erwartet. Hier stank es nur nach Exkrementen, ein Geruch, der durch den Regen noch verstärkt wurde. Der Golf war eine einzige gigantische Latrine. Die ums Feuer gescharten Männer sahen aus wie längst besiegt. Selbst die Schiffe wirkten schlaff und lustlos.

Aber hier war der Gabelungspunkt.

Hier ließ sich das Muster noch ändern; an diesem Ort konnte die Geschichte einen neuen Weg einschlagen, nur hier waren die Fäden von Rom und Ägypten, von Macht und Begierde stark genug verknüpft, um Bewegungsfreiheit zu schaffen. Oder sich anders zu entscheiden.

Hier und jetzt besaß Kleopatra eine Flotte. Antonius hatte Soldaten, die an ihn glaubten. Kleopatra verfügte über die nötigen Mittel. Antonius über Verbündete. Hier und jetzt.

Wie lange würden JWB brauchen, um mein Vorhaben zu erraten? Wie viele Mitglieder meines Komitees würden winzige Details preisgeben, die es JWB erleichtern würden, mich aufzuspüren? Wie viel Zeit blieb mir? Ich musste alles einsetzen, was Klea mir verraten hatte, alles, was ich in Alexandria in Erfahrung gebracht hatte.

Ich musste sie umstimmen, und ich musste es ohne Schleier tun. Antonius und Kleopatra durften auf keinen Fall ihre Verbündeten verlieren, Antonius und Kleopatra durften sich auf keinen Fall zurückziehen, ohne dass die Schlacht entschieden war, und sie durften auf keinen Fall zulassen, dass Oktavian die neunzehn Legionen seines Gegners Antonius auf seine Seite zog. Kleopatra durfte auf keinen Fall als Besiegte nach Alexandria zurückkehren.

Ich hatte keinen Respekt mehr vor der Unantastbarkeit der Geschichte. Die Geschichte, wie sie uns gelehrt wurde, war nie »wahr« gewesen, denn Oktavian hatte alle Fakten zurechtgebogen, bis sie seiner Wahrheit entsprachen. Folglich gab es keine unanzweifelbaren Quellen. Das bedeutete nicht, dass Plutarch, Dio und Sueton klammheimliche Mittäter waren; sie waren genauso Opfer wie jeder Erzieher und jede Erzieherin, die diese Lügen weitererzählt hatten.

Das Muster musste verändert werden.

War Cäsarion auch hier? Inwieweit war er schuld an der Katastrophe in Alexandria, ohne es zu ahnen?

Hier war Kleopatra kaputtgegangen. Ich war darauf gefasst, auf eine ganz andere Frau zu treffen. Eine Frau, die sie selbst als »verloren« bezeichnet hatte. Eine zerbrechliche, anhängliche Kreatur, die sich ganz und gar auf Antonius verlassen hatte und enttäuscht worden war.

Stundenlang hielt ich Ausschau, ohne dass jemand auftauchte. Ich musste zu Klea gelangen, aber Kleopatra würde mich ganz bestimmt nicht empfangen und mir noch weniger zuhören, solange ich stank und aussah wie… mich verließen die Worte… jetzt.

Das Regenwetter hinderte die Soldaten zu beiden Seiten daran, den Strand genau im Auge zu behalten. Der gleiche Regen hatte verhindert, dass sie mitbekommen hatten, wie ich aus einer anderen Zeit heraus ins Wasser geworfen wurde. Insofern war dies der ideale Zeitpunkt, aus dieser gottverlassenen Bucht heraus ins offene Meer zu paddeln. Hinter dem Eingang zur Lagune sah ich weiße, schäumende Wogen. Dahinter konnte ich an der ionischen Küste landen, mich in Form bringen und mich dann auf den Weg zu Antonius' und Kleopatras Lager machen.

Ich war nur nicht sicher, wie viel Zeit mir blieb. Und ich konnte nicht schwimmen.

Ich entdeckte ein Stück Treibholz am Strand, band meine übrig gebliebenen Kleider darauf fest und hüpfte nackt ins Wasser. Das Meer war trotz des kühlen Regens warm, aber schließlich hatten wir auch August. Durch das ruhige Wasser der Bucht zu pflügen war kein Problem, nachdem ich erst an der Planke Halt gefunden hatte. Gleich hinter den verankerten Schiffen begann das Wasser frischer zu riechen. Strampelnd arbeitete ich mich zum offenen Meer vor.

Der Regen wurde stärker.

Ich sah nichts mehr. Ich konnte den Kurs nicht mehr halten. Ich versuchte weiter zu strampeln, aber ich kam kaum mehr voran. Das Wasser zerrte an mir; der Regen blendete mich. Ich passierte eisig kalte Strömungen und wieder wärmeres Wasser, und plötzlich wurde ich ins freie Meer gespült.

Auf keinen Fall durfte ich die Küste aus den Augen verlieren. In der Ferne sah ich Lichter, eine lange Reihe von Lichtern sogar. Antonius und Kleopatra hatten ihr Lager am Strand aufgeschlagen? Gleich vor mir? Hatte ich kehrtgemacht, ohne es zu merken? Ich strampelte weiter –

Das Meer zog mich nach unten. Mein Holzstück erwies sich als Rettungsplanke und Schlagstock zugleich. Ich konnte nicht mehr treten, ich konnte nichts mehr sehen, ich konnte nicht mehr steuern. Herumgeschleudert und -geworfen, untergespült und untergetaucht, konnte ich nachvollziehen, wie sich ein Matrose in Seenot fühlte.

Ich hatte nur noch einen einzigen Gedanken: Lass bloß nicht los.

Ich wirbelte durch zahllose Grauschleier und spürte, wie ich immer weiter vom Licht weggezogen wurde. Aber ich ließ nicht los.

Das Wasser versuchte mir die Holzplanke aus den Händen zu reißen, aber ich hielt sie fest.

Das Wasser gab nicht auf, es zerrte mit aller Kraft, doch ich rollte mich so fest zusammen wie möglich und stieß mich mit den Zehen vom Sand ab.

Vom Sand.

Der Strand.

»Aha, sie ist noch am Leben.« Auf Latein.

Ich atmete ein und erbrach postwendend warmes Wasser über das Brett, mich selbst und den Sand. Jemand schlug mir auf den Rücken, und ich übergab mich gleich noch einmal, hustend und würgend. Dann ließ ich mich auf den Rücken fallen, um Luft zu bekommen.

Regen, sanfter Regen, fiel aus dem hellgrauen Himmel auf mich herab.

Cäsar, gut aussehend und jung, blickte auf mich herab, ein Stück Stoff vor Mund und Nase pressend. Sein hellbraunes Haar war straff nach vorn gekämmt. Seine Nasenwurzel war schmal, und seine Augen wurden von lächerlich langen Wimpern umrahmt. Er wirkte intelligent und empfindsam.

Und überrascht.

Sein Blick wandte sich von mir ab und wanderte zu der Insel vor dem Festland hinüber, um gleich darauf wieder zu mir zurückzukehren.

»Lass die Maid erst einmal zu Atem kommen, um ein Haar wäre sie ertrunken.« Der andere Sprecher war ein gut aussehender junger Mann von robuster, gesunder Gestalt, der eine Tunika in römischem Rot trug. Sein Haar war kurz geschoren, und seine braunen Augen sahen mich offen und mitleidig an. »Hier«, sagte er und reichte mir seinen Umhang. »Es ist zwar warm, aber du hast nichts anzuziehen, und wir müssen zu Fuß durchs Lager.« Er wickelte mich in den Stoff; einen kurzen Augenblick spürte ich die kraftvolle Wärme seines jungen Körpers.

Ich hustete noch ein paar Mal, einerseits um meinen Hals frei zu bekommen, andererseits um etwas Zeit zum Nachdenken zu gewinnen. Dann setzte ich mich auf, sah aufs Meer hinaus und fing sofort an, wirklich zu husten.

Es war zu spät! Zu spät!

Eine lange Kette von Schiffen schaukelte vor der Mündung der Lagune und schnitt uns von der Insel vor der Küste ab – und zwar quer über den ganzen Horizont. Agrippas Schiffe, die mit träge klatschenden Rudern ihre Position hielten. Ich war zu spät gekommen.

Cäsarion wandte sich auf Lateinisch an den anderen jungen Mann. »Es ist die Göttin, die meine Mutter erwartet hat.«

Der andere Mann, der eigentlich noch ein muskulöser Jüngling war, sah mich an, und ich merkte, wie sein mitfühlender Blick zunehmend nachdenklicher wurde, während er meine langen Glieder musterte und die Armbänder studierte.

Cäsarion schlang seinen blau und gold bestickten Umhang enger. Er kniete wieder neben mir nieder, wobei er erneut das Gesicht mit dem Tuch abdeckte. Stank ich wirklich so schlimm? »Man hat doch nicht dein Schiff zum Kentern gebracht, oder? Auf dem Meer? Und alle Matrosen sind ertrunken?«

Vielleicht war das als Frage gemeint, aber mit seinem Tonfall gab er mir die Antworten praktisch vor.

Der andere Junge studierte mich genau, aber wiederholt wanderte sein Blick hinaus auf die Insel, die Schiffe, die Küstenlinie. »Wir könnten nach Wrackteilen suchen«, schlug er vor.

»Ich wette, sie hält ein Stück ihres Bootes in der Hand«, meinte Cäsarion.

Der Regen wurde wieder stärker. Kaum war der andere Junge einige Schritte zur Seite gegangen, da beugte sich Kleopatras Sohn zu mir herunter und flüsterte mir auf Lateinisch zu: »Brillant. Eine Frau. Das Einzige, womit er nicht rechnet.« Weder sein Blick noch sein Tonfall wirkten sarkastisch. Und ich hatte keine Ahnung, was er damit meinte. Aber er wollte mich zu Klea bringen.

»Wir müssen verschwinden, man kann uns von überall sehen«, erklärte der andere Römer, der eben zurückgelaufen kam. »Sie stellen schon die Bogenschützen auf.« Er half mir auf, schluckte dabei und wurde sichtbar bleich, als ich ihn im Stehen deutlich überragte.

»Heiliger Jupiter!«, entfuhr es Cäsarion. »Du bist wirklich eine Göttin!« Er klang entsetzt. Und ganz und gar nicht begeistert.

Ich überprüfte den Sitz meiner Armreifen. Meine Aderschlitze waren geschützt. Der zweite Junge schob uns eilig vom Strand weg, wobei er sich ständig umsah. Ich hörte ein leises Sirren im Regen, und plötzlich steckten rings um uns Pfeile im Sand.

Cäsarion führte uns den Hügel hinauf, der andere Junge folgte ihm.

Mit der Hand am Schwert.

Ich nahm nicht an, dass er mich damit beschützen wollte.

Ein paar Soldaten bewachten die schmale Hügelkuppe. »Halt! Wer da?«

»Circe«, antwortete der Junge hinter mir. Ich wusste, dass die Römer Losungen verwendeten, die mit jedem Wachwechsel geändert wurden. Hatten sie den Namen der griechischen Göttin gewählt, weil ihnen die geeigneten Passworte ausgegangen waren, oder offenbarten sie damit lehrbuchmäßig ihre passive Aggression gegenüber Kleopatra?

»Circe«, wiederholte der Soldat. »Was stinkt da so schrecklich? Wen habt ihr dabei?«

»Die Göttin hat meiner Mutter eine Kammerzofe gesandt«, antwortete Cäsarion hoheitsvoll.

»Sie sollte unbedingt baden«, merkte der Soldat an.

»Sie war in der Lagune von Ambrakia, das merkt man sofort«, meinte ein anderer.

Der nette Bursche – inzwischen war mir eingefallen, woher mir sein Gesicht so vertraut war – war Antyllus, Antonius' Sohn aus erster Ehe. Er erstarrte, als er die beiden Soldaten so sprechen hörte. Dann sah er mich wieder an, mit stiller Zuneigung und heimlichem Mitleid im Blick. »Wir bringen sie zur Königin«, erklärte er den Männern.

»Braucht ihr noch Wachsoldaten?«

»Nein, wir führen sie durchs Lager.«

»Das würde ich zu gern sehen«, lachte ein anderer.

»Oktavians Bogenschützen haben versucht, uns aufzuspießen«, erzählte Antyllus.

»Wahrscheinlich hat euch der verdammte Regen das Leben gerettet«, meinte der Wachposten. Wir gingen weiter und erklommen einen weiteren Hügel.

Der genaue Aufbau des Lagers von Aktium blieb mir verschlossen. Der Regen ließ alles zu einem grauen Schleier verlaufen. Wir stapften durch tiefen, schmatzenden Schmodder. Hatte Klea nicht erzählt, es sei ein Sommer ohne Sonne gewesen? Ich hätte mich in den Frühling zurückversetzen lassen sollen, um sicherzugehen. Nur dass es dort keinen Gabelungspunkt gab.

Zu spät! Nein!

Ich stapfte hügelan, geleitet von Cäsarions schnellem Atem vor mir und Antyllus' schepperndem Schwert hinter mir.

Oben angekommen, schnappte ich nach Luft und blieb fassungslos stehen.

Man hat die Römer wegen ihres Fleißes und ihrer straffen Organisation oft mit Ameisen verglichen. Wenn es irgendwo keine Brücke gab, dann bauten sie eben eine. Wenn sie Wasser brauchten, dann gruben sie einen Brunnen. Römer ähnelten Ameisen auch in ihrer strengen Arbeitsteilung und in der Anonymität des Einzelnen in der Menge.

Antonius' Lager mit seinen Wehranlagen und rechtwinkligen Straßen, den ordentlich aufgereihten Acht-Mann-Zelten, die legionsweise rund um ein Versammlungszelt, ein Speisezelt und ein Exerzierfeld gruppiert waren, war ein getreues Abbild dieser Disziplin und Ordnung.

Zu tausenden leuchteten orange und rote und gelbe Punkte aus dem Grau, umringt von anderen, graueren Flecken, die sich auch zwischen den Zelten um die Feuer herumbewegten. Und über allem lag ein leises Brummen in der Luft, der Klang von hunderttausend Stimmen und Atemzügen am gleichen Fleck.

Selbst im strömenden Regen war ein Lager von hunderttausend Mann äußerst eindrucksvoll.

Ich schlappte dem goldenen Glänzen an Cäsarions Robe hinterher durch den zunehmend stärker werdenden Regen über die Schlammpfade, die gleichmäßig nach oben führten. Je höher wir kamen, desto besser wurde die Luft. Auf einer noch höheren Hügelkuppe als unserer sah ich schließlich eine lose Ansammlung von Zelten stehen. Wie eine Katze, die instinktiv weiß, wo die Luft am besten und welches Kissen am weichsten ist, hatte sich Kleopatra den am besten sichtbaren und angenehmsten Lagerplatz ausgesucht. Sie war viel zu sehr Sinnenmensch, um anders zu handeln.

Kleopatra. Bei dem Gedanken, sie wieder zu sehen, fing mein Herz an zu rasen. Natürlich würde sie mich nicht wieder erkennen, dafür kannte ich sie umso besser. Ich kannte sie in- und auswendig.

Und sie würde begreifen, was zu tun war.

In einiger Entfernung sah ich den Apollo-Tempel, der die Mündung des Kanals überblickte. Selbst durch das schlierige Grau des Regens ragte die riesige Statue hell und grellbunt auf. Gegenüber, auf einer anderen Hügelkette, sah ich ein weiteres Lager, eine weitere Stadt voller Römer, deren Exkremente die Lagune füllten und deren Lagerfeuer durch den Regen leuchteten. Dann entdeckte ich weit hinten am Horizont in noch höherer Lage ein drittes Römerlager.

Oktavian.

Es war zu spät.

Die makedonische Leibgarde mit ihren breiten Helmen und Krummschwertern, die ich inzwischen schon Dutzende Male gesehen hatte, sicherte, ohne sich am Regen zu stören, in einem Halbkreis Kleopatras Zelt. Sie hielten uns an. Warum hielten sie uns an?

»Ich möchte zu meiner Mutter«, sagte Cäsarion.

Sie übersahen ihn völlig und wandten sich an Antyllus. »Wünschst du sie zu sehen?«

Erstaunlicherweise schenkten sie mir und meinen fast nackten 1,82 Metern nicht die geringste Beachtung. Cäsarion gab sich alle Mühe, gleichgültig und gelangweilt zu wirken, in Wirklichkeit sah er aber aus, als würde er jeden Moment losheulen. »Diese Frau wurde uns von der Göttin geschickt«, sagte er zu den Soldaten. »Selbst wenn meine Mutter *mich* nicht sehen möchte, sollte Antyllus ihr diese von den Göttern gesandte Zofe vorstellen. Wahrscheinlich wurde sie geschickt, um Antonius Glück zu bringen.«

Wenn ich zur Glücksgöttin werden musste, um zu Kleopatra zu gelangen, dann würde ich mein Möglichstes tun, um glückbringend zu wirken. Aber etwas an Cäsarions Verhalten wirkte gestellt, seine Erklärungen hörten sich wie auswendig gelernt an, wie abrufbereit –

»Sollen wir sie durchsuchen?«, fragte ein besonders hübscher Makedonier, dessen blaue Augen schon längst meine nackten mokkafarbenen Beine abgesucht hatten, Antyllus.

Der Römerjunge bekam rote Ohren. »Ich versichere euch, dass sie nichts bei sich trägt.«

»Dann dürft ihr beide eintreten«, antwortete der Wachposten. Der hübsche Soldat zwinkerte mir zu; offenbar ließ er sich weder von meinem Gestank noch von meinem möglicherweise göttlichen Status abschrecken.

»Er soll hier bleiben«, sagte Antyllus. Die Wachsoldaten umringten Cäsarion, während ich hinter Antyllus unter das Vordach und ins Zelt trat.

Meine Kleopatra.

»Meine Königin«, grüßte Antyllus mit einer Verbeugung.

Kleopatra drehte sich unendlich langsam um; als ich ihr ins Gesicht sah, wollte mir schier das Herz zerspringen – es wirkte ausdruckslos, eingefallen. Sie wäre zweifellos attraktiv gewesen, ihr fehlte nur etwas kunstvoll aufgetragene Schminke, die ihr zustehende Frisur und das königliche Geschmeide. Aber sie hatte auf all das verzichtet, und stand mit hängenden Schultern vor mir, eine Frau von mittlerem Alter, mit leerem Blick ohne jedes Leuchten, ohne Anziehungskraft.

Mir schossen die Tränen in die Augen. Meine Hände ballten

sich zu Fäusten. Wer hatte ihr das angetan? Wer hatte ihr die Lebensfreude geraubt? Die Energie und Tatkraft, die sie sonst ausstrahlte, hatten sich in Luft aufgelöst. Die Lebenskraft, die mich so fasziniert und mir den Atem geraubt hatte, schien völlig versiegt zu sein.

Als »erbärmlich« hatte sie sich selbst bezeichnet.

»Mein Sohn«, flüsterte sie, und Antyllus eilte zu ihr, schloss sie in die Arme und gab ihr einen Kuss auf die Wange. »Was macht –?«

»Er ärgert sich«, fiel er ihr ins Wort. »Aber sieh nur, was wir am Strand gefunden haben. Cäsarion meint, sie sei eine Göttin, die dich besuchen kommt.« Er drehte Kleopatra in meine Richtung.

Die Königin Ägyptens, die gefürchtete Schlange vom Nil, warf mir einen kurzen Blick zu. »Hat sie denn nichts anzuziehen?«, fragte Kleopatra den jungen Mann und schob ihren Arm in seinen. Sie schien sich halb auf ihn zu stützen. »Und vor allem keine Zeit zu baden?« Ihr blutunterlaufener Blick nahm mich gar nicht wahr.

Ich musste die Situation wieder unter Kontrolle bekommen. In gespieltem antikem Gehorsam ließ ich mich auf Hände und Knie fallen. Was war passiert? Wie war es möglich, dass ich zu spät gekommen war und alles verpasst hatte? Ich blinzelte die Tränen zurück und sah zu ihr auf. »Ich komme von Isis, Gefürchtete Königin«, sagte ich auf Griechisch. »Ich bin gekommen, dich zu beraten, dich zu trösten.«

Sie sah mich an und wandte sich dann leise an Antyllus. »Und Cäsarion kennt sie?«

»Anscheinend. Er hat behauptet, sie sei eine Schiffbrüchige, ein Geschenk der Göttin.«

»Fremdartig genug sieht sie jedenfalls aus. Irgendwelche Spuren eines untergegangenen Schiffes?«

»Nein, meine Königin. Das Stück Treibholz, an dem sie sich festklammerte, stammt aus dem Lager. Ein Teil der letzten Kisten aus Zakynthos.«

»Von vor zwei Wochen?«, fragte Kleopatra nach. »Ich dachte, das Holz hätten wir längst verbrannt.«

»Es wird unten an der Lagune aufbewahrt. Das und ihr Geruch veranlasst mich zu glauben, dass sie vom Festland gekommen und aufs Meer hinausgeschwommen ist.«

»Eine Spionin?«, fragte Kleopatra. Plötzlich schwante mir Übles: Sie konnte mich töten lassen. Foltern.

»Die Göttin hat mich gesandt«, sagte ich auf Altägyptisch zu ihr, bemüht, mich nicht vor Angst zu verhaspeln. »Ich bin gekommen, dich zu führen.«

In unseren Legenden sagen die geistigen Leitfiguren pausenlos solche Sachen. Natürlich sagen die Bösewichter genau das Gleiche, wenn sie sich als Freunde ausgeben wollen. Womöglich war es keine besonders kluge Wortwahl. Ich hätte mir eine Begrüßung zurechtlegen sollen, als ich noch durch die Luft fiel oder mich mit letzter Kraft an meinem Brett festgeklammert hatte. Aber mit einer so feindseligen Reaktion hatte ich nun wirklich nicht gerechnet.

»Wenn du mir kein Gehör schenkst, wirst du diese Schlacht verlieren und später Alexandria, Cäsarion und dein Leben«, warnte ich sie.

»Was ist das für eine Sprache?«, fragte Antyllus.

Ich sah zu Charmian hinüber, die mich ebenso entsetzt wie hoffnungsvoll anstarrte.

»Fesselt sie«, rief Kleopatra. Die Wachsoldaten traten ein, schwere Handschellen in den Händen.

»Nein, Herrin, ich muss mit dir sprechen!«, flehte ich sie auf Griechisch an.

»Wenn du mit mir sprechen möchtest, dann in Ketten oder gar nicht.«

Das lief absolut nicht nach Plan. Verzweifelt zog ich mein verfilztes Haar über die Schulter nach vorn.

Sie sah mich stirnrunzelnd an, bis ihr Blick auf das Muster in meinem Haar fiel, den eigenartigen grauen Fleck, an dem Kleopatra mich schon einmal erkannt hatte.

»Isis Nemesis!«, hauchte Charmian und warf sich flach zu Boden. »Herrin!«

Kleopatra starrte mich wütend an. Die Soldaten warteten ab, die Handschellen vorgestreckt.

Waren sie vielleicht verkleidete Abgesandte von JWB? Die Handschellen sahen altertümlich aus, aber dennoch...

»Ich will mit dir reden«, beschwor ich sie. »Dich beraten. Ohne meine Hilfe wirst du Ägypten verlieren.« Ich sprach Altägyptisch. Welche anderen »Mächte« besaß ich noch?

»Die Ketten, Majestät?«, fragte einer der Makedonier.

Ich würde mich nicht fesseln lassen. Nie wieder.

Kleopatra nickte.

Der Wachsoldat drehte sich zu mir um. Er und die Ketten flogen in entgegengesetzter Richtung davon, als er meinen Tritt und Hieb gleichzeitig zu spüren bekam. Keine Ketten. Die anderen Makedonier bauten sich sofort mit gezogenen Schwertern und Dolchen zwischen mir und der Königin auf.

Aber das Schwert, dessen Spitze gegen meinen Hals drückte, war das von Antyllus.

»Kann ich mit dir reden?«, fragte ich Kleopatra auf Griechisch – eventuell hatte ich mit dem Altägyptisch doch übertrieben. »Oder sollte dein Eigensinn tatsächlich größer sein als deine Ergebenheit deinem Land gegenüber?«

»Badet sie«, befahl Kleopatra.

Ich wurde aus dem Zelt geschleift, in Schach gehalten durch Schwerter an meinem Hals. Der Regen hatte sich zu einer wahren Sintflut ausgewachsen. Meine Arme wurden mit Stricken gefesselt und straff nach oben gezogen. Ich spürte unbehauenes Holz an meinem Rücken. Und sackte zusammen.

Wie hatte ich nur so blöd sein können?

Ich machte mich auf Schmerzen gefasst, aber danach passierte nichts mehr, ich blieb mit nach oben gestreckten Händen im Regen stehen. Auch eine Art von Bad. Ich ließ den Kopf gegen meinen Oberarm sinken und döste ein. Aber bevor ich einschlief, hatte ich noch einen letzten klaren Gedanken:

Cäsarion hatte mich erwartet. Er hatte geglaubt, jemand hätte mich geschickt.

Und er wollte Kleopatra unbedingt glauben machen, dass ich göttliche Kräfte hatte.

»Isis Nemesis«, sagte eine heisere Stimme auf Altägyptisch. »Danke, dass du gekommen bist. Bitte verzeih meiner Herrin ihr Ungestüm. Sie ist so bekümmert, so tief verletzt.« Charmian stand neben mir. »Ich will dir das Haar waschen, dich parfümieren und kleiden. Dann wird sie dich bestimmt empfangen«, meinte sie.

Der Regen hatte bis auf ein paar vereinzelte Tropfen aufgehört, die auf das Kopftuch der Nubierin aufschlugen und dann an der Seite herabrannen.

»Danke«, antwortete ich. Auch wenn die Menschen es hier warm fanden, so war mir doch bitterkalt. Meine Zähne fingen an zu klappern, sobald ich sie nicht fest aufeinander biss. »Weiß sie, dass du hier draußen bist?«

»Nicht direkt«, gestand die Frau, während sie ein Fläschchen öffnete und eine Flüssigkeit in ihre Hand goss. »Aber sie hat gesagt, wenn du ansehnlicher wärst, würde sie dir vielleicht Gehör schenken. Ich fürchte, ich reiche dir nicht bis zum Kopf.«

Und ich konnte nicht niederknien.

Charmian schleppte einen Hocker herbei und balancierte darauf. Ihre Finger fühlten sich unbeschreiblich angenehm auf meinem Kopf an – sie musste mir dringend berichten, was vorgefallen war, aber würde das nicht ihre Ehrfurcht vor mir mindern? Musste Isis Nemesis nicht alles wissen? Andererseits war Charmian die Einzige, die mich unterstützte, die an mich glaubte. Ich durfte sie auf keinen Fall verlieren.

»Wie geht es Klea?«, fragte ich.

»Sie ist todunglücklich, wie du weißt«, antwortete Charmian. »Nie, nicht einmal in ihren schlimmsten Albträumen, hätte sie sich so etwas vorstellen können. Auch ich habe die ganze Nacht geweint. Haben wir uns wirklich so täuschen können, habe ich mich gefragt? Darum bin ich ja so froh, dich zu sehen. Du wirst ihr den Glauben zurückgeben.«

Kleopatra hatte die Blockade nicht vorhergesehen? Sie hatten geweint, weil sie nicht gewusst hatten, wie sie die Schlacht führen sollten? Charmian war froh, mich zu sehen, weil ... ja wieso eigentlich? Ich kannte nur die Hälfte der Geschichte; die schlicht erzählte, emotional gefärbte Hälfte, die mir kein bisschen weiterhalf.

Plötzlich schrubbte sie mein Haar mit solcher Wut, dass ich schon befürchtete, sie könnte es ausreißen. »Ein so gemeiner Verrat, noch dazu von einem so engen Vertrauten, und das, wo sie so viel für ihn geopfert und gelitten hat.«

»Äh, er hat es ihr gesagt?«, fragte ich in der Hoffnung auf Einzelheiten, die mir weiterhelfen würden. Wie zum Beispiel einen Namen.

»Sie ist ihm auf die Schliche gekommen und hat ihn zur Rede gestellt«, antwortete Charmian und begann zu schniefen. »Ach Isis, sie bringen uns nichts als Schmerzen.«

Der Augenblick hatte etwas Zeitloses; zu jeder Zeit hatten sich Frauen weinend über die Männer beklagt. »Alexanders Traum bedeutet ihr so viel«, erklärte ich, angestrengt so tuend, als wüsste ich, wovon sie sprach.

»Wie konnte er nur so rücksichtslos sein?«, fragte sie und begann hemmungslos zu weinen. »Jahrhundertealte Traditionen zu missachten ...«

Antonius hatte die Maske fallen lassen, nahm ich an, und Klea erklärt, dass er ihren Traum von einer vereinten Welt, einem umfassenden Frieden nicht teilte. Ein Römer bleibt immer ein Römer, hatte sie gesagt. Offenbar war Antonius im Herzen unverändert Römer geblieben, auch wenn er seit Jahren in Alexandria lebte und zahllose griechische Götter anbetete. Alexanders Traum war allein ihrer. Es war ein Traum, der von den Vätern auf die Kinder und Kinderskinder weitergegeben worden war, bis Kleopatra sich seiner angenommen und versucht hatte, ihn zum Leben zu erwecken, woraufhin Antonius, der seit beinahe zwanzig Jahren an ihrer Seite lebte, erklärt hatte, dass ihn das nicht interessierte – kein Wunder, dass alle weinten.

»Es ist noch viel wichtiger, als du denkst, dass ich mit ihr spreche, Charmian«, sagte ich. »Jetzt ist sie gewappnet für die bitteren Wahrheiten, die ich zu überbringen habe.«

Sie hörte auf, mein Haar mit gesammeltem Regenwasser sauber zu spülen, und drückte es trocken. »Sobald du losgebunden wirst, ziehe ich dich an. Sie wird mit dir sprechen, Herrin Isis. Sie gibt dir die Schuld, befürchte ich, aber sie wird dich verstehen.«

»Sprich!«, schnauzte mich Kleopatra auf Altägyptisch an.

Ich stand in ihrem Quartier in Aktium, von Charmian geschminkt, in ein griechisches Gewand aus dünner Wolle gekleidet, das sorgsam um meinen Leib gepinnt und geschnürt war, und mit Männersandalen an den Füßen. Der Raum war persisch eingerichtet: mehrfach übereinander gelegte Teppiche von unermesslichem Wert; elegant geschnitzte Möbel, deren Polster mit Gold- oder Silberfäden durchwebt waren; juwelenbesetzte Kissen; Laternen und Weihrauchfässer, Truhen und Samoware, alles auf engstem Raum untergebracht. Das Dach aus gezogenem Leder hing dicht über meinem Scheitel.

Antyllus stand in weißer Tunika und goldener Rüstung neben ihr. Weder Antonius noch Cäsarion waren irgendwo zu sehen. »Welche Botschaft sollst du mir überbringen? Wer hat dich gesandt? Was hoffst du zu erreichen?« Kleopatras Stimme klang rau – die Königin sah aus, als hätte sie die ganze Nacht geweint – und war scharf, wütend, abweisend. »Erzähl mir alles und vor allem, wie viel man dir gezahlt hat, sonst lasse ich dich foltern.«

Charmian, die hinter Kleopatra stand, zuckte sichtlich zusammen.

»Wo ist Antonius?«, fragte ich.

»Im Suff.«

»Der Hinterhalt hat ihm Angst gemacht?«

Ihre Augen wurden schmal. »Er war betrunken, als er angegriffen wurde, und das hat ihn gerettet, weil er hin und her schwankte wie ein Tänzer. Stattdessen töteten die Angreifer einen vor ihm gehenden Leibwächter. Antonius und die übrigen Soldaten haben die Mörder verfolgt, aber Oktavians Männer sind über die Mauer geklettert und ins Meer gesprungen.«

»Antonius hat die Verfolgung... nicht schnell genug aufgenommen?«, mutmaßte ich.

»Antonius weiß gar nicht mehr, was das Wort ›schnell‹ bedeutet«, antwortete sie und sah nachdenklich erst auf die Schiffe im Golf und anschließend über die Landspitze hinweg auf die Insel Leukas, wo sich unter einem flatternden Adlerwimpel ein weiteres der vielen römischen Lager erhob. Der rote Flaggengrund leuchtete sogar durch den Regen. »Antonius bewegt sich inzwischen mit Oktavians Geschwindigkeit.«

Eile mit Weile, einer der berühmteren Aussprüche Oktavians. Und ganz eindeutig die für ihn typische Handlungsweise – in der Politik wie in der Kriegsführung. *Festina lente.*

»Bist du jetzt bereit, mir Gehör zu schenken?«, fragte ich.

»Wozu? Dem Schwadronieren und den haltlosen Mutmaßungen eines ungeschlachten Weibsstücks?«

Als »Weibsstück« bezeichnet zu werden schmerzte, aber ich war vorgewarnt. Kleopatra meinen guten Willen zu beweisen würde Insiderwissen und List, aber vor allem Zeit erfordern.

»Wie lange regnet es schon?«, fragte ich.

»Warst du verreist und hast den Überblick verloren?« Sie hatte die Arme vor der Brust verschränkt und fixierte mich verbittert. »Hast du dich lieber auf den elysischen Feldern vergnügt? Oder im Garten Amuns?« Ätzender Hohn lag in ihrer Stimme. So hatte ich sie noch nie erlebt, nicht einmal im Gespräch mit Oktavian. »Den zweiten Tag – diesmal«, ergänzte sie ein wenig nachsichtiger.

Also war dies offenbar der Sturm kurz vor der entscheidenden Schlacht.

»Und davor?«, fuhr sie fort. »Da hat es fast vier Monate lang geregnet.«

Sie hatte mir erklärt, wenn sie Aktium noch einmal durchmachen müsste, würde sie Decken mitnehmen und die Soldaten zwingen, nur abgekochtes Wasser zu trinken. »Wie viele Männer sind krank geworden?«, fragte ich.

»Krank? Zu viele, um die Anzahl auch nur zu ermessen. Was die Toten betrifft, so kann Oktavian ihre dreißigtausend Schädel zählen, nachdem er uns endlich überrannt hat.« Sie winkte ihren Leibwachen. »Schafft mir dieses Weib aus den Augen!«

»Kleopatra!«, flehte ich sie an, während die Leibwachen vortraten.

»Ruf den Rat zusammen«, wandte sie sich an Antyllus. »Wir werden uns noch einmal besprechen.«

»Bellum justum!«, schrie ich, als die Leibwachen mich packten.

»Du bist eine Spionin der Latiner?« Sie klang überrascht.

»Nein, Klea, Bellum justum ist für dich nicht nur ein Kriegsruf. Er war dein Tiger.« Dieser Verweis auf die Geschichte, die Kleopatra mir an ihrem Todestag kurz vor Iras' und Charmians Eintreffen erzählt hatte, ließ sie innehalten. Sie hob die Hand, und die Soldaten traten zurück.

»Bellum justum war Oktavians Kriegsruf, als er den heiligen Speer in Richtung Ägypten schleuderte und dir den Krieg erklärte«, führte ich aus.

Sie beobachtete mich mit klarem, scharfem Blick. Dies war die Frau, die ich kannte.

»Ja«, bestätigte sie schließlich. »Mir, und nicht Antonius, hat er den Krieg erklärt. Und ich, nicht Antonius, habe diesen Krieg finanziert. Und nur Ägypten wird nach diesem Krieg besiegt sein und nicht jene Vasallenstaaten, die schon jetzt Roms Sandalen küssen, genauso wenig wie die Senatoren mit ihren Bücklingen, ihren Klagen und Beschwerden. Alexandria wird alles allein bezahlen müssen.« Bebend vor Zorn drehte sie mir den Rücken zu.

Zum ersten Mal konnte ich nachvollziehen, wie sich die Dinge für sie darstellten. Tausendmal hatte ich gelesen, dass Oktavian ihr den Krieg erklärt hatte, aber genauso oft hatte ich dazu die verharmlosenden Kommentare der Historiker gelesen, die diesen Akt zu einer bloßen politischen List verklärt hatten – da Oktavian in Italien keine Unterstützung für einen Angriff auf Antonius fand, hatte er Kleopatra mit einem geheimnisvollen, gefährlichen Nimbus umgeben.

Aber hier und jetzt, in einem Raum mit dieser Frau, fiel es mir plötzlich wie Schuppen von den Augen. *Sie* hatte Antonius, den größten General seiner Zeit, aufgerüstet und für ihre Sache eingespannt, und mit ihm all die Vasallenkönige, deren Länder sie als mögliche Rückzugsgebiete brauchten. Trotzdem hatte sie die ganze Zeit gewusst, dass allein ihr Kopf auf dem sprichwörtlichen Richtblock liegen würde.

Hör mich an, flehte ich insgeheim.

»Bellum war dein Schoßtier«, sagte ich. »Dein weißer Tiger. Ptolemäus der Ältere schenkte ihn dir zum dritten Jahrestag eurer gemeinsamen Regentschaft. Damals war Bellum noch ein Kätzchen, das kaum die Augen aufbekam. Als du wenige Wochen später aus Alexandria fliehen musstest, konntest du es nicht ertragen, den jungen Tiger zurückzulassen, und hast ihn mitgenommen, sosehr Apollodorus auch dagegen protestierte. Damals hast du ihn Bellum getauft. Aber später kehrtest du heimlich und verstohlen nach Alexandria zurück und hast dich bei Cäsar eingeschlichen, um ihn auf deine Seite zu ziehen.«

»Lasst uns allein«, sagte Kleopatra zu Charmian, Iras und Antyllus. Der Junge verstand uns nicht, doch die beiden Frauen sprachen altägyptisch, die heilige Sprache, die mittlerweile nur noch in den Tempeln verwendet wurde. Und Herodes' Namen würden alle wieder erkennen. Ich wartete, bis wir allein waren, und fuhr dann fort:

»Damals war der Tiger schon größer. Du musstest ihn in deinem Lager bei Pelusium zurücklassen. Herodes hat sich seiner angenommen, und Bellum wurde sein Schoßtier.«

Weder Iras noch Charmian, nicht einmal Herodes würden die ganze Geschichte kennen, hatte Kleopatra mir versichert.

»Mariamne, die junge Tochter von Alexandra von Jerusalem, kam dich besuchen, als Cäsar in Alexandria überwinterte. Sie war noch ein junges Mädchen und erzählte endlose Geschichten über Herodes und seinen weißen Tiger. Sie hatte nicht gemerkt, dass Herodes sich in sie verliebt hatte. Und sie ahnte nicht, dass du wiederum Herodes liebtest.«

»Ich habe ihn nicht geliebt«, widersprach Kleopatra tonlos.

»Jahre später«, holte ich zum entscheidenden Schlag aus, »hast du Herodes und Mariamne besucht, die inzwischen als verheiratetes Paar in Jerusalem lebten. Du hast mit ihm gestritten und indirekt die alten Zeiten und sein Versprechen in Pelusium in Zweifel gezogen. Der weiße Tiger war, inzwischen alt geworden, immer noch bei Herodes.

Du hast Jericho reicher als bei deiner Ankunft verlassen, denn Antonius hatte dir damals die Balsamwälder des Herodes und die nabatäische Hafenstadt Klysma geschenkt. Dann hast du beides für viel Geld an Herodes und die Nabatäer zurückverpachtet.«

»Es war ein Geschäft«, sagte Kleopatra.

»Nachdem du abgereist warst, schickte Herodes dir einen Sklaven nach, der dir ein Abschiedsgeschenk überreichen sollte.«

Kleopatra war etwas blasser geworden, aber mehr war ihr nicht anzumerken.

»Einen Pelz.« Ich sah an ihr vorbei auf die einzelne weißschwarz gestreifte Pfote, die aus einem Stapel von Decken hervorsah. »Ein weißes Tigerfell, erst halb gegerbt. In seinem Zorn hatte Herodes Bellum töten lassen, weil er dich nicht töten konnte. Seither hast du das Fell stets bei dir, damit du nie vergisst, wie wenig du den Menschen trauen kannst, sobald du ihnen den Rücken zuwendest.«

Sie schwieg kurz und musterte mich dann abschätzend.

»Und glaubst du mir jetzt? Ich bin keine Spionin.«

»Gut, ich glaube dir«, sagte sie nicht weniger eisig. »Du bist keine Spionin.«

»Glaubst du mir, dass die Göttin mich geschickt hat?«

Sie lachte bitter und drehte ihren Amethystring. »O ja. Allerdings.«

»Dann hör mich an! Ich will, dass du diese Schlacht, diesen Krieg gewinnst.«

»Du wirst mich anhören.« Sie hatte die Stimme gesenkt und sah mich eindringlich an. »Gerade weil die Göttin dich geschickt hat, werde ich dich verstoßen. Wachen!«

Wieder stand ich im Regen, nur dass ich diesmal nicht mit Seilen, sondern mit Ketten gefesselt war. Und ich war nicht nackt, sondern vom Hals bis zu den Füßen in stinkende, schwere, kratzige italienische Wolle gehüllt.

Und zu guter Letzt stand ich nicht vor ihrem Zelt, sondern unten an der Kreuzung zwischen dem Lager der sechsten und der dritten Legion. Der Regen hatte sich wieder verstärkt, und die Männer blieben in den Zelten oder kauerten um die mickrigen Feuer herum. Jedenfalls beachteten sie mich nicht.

Was mir zupass kam, weil ich total verwirrt war.

Kleopatra hasste ihre Göttin. Ein Problem, dessen Wurzel mir – auch nachdem ich Kleas Geständnisse gehört hatte – immer noch ein Rätsel war. Kleopatra und Cäsarion hatten sich offenbar entzweit. Antonius hatte sich bislang noch nicht gezeigt. Hatte sich die Geschichte bereits verändert, irrten unsere Quellen oder war ich in einem Paralleluniversum gelandet?

Ein Kollege von mir hat einmal die Ermordung von John F. Kennedy junior aufzuklären versucht. Er reiste in eine Realität nach der anderen, bis er schließlich in einer Welt landete, in der Marilyn Monroe und Jacqueline Kennedy ein Mordkomplott gegen den Präsidenten inszeniert und anschließend eine weibliche Doppelmonarchie eingeführt hatten. Sechzehn Paralleluniversen weiter.

Wir sahen ihn nie wieder. Eine Zeit lang erhielten wir noch seine Nachrichten, bis auch die eines Tages ausblieben.

Wenn JWB jetzt auftauchten, war ich so gut wie tot.

Tot.

Ich war ziemlich sicher, dass diese JWB-Männer Waffen getragen hatten, auch wenn sie ständig Gewaltfreiheit predigten. Meine vielen Regelverstöße ließen keine andere Lösung mehr zu. Ich hatte es so weit getrieben, dass JWB mit dem Gedanken an eine gewaltsame Reaktion spielten. Eigentlich hätte mich das wütend machen müssen, aber in letzter Zeit hatte für mich die Wendung »Frieden um jeden Preis« eine ganz neue Bedeutung bekommen. Der Preis war ich.

Die Soldaten in ihren Lagern unterhielten sich leise. Um Kraft zu sparen. Sie wussten, dass die Schlacht – oder der Rückzug – kurz bevorstand. Keiner der italienischen Soldaten, die Antonius treu ergeben waren, nannte ihn auch nur ein einziges Mal beim Namen.

Es war, als wäre Antonius der einzige »Er«, den sie je gekannt hätten.

Im leisen Tröpfeln des Regens hörte ich aus den Runden um die Lagerfeuer unzählige Geschichten über *Ihn*. Wie unermüdlich *Er* in Parthia gekämpft hatte, wie *Er* geweint hatte, als sie die Leichen von hunderten von Soldaten verbrannt hatten, jenen Männern, die bei dem ehrlosen Rückzug gestorben waren. Als sie in den verschneiten Bergen der Cisalpina festgesessen hatten, hatte Er genau wie sie alle Urin getrunken. Er war sich nie zu schade gewesen, mit den gemeinen Soldaten zu sprechen, nie zu vornehm, um bei einem rauen Lied oder Scherz mitzulachen. Er war immer einer von ihnen gewesen.

Kleopatra wurde genauso wenig beim Namen genannt. Alle Gespräche verebbten abrupt, und zwar regelmäßig dann, wenn alles logischerweise darauf hinauslief, dass allein sie an dieser Misere schuld war. Diese Latiner waren ihr loyal gesinnt. Kleopatra war ihnen unheimlich, sie misstrauten ihr, aber sie hielten störrisch an dieser befremdlichen Allianz fest. Es erinnerte mich, wenn auch abgemildert, an die Wirkung, die sie vor ihrem Tod auf Oktavians Soldaten ausgeübt hatte.

Vielleicht dämpfte ja der Regen ihr Charisma?

Dafür lenkten die Männer ihren ganzen Zorn auf Oktavian.

Den ganzen Tag zogen sie über ihn her. Sie ließen sich über seine Sandalen aus; über seine unzähligen Wehwehchen; sein Lispeln (das mir bis dahin gar nicht aufgefallen war); sein Pantoffelheldentum; seine Zeit als Liebesknabe für Cäsar; seine mangelhaften Kampfkünste; seine Erkältungen; seine dicken Wollmäntel; seine blasse Haut und die mädchenhaft bleichen Hände. Oktavian bekam die ganze Rage ab, die diese Männer nicht gegen Antonius und Kleopatra richten konnten.

Aber vor allem warteten die Männer ab. Sie polierten ihre Rüstungen, schliffen ihre Schwerter, bauten Sachen aus Holz und Stein, ruhten sich aus und warteten.

Als sich der Wind drehte, änderte sich auch der Regen. Was zuvor kühl und beinahe erfrischend gewesen war, wurde nun ausgesprochen eklig. Die Tropfen waren heiß, fast beißend. Sie brannten unter meinen Manschetten, sie tropften mir durch die Wolle. Sie fielen mir vom Kinn und von den Augenlidern und sammelten sich rund um meine Füße in einer großen Pfütze.

Ich versuchte nicht an die im Wasser lebenden Würmer zu denken, die sich in meine Fußsohlen bohren und jahrelang in und von meinem Körper leben könnten. Ich versuchte nicht daran zu denken, wie lang oder kurz diese Jahre werden könnten.

Ich zerrte an den schweren Eisengliedern, die meine Arme über dem Kopf fixierten und mit der Kette um meine Füße verbunden waren. Ich gab mir alle Mühe, mir nicht auszurechnen, wie hoch die Wahrscheinlichkeit war, dass ich, mit Metallketten an einen hoch aufragenden Mast gefesselt, im Gewitter von einem Blitz getroffen wurde. Blitze und Donner zerrissen den Himmel über mir, bis der Wind erneut drehte und wieder kühler wurde.

Dann sah ich zu meinem Entsetzen, wie sich eine Gestalt aus der Nacht schälte. JWB hatten mich gefunden. Doch im Licht eines aufzuckenden Blitzes erkannte ich eine römische Tunika und das klatschnasse Gesicht eines jungen Mannes. »Bei Zeus«, sagte Cäsarion auf Lateinisch, »lebst du noch?«

Wahrscheinlich war ich nach dem Gewitter bis auf die Eingeweide durchnässt, schließlich stand ich schon eine halbe Ewigkeit hier draußen im strömenden Regen. Am liebsten hätte ich Cäsarion eine Gemeinheit an den Kopf geworfen – durch seine Unterstützung hatte er mir die Aufgabe, auf Kleopatra Einfluss zu nehmen, tausendfach erschwert.

»Gehört das mit zu deinem Plan?«, fragte er und brachte mich damit zum Verstummen. »Seit dem Überfall hat er die Wachen verdoppelt, aber heute Nacht ist er wahrscheinlich allein, auch wenn sie noch misstrauisch ist.«

Überfall. Der Einzige, der meinem begrenzten und bescheidenen Wissen zufolge in Aktium überfallen wurde, war Antonius.

»Sie hat mich unter Hausarrest gestellt, deshalb muss ich gleich wieder zurück, ehe jemand merkt, dass ich entwischt bin«, sagte er. »Ich komme später wieder.«

Cäsarion unter Hausarrest.

Kleopatra misstrauisch.

Antonius nach einem Überfall unter verstärkter Bewachung.

Und ich sollte einen »Plan« haben?

Bis auf die Haut durchnässt, stapften einige Männer mit müden Schritten den Hügel hinauf, um Kriegsrat zu halten. Drei römische Legaten gingen zusammen. Ihnen folgte ein weiterer Römer, schlank und in Kriegsharnisch. Den Abschluss bildeten zwei hinterhereilende bärtige Männer in Roben.

Antyllus kam ebenfalls auf den Hügel, gefolgt von einer Gruppe makedonischer Leibwächter. In ihrer Mitte sah ich Antonius heranstapfen, mit weißem Gesicht und im Schlamm schleifendem Umhang. Auch einige Schreiber und Sklaven kamen herangehastet.

Donner grollte über mir, und ich sah zum Himmel auf. Es war nur eine elektrische Entladung in der Luft, so viel war mir klar. Aber hätte mir jemand erzählt, dass dort oben die Götter kegelten oder sich stritten oder ihre Frauen verprügelten, dann hätte ich das auch geglaubt. Das plötzliche Krachen ließ mir die Haare zu Berge stehen.

Ich stimmte mein Gehör ab, schließlich war ich nach wie vor mit modernster Tek ausgerüstet – und konnte sie auch gegen JWB einsetzen, wie ich unvermittelt erkannte. Darum hörte ich genau, wann Kleopatra zu dem Treffen stieß. Dezentes Rascheln beim Aufstehen oder möglicherweise Verbeugungen, gefolgt von neuerlicher Stille. Niemand sagte ein Wort.

Oder ich konnte sie nicht hören. Ich stimmte den Empfang genauer ab, bis ich ein tiefes Seufzen vernahm. Antonius' Seufzen. »Wir haben kein Trinkwasser mehr. Der Regen setzt uns zu, und unsere Vorräte sind aufgebraucht«, sagte er. Nicht einmal in Alexandria, nicht einmal im Angesicht des Todes hatte Antonius so resigniert geklungen.

Wieder folgte diese erstaunliche Stille, die kein Ende nehmen wollte.

»Also, kämpfen wir nun zu Land oder zur See?«, fragte eine Männerstimme. »Hast du schon entschieden, Herr? Siebzigtausend Mann sind bereit.«

»Bereit wozu?«, fragte Antonius. »Oktavian will sich auf keinen Fall in Pharsalus stellen. Wir können ihn einfach nicht aus seinem verdammten Lager treiben!« Er klopfte auf irgendwelches Holz. »Was fangen wir mit einem Feind an, der nicht kämpfen will?«

»Wir müssen ihn aus seinem Loch locken«, schlug ein anderer vor. »Noch heute Nacht ziehen wir über die Hügel ab. Wenn er glaubt, dass wir das Lager abbrechen, wird er uns schon nachkommen.«

»Was ist mit den Schiffen?«, fragte der Nächste, ein Ausländer mit griechischem Akzent.

»Wenn wir nicht bald etwas unternehmen, sitzen wir den ganzen Winter hier fest«, mahnte ein anderer Ausländer. »Bald wird das Meer unbefahrbar.«

»Dabei hatte es uns so viele Möglichkeiten geboten, als es überall passierbar war«, knurrte Antonius.

»Vielleicht sollten wir die Hälfte der Männer zu Diocomes nach Makedonien verlegen und die andere Hälfte per Schiff abziehen?«, schlug ein anderer Römer vor. »Wir haben vierhundert Schiffe, wenn auf jedem Schiff hundert Mann –«

»Wir liegen unter einer Blockade«, schnauzte ihn jemand an. »Oder hast du die letzten Besprechungen versäumt?«

Wenn das Fußvolk auch nur eine leise Ahnung von den feindseligen Spannungen zwischen ihren Anführern hatte, war es kein Wunder, dass niemand mehr bereit war, für die gemeinsame Sache zu sterben.

»Was meinst du dazu, Callus?«, fragte Antonius mit müder Stimme.

Callus, ein guter römischer Name, der zu seiner klirrenden Rüstung passte. »Unsere Kräfte aufzuteilen erscheint mir wie das Eingeständnis einer Niederlage, Herr. Die Männer fühlen sich zu Land wohl, darum sollten sie in Richtung Diocomes marschieren. Falls wir Oktavian dadurch aus der Reserve locken sollten, können wir ihn mit unserer Nachhut attackieren. Wenn nicht, können wir Makedonien ohne nennenswerte Verluste erreichen und unsere Truppen für das nächste Jahr sammeln.«

»Und was wird aus den Schiffen?«, fragte jemand.

»Die verbrennen wir«, sagte Antonius. » Hauptsache, sie fallen Oktavian nicht in die Hände.«

Von Kleopatra hatte ich noch keinen Ton gehört.

»Soll das heißen, wir sind durch das halbe Mittelmeer gesegelt und haben tausende in diesem Sumpf begraben, ohne dass wir den Feind auch nur am Ellbogen kratzen?«, meinte einer der Ausländer. »Und dafür sollen wir zwei Jahre geopfert haben?«

Lautes Geschepper, Kampfgeräusche. Ich sah hinüber zu den Männern im Lager; sie hörten nichts, und sie wussten von nichts. Aber trotzdem blickten sie gespannt auf den Hügel und das dunkle Zelt, wo über ihr Schicksal entschieden wurde. Falls sie überhaupt eine Zukunft hatten, so sah sie düster aus.

Antonius' Eskorte erschien im Zelteingang und begleitete ihn den Hügel herunter. Antyllus marschierte an der Seite seines Vaters, und ich konnte die Anspannung in jedem Muskel seines jungen Körpers erkennen.

Die Gruppe entfernte sich vom Hauptlager. Ob sie wohl zu Antonius' Zelt gingen?

»Wie lautet also die Entscheidung?«, fragte einer der Ausländer, die noch im Zelt geblieben waren.

Selbst hier draußen im Regen konnte ich die Bitterkeit der lateinischen Antwort schmecken: »Es gibt keine Entscheidung. Wieder einmal.«

Schweigen.

»Meine Herren.« Jetzt meldete sich Kleopatra zu Wort, und mir kam es so vor, als müsste die Liebenswürdigkeit in ihrer Stimme das ganze Lager durchschneiden. Die Männer im Lager hörten zwar etwas, aber unter dem Rauschen des Regens, dem Grunzen und Stöhnen ihrer Kameraden konnten sie nicht erkennen, dass die Königin Ägyptens sprach. Sie stutzten, schienen kurz zu lauschen und nahmen dann ihre Arbeiten wieder auf.

Kleopatras bezaubernde Stimme sprach ein akzentfreies Griechisch, und sie sprach mit stählerner Entschlossenheit.

»Seit vier Monaten höre ich euch nun still und geduldig zu. Als Agrippa unsere Nachschublinien abschnitt, schlug ich vor abzuziehen, weil eine Armee mit leeren Bäuchen üblicherweise im Nachteil ist. Die in diesem Zelt versammelten militärischen Kapazitäten waren jedoch der Auffassung, wir sollten abwarten. ›Wir könnten die Griechen überrumpeln‹, sagte jemand, wenn ich mich recht entsinne. ›Wir müssen nur noch ein paar Wochen hier ausharren.‹ Und so blieben wir.«

Im Zelt herrschte Grabesstille. Ob sie wohl auf und ab ging? Ob sie geschmückt und geschminkt war, wie man es von ihr erwartete? Oder war ihre Aufmachung so schlicht wie ihre Sprache?

»Als unsere Ruderer, größtenteils Männer aus Ägypten oder dem Orient, die in Alexandria ausgebildet worden waren, in diesen Sümpfen erkrankten, war das hier in diesem Raum versammelte militärische Fachwissen der Meinung, dass solche Verluste zu jedem Krieg gehörten. Es sei wohl unangenehm, aber immer noch besser, wenn die kleinen Ägypter starben statt der teuren, gut ausgebildeten Legionäre.«

Rascheln, Räuspern.

»Als Oktavian eine Einladung aussprach, sich innerhalb eines Monats in Italien zur Schlacht zu stellen, da konntet ihr klugen Ratgeber euch zu keiner Entscheidung durchringen; während er in derselben Zeit über das Ionische Meer setzte und Epirus eroberte. Oh! Wie entsetzt ihr da über sein schändliches Verhalten wart.« Ihre Stimme senkte sich und wurde bohrend. »Mit der gleichen Masche hat er euch noch zwei weitere Male überrumpelt.

Als er sich in Griechenland zur Schlacht stellen wollte, zögertet ihr immer noch, bis seine Flotte Leukas eroberte und uns den Rückzug abschnitt. Sollte ich euch aufzählen, wie viele Inseln wir durch euer Zaudern verloren haben? Habt ihr es *noch nicht* begriffen? Ihr könnt Oktavian einfach nicht verstehen – er ist ein Genie, er will weder eine Republik noch einen Senat, und er kennt keine Skrupel, wenn es darum geht, seine Ziele durchzusetzen.«

Sie murrten, aber Kleopatra übertönte sie. Ich nahm an, dass sie auf und ab ging, weil ihre Stimme in regelmäßigen Abständen lauter und leise wurde.

»Als zunehmend mehr Soldaten desertierten und die meisten Truppenführer ein Exempel statuieren wollten, damit nicht noch mehr Männer abtrünnig wurden, da tatet ihr Legaten und Zenturionen so, als wäre der Verrat eurer Männer völlig belanglos, und gabt ihnen dadurch Zeit und Gelegenheit, euch immer wieder zu betrügen.

Euer teurer Freund und Verbündeter Ahenobarbus lief zum Feind über und verriet ihm dabei Antonius' Pläne für einen Angriff am Fluss, durch den Oktavian vom Wasser abgeschnitten werden sollte. Antonius hielt dennoch an seinem Plan fest und wurde, wenig überraschend, zurückgeschlagen.

Und heute befinden wir uns wieder in genau der gleichen Lage, meine Herren! Dellius ist mit eurem neuesten Plan übergelaufen, aber ihr wollt ihn trotzdem durchführen? Wir hocken hier fest, hungrig und krank, und sehen einem weiteren Winter ins Auge, einem Winter, den wir eurer Meinung nach einfach durchstehen sollen. In einer Woche werden die Meere nicht mehr beschiffbar sein. Die Männer können längst nicht mehr marschieren. Und marschieren könnten sie ohnehin nur, wenn die Götter so gnädig sind, uns den letzten griechischen Verbündeten zu lassen, weil wir andernfalls gar keinen Ort haben, an den wir marschieren können. Unsere Unentschlossenheit hat uns unaufhaltsam ausgeblutet. Das muss aufhören!«

Mir fiel auf, wie hinter dem Regen und dem Grau die makedonischen Wachsoldaten ihren Ring um das Stabszelt enger zogen. Über hundert Männer.

Kleopatras Stimme senkte sich zu einem zischenden Flüstern. »Ihr habt mit den Schätzen meines Landes, mit dem Leben meiner Soldaten und der Zukunft meines Volkes gespielt. Skrupellos und rücksichtslos. Jetzt werde ich das Kommando übernehmen, und ihr werdet gehorchen.

Setzt euch! Ihr werdet das Zelt nicht verlassen!«

Stille.

»Ich werde euch sagen, wie wir kämpfen und wann wir kämpfen werden. Ich bin diejenige, die dafür bezahlt hat, dass ihr hier herumhockt und den Krieg verliert, darum werde von nun an ich Befehle erteilen: Und ihr werdet gehorchen.«

Merkwürdigerweise hörte ich keinen Widerspruch. Waren sie so entsetzt? Erleichtert? Oder am Ende betrunken?

»Wir kämpfen zur See.«

Das rief lautstarken Widerspruch hervor. Kleopatra redete ungerührt weiter und übertönte sie dabei.

»Die Schiffe sind das Einzige, was wir von Oktavian zu sehen bekommen haben. Die Legionäre hat er in sicherer Entfernung auf den Hügeln aufgestellt. Er kann in aller Ruhe abwarten – schließlich kontrolliert er die Küste und kann seine Truppen nach Belieben mit Nachschub versorgen. Eile mit Weile lautet sein Motto, auch wenn ihm das anscheinend keiner von euch glaubt. Außerdem tut das nichts mehr zur Sache, weil wir in nicht einmal einer Woche vor seinen Toren stehen und um Wasser betteln werden.

Wir haben die Wahl zu kapitulieren oder zu sterben.

Doch wir werden weder das eine noch das andere tun. Inzwischen hat Dellius dem Feind bestimmt verraten, dass wir unsere Schiffe verbrennen und über Land in Richtung Makedonien marschieren werden. Das war doch euer Plan, oder? Den Dellius mittlerweile wortgetreu an Oktavian weitergegeben haben dürfte. In Wahrheit würden es die Männer niemals so weit schaffen, sie sind viel zu erschöpft zum Laufen und Kämpfen, und«, sie seufzte schwer, »warum sollte ausgerechnet Makedonien weiter zu uns halten, nachdem uns fast alle Alliierten im Stich gelassen haben? Können wir es wirklich riskieren, ausschließlich auf Diocomes zu bauen?«

Die Männer lauschten ihr schweigend.

»Ich habe sechzig Schiffe, die nach Alexandria zurückkehren müssen. Ich werde die wenigen aus meiner Armee von fünfundzwanzigtausend Mann mitnehmen, die noch am Leben sind. Die übrigen Soldaten werden, so hungrig und krank sie auch sein mögen, auf den andern dreihundert Schiffen kämpfen, um den Feind abzulenken.«

»Und dann? Heißt das, du lässt die Legionen im Stich?«

»Ich werde sie nicht im Stich lassen. Falls sie es irgendwie zum Kap Taenarum schaffen, können sie dort zu mir stoßen. Andernfalls werden sie Holz essen und Meerwasser trinken müssen, oder sie müssen sich Oktavian ergeben. Das ist zumindest besser, als zu verhungern«, überlegte Kleopatra laut.

»Und was ist mit Antonius?«, fragte ein Ausländer.

»Ich nehme an, er wird wie ein Römer kämpfen.«

Kein Kommentar.

In Kleopatras Stimme lag plötzlich wieder jene viel versprechende Wärme, die mir so vertraut war, obwohl ihre Worte überhaupt nicht dazu passen wollten. »Jeder, der mir widerspricht oder mir den Gehorsam verweigert, wird sterben.« Die makedonischen Wachsoldaten hatten das Zelt inzwischen komplett umstellt und bewachten es mit den Rücken zur Leinwand.

»Eine strenge Bestrafung für Soldaten, die krank und hungrig und durstig sind«, meinte jemand.

»Ich habe damit nicht die Soldaten, sondern euch gemeint.«

»Das ist unerhört –«

»Eine Frau kann doch nicht –«

»Wenn Antonius das wüsste –«

»Meine Vorräte und mein Gold mögen aufgebraucht sein«, sagte Kleopatra. »Aber ich habe immer noch mein Gift. Nun macht es euch bitte bequem, denn ihr werdet hier schlafen.« Das löste einen empörten Aufschrei auf, aber ihre Stimme war die einzige, die ich verstehen konnte. »Niemand wird mehr desertieren. Es wird keine weiteren Ahenobarbusse oder Delliusse geben. Nur noch den Tod.«

»Du kannst uns hier nicht einsperren! Genau das hat Oktavian uns prophezeit, wenn wir uns einer Königin anschließen würden. Er wird siegen! Ich werde jedenfalls mein Schwert niederlegen und dafür sorgen, dass er gewinnt!« Das war einer der Latiner.

Ein Kommando von fünfzehn makedonischen Soldaten trat ins Zelt.

Sie hatte ihren gesamten Generalstab überlistet. Ich war überrascht und beeindruckt.

»Beweise deine Loyalität«, befahl sie. Wem gegenüber, sagte sie nicht.

»Einer Frau gegenüber gibt es keine Loyalität.«

»Natürlich nicht. Zwei Jahre lang habt ihr euch von mir durchfüttern lassen, habt mit meinen Sklavinnen geschlafen und mein Gold verprasst, aber ihr kennt keine Loyalität einer Frau gegenüber.« Ihre Verbitterung schnürte mir die Kehle zu. »Du hast gesagt, du würdest dein Schwert niederlegen, um Oktavian zu helfen. Ich will dir nur dabei helfen, deine Drohung wahr zu machen. Trink das. Du wirst nie wieder ein Schwert anfassen.«

Nun, ein paar geschichtliche Elemente hatten sich eindeutig verändert – gleich würde es ein Blutbad geben. Ich hatte nur Angst, dass dabei vor allem Kleopatras Blut fließen könnte.

»Ihr wisst, dass ich meinen Worten stets Taten folgen lasse, meine Herren«, sagte sie. »Verrat wird mit dem Tod bestraft.« Ich konnte das Lächeln in ihrer Stimme hören. »Aber das Gift einer Viper ist doch angenehmer als der Tod am Kreuz, findet ihr nicht auch?«

Ich spitzte die Ohren, um die Reaktion mitzubekommen.

Wenn sie jetzt starb, wäre es dann überhaupt noch notwendig, Alexandria zu plündern? Die Bibliothek zu zerstören? Würden die Latiner überhaupt in Ägypten einmarschieren?

War am Ende *Kleopatras Tod* die Lösung?

Ich hörte Geraschel, ein keuchendes Husten und dann nichts mehr. Ich konnte mir nicht vorstellen, dass ein General freiwillig Gift schluckte, aber andererseits hatte ich die römische Begeisterung für den Selbstmord nie wirklich nachvollziehen können. Die römische Patentlösung, wenn die Schwierigkeiten überhand nahmen.

Noch etwas, das JWB übernommen hatten: Die Ewigkeit war stets nur einen einzigen Schritt entfernt.

»Wir sehen uns morgen früh, meine Herren.« Im Zelteingang drehte sich Kleopatra noch einmal um. »Glaubt nicht, ihr könntet meine Wachen bestechen oder überlisten. Sie wurden nach den von Alexander aufgestellten Regeln für sein Leibregiment ausgebildet und sind mir treu ergeben bis zum Tod. *Eurem* Tod. Sie würden euch eher umbringen, als mir einen Fehler eingestehen zu müssen.«

Sie huschte aus dem Zelt und ließ sich von ihren Leibwachen zu ihrem eigenen Zelt wenige Schritte weiter begleiten. Inzwischen sicherten mehrere hundert Mann die beiden Zelte in einer Doppelreihe. Bildete diese Besprechung die Grundlage für so viele der Geschichten, die Plutarch verbreitet hatte? Dass vor allem Kleopatra darauf bestanden hätte, zur See zu kämpfen; dass sie zu ihrem Vergnügen Männer vergiftet habe; dass sie Antonius die Macht aus den Händen gerissen hätte? Die Zutaten waren alle gegeben.

War also immer noch alles so, wie es die Geschichtsschreibung lehrte, oder hatte sich schon irgendetwas verändert? Das Ergebnis schien das Gleiche zu sein, auch wenn ich nie im Leben geahnt hätte, welche Entwicklungen, Ereignisse und Deutungen dorthin geführt hatten.

Eines stand jedoch fest: Die Schlacht würde sich genauso abspielen, wie sie Plutarch geschildert hatte und wie sie schon einmal verloren gegangen war. Wie ließ sich daran noch etwas ändern? Wie konnten Kleopatra und Antonius, oder auch Kleopatra alleine, gewinnen?

Das Lager kam allmählich zur Ruhe, überall wurden die Feuer gelöscht und Wachposten aufgestellt. Selbst der Regen ließ nach, und der Wind flaute ab. Ich ließ mich gegen meinen Pfosten sinken. Das steife Gefühl in meinen Schultern hatte sich zu einer regelrechten Muskelschwellung ausgewachsen – ein Problem, mit dem ich mich später befassen musste. Morgen würden die Soldaten aus Aktium abziehen, wenn es nach der Königin ging.

Und Oktavian würde Aktium für sich reklamieren … zusammen mit den neunzehn Legionen, die er dort vorfinden würde.

Verzweifelt schlug ich meinen Kopf gegen den Pfosten. Zu spät, ich war zu spät gekommen. Der richtige Zeitpunkt wäre vor vier Jahren gewesen. Bevor Oktavian Cäsarion mit Roms Prunk und Pracht verführt hatte, bevor Antonius sein Heer bei den Parthern aufgerieben hatte; bevor … bevor … bevor …

Das Wesen des Rückblicks. Was alles hätte sein können, was alles hätte geschehen können … Wann hatten sich die Fäden endgültig entwirrt? Wo lag der eigentliche Gabelungspunkt, wenn die Schlacht von Aktium von vornherein entschieden war, weil sich alle Beteiligten längst festgelegt hatten?

Oder war das einfach die bittere Wahrheit: Wir würden niemals weit genug in die Vergangenheit zurückreisen können, um die Geschichte zu ändern, weil »das Chaos« nicht nur eine Theorie war. Es war die Realität. Wir hatten analysiert und theoretisiert, dass die Geschichte – jenes Chaos, das uns chronologisch vorangegangen war – im Grunde eine ungemein verwickelte Kunstform sei. *Hatten wir uns doch geirrt?* War die Geschichte in Wahrheit nur ein einziges großes, unlogisches Knäuel?

Wieder schlug ich mit dem Kopf gegen das Holz. Im Mittelalter pflegten die Priester ihre Köpfe gegen die Wand zu schlagen. Allmählich konnte ich nachvollziehen, wieso das Trost spendete. Vielleicht würde ich es als Nächstes mit einem härenen Hemd probieren. Als Nächstes. Dies war meine einzige Chance gewesen, mein allerletzter Versuch. Selbst das CereBellum hatte ich kaputtgemacht. Ich konnte mich nicht einmal mit JWB in Verbindung setzen, um mich zu stellen.

Wieder schlug ich den Kopf gegen das Holz.

»Das muss doch wehtun«, bemerkte eine Stimme. Auf Lateinisch. Antyllus.

»Geh weg«, antwortete ich. Mein Gehirn war müde vom Pläne schmieden, Theorien entwerfen und Entscheidungen fällen, die allesamt im nächsten Moment wieder über den Haufen geworfen wurden.

»Das kann ich nicht«, sagte er. »Das Gewitter wird noch schlimmer, und ich kann dich unmöglich hier draußen lassen, selbst wenn Klea dich gern sterben lassen würde.«

Sie würde mich gern sterben lassen; das hätte wehgetan, wenn ich nicht schon längst vollkommen taub gewesen wäre. Wie hatte ich nur glauben können, dass sie auf mich hören würde, dass sie mich erkennen würde?

»Komm mit«, sagte Antyllus.

Er löste meine Ketten und legte seinen Arm um meine Taille. Mir schossen die Tränen in die Augen, solche Schmerzen durchzuckten mich, als das Gefühl in meine Arme zurückkehrte. Er legte mir seinen Umhang über und führte mich über schlammige Pfade durch das Lager.

Sein Zelt war zu niedrig, als dass ich darin stehen konnte, darum ließ ich mich auf die Knie sinken und streckte die Hände der rot und gelb glühenden Wärme einer Feuerschale entgegen.

Vielleicht war der August in der Antike gar kein Sommermonat. Ich war jedenfalls völlig ausgekühlt.

Er reichte mir ein Leintuch. »Trockne dich ab und gib mir dein Gewand.«

Ich streifte die Tunika ab und trocknete mich ab, während er nach draußen trat. »Für dich«, sagte er, als er wieder ins Zelt kam und mir einen frischen Umhang über die Schultern legte. »Dir ist kalt.«

Auch er hatte sich umgezogen und trug nun zusätzlich einen Überwurf, »Chlamys« genannt, unter dem sich ein mächtiger Bizeps, ein leicht behaarter Brustkorb und muskulöse Beine abzeichneten. O ja, bestimmt war Antonius der Schwarm aller Frauen gewesen, als er so alt gewesen war wie sein Sohn jetzt, also siebzehn oder achtzehn Jahre.

»Ich mache das schon«, sagte er.

»Das brauchst du nicht –«

»Ich will aber.« Er setzte sich neben mich und wärmte mit seiner Nähe meinen Rücken fast so sehr, wie die Kohlenpfanne mich von vorne wärmte. »Außerdem werden dir die Arme bald sehr wehtun, wenn sie jetzt noch nicht schmerzen.« Sanft fuhren seine Hände durch mein Haar, lösten die vom Wind zerzausten Strähnen und glätteten sie mit geschmeidigen Fingern. »Was willst du ihr eigentlich sagen?«

»Dass sie siegen muss«, flüsterte ich. Die Hände in meinem Haar fühlten sich so gut an, so… freundlich.

»Kleopatra könnte höchstens siegen, indem sie meinen Vater tötet«, sagte Antyllus. »Oktavian hat angedeutet, dass er Gnade walten lassen würde, wenn sie sich gegen Antonius stellt.«

»Oktavian hat ihr und nicht ihm den Krieg erklärt«, wandte ich ein.

»Das war doch nur eine Kriegslist. Ich habe ihr wiederholt vorgeschlagen, aufs offene Meer zu segeln und ihn als Lügner bloßzustellen, damit die Senatoren und Italiener und alle anderen sehen, dass Oktavian es allein auf meinen Vater abgesehen hat, aber… Wie du siehst, sind wir nach wie vor hier.«

»Und wo wäre das?«

»An einem Ort, von dem keiner von uns lebend entkommen wird.« Seine Finger hielten in ihrer Bewegung inne, kamen dann auf meinen Schultern zu liegen, und ich spürte, wie er die Stirn gegen meinen Rücken sinken ließ. »Das stimmt doch, oder? Du hast die Zukunft gesehen. Von uns wird keiner überleben.« Die Qual in seiner Stimme …

Ich fasste nach hinten, drückte seinen Arm und spürte heiße Haut über straffen Muskeln. Woher wusste er, dass ich die Zukunft kannte? Wodurch hatte ich mich verraten? »Wie kommst du darauf?«

»Du bist ein Orakel«, murmelte er und zuckte zusammen. »Oder etwa nicht?«

Natürlich war ich –

»Dreh dich um«, sagte er.

Ich drehte mich um, sodass mein Rücken dem Feuer zugewandt war und ich dem jungen Römer in die Augen sah. Er strich mir das Haar über die Schulter zurück, damit es auf meinem Rücken trocknen konnte. Wer würde das hier überleben? »Selene«, sagte ich. »Sie wird überleben.«

Plötzlich wirkte er überhaupt nicht mehr berechnend, sondern nur noch traurig und besorgt. »Selene ist die Beste von uns allen«, bekannte er. »Aber wird es tatsächlich so weit kommen? Oktavian in Ägypten?« Seine Miene war tiefernst, doch er wirkte kein bisschen unreif.

»Selene wird nichts passieren«, versicherte ich ihm. Ganz gleich, welche Wendungen die Geschichte auch nehmen mochte, Selene würde überleben, König Juba in Nordafrika heiraten und als Königin regieren. »Sie … Sie lebt bei Oktavia«, sagte ich.

»Oktavia?«, wiederholte er verblüfft. »Sie hat mich aufgezogen, nachdem mein Vater sie geheiratet hat.«

Oktavia, der Inbegriff römischer Tugendhaftigkeit und jene Frau, die Antonius für Kleopatra verlassen hatte. Oktavians Schwester. Dieser arme Junge war bestimmt absolut verwirrt, auf welche Seite er gehörte, wer in diesem Krieg wohl im Recht war. Sein Vater kämpfte gegen seinen Stiefvater um die Rechte seines Stiefbruders. Die Frau, bei der er jetzt lebte, verabscheute die Frau, die ihn aufgezogen hatte.

Und beide schienen ihn geliebt zu haben.

All die Menschen, die sich hier befehdeten, waren gleichzeitig innig und auf intime Weise miteinander verbunden. Cäsarion war Kleopatras Sohn, Oktavians Neffe und Antonius' Stiefsohn. Herodes und Kleopatra waren Cousin und Cousine. Antyllus war Cäsarions Stiefbruder und Oktavians Neffe. Hatten JWB doch Recht? Waren verwandtschaftliche Bande die größte und schlimmste Bedrohung für den Frieden?

»Oktavia ist eine gute Frau«, sagte Antyllus. »Sie ist sicher gut zu Selene.«

»Du liebst deine Stiefschwester?«, fragte ich.

Er nickte lächelnd. »Kleopatra wollte nicht, dass wir zu Ptolemäern heranwachsen, hat sie oft gesagt. Sie hat uns alle geliebt. Selbst als ich nach Athen kam, weil Oktavian mich aus Rom verbannt hatte und auf die ganze Welt wütend war, hat Kleopatra mich geliebt. In Selene vereinen sich sämtliche guten Eigenschaften von Kleopatra und Antonius, Julius und den Ptolemäern. Selbst die von Alexander.«

Alexander? »Ptolemäus Soter war sein illegitimer Halbbruder?« Oder etwa nicht?

Antyllus sah mich an und strich mit seinem schwieligen Finger behutsam eine Haarsträhne aus meinem Auge. »Alexander wohnte der Hohepriesterin im Amonstempel bei. Sie empfing und gebar eine Tochter.«

Ich brauchte ein paar Sekunden – vor allem weil mich sein junger fester Leib und sein offener Blick ablenkten –, um zu begreifen, was er da sagte. »Also stammt Alexandra, Kleopatras Mutter, in direkter Linie von Alexander dem Großen ab?«

Er nickte.

Plötzlich ergab alles Sinn. »Sie muss die Römer um jeden Preis schlagen«, murmelte ich vor mich hin. »Für eine römische Welt muss sie Römer gegen Römer ausspielen.«

»Wieso hasst du die Römer so?«, wollte er wissen.

»Ich hasse sie gar nicht, ich hasse nur das, was sie tun. Was sie darstellen werden.« Was sie der Nachwelt hinterlassen würden.

»Ich bin Römer«, verkündete er stolz. »Meine Patriarchen haben Rom über Generationen hinweg erbaut.«

Ich strich ihm über die Wange. »Du bist genau so, wie Rom sein sollte.« Gerechterweise hätte Antyllus über Rom herrschen müssen. Wenn die Welt neu geordnet worden wäre …

Sein Blick kam auf meinem Mund zu liegen. »Stattdessen werde ich vielleicht schon morgen sterben.«

»O nein, du wirst überleben.«

Antyllus sah mich an, griff nach meiner Hand, drehte sie um und fuhr mit seinem Finger meine nach. »Zu dumm, das war mein bestes Argument«, sagte er, sah zu mir auf und errötete. »Ich bin nicht zu jung«, sagte er.

»Zum Sterben ist man immer zu jung«, meinte ich.

Er legte meine Hand auf seine Brust und hielt sie dort fest. Ich konnte seinen Herzschlag spüren. Ich sah ihm in die Augen. »Nicht zum Sterben. Um dich zu lieben.«

Er war noch ein Junge. Und er war eine Gestalt der Geschichte.

»Du glaubst, ich bin noch zu unerfahren? Du glaubst, ich könnte dir kein Vergnügen bereiten?« Es war das erste Mal, dass ich so etwas wie jugendliches Ungestüm an ihm bemerkte.

Ich nahm sein Gesicht in meine Hände und sah ihm tief in die Augen. »Die Liebe ist ein kostbares Geschenk, und ich weiß nicht, ob ich es verdient habe.«

»Du bezweifelst, dass ich ein tapferes und schönes und halb verrücktes Orakel der Isis lieben könnte? Ich weiß nicht einmal, wie du heißt.«

»Ich heiße Zimona. Nein, ich zweifle nicht an dir, aber –«

»Ich weiß, dass du mich begehrst. Ich kann es spüren.«

»Du bist ein wunderbarer Mann und sehr gut aussehend, wie du gewiss weißt, aber –«

Antyllus küsste mich, ein junger Mann, der mich in der Taille hielt und meinen Mund mit einer Glut erforschte, die ich weder einordnen noch ausdrücken konnte.

Jicklet hatte mich geküsst, als wir beide 15 waren und das erste Mal heirateten. Wir hatten uns beide mit Infusionen voll gedröhnt und uns wie in einem Viz in Zeitlupe bewegt. Selbst damals waren wir in unserem tiefsten Inneren uralt gewesen – wir hatten schon zu viel verloren und zu viel erfahren, um nicht zu begreifen, dass nichts je besser werden würde, als es in diesem Moment war. Niemals.

Antyllus' Kuss dagegen war hoffnungsvoll und schmeckte nach allem, was schön und unerwartet war. Er erweckte das kleine Mädchen in mir, das man in eine Zelle gesperrt hatte, dem man erzählt hatte, es sei böse, es sei genetisch minderwertig und müsse darum mutterseelenallein in einer winzigen, lichtlosen Kammer darben.

»Du weinst ja«, flüsterte er und wischte eine Träne aus meinem Augenwinkel, während sein Kuss gleichzeitig intensiver, tiefer wurde, bis er überfloss von der verschwenderischen Fülle des Lebens. Ich erwiderte den Kuss, weil ich es kaum erwarten konnte, diesen Sonnenstrahl, diese Hoffnung in mir zu spüren. Er hielt mich fest und drückte meinen Kopf gegen seine Brust, wo ich sein Herz hämmern hören konnte. »Oh«, stöhnte er und rieb mit den Händen über meinen Rücken.

Ich löste mich aus seiner Umarmung. »Morgen ist der Tag der Entscheidung«, sagte ich. »Ich brauche keine Ruhe, aber du. Du brauchst deine ganze Kraft, keine Aufregung.«

Er schluckte. Er war verletzt, aber er protestierte nicht. Nie wieder würde dieser Junge mir gegenüber so kühn sein. Wenn ich ihn jetzt abwies, wies ich ihn damit für alle Zeit ab. Darin kannte er, wie jeder Jugendliche, nur schwarz oder weiß; ja oder nein; bleiben oder gehen. Ich spürte Tränen in den Augenwinkeln.

»Warum?« Mir war klar, dass er damit die Endgültigkeit meinte. Warum.

»Weil ich genau weiß, wann du sterben wirst, und weil ich dich liebe, und sei es auch nur ein wenig. Und weil ich es nicht ertragen würde.«

Antyllus ließ den Kopf hängen. Ich streichelte ihn und spürte seine kurzen Stoppeln unter meinen Fingern. »Du solltest jetzt schlafen«, sagte ich.

»Du kannst die Liege haben«, bot er mir an.

»Du wirst die Liege nehmen.« Ich tätschelte das Gestell aus Holz und Lederriemen, neben dem wir standen. »Bitte.«

Er erhob sich mit steifen Bewegungen. Ich schaute ihm nicht zu, sondern krabbelte hinter die Kohlenpfanne, wo ich mir die Decke über die Schultern zog. Ich hörte die Pritsche quietschen, als er sich auf das Leder legte. Danach war nur noch das Klopfen der Regentropfen auf dem Lederzelt und das Knistern des halb erloschenen Feuers zu hören.

Er war bald eingeschlafen. Ich stand auf, huschte gebückt zu ihm hinüber und betrachtete ihn im Schlaf. Geköpft. Oktavian würde ihn köpfen lassen. Ich kniete neben Antyllus nieder, drückte meine Stirn an seine, schlang den Arm um ihn und griff nach der Hand, die sich am Pritschenrand festkrallte.

»Zimona«, flüsterte er im Schlaf.

Mir ging das Herz auf – wie lange war es her, dass ich meinen Namen gehört hatte? Hatte ihn jemals irgendwer mit so viel Zärtlichkeit ausgesprochen? Ich küsste seine Hand. Noch ein Mensch, der nicht sterben durfte.

Ich musste die Geschichte um jeden Preis ändern, ich wusste nur nicht, wie.

13. Kapitel

Das Hufgetrappel eines einsamen Reiters schreckte mich auf. Leise löste ich mich von Antyllus. Er murmelte etwas im Schlaf, wälzte sich herum und rollte sich schutzlos zu einem Ball zusammen.

Gestalt. Der. Geschichte. Ermahnte ich mich, schnappte mir seinen Umhang und schlich aus dem Zelt.

Ich hastete die schlammigen Straßen hinauf zu Kleopatras Zelt. Eine einsame Lampe brannte. Sklaven versorgten ein einsames, bebendes Pferd mit Schaum vor dem Mund. Wer war da gekommen? Es gab keine Aufzeichnungen über einen nächtlichen Besuch in ihrem Lager. Vielleicht war einer von Oktavians Soldaten übergelaufen? Oder hatte sich die Geschichte doch verändert?

Ich blieb im Schatten, wo mich die makedonischen Wachsoldaten nicht sehen konnten, und lauschte. Die Unterhaltung war zu leise für meine Ohren, darum schaltete ich meine Tek ein.

»Cäsarion –«, sagte ein Mann.

Kleopatra klang resigniert. »Er ist Ptolemäer. Er vereint in sich das Schlimmste, was ich an meine Kinder weitergeben konnte. Nicht einmal das Blut des mächtigen Cäsar war stark genug, um gegen die Lust an Täuschungen und Intrigen, an fleischlichen

Genüssen und am Verrat anzukommen, in der meine Vorfahren sich gesuhlt haben wie die Nilpferde im Schlamm. Während der Jahre im Ränke schmiedenden Athen und im arglistigen Rom wurde seine frühere großzügige Offenheit bis auf die Wurzeln ausgemerzt, sodass nichts als … ein Betrüger übrig blieb.«

Cäsarion erschien auf den ersten Blick wie das Abziehbild seines Vaters, aber wo aus Julius' geradlinigem Gesicht Würde und Intelligenz sprachen, sah Cäsarion einfach nur … verhätschelt aus. Überzüchtet. Als wären Alexanders Ruhm, Cäsars Genie und Kleopatras Brillanz zu viel für ein so zartes Kind.

Der Mann seufzte. »Das ist bedauerlich zu hören, meine Königin, aber es überrascht mich nicht.«

»Bring mir gute Neuigkeiten«, befahl sie.

»Weil du General Athenio an Malichus überlassen hast, haben die Nabatäer gewonnen. Herodes wurde einmal mehr geschlagen.«

Sie unterhielten sich auf Hebräisch. Mit wem hatte sie hebräisch gesprochen? Dem Mann, der später gekreuzigt wurde – Seth!

»Und damit auch Antonius«, fuhr er fort. »Denn wie du wohl kaum vergessen hast, hatte Herodes die Nabatäer nur auf Antonius' Geheiß angegriffen. Und seine Frau schickt ihren besten General, um gegen ihn zu kämpfen.«

Zwei der wichtigsten Verbündeten, die Antonius im Osten hatte, bekämpften einander?

»Ein doppelter Sieg!«

»Das war kein Sieg, damit hast du deinen eigenen Untergang besiegelt«, belehrte Seth sie mit unverhohlenem Abscheu.

»Was soll das heißen? Hast du Athenio nicht zurückgebracht?«

»Er ist gefallen, Majestät. Bei seinem Sieg über Herodes.«

Ich schlug mir die Hand vor den Mund. *Wie dumm war sie eigentlich, wenn es um Herodes ging?* Sie hatte ihren besten General dorthin geschickt? Ausgerechnet jetzt?

Einen Moment lang blieb es still. Dann befand Kleopatra: »Herodes zu schlagen ist besser als alles andere.«

Seth seufzte. Sogar hier draußen konnte ich hören, wie erschöpft er klang. Von wo war er gekommen? »Man hat mir auferlegt, dich ein letztes Mal zu bitten, dass du dich an die Seite der Meder und Parther stellst.«

»Dafür müsste ich einen hohen Preis zahlen«, meinte Kleopatra.

»Ein vereinter Osten könnte Rom bekämpfen und besiegen«, sagte Seth. »Du bräuchtest dich nur an Herodes zu wenden und ihn um die Soldaten zu bitten, die er Antonius angeboten hat.«

»Nein.«

»Du selbst hast früher von einer vereinigten Welt gesprochen, und Herodes hat die Parther als Verbündete, die Skythen –«

»Ich werde auf keinen Fall einem Bündnis beitreten, dem auch Herodes angehört. Lieber sterbe ich.«

»Diesen Gefallen wird dir Oktavian mit Sicherheit tun, gleich nachdem er dich im Triumphzug vorgeführt hat.«

Klatsch. Das Geräusch einer saftigen Ohrfeige. Angespanntes Schweigen.

»Ist das alles, Majestät? Oder soll ich dafür sorgen, dass Cäsarion in Gewahrsam genommen wird?«

Ich hörte nichts mehr, doch gleich darauf sah ich einen Mann aus dem Zelt kommen. Er tätschelte kurz sein Pferd und marschierte dann in Richtung des Lagers davon. Auf jenen Pfosten zu, an dem ich eigentlich noch stehen sollte. Eigentlich hätte ich losrennen sollen, damit ich wenigstens am richtigen Ort stand, aber ich war wie gelähmt. Was machte es noch für einen Unterschied? Kleopatra hatte die Schlacht bei Aktium verloren, ehe auch nur ein Ruder ins Wasser getaucht worden war. Sie schlug sich mit Gespenstern und Erinnerungen herum. Während sich ihre jetzigen Feinde um sie herum sammelten, um zum entscheidenden Schlag auszuholen.

Ich würde einen anderen Verbündeten brauchen, wenn ich die Welt verändern wollte.

»Wie ich sehe, kann man dich mit deiner Ehre genauso wenig binden wie mit Ketten«, sagte Antyllus, als ich ins Zelt zurückgeschlichen kam.

»Du musst fort«, sagte ich. »Du musst fliehen. Sofort.«

In der Dunkelheit des Zeltes konnte ich ihn nur schemenhaft erkennen. Er packte mich an den Handgelenken. »Wieso sagst du das, Zimona? Was weißt du?«

»Die Schlacht ist verloren«, prophezeite ich. »Sie ist schon vorbei, ehe auch nur –«

Er zog mich an seine Brust und hielt mich fest. »Fürchte dich nicht, Zimona«, murmelte er und küsste mich dabei aufs Haar. »Alles wird gut.«

Ich schüttelte den Kopf. Wie konnte Kleopatra nur so kurzsichtig sein? So tumb? Wie konnte sie –

»Du bist viel aufgeregter als vorhin, was hast du erfahren? Was ist passiert, während du fort warst?«

Konnte ich ihm erzählen, dass ich aus hundert Meter Entfernung ein vertrauliches Gespräch zwischen Kleopatra und ihrem Ratgeber belauscht hatte? Ich legte meine Finger auf seinen Hals, seinen festen Nacken. »Du musst mir etwas versprechen.«

»Ich kann dir nichts versprechen.«

»Du musst!«

Antyllus sah mich an. In seinen Augen sah ich etwas aufblitzen; draußen wurde es bereits hell. »Was verlangst du von mir?«

»Versprich mir, dass du niemals nach Ägypten zurückkehren wirst, falls diese Schlacht verloren geht.«

Er zog die Stirn in Falten, und ich konnte sehen, wie er überlegte; wie kam diese Frau, sei sie nun ein Orakel oder aus Fleisch und Blut, dazu, eine solche Bitte zu äußern? War das eine Falle? War es ein Test? Hatte Oktavian sie geschickt? Oder Kleopatra? Der Senat?

»Du bist der rechtmäßige Anwärter auf den römischen Thron«, sagte ich.

»Es gibt keinen römischen Thron.«

Darauf ging ich gar nicht ein. »Du bist der rechtmäßige Anwärter. In Rom geboren, aus gutem Patrizierhause, gebildet, ein Gelehrter und Soldat –«

»Und nicht zu vergessen, vom Imperator Oktavian persönlich in die Verbannung geschickt«, ergänzte Antyllus zynisch. »Man wird mich töten, wenn ich mich in Rom auch nur blicken lasse.«

»Die Welt ist groß; versprich mir nur, dass du nicht nach Ägypten gehen wirst.«

Er schüttelte den Kopf. »Kleopatra ist für mich wie eine Mutter. Antonius ist mein Vater. Selene, Helios, Ptolemäus und sogar Cäsarion sind meine Brüder und Schwestern. Ich kann sie nicht verleugnen, indem ich mich verstecke.«

Inzwischen konnte ich sein Gesicht deutlich erkennen, vor allem das gespenstisch helle Weiß seiner Augen, das durch das fahle Licht der Dämmerung leuchtete. Er war nicht umzustimmen.

»Dann versprich mir wenigstens, dass du niemals zum Serapis-Tempel gehen wirst«, beschwor ich ihn.

Antyllus lachte. »Ich bin so gut wie nie in irgendeinem Tempel, dieses Versprechen kann ich dir gerne geben.« Er nahm mein Gesicht in beide Hände; wenn er mich in diesem Augenblick gefragt hätte, wäre ich mit ihm in seinem Zelt geblieben, bis Oktavians Römer uns herausgezerrt hätten. Aber sein jugendlicher Stolz verbot ihm diese Frage, und die beklemmende Enge in meiner Brust hielt mich davon ab, ihn zu küssen. Er ließ die Hände wieder sinken; der Augenblick verging ungenutzt.

»Man wird nach mir suchen«, sagte ich.

Er nickte.

»Ich gehe lieber wieder zurück zu meinem … Pfosten«, sagte ich.

Er sah mich nicht an. »Dein Kleid müsste inzwischen getrocknet sein. Eine gute Idee, es anzuziehen, die meisten dieser Männer haben seit Monaten … keine Frau mehr gesehen.«

Er blieb sitzen; ich sollte nicht sehen, wie erregt er war, vor allem, nachdem ich ihn abgewiesen hatte. Ich hob das lange, wollene Gewand hoch, streifte es mir über und ließ die Tunika zu Boden fallen. »Viel Glück, Antyllus.«

»Lebewohl, Göttin.«

Wie aus der Geschichte bekannt, dämmerte ein sonniger, windstiller Morgen. Der Qualm der verbrannten Schiffe lag nach wie vor in der Luft. Niemand auf beiden Seiten des Golfes zweifelte daran, dass die Schlacht heute stattfinden würde.

Wussten sie, ob die Schlacht zu Land oder zur See ausgefochten würde? Hatte Oktavian auf die Deserteure gehört? Oder auf Agrippa, der hartnäckig mit einer doppelten Reihe von römischen Kriegsschiffen den Hafen blockierte? Würde sich der Kampf so abspielen, wie Plutarch ihn beschrieben hatte? Oder musste ich Plutarch vergessen, weil die Geschichte inzwischen eine andere Wendung genommen hatte?

Ich war zwar weder gefesselt noch an einen Pfosten gekettet, aber eine Gefangene der Königin und wurde als solche unten am Wasser von makedonischen Soldaten bewacht.

Siebzigtausend Soldaten brachen ihr Lager ab und falteten die durchtränkten Lederplanen zusammen, die ihnen als Zelt gedient hatten. Die Schmiede räumten ihre Werkstätten, nachdem sie eine letzte Sandale genagelt oder ein letztes Schwert nachgeschärft hatten. Die siebzigtausend wirkten pessimistisch.

Nur Antonius schien heute vor Energie zu sprühen, und da alle Generäle, die Kleopatra gestern Abend gefangen gesetzt hatte, Antonius' Befehlsgewalt anerkannten, gelang es ihm, sie mit seinem Feuer anzustecken. Immer weiter breitete sich die Begeisterung aus, bis die Soldaten schließlich zu singen und zu jubeln begannen, sobald Antonius in seinem glänzend goldenen Brustharnisch und mit dem gefiederten Helm in Sicht kam.

»Ihr werdet noch euren Kindern erzählen, ich war mit Antonius bei Aktium!«

Die Männer johlten, ein Jubelschrei stieg aus siebzigtausend Kehlen auf. Antonius blieb mit erhobenen Armen stehen, als wollte er ihre Bewunderung aufsaugen.

Der donnernde Jubel flaute zu verwirrtem Murmeln ab, als die Soldaten begriffen, dass sie nicht über Land, sondern auf die Schiffe marschierten.

»Antonius, Herr!«, rief einer der Männer und streckte dabei die Hand nach seinem Feldherr aus. »Bitte, Herr, nicht auf die Schiffe!«

Antonius würdigte ihn keines Blickes, sondern blieb über seine Karte gebeugt stehen.

»Wir sind dir gegen die Parther und durch Phraata gefolgt. Verurteile uns nicht zum Tod in Neptuns Armen!«

Antonius wirbelte herum. »Ich verurteile euch nicht zum Tode! Ich fordere euch auf, wie Soldaten zu kämpfen! An meiner Seite, so wie ihr es immer getan habt!«

»Aber warum nicht zu Lande, Herr?«, widersprach der Mann. »Wir –«

»Ihr werdet meine Befehle befolgen!« Antonius drehte ihm abrupt den Rücken zu und marschierte zu seinem Schiff, das unter Alexanders Flagge stand. Mitten auf der Laufplanke hielt er inne und machte kehrt. »Gebt mir ein anderes Schiff.«

Die an Bord gehenden Soldaten kamen durcheinander. Das Durcheinander steigerte sich noch, als Antonius die nächste Laufplanke hinaufeilte. Die halb verknüllte Fahne geschultert, rannten ihm die Männer hinterher.

»*Echnesis*«, hörte ich es flüstern. Ein böses Omen. Auch wenn sie pflichtbewusst ihre Schiffe bestiegen, so wirkten ihre Schritte müde, und die Blicke, die sie dem Festland zuwarfen, beinahe liebevoll. Ihnen schwante Übles.

Wenn sie wüssten…

Auf jedem Schiff drängten sich etwa hundert Männer hinter der Reling. In der Mitte lagerten Segel und Masten.

»Die sollen helfen, die Schiffe schwerer zu machen, damit Agrippa nicht merkt, dass wir kaum Ruderer haben«, hörte ich jemanden sagen.

»Aber wir haben doch so viele zusätzliche Ziegenhirten«, wandte ein anderer ein – tatsächlich hatten Kleopatras Agenten die griechischen Dörfer durchkämmt und jedem, der ein Ruder halten konnte, Geld angeboten oder den Tod angedroht, um die hundertvierundvierzig Rudersitze zu besetzen.

Die Soldaten lachten, aber es war ein höfliches, nervöses Lachen. Ihre Disziplin verbot es diesen Männern, Fragen zu stellen oder ihre Angst zu zeigen. Trotzdem konnte ich beides in ihren Augen sehen. Augen, aus denen mich jetzt schon Hunger und Durst anstarrten.

Am Horizont zogen sich römische Schiffe von Norden nach Süden. In doppelter Reihe, auf Position bleibend, mit rhythmisch und ruhig ins Wasser tauchenden Rudern. Sie waren kleiner als die Schiffe in Antonius' und Kleopatras Flotte. Dass sie schnell waren, war mir aus den historischen Quellen bekannt. Aber sie sahen auch schnell aus.

Seit vier Tagen und Nächten hielt Agrippa sie schon auf Position. Wie viele Ruderer er wohl hatte?

Antonius' Schiff führte die Armada an und steuerte durch die Untiefen hinaus ins tiefere Wasser. Falls Agrippas Schiffe sich zurückzogen, dann taten sie das so gleichmäßig und so präzise, dass die Veränderung nicht wahrnehmbar war. Links von uns verwehrte die Insel Leukas unter dem römischen Adler den Blick aufs offene Meer.

Die südliche Flanke von Kleopatras Flotte würde weit ins Ionische Meer hinaussegeln müssen, um Oktavians Außenposten zu umfahren.

Jetzt fächerten Antonius' und Kleopatras Schiffe auf. Mir persönlich kamen ihre Manöver weder behäbig noch unbeholfen vor, aber das hatte wenig zu sagen. Was Agrippa wohl sah? Ob er aus dieser Entfernung etwas erkannte? Ob Dellius ihm einflüsterte, welche Schwächen und Vorlieben die verschiedenen Soldaten hatten? Wussten die Römer, über wie wenige Ruderer Antonius und Kleopatra verfügten?

Die Schiffe kamen nur langsam vorwärts, weil sie durch den Eingang der Lagune, um Sandbänke und verborgene Untiefen herummanövrieren mussten. Die Sonne brannte gnadenlos herab und heizte den Sand unter meinen Füßen auf. Meine makedonischen Bewacher schienen nichts von der Hitze zu bemerken, obwohl ihre Uniformen schweißdurchtränkt waren. Insekten schwirrten um uns herum – obwohl sie mich, dank einer geschickten Genmanipulation, nicht stachen. Und so warteten wir.

Flaggen wehten im Wind. Vögel zwitscherten. Fliegen summten. Die Männer standen da.

Und so warteten wir.

Ich wusste – aus den historischen Quellen –, dass irgendwo in der Bucht Kleopatras Schiffe mit Gold beladen wurden. Irgendwer schilderte ihr irgendwie den Schlachtverlauf, während die Schiffe bereitgemacht wurden. Und am gegenüberliegenden Ufer des Golfes von Ambrakia sah ihr ein Römer bei ihren Vorbereitungen zu. Vielleicht war es ein namenloser Soldat, vielleicht war es Oktavian persönlich, jedenfalls wusste er, was sie da tat.

Allen war klar, dass die Armee aus dem Osten heute entkommen musste, weil sie andernfalls den ganzen Winter über festliegen würde, sobald das Wetter wieder umschlug – und dafür sprach alles.

Die Sonne stieg höher. Kein Lufthauch regte sich, während die Schiffe weiter ins Ionische Meer vordrangen. Immer tiefer, bis sie nur noch wie farbige Klötzchen wirkten, die wie auf einer blauen Tafel hin und her geschoben wurden.

Aus den Geschichtsbüchern erfährt man selten etwas über das Warten, das endlose Warten. Die Ungewissheit, die Fragen, die Ängste – Hatte ich irgendetwas bewirkt? Würde die Schlacht ausfallen? – ließen mir keine ruhige Minute. Das Nichtwissen war ebenso eintönig und ermüdend, wie aufs Meer zu starren; den Schiffen, die eher wie Spielzeug als wie Kriegsgerät aussahen, nachzuschauen, bis mir die Augen tränten.

Inzwischen stand die Sonne über uns. Hatten wir die Geschichte so verändert, dass überhaupt keine Schlacht stattfinden würde? Allmählich begann ich das zu glauben – bestimmt würde die alles entscheidende Schlacht zwischen dem Orient und dem

Okzident, zwischen Frieden und Alleinherrschaft, zwischen Frauenverachtung und Toleranz – bestimmt würde diese Schlacht mindestens zwölf Stunden dauern – falls sie überhaupt stattfand.

»Er zieht sich zurück!«, rief ein Späher mit Adleraugen. »In tieferes Wasser!«

Weil Agrippa weiter ins offene Meer zurückwich und seine Ruderer dabei den Kurs änderten, lagen Kleopatras und Antonius' Schiffe plötzlich parallel zur feindlichen Flotte.

»Geschosse!«, schrie der Späher.

Ein orangefarbener Blitz zuckte, auf diese Entfernung kaum sichtbar, über den Himmel. Aber gleich darauf schlugen rote und gelbe Flammen von einem Mitteldeck auf – wo die Segel und Masten gelagert wurden. Agrippa hatte sich nicht hinters Licht führen lassen.

Urplötzlich gerieten alle Schiffe in Bewegung, ruderten rückwärts und seitwärts, unter roten, gelben, orangefarbenen Feuerbällen auf den Decks, während überall kleine Gestalten herumhasteten, deren Rüstungen silbern aufblinkten, sobald die Sonne sie im richtigen Winkel traf.

Jeder Schuss, den Agrippa auf die Schiffe aus dem Osten abgab, war ein Treffer. Die kleinen Liburnen brachen aus den Formationen aus und flitzten herum wie hektische Stechmücken. Um jedes der großen Kriegsschiffe sammelten sich drei oder vier kleinere Boote. Jedes einzelne Schiff aus Agrippas Flotte war im Einsatz.

Die von Kleopatra und Antonius befehligten Schiffe waren zwar wendig gebaut und dazu gedacht, andere Boote zu rammen, indem sie den Feind mit den bronzenen Dornen aufspießten, die knapp unter der Wasserlinie aus dem Bug ragten. Aber ohne fähige Ruderer bewegten sie sich nur träge und behäbig.

Rauch stieg auf. Ich konnte nicht einmal mehr erkennen, welches Schiff brannte und welches nicht. Der Himmel war dunkelgrau überzogen, aber ob das der Qualm war oder ob ein Gewitter heranzog, wusste ich nicht.

Überall sah ich nur Feuer. Große Schiffe, kleine Schiffe, alle standen in Flammen. Die Funken flogen von einem Boot zum anderen, setzten Seile und Segel, Soldaten und Pech in Brand. *Der Wind.* Der von Kleopatra so sehnlich erwartete Wind, der sie nach Hause bringen sollte.

Die Makedonier sahen es im selben Moment. Von festen Händen gehalten, wurde ich auf ein kleines Boot verfrachtet. Die ganze Schlachtszenerie war hinter einer Rauchwand verschwunden, nur das blecherne Klirren und die Schreie drangen über das Wasser zu uns her. Kleopatras sechzig Schiffe nahmen Fahrt auf. Über eine Strickleiter kletterte ich auf das Deck des größten unter ihnen, auf die *Antonias*.

Seth half mir über die Reling. Das Entsetzen über meinen Anblick war ihm anzusehen. Ich starrte ihn an; der Jude war noch am Leben, und selbst in seinem Entsetzen sah er gut aus. »Du bist die Gefangene?«, war alles, was er sagte. Überraschte ihn meine Größe oder mein Geschlecht mehr?

»Herrin«, rief Charmian und kam auf mich zugelaufen. »Ich bitte um Vergebung, ich –«

»Gebt ihr ein Quartier«, befahl Seth mit einem Blick auf Charmian. »Und setzt die Segel.« Dann ging er ohne einen weiteren Blick davon.

Staunend sah ich zu, wie die riesigen lila Segel gesetzt wurden. Sie blähten sich unter dem Wind, und wir schossen vorwärts, flogen über das Wasser davon. Der Wind brauste so laut in meinen Ohren, dass ich die Rufe der Matrosen nicht mehr hörte und mich ganz und gar meinen Eindrücken hingab. Im Norden wie im Süden tobte noch die Schlacht. Das Meer selbst schien zu brennen, und immer mehr Schiffe sanken in die unergründlichen Tiefen.

Ob es Liburnen oder Quinqueremen waren, konnte ich nicht erkennen. Auf unserer Backbordseite plumpsten unzählige Pfeile ins Wasser, abgeschossen von den verärgerten Römern auf Leukas, die Salve um Salve abfeuerten, ohne ihr Ziel auch nur ein Mal zu treffen. Die offene See lockte uns. Ich schaute zurück. Schwarze Wolken flogen über Aktium dahin.

Einige kleine Schiffe ruderten aufs Meer hinaus und wollten Kleopatra folgen, doch sie lagen zu weit zurück. Von hier aus konnte man erkennen, dass die großen Schiffe in Flammen standen – schwarz, rot, orange und gelb – und reihenweise sanken. Unter dem gespenstisch grün leuchtenden Himmel lag wie elektrisiert das bleierne Meer.

Der Himmel begann zu grollen. Um vier Uhr stand uns das nächste Gewitter bevor. So viel war mir bekannt.

»Kleopatra!« Ich hörte Antonius rufen, aber ich ertrug es nicht, den Blick zu wenden, ich hielt es nicht aus, diesen letzten, endgültigen Beweis für unseren Untergang zu sehen.

Zerstörung war der Faden, der alles durchzog. Das Muster begann mit dem Tod und endete mit der Anonymität.

Es hatte sich nichts verändert. Aktium war verloren.

Als Antonius uns eingeholt hatte, kam er schweigend an Bord. Niemand sah ihm in die Augen. Antyllus folgte ihm auf dem Fuß; als unsere Blicke sich kurz trafen, spürte ich, wie eine heiße Welle meinen Körper durchlief: Ihm war nichts passiert. Auch wenn ich aus der Geschichte wusste, dass er die Schlacht unbeschadet überstehen würde, war ich trotzdem erleichtert, ihn in Fleisch und Blut vor mir zu sehen.

Er wandte sofort die Augen ab.

Kleopatra trat aus ihrem Zelt auf dem Deck und entdeckte Antonius. Sie wollte schon mit erleichterter Miene auf ihn zugehen, hielt aber in der letzten Sekunde inne.

»Du hast mich im Stich gelassen«, sprach er mit tödlicher Ruhe und ohne jede Regung. »Du hast mich verraten.«

Antyllus und Seth sahen sich an und dann wieder auf das Paar. Kleopatra hob die Hand, und die Matrosen zogen die Segel wieder hoch, um den Wind einzufangen. Kein Wort war zu vernehmen – Antonius und Kleopatra schauten sich stumm an, während sich die Segel füllten und wir in den Abend hineinflogen.

»Ich habe an die Zukunft gedacht«, verteidigte sich Kleopatra schließlich. »Wenn der Schatz und… Cäsarion in Oktavians

Hände gefallen wären, dann wäre das unsere endgültige Niederlage gewesen, nicht nur ein vorübergehender Rückschlag.«

»Ein vorübergehender Rückschlag!«, brach es aus Antonius heraus. »Weib, hast du die Schlacht gesehen? Die Hälfte unserer Soldaten hing kotzend über der Reling, während die übrigen schwankend über Deck taumelten und wie kleine Mädchen Oktavians Männer zu pieksen versuchten! Seine Männer, die es gewohnt sind, zur See zu kämpfen.« Antonius begann sich auszuziehen und schleuderte Kleidung und Rüstung laut und zornig auf das Deck. »Warum habe ich nur auf dich gehört? Das war Wahnsinn!«

Hatte Kleopatra ihn nicht in ihren Plan eingeweiht, hatte sie Antonius nicht verraten, dass die Schlacht nur als Ablenkungsmanöver geplant war?

Hatten ihm seine Generäle nicht von der vergangenen Nacht erzählt – von der Besprechung, dem Mord, der Manipulation?

»Wahnsinn?«, brüllte sie zurück. »Du bist noch am Leben, ich bin noch am Leben, der ägyptische Thronfolger ist am Leben, wir haben die Hälfte unsere Schiffe und unseren Staatsschatz behalten. Wir haben gewonnen.«

»*Das* nennst du gewinnen? Ich bin am Ende. Wieso habe ich überhaupt gegen Oktavian gekämpft, den Cäsar selbst als Thronfolger benannt hat? Nur deinetwegen! Nur deinetwegen habe ich mich gegen meine Mutter Rom gestellt!«

Antyllus zuckte zusammen.

»Du hast all das nur für mich getan?« Kleopatra ging auf Antonius zu, wobei sie die Füße vorsichtig zwischen die verstreuten Uniformteile setzte. Ihre Stimme wurde geradezu dekadent süß. »Du hast dich aus Parthia vertreiben lassen und dich schmollend nach Alexandria zurückgezogen, deine Zeit in Griechenland verplempert und dich ein ums andere Mal hinhalten lassen, und alles nur meinetwegen? Wie rührend, Marcus Antonius. Wie ungemein rührend.«

Antonius sah sie finster an. »Ich habe meine Frau für dich verlassen. Meine Heimat, meine Kinder.«

Wieder beobachtete ich Antyllus. Er hatte die Hände fest um die Reling gekrallt und starrte reglos hinaus aufs Meer.

»Und alles ganz uneigennützig, nehme ich an?« Kleopatra drehte ihm den Rücken zu und strebte in ihr Zelt zurück. »Gib Acht, dass du dich nicht lächerlich machst, Antonius.« Sie warf ihm einen Blick über die Schulter zu. »Gib nicht mir die Schuld an seiner Fleisches- und deiner Wanderlust.«

»Du hast aber Schuld! Denn du hast mir die Welt der Könige gezeigt, du hast mich mit ihren Wundern gelockt, mich mit ihren Mächten geködert. Du hast mich derart auf den Geschmack gebracht, dass mir nichts anderes mehr gefallen will. Du hast es mir unmöglich gemacht, zufrieden mit dem zu sein, was ich bin – Marcus Antonius.«

Kleopatra blieb stehen, kniff die Augen zusammen und zischte ihn an: »Ich habe dir den Traum gezeigt, den Alexander geträumt hat, du Narr.«

»Ein Narr bin ich wohl«, brüllte er sie an. »Ein Narr, weil ich einer Frau gefolgt bin, die nur einem Traum folgt. Du sprichst die Wahrheit, Gefürchtete Königin. Ich war ein Narr, dich zu lieben.«

Kleopatra erstarrte, eine Zeltklappe schon in der Hand. »Und Alexanders Traum hat dir nie etwas bedeutet?«

»Er unterscheidet sich nicht von dem Roms –«

Inzwischen hatten sich alle abgewandt, selbst Seth und Charmian.

Klea wurde erst aschfahl, dann grün, doch Antonius war noch nicht fertig.

»– ein Imperium in Frieden und unendlichem Wohlstand.«

Als Kleopatra ihm antwortete, war ihre Stimme nur ein zittriger Hauch. Es war eine Stimme, wie ich sie noch nie aus ihrem Mund gehört hatte, eine Stimme, die fast zu zart war, um den Wind und das Knarren des Schiffes zu durchdringen. »Rom will herrschen«, sagte sie. »Alexander wollte vermitteln.«

»Ein Janusgesicht«, sagte Antonius und lehnte sich gegen die Reling. »Herrschen bedeutet ›Gib mir dein Geld, dann sorge ich dafür, dass du in Frieden leben kannst‹, Vermitteln heißt ›Gib mir dein Geld, dann erkaufe ich dir damit bei deinen Nachbarn Frieden.‹ Rom wird siegen. Letztendlich siegt das Streben nach Macht.«

Schlagartig wurde es totenstill. Kleopatra starrte ihn wie hypnotisiert an. »Hast du von Anfang an so gedacht?«

»Jetzt denke ich so.« Er sah sich schniefend um. »Es ist für uns beide an der Zeit zu erkennen, Kleopatra, dass ich Römer bin.« Er sah sie an. »Genau wie Cäsar. Genau wie Cäsarion.«

»Ein schöner Römer bist du, neunzehn Legionen im Stich zu lassen.«

Man hatte beinahe den Eindruck, dass Antonius bis zu diesem Moment keinen einzigen Gedanken an seine Soldaten verschwendet hatte, dass er sich die Folgen seiner Handlungen überhaupt nicht klargemacht hatte. Sein Gesicht wurde grau. Er rannte rutschend und schlitternd ans Heck des Schiffes und brüllte: »Meine Männer! Meine Männer!«

Kleopatra zog sich in ihr Zelt zurück. Antonius hing, von seinem Gewissen gebeutelt, über der Reling.

Wir segelten weiter durch die Nacht dahin, und der Himmel blieb die nächsten drei Tage düster.

Am frühen Morgen des dritten Tages, als wir gerade Kap Taenarum umsegelten, fiel ich Kleopatra auf.

»Was hat die denn hier zu suchen?«, schrie sie. »Werft sie in die Arrestzelle!« Sie fixierte mich entrüstet. »Da kannst du dich mit deinem Mitverschwörer besprechen. Geh mir aus den Augen!«

Antonius schenkte Kleopatras Ausbruch gar keine Beachtung, während es mir beinahe peinlich war, Antyllus in die Augen zu sehen.

»Herrin –«, setzte Charmian an.

»Über Bord mit ihr!«, zischte Kleopatra. Ihre Augen waren blutunterlaufen, und ihr Gesicht war von tiefen Falten durchzogen.

Seth trat aus seiner Kajüte, wohlriechend und erfrischt aussehend, und stellte sich zwischen uns. Charmian lotste Kleopatra weg, und Seth packte mich am Ellbogen. »Sie wird sich beruhigen, sobald wir auf offener See sind«, sagte er und übergab mich damit den Makedoniern.

»Sie ist von Sinnen«, stammelte ich. »Erst Herodes, und nun –«

Er stutzte, und ich begriff, dass ich mich verplappert hatte. »Ich wollte ihr doch nur helfen«, sagte ich.

»Das hat Charmian auch gesagt«, meinte Seth. »Aber wir können sie nicht vor sich selbst retten, oder?«

Damit verschwand ich in der Arrestzelle.

Arrestzelle war nur eine weitere Umschreibung für ein feuchtes, finsteres Loch. Ich hörte Gekrabbel und begriff, dass ich mein Quartier mit den Ratten teilen durfte. Ich schauderte.

»Sieh an, die kleine Göttin kommt mich besuchen«, hörte ich eine Stimme in der Dunkelheit. »Du hast alles verpatzt. Oktavian wird dich auspeitschen lassen.«

Wenn es in Aktium nur anders geendet hätte, hatte Kleopatra gesagt und nicht *wenn Antonius nur ein besserer General gewesen wäre* oder *wenn es damals nur nicht geregnet hätte* oder *wenn Oktavian damals nur ertrunken wäre.*

Nicht Antonius' Unentschlossenheit hatte ihr so großen Kummer bereitet. Auch nicht die Deserteure. Genauso wenig wie der Verlust ihrer Schiffe oder ihres Goldes. Sondern der Verlust ihres Traumes.

Mein »Mitverschwörer« in der Arrestzelle war Cäsarion.

»Ich habe mich verloren ...«, so hatte sie es ausgedrückt, und nun verstand ich auch, warum. Nicht genug, dass das versprochene Goldene Kind *kein* goldenes Kind war, für Kleopatra war Cäsarion ein Feind!

»Cäsarion ist für mich gestorben«, hatte Klea gesagt. Wie lange war er in ihren Augen wohl schon tot?

Wie lange hatte sie darum gekämpft, ein Königreich zu erhalten, nur damit es der Thronerbe verschenken würde? Arme Kleopatra.

Ehrlich gesagt hatte ich noch nie große Lust gespürt, mit einem schmollenden Fünfzehnjährigen Konversation zu betreiben, doch nach zwei Tagen im Kerker war ich selbst dazu bereit.

Als Jicklet 15 war, war ich genauso alt. Und wir wurden beide als Erwachsene betrachtet, denn schließlich waren wir den ganzen Tag damit beschäftigt, unsere Bildung zu vervollkommnen, und verbrachten unsere freien Stunden mit diversen Hobbys, Tai-Chi oder anderem. Schmollen wurde von JWB nicht geduldet. Welchen Grund zum Schmollen hätten wir auch gehabt, wo Glückseligkeit, Ekstase oder Lust stets nur eine Infusion entfernt waren?

Obwohl ich inzwischen wusste, dass künstlich ausgelöste, rein chemische Emotionen im Vergleich zu spontanen, real erfahrenen Gefühlen ein Witz waren, hätte der Bursche in meiner Zelle durchaus eine Dosis FREUDE gebrauchen können.

Er zappelte im Dunklen herum – wir hockten beide auf verschiedenen Seilrollen – und seufzte ununterbrochen.

Ich wusste nicht, was ich tun sollte – sollte ich so tun, als wäre ich die, für die er mich hielt, wer immer das auch sein mochte? Oder sollte ich mir lieber überlegen, wie ich aus diesem Loch herauskam? So oder so würde mich sein dramatisches Seufzen über kurz oder lang zur Raserei treiben.

»Wieso hat sie dich einsperren lassen?«, fragte ich ihn schließlich.

»Man hat mich dabei beobachtet, wie ich Dellius mit seinem Boot ins Meer schob.«

Den letzten Überläufer. »Du wolltest, dass Ägypten verliert?«

»Ägypten wird nicht verlieren, es muss sich nur assimilieren. Die Römer sind uns in allem überlegen. Und eine Frau sollte nicht herrschen dürfen.« Seine Stimme wurde weinerlich. »Wo hat Oktavian dich überhaupt aufgelesen? Du siehst so komisch aus, du sprichst Altägyptisch – ich habe deine kleine Vorstellung belauscht, ganz beachtlich – und, nun ja, du bist eine Frau.«

Frauenverachtung war nicht vererblich, sie wurde gelehrt. Aber wer hatte sie ihn gelehrt?

»Du warst wirklich perfekt«, erklärte er herablassend, »aber Antonius hast du nicht getötet.«

Antonius töten? War das der Plan, auf den er angespielt hatte, als ich am Pfahl gestanden hatte? »An… Antonius?«, wiederholte ich.

»Aber natürlich, dann hätten die Soldaten ihre Waffen niedergelegt, und wir könnten jetzt gemütlich in einem Triklinium sitzen und Roms Sieg über Ägypten feiern. Statt hier… bei den Ratten zu hocken.« Cäsarions Stimme bebte leicht. Er hatte Angst im Dunklen. »Ich will hier raus!« Bockig.

Was für eine erschreckende Vorstellung, dass die beste aller Frauen und der strahlendste aller Männer einen solchen Jammerlappen gezeugt hatten. »Wie lange kennst du Oktavian schon?« Oktavian, der seine Beziehung mit dem jungen ägyptischen Thronfolger offensichtlich für so unbedeutend gehalten hatte, dass er sie nirgendwo erwähnte.

»Wir sind uns in Rom begegnet, noch bevor mein Vater ermordet wurde«, erzählte Julius Cäsars Sohn. »Ich war damals noch ein kleines Kind, das kaum laufen konnte, aber ich erinnere mich noch genau an ihn. Man sieht sofort, warum mein Vater ihn als Nachfolger erwählt hat.« Bewunderung, kindlich und ungetrübt.

»Du neidest ihm das nicht?«

»Julius hat ihn ausgewählt«, sagte er. »Oktavian ist ein Genie. Er versteht einfach alles, und er bringt die Menschen dazu, nach seinem Willen zu handeln.«

»Im Gegensatz zu Kleopatra?«, fragte ich.

»Nimm es mir nicht übel, schließlich scheinst du ebenfalls eine zu sein, aber sie ist eine Frau.«

Wieder voller Abscheu.

»Und was wird aus Ägypten?«, hakte ich nach.

»Oktavian braucht Gold und eine Garantie dafür, dass meine Mutter nicht innerhalb von ein paar Jahren erneut so mächtig wird, dass sie in Italien einmarschieren könnte.«

»Du weißt genau, dass sie das nie tun würde.« Es war unglaublich, aber selbst Cäsarion schien Oktavians Propaganda geschluckt zu haben, dass Kleopatra Italien erobern wollte.

Wahrscheinlich war das nicht das Einzige, was er von Oktavian geschluckt hatte, erkannte ich. Glühende Heldenverehrung, die nichts als verbrannte Erde hinterließ.

»Du kennst meine Mutter nicht«, sagte er. »Sie hat es nie verwunden, dass Julius Oktavian ihr vorgezogen hat. Ihr ist alles zuzutrauen, solange sie dafür Vergeltung üben kann.«

»Stimmt«, sagte ich, aber das Ziel ihrer Vergeltungsaktionen wäre niemals Oktavian. Sondern ausschließlich Herodes.

Wie hatten wir diese so wesentlichen Informationen übersehen können, fragte ich mich und verfluchte im Stillen den Historiker Josephus mit seinen weitschweifigen, unerläuterten Ausführungen darüber, wie sehr die beiden einander hassten. Wieso hatten wir nie gefragt, woher dieser Hass rührte?

»Als ich zehn war, sah ich Oktavian wieder«, erzählte Cäsarion weiter. »In Athen.«

Wo Cäsarion, wie Kleopatra es ausgedrückt hatte, zum »Ränkeschmied« geworden war. »Und dort seid ihr euch das erste Mal… näher gekommen?«, fragte ich.

Cäsarion kicherte.

Wie viele Jahre war ihm Oktavian schon »nahe«?

»Er hat diesen Vogel, den er für Julius hält«, sagte Cäsarion. »Hast du Julius kennen gelernt?«

»Julius… Cäsar?«, fragte ich.

»Ein großer, gelber Vogel. Oktavian glaubt, dass er mein Vater ist.«

»Glaubst du, dass er dein Vater ist?«

»Mit mir hat der Vogel noch nie gesprochen, aber mit Oktavian redet er ununterbrochen. Er hat Oktavian verraten, wo er mich finden kann.«

»Das hat ihm der Vogel verraten?«

»Es ist ein heiliger Vogel. Die Apollo-Priester haben alles bestätigt«, erklärte mir Cäsarion.

Apollo – Oktavians Schutzgott. »Wie ist das denn passiert?«

»Ich war damals in Athen, zum Studieren natürlich –«

»Warum wolltest du nicht in Alexandria studieren?«, fragte ich.

»Meine Mutter meinte, wenn ich in Rom in die Fußstapfen meines Vaters treten wollte, sei es das Beste, wenn ich im Westen ausgebildet wäre.«

»Du wolltest ihn also doch beerben«, erkannte ich.

»Nein! Niemals! Nicht nachdem ich Oktavian kennen gelernt hatte«, protestierte Cäsarion. »Ich würde ihm nie untreu werden.«

Er glaubt, dass Oktavian mich geschickt hat, erkannte ich. Und dass ich hier bin, um ihn auszuhorchen. »Natürlich nicht. Das weiß Oktavian bestimmt.«

»Wo wir sowieso schon im Kerker sitzen und sie alles über uns weiß, könnten wir ihn genauso gut Cäsar nennen.«

»Mhm«, murmelte ich. »Also, wie war das mit dem Vogel?«

»Okt... Cäsar war damals zu Besuch in Athen, und er tut keinen Schritt ohne Julius. Den Vogel. Sie gingen gerade die Straße entlang, als Julius ihm erklärte, dass sein Sohn ganz in der Nähe sei. Als sie an meine Tür klopften, bekam ich einen Riesenschreck. Meine Mutter hatte mir erzählt, dass ich nicht in Rom studieren könnte, weil Oktavian mich dort umbringen würde, und dass ich in Athen gut auf mich aufpassen müsste, und dann stand er plötzlich so vor mir. Er war unbeschreiblich nett. Sagte, es sei eine Ehre, Julius' Sohn kennen zu lernen. Und dann schickte er seine Soldaten fort und aß mit mir zu Abend.«

»Und dann?« Wo hatten die Leibwächter des Jungen gesteckt?

Cäsarion wand sich auf seiner Seilrolle. »Mein Leibwächter lief davon, ich habe keine Ahnung, was aus ihm geworden ist. Ich glaube, er hatte einfach Angst. Jedenfalls habe ich Cäsars Angebot, in seinem Palast zu wohnen, angenommen. Dann brauchte ich nicht mehr zur Schule zu gehen, weil die Lehrer zu mir kamen, und... also...«

»Wie hat deine Mutter davon erfahren?«

»Oktavian schrieb ihr einen Brief, damit sie sich keine Sorgen machte. Sie hat sich ausgesprochen undankbar gezeigt, obwohl er alles getan hat, damit ich mich bei ihm zu Hause und als Familienmitglied fühle.«

Ich ließ den Kopf in die Hände sinken. Arme Kleopatra.

»Gestern Abend habe ich versucht, mich aus dem Lager zu schleichen, aber sie haben mich erwischt«, erzählte Cäsarion weiter. »Nachdem du an den Pfahl gebunden wurdest. Ich wollte dich später holen kommen.« Er hatte noch nicht gelernt, wirklich überzeugend zu lügen. Noch nicht.

»Was werden sie mit uns machen?«, fragte ich.

»Ich nehme an, sie wird uns nach Ägypten mitschleifen. Mich wird sie wohl bis zu meinem Lebensende im Museion einsperren«, meinte er. »Und dich wird sie wahrscheinlich zu Tode foltern.«

Aktium war verloren.

Cäsarion ein Verräter.

Mit ihren persönlichen Fehden hatte sich Kleopatra um den Sieg gebracht.

Und mir stand die Folter bevor. »Versuchen wir zu schlafen.« Nun bereute ich, Antyllus' leidenschaftliche Annäherungsversuche abgewiesen zu haben. Reue, mit der ich offenbar nicht mehr lange leben musste. Brauchte ein Schiff nicht nur zehn Tage bis nach Alexandria?

»Du hast einen Attentäter erwartet … mich?«, fragte ich noch, obwohl mir bereits die Augen zufielen. Inzwischen fand ich sogar ein paar Seilrollen ausgesprochen bequem.

»Ja«, sagte Cäsarion. »Oktavian hat mir versprochen, einen zu schicken. Er hätte lieber jemand schicken sollen, der sein Handwerk beherrscht.«

Schlagartig war ich wieder hellwach. Oktavian hatte einen Mörder losgeschickt.

Ich wusste, dass ich es nicht war.

Aber wer war es dann?

Ich wartete ab, bis ich seine regelmäßigen Atemzüge hörte. Zum Glück schlafen verängstigte, verhätschelte Buben nach stundenlangem Gejammer schnell ein.

Leider schienen dafür die Ratten, seit wir auf See waren, ausgesprochen wach und aktiv zu sein. Ich kroch die Leiter hoch und stemmte mich mit aller Kraft gegen die Luke. Zu meiner Überraschung hob sie sich und gab den Blick auf den Nachthimmel frei.

»Ich habe mir schon gedacht, dass du zu entkommen versuchen würdest«, sagte Antyllus. »Aber wir sind auf hoher See, nicht einmal du könntest von hier fliehen.«

Ich zog mich hoch, während er die Luke etwas weiter anhob. »Mir genügt es, irgendwohin zu fliehen, wo keine Ratten sind«, antwortete ich schaudernd.

»Ist dir was passiert? Haben sie dich gebissen?« Er sah mich so besorgt an, dass ich mir ein Lachen verkneifen musste.

»Mir ist nichts passiert. Ich habe ihnen Cäsarion überlassen.«

Er überlegte kurz. »Ihm passiert bestimmt nichts.«

»Weil er die fetteste Ratte ist?«, fragte ich.

Antyllus schüttelte nachdenklich den Kopf. »Nicht unbedingt die fetteste, aber bestimmt die hinterhältigste.«

Und Oktavian wird ihn umbringen, dachte ich und fragte mich, ab wann ein Kind eigentlich böse wird. Oder gut. Ich legte die Hand auf Antyllus' Schulter. »Kann ich irgendwo baden?«, fragte ich. Ich stank. »Und ich muss dir unbedingt etwas erzählen.«

Er nahm mich bei der Hand und half mir auf. Der geschlagene Feldherr stand wie eine Klagegestalt am Heck des Schiffes, während das ganze Deck mit Reihen von schlafenden, betrunkenen Matrosen bedeckt war. Wir stiegen über sie hinweg, und Antyllus führte mich in ein mit allen Annehmlichkeiten ausgestattetes Zelt. Es war im ägyptischen Stil aufgebaut und geschmückt, und die Wanne war groß und schon gefüllt. Ich sah kurz zu Antyllus hinüber. »Du hast mich erwartet?«

Er zuckte mit den Achseln. »Irgendwann schon. Und Cäsarion wird sein Zelt vorerst nicht brauchen«, sagte er. »Bist du hungrig? Die Männer feiern schon seit Kap Taenarum.«

Ich zerrte mir die Kleider vom Leib und ließ mich ins Wasser sinken. Es war lauwarm und leicht parfümiert. »Brauchst du sonst noch was?«, fragte Antyllus mit belegter Stimme.

»An Bord befindet sich womöglich ein Mörder, der auf Kleopatra angesetzt ist«, sagte ich. »Cäsarion dachte, dass ich es sei, und ich weiß, dass ich es nicht bin. Darum muss außer mir noch jemand spät im Lager aufgetaucht sein. Er oder sie wird versuchen, deinen Vater zu töten.«

»Das war die Neuigkeit?«

Ich sah den jungen Römer über meine inzwischen saubere Schulter an. »Ja. Glaubst du, Kleopatra wird das als Beweis meiner Loyalität akzeptieren und mich nicht bis Alexandria unter Deck schmoren lassen?«

»Ich werde für dich bürgen«, versprach er.

Ich lächelte. »Ich wäre dir sehr dankbar.«

Antyllus senkte den Blick und studierte einen Zipfel des komplexen Teppichmusters. »Außerdem wurde er vor drei Tagen dabei erwischt, wie er Antonius' Wein vergiften wollte. Die Makedonier töteten ihn, noch ehe man ihn verhören konnte.«

Ach. So viel zu meinem Verhörgeschick unter Ratten. »Meine Information ist also nichts wert«, erkannte ich.

»Ich werde für dich bürgen«, wiederholte er. »Und da Cäsarion diesen Mordversuch bestätigt hat«, er seufzte, »wird er wohl bis zum Ankerlassen unter Deck bleiben.«

Ich lachte erleichtert. »Hast du ein Handtuch?«, fragte ich.

Er griff nach einem und reichte es mir, ohne mich dabei anzusehen. Ich stand auf, schlang es mir um und trat dann auf den Teppich. »Wirst du noch heute Nacht mit Kleopatra sprechen?«, fragte ich und machte dabei einen Schritt auf ihn zu.

»Sie ist noch nicht in allzu guter Stimmung«, sagte er. »Ich würde lieber noch etwas warten. Antonius hat einen Großteil ihres Goldes unter den Verbündeten verteilt, ohne sie zu fragen. Die Lage ist eher heikel, sie waren …«

»Willst du mich wieder unter Deck schicken?«, unterbrach ich ihn, nur eine Armeslänge von ihm entfernt.

Er schluckte, atmete tief durch und sah mich an. »Wo wärst du denn lieber?«

Endlich hatte er seinen Stolz besiegt. Was für ein Mann dieser Junge doch war! Ich streckte die Hand aus und fuhr mit den Fingern seinen Hals hinauf bis unter sein kurzes Haar. Eine deutlichere Ermunterung brauchte er nicht, er küsste mich, füllte meinen Mund mit seiner Zunge und meine Sinne mit seiner Kraft. Als ich die Augen wieder aufschlug, entdeckte ich, dass er mich anschaute und dass aus seinen braunen Augen eine Wärme leuchtete, die ich nicht definieren konnte, die mich aber ausgesprochen nervös machte.

Ich erwiderte seinen Kuss und fuhr dabei mit den Händen über seinen straffen jungen Leib, über kräftige Muskeln, die an manchen Stellen noch nicht ganz zusammenzupassen schienen. Seine Hände waren groß, aber er verstand sie mit Zärtlichkeit einzusetzen, mich damit zu streicheln und zu liebkosen. Er wirkte kein bisschen hektisch, sondern sehr selbstsicher, und ich merkte, wie ich mich in seinen Armen zu entspannen begann. Wie ich mich fallen ließ.

Seine Kleider flatterten zu Boden, während wir uns angestrengt Mühe gaben, jeden Laut zu unterdrücken, denn schließlich schliefen überall um uns herum Soldaten. Seine Haut lag auf meiner wie die süßeste Seide, wie eine unbeschreiblich lockende Last. Wir ließen uns auf das Seilbett sinken, das uns im Rhythmus der Wogen schaukelte.

Antyllus war wie ein stiller Sturm, der sich am Horizont zusammenbraut. Trotzdem spiegelte sich die körperliche Ekstase des Augenblicks in seinem Gesicht; wir gaben und nahmen zu gleichen Teilen. Keine Sekunde lang wandte er den Blick von mir ab, nie schloss er die Augen, und mir erging es zu meinem Erstaunen nicht anders. Ich sah seine Pupillen größer werden, ich sah ihn lächeln, als er meine Lust aus meiner Miene las.

Und ich lächelte, als ich seine Lust erkannte.

Zum Schluss hielt er mich fest umklammert, während ich in seinen Armen bebte. Das hatte ich nicht erwartet, nicht von einem so jungen Mann. Ich hatte mit Hitze, mit Drängen, mit rein physischer Begierde gerechnet. Aber als ich hinterher in seinen Armen lag, seinen festen Hintern nachfuhr, den steilen Winkel, in dem seine Rückenmuskeln über der Taille aufstiegen, da erkannte ich, dass zum ersten Mal in meinem Leben der Sex für mich keine rein körperliche Angelegenheit gewesen war.

Dieser Knabe, dieser wunderschöne Knabe, diese Gestalt aus der Geschichte hatte mich in meinem Innersten berührt.

Und Zimona 46723904.alpha, die schon hunderte von Liebhabern in allen Gestalten und Erscheinungen gehabt hatte, die ihre Lust zum Maximum zu steigern verstand, indem sie ihren Körper wand und ihren Atem einsetzte, hatte eben zum ersten Mal in ihrem Leben einen Mann geliebt, wirklich geliebt.

»Es ist ein Geschenk«, flüsterte er. »Es ist unser Geschenk.« Dann drückte er mich noch einmal. »Schlaf jetzt, ich passe auf dich auf.« Er strich mir das Haar aus dem Gesicht, legte seine raue Wange an meine Schulter und seufzte. Wohlig.

Erfüllt.

»Nur für heute Nacht«, flüsterte ich. »Nur für das Hier und Jetzt.«

Er setzte seine Lippen auf mein Schlüsselbein, und ich schlief ein. Lächelnd.

14. Kapitel

Rückkehr nach Alexandria

Das Licht, die strahlendste Laterne des Mittelmeers, leuchtete am Horizont.

In diesem Moment ließ die Königin die Flotte anhalten, befahl, sie mit Blumen zu schmücken, und verteilte an alle Soldaten neue Uniformen; Gewänder in Rosa und Lavendel.

Es war das erste Lebenszeichen auf dem großen Schiff, seit Antonius drei Tage zuvor in Parentorium an der Westküste von Bord gegangen war, begleitet von Antyllus, seinem General Canidius und zwei weiteren Männern. Während der gesamten Überfahrt von Griechenland hatte Antonius, seit Canidius ihm eröffnet hatte, dass er seine Legionen verloren hatte, schweigend aufs Meer gestarrt.

In Parentorium hatte sich Antonius steif vor der Königin verbeugt und war dann über eine Strickleiter in ein Beiboot geklettert. Antyllus hatte mir ein letztes Mal zugewinkt, ehe er das kleine Boot ans Ufer gerudert hatte. Ich hatte mehrmals blinzeln müssen. Meine Gefühle hatten mich selbst überrascht. Vor allem dieses Gefühl von… Verbundenheit.

Kleopatra wartete ab, bis die Männer an Land waren und auf das Fort zugingen. Mit ernster Miene drehte sie den Ring an ihrem Finger. »Die Soldaten sind schon längst abgezogen«, erklärte sie mir. »Und zu Oktavian übergelaufen.«

»Wie viele Männer waren es?«

»Eine Legion plus einige Kohorten. Etwa achttausend Soldaten.« Sie seufzte schwer und ließ den Kopf hängen. »Ist Antonius schon wieder herausgekommen?«

»Nein, sie sind noch im Fort.«

»Wir warten noch ein paar Minuten ab, obwohl er das nicht wollte, aber –« Sie sah wieder auf und spähte mit zusammengekniffenen Augen aufs Land. »Er wollte es nicht«, wiederholte sie mit fester Stimme. »Trommler!«, befahl sie energisch.

Gleich darauf hörte ich den Schlag der schweren Trommeln, unter dem die Ruderer wieder die Riemen aufnahmen und das Schiff rückwärts ins Meer hinausruderten.

Die ganze neuntägige Reise von Griechenland hierher hatte ich mich von dem langsamen, gleichförmigen Klatschen der Ruder ins Wasser hypnotisieren lassen. Auf diese Weise hatte ich mich davon abgehalten, die Regeln zu brechen, die ich mir in Bezug auf Antyllus gesetzt hatte. Während der langen Stunden hatte ich begriffen, dass jede Ruderbank etwas länger war als die vorhergehende, und voller Bewunderung verfolgt, welche Koordination es erforderte, die Riemen nicht zu verheddern. Wer dieses System wohl entworfen hatte?

»Ich habe eine Nachricht geschickt, bald werden Versorgungsschiffe zu uns stoßen.«

Kleopatra hatte, in einem blitzartigen Stimmungsumschwung, nach mir schicken lassen, als ich noch in Antyllus' Armen gelegen hatte. Sie hatte mich ausführlich nach Cäsarions Auslassungen ausgehorcht und mir dann erlaubt, mich frei auf dem Schiff zu bewegen. Als ich ins Zelt zurückkehrte, war Antyllus schon fort und exerzierte mit den Truppen auf Deck. Seither hatte mich Kleopatra noch mehrmals rufen lassen. Wir hatten über Aristoteles diskutiert, wir hatten uns über die verschiedenen Baustoffe unterhalten, die in Ägypten erhältlich waren – denn während der Überfahrt hatte sie beschlossen, ihr eigenes Mausoleum zu entwerfen.

Der Anblick ihrer Skizze, jenes mir so vertrauten Rundbaus, traf mich ins Mark. Nichts hatte sich verändert. Nicht einmal ein winziges Detail. Schützte sich die Geschichte tatsächlich selbst oder hatte ich durch eine falsche Entscheidung meine einzige Chance vertan? Ich wusste es nicht. Und würde es vielleicht nie erfahren.

»Versorgungsschiffe?«, fragte ich sie. Wir waren nur noch eine Tagesreise von Alexandria entfernt, und obwohl die übrig gebliebenen sechstausendfünfhundert Soldaten und Matrosen nach Herzenslust geschmaust und getrunken hatten, seit wir Kap Taenarum verlassen hatten, waren unsere Proviantkammern noch gut gefüllt.

Antonius hatte während der ganzen Zeit keinen Bissen zu sich genommen.

Cäsarion hockte angekettet in seiner Arrestzelle und war in den Hungerstreik getreten. Er weigerte sich zu essen, um gegen Kleopatras Misstrauen zu protestieren.

»Girlanden, Stoffe, Segel«, erläuterte Kleopatra. »Solche Sachen.«

Dann fiel es mir wieder ein. Kleopatra war im Hafen von Alexandria eingelaufen, als hätte sie in Aktium gesiegt. Eine ausgesprochen gewagte Inszenierung. Die Historiker hatten sich immer gefragt, wie sie damit hatte durchkommen können. Natürlich konnte sie ihren eigenen Soldaten die Peitsche oder den Tod androhen, aber was war mit den unbeteiligten Beobachtern?

Jeder in der römischen Welt wusste oder würde bald wissen, dass Oktavian gesiegt hatte. Er war nicht gerade für seine Bescheidenheit berühmt.

»Damit wirst du niemanden irreführen können«, sagte ich.

»Irreführen? Was redest du da?« Sie stand neben mir an der Reling und schaute dem Spiel der Sonnenstrahlen auf den Wellen zu, während wir Kurs aufs offene Meer nahmen.

»Indem du die Schiffe schmückst und alle herausputzt. Damit wirst du niemanden hinters Licht führen können«, wiederholte ich. Ich ärgerte mich über sie. »Trotzdem wird jeder wissen, dass wir besiegt wurden. Ein so plumper Trick ist deiner nicht würdig.«

Sie betrachtete mich, und ich bemerkte die Andeutung einer Falte zwischen ihren Brauen. »Besiegt? Unser einziges Ziel war zu überleben und zu entkommen«, erwiderte sie auf Altägyptisch. »Oder hattest du etwas anderes im Sinn?«

»Du willst deinem eigenen Volk vorgaukeln, dass du diese Schlacht gewonnen hast?«

»Dein Verstand ist offenbar getrübt«, meinte sie ernst. »Es hat keine Schlacht gegeben, sondern nur ein Ausweichmanöver, gefolgt von einem strategischen Rückzug. Wir haben nur ein einziges Schiff verloren.«

»Warum schmückst du dann deine Flotte? Was willst du damit beweisen?«

»Ich bin die Königin Ägyptens, ich brauche nichts zu beweisen«, erwiderte sie beleidigt.

»Und warum lässt du die Segel wechseln?«

»Was haben die Segel mit Sieg oder Niederlage zu schaffen?«, fragte sie verdutzt. »Wir schmücken die Schiffe, so wie es sich gehört, wenn man unter der Schirmherrschaft von Isis Navgia in den Hafen einfährt. Schließlich werden wir am Tag der Öffnung eintreffen.«

Ich sah sie fassungslos an. »Was für einer Öffnung?«

»Des Kanals. In zwei Tagen wird der Kanal geöffnet, mit dem wir die Zisternen von Alexandria füllen. Das ist ein hoher Feiertag. Danach werden wir wieder ein Jahr lang Trinkwasser haben.«

»Und mit Aktium hat das alles gar nichts zu tun?«, fragte ich verwirrt und beschämt über meine voreiligen Schlussfolgerungen. Die alle Historiker mit mir geteilt hatten.

»Mit Aktium? Nein. Wir kehren nach Alexandria zurück und haben allein das Wohlergehen Alexandrias im Sinn. Sieh nur!« Sie legte eine Hand auf meinen Arm. »Siehst du das?«

So begeistert hatte ich sie nicht sprechen hören, seit ich »angekommen« war. Ich folgte ihrem Finger und entdeckte erst ein paar Rückenflossen, dann die glatte graue Haut eines Fisches. Ich nickte.

»Delfine, die uns heimgeleiten. Ein Glückszeichen.«

»Das sind Delfine?«, fragte ich und kombinierte das Schauspiel vor meinen Augen mit dem Viz, das ich über Delfine gesehen hatte, und den vielen schriftlichen Berichten, die ich studiert hatte. Verspielte Tiere, Symbole der Hoffnung und des Glücks. Es waren zwei oder drei, die neben dem Schiff herumzutanzen schienen.

»Sie führen uns ihre Künste vor«, meinte Klea lachend. »Ich wünschte, Selene könnte sie sehen. Sie hat mich noch nie auf einer Reise begleitet.«

Ich wartete, bis die Delfine verschwunden waren, um sich irgendwo anders im Meer zu tummeln, ehe ich aussprach, was mir auf dem Herzen lag: »Wahrscheinlich wäre es ein günstiger Zeitpunkt für Selene, auf eine Reise zu gehen, am besten auf eine möglichst lange. Für Helios und Ptolemäus auch.«

»Du kennst die Namen meiner Kinder?«, fragte sie verdutzt.

Ich nickte.

»Weißt du auch, was aus ihnen wird?«

Ich wich ihrem Blick aus; ich würde ihr niemals verraten, was ihren Kindern widerfahren würde, weder jetzt noch irgendwann später.

»Ich plane immer noch. Ich bin noch nicht geschlagen.«

»Wie kannst du noch weiter planen?«, murmelte ich vor mich hin. »Es ist vorbei.«

»Ein Feldzug ist vorbei. Vielleicht ist es auch mit Antonius vorbei.« Sie klang bitter. »Aber nicht mit mir.«

»Aber –«

»Eine Million Menschen erwarten die Rückkehr ihrer Königin, sie warten darauf, die Kanäle zu öffnen. Ja, sie fürchten sich vor dem feindlichen Rom, aber gegenwärtig zerbrechen sie sich vor allem den Kopf darüber, wie sie ihre Gärten bewässern und ihre Familien ernähren sollen, was im Theater gespielt wird und wie ihre Pferde im Hippodrom abschneiden werden. Du meinst also, nur weil ich in Aktium um ein Haar alles verloren hätte, sollte ich mit gerefften Segeln im Hafen einlaufen und mich heimlich in den Palast zurückschleichen, wo ich mich verkriechen kann, bis Oktavian in Alexandria auftaucht?«

Sie sah mich mit ihren grauen Augen an. »Eine Königin lässt sich nicht von der öffentlichen Meinung oder von ihrer Stimmung lenken.« Ihr Blick musterte mich von Kopf bis Fuß. »Du brauchst etwas in Rosa und Lila, wie es sich gehört. Ich werde dir ein Gewand bringen lassen.«

Schon als der Leuchtturm nur eine Statue am Horizont war, hörten wir die Musik.

Mittlerweile hatten ihre sechzig Schiffe rosa Segel mit einer weißen Abbildung des Pharos gehisst, und ihre sieben persönlichen Schiffe segelten allesamt unter dem Wappen Alexanders, das in Gold auf Purpurseide prangte.

Alle Planken waren auf Hochglanz poliert, sämtliche Decks waren geschrubbt, alle Seile waren ordentlich aufgerollt und alle Matrosen in Weiß gekleidet und mit einer rosa oder lila Schärpe um die Taille ausgestattet.

Blumen mit schwerem, spätsommerlichem Bukett waren zu Girlanden geflochten und über die Reling drapiert worden, wo sie sich mit dem salzigen Meeresgeruch zu einem Aroma vermischten, das mit absoluter Sicherheit ewig mein Lieblingsduft bleiben würde. Ich stand unter dem königlichen Hofstaat zwischen Iras und Charmian, genau wie sie in Rosa gehüllt, auch wenn jede von uns in einem anderen Stil gekleidet war.

Junge Sklavinnen spielten Flöte und sangen leise dazu, wobei sie die Melodien aufgriffen, die von Alexandria her übers Wasser drangen.

Kurz bevor das Schiff in den Hafen einlief, bestieg die Königin einen hohen Thron, dessen Rückenlehne mit einer im griechischen Stil gehaltenen Darstellung von Isis und Nephtys beim

Blumenopfer verziert war. Kleopatra trug ein silbernes Etuikleid mit einem breiten Kragen aus Amethysten und rosafarbenen Topazen, dessen Ränder ihre Schultern bedeckten. Ihre Haare hatte sie unter einer kurzen schwarzen Perücke versteckt, und im letzten Moment, ehe wir in Sichtweite der Stadt kamen, platzierten Iras und Charmian einen meterhohen Isis-Kopfschmuck auf ihrer Perücke.

Dann wurde Cäsarion aus seinem Verlies gebracht.

Auf den ersten Blick sah es so aus, als würde er Armbänder tragen, doch auf den zweiten Blick erkannte ich, dass es goldene Handschellen waren. Mit herabhängenden Schultern und hasserfülltem Blick setzte er sich neben Kleopatra auf einen kleineren Thron. Die Pharaonenkrone passte zu seiner römischen Tunika wie die Faust aufs Auge.

Kleopatra war strahlend schön und ließ ihr Lächeln aufleuchten, und ihre so bemerkenswerte Fähigkeit, ihre gesamte Umgebung in Bann zu schlagen, eine Gabe, die ich inzwischen für reine Fiktion oder Einbildung meinerseits gehalten hatte, war beeindruckender als je zuvor.

Sie konnte es kaum erwarten heimzukehren; Alexandria ließ sie aufblühen.

Das Schiff änderte den Kurs, und als wäre es aus dem Nichts aufgetaucht, lag mit einem Mal Alexandria vor uns; wunderschön und weiß über dem Blau des Meeres. Je näher wir kamen, desto lauter schallte der Jubel zu uns herüber. Dann fächerte sich die blendend weiße Stadt zu beiden Seiten immer weiter auf und färbte sich allmählich golden und rosa und lila und rot und grün.

Ich hörte ein leises Schniefen und sah im Umdrehen, wie die Königin verstohlen eine Träne aus dem Augenwinkel wischte. Zwei Jahre war sie fort gewesen, und als ich ihr ins Gesicht sah, fragte ich mich, wie sie das überhaupt ausgehalten hatte. Alexandria war ihr Ein und Alles.

Ptolemäus II. und Arsinoë II. entboten uns ihren Segensgruß, als wir am Fuß des Pharos an ihren zwölf Meter hohen Statuen vorbei- und in den Hafen glitten.

Die Menge bestand aus tausenden von rosa und lila Tupfen. Sie riefen Kleopatra bei ihrem Spitznamen: »Kle-ah, Kle-ah, Kle-ah«, und die Königin lächelte.

In der damaligen Zeit durften Könige und Königinnen derartige Lobeshymnen überhaupt nicht zur Kenntnis nehmen. Diese Art von Ehrerbietung war etwas Selbstverständliches, sie stand einem Monarchen zu und war keineswegs ein Gunstbeweis des einfachen Volkes. Aber Kleopatra wusste sehr wohl, dass der Jubel ein Geschenk war. Wie in mächtigen Wogen schwappte die Liebe vom Ufer zu ihr hin und wieder zurück. Die Jubelchöre waren ein greifbarer Liebesbeweis, denn die als fanatische Namensgeber berüchtigten Alexandriner versahen ihre Herrscher gewöhnlich mit ausgesprochen gemeinen Spitznamen: »Flötenspieler«, »Besamer«, »Dickerchen«, »Hundeatem«, »Schleicher«. Dass sie ihre Königin »Klea« nannten, war ein erstaunliches historisches Detail, das bislang niemandem aufgefallen war.

Wir hatten es einfach nicht sehen wollen.

Direkt vor dem Emporium warfen wir Anker. Ich lachte über die Kinder, die auf dem Dach hockten, über die zahllosen Zuschauer, die sich auf jeder sich bietenden Fläche drängten, um einen Blick auf ihre Königin zu erhaschen. Klea erhob sich, stieg von ihrem Thron und ging von Bord. Auf dem Pier verbeugte sich eine Gruppe von Ratsherren. In einem von ihnen meinte ich Olympus wieder zu erkennen, aber der Mann war so sauber, geschminkt und geschmückt, dass ich nicht sicher war.

Die Königin stieg in eine Sänfte, und die makedonische Leibwache schwärmte um sie herum aus, ein Meer aus Lila und Weiß, die Schwerter in kunstvolle Bronzescheiden gepackt und die Arme mit Schilden bewehrt, auf denen Alexanders Antlitz prangte. Die Sänfte wurde weggetragen, und die Menge schob sich ihr hinterher. Als ein zweites Gefährt vor uns hielt, zogen mich Iras und Charmian auf die Ladefläche des schlichten Karrens.

Die Königin wurde über den Weg der Ptolemäer getragen, dessen rotes Pflaster mit Blumen übersät war.

Wir hingegen rumpelten durch eine schmale, nach Müll stinkende Gasse und wurden dann auf die Kanopische Straße gespien. Die Straßen waren für alle außer uns gesperrt. Der Kutscher ließ die Zügel schießen – ich hätte fast aufgeschrien, so zerrte der Wind an meinem Haar –, und der Karren flog über das ebene Pflaster der Straße dahin.

Wenig später jagten wir durch das Sonnentor und rasten die Allee entlang, bis wir unvermittelt Halt machten. Alle im Wagen wurden erst nach vorn und gleich darauf nach hinten geschleudert. Noch benommen nach dem plötzlichen Stopp, setzte ich mich auf und sah mich um. Zwischen der Stadt und dem Hippodrom war die Straße gepflastert. Erst jetzt, bevor Oktavians Soldaten eintrafen, wurde mir wirklich bewusst, wie schön und fruchtbar Ägypten war.

Längs dem Seeufer und dem Meeresufer erstreckten sich Weingärten, durchsetzt von Obstplantagen und Villen. Das Hippodrom, in rosa und weißem Stein erbaut, ragte unübersehbar aus der brettebenen Landschaft auf. Ein Friedhof, mit blühenden Bäumen bestanden, breitete sich ein Stadion groß von den Stadttoren entfernt aus. Palmen überschatteten die Straße und einen von Süd nach Nord strömenden Fluss.

Die Nachmittagshitze hatte die Rosen und Narzissen, den Oleander und die blühenden Orangenbäume am Wegesrand zu Parfüm zerkocht.

Der Fluss vor uns, erkannte ich, als wir näher kamen, war der Kanal. Zu beiden Seiten reihten sich Gärten, bis das Wasser irgendwann unter der Erde verschwand und unzugänglich wurde, sodass Alexandria geschützt war. Keine Armee konnte sich auf dem Fluss in die Stadt schleichen, so wie es einst in Babylon geschehen war, und genauso wenig konnte das Wasser vergiftet werden.

Denn das Wasser, von dem die Stadt in diesem Jahr lebte, war das Wasser, das im vorigen Jahr in die Stadt geströmt war.

Der Wagenlenker hielt im Schatten einiger Bäume an, und Iras stieg gemeinsam mit Charmian aus, nicht ohne dem Wagenlenker einen finsteren Blick zuzuwerfen. Ich rutschte an den Rand des Wagenbettes.

Ganz Alexandria war heute draußen, picknickte in den Gärten, hing neugierig über den Mauern der Villen oder schaute von Bäumen und Sänften aus zu. Auch wenn alle Wartenden das Lila und Rosa der Stadt trugen, so wirkte es bei jedem doch genauso unterschiedlich, wie die Gesichter und Akzente es waren. Als Megalopolis wurde diese Stadt bezeichnet. Zu Recht. Dieses Gemeinwesen war ein aus tausend Gesichtern zusammengesetztes Bild dessen, was es bedeutete, in Gerechtigkeit zu leben, von freiem Handel und dem Stolz auf die eigene Stadt regiert zu werden.

Ich musste an die erste Zusammenkunft denken, die ich in unserer Gartenstadt erlebt hatte – die Kuppel war erst kurz zuvor für bewohnbar erklärt worden. Zum ersten Mal seit Jahren hatten wir Zugang zu einer Art von Natur. Gras, Bäume, Himmel, alles war vorhanden, wenn auch recht stilisiert. Zur Feier des Tages hatten JWB eine Parade veranstaltet. Ich hatte in einem Fenster im ersten Stock gesessen, weil man nicht auf die Bäume klettern durfte und weil kein Gebäude höher war als zwei Stockwerke. Dann kam die Menge die Straße herabmarschiert, hunderte, tausende von dunkelhaarigen, dunkelhäutigen, dunkeläugigen, in blaues Leinen gekleideten Menschen.

Ich hatte versucht, ein bekanntes Gesicht auszumachen, eine vertraute Gestalt, aber ich hatte niemanden erkennen können. Sie waren einfach an mir vorbeigezogen, eine Abteilung exakt wie die vorangegangene. Alle sangen die gleichen Lieder, riefen die gleichen Jubelschreie und marschierten wieder ab.

Es war die erste und letzte Parade, die JWB je veranstaltet hatte.

Hier dagegen! Ich riss die Augen auf und sog gierig die Unterschiede, die Nuancen, die Kontraste in mich auf.

Wie hatten wir all das nur verlieren können?

Über den Kanal wölbte sich eine Brücke, und als durch die Menge die Kunde lief, dass die junge Königin nahte, eilte eine Abordnung auf den Brückenbogen. Die Männer trugen wallende Roben oder Tuniken oder Himatien; manche waren jünger, andere älter, manche glatt rasierte Griechen und wieder andere Juden mit langen Schläfenlocken.

Kleopatras Ankunft kündigte sich durch die eintretende Stille an. Ich stand immer noch auf dem Wagenbett und staunte. Die Menschen warfen sich stumm zu Boden; wie ein endloses, leicht gewelltes Band in Rosa und Lila. Rund um mich verbeugten sich die Wartenden, Männer wie Frauen, Kinder wie Greise, die auf den Bäumen und jene auf dem Rasen, so tief sie konnten.

Sie verharrten in ihrer Verbeugung, bis Kleopatras Sänfte angehalten hatte und sie ausgestiegen war. Irgendwo unterwegs hatte sie das silberne Kleid gegen ein rosafarbenes getauscht und den unförmigen, meterhohen Isis-Kopfschmuck gegen ihre geflügelte Krone mit Amethysten, Turmalinen und Quarzit. Charmian und Iras hoben ihren Schleier an, dann stieg Kleopatra auf ihren Thron hoch über der Menge.

»Ich liebe dich, mein Alexandria!«

Wie ein Mann standen die Menschen auf und jubelten ihr zu. Selbst die Leibwachen lächelten, als sie die erwiderten Rufe hörten: »Wir lieben dich auch!«, »Willkommen daheim, Klea!«, »Wir haben dich vermisst!«

Unerschrocken, mit ausgebreiteten Armen und Tränen im Gesicht stand sie über ihnen und badete in ihrem Jubel, ihrer Freude, ihrer Begeisterung. Dann setzte sie sich wieder, die Leibwache zog den Ring um sie enger, und ein Mann auf der Brücke verneigte sich erneut. »Willkommen zu Hause, Königin Kleopatra. Der Rat der Stadt Alexandria ist glücklich, dich heimgekehrt zu sehen.«

Die Menge jubelte erneut, während der Sprecher steif darauf wartete, dass es wieder still wurde.

»Der Nil hat uns dieses Jahr reich beschenkt«, rief er, als wieder Ruhe eingekehrt war. »Von den Tiefen Afrikas bis zu seiner Mündung im Großen Grün bringt der Fluss uns fruchtbaren Boden für unser schwarzes Ackerland und Trinkwasser für unsere geliebte Stadt.«

Die Königin blieb schweigend sitzen, während der Redner, der Ratsvorsitzende, sich über den Nutzen des Wassers ausließ. Er ignorierte die Rufe der Menschen, die wissen wollten, wie lange sie dieses Jahr warten müssten. Ungerührt redete er weiter und erging sich dabei über einen Plan, den vom Großen Grün ins Arabische Meer führenden Kanal ebenso auszubaggern wie alle Kanäle des kanopischen Nilarmes, die zum Fort in Pelusium führten.

Pelusium war zu jener Zeit der östlichste Punkt Ägyptens. Historiker und Archäologen gingen davon aus, dass es der letzte feuchte Fleck vor dem langen Marsch durch die Wüste war. Und in Ägypten einzumarschieren war angesichts der mächtigen Mauern von Pelusium, der unzähligen Krokodile im Kanal und den dort stationierten erfahrenen Truppen keine leichte Sache.

Das hatten nicht viele geschafft.

Kleopatra schon.

»Alexandrias unzählige Parks und Gärten wären trockene, staubige, öde Flecken ohne jede Schönheit, ohne Schatten, gäbe es nicht –«

»Wie lange dauert es noch, bis wir wieder zu trinken haben?«

Diesmal stieg die Frage überall gleichzeitig aus der Menge auf. Der Sprecher begriff, dass er lang genug geglänzt hatte. Er erklärte den Menschen, dass die Zisternen in zwei Monaten geöffnet würden.

Kleopatra stieg von ihrem Thron und gesellte sich zu den Ratsherren, die auf das Wasser schauten.

»Wie heißt er?«, hörte ich von irgendwoher.

»Niko«, kam die Antwort. »Er hat im Apollo-Tempel getaucht.«

»Ach, gut.«

Weil ich nicht sehen konnte, was sich da vorne abspielte, stand ich auf, packte einen herabhängenden Ast und zog mich hoch. Ein kleiner Junge mit dreckigen Händen verfolgte mit riesigen Augen, wie ich mich ganz in seiner Nähe in einer Astgabel niederließ.

»Dattel?«, fragte er und streckte mir die Hand entgegen.

Ich nahm sie; ich hatte Zähne, eine Zunge, einen Magen und alles was daran hing. Warum also nicht? Sie fühlte sich klebrig und matschig in meiner Hand an. Ich steckte sie mir in den Mund, und mir stockte der Atem, so süß war die Frucht.

»Jetzt geht er rein«, flüsterte der kleine Junge und deutete dabei auf den Kanal.

Ich war fast zu abgelenkt von meinem Geschmackserlebnis, um das Geschehen am Kanal zu verfolgen. Die Männer und Kleopatra standen inzwischen an den beiden Ufern und starrten ins Wasser. Die Zuschauer waren verstummt.

»Was passiert jetzt?«, fragte ich den Jungen, an meiner Dattel lutschend.

»Niko wurde ausgewählt«, erklärte er. »Er muss tief Luft holen und dann runter zum Gitter tauchen, um es zu lösen. Er muss ganz schnell schwimmen, weil er sonst reingezogen wird.« Er sah mich an. »Eine Dattel muss man kauen, nicht lutschen. An einem *Stein* lutscht man, um nicht auszutrocknen, wenn man in der Wüste ist.«

Ich biss in die Dattel, deren körnige Beschaffenheit mich im ersten Moment würgen ließ. Der Junge beobachtete mich genau; ich wollte ihn nicht enttäuschen. Ich kaute, und das Aroma explodierte förmlich in meinem Mund. »Das schmeckt gut!«

Er schaute schon längst wieder mampfend auf den Kanal. »Niko ist jetzt schon ziemlich lange unten«, sagte er. »Wenn er nach unten gezogen wird, stirbt er.«

»Wie meinst du das?«, fragte ich mit dem zweiten Dattelbissen im Mund. Warum legten sie ihm nicht einfach ein Seil um?

»Er löst das Gitter, aber wenn er nicht rechtzeitig davonkommt, landet er unten in den Zisternen. Dann müssen sie ihn so schnell wie möglich rausfischen, ehe er das Wasser vergiftet.«

Mit seiner Leiche? Wie konnte man nur so gnadenlos sein? Plötzlich tauchte der Junge als schwarzer Punkt im Wasser wieder auf. Die Umstehenden zogen ihn an Land, und das Wasser im Kanal begann erst zu gurgeln und dann zu tosen.

Es verschwand.

Die Menge jubelte, und der Bub neben mir wedelte begeistert mit seinem Ast. »Gut gemacht!«, rief er.

»Kennst du Niko?«

»Wir gehen in dieselbe Schule, aber ich bin älter als er.«

Vor meinen Augen stieg und fiel, stieg und fiel der Wasserspiegel im Kanal, der immer wieder mit Nilwasser aufgefüllt und gleich darauf in die Zisternen unterhalb Alexandrias entleert wurde. Kleopatra bekränzte Niko mit Blumen, dann wurde er auf den Schultern einiger Männer unter einem Regen von Blüten davongetragen.

»Jede Stadt am Kanal öffnet ihre Kanäle gleichzeitig, damit das Wasser nach Alexandria strömen kann«, sagte er. »Noch eine Dattel?«

Ich hatte die erste inzwischen aufgegessen. »Nein, danke. Und woher kriegen diese Städte ihr Wasser?«

»Die haben den See. Oder Brunnen. Sie sind klein«, sagte er. »Und Alexandria ist groß!« Er wedelte grinsend mit seinem Ast.

Unter mir war der Wagenlenker wieder auf seinen Bock gestiegen. »Ich muss los«, sagte ich. »Danke für die Dattel und die freundlichen Erklärungen.«

»Ich bin klug«, prahlte der kleine Junge. »Eines Tages werde ich im Museion unterrichten.« Er sprach mit der Inbrunst eines Fünfjährigen, und seine Kühnheit zerriss mir schier das Herz. »Ich heiße Philo«, sagte er.

Iras und Charmian waren schon fast wieder bei unserem Karren angelangt, und die Sänftenträger waren bereits mitsamt der Königin auf dem Rückweg zur Stadt. Die Menge wanderte teils zum Hippodrom hinaus, teils in die Stadt zurück.

»Philo, ich bin überzeugt, dass du eines Tages ins Museion kommst.«

»Ganz bestimmt!«

Lächelnd rutschte ich den Baumstamm hinunter und nahm meinen Platz auf dem Wagen wieder ein, gerade noch rechtzeitig, um Iras und Charmian heraufhelfen zu können.

»Gut festhalten«, mahnte Charmian. »Unser Wagenlenker meint offenbar, er würde ein Rennen im Hippodrom fahren.«

Ich glaubte ihn leise lachen zu hören, ehe das Gespann zu einer wahrhaft halsbrecherischen Kehrtwende ansetzte. Die Menge zerstob vor uns, während wir auf der Straße in Richtung Stadt jagten und in atemberaubendem Tempo an der Küste entlangrumpelten, bis wir durch die Tore ins Palastviertel Brucheion einfuhren.

Wo wir Frauen allesamt von der Kutsche taumelten und den festen Boden unter unseren Füßen küssten.

Iras und Charmian machten sich auf den Weg zur Küche. »Nach so einer Fahrt weiß ich nie, ob ich zuerst Hermes ein Dankopfer bringen oder erst ein kaltes Bad nehmen soll! Seht euch meine Hände an!« Iras streckte uns ihre mit schweren Ringen besteckten Hände entgegen, die sichtbar zitterten.

Charmian presste eine Hand auf ihre Brust. »Diesen Wagenlenker haben sie uns aus der Unterwelt geschickt!«, stöhnte sie. »Ein Diener Apopis'!«

Ich persönlich hatte mich königlich amüsiert, als unser Wagenlenker die Holzräder unseres Karrens und die überraschten Pferde weiter und eleganter hatte springen lassen, als man beiden zugetraut hätte. Die ganze Zeit hatte er entweder gefeixt oder laut gelacht.

Weder Iras noch Charmian hatten mit ihrem Schreien, Rufen oder Bitten etwas ausrichten können.

»Wie schön, wieder zu Hause zu sein«, sagte Charmian. »Im schönen Ägypten, dem Land der Götter.«

»Wie schön«, bestätigte Iras leise.

»Und wieder ägyptisch essen zu können«, fuhr Charmian fort und beschleunigte dabei ihre Schritte. »Gebratene Ente mit Pistazien –«

Iras blieb schlagartig stehen und starrte auf den Hafen hinaus.

Dort kreuzten und landeten ständig neue Schiffe; Kleopatras sechzig Schiffe lagen mittlerweile im äußeren Becken und refften eben die Segel. Andere Segelschiffe liefen in das innere Becken ein, und wieder andere warteten draußen im offenen Meer vor den Deichen.

»Was für eine Flagge ist das?«, fragte ich und zeigte auf das Segel mit der Löwenpfote auf Tigerstreifen. »Löwen und Tiger?«

»Isis Nemesis«, sagte Charmian zu mir, »du solltest mit uns zur Königin kommen.«

»Der judäische Löwe«, erklärte Iras halb im Laufen.

»Der idumäische Tiger«, ergänzte Charmian und folgte ihr auf dem Fuß.

»Herodes?«, fragte ich und blieb wie angewurzelt stehen.

»Eine Katastrophe!«, hörte ich sie noch antworten, dann waren sie in der Stoa des Palastes verschwunden.

Sobald ich den Hof betrat, sah ich die Tiger. Zwei, und weiß mit schwarzen Streifen. Nachfahren von Bellum?

Eine nicht abreißende Kette von Sklaven eilte, mit Teppichen und Spiegeln, Topfpflanzen und Götzenbildern beladen, davon. Eine zweite Kette schleppte andere Teppiche, Stoffe, Weihrauchschalen und Kissen heran. Aufgeregte Rufe schallten hin und her, weil sichergestellt werden musste, dass alles weggeräumt wurde, was den König von Judäa beleidigen könnte.

Götzenbilder; jede bildliche Darstellung eines Menschen; alles, was mit Schweinen zu tun hatte; alles, was mit Narzissen zu tun hatte; alles Gelbe. Die Liste der Dinge, an denen Herodes Anstoß nehmen könnte, war lang. Die Tiger dösten in der Sonne und schauten desinteressiert auf die außerhalb ihrer Reichweite hin und her sausenden Beine.

Ich überquerte den Vorhof und trat in den Gang zu Kleopatras Gemächern. Hier standen Soldaten Spalier, und von den Wänden hallten die hohen, aufgeregten Stimmen vieler Frauen wider. Katzen und Kätzchen tappten zwischen den vielen Füßen herum, und die Türen zum Wasser hin standen offen, sodass die mit Blütenduft geschwängerte Brise, die an diesem Tag ging, durch die weißen Vorhänge wehte und sie zum Tanzen brachte.

Die Blicke, die mich empfingen, waren nicht unfreundlich, aber ausgesprochen neugierig. Zwar hatte ich alle Anwesenden schon irgendwann einmal gesehen, doch war ich für sie erstens dabei unsichtbar gewesen, und zweitens würde diese Begegnung erst in der Zukunft stattfinden. Auf meinem Weg zu den königlichen Gemächern spürte ich deutlich das aufgeregte Flüstern in meinem Rücken. Ich klopfte an und öffnete gleich darauf die Tür.

Kleopatra war nirgendwo zu sehen. Charmian und Iras packten hektisch die Gewänder und die Schmuckschatullen der Königin aus.

»Den Göttern sei Dank, dass du hier bist«, murmelte Charmian mir zu und deutete dann mit dem Kinn zu einer Wanne hin. »Sie ist untergetaucht.«

Kleopatras Kopf schoss aus dem Wasser, und ich hörte sie nach Luft schnappen. »Warum hast du mich nicht davor gewarnt?«, schnauzte sie mich wütend an.

»Sind das Herodes' Schiffe?«

»Hier wird er nur ›der Idumäer‹ genannt«, flüsterte Iras mir ein. »Keinesfalls anders.«

»Er verstößt damit gegen jedes Protokoll und gegen alle guten Sitten«, brodelte es aus Kleopatra heraus. »Einfach so hier aufzutauchen! Ohne mich vorzuwarnen! Er hat genau gewusst, dass ich eben erst zurückgekommen bin! Das hat er ganz genau gewusst!«

»Ich dachte… er sei dein Feind?«, fragte ich.

»Das ist er auch!«, brüllte sie mich an.

Ich sah erst Iras an, dann Charmian und zuletzt wieder die Königin. »Warum empfängst du ihn dann?«

»Er ist ein König. Soll er etwa in Kanopus nächtigen? Im Bordell einer Kanalhure?«

»Obwohl er dein Feind ist, lässt du dich von ihm besuchen?« Ich konnte mein Erstaunen nicht verhehlen. »Hat er keine Angst, dass du ihn umbringen könntest? Oder dass du seine Schiffe verbrennst oder ihm sonst was antust?«

Kleopatra sah mich fassungslos an. »Er ist mein Gast!«

»Und wie lange?«, fragte ich.

Sie seufzte, und Charmian antwortete an ihrer Stelle: »Er ist gerade noch eingetroffen, ehe das Meer unbefahrbar wird. Wahrscheinlich wird er den ganzen Winter über hier bleiben.«

»Du willst diesen Mann den ganzen Winter durchfüttern, obwohl du ihn aus tiefstem Herzen hasst?« Jede neue Nachricht erschien mir noch unglaublicher als die vorige.

»Er ist Antonius' Klientenkönig«, erklärte sie mir. »Wegen der Nabatäer kann er nicht durch die Wüste nach Hause zurückkehren, und der Meerweg ist ihm ebenfalls versperrt. Das Schlimmste sind seine Scherze.«

Ich sah reihum die Frauen an, die ausnahmslos gequält das Gesicht verzogen. »Hero … Der Idumäer macht Scherze?«

»Eigentlich sind es keine Scherze«, schränkte Iras ein. »Das würde bedeuten, dass sie witzig sind.«

»Dabei sind es eher Schmerze als Scherze«, meinte Charmian. Die beiden anderen stöhnten auf.

»Er versucht sich an Wortspielen.«

»Miserablen Wortspielen.«

»Und er hasst Schalentiere.«

»Und alles, was gelb ist, keine von uns darf Gelb tragen.«

»Von Narzissen wird ihm übel.«

»Die Gärtner bepflanzen die Beete bereits mit Rosen.«

»Und seine Tiger terrorisieren den gesamten Zoo.«

»Wenn sie noch ein einziges Mal die Ibisse angreifen, werde ich diesen Viechern persönlich das Fell über die Ohren ziehen«, drohte Kleopatra.

»Ich muss mich setzen«, sagte ich. Iras schubste mir mit dem Fuß einen Hocker zu, während sie weiter Kleopatras Kleider auf zwei Haufen sortierte: gelb und nicht gelb.

»Ich dachte immer, wenn zwei sich hassen, würden sie versuchen, einander umzubringen.«

»Das tun wir auch«, bestätigte Kleopatra. »Ach du Schreck! Ich habe gar kein Geschenk für ihn.«

»Er bekommt auch noch Geschenke?«, fragte ich.

Sie ließ den Kopf gegen den Wannenrand sinken. »So verlangt es die Tradition. Wir tragen unseren Krieg mit Geschenken aus.«

»Letztes Mal hast du ihm das Kamel geschenkt«, sagte Iras.

Kleopatra lachte leise. »Ach ja, Andromeda mit dem empfindlichen Magen.«

»Was?«, war alles, was mir noch einfiel.

»Das Kamel war einfach unglaublich«, erzählte Iras. »Ein Rennkamel. Der Idumäer liefert sich mit seinen Vettern Kamelrennen von Petra nach Philadelphia und zurück, und der Idumäer betrügt dabei. Weshalb er regelmäßig gewinnt. Ist das nun gelb oder nicht?« Sie hielt ein Gewand in die Höhe, und die beiden Frauen verstummten nachdenklich.

»Eher orange als gelb«, fand Charmian.

»Vergiss es, ich habe die dazugehörigen Citrin-Nadeln verloren. Es ist gelb«, urteilte Kleopatra.

»Jedenfalls«, fuhr Charmian fort, »war dieses Kamel unglaublich schön –«

»Weiß«, fiel ihr Iras ins Wort.

»Und schnell«, ergänzte Kleopatra.

»Aber es ... neigte zu Blähungen.«

Alle lachten.

»Der Idumäer war ganz grün, nachdem er zwei Wochen lang mit dem Kamel gelebt hatte!«, schloss Iras mit lautem Lachen und nach Luft schnappend.

Hatte uns der Wagenlenker durch einen Quantentunnel gefahren? War dies dieselbe Kleopatra, die aus Aktium geflohen war und die ihren Sohn in Ketten gelegt hatte, nachdem sie feststellen musste, dass er ihren Traum verraten hatte? War ich in einem ganz anderen Alexandria gelandet?

»Wie könnte ich das noch überbieten?«, fragte sie, immer noch außer Atem.

Iras und Charmian schenkten Wein ein und reichten der Königin und mir je einen Becher. »Er hat sich nach allen Regeln der Kunst revanchiert, indem er mir mareotischen Wein schenkte, der zu Essig geworden war.«

»Den du wiederum Malichus vorgesetzt hast.«

Kleopatra zuckte mit den Achseln. »Der ist schon sauer, seit meine Großmutter zu seinem Urgroßvater zurückgekehrt ist und Klysma dabei unter ägyptischer Herrschaft gelassen hat.«

Ich fühlte mich genauso orientierungslos wie bei meinem Ausflug ins Ionische Meer. Die mir bekannten geschichtlichen Bestandteile waren allesamt vorhanden, aber auf mir unvorstellbare Weise verheddert, ineinander verwoben und verdreht. »Du bist mit den Nabatäern verwandt?«, fragte ich.

»Über den Idumäer«, bestätigte sie. »Ptolemäus Lathyrus hatte eine Konkubine aus Idumäa, deren Mutter Nabatäerin war. Und diese Konkubine gebar meinen Vater.«

»Er stammt also nicht von einer Schwester des Lathyrus ab?«, hakte ich nach, während ich im Geist meinen ptolemäischen Stammbaum zurechtstutzte.

»Auletes? Nein, er ist zur Hälfte Araber«, sagte Kleopatra. Sie stand auf, sodass das Wasser in kleinen Bächen über ihren Körper, ihre perfekten Brüste, den straffen Po, die langen Beine und den flachen Bauch lief. Charmian und Iras hüllten sie in Leinen und halfen ihr aus der Wanne.

»Meine Königin?«, drang eine Stimme aus einer schmalen, in der Wand eingelassenen Tür.

Dieselbe Tür, durch die auch Cäsarion vor seinem Tod verschwunden war. Ich schluckte und versuchte das, was auf uns alle zukommen würde, mit dieser … albernen, albernden und mädchenhaften Frau in Einklang zu bringen.

War ich schockiert? Oder neidisch auf ihre Ausgelassenheit und ihre Gelassenheit?

Kleopatra hüllte sich in ein Gewand, während ich nach einer hastigen Verbeugung in den Korridor verschwand, wo ich zwischen makedonischen Soldaten und schnatternden Frauen hindurcheilte.

Ich trat aus dem Palast an den Strand. Herodes' Schiffe ruderten soeben gemächlich in den Hafen ein und refften gleichzeitig die Segel. Soweit ich mich erinnerte, hatte Herodes Kleopatra nach der Schlacht von Aktium nicht mehr besucht – und ganz gewiss nicht monatelang!

Hatte sich die Geschichte bereits verändert? Oder hatten die Geschichtsschreiber diese Episode schlicht unterschlagen? Was sollte ich jetzt tun?

Was ich tat, war am Wasser zu sitzen und den Schiffen im Wasser und den Vögeln in ihren Nestern zuzuschauen. Und mir zu wünschen, ich könnte schwimmen. Wenn sich nichts geändert hatte und diese wunderbare Welt genauso zugrunde gehen würde, wie ich es beobachtet hatte, dann würde ich wenigstens jede mir noch verbleibende Minute genießen.

Und schwimmen lernen.

15. Kapitel

Kurz vor der Morgendämmerung erwachte der königliche Hafen, der sich in einer Umfriedung innerhalb des Haupthafens befand, zum Leben. Fünf kleine Boote glitten lautlos und ohne Segel durch die verschiedenen Bereiche des Hafens. Erst da fiel mir auf, dass die anderen Schiffe, die von Aktium zurückgekehrten Acht- und Zehnbankgaleeren, weit draußen am Horizont trieben. Die fünf Boote schossen um sie herum, und dann segelten alle in einer Reihe unter dem Vollmond davon.

In Richtung Osten.

Ich genoss das Hellerwerden des Himmels, die auffrischende Brise zu Tagesbeginn. Dann bemerkte ich die Frauen, die zu zweit oder dritt den Palast und die Unterkünfte des königlichen Gefolges verließen und sich am Strand versammelten.

Ich ging aufs Meer, auf Kleopatras zukünftiges Mausoleum zu. Noch befand sich dort nur ein Haufen von Säulen und Steinen, aus dem sich kaum erkennbar die Vision eines Architekten abzeichnete. Die Gärten rundherum waren halb bepflanzt. Die Frauen standen in weiten Umhängen neben dem Fußweg, der zum Inseltempel der Isis führte.

Dann der letzte Moment vor dem Sonnenaufgang, in dem der

Wind kalt und stark ins Land weht. Die Frauen drängten sich schweigend zusammen.

»Sie kommt!«, hörte ich ein Murmeln durch die Gruppe gehen.

Die Hofdamen begannen zu singen, weniger in Worten als in halblaut gemurmelten Gedanken. Es war ein Lied der Morgendämmerung, das in seinem Verlauf immer lauter, immer stärker wurde. Kleopatra war einzig und allein an ihrem Gang zu erkennen, sie kam in dem gleichen weißen Umhang wie alle anderen vom Palast herabgeschritten. Am Rande des Fußweges blieb sie stehen, ließ ihren Umhang zu Boden sinken und ging dann weiter ins Wasser, bis die Wellen über ihr zusammenschlugen.

Viele der wartenden Frauen taten es ihr nach, ließen die Umhänge fallen und eilten ebenfalls ins Meer. Ich verfolgte, wie die Königin Ägyptens, begleitet von ihren Hofdamen, zum Inseltempel hinausschwamm. Ein paar der Frauen zogen in einer Gruppe los über den Weg, der über den Isthmus zu der Insel führte.

Neugierig und im Morgenwind bibbernd, folgte ich ihnen darauf.

Als ich auf der Insel angekommen war, stieg ich hinter den übrigen Frauen einige breite, flache Stufen zu einem altägyptischen Tempel hinauf.

Drinnen war die Luft derart mit Myrrhe und Weihrauch getränkt, dass mir die Augen tränten. Wir gingen von einem Raum zum nächsten; alle Wände waren mit Hieroglyphen bedeckt. Sie stellten uralte Geschichten dar, die in aller Welt erzählt wurden, wenn auch mit jeweils unterschiedlichen Personen- und Ortsnamen. Sagen von der großen Göttin, die auf magische Weise einen Welterlöser gebar, die ihren Gemahl von den Toten auferweckte, die den König der Götter überredete, der Menschheit gegenüber gnädig zu sein.

Hier hießen die Helden dieser Geschichten Isis und Horus und Osiris.

In Babylon war es Inana, in Kanaan Ishtar; in Griechenland war es Demeter, doch stets war es eine Göttin.

Die Profildarstellungen von Isis mit ihren langen, schwarz umrahmten Augen, den schlanken Fingern und dem perfekt proportionierten Körper waren in strahlenden Farben koloriert und mit Blattgold oder Edelsteinen akzentuiert. Alles, um der Göttin in der magischen Welt der Symbole noch mehr Macht zu verleihen.

Jeder Saal würde in einen weiteren übergehen, in einen kleineren, aber umso reicher dekorierten Raum, je näher wir dem Allerheiligsten kamen, in dem das Abbild der Göttin stehen würde. Aber schon der dritte Raum war zu meiner Überraschung dunkel und, bis auf eine Tür an der Rückseite, vollkommen leer. Ich durchquerte ihn, lief ein paar Stufen hinunter und stand unerwartet in einem nach außen offenen Säulengang, der sich an einer Säulenhalle entlangzog.

Die Frauen, die herübergeschwommen kamen, entstiegen eben mit rosigen Gesichtern dem Wasser. Andere Frauen, diesmal in schwarze Roben gekleidet, reichten den splitternackt dastehenden Schwimmerinnen, denen der kalte Wind nichts auszumachen schien, frische Umhänge, Schalen und Kuchenstücke.

Allmählich mischten sich die Frauen miteinander, hellwach und gesprächig nach dem Schwimmen, essend und trinkend, bis irgendwann alle nur noch über »diesen Idumäer« redeten.

Eine Frau hatte er gestern Abend weggeschickt, weil sie Gelb getragen hatte; das gebratene Lamm hatte er in die Küche zurückgehen und ausrichten lassen, er werde seinen eigenen Koch holen lassen, damit der es richtig zubereitete. Nächstes Mal. Die wichtigste Neuigkeit war, dass die Königin nicht da gewesen war, um den Idumäer zu begrüßen, und dass sie auf seine Beleidigungen ihren Gefolgsleuten gegenüber nicht reagiert hatte.

»Herrin«, sagte eine Frau und reichte mir dabei einen schwarzen Umhang. »Möge der Tag dir gewogen sein.«

»Dir auch«, erwiderte ich. Alle Frauen hatten inzwischen schwarze Umhänge übergeworfen, sodass die Tempelpriesterinnen nicht mehr von den Schwimmerinnen zu unterscheiden waren. Ich mischte mich unter die anonyme Menge und genoss die freundschaftliche Wärme.

»Sie kommt!«, rief ein Mädchen. Sie stand auf dem Dach und deutete in Richtung Osten.

Einen lähmenden Moment lang glaubte ich, sie meinte Oktavians Invasion – dass es mir gelungen war, die Geschichte zum Schlechteren zu verändern –, doch dann ging mir ein Licht auf: Wir waren zusammengekommen, um den Sonnenaufgang zu feiern.

Die Frauen stellten sich auf, und ein Chor von Priesterinnen stimmte einen Gesang in der Alten Sprache an. Im nächsten Moment durchfluteten Sonnenstrahlen den Gang, und die Frauen schritten der Reihe nach an einer Hohepriesterin vorbei. Ihr Umhang war ebenfalls schwarz und ihr Gesicht von einer Maske mit einem stilisierten Isis-Porträt verhüllt. Sie schüttete den Vorbeigehenden Wasser über die Hände und segnete sie auf diese Weise mit klarem Nilwasser.

Der Nil war für seine vielen Bilharzien berüchtigt: Würmer, die bei bloßer Hautberührung in den Körper eindringen konnten. Die Mumien der Könige waren ebenso von diesen Parasiten durchsetzt wie die Leichen der einfachen Menschen. Schon beim bloßen Anblick dieses Segensaktes bekam ich eine Gänsehaut.

Nachdem die Hände abgespült worden waren, warfen die Frauen die Umhänge ab und sprangen zurück ins Meer. Statt mit ausgreifenden Armbewegungen zu schwimmen, verschwanden sie unter der Wasseroberfläche und tauchten nur gelegentlich, glatt wie Ottern, mit dem Kopf aus den Wellen auf.

Irgendwann war ich die letzte Schwarzgekleidete, die noch ungesegnet war. Ich ging den Weg durch den Tempel zurück, auf dem wir hergekommen waren, aber als ich zu dem Pfad gelangte, der zur Halbinsel Lochias hinüberführte, erkannte ich, warum auf dem Rückweg alle geschwommen waren. Der Weg war verschwunden, er lag unter Wasser.

Die Wellen donnerten gegen die tiefer gelegenen Wege rund

um den Tempel, und am gegenüberliegenden Ufer konnte ich erkennen, wie sie gegen die Stadtmauern schlugen. Die Boote im Hafen tanzten auf den weiß gekrönten Wogen, und der Wind war keineswegs abgeflaut, sondern schien im Gegenteil die aufgegangene Sonne über den Himmel peitschen zu wollen.

Die Erinnerung an Aktium saß mir im Genick; mir war deutlicher bewusst als je zuvor, dass ich nicht schwimmen konnte. Wenn das Wasser ruhiger gewesen wäre, hätte ich es vielleicht versucht, aber jetzt erschien es mir ausgesprochen gefährlich. Und nachdem ich mir vorgenommen hatte, jeden einzelnen Tag auszukosten, bevor die Römer alles zugrunde richteten, fand ich die Aussicht, gleich am ersten Tag zu sterben, wenig verlockend.

Eine Frau in Rot fasste mich am Ellbogen. »Du bist nicht zurückgekehrt.«

Es war keine Frage.

»Nichts geschieht ohne Grund«, verkündete sie. »Folge mir.«

Am anderen Ufer kletterten die Frauen bereits an Land. Sie waren unsichtbar von der Insel zum Festland geschwommen, ohne dass ihnen der starke Seegang etwas auszumachen schien.

Ich folgte der Priesterin zurück in den Tempel.

Als wir erneut die Räume durchquerten, fiel mir auf, dass die Frauen, die hier den Boden wischten oder Weihrauch entzündeten, inzwischen Rot trugen.

»Was hat das Rot zu bedeuten?«, fragte ich die Priesterin.

»Dies ist die Zeit des Blutes«, sagte sie und warf mir einen fragenden Blick zu. »Der Mond ruft uns.«

Der Vollmond, den ich vor Sonnenaufgang gesehen hatte. »Den ganzen Tempel gleichzeitig?«

»Die Hohepriesterin ist im silbernen Alter, darum führt uns ihre zukünftige Nachfolgerin auf dem Mondgang.«

Es überraschte mich, wie offen die Frauen hier über ihre Körperfunktionen sprachen. Wie viele mit dem Menstruationszyklus verbundene Rituale und Bräuche waren doch verloren gegangen.

Selbst um das Geheimnis des Frauseins hatte man die Frauen

meiner Generation betrogen. Gleichheit bedeutete Homogenität. Gleichförmigkeit.

Dabei musste das gar nicht sein.

Wir bogen in einen schmaleren, aber nicht weniger kunstvoll ausgeschmückten Gang. »Dies ist der Wohntrakt«, erklärte die Priesterin. »Die Frauen dienen hier drei Monate lang und kehren danach nach Hause zurück.« Die Türen waren durchwegs geschlossen, aber an jeder hing eine beschriebene Tontafel: Cyndia, Delores, Eurydike – ausschließlich griechische Namen.

Wir kamen durch einen zweiten und dann einen dritten Gang. Vor einer mattsilbern glänzenden Tür blieb die Frau stehen. Das Türblatt war klein, aber kunstvoll bearbeitet und stellenweise mit Gold beschlagen. Ich würde mich ducken müssen, um hindurchzupassen. Lächelnd hielt sie mir die Tür auf.

Mit gesenktem Kopf trat ich in die süßlich riechende Dunkelheit.

»Ich bin so froh, dass du hier bist«, hörte ich eine Stimme aus der Schwärze. »Ich hoffe, du hast gute Augen?«

Ich starrte angestrengt in die dunkelste Ecke. »Einigermaßen«, antwortete ich und blinzelte, um mir die Lichtverstärkungslinsen vor die Pupille zu holen. »Aber nicht im Dunkeln.«

»Ach ja, natürlich! Felicia! Bring uns Licht!« Die hohe Stimme klang energisch. »Ich bin blind, deshalb habe ich keine Lampe hier drin«, erklärte sie.

Eine Kerze flackerte auf, und ich erblickte eine alte Frau mit silbernem Haar und einem silbernen Gewand. Sie saß auf einem geschnitzten schwarzen Holzstuhl. Sie trug einen schwarzen, mit astrologischen Symbolen geschmückten Schleier um ihr Kinn und hielt einen langen, bestickten Stoffstreifen in der Hand. »Du bist also gestrandet, nicht wahr?«

Gestrandet fand ich etwas übertrieben, wenn man bedachte, dass ich nur nicht zum Palast hinüberschwimmen konnte. »Bei Ebbe kann ich wieder zurück.«

Sie lachte. »Setz dich. Ich brauche jemanden, der mir hierbei hilft.« Sie hielt den Stoff hoch. »Siehst du das Problem?«

Ich ließ mich auf der Kante eines Hockers nieder, schlang die Arme um die Knie und musterte den Stoff. »Es ist wunderschön.«

»Es ist gelb.«

»Ich dachte, du bist blind?«

Sie keckerte leise. »Bin ich auch. Man hat es mir gesagt.« Ihre Finger strichen über die Stickereien. »Allein an der Berührung kann ich erkennen, wie schön es sein muss. Hier, fühl mal.«

Darum brauchte sie mich nicht zweimal zu bitten, meine Hände gierten längst danach, all die erstaunlichen, sinnlichen Besonderheiten dieser Welt zu ertasten. »Es ist nicht besonders viel Gelb«, tröstete ich sie. »Nur hier und da ein bisschen.«

»Ich muss das Gelb irgendwie abdecken«, sagte sie. »Kleopatra hat es herschicken lassen, weil wir hier die besten Näherinnen haben, aber sie hat vergessen, dass die Jahreszeiten gerade erst gewechselt haben und zurzeit keine Arbeiterinnen bei uns wohnen.«

»Die Priesterinnen …?«

»Die draußen sauber machen und singen?« Sie schüttelte den Kopf. »Die würden sich nur die Finger zerstechen und mit ihrem Blut den ganzen Stoff ruinieren.«

»Und wie soll ich dir dabei helfen?«

»Du sollst es ändern«, sagte sie. »Da drüben liegen Nadel und Faden. Reicht dir das Licht?«

»Wie denn ändern?«, fragte ich.

»Das Gelb muss raus. Das Gelb beleidigt den Idumäer, und meine Kleopatra, die ich schon als kleines Mädchen gekannt habe, weiß, wie sich eine Gastgeberin zu verhalten hat. Ein Gast darf keinesfalls beleidigt werden.«

»Nichts Gelbes erscheint mir eine ziemlich willkürliche Forderung«, meinte ich mit einem Blick auf den Stoff. Dort waren nur wenige gelbe Stellen zu entdecken, die im Grunde leicht zu übersticken sein mussten. Wenigstens was die Farbe anging. Ich war nicht besonders begabt in Handarbeiten.

»Nun, aber wie für so viele merkwürdige Angewohnheiten

oder Vorlieben gibt es auch hierfür einen Grund.« Sie seufzte und lehnte sich behaglich zurück. »Ich werde dir die Geschichte erzählen, während du den Stoff ausbesserst.«

»Hört sich gut an«, fand ich und streckte die Hand nach dem Korb aus, auf den sie gezeigt hatte. Ich brauchte ein paar Anläufe, aber schließlich hatte ich ein blaues Garn – meine Ersatzfarbe – in die Nadel eingefädelt und machte mich bereit zur Attacke. Eine blaue Biene würde zwar befremdlich wirken, aber das war nicht zu ändern.

»Herodes liebte seinen Vater Antipas.«

Vielleicht war Blau doch keine so gute Idee. Ich fädelte stattdessen Rot ein. Eine rot-schwarze Biene wäre zwar merkwürdig, aber nicht ganz so abwegig. Aber was war dann mit den Blütenmitten? Rot? Bei einer roten Blume?

»Antipas war ein gerissener, ein brillanter Diplomat, und er brachte seinem Lieblingssohn alles bei, was er selbst wusste.«

Orange war eventuell ein guter Kompromiss. Eine Mischung aus Rot und Gelb, die einigermaßen zu einer Biene passte und bei der Blume nicht allzu seltsam aussehen würde.

Die Sonne.

Ich starrte auf die Scheibe in der oberen Ecke meines Projektes. Auch da würde Orange passen. Ich wühlte im Korb, fädelte die Nadel ein drittes Mal neu ein und machte mich an die Arbeit. Orange war beinahe perfekt.

»Wie die meisten mächtigen Männer hatte Antipas viele Feinde. Er hatte Menschen zu Königen erhoben, um sie anschließend zu verraten – vor allem jene, mit denen er verwandt war.«

»Wie die Nabatäer?«

»Jaja, der große Wüstenkönig Odom wurde sein ganzes Leben lang von Antipas manipuliert.«

Die erste Blume sah recht ordentlich aus. Ich biss den Faden mit den Zähnen ab und machte mich über die Biene her.

»Antipas vertrat die Bedürfnisse seines Herrn, Johannes Hyrkanus.«

Mitten in der Biene ging mir das Orange aus. Ich wühlte den gesamten Korb durch, aber es gab keinen orangenen Faden mehr. »Gibt es noch mehr Orange?«, fragte ich die Priesterin.

»Nein, was wir besitzen, liegt alles in diesem Korb«, sagte sie. »Johannes Hyrkanus war der Vater von Alexandra von Jerusalem.«

Ich zupfte das Orange wieder aus dem Muster, denn für die Sonne würde es keinesfalls reichen. Dann beugte ich mich wieder über den Korb und durchsuchte die Garne nach einer Farbe, die halbwegs plausibel wirken würde, von der es genug gab und die kein Gelb war. Die Priesterin erzählte mir währenddessen von den vielen Katastrophen, die Johannes Hyrkanus und seinen gerissenen Ratgeber Antipas heimgesucht hatten.

Weiß, weiß war ideal. Es gab genug davon, es passte überall außer bei der Biene, die ich blau machen würde – dann würde es halt merkwürdig aussehen. Ich versuchte eben das Garn einzufädeln, als die Priesterin erwähnte, dass Julius Cäsar ein Jahr vor Antipas gestorben war.

»Und dann wurde Antipas ermordet. Als Herodes den Leichnam fand, trug sein Vater ein gelbes Gewand. Seither kann der Idumäer den Anblick von Gelb nicht mehr ertragen.«

»Das Garn ist zu dick für die Nadel«, sagte ich.

»Gibt es noch einen Faden?«, fragte sie.

»Ich habe alle Farben ausprobiert, aber die einzige, die überall passen würde, ist zu dick für das Nadelöhr.« Ich hatte gelernt, die Dinge logisch zu analysieren; warum frustrierte mich diese schlichte Erkenntnis trotzdem derart? »Tut mir Leid, aber ich kann dir nicht helfen.«

»Aber ja doch«, widersprach sie. »Gieß den Inhalt des Fläschchens neben dir in die Schüssel und rühr um.«

Ich kippte das Fläschchen in die Schüssel, und das Wasser verfärbte sich vor meinen Augen. Die Priesterin nahm den Stoff, ließ ihn ins Wasser fallen und rührte mit ihrem Stecken um.

So einfach.

Ich kam mir ausgesprochen dämlich vor.

»Wenn man es nicht schafft, eine einzelne Sache zu ändern, muss man manchmal alles ändern«, sagte sie. »Der Weg müsste jetzt passierbar sein, aber vergiss nicht, dass du dir vorgenommen hast, schwimmen zu lernen. Es ist eine der größten Freuden der Göttin.«

Die andere Priesterin stand schon in der Tür und winkte mich zu sich her. Ich taumelte aus dem Raum, stolperte die labyrinthischen Gänge entlang und trat schließlich blinzelnd hinaus ins helle Tageslicht.

Der Weg war tatsächlich passierbar. Die Priesterin nahm mir den Umhang ab, und ich ging los. Kurz blieb ich stehen, als ein paar Wellen gegen meine Füße schlugen, doch dann legte ich den Rest des Weges im Laufschritt zurück.

»Du kannst nicht schwimmen?«, fragte mich Kleopatra am Nachmittag. Die Sonne war herausgekommen, und der Wind war abgeflaut, was das Wasser zu beruhigen schien.

Ich schüttelte den Kopf. Und ich hätte zu gern gewusst, woher die Alte gewusst hatte, dass ich es lernen wollte, was sie alles aus meinem Verhalten und meiner Sprache geschlossen hatte.

»Kannst du dich treiben lassen?«

Irgendwie war ich bei meinem Ausflug ins Meer wohl auf den Wellen getrieben, aber wie es wirklich ging, wusste ich nicht. Ich schüttelte wieder den Kopf.

»Dann komm mit«, sagte Kleopatra.

Ich warf einen Blick in den Audienzsaal. »Da warten Leute auf dich«, sagte ich. Vor allem würde heute Nachmittag der Idumäer am Hof eingeführt. Sein Erscheinen war der Grund dafür, dass man mich gerufen hatte, nur darum waren alle Anwesenden von den einfachsten Sklaven bis zu den höchsten Hofbeamten in schwere, kunstvolle Kostüme und Perücken gekleidet und perfekt geschminkt. Wir führten ein Theaterstück für Herodes auf.

»Und?«, meinte sie. »Dann warten sie eben, bis ich zurückkomme.« Sie winkte Charmian und Iras. »Wir gehen schwimmen«, verkündete sie. Dann deutete sie auf mich. »Sie muss es lernen.«

Beide Frauen nickten. Ich folgte Kleopatra quer durch den kleinen Raum auf der Rückseite des Palastgebäudes und hinaus auf den Platz vor dem Palast. Die Menschen warfen sich zu Boden, als sie ihre Königin sahen, aber Kleopatra hielt nicht inne, sie nahm sie überhaupt nicht zur Kenntnis.

»Wie alt warst du eigentlich, als du gemerkt hast, dass sich die Menschen vor dir verbeugen?«, fragte ich sie in der Alten Sprache.

»Eine seltsame Frage, sogar für dich«, sagte sie. Dann blieb sie wie angewurzelt stehen. »Die Menschen verbeugen sich doch vor mir, oder?«, fragte sie halb erstaunt. Wir gingen weiter.

Selbst aus der Entfernung hob sie sich von allen Menschen ab. Sie bewegte sich mit einer angeborenen königlichen Erhabenheit, und ihre Muskeln streckten sich und kontrahierten in einem exakten Gleichklang, sodass jede Bewegung kontrolliert und in sich abgeschlossen wirkte. Trotzdem spürte man bei ihr ein Rhythmusgefühl, das bezeugte, dass sie als Kind viel getanzt hatte, und eine Grazie, die sie von ihren Lieblingstieren abgeschaut haben musste.

Ich wünschte, wir hätten uns am Tage lieben können, wo ich ihren Körper in Aktion hätte sehen können, damit ich diesen Anblick bis an mein Lebensende hätte bewahren können. Andererseits wirkte sie auf mich so vollkommen verändert, dass diese Erinnerungen mich nur verwirrt hätten.

Das hier war nicht meine Klea. Diese Zeiten waren passé; ich musste sie aus meinem gebrochenen Herzen verbannen.

Zu viert hielten wir an den Palaststufen an. Ich beäugte misstrauisch das Wasser, das den Fußweg zum Inseltempel schon wieder überspülte. Kleopatra streckte die Arme aus, und Charmian und Iras befreiten sie von Krone und Umhang. Sklavinnen in Tuniken tauchten aus dem Nichts auf, wie es die Sklaven in ihrer Umgebung regelmäßig zu tun schienen, und brachten Essen und Trinken, Trockentücher und Gewänder, um anschließend still wie Statuen im Hintergrund zu verharren.

Klea ging, nur noch mit einem dünnen Leinengewand bekleidet, ins Wasser. Dann drehte sie sich um und winkte mich zu sich. Iras und Charmian folgten uns.

Ich verbannte jeden Gedanken an Herodes und irgendwelche historischen Konsequenzen aus meinem Kopf und trat ins Meer. Das Wasser umschmiegte mich wie üblich, aber heute kam es mir kälter vor.

»Du musst dich bewegen«, sagte Klea. »Dann bleibst du warm.«

Iras und Charmian, bemerkte ich, hatten bereits Kurs um die Isis-Insel herum und in Richtung der Öffnung zum königlichen Hafen genommen. Klea wartete auf mich, im Wasser stehend. Ich ging zu ihr.

»Vor allem musst du dem Wasser vertrauen«, erklärte sie mir. »Du musst dich hineinlegen und dich von ihm tragen lassen. Atme tief in die Brust. So«, sagte sie und legte sich auf den Rücken, ganz entspannt und gelöst, fast als ruhe sie auf einer Liege. Dann sah sie mich an. »Siehst du?«

Ich atmete tief ein und ließ mich langsam ins Wasser sinken. Natürlich war mir klar, dass ich an der Oberfläche treiben würde. Aber das Gefühl, den Auftrieb wirklich zu spüren, war unvergleichlich! Ich stand wieder auf.

»Perfekt«, lobte mich Klea und kam auf mich zu. »Ich werde hier stehen bleiben und die Hände unter dich halten, während du dich eine Weile treiben lässt. Achte darauf, wie sich dein Körper anfühlt. Experimentiere mit deinem Atem oder verschiedenen Arm- oder Beinbewegungen.«

»Mir hat meine Mutter das Schwimmen beigebracht«, erzählte Kleopatra. »Sie hatte ihr ganzes Leben in der Oase verbracht, und als Auletes sie hierher brachte, vergötterte sie das Meer bis an ihr Lebensende. Wenn er nicht verlangt hätte, dass sie ihm ab und zu ihre Aufmerksamkeit schenkt, wäre sie wahrscheinlich nur noch im Wasser geblieben«, meinte Klea lachend.

Ich schloss die Augen und spürte die Sonne auf meinem Gesicht, die Wärme des Wassers sowie Kleas beruhigende Hand unter meinem Rücken. Entspannt ließ ich den Kopf zurücksinken und lauschte dem stillen Rauschen des Meeres.

Ein Augenblick, noch vollkommener als FREUDE.

Klea berührte mich am Arm, und ich hob den Kopf. »Und jetzt machst du das Gleiche in Bauchlage.«

»Mit dem Kopf unter Wasser?«

»Zeitweise ja. Wenn du atmen musst, dann holst du Luft.«

»Und wie?«

Sie lachte. »Wie du möchtest. Hier geht es ums Schwimmen, nicht um einen Ringkampf. Es gibt keine Regeln, wie man was zu tun hat. Wir können genauso wenig unter Wasser atmen wie ein Delphin, darum müssen wir uns vorab überlegen, wie wir Luft holen können. Nur zu, dir wird bestimmt nichts passieren.«

Ich drehte mich um und steckte den Kopf ins Wasser. Heute war es ganz klar, und die Farben waren hell und leuchtend. Ich sah Fische, große und kleine, die unter mir durch und um mich herum schwammen. Ich hob den Kopf, holte tief Luft und ließ ihn wieder ins Wasser sinken.

Kleas Mutter Alexandra hatte Recht gehabt; ein größeres Wunder als dieses konnte es nicht geben. Noch nie hatte ich etwas so strahlend Schönes, so unfassbar Lebendiges gesehen, und wenn das Sonnenlicht das Wasser durchbohrte, wirkte alles noch intensiver. Ich holte wieder kurz Luft und tauchte erneut unter, um weiter zu staunen.

Nie hätte ich gedacht, dass der Ozean lebendig ist.

Nachdem ich das Atmen geübt hatte, berührte mich Klea wieder an der Schulter. »Du hast doch die Delfine gesehen«, sagte sie. »Schau hin, siehst du, wie sich Iras im Wasser bewegt?«

Iras kehrte eben zurück: Nur ein kleines Kräuseln auf der Wasseroberfläche, bis sie zum Atmen auftauchte, dann schlug sie kurz mit den Füßen und war im nächsten Moment wieder verschwunden.

»Jetzt schau mir zu«, sagte Klea und tauchte mit den Füßen schlagend unter, bis sie vollkommen verschwunden war. Ein paar Meter weiter sah ich erst ihren Kopf, dann ihre Schultern,

Taille, Hüften und Füße aus dem Wasser auftauchen, als würde sie in einer extrem langsamen Wellenbewegung aufsteigen und wieder absinken.

Kurz darauf war Klea wieder neben mir, stand auf und wischte sich das lange Haar aus dem Gesicht.

»Und was machst du mit deinen Armen?«, fragte ich.

»Die sind deine Flossen. Deine Schultern dirigieren dich, und deine Beine geben dir Kraft. Sollen wir es probieren?«

Ich nickte.

»Halt dich an meinen Füßen fest«, sagte sie. »Du musst meine Bewegungen weiterführen, als wären wir eine einzige lange Welle. Ich trete, und du lässt die Bewegung durch deinen Körper in die Beine gehen und trittst dann ebenfalls. Kannst du so lange die Luft anhalten?«

Ich nickte.

»Klopf an mein Fußgelenk, wenn du Luft holen musst.«

Sie hob das Kinn, und zwei Sklaven kamen vom Ufer her ins Wasser geplatscht. Es waren zwei kräftige junge Männer, groß für die damalige Zeit und stark. Sie verneigten sich, als sie vor ihr standen.

»Anaximedes wird vor mir schwimmen und Anaxamander hinter dir. Wir werden ein langes Band im Wasser bilden«, erklärte sie und demonstrierte dabei mit der Hand, wie wir durchs Wasser weben würden, teils über, teils unter der Oberfläche. »Unsere Körper werden alle zusammen in der Strömung treiben und sich im Einklang bewegen, so wie ein Aal im Meer.«

Adrenalin schoss durch meine Adern. Der erste Sklave verschwand unter Wasser, und noch bevor ich Klea abtauchen sah, wurde ich von der Kraft der beiden Schwimmer unter die Wasseroberfläche gezogen, dirigiert von dem Sklaven, der mich an den Knöcheln festhielt. Ich zwang mich, weich und geschmeidig zu werden und mich der Wellenbewegung zu überlassen, die durch meinen Körper lief. Als ich kurz darauf an die Oberfläche kam, war ich beinahe zu überrascht, um Luft zu holen; gleich danach war ich wieder als Teil dieser menschlichen Welle unter Wasser.

Ich hätte ewig so dahinfliegen können.

Auch nachdem wir ins flache Wasser zurückgekehrt waren, floss der Rhythmus der Bewegungen in meinem Körper auf und ab. »Und jetzt du allein«, befahl Klea, ehe ich auch nur zu Atem gekommen war. »Solange du es noch spürst.«

Ich ließ mich unter die Wasseroberfläche sinken und überließ meinen Körper ganz der Erinnerung.

Als ich das nächste Mal im Flachen stand, warteten Iras und Charmian neben Klea, und alle drei lachten. Ich beschloss, noch eine Runde zu schwimmen.

Manchmal tauchte ich ganz nach unten und bohrte meine Finger in den Sand, um die alten Ruinen zu ertasten, jene Teile des Hafens, die bereits versunken waren. Sie waren mit Entenmuscheln besetzt und boten den unterschiedlichsten Meerestieren eine Heimstatt. Manchmal blieb ich einfach unter Wasser und beobachtete das Spiel der Sonne auf den Fischen, die unter jedem Strahl zu glitzern und in allen Farben zu glänzen begannen.

Am beeindruckendsten aber war die Stille – denn so vieles Alexandria auch war, *still* war es nie.

Warum hatte sich eigentlich nie eine Religion aus dem Schwimmen entwickelt? Hier stellte sich die Meditation wie von selbst ein, hier war die Vereinigung von Körper und Geist unausweichlich, hier ließ sich beten, an Gott denken statt an sich selbst. Dies hier war ein Stück des Himmels, des Nirwana, der elysischen Felder. Nur hier war die enge Verbindung zwischen dem Leib und den harten Tatsachen der Erde aufgelöst: Und hier erkannten wir, dass wir Sterbliche nicht der Mittelpunkt der Schöpfung waren.

Als ich endlich wieder aus dem Wasser kam, standen die Frauen bereits am Ufer, abgetrocknet und angezogen und Obst essend, während Kleopatra ein Sendschreiben studierte.

»Es ist großartig!«, rief ich.

Sie lächelte mich an, und mir wurde warm ums Herz. »Das ist es«, bestätigte sie. »Ich muss zurück an den Hof, ehe der Idumäer jeden im Palast beleidigt hat, aber wenn du noch etwas bleiben möchtest, können Anaximedes und Anaxamander auf dich aufpassen.«

Die Zwillinge standen wartend am Strand.

»Ich bleibe«, beschloss ich.

Die drei Frauen gingen zum Palast zurück, und ich sah sie hinter den Mauern verschwinden. Dann watete ich weiter hinaus. Die Spitze der Halbinsel Lochias mit ihren eng stehenden Gebäuden und Gärten, den grell bemalten ägyptischen Tempeln und Palästen, den brillant kolorierten Marmorrotunden und Säulenhallen schob sich in mein Blickfeld. Die Tempelanlage/Bibliothek lag hinter hohen Mauern verborgen, doch die Pylone erhoben sich hoch über alle anderen Gebäude, und die Säulen des griechischen Tempels überragten die Mauern.

Ich drehte der Landspitze den Rücken zu, schaute aufs Wasser und watete tiefer ins Meer, bis ich keinen Boden mehr unter mir spürte. Mir Arm- und Beinbewegungen hielt ich mich über Wasser, genau wie damals vor Aktium. Ich sah rote, gelbe, blaue Boote in den Hafen ein- oder hinausfahren; ich sah die schwarzen, orangefarbenen und grünen Zelte unterhalb des Emporiums, wo die Händler hektisch die letzten Arbeiten erledigten, ehe das Meer den Winter über geschlossen wurde.

Ich presste die Luft aus meinen Lungen und ließ mich unter Wasser sinken. Nichts hatte sich jemals so gut angefühlt, nichts hatte mir jemals ein solches Gefühl von Verbundenheit gegeben, wie hier neben den Fischen zu schwimmen. Erst als der Druck auf meine Brust unerträglich wurde, kehrte ich an die Oberfläche zurück; dann tauchte ich erneut unter und gab mich ganz dem Drehen und Schlängeln meines Körpers, der Geschmeidigkeit meines Leibes im Wasser hin. Ich weiß nicht, ob wirklich Tränen meine Wangen benetzten, aber ich hatte eindeutig das Gefühl zu weinen, so glücklich und gelöst fühlte ich mich.

Als ich an der Oberfläche trieb, ließ ich mich auf dem Rücken treiben und starrte in den Himmel. War das Schwimmen das, was für uns Menschen dem Fliegen am nächsten kam?

16. Kapitel

Natürlich war Kleopatra berühmt für ihre Bankette. In Tarsus hatte sie Mark Anton auf goldenen Tischen und Stühlen bewirtet, die sie ihm nach dem Gelage zum Geschenk machte. In Athen hatte sie eine unbezahlbar teure Perle in Essig aufgelöst und getrunken. (Offenbar hatte Plutarch nicht allzu viel von Chemie verstanden.) Rosenblütenblätter, als Nymphen verkleidete Sklavinnen, Orgien, bei denen es als Vorspeise gefüllten Pfau gab ... als Gastgeberin war Kleopatra einfach unübertrefflich.

Vor allem, weil bei ihr alles absolut mühelos wirkte.

In den Bedienstetenbereichen konnte hingegen keine Rede von »mühelos« sein. Näherinnen nähten, Tänzerinnen probten, Schauspieler rezitierten, Akrobaten sprangen und die Pfauen rannten laut schreiend herum. Die Kinder Selene, Helios und Ptolemäus spielten in all dem Trubel mit Mardian Fangen. Als er mich bemerkte, blieb er auf der Stelle stehen und musterte mich von Kopf bis Fuß.

Der Mann war eindeutig kein Eunuch.

»Ich hab dich gesehen!«, kreischte Helios seinem Lehrer hinterher, und Mardian sauste wieder los.

Hämmern, Putzen, die ständigen Wiederholungen der übenden Trommler… Ich hastete vorbei, hindurch und manchmal über das Durcheinander hinweg, um zu den königlichen Gemächern zu gelangen. Auf Ruhe hoffend, trat ich ein.

Kleopatra und ihre Dienerinnen kauerten auf Händen und Knien unter dem königlichen Bett. Ich hatte ausgiebig Gelegenheit, die vorgereckten Hinterteile der versammelten Damen zu bewundern, während ich rätselte, was in Gottes Namen sie da wohl trieben.

»Komm schon, Mädchen«, schnurrte Charmian. »Noch eine, nur noch eine.«

»Sie hat noch mindestens zwei drin«, sagte Iras.

»Sie hat schon zwei gekriegt, so dick ist sie auch wieder nicht«, meinte Kleopatra.

In der Luft lag der Geruch von Blut und… Fruchtbarkeit. »Meine… Königin?«, fragte ich, mitten im Zimmer stehend.

Kleopatra winkte mich herbei. »Komm her, es ist ein Wunder!«

Ich ging vor dem Bett auf die Knie und schaute darunter. Der Geruch traf mich wie ein Schlag ins Gesicht, und was ich sah, verschlug mir den Atem. »Sind das kleine Kätzchen?« Sie gaben zwar maunzende Laute von sich, aber sie sahen überhaupt nicht aus wie Katzen.

»Gerade geboren.«

»Ein gutes Omen.«

»Wie viele sind es?«

»Fünf«, antwortete Iras.

»Vier«, korrigierte Charmian. »Das schwarze ist tot.«

»Ist es nicht«, widersprach Iras. »Sonst hätte sie es gefressen.«

Bei diesem Gedanken wurde mir so übel, dass ich mich aufsetzen und gegen das Bett lehnen musste. »Was ist da draußen eigentlich los?«

»Das sind die Vorbereitungen für die Feier des Idumäers«, erklärte Charmian. »Siehst du, es ist tot!«

»Ist es nicht«, beharrte Iras.

»Wo sind die kleinen Kätzchen, Mami?«, fragte Ptolemäus, der eben auf seinen kleinen Beinchen und mit ausgestreckten Armen hereingelaufen kam. Kleopatra setzte sich auf und fing ihn ab.

»Sie werden gerade erst geboren«, sagte sie.

Iras setzte sich ebenfalls auf, ein kleines Päckchen in der Hand. Es bewegte sich nicht. Charmian setzte sich als Letzte hin und ließ die Katzenmutter endlich in Ruhe. »Es regt sich nicht.«

Ptolemäus betrachtete das kleine Kätzchen. »Kommt es jetzt zu Mutter Isis?«, fragte er.

Die drei Frauen nickten. »Wir schicken es gleich in den Tempel«, versprach Kleopatra.

»Kann ich es streicheln?«

»Nicht das Tote, Honigtöpfchen. Aber unter dem Bett sind noch lebendige Kätzchen –«

»Ich will sie sehen! Ich will sie sehen!«

Kleopatra hielt Ptolemäus liebevoll, aber entschlossen zurück. »Sie müssen erst mal sauber gemacht werden und etwas zu essen bekommen, genau wie du. Wo steckt Mardian?«

»Helios hat sich im Goldenen Streitwagen versteckt«, sagte Ptolemäus. »Und Mardian sucht nach ihm.«

Charmian brachte Ptolemäus weg, Iras übergab das Kätzchen, in ein Tuch gewickelt, an eine aus dem Nichts aufgetauchte Sklavin, und Kleopatra schickte zwei Wachen los, ihren Sohn aus dem Lagerraum zu holen.

Ihre Verspieltheit verunsicherte mich zutiefst. Ihr Kleid war vom Herumkriechen unter dem Bett verknittert und ihre Schminke in der Hitze verlaufen. Mein historisch ausgebildeter Verstand, der sie immer als gefühllos und schön; oder gefährlich und kaltblütig; oder entschlossen, aber grausam kennen gelernt hatte, war mit dieser neuen Kleopatra völlig überfordert.

Sie war durch und durch menschlich. Nicht nur, dass sie Fehler hatte wie jeder andere auch, sie konnte auch albern oder mütterlich, sorglos oder rebellisch sein – ich hatte ihr in meiner Phantasie nie genug Fleisch gegeben, um sie mir sarkastisch vorzustellen, und schon gar nicht hätte ich erwartet, dass sie so begeistert über neugeborene Kätzchen sein konnte. Du verhältst dich überhaupt nicht königlich!, hätte ich ihr am liebsten zugerufen. Die Geschichte hat dich völlig falsch dargestellt!

»Heute Abend heißen wir diesen Idumäer mit einem Bankett willkommen! Nicht dass du darum gebeten hättest, aber du hast deine eigenen Gemächer weiter unten im Gang. Dort steht ein Bad für dich bereit. Ich werde später vorbeikommen, um dich zu schminken.«

»Mich zu schminken?«, krächzte ich.

»Wir geben einen festlichen Empfang«, belehrte sie mich. »Jeder, der etwas zählt in Alexandria, wird in seinen feinsten Sachen kommen, um das neue Steuerjahr willkommen zu heißen. Du bist der neueste Zugang zu unserem Hofstaat, darum sind alle neugierig auf dich.«

»Und du kannst schminken?«

»Ich habe eine Abhandlung darüber verfasst«, eröffnete sie mir und hielt mit raschelndem Rock in ihrem Hin-und-Her-Gehen inne. »Iza!«, rief sie. Ein junges Mädchen erschien. »Iza, das ist deine neue Herrin.« Sie berührte das Mädchen erst an der Schulter und strich ihr dann übers Haar. »Du sorgst für sie.«

Iza, ein dickliches, dunkles Mädchen, sah mich aus waldgrünen Augen an. Sie verbeugte sich lächelnd vor Kleopatra und ging dann durch den Raum zur Tür. Die Kätzchen unter dem Bett maunzten kläglich; ganz offenkundig war Kleopatra der Ansicht, dass ich damit entlassen war. Ich konnte gerade noch sehen, wie sie den Finger in Milch tunkte und wieder unters Bett krabbelte.

Der himmlische Duft von Jasmin und Rosen, Hyazinthen und Geißblatt, unterlegt von Moschus und Zimt, erfüllte den Gang, als ich zu den Räumen wanderte, die Kleopatra mir überlassen hatte. Sie befanden sich im selben Flügel wie der Bankettsaal.

Alle waren mit Vorbereitungen beschäftigt: Wandgemälde wurden abgedeckt oder freigelegt, je nach Thema und Farbzusammensetzung. Lampions aus Alabaster und Kristall wurden aufgefädelt, bis sie aussahen wie tausend auf der Erde gelandete Sterne. Durch die Luft schwebte Saitenmusik, die aus einer nicht feststellbaren Quelle drang. Liegen wurden weggeschoben, Bänke ebenfalls, und an ihrer Stelle Krüge voller Perlen oder aufgeklappte Kisten aufgestellt, aus denen dank eines kunstvollen Arrangements wie zufällig Juwelen und Gold quollen.

Beiderseits der Türen erhoben sich aus Brunnen mit parfümiertem Wasser die lebensgroßen Statuen ägyptisch gewandeter Frauen, die Krüge voll unschätzbar teurer Myrrhe hielten. Die Türen selbst, aus Bronze und mit griechischen Aufschriften verziert, wurden durch welche aus Rosenholz mit Silber- und Alabasterintarsien ersetzt. Die neuen Türblätter sahen aus wie geklöppelte Spitzen.

Die Sklavinnen waren angetan mit dem knappsten aller antiken Gewänder – einem schmalen Perlengürtel. Dazu trugen sie schwere schwarze, blumengeschmückte Perücken, Fußkettchen, Ohrreifen und Parfümkegel auf dem Kopf.

Nur die lieblichsten, leichtfüßigsten Frauen mit möglichst dunkler Haut und dunklen Augen waren ausgewählt worden.

»Er kommt aus dem Osten«, erklärte eine Alte den schminkenden Dienerinnen. »Seine Frau ist blond, Rothaarige und Brünette hat er im Übermaß gesehen, aber die Schönheiten des alten Ägypten sind ihm unbekannt, rätselhaft und daher umso begehrenswerter.«

Die Marmorböden wurden mit Fliesen aus Lapislazuli und Karneol, Jade und Onyx, Elfenbein und Gold bedeckt. In der Mitte des Raumes legten Handwerker ein Wasserbecken mit Springbrunnen an, während die Gärtner ringsherum große Töpfe voller Gardenien aufstellten. Lampen, die allerhöchstens schulterhoch sein durften, umstanden das Ensemble.

Hunderte von Menschen arbeiteten in perfektem Zusammenspiel an diesem Projekt. Hätte man Kleopatra mit dem Bau der Pyramiden beauftragt, wären sie innerhalb einer Woche errichtet worden, davon war ich überzeugt.

Schließlich nahmen Dienerinnen von unwiderstehlicher Schönheit ihre Plätze rund um das Becken ein.

»Die Königin wird in ihrer Laube hier lagern«, verkündete ein hochnäsig wirkender Grieche, der über alles wachte. »Holt den schwarzen Panter aus dem Zoo und einen Smaragdkragen, der zu den Smaragden im Gürtel der Königin passt.«

»Aber wenn die Tiger des Idumäers –«

»Das wird nicht passieren, wir geben ein Schlafmittel in ihr Futter. Was wäre das für ein grässliches Omen!«

Ein Mann bemerkte mich und grinste. »Wenn du das hier für prunkvoll hältst, dann hättest du sehen sollen, wie sie damals Antonius verführt hat.«

»Mit wie vielen Schiffen ist sie hingefahren?« Ich hungerte nach Einzelheiten.

Plutarch hatte berichtet, als Kleopatra Antonius in Tarsus besucht habe, sei sie in einem goldenen Schiff mit goldenen Rudern und Purpurseidensegeln gekommen, das von Jungfrauen in Nymphenverkleidung und kleinen, als Cupidos hergerichteten Kindern gesteuert worden war.

Niemand hatte ihm das abgenommen, obwohl mir auf einmal nicht mehr in den Kopf wollte, wieso wir ausgerechnet diese Episode als Lüge abgetan hatten, den übrigen Schilderungen dieses großen Römers aber blind vertraut hatten.

»Auletes, ihr Vater, war ein großer Freund des Theaters«, erzählte der Mann, während er die Kissen für die ägyptischen Speiseliegen aufschüttelte. »Des Öfteren hat er im letzten Moment seinen Hals aus der Schlinge gezogen, indem er einen neuen Feiertag eingeführt hat und das Volk im Theater oder Gymnasium unterhalten ließ. Auletes sagte häufig, der Einzelne sei klug, aber das Volk sei dumm und verlange stets nach einem Schauspiel.«

Der Mann grinste erneut. »Wie der Vater, so die Tochter. Klea hat ihnen immer ein Schauspiel geboten.« Er lachte kurz auf. »Und heute Abend wird sie ihnen, nachdem der Idumäer sich so dreist in ihren Palast gedrängt hat«, er zwinkerte mir zu, »ein Spektakel präsentieren.«

Iza zupfte an meinem Arm. »Du musst mitkommen, du musst dich noch umziehen.«

Ich folgte ihr.

Von meinem Zimmer aus konnte ich auf die Ibisse sehen. Zusätzlich zog sich ein helles Band von goldenen Ibissen über die Wände, und die aus schwarzem Holz geschnitzten und auf Hochglanz polierten Möbel wirkten feingliedrig und zerbrechlich. Der Boden war mit einem schwarz-weißen Mosaik aus glatten, runden Flusskieseln gepflastert. Es fühlte sich phantastisch unter meinen nackten Füßen an.

Ich zog einen Stuhl an die offene Terrassentür, wo ich die auf Stelzen errichteten Ibisnester im Blick hatte. Diese langbeinigen Vögel waren einfach faszinierend anzuschauen. Manche hatten farbenprächtiges Gefieder, andere waren ganz weiß. Iza erklärte mir, dass es schon zu spät im Jahr für »Babys« sei.

Sie hatte die Wanne so aufgestellt, dass ich beim Baden auf die Nester, das Meer und den Pharos sehen konnte. Sobald ich abgetrocknet war, entließ ich sie (zu einem Nickerchen?, einem Imbiss?, ich hatte nicht die leiseste Ahnung, was sie tun würde) und absolvierte die Tai-Chi-Atemübungen und -Positionen, die seit jeher ein fester Teil meines Tagesablaufes sind, die ich aber über den chaotischen Ereignissen in Alexandria und Aktium völlig vernachlässigt hatte. Jetzt dagegen, inmitten der duftenden Brise, die mein Zimmer durchwehte, unter dem heilend blauen Himmel und vor den sanft an die Palasttreppen schlagenden Wellen, konnte ich mir keinen geeigneteren Ort für meine Übungen vorstellen.

Iza erschien wenig später, nicht ohne sich mit einem diskreten Räuspern anzukündigen. Ihre Arme waren mit Stoffen beladen. »Ihre Majestät bittet dich, einen davon auszuwählen«, erklärte sie, während sie ihre Last ablud. »Wir werden daraus dein Kleid für heute Abend nähen.«

Eine halbe Ewigkeit verlor ich mich darin, die Leinen- und Seiden- und bestickten Stoffe, die Iza mir anschleppte, zu berühren, zu liebkosen und anzuprobieren. Schleier dünn wie ein Nebelhauch, mit winzigen Goldperlen besetzt; Leinen, gefärbt und überfärbt zu Farbspielen, wie ich sie nur vom Sonnenuntergang her kannte, und ein schweres, rotes Stück, das mit Blumen und Schmetterlingen bestickt war.

Irgendwann stieß Kleopatra, frisch gebadet, zu uns. Ihr Haar lockte sich bereits wieder. Iras und Charmian folgten ihr, mit Kästchen und kleinen Phiolen beladen. »Hast du dich immer noch nicht entschieden?«, fragte die Königin mich. »Es sind nur noch wenige Stunden bis zum Bankett, wir müssen mit dem Nähen beginnen!«

»Dann such du etwas aus«, erwiderte ich verlegen. »Jeder Stoff ist auf seine Weise unvergleichlich schön.«

Kleopatra winkte Charmian herbei. »Sie ist unsere oberste Näherin«, erklärte sie mir. Die schwarzhäutige Frau ließ mich aufstehen und maß mich dann mit den Händen sowie einem Faden ab, indem sie mich an den Schultern nahm und ihre Hände in dieser Position, mit dem Faden dazwischen, über meine Taille und die Hüften gleiten ließ. Anschließend nickte sie und verschwand.

Iras stellte die Fläschchen auf dem Tisch ab und trug diesen in die Mitte des Raumes. Genau neben meinen Stuhl. Sie winkte mir, mich zu setzen, und schien gleich darauf gemeinsam mit Iza wie vom Erdboden verschluckt. Ich nahm Platz und sah Kleopatra zu, die verschiedene Flüssigkeiten in ihre Hand goss und sie mischte, indem sie mal einen Tropfen der fleischfarbenen Tönung, mal einen Klecks Weiß zugab.

»Dein Gesicht ist beinahe symmetrisch«, stellte sie fest, wobei sie mich intensiv, aber ganz und gar leidenschaftslos musterte. Ich legte die Hände flach auf meine Oberschenkel.

»Beinahe« war in meiner Welt keinesfalls genug – sich fortzupflanzen war jenen vorbehalten, die höchstens ein Prozent von der absoluten Perfektion abwichen. Und zwar in jedem Aspekt – symmetrische Gesichtszüge und Gliedmaßen trugen entscheidend zum Überleben des Stärksten in der freien Natur bei. Schon die biologische Intuition sagte uns, dass sich perfekte Exemplare einer Gattung perfekt fortpflanzen würden.

Perfekte Haut – das bedeutete einen Farbton, der genug Melanin enthielt, um einen zu beschützen, aber hell genug war, um Vitamin D zu produzieren, das eine gesunde Nachkommenschaft garantierte. Und Kühlung – die Menschen wurden auf lange Glieder, Körpergröße und niedrigen Körperfettanteil hin gezüchtet –, jene Körperform, die am ehesten mit der Hitze in der neuen Welt zurechtkam, die am besten Mangel und Entbehrungen überstehen konnte. »Beinahe«, war meine einzige Antwort.

»Mardian hat mir das Schminken beigebracht«, erzählte sie. »Er ließ mich in den Spiegel starren, bis ich mein Gesicht wirklich sehen konnte. Nicht nur das, was meine Ängste mir einflüsterten, nicht nur das, was ich aus dem Blick in so vielen Gesichtern meiner Familie zu sehen gelernt hatte, sondern das, was tatsächlich da war. Schließ die Augen.«

Kleopatra berührte mich – geschickt wanderten ihre Finger über mein Gesicht und meinen Hals, drückten und massierten sie die Feuchtigkeit ein. Sie berührte mich, ohne dass ich etwas empfand. Die Frau, die ich geliebt hatte, gab es hier nicht. Ich wusste nicht warum, trotzdem zweifelte ich nicht daran, dass es so war.

Und irgendwie entspannte mich das.

»Als ich meine Makel erst erkannt hatte«, fuhr sie fort, »und sogar eine Königin hat welche – konnte ich sie auch beheben. Licht und Schatten sind die besten Freunde einer Frau.«

Sie hörte auf mich zu berühren, und ich schlug die Augen auf. Wieder mischte sie etwas in ihrer Handfläche an, doch diesmal in einem helleren Farbton. Sie musterte mich. »Selbst ein fast perfektes Gesicht – falls es so etwas, von Helena einmal abgesehen, überhaupt geben sollte – hat geschwollene, dunkle Stellen, die aufgehellt werden müssen, oder helle Flächen, die zu weit hervorstehen und zurückgenommen werden müssen.« Sie tupfte die Flüssigkeit in meine inneren Augenwinkel, dann in meine Nasenfalten und zum Schluss unter meine Unterlippe. Danach wischte sie sich die Hände trocken und mischte einen neuen Farbton an, diesmal dunkler als meine Haut, den sie in den Höhlungen unter meinen Wangenknochen und entlang meiner Nasenflügel verstrich.

»Du bist eine junge Frau«, stellte sie fest, »dein Hals ist frei von Venusringen.«

Unwillkürlich fuhr meine Hand an meinen Hals, über den sich feste, straffe Haut zog. Wenn sie gewusst hätte, wie alt ich wirklich war, hätte sie mich bestimmt für eine Göttin gehalten. Aber im Jahrhundert, bevor meine Welt entstanden war, waren die wohlhabenden Nationen von der Angst vor dem Altern heimgesucht worden. Weil man damals so viele Mittel, so viel Zeit dafür aufgewendet hatte, die Jugend wieder einzufangen, und sei es auch nur optisch, hatte man die Haut der neuen Generation genetisch manipuliert, damit sie weder Falten entwickeln noch verblassen konnte.

Obwohl ich beim besten Willen nicht wusste, inwiefern Faltenfreiheit zum Überleben der Spezies beitrug.

»Sag jetzt nichts, Zimona!« Die Stimme in meinem Kopf riss mich aus meinen Gedanken, aber ich rührte mich nicht. Jicklet!

»Deine Brauen überspannen perfekt die Augen«, fuhr Kleopatra fort. »Der untere Rand einer Braue sollte genau der Linie des Lides folgen, wenn der Blick nach vorn gerichtet ist. Mach die Augen wieder auf.«

Ich starrte sie an.

»Zimona, ist etwas?«, fragte sie.

»Wann, wann hast du deine Abhandlung geschrieben?«, fragte ich so normal wie möglich.

»Die über Kosmetik?«

»Hast du etwa noch mehr geschrieben?«

»Einige«, bestätigte sie, während sie die nächste Schattierung in ihrer Handfläche anrührte. »Ich war ständig im Museion.« Sie zuckte mit den Achseln. »Als meine Schwestern noch am Leben waren, dachte ich, ich würde mein ganzes Leben im Museion und in der Bibliothek verbringen. Die ersten vier Ptolemäer waren echte Gelehrte, und ich wollte unbedingt in ihre Fußstapfen treten.«

»Mit Studien über das Schminken?« Ich hoffte, dass mir die Ironie nicht anzuhören war.

»Nicht jede Frau ist schön«, sagte sie. »Und das Schminken ist nicht bloß eine Kunst, es ist *al-khem*, die Gabe, durch das Vermengen von unterschiedlichsten Dingen etwas Neues zu erschaffen. Die Atome vermischen sich…« Sie musste lachen. »Verzeih mir, aber sobald es um Naturwissenschaft geht, komme ich ins Schwärmen. Ich könnte mich darüber auslassen, bis die Sonne wieder aufgeht – und gleichzeitig alle in Hörweite zu Tode langweilen.«

»Sie wollen dich holen, aber ohne Schleier«, hörte ich Jicklets Meldung. *»Aber sie wissen nicht, wer du bist. Sie haben versucht, mich über dich auszuhorchen, aber…«*

»Zimona?« Kleopatra zog die Stirn in Falten. »Ist dir nicht gut? Du bist so bleich, vielleicht solltest du dich hinlegen?«

»Nein!« Ich setzte ein Lächeln auf. »Nein, nein, ich dachte nur… ich dachte bloß, du wärst von Anfang an zur Königin erzogen worden«, sagte ich und folgte dann ihrer Anweisung, die Augen wieder zu schließen. JWB würden nicht eingreifen, solange sie nicht absolut sicher waren. Und bestimmt nicht, solange wir zu zweit oder zu mehreren waren.

»Nein, ich war die jüngste Tochter, in der Thronfolge standen mehrere eigensinnige, kluge makedonische Frauen vor mir. Ich brachte meine Zeit mit Lesen, Reiten und Tanzen zu. Nachdem meine Mutter gestorben war, hielt ich es nicht mehr aus, von Auletes getrennt zu sein, der seine Zeit zwischen den Philosophen im Museion, den Sängern im Tempel und den Schauspielern in den verschiedenen Theatern aufteilte. Sieh nach oben.«

Obwohl ich den Blick eisern zur Decke gerichtet hielt, merkte ich, wie ich aus den Augenwinkeln den Raum nach Schatten absuchte. Nach einem Hinweis darauf, dass sie bereits wussten, wo ich steckte; schließlich hatte Jicklet gesagt, sie hätten versucht, ihn zum Reden zu bringen.

»Habe ich dir wehgetan?«, fragte sie und richtete sich auf.

Ich spürte, wie die kühle Farbe unter meinen Augen trocknete, und nutzte die Gelegenheit, um mich in Ruhe umzusehen. »Nein, ich wollte nur ... könnte uns Iza etwas zu essen bringen? Und vielleicht einen Musiker kommen lassen, der für uns spielt?«

Sie klatschte nach Iza und befahl mir dann, die Augen zu schließen.

»Was ist eigentlich aus Apollodorus und Irmeni geworden?«, fragte ich, weil ich daran denken musste, wie sie zum ersten Mal Bleiglanz aufgetragen hatte. JWB hatten Jicklet doch nicht gefoltert, oder? Schließlich glaubten sie nicht an Gewalt. Folter war Gewalt, vielleicht noch brutalere Gewalt als eine offene Hinrichtung. Ich merkte, wie ich zu zittern begann.

»Irmeni wurde vom Krebs zerfressen«, antwortete Kleopatra leise. »Kaum hatte ich sie nach Alexandria geholt, begann sie Blut zu erbrechen.« Sie nahm die Hände aus meinem Gesicht, und ich hörte sie erneut mit Töpfen und Tiegeln hantieren. »Apollodorus starb, als er Gift schluckte, das eigentlich für mich bestimmt war.«

»Herrin?« Iza war wieder aufgetaucht. Ich musterte sie argwöhnisch – mit so grünen Augen konnte sie unmöglich von JWB geschickt worden sein, oder? Sie war klein und drall. Jemanden wie sie hatte ich in meiner Welt nie gesehen. Nein, nicht JWB, nicht Iza. Wieder suchte ich den Raum nach Schatten ab.

»Bring uns Brot und Obst und etwas Wein«, befahl Kleopatra.

Erst jetzt begriff ich, was sie eben gesagt hatte. »Man wollte dich vergiften?« Was in unseren Geschichtsbüchern alles verschwiegen wurde ...

Sie blinzelte, betrachtete mich kritisch und lächelte schließlich. »Jetzt bist du noch hübscher als vorhin. Gut, dass Seth bereits mit einem Auftrag unterwegs ist, sonst hätte ich ihm den Abend wahrscheinlich zur Qual gemacht.«

Meine Augen flogen auf. »Seth?« Bei der Erinnerung daran, wie er am Kreuz hing, stockte mir der Atem.

Sie strich mir übers Gesicht. »Was ist? Was ist mit Seth, weshalb wirst du jedes Mal traurig, sobald auch nur sein Name fällt?«

»Wann solltest du vergiftet werden?«, hakte ich nach.

Ihre Miene verhärtete sich kurz – Kleopatra war es nicht gewohnt, dass man ihre Fragen unbeantwortet ließ. Oder schlimmer noch, mit ihr um Antworten feilschte.

»Cäsar«, begann sie stockend. »Als er ermordet wurde. Sobald ich die schreckliche Nachricht erfuhr, eilte ich zum Senat, um ihn zu sehen. Nur dieses eine Mal konnte ich ihn noch sehen«, sagte sie. »Sein Leichnam lag stundenlang auf dem Pflaster, ohne dass ihn jemand weggebracht hätte. Ich wies ein paar Sklaven an, ihn zu Calpurnia zu bringen.« Sie beugte sich über ihre Töpfe und Fläschchen und begann, Deckel und Pfropfen wieder aufzusetzen, ohne dabei mit dem Erzählen innezuhalten. »Als ich wieder heimkam, war mir sterbenselend. Vor Entsetzen hatte ich eine Fehlgeburt.«

Ich ließ mir nicht anmerken, wie sehr mich ihre Schwangerschaft überraschte.

»Meine größte Angst galt Cäsarion, meine zweitgrößte dem kleinen Ptolemäus.«

Ihr kleiner Bruder Ptolemäus war zu jener Zeit ihr »Gemahl« und damit Koregent über Ägypten gewesen.

»Cäsarion war noch ein Baby und wurde wie alle kleinen Kinder von Schnupfen- und Hustenattacken geplagt. Ich stand bei jeder noch so kleinen Erkältung Todesängste aus. Ptolemäus«, sie wandte den Blick ab und schaute nach draußen, »litt an einer Lungenkrankheit. Er musste immerzu husten. Er musste damals im Bett bleiben, und ich wusste, dass er so bald wie möglich zu mir wollte. Als ich an jenem Tag heimkam, lief ich sofort los, nach den beiden Jungen zu sehen. Jemand hatte eine Amphore mit Wein geschickt, die gerade angeliefert worden war. Sie war für mich und Cäsar bestimmt, für den Vorabend seines Feldzuges gegen die Parther.«

»Er wollte gleich nach den Iden losziehen, nicht wahr?«

Sie nickte und begann ihre Hände zu säubern, an denen die verschiedensten Schattierungen meiner Hautfarbe hafteten. »So war es geplant. Der Senat sollte Cäsar zum Imperator erheben, weil das Sibyllinische Orakel erklärt hatte, dass die Parther nur durch einen König besiegt würden.« Sie zuckte mit den Achseln. »Die von den Priestern gelesenen Omen, denen Cäsar üblicherweise mehr Beachtung schenkte, verhießen nichts Gutes für die Iden. Cäsars Frau Calpurnia hatte ihm kurz zuvor eine Nachricht übersandt, denn er hatte die Nacht bei mir verbracht, und ihn angefleht, nicht zum Senat zu gehen. Den ganzen Morgen konnte sich Cäsar zu keinem Entschluss durchringen. Ich ... mir war so übel von dem Kind, ich war so erschöpft von meiner Schwangerschaft ...«

Kleopatra schluckte und starrte auf die Tischplatte, die sie eben leer geräumt hatte. »Cäsar fragte mich, was er tun sollte: zum Senat gehen und sich zum König krönen lassen oder zu Calpurnia fahren und sich verstecken. Ich würde ja ganz offensichtlich nicht wollen, dass er bei mir bliebe, meinte er.« Sie schwieg einen Moment. »Er hatte Recht. Ich wollte einfach nur allein sein. Ich sagte ihm, ich sagte ihm«, sie schaute zu mir auf, und zum zweiten Mal konnte ich Tränen in ihren Augen sehen. »Ich sagte ihm, das sei mir egal. Wenn er tatsächlich so feige sei, dass ein Traum seiner Ehefrau ihn davon abhalten konnte, zum König gekrönt zu werden, dann hätte er bestimmt kein Königreich verdient.«

Was hatte Kleopatra, meine Klea, in Alexandria gesagt, als sie dem Tod ins Auge geblickt hatte? »*Ich habe Cäsar verraten.*« »Das konntest du doch nicht wissen«, sagte ich.

»Ich wusste es.«

»Du wusstest von der Verschwörung?«

»Nichts Genaues, nein. Aber ich wusste, dass etwas im Busch war. Die Republikaner waren nicht gerade diskret. Und Cäsar war weder diskret noch direkt. Er wollte, dass der Senat, das Volk, ihn rief. Sie sollten ihn anbetteln, König zu werden, und darum wartete er ab. Bis sich die zahllosen Missverständnisse zwischen ihm und jenen Menschen, die ihn gern gekrönt gesehen hätten, schließlich zu fünfunddreißig Stichwunden auf dem Boden des Senats summierten.«

»Man hat versucht, dich zu vergiften?«

»Ja. Mit dieser geschenkten Amphore Wein. Ich öffnete sie, um den Wein in seinem Andenken zu trinken, sobald ich die Begräbnisprozession hörte. Aber ehe ich auch nur einen Schluck nehmen konnte, erschien ein Bote an der Tür, und ich ging aus dem Zimmer. Als ich zurückkam, lag Apollodorus auf dem Boden, den Inhalt eines Kelches über seiner Brust verspritzt, tot.«

»Ein schnell wirkendes Gift.«

»Die Wirkung der verschiedenen Gifte«, meinte sie im Aufstehen, »wurde mein nächstes Forschungsfeld. Das Gift hatte ihn nicht nur getötet, es hatte sich sogar durch das Leder seines Brustpanzers gefressen.«

Sie schaute auf, und ich bemerkte, dass Iras dabei war, Kleopatras Utensilien zusammenzusammeln. Zum ersten Mal lächelte sie mich an. Da fiel mir ein, dass ich von einer erfahrenen Künstlerin geschminkt worden war, ohne dass ich einen Spiegel hatte.

Iras reichte mir mit großer Geste einen zerbrechlichen Bronzehandspiegel, und ich sah mit großen Augen in mein Gesicht. Mein Gesicht, nur besser. Nirgendwo war Farbe aufgetragen worden, nicht soweit ich erkennen konnte, Kleopatra hatte ausschließlich mit Schatten und Konturen, Licht und Glanz gearbeitet, die bewirkten, dass meine Lippen aussahen wie frisch geküsst, und meine Augen zum Strahlen brachten. Meine Haut erschien mir wie fein gekörnter Marmor. »Du bist unglaublich«, sagte ich, den Blick fest in den Spiegel gerichtet, bis ich JWB, Seth und die römischen Kreuze vergessen hatte, bis ich alles vergessen hatte außer diesem Gesicht, das meines sein musste und das ich noch nie gesehen hatte.

Die Königin lachte und schlug mir spielerisch auf die Schulter. »Dein Kleid wird bald fertig sein. Dann kannst du in meine Gemächer kommen, wo ich für meine Hofdamen eine kleine Feier vor dem großen Bankett gebe.«

»Es wäre mir eine Ehre.«

»Iza wird dich hinbringen«, sagte sie und warf einen letzten Blick aus dem Fenster. »Die Ibisse werden bald heimkehren, jetzt ist die beste Zeit, sie zu beobachten.«

»Lass mich nicht allein«, bat ich. Plötzlich war die Angst wieder da.

»Ich werde dir Mardian schicken«, sagte sie, und ihre Miene wurde wieder streng. »Ich bin Königin Kleopatra, Zimona, du bist hier in meinem Palast, und ich werde dich beschützen.«

Ich musste unwillkürlich lächeln. »Danke, Gefürchtete Königin.«

Mardian kam wenige Sekunden nach Kleopatras Abgang hereingeschwebt. Seine Gewänder flatterten nach dem eiligen Lauf durch den Korridor hinter ihm her, und die Haare wehten ihm über den Rücken. »Charmian hat es mir erzählt, aber ich konnte ihr einfach nicht glauben. Isis Nemesis«, sagte er in einer eleganten Verbeugung. »Du bist gekommen, um uns zu führen?«

Als ich darauf nicht antwortete, sah er wieder auf. »Sie hat sich getäuscht?«

»Ich bin keine Göttin.«

»Also, ich hoffe nur, du besitzt genug Verstand, das niemandem außer mir zu verraten«, warnte er mich, während er mich umschlich wie ein Tiger seine Beute. »Klea hat sehr gute Arbeit geleistet, dein Gesicht ist einfach perfekt.«

»Danke.«

Er sprang mich geradezu an und vermaß meinen Körper genauso wie Charmian zuvor. »Char hat dir ein griechisches Gewand geschneidert, aber das passt überhaupt nicht. Du brauchst etwas Exotisches, etwas Außergewöhnliches.«

»Ich glaube, ich falle auch so genug auf«, sagte ich und sah zu ihm hinunter. Ich wollte es JWB nicht noch einfacher machen.

Er grinste und ließ die meerblauen Augen aufblitzen. »Unsichtbar kannst du dich nicht machen, ganz gleich, was du anstellst, also solltest du dich besser mit deiner Andersartigkeit anfreunden.« Er flüsterte mir ins Ohr: »Manchmal wird das, was am deutlichsten hervorsticht, am leichtesten übersehen.«

Sprachlos vor Erstaunen sah ich ihn an. Woher wusste er das? Woher –

Mardian berührte meine Armbänder. »Gold, hast du die auch in Gold?«

»Nein«, murmelte ich.

»Hmm … dann müssen wir mit Silber vorlieb nehmen, schätze ich. Geh nicht fort, ich bin gleich wieder da.« Er flitzte in einer so flüssigen Bewegung, dass mir fast schwindlig wurde, aus dem Raum.

Zitternd ließ ich mich auf einem Hocker nieder. Das gängige Bild von Kleopatra, die, umgeben von ihrem Hofstaat und belüftet von einem jungen Sklaven mit Pfauenfächer, in der Hitze herumlungerte und den Tag vertändelte, hätte nicht falscher sein können. Am liebsten hätte ich diesen unglaublichen Kontrast in mein Historikerlogbuch diktiert. Wie hatten wir uns getäuscht!

Mardian kam wieder angeschossen, im Schlepptau zwei weitere Diener.

Die meisten meiner außerkörperlichen Erfahrungen waren auf Infusionen oder Verirrungen im Quantentunnel zurückzuführen. Das hier war ganz anders: Ich sah mich selbst wie aus weiter Ferne, statuengleich im Zimmer stehend, während Mardian und seine beiden Assistenten Stoffmuster um Stoffmuster wälzten, hier etwas ausprobierten, dort etwas aussuchten und sich dabei zunehmend ereiferten. Wie aus heiterem Himmel erteilte Mardian einige knappe und scharfe Befehle, und plötzlich waren alle drei wieder verschwunden. Irgendwann zwischendrin war eine Flötenspielerin gekommen, deren süße Weisen nun über mich hinwegwehten.

Himmlische Düfte, Küchendüfte, kamen in mein Zimmer geschwebt. Der Mond war heute Nacht wie abgeschnitten, also nicht mehr rund, und der Himmel so klar, dass man die Sterne an ihrer Farbe unterscheiden konnte. Die Klänge des nächtlichen Alexandria, Gelächter, eine jammernde Katze und das Scheppern von Metall mischten sich unter das Flötenspiel. Ich ließ den Kopf gegen den Fensterrahmen sinken und hoffte, dass JWB nicht ausgerechnet jetzt kamen. Der Augenblick war einfach zu schön, zu wunderbar, um jetzt abgeholt zu werden.

Die Tür flog wieder auf, und Mardian trat ein. Diesmal wurde ich ausgezogen, mit süß duftenden Ölen eingerieben und danach in eine silberne Spinnwebe gehüllt, ein eng geschnittenes, aus feinstem Silbergarn gewebtes Kleid – »Was ist das?«, fragte ich und befingerte dabei die weichen Fäden.

Mardian grinste. »Kleopatra hat erzählt, dass du immerzu frierst. Es ist Wolle, eine ganz besondere und besonders feine Wolle.«

Sie wirkte wie feinstes, zerbrechliches Silber. Das ärmelfreie Kleid schmiegte sich vom Hals abwärts um meinen Rumpf und endete in einem leicht ausgestellten Rock, der knapp den Boden berührte. »Es ist unglaublich schön«, sagte ich und hätte beinahe dabei geweint.

Ein Kragen aus mehreren übereinander liegenden Silberscheiben, dazu Kreolen für meine Ohren, und schon war ich bereit, mich unter das Gefolge der Königin zu mischen.

Die Türen zum Bankettsaal waren noch verschlossen, aber die betörende Musik und die zu Kopf steigenden Düfte ließen bereits erahnen, welche Sinnesfreuden uns dahinter erwarteten.

In Kleas Gang drängten sich die essenden, plaudernden Frauen. Der heutige Abend schien unter dem Motto »Das Alte Ägypten« zu stehen. Überall erblickte ich mit Bleiglanz verlängerte Augenwinkel, gefälteltes Leinen und ganze Schiffsladungen von Türkisen. Ich trat in die königlichen Gemächer und blieb stehen.

Kleopatra hockte mit eingesunkenen Schultern auf ihrem Bett. Zwischen ihren kraftlosen Fingern baumelte ein Sendschreiben. Charmian sah triumphierend drein, Iras geknickt.

»Was ist los?«, fragte ich, vor ihr niederkniend.

Sie antwortete mir nicht. Ich sah ihre beiden Dienerinnen an, aber keine erwiderte meinen Blick. Behutsam, damit sie mir notfalls Einhalt gebieten konnte, entwand ich die Schriftrolle ihren Fingern.

»*Geliebtes Weib, meine Verbündete, meine Freundin –*

Nach unserer schändlichen Niederlage bei Aktium und dem Verlust meiner drei teuersten Legionen, vor allem der Aludae, fürchte ich, mein Leben nicht mehr in Ehre führen zu können. Umarme meine Kinder und rette Ägypten. Bewahre meine Ruhmeszeit in Angedenken.

Marcus Antonius.«

Nicht ganz so leidenschaftlich, wie Shakespeare ihn dargestellt hatte. Kleopatra saß schlapp vor mir, noch nicht einmal angekleidet. »Es hat auf mich gewartet, als ich aus dem Bad kam.«

Ich kehrte in die Hocke zurück. »Gewartet?«

Sie sah mich an, ihre Augen waren gerötet, aber ich glaubte nicht, dass sie geweint hatte. Ich hielt ihrem Blick stand, bis sie ihren Schockzustand überwunden und kurz überlegt hatte. Dann schaute sie wieder auf den Brief, und ihre Augen wurden schmal. »Damit diese Nachricht heute ankommt, hätte man sie gestern abschicken müssen«, sagte sie.

»Glaubst du wirklich, Antonius hat sich umgebracht, sobald du abgesegelt warst? Und dass er dies einem Soldaten mitgegeben hat, der es dir heute überbringen sollte?«

»Dann wäre Antyllus gekommen«, sagte Klea.

Ich versuchte die Hitzewelle zu ignorieren, die mich überlief, sobald ich den Namen des jungen Römers hörte.

Klea sah zu einer Dienerin auf. »Holt den Boten. Verdoppelt die Wachen.«

»Der Idumäer?« Ich konnte mir gut vorstellen, dass Herodes ihr diesen kleinen Streich gespielt hatte.

»Oder Cäsarion«, ergänzte sie. Sie seufzte tief.

»Bist du enttäuscht?«, fragte ich leise. »Dass Antonius noch am Leben ist?«

Die Königin Ägyptens knallte mir eine. »Ich bin keine Ptolemäerin«, zischte sie.

Wenn Plutarch sich Notizen gemacht hätte, dann hätte er dieses Bankett bestimmt an erster Stelle erwähnt, und zwar allein seiner reinen Pracht wegen.

Die Rosenblüten lagen so hoch, dass selbst der sagenhafte Heliogabalus, der seine Gäste unter Rosen ersticken ließ, vor Neid erblasst wäre, wenngleich die Blumen hier mit Draht zusammengehalten wurden, um ähnliche schreckliche Todesfälle zu vermeiden. Das Mobiliar bestand, selbstverständlich, aus reinem Gold, und die Serviererinnen waren bezaubernd und nur mit einem Perlengurt bekleidet, und sie reichten nicht nur Speisen, sondern auch Hände und Münder zur Befriedigung der Gäste dar.

Waren es die mit Smaragden besetzten Teller oder das im Fell gebratene Zebra? Die mit Gold überzogenen Akrobaten oder die Perlen, mit denen Kleopatras Laube behangen war? Welches einzelne Element übertraf alle uns überlieferten Gelage?

Ich traf noch vor Herodes ein.

Als Historikerin platzte ich beinahe vor Neugier auf diesen Mann. Die Frau, die Cäsar gehabt hatte und Mark Anton dazu, liebte im tiefsten Grunde ihres Herzens diesen verrückten, für seine Paranoia berüchtigten Idumäer/Juden?

Nach der Ohrfeige hatte Kleopatra Iras zu mir geschickt, um mich hierher zu eskortieren. Der Fingerabdruck hatte mindestens anderthalb Stunden lang auf meiner Wange geleuchtet. Dann tauchte Iras auf, von der Königin gesandt. Sie lud mich ein. Sie befahl mir nicht zu kommen. Eine Kleopatra würde sich keinesfalls entschuldigen. Aber die Königin ließ mir eine Einladung zukommen und mir mitteilen, dass meine Anwesenheit erwünscht wäre.

Niemand hätte eine so huldvolle Einladung ausschlagen können.

Und schon gar nicht in einem so unglaublichen Kleid.

Mir wurde ein Platz vor einem eigenen Smaragdteller zugewiesen, und ich sah mich mit großen Augen um. Allmählich gingen mir die Adjektive aus. Seit ich hier war, erforderte alles, was ich gesehen oder erklärt oder zu verstehen versucht hatte, so viele… Worte! Die Dinge waren nie einfach so oder so, sie waren immer groß *und* stark *und* schön *und* praktisch zugleich. Dies hier war ein Paradebeispiel für solche Exzesse, nicht unbedingt für Verschwendung, aber für eine Unzahl von Möglichkeiten. Die Eidechsen, die Vögel, die Menschen, die Kleider, und jetzt auch noch das Essen und die Dekoration und der Schmuck… Ich setzte meinen Becher an die Lippen, nahm einen Schluck und hatte plötzlich den ganzen Mund voll Kräuterwasser.

Schaudernd setzte ich den Becher wieder ab. Im Geist sah ich winzige Würmer in meinem Mund herumkrabbeln.

Kleopatra war so gekleidet, wie ihre Kritiker es ihr regelmäßig angekreidet hatten: verführerisch. Ihr Kleid bestand aus unzähligen Perlenschnüren, die, von einem engen Halsband ausgehend, über ihren Körper herabfielen, sich dann in einem Hüftgürtel sammelten und von dort aus auf den Boden reichten.

Die Perlen waren nicht gleichförmig und auch nicht unbedingt rund, aber sie bewirkten, dass man den Eindruck hatte, Kleas makellosen Körper durch einen Wasserfall hindurch zu beobachten. Ich hätte zu gern gewusst, wie das Kleid hinten aussah – saß sie etwa auch auf Perlen?

Ihr Gesicht war geschminkt wie das einer Königin aus dem Alten Reich, mit verlängerten Brauen und bleiglanzumrahmten Augen. Goldstaub betonte ihre Brauen und Wangenknochen, und ihre Lippen glänzten rosa und feucht. Ich fasste wieder nach meinem Becher, bis mir im letzten Moment einfiel, dass er mit Wasser gefüllt war.

Die Laube, in der sie lagerte, bestand aus Vorhängen von Perlenschnüren, sämtliche Liegen waren mit Goldintarsien verziert und alle Polster mit Fellen überzogen. Kleopatra trug keine Sandalen, stattdessen hatte sie die Zehennägel lackiert und mit winzigen Perlen besetzt.

Ich war davon ausgegangen, dass königliche Bankette an mehreren langen Tischen gegeben wurden, an denen sich die Gäste ihrer Wichtigkeit entsprechend zusammenfanden. Dass alle zuhörten, wenn einer sprach. So hatten wir unsere Mahlzeiten eingenommen, als ich noch ein Kind gewesen war und in den Baracken wohnte.

Natürlich aßen wir dabei nicht wirklich, aber JWB hatten es als gute Gelegenheit befunden, um uns zusammen- und einander näher zu bringen. Jedes Kind bekam reihum Gelegenheit zu sprechen, dann durfte das Kind zu seiner Linken etwas sagen. Wer nicht wollte, brauchte auch nichts zu sagen, aber wenn man allzu viele Tage hintereinander still blieb, wurde das irgendwann bemerkt, und dann wurden der Therapeut und Arzt geholt, und die Sache wurde richtig aufgeblasen.

Wie fast alles, was ich in dieser Epoche erlebt hatte, war das Bankett egalitär und chaotisch. Die Gäste wanderten mal hierhin, mal dorthin, nahmen dabei ihre Teller mit, ließen sich nieder, wo es ihnen gefiel, und plauderten nach Lust und Laune. Es gab keine Bühne in der Mitte, nur eine mit Nymphen geschmückte Weinfontäne, und es gab keinen Zeremonienmeister. Es waren schlicht und ergreifend viele Menschen, die miteinander aßen, tranken und lachten. Manche küssten sich auch, andere liebkosten sich, und überall rannten Kinder und Kätzchen herum.

Kinder?

Ich lehnte die angebotenen Speisen ab und hielt die Hand über den Teller, während ich die Szene auf mich wirken ließ. Einzig und allein Kleopatra stand nicht auf. Sie nippte an ihrem Becher, beobachtete ihre Gäste und unterhielt sich mit denen, die sie besuchen kamen.

Als Herodes hereinkam, wäre mir das beinahe entgangen. Keine Fanfaren, keine Tänzerinnen, kein Tusch. Nur ein Mann, groß, mit Bauchansatz, Bart und üppigem Haar auf dem Kopf, der mehrere Schichten farbenprächtiger Gewänder und an jedem Finger Ringe trug.

Er blieb stehen, um das Bild würdigen zu können, das Kleopatra abgab. Dann lachte er und streckte die Hand nach der Königin aus. Kleopatra sprang auf, umarmte ihn und küsste ihn erst auf die Wangen und zum Schluss kurz auf die Lippen.

»Ägypten, schön und reich wie eh und je«, sagte er, ohne ihre Hand freizugeben.

»Ach Jerusalem, für dich ist Reichtum stets mit Schönheit gleichzusetzen«, erwiderte sie und sah ihm dabei in die Augen.

Die Übrigen, Hofstaat wie Staatsrat, ließen sich nicht in ihrer Unterhaltung stören, trotzdem waren zahlreiche Augenpaare auf Herodes und Kleopatra gerichtet. Sie setzte sich, und er ließ sich neben ihr auf ein Kissen zu Boden, ohne ihre Hand loszulassen. »Wie geht es deinem Mark Anton?«

»Er inspiziert gerade unsere Festungen im Westen. Wie geht es der bezaubernden Mariamne?«

Herodes nahm einen Schluck Wein. »Exzellent«, sagte er.

»Meinst du den Wein oder dein Weib?«

Er lachte, drückte ihre Hand, und Kleopatra bedeutete den Sklaven, das Essen aufzutragen.

Herodes würde seine Frau auf schändliche Weise umbringen – allerdings erst in ein paar Jahren. Und seine Freunde. Ein paar Söhne, einen Neffen und zu guter Letzt Alexandra, seine verhasste Schwiegermutter und eine gute Freundin Kleopatras. Die Geschichtsschreiber bezeichneten ihn als Wahnsinnigen. Wahrscheinlich litt er an einer bipolaren Störung oder Depression, Probleme, die in meiner Zeit mit den richtigen Infusionen behoben werden konnten.

Herodes war peinlich darauf bedacht, sich die Hände zu waschen und nur mit seiner Rechten zu essen. Seine Augen waren nicht braun, sondern wirkten so tiefschwarz, dass die Pupillen nicht von der Iris zu unterscheiden waren. Herodes und Kleopatra unterhielten sich erst auf Griechisch, dann auf Hebräisch und schließlich Aramäisch, ehe sie zurück ins Griechische wechselten.

Noch nie hatte Kleopatra so gelöst gewirkt, noch nie hatte sie ihre Geschichten lebhafter erzählt, noch nie hatte sie lauter gelacht. Die beiden waren ganz ineinander vertieft, aber wenn es ein erotisches Knistern zwischen den beiden gab, dann bemerkten wir Außenstehende nichts davon. Offenkundig war dagegen, wie glücklich Kleopatra war. Sie glühte förmlich.

Erst als Kleopatras Blick auf meinen traf, merkte ich, dass ich sie angestarrt hatte. Und jemanden anzustarren war, wenn man sichtbar war, weder höflich noch geschickt. Ich beschäftigte mich mit einem Stück Brot, das auf meinem Teller liegen geblieben war, und sah mich dann wieder im Raum um.

Ein Sklave nahm mir den Teller weg; gleich würde der nächste Gang aufgetragen, und jeder wurde auf einem eigenen Gedeck serviert. Ein Glas Wein, um den Gaumen auf das nächste Gericht einzustimmen, dann erschienen die Tänzer. Gute Tänzer – nicht allzu erotisch, weil das vom Essen ablenken würde und die Speisen damit vergeudet wären, sondern graziöse Männer und Frauen, die sich mit lockerer Eleganz bewegten.

Vier weitere Gänge wurden aufgetragen. Vier verschiedene Weine wurden zwischen den Gängen serviert. Jongleure, ein Zauberer und Kinderakrobaten unterhielten uns. Nach dem vierten Gang versetzten Sklaven unsere Liegen und bauten sie dichter um die Laube der Königin herum auf. Herodes saß inzwischen auf einem Stuhl, und der Hofstaat versammelte sich um die zwei gekrönten Häupter, nicht ohne sich vor beiden Königen zu verbeugen, ehe sich alle niederließen. Ein Sklave geleitete auch mich hinüber, und wenig später saß ich dicht an dicht neben einem Mann von asiatischer Abstammung. Er lächelte nicht.

Zenobia, eine mir bereits bekannte Frau aus Kleopatras Gefolge, saß auf meiner anderen Seite. Sie lächelte und machte mir ein Kompliment zu meiner Aufmachung, ehe sie mir einen Kuss auf die Wange gab. Das war nicht gerade ein verwandtschaftlicher Kuss, dachte ich.

Wein wurde in Holzbechern serviert – geschnitzten Kelchen mit Intarsien aus Staubperlen und einem grünblauen Stein, der dunkler als Türkis und geäderter als Jade war. »Diese Becher sind zauberhaft«, sagte Kleopatra zu Herodes und hielt ihren dabei hoch. »Danke für dein großzügiges Geschenk.«

»Es sind bloß Becher, praktisch und hübsch anzusehen. Ganz anders als du, Ägypten, denn du bist brillant und exquisit zugleich.«

»Ich bin froh, dass du mich nicht praktisch genannt hast, sonst hätte ich dich köpfen lassen müssen.«

Alle lachten leise.

»Hätte ich so etwas gesagt, hätte ich es verdient, geköpft zu werden«, erwiderte er lächelnd.

Kleopatra gluckste, aber mir fiel auf, dass sie nicht aus ihrem Becher trank. »Sag an, Jerusalem, wie geht es dir? Wie behandelt dich dein Gott?«

Der Idumäer sah sie tiefernst an. »Solche Schrecken habe ich gesehen, dass ich beinahe nicht davon zu berichten vermag.«

»Beinahe? Ich meine zu ahnen, dass da eine Geschichte geboren wird«, sagte sie und lehnte sich in die Kissen zurück.

Herodes setzte seinen Becher ab. »Ich nehme an, du weißt, wie viele Schlachten ich mit meinem Cousin Malichus ausgefochten habe.«

»Ich habe nur Gerüchte gehört.«

»Die erste Schlacht, bei Dium, ging gut voran. Ich schickte hinterher sogar eine Nachricht an deinen Mark Anton.«

Daher hatte sie also gewusst, dass Herodes gegen die Nabatäer kämpfte.

»Wirklich?«, murmelte die Königin interessiert.

»Die Nabatäer schienen sich zurückzuziehen. Dann griffen sie bei Canatha an. Sie schlugen sich so tapfer, dass die Söhne Judas nur mit letzter Not kurz vor Anbruch der Nacht in Ormiza Unterschlupf finden konnten.«

Das musste die Schlacht gewesen sein, für die Kleopatra ihren General Athenio von Aktium abbeordert hatte, damit er den Nabatäern half. Ihr Eingreifen hatte den Ausgang der Schlacht bestimmt.

»Am nächsten Tag«, erzählte Herodes, und seine Stimme senkte sich dabei zu einem ängstlichen, hasserfüllten Raunen, »schüttelten sich die Himmel –«

Ein leises Zischen, als dreißig Männer und Frauen gleichzeitig überrascht Luft holten.

»– die Erde bebte –«

»Oh!« Alle hielten den Atem an.

»– und eine tiefe Kluft tat sich zwischen Jerusalem und Qumran im Erdreich auf.«

»Auch in den Ländereien um Jericho? Es ist ein so fruchtbarer Boden«, erkundigte sich Kleopatra mit weit aufgerissenen Augen.

»Es ist immer tröstlich zu wissen, dass du mein Land so gut kennst«, kommentierte Herodes spröde. »Der Riss ging mitten durch einige der am dichtesten bevölkerten Landesteile. Ich habe von ganzen Häusern gehört, die in die Spalte gefallen sind, von Hügeln, die ins Rutschen kamen, von zahllosen Bränden, von Verletzten und Toten – Der Herr sei gesegnet –, die inmitten der Lebenden auf den Straßen lagen.«

»Deine Schwiegermutter, deine Frau?«, fragte Klea.

»Danke für dein Mitgefühl, Ägypten. Beide sind in Sicherheit und wohlauf.«

Es hätte mich interessiert, ob er die beiden zu diesem Zeitpunkt bereits eingekerkert hatte.

»Und du bist unverzüglich nach Jerusalem zurückgekehrt?«, fragte sie.

»Ich machte mich auf den Weg dorthin und nahm unterwegs den Schaden in Augenschein. Bevor ich mein Lager abbrach, schickte ich jedoch meine zwei besten Botschafter zu Malichus, damit sie ihn um Frieden bitten sollten. Ich erklärte ihm, dass ich unter diesen Umständen keine Zeit zum Kriegführen hätte.

Ich hatte eben das Herodion, meine Residenz vor den Toren Jerusalems, und meine Familie erreicht, als mich Malichus' Antwort erreichte.«

»Wie sollte die wohl ausfallen?«, fragte sie. »Die Hand der Götter war auf dein Land niedergefahren. Hat er Essen für dein Volk oder Sklaven für den Wiederaufbau geschickt?«

»Nein, er hat meine Gesandten zurückgeschickt. In Stücken.«

Bei seinen letzten Worten herrschte Grabesstille, denn nicht nur die Gruppe um die Königin, sondern alle Anwesenden, vom einfachsten Sklaven über die Flötenspieler bis hin zu den küssenden Gästen, waren verstummt. Vor Entsetzen.

Offenbar gab es auch in der Gewalt Regeln und Beschränkungen?

»Jerusalem.« Kleopatra hatte die Hand auf Herodes' Arm gelegt. »Was für ein unvorstellbares Verbrechen. Ich... ich und mein Volk teilen dein Entsetzen über ein so schamloses... Betragen. Die Nabatäer haben schon früher über die Stränge geschlagen, aber dies übertrifft –«

»Ich muss dich unterbrechen, denn die Geschichte ist damit noch nicht zu Ende. Mein Zorn kannte keine Grenzen. Ich rief meine Soldaten zusammen, obwohl die Männer noch um ihre Familien und ihre Freunde trauerten, und erklärte ihnen, dass wir Malichus vernichten müssten.«

In der Rede, die der Geschichtsschreiber Josephus Herodes in den Mund gelegt hatte, wurde Kleopatra für die Probleme zwischen Herodes und Malichus verantwortlich gemacht. Würde Herodes diese Rede jetzt halten? Oder hatte sich der jüdische Historiker alles nur ausgedacht?

»Die Leidenschaft meiner Worte, das von den Nabatäern verübte Grauen und der Geist unseres Gottes taten Wirkung an unseren Soldaten und machte aus Männern mit verzagtem Herzen eiserne Soldaten. Wir schlugen die Feinde vernichtend und verfolgten sie bis nach Philadelphia, wo wir die Stadt belagerten.«

»Ich habe also Gewissheit, dass du das letzte Wort behalten hast?«, fragte Kleopatra.

»Ja, Ägypten. Wie immer.«

»Nicht immer.«

Herodes lachte. »Während der Zeit in der Wüste wurde mir wieder bewusst, wo meine Wurzeln sind. Warst du in letzter Zeit in Petra?«

»Nachdem das Ausbildungsprogramm begann? Nein. Ich war...«, sie schwenkte die Hand, »anderweitig beschäftigt.«

»Der Adler des Westens streckt seine Fänge aus.« Er nickte. Natürlich wusste er von ihren Verstrickungen mit Rom.

»So ist es.«

»Petra war schon immer ein rätselhafter Ort, eine in einer tiefen Erdspalte erbaute Stadt mitten in der Wüste. Wundersame Kanäle gibt es dort, und aus dem nackten Fels wurde mit der Kunstfertigkeit, die den Alexandrinern eigen ist, eine königliche Stadt gemeißelt!

Karyatiden, aus dem Antlitz des Berges geschnitten. Welches Wunder. Welche Schönheit, welcher Einfallsreichtum, welche Phantasie. Es wiegt beinahe die Anmaßung der Nabatäer auf.«

Plötzlich drängten ein paar Männer rücksichtslos durch die Zuhörerschaft und setzten einen Korb vor Herodes ab. »Wie gesagt, ich fand in der Wüste zu meinen Wurzeln zurück und entdeckte etwas, das jeder Wüstenbesitzer wissen sollte.«

Der Idumäer lächelte geheimnisvoll, setzte dann eine Flöte an die Lippen und begann zu spielen. Es war eine klagende Melodie, die Visionen von Sanddünen und in Leinen gehüllte Wüstenbewohner heraufbeschwor. Der Deckel des Korbes bewegte sich und glitt zur Seite.

Wie ein Mann zuckten alle Zuschauer zurück, als, von der Flöte gelockt, eine Giftschlange ihren Kopf nach oben reckte.

Ich wusste, dass Schlangen keine Ohren hatten, aber irgendetwas lockte das Tier ganz offensichtlich aus seinem Korb. Es war mir unmöglich, den Blick von den weichen Bewegungen, dem leise schwankenden, hoch in die Luft strebenden Tanz der Schlange abzuwenden.

Kleopatras Miene war zu Stein erstarrt – aber nicht vor Angst, sondern vor Faszination. Herodes spielte weiter, die Schlange stieg immer höher und entrollte sich dabei, bis sie uns schließlich alle überragte und mit ihrem Leib das Wiegen der Flöte nachahmte.

Sie breitete das Schild aus, und ich hörte ein Zischen. Die Umsitzenden bibberten vor Angst, als die Schlange unvermittelt stillstand. Falls jemand die Trance brechen würde, würde die Kobra zustoßen, da war ich mir sicher. Von dem Verhalten der Menschen um mich herum zu schließen, waren sie ebenfalls sicher.

Herodes hörte auf zu spielen, die Schlange webte kurz in der Luft hin und her, dann stimmte Herodes eine neue Melodie an, und die Schlange senkte sich, seinen Bewegungen und seinem Spiel folgend, zurück in ihr Lager. Einer der Höflinge setzte den Deckel wieder auf den Korb und beschwerte ihn mit einer Bronzeklinge.

Allgemeines Aufatmen. »Das will ich auch lernen«, erklärte Kleopatra.

»Ist ihr das Maul zugenäht worden, so wie bei den Schlangen auf dem Markt?«, wollte jemand wissen.

Herodes lachte. »Wo wäre der Reiz, wenn sie nicht zubeißen könnte?«

»Sie könnte dich also umbringen?«, fragte jemand anderes.

Der Idumäer lächelte. »Das macht das Flötenspiel so süß. Die Schlange könnte mich jederzeit töten, aber sie beugt sich meinem Willen.« Der Blick, den er der Königin zuwarf, war unmissverständlich. »Es reizt mich eben, wilde Kreaturen zu zähmen.«

Kleopatra nahm die Flöte aus seiner Hand und betrachtete sie eingehend. Sie übte den Fingersatz, ohne dabei zu spielen, während sich die übrigen Anwesenden aufgeregt über Schlangenbeschwörer und Feuerschlucker und den erstaunlichen Stamm der Psylli ausließen, die Gift aus einem Körper saugen und die Menschen nach einem Schlangenbiss aus dem Totenreich zurückholen konnten.

Es war eben jener Stamm, den Oktavian gerufen hatte, als er Kleopatra tot aufgefunden hatte. Die gleichen Menschen, um die sich Kleopatras Todesmythos rankte. Ich sah auf Kleopatras langen, goldenen Hals und merkte, wie die Begeisterung über dieses Spiel mit dem Tod darin pulsierte. Aber als die Königin in die Flöte zu blasen begann und die gleiche Melodie wie zuvor Herodes anstimmte, musste ich den Blick abwenden.

Der Höfling nahm die Klinge vom Korbdeckel, und viele der Umstehenden traten einen Schritt zurück. Herodes ließ die Königin und die Schlange keine Sekunde aus dem Auge, und mir fiel auf, wie sehr sein Gesicht dabei dem der Schlange ähnelte. Seine nachtschwarzen Augen blinzelten kein einziges Mal, und er schien nicht minder hypnotisiert von ihrem Spiel zu sein.

Die Schlange richtete sich ganz auf und breitete erneut ihren Schild aus. Da hörte Kleopatra zu spielen auf und reichte die Flöte an Herodes zurück. »Das andere Stück kenne ich nicht.«

Der Idumäer begann, obwohl in direkter Nähe der Schlange, zu spielen. Die Schlange drehte den Kopf erst Herodes zu, dann wieder zu Kleopatra zurück.

»Sie lässt sich nicht betören«, flüsterte jemand in Todesangst.

Herodes spielte, aber die Schlange weigerte sich, den Bewegungen seiner Flöte zu folgen. Stattdessen richtete sie sich noch höher auf, bis sie auf die Königin und den König hinabsah. Und dann begann sich Kleopatra zu bewegen, sich hin und her zu wiegen, ohne ihren Blick auch nur ein Mal von der Schlange zu wenden. Die Schlange breitete ihren Schild noch weiter aus und zischte, aber Kleopatra ließ sich davon nicht beirren, und auch Herodes spielte unermüdlich weiter.

Endlich begann sich die Schlange zurückzuziehen, Kleopatras flüssigen Bewegungen folgend und im Rhythmus der Flötenmelodie. Als sie wieder in ihrem Korb lag, deckte ihn Herodes mit dem Deckel zu und stellte einen schweren Teller darauf ab. Alle brachen in Gelächter, nervöses Gelächter aus.

»Du kannst dein Wüstenblut wirklich nicht verleugnen«, sagte Herodes zu Klea. »Das hast du schnell gelernt.«

»Was für ein ungewöhnliches Geschenk«, befand sie. »Ein weiteres Mordwerkzeug?« Sie lachte, aber auch wenn Herodes in ihr Lachen einstimmte, so hatte sich die Atmosphäre zwischen den beiden doch verändert. Von der fröhlichen Kameraderie, die noch eben geherrscht hatte, war nichts mehr zu spüren.

»Verdanken wir diesen Besuch irgendeiner Not deinerseits?«, fragte Kleopatra. Ihre Bewegungen waren noch genauso elegant wie zu Beginn der Feier, aber ihr Blick wirkte leicht glasig.

»Ach, Ägypten, immer so direkt«, sagte Herodes. »Aber ich bedarf tatsächlich nachbarschaftlicher Hilfe. Das Erdbeben hat unsere Viehherden verschlungen. Tausende von Rindern wurden vom Erdboden verschluckt.«

»Du weißt, dass ich dir nur zu gern helfen würde, schon allein, weil ich dir und deinem Land über alle Maßen gewogen bin, aber sogar ich muss mich vor meinen Buchhaltern und Strategen rechtfertigen, die für jede milde Gabe einen guten Grund verlangen. Kann ich etwas zum Ausgleich erwarten?«

Herodes beugte sich vor und antwortete auf Hebräisch: »Ich kann dir verraten, wie du Oktavian gewinnen kannst.«

»Ich will Oktavian nicht«, sagte sie.

»Sei nicht töricht, Klea. Er will Ägypten. Wenn es dir nicht gelingt, seine Gnade zu erkaufen oder ihn auszuzahlen, wirst du einbalsamiert in einer Pyramide landen, genau wie deine Vorfahren, die du so gern nachahmst.«

»Und diese Information wird tausend Rinder wert sein?«

»Ich brauche auch Stiere, um neue Herden zu züchten.«

»Wie viele?«

»Hundertfünfzig.«

»Fünfundsiebzig.«

»Einhundert?«

»Einverstanden.«

Die Zuhörer, die kein Hebräisch verstanden, hatten sich inzwischen verzogen und sich wieder unter die trinkende und schmausende Mehrheit gemischt. Wir, die wir Hebräisch sprachen, rutschten näher.

»Die Rinder gehören also mir?«, fragte Herodes.

»Ja«, sagte sie. »Im Austausch für deine Informationen. Und noch etwas dazu, ich weiß nur noch nicht was.«

»Aber du musst es bis zum Ende unserer Unterhaltung benennen«, sagte er. »Ich will keinesfalls in deiner Schuld stehen.«

»Einverstanden.«

»Können deine Leute schon mit dem Verladen der Rinder beginnen? Ich kann nicht hier bleiben, mein Land ist in einem beklagenswerten Zustand.«

Kleopatra sah ihn überrascht an. »Du kommst hierher, überfällst mich in geradezu unverschämter Weise und braust wieder nach Judäa ab, bevor wir auch nur Gelegenheit hatten, gemeinsam zu jagen, zu fischen oder uns gegenseitig grandiose Lügen über unsere Gatten aufzutischen?«

Herodes klatschte sich vor Lachen auf die Schenkel. Dann hielt er unvermittelt inne. »Ja.«

Kleopatra winkte ein paar Diener herbei, gab Anweisungen und lehnte sich dann wieder zurück. Ein Sklave brachte süßes Gebäck und stellte es auf dem Tisch ab. Zenobia, die neben mir saß, nahm sich ein Stück und zermahlte es knirschend zwischen ihren Zähnen.

Süßes Gebäck knirschte?

»Also verrate mir dein so kostbares Geheimnis«, sagte sie.

Herodes sah uns an, alle sieben, die wir gebannt an seinen Lippen hingen. »Würdest du das nicht lieber unter vier Augen besprechen?«

»Ich traue dir nicht so weit, als dass ich dich unter vier Augen sprechen möchte«, erwiderte sie. »Wer weiß, welche Schlangen du noch bei dir trägst.«

Der König von Judäa musterte Kleopatra in aller Seelenruhe von den perlenverzierten Zehen bis zu ihrer kurzen Pagenkopfperücke. »Meine Schlange braucht mehr als nur zwei hübsche, blasende Lippen.«

Kleopatra ließ sich lachend zurückfallen, und Herodes stimmte mit ein. »Hör auf, Zeit zu schinden, und verrate es mir.«

»Oktavian braucht Gold und Sicherheiten. Er war eines von den Kindern, denen man nicht oft genug gesagt hat, dass sie ihre Sache gut machen, sondern das ewig mit jemand anderem verglichen wurde«, begann Herodes.

»Verbreitest du hier nur allgemeine Lebensweisheiten, oder hast du Spione, die für deine Worte bürgen?«

»Kannst du dich erinnern, dass ich schon einmal ohne Spione gearbeitet hätte?«

»Sprich weiter.«

»Wenn er das Gold bekommen könnte, ohne dass er dafür in

Ägypten landen muss, käme ihm das sehr gelegen. Eine Sache gibt es allerdings, die ihm noch lieber wäre.« Herodes sah Kleopatra an, nahm ihre Hand und setzte einen Kuss auf den Handrücken. »Und damit meine ich nicht Cäsarion.«

Kleopatra wollte ihre Hand zurückziehen, doch Herodes ließ sie nicht los, sondern tätschelte sie, so als wollte er ein wildes Tier beruhigen. »Seine Zuneigung zu dem Knaben ist mir nicht verborgen geblieben, Klea. Römische Männer …« Der Idumäer zuckte mit den Achseln. »Sie haben eben keine Kamele.«

Die Königin lachte leise und wurde sichtlich lockerer.

Herodes tätschelte immer noch ihre Hand. »Neben dem Gold braucht Oktavian vor allem Sicherheit und Schutz. Er hat ständig Angst um seine Position oder seine Macht und vertraut kaum jemandem. Am wenigsten einer Frau, die, so wie er es sieht, seinen Onkel zu lieben behauptet hat und die trotzdem nicht mit dem Nachfolger einverstanden war, den dieser Onkel erwählt hat. Für ihn, *für ihn*, Kleopatra, deutet das auf ein treuloses Wesen hin.«

Kleopatra schwieg, aber sie hörte ihm genau zu; unter ihren Perlen und ihrem Putz war sie ganz und gar in das Gespräch vertieft.

»Antonius ist der Einzige, den er wirklich fürchten muss. Antonius' Anhänger wiegeln nach wie vor den Senat auf, Antonius' Soldaten, wiewohl in Oktavians Truppen eingegliedert, lieben ihren Anführer wie eh und je. Oktavian kann Antonius einfach nicht entkommen.«

»Und darum hat Oktavian versucht, ihn umzubringen?«, fragte Kleopatra zuckersüß. »Indem er ihn auf dem Fußweg durch Aktium überfallen ließ, indem er ihn vergiften wollte, indem er sein Schiff in Brand zu stecken versuchte und indem er durch *Echnesis* böses Blut unter seinen Männern schürte?«

Herodes zuckte die Achseln. »Alles Taten eines verängstigten Mannes, eines Mannes, der das Schlachtfeld genauso verabscheut wie alles andere, was mit Krieg zu tun hat. Aber du weißt selbst, dass das stimmt, Kleopatra! Deine eigenen Spione haben dir verraten, dass Oktavian schon krank wird, wenn er nur Landluft einatmen muss!«

Kleopatras Hand lag locker in Herodes' Griff. Er nahm ihre andere Hand und drehte die Königin zu sich her. »Oktavian muss mit solchen Mitteln arbeiten, weil er unmöglich nach Rom zurückkehren könnte, nachdem er jenen Mann getötet hat, den halb Rom für den rechtmäßigen Herrscher hält. Oktavian wagt es nicht, Antonius umzubringen. Er versucht ihn in die Ecke zu treiben, bis Antonius den vorhersehbaren Weg eines verzweifelten Römers einschlägt und sich selbst entleibt.«

Die Königin saß reglos da. Ich strich mit der Hand über meine Wange, wo das Brennen zwar aufgehört hatte, die Erinnerung an die Ohrfeige jedoch sehr frisch war.

»Es wäre der sprichwörtliche Olivenzweig, die loyalste Geste, der größte Vertrauensbeweis, den du Oktavian erbringen könntest.«

Stille, während die beiden einander ansahen. Herodes setzte ihre Hände auf seine Brust, drückte ihre Handflächen flach auf seine Haut und hielt sie so fest. »Du musst Antonius töten.«

Zenobia zupfte an mir. Klea und Herodes starrten einander an, ohne sich zu bewegen. Zenobia zupfte noch einmal, diesmal eindringlicher, und ich drehte mich um. Alle Gäste hatten den Raum verlassen. Leise. Klammheimlich.

Dann ging mir auf, dass Herodes den letzten Satz nicht auf Hebräisch gesagt hatte. Er hatte *griechisch* gesprochen.

Er hatte Kleopatra eine Falle gestellt.

Wenn Antonius irgendwie anders als durch sein eigenes Schwert sterben sollte, würde man ab sofort Kleopatra die Schuld an seinem Tod geben. Dabei waren Herodes' Argumente durchaus vernünftig: Antonius zu töten war das Einzige, was Oktavian keinesfalls tun konnte.

Falls Kleopatra ihn aber wirklich umbrachte, dachte ich, als ich, den Horden fliehender Festgäste folgend, in die frische Nachtluft trat, würde Oktavian sie töten müssen, um Antonius' Tod zu rächen und sich bei den Römern lieb Kind zu machen.

Erst Tage später krochen das Gefolge und der Hofstaat aus ihren Löchern wie Überlebende nach einem Krieg. Der Himmel war immer noch blau, die Blumen standen immer noch in voller Blüte, und in der Ferne konnte man die Schiffe des Judäers zwischen dem Pharos und dem äußersten makedonischen Fort in die offene See kreuzen sehen.

Im Innenhof entdeckte ich das erste Zeichen dafür, dass es Ärger gegeben hatte. Alles war voller Glasscherben.

Das zweite Zeichen war, dass Mardian, Iras und Charmian zusammengerollt wie Kätzchen vor Kleopatras Tür schliefen.

Das dritte Zeichen war die Blutspur, die sich, von ihrer Tür ausgehend, durch die Gänge bis in den Bankettsaal zog. Ein blutiger Korb und ein Leintuch mit dicker, brauner Blutkruste standen noch auf dem Tisch, an dem die königlichen Gäste gesessen hatten.

»Sie hat ihn gefunden«, sagte Seth, der hinter mir in den Innenhof getreten war. Offenbar war er von seiner »Mission« heimgekehrt.

Neugierig sah ich Kleopatras Gefolgsmann an.

»Den Boten, der den gefälschten Brief überbracht hat«, erklärte er, und seine grünen Augen funkelten dabei wie geschliffene Edelsteine. »Während des Banketts haben ich und einige andere Getreue alle Verdächtigen verhört.« Er sah auf den Korb und das Leintuch. »Klea wollte Herodes den Kopf zum Abschiedsgeschenk machen.«

»Würde das nicht gegen das Protokoll verstoßen?«, fragte ich.

»Nein. Der Idumäer wusste, dass er hier ungefährdet essen und schlafen konnte. So will es das Protokoll. Er hat ihr die gleiche Ehre erwiesen, selbst nachdem Antonius Klea den Hain des Herodes geschenkt hatte.« Er klang sarkastisch, und ich konnte kaum fassen, wie sein Anblick auf mich wirkte. Wenn er nicht blutend und halb zerfetzt am Kreuz hing, geschlagen und gedemütigt durch den Verlust seiner Königin und seines Lebens, sah der Jude ausgesprochen gut aus.

»Ach ja, der Hain«, sagte ich.

»Eine unerschöpfliche Geldquelle. Jericho ist der einzige Platz der Welt, an dem dieser Baum wächst, und sein Balsam wirkt wahre Wunder.« Seth zupfte an seinem Bart und strich ihn gedankenverloren glatt. Seine Handflächen waren nicht durchbohrt, seine Nägel kurz geschnitten und seine Haut glatt. Am liebsten hätte ich diese Hand geküsst, und sei es nur aus Erleichterung.

»Was ist das für ein Chaos im Hof?«, fragte ich und wandte den Blick ab.

»Wahrscheinlich hat Herodes ihr für den Kopf gedankt, ist aus dem Saal gestürmt und hat auf dem Weg in seine Gemächer alles zertrümmert.« Seufzend schob Seth die Hände in die Ärmel. »Ich glaube, als Klea in Jericho war, schüttete sie seinen ganzen Wein aus und versiegelte die Krüge wieder, nachdem sie jeden einzelnen mit Urin gefüllt hatte. Sicher bin ich allerdings nicht.«

Türen knallten im Gang. »Sie ist aufgestanden«, sagte Seth und hastete zu ihren Gemächern.

Diese Kleopatra war es, die sich Männer über Generationen hinweg ausgemalt hatten: wollüstig und auf aggressive Weise weiblich. Das Haar hing ihr in dicken Locken über die Schultern, und sie trug eine fleischfarbene Robe, die fast noch enthüllender wirkte als nackte Haut. Ihr Gesicht war ungeschminkt, aber ihre Lippen waren geschwollen und prall, sie hatte tiefe Ringe unter den Augen, und an ihrem Hals und ihrer Brust prangte mehr als ein Liebesbiss.

Offenbar war mir dic sexuelle Spannung doch entgangen.

Seth verbeugte sich kurz vor ihr und applaudierte dann langsam. »Du bist wirklich viel bedachter geworden«, sagte er. »Dass du ihm den Kopf nicht abgebissen hast, war ein beeindruckendes Reifezeugnis. Bothinius wäre wirklich stolz auf dich, weil du endlich zur Stoikerin geworden bist.«

Kleopatra warf Seth einen glühenden Blick zu, hörte aber nicht auf, hin und her zu gehen. »Dieser Mann hat vielleicht Nerven. Was für eine Frechheit. Ich habe auf seinen Vorschlag nichts erwidert, weil es zu viel zu sagen gab und ich mich nicht entscheiden konnte, wie ich ihn am schmerzhaftesten treffen würde.«

»Du hättest dir denken können, was er dir raten würde«, sagte Seth.

»Es ist eine Sache, zu ahnen, was jemand sagen wird, und eine ganz andere, die Worte wirklich zu hören! Nur weil Herodes den Gedanken nicht erträgt, dass Mariamne auch nur einen Atemzug ohne seine ausdrückliche Erlaubnis tut, bedeutet das nicht, dass alle Ehepaare einander umbringen sollen.«

»Diese Möglichkeit hat er dir jedenfalls genommen«, stellte Seth fest.

»Diese Möglichkeit hat nie bestanden«, zischte Kleopatra ihn an. »Ich habe Antonius' Kinder zur Welt gebracht, ich habe sein Blut geteilt, seine Pläne und nun auch seine Niederlagen. Wir gehören zusammen!«

Ihr Berater trat einen Schritt zurück.

»Trau keinem Menschen, sobald du ihm den Rücken zugewandt hast, daran habe ich mich stets gehalten«, schnaubte Kleopatra. »Und obwohl ich dem Idumäer nicht vertraue, seit Jahrzehnten nicht vertraut habe, gelingt es ihm immer wieder, mein Vertrauen aufs Neue zu enttäuschen!«

»Was wünschst du dir von uns?«, fragte ein anderer, ein Gefolgsmann, der mir bis dahin nicht aufgefallen war. »Wie können wir dir zu Gefallen sein?«

»Während Herodes hier war, um mich anzubetteln, habe ich die Schiffe von Aktium zum Mansala-See segeln lassen, von wo aus sie über Land zum Hafen von Klysma geschleppt werden sollen. Die Nabatäer sind vorerst geschlagen, darum ist dies eine gute Gelegenheit, unseren Fluchtweg nach Süden zu sichern, sollten wir ihn irgendwann brauchen.«

»Nein!«, entfuhr es mir. Ich war so entsetzt, dass ich gar nicht gemerkt hatte, wie laut ich sprach.

»Nein?«, wiederholte Kleopatra ungläubig, als würde sie dieses Wort zum ersten Mal hören. »Erkläre dich.«

»Wo liegt Klysma?« Ich hatte den Namen noch nie gehört.

Hatte sich die Geschichte bereits verändert? Hatte sich alles verändert? Ich hatte das schreckliche Gefühl, dass dem nicht so war.

»Am Roten Meer, an der Mündung des Kanals zu den Bitterseen. Es ist die kürzeste Strecke zwischen dem Mittelmeer und dem Arabischen Meer«, erklärte Kleopatra ungeduldig, als sei ich schwer von Begriff.

Sprach sie über den legendären Weg, der später einmal zum Suezkanal werden sollte? Dieser unnatürlich gerade Graben zwischen Mittelmeer und Rotem Meer war eines der wenigen Überbleibsel in Ägypten, lange nachdem Menschen, Pflanzen und Tiere verschwunden waren. Ich hatte ein Viz darüber gesehen.

Hatte sie bereits davon erfahren?

»Außerdem ist es ein hervorragender Ort, um Vögel zu beobachten«, sagte Kleopatra gerade. »Und die Fische im Meer.«

»Ist das deine rettende Hintertür, dein Notfallplan, der dich in Aktium fliehen ließ?«, fragte ich.

»Ja«, bestätigte sie. »Eine Königin mit Gold und heiratsfähigen Kindern im Gepäck ist überall gern gesehen, und im Osten gibt es mögliche Verbündete zuhauf.«

Unsere geschichtlichen Quellen berichteten, dass Kleopatra Schiffe ins Rote Meer geschickt hatte. Unsere geschichtlichen Quellen berichteten ebenso, dass die Nabatäer diese Schiffe verbrannt hatten. Die Königin sah mich immer noch erwartungsvoll an. »Und du bist ganz sicher, dass Herodes und die Nabatäer miteinander im Krieg sind?«, fragte ich.

»Der Idumäer …« Sie verstummte, während der Gedanke in ihrem Kopf Gestalt annahm. »Das hat er jedenfalls behauptet. Und meine Spione haben bestätigt, dass die Schlachten stattgefunden haben.«

»Ich würde Wachsoldaten hinschicken«, sagte ich.

»Ich habe welche hingeschickt.« Sie trat näher und winkte dann kurz, woraufhin alle anderen, Seth ausgenommen, aus dem Raum eilten. »Was?«, fragte sie nur.

»Ich würde eine ganze Armee hinschicken«, sagte ich. »Die Nabatäer werden angreifen.«

»Warum sagst du das, und seit wann weißt du das?« Zu meiner Verblüffung merkte ich, dass sie mich überragte, obwohl sie viel kleiner war als ich. Wenn nicht im Fleisch, dann doch im Geist. »Bist du wirklich eine Spionin?«

»Das haben wir in Aktium schon durchexerziert«, sagte ich. »Du weißt, dass ich keine Spionin bin.«

»Seth?«, sagte Kleopatra.

»Überlege doch, meine Königin«, antwortete er. »Würden die Römer eine Frau benützen?«

»Der Idumäer würde es ganz bestimmt.«

»Warum sollte er mich benützen, wo er doch dich benützen kann?«, flüsterte ich ihr auf Altägyptisch zu, wobei ich darauf achtete, das Wort »benützen« so zu übersetzen, dass es eine sexuelle Note bekam.

Die Augen der Königin sprühten Funken. »Ich sollte dich in Ketten legen lassen, nur um endlich Frieden zu haben.«

»In einer Zelle neben der von Cäsarion? Falls ich in fremdem Auftrag arbeiten würde, Klea, dann hätte ich mein Werk schon längst vollendet, statt abzuwarten, bis ich mitten in deinem Palast bin, umzingelt von makedonischen Soldaten.«

»Ich sollte dich für deine Frechheit in Ketten legen lassen.«

»Damit wäre natürlich viel erreicht«, sagte ich. »Noch während du mir hier die Leviten liest, nähern sich deine Schiffe dem Hafen, und die Nabatäer bereiten den Angriff vor.«

17. Kapitel

13. November

Wir saßen am Strand und badeten in der Nachmittagssonne. Die Tage waren inzwischen deutlich kürzer geworden. Kleopatra war in einen bronzefarbenen Umhang gehüllt, der die Einsprengsel in ihren Augen zum Glänzen brachte. Ich trug Schwarz – es war die Farbe der Isis und schien zu meinem Image zu passen. Außerdem half mir die Farbe dabei unterzutauchen, indem ich besonders hervorstach, und als Tarnung gegen JWB.

Die Tage waren verflogen – im Herbst jagten die Feiern und Feste einander. Erst in der vergangenen Woche hatten die Frauen aus dem Tempel eine Trauerprozession für Isis abgehalten, bei der sie sich für unverletzlich gehalten hatten. Weshalb sie mit voller Absicht auf Skorpione getreten waren.

Sie hatten sich nicht verletzt, niemand war verletzt worden. Ich überlegte, ob die Skorpione zu dieser Jahreszeit vielleicht gar nicht giftig waren, behielt meine Überlegungen und Glaubenszweifel aber für mich. Die Schifffahrt war nach einem dreitägigen Fest mit Theateraufführungen und alkoholischen Gelagen eingestellt worden. Alle Schiffe waren inzwischen fest verankert, das Emporium war geschlossen, und Kleopatras Spione hatten ihr berichtet, dass Oktavian von Agrippa angebettelt worden sei, in Rom zu überwintern.

Sobald Alexandria vom Meer und den vielen Gesandten abgeschnitten war, wirkte es völlig verändert. Der Hafen war ruhig, der Himmel klar, und von der Hektik und dem Lärmen, von denen die Stadt sonst beherrscht wurde, war nichts zu spüren. Die Natur kam mir stärker vor als sonst; die Meereswogen wuschen lauter über den Strand, die Zahl der Vögel schien sich vertausendfacht zu haben, außerdem waren sie bunter und geschwätziger; selbst die Eidechsen und die vielen verschiedenen Nagetiere, an die ich mich mittlerweile gewöhnt hatte, den langohrigen Igel und die Geckos eingeschlossen, badeten wesentlich hingebungsvoller in der Sonne und flitzten mit deutlich mehr Entschlossenheit an den Wänden entlang.

»Ist irgendwas passiert, was du nicht vorhergesehen hast?«, fragte mich Kleopatra. Wir hatten die Arme um die angezogenen Knie geschlungen und badeten die Zehen im Meerwasser. »Sind wir immer noch auf dem Weg ins Verderben, auf dem du uns gesehen hast?«

»Ja. Auch wenn vieles passiert oder anders passiert ist, waren die Ergebnisse die gleichen.«

»Wir werden den Fall von Alexandria also nicht abwenden können?«

Ich sah Selene und Helios im flachen Wasser mit dem kleinen Ptolemäus spielen. Er war damit beschäftigt, einen Sandhügel anzuhäufen, den seine ältere Schwester unermüdlich in eine Burg zu verwandeln versuchte. Helios lächelte bloß und sang vor sich hin. Er war ein glückliches Kind; und würde sein Leben lang so bleiben.

»Ich vermute, die Gelegenheit, das Muster zu ändern, habe ich verpasst«, sagte ich.

»Du weißt von dem Muster?«, flüsterte sie mit großen Augen.

Sie selbst hatte mir von dem Muster erzählt, aber das war bei einer früheren Begegnung gewesen, die von diesem Zeitpunkt aus gesehen erst in der Zukunft stattfinden würde. Ich atmete tief durch. »Ja.«

»Alle großen Menschen haben versucht, es zu ändern«, sagte Kleopatra. »Alexander war bislang der Letzte, der es mit einem kühnen Akt probiert hat. So vieles ist mir in meinem Leben misslungen – ich habe das Haus der Ptolemäer in den Abgrund gestürzt, ich habe die Zukunft meiner Kinder verspielt –, aber am meisten betrauere ich, dass ich es nicht geschafft habe, diese Veränderung zu bewirken. Das Muster bleibt immer dasselbe.«

»Ein Mensch allein kann es unmöglich ändern«, sagte ich. »Vielleicht könnte ja eine größere Gruppe etwas bewirken, wenn sie Hand in Hand arbeitet.«

»Wenn ich nur wüsste, was genau ich ändern muss«, seufzte sie. »Welches Element uns an diesem Ort, in dieser Lage gefangen hält.«

Ich sprang auf, als hätte sie mich mit Eiswasser übergossen. »Das ist es!«

»Was ist was?«

Die alte Priesterin hatte das ganze Tuch gefärbt. Und damit *alles* verändert. Wenn alles anders geschah, dann musste sich auch alles ändern, was sich daraus entwickelte. »Sag mir: Was würdest du normalerweise nach einem Nachmittag am Strand tun?«

»Meine Post durchsehen, mit den Kindern spielen, Isis im Tempel eine gute Nacht entbieten und dann bis zum Morgengrauen schlafen.«

»Mach etwas anderes!« Ich sah sie an. »Du musst schlichtweg alles anders machen!«

»Bist du verrückt?«

»Ja! Das ist unsere einzige Chance. Wir wissen nicht, was wir ändern müssen. Aber wir wissen sehr wohl, dass wir beide auf das gleiche Ziel hinarbeiten. Wir beide sind diese Gruppe. Und weil wir nicht wissen, was genau wir ändern sollen, sollten wir alles anders machen, als wir es normalerweise tun würden.«

»Dem wohnt eine perverse Art von Logik inne«, sinnierte sie

und hatte dabei offensichtlich Szenarien im Sinn, die ich mir nicht einmal ausmalen konnte, so als würde sie meine Theorie im Geist durchspielen. »Ich soll alles ändern?«

»Von der Kleidung bis zu deinen Reaktionen. Wenn wir das tun, müssen auch die Menschen um uns herum anders reagieren.« Ich musste an Schmetterlingsflügel und Wirbelstürme in China denken. »Es muss einfach klappen.« Und selbst wenn nicht, spielt es keine Rolle, wir waren sowieso zum Untergang verdammt.

»Und was wirst du anders machen?«

Ich hatte mich so zaghaft durch dieses Zeitalter bewegt. Nervös, behutsam, immer in Angst, durchschaut zu werden oder von JWB aufgespürt zu werden, die irgendwo im Schatten lauerten. »Ich werde mit riesigen Schritten durch diese Epoche trampeln.«

»Was soll das heißen?«

Ich stand auf und zog sie mit hoch. »Das weiß ich noch nicht genau, aber ich werde mir irgendwas ausdenken.«

Früh am nächsten Morgen gesellte ich mich zu ihnen. Das Wasser im Hafen lag still und rosa da, obwohl außerhalb der schützenden Molen und dem Auge des Pharos weiß gekrönte, rötlich getönte Wogen das dunkle Meer durchrollten.

Kleopatra war bereits ins Wasser getaucht, während Iras und Charmian über die Brücke zum Tempel gingen. Priesterinnen standen, teils in das Schwarz der Isis gehüllt, teils krokusgelb gewandet, um den Frühling zu ehren, der Sonne zugewandt und begrüßten singend und unter Sistrumklängen den Morgen. Ich mischte mich unter das Gefolge, das über die Brücke lief, während das Wasser um uns herum anstieg. Andere folgten Klea in das frühe Bad.

Wasser aus dem heiligen Nil wurde in ein Becken gegossen, während die Priesterinnen Getreide- und Bieropfer darbrachten und Klea die Göttin mit Myrrhe und Weihrauch zu betören versuchte. Die Schwangeren unter uns bekamen eine Extraportion vom Frühstückstisch, wir Übrigen durften nur probieren. Heute folgte ich zum ersten Mal dem Beispiel aller. Die Mischung aus Nüssen, Früchten und Gewürzen brannte leicht auf meiner Zunge. Ich schloss den Mund und wartete ab, bis die Geschmacksnoten voll erblüht waren und meinen ganzen Körper durchdrangen. Während die Sonne aufging, die Priesterinnen sangen, die Schwimmerinnen sich in Umhänge hüllten, um sich aufzuwärmen, und wir anderen in unseren Kleidern eingemummelt dasaßen, spürte ich, wie sich mit dem Geschmack der Mandeln und Trauben und Feigen auch die Kraft des Glaubens in meinem Körper ausbreitete.

Die Priesterin segnete jede von uns mit Weihwasser, dann kehrten wir alle zum Festland zurück, wobei die Königin uns allen weit vorausschwamm und schon in ihren Gewändern den Strand erklomm, während der Rest gerade die Hälfte der Strecke zurückgelegt hatte.

14. November

Ich fing sie vor dem Thronsaal ab. »Ernenne mich zur obersten Bibliothekarin.«

»Was?«, fragte Kleopatra. Sie war auf dem Weg zu einer Besprechung und las gerade in ihren Unterlagen. »Weißt du, wie begehrt dieses Amt ist? Damit würde ich dein Todesurteil ausstellen. Glaub mir«, sagte sie und beugte sich zu mir, »verglichen mit den Akademikern sind alle Ptolemäer und Hasmonäer zahm wie neugeborene Kätzchen.«

»Mir eine Stelle in der Bibliothek zu geben würde dir normalerweise nicht im Traum einfallen«, sagte ich. »Wenn du es trotzdem tust, könnte ich große, unwiderrufliche Veränderungen bewirken. Wir könnten die Welt verändern, selbst wenn … selbst wenn wir diese Schlacht verlieren sollten.«

»Die Schlacht um Alexandria?«

Ich nickte.

»Es wird also dazu kommen?«

»Majestät?« Ein hochnäsiger Grieche streckte den Kopf durch die Tür.

»Du wartest hier«, befahl sie mir. »Ich muss zu dieser Besprechung. Schließlich bezahle ich die Männer dafür, dass sie ihre Arbeit tun, und nicht dafür, dass sie auf mich warten, dabei Bier trinken und sich beschweren.«

Ich wartete, spielte dabei mit den Katzen, die über die Kornspeicher ins Palastgebäude gewandert kamen, und legte mir währenddessen meine Argumente zurecht.

Lächelnd kehrte die Königin zurück.

»Ich habe Hochrufe gehört«, begrüßte ich sie.

»Die Kanalgilde war hier und wollte um eine Lohnerhöhung feilschen. Ich habe mir durch den Kopf gehen lassen, was du gesagt hast, und bin zu dem Schluss gekommen, dass mein Gold lieber meinen Arbeitern als den Latinern gehören soll, falls unsere Sache fehlschlagen sollte. Darum habe ich ihre Gehälter verdoppelt.«

»Was die Bibliothek angeht …«

»Wie stellst du dir das vor?«

Ein Sklave brachte uns Schemel für unsere Füße und Mäntel für unsere Schultern, da die Stürme eingesetzt hatten – dann servierte er uns mit Wasser gestreckten Wein und jene Süßigkeiten, die ich mittlerweile zu lieben gelernt hatte, Pistazien in einer entsteinten Dattel, die in Teig gebacken und mit Honig überzogen war. Süßigkeiten waren mittlerweile meine heimliche Leidenschaft.

Sollte ich erst das große Ganze skizzieren und danach ins Detail gehen oder meine Argumentation lieber Stein um Stein aufbauen, bis ich zu meiner überraschenden Schlussfolgerung gelangte?

»Wir müssen alle Schriften in der Bibliothek kopieren«, sagte ich.

»Alle?«

»Vor allem sämtliche Originale, wie zum Beispiel die Schriften des Aristoteles, und die Dokumente der Menschen aus dem Osten.«

»Was für eine defätistische Einstellung«, fand sie. »Damit die Erkenntnisse überleben, selbst wenn die Bibliothek zerstört werden sollte?«

»Ganz genau. Wir fertigen Kopien an und schicken sie an andere Bibliotheken.«

»Auch nach Rom?«

»Nach Rom, nach Griechenland, nach Persien, selbst zu Herodes, falls er eine Bibliothek besitzt.«

»Die Große Bibliothek ist nur deshalb die Große Bibliothek, weil wir Bücher besitzen, die niemand sonst auf der Welt hat.«

»Und wenn sie einst zu Asche zerfallen sollten, wird die Große Bibliothek weiterleben, von jeder Generation betrauert, obwohl kein Mensch mehr weiß, warum«, sagte ich.

»Wir sollten unser Wissen teilen?«

»Was haben wir zu verlieren? Alexandrias Ruf strahlt in alle Welt. Um wie viel heller würde er strahlen, wenn die Bibliothekare und die Ptolemäer obendrein für ihre Großzügigkeit berühmt wären? Für ihren guten Willen der gesamten Menschheit gegenüber. Zumindest der gesamten griechisch sprechenden Menschheit.«

Gedankenversunken knabberte sie an einem Gebäckstück und wippte währenddessen mit dem übergeschlagenen Fuß auf und ab.

»Und damit nicht genug.« Jetzt holte ich zum alles entscheidenden Schlag aus. »Die Bibliothek sollte für alle da sein.«

Sie zog die Brauen hoch.

»Alle, die griechisch sprechen?«

»Und es lesen können, genau.«

Sie schlug das andere Bein über und ließ die Zehen kreisen. »Welcher Bereich der Bibliothek wird am schlimmsten getroffen werden?«

»Ist das ein Ja?«, fragte ich lächelnd. »Die Schriftrollen. Sie gehen samt und sonders verloren.«

»Und Alexander?«

»Ich glaube nicht, dass Oktavian ihn je zu sehen bekommen hat. Obwohl erzählt wird, dass er das Grab besichtigt und den Sargdeckel gelüftet hätte.«

Sie erbleichte, aber dann lächelte sie. »Dieser Dummkopf! Wenn er das tut, bekommt er sowieso nur die Totenpuppe zu sehen.«

»Und wo wird das sein?«

Sie stand auf. »Direkt vor diesem Gebäude. Komm mit.«

Wir gingen aus dem Palastgebäude hinüber zu einem kleinen Kuppelbau jenseits des Bogenganges, der zum Wohnbereich der Anlage führte. Kleopatra trat in den Tempel, und ich folgte ihr, tief gebückt, um nicht mit dem Kopf anzuschlagen.

Ein Goldsarg, beschlagen mit Vogel- und Blumendarstellungen im griechischen Stil; ein blonder Mann in goldener Rüstung. Unten an dem bronzenen Sarkophag war eine Inschrift zu lesen: ALEXANDER.

»Wir haben es errichtet, nachdem Ptolemäus der Klandestine versuchte, den Leichnam zu vergewaltigen. Das richtige Grab wurde an einen geheimen Ort verlegt, während dieser Bau hier errichtet wurde, um den Klandestinen zu befriedigen.«

Ich sah Kleopatra an. »Heißt das etwa, er hat versucht –«

»Mit dem Toten zu verkehren? Ja. Stattdessen vergnügte er sich an einer eigens angefertigten Wachspuppe. Inzucht über Generationen hinweg tut einer Familie nicht unbedingt gut, ganz gleich, was die Alten darüber dachten.«

»Auletes stammte zum Teil aus einer anderen Familie«, wandte ich ein.

»Nein, er war Ptolemäer, aber nur von einer Seite her.« Sie sah mich an. »Genau wie ich.«

»Weshalb sich deine Geschwister gegen dich verschworen haben.«

»Gemeinsam mit dem gesamten Hofstaat, weil das einen Bruch mit der Tradition bedeutete«, sagte sie und trat aus dem dunklen Tempel in die vom Regen sauber gewaschene Luft. Sie atmete tief durch. »Ich kann dir einen Vorkoster stellen, Leibwächter, Sekretäre und Strategoi. Die Arbeit innerhalb des Museion wird dich zum Wahnsinn treiben, und alle werden dich hassen. Niemand wird verstehen, warum ausgerechnet eine Fremde, die gerade erst in Alexandria gelandet ist, die angesehenste Position im ganzen Land bekleiden soll.«

»Ich werde ihre Bibliothek retten«, sagte ich.

»Solange dir nur bewusst ist, dass sie das anders sehen werden«, ermahnte sie mich. »Ich weiß, dass du vieles durchgemacht, vieles gesehen und Verrat und Unredlichkeit in den verschiedensten Spielarten erlebt hast. Aber das ist nicht zu vergleichen mit den Vorgängen in der Bibliothek.«

»Ist das ein Ja?«

Sie sah zu den Wachposten hinaus, die vor den Toren auf und ab schritten, dann zu den anderen Soldaten, die den Gang zur Residenz bewachten. »Du wirst es kaum erwarten können, dass Oktavian endlich einmarschiert«, prophezeite sie. »Es wird dir eine willkommene Erleichterung sein.«

»Ist das ein Ja?«

»Du bist die oberste Bibliothekarin«, sagte sie und überreichte mir einen Ring, in den das Wort »PTOLEMAIOS« eingraviert war.

Damit, so nahm ich mir vor, würde ich versuchen, restlos alles zu verändern: Mir blieben noch neun Monate. In so kurzer Zeit entstand ein Kind – konnten Kleopatra und ich in derselben Zeitspanne eine ganz neue Welt hervorbringen?

15. November

Der Jude besuchte mich, während ich im Bad war. Mein Quartier war geräumig und mein Bett so breit wie meine Wanne. Das Wasser duftete nach Jasmin und Gardenien, und auf der Oberfläche trieben Blüten. Die Füße aus der Wanne gestreckt, die

Hände auf den Wannenrand gestützt und den Kopf angelehnt, träumte ich von der Bibliothek.

Falls ich die Bücher nach Schlagworten archivieren ließ, hätte ich zwar keine Gelegenheit, sie zu lesen, würde aber zumindest erfahren, welche Titel überhaupt vorhanden waren, welches Wissen unter Umständen »verloren gehen« würde und welche Werke bereits dupliziert worden waren. Das allein änderte vielleicht –

»Die neue Bibliothekarin?« Er hatte sich von hinten angeschlichen, während ich gedacht hatte, seine Schritte seien die von einem der fünf verschiedenen Sklaven und Diener, die allesamt für dieses Bad verantwortlich waren, abwechselnd verschiedene Ingredienzen hereinbrachten und jeweils ein Element meines Bades kontrollierten. Die Hierarchie des Hofstaates war unendlich kompliziert.

Sobald die Bibliothek gerettet war, würde ich mich dem Thema Sklaverei zuwenden müssen.

Ich schlug die Augen auf.

Lebendig sah Seth unendlich besser aus.

Ich lächelte ihn an, erleichtert und erfreut, dass er auf seinen eigenen Beinen stehen konnte, dass seine Haut glatt und unverletzt, sein Haar und sein Bart gekämmt, sein Umhang sauber und geplättet war. Er roch nach Olivenseife und etwas anderem – Eukalyptus? Mein Lächeln wurde breiter. Er war unverletzt. Er lag nicht im Sterben, er weinte nicht und blutete nicht.

Verdattert starrte er mich an, dann begann er mein Lächeln zaghaft zu erwidern.

Ich lächelte weiter; seine Schultern waren kräftig, seine Zähne weiß, sein Lächeln war offen und er so unwahrscheinlich lebendig, so gut gebaut, so … sexy.

»Du warst die Gefangene auf dem Schiff, das aus Aktium abgesegelt war?«, fragte er.

Ich nickte.

»Und du bist die Frau, der ich kurz vor Herodes' Abfahrt im Innenhof begegnet bin.«

Ich nickte wieder. »Wie geht es dir, Seth?«, fragte ich.

Er schien überrascht. Nicht unangenehm überrascht, auch nicht verlegen, sondern schlicht aus dem Konzept gebracht.

»Die Königin hat mir gesagt, jemand aus ihrem Gefolge namens Seth, was ein jüdischer Name ist, würde mich besuchen. Sie hat mir das gestern, am Samstag, erzählt. Und heute, am ersten Tag der Woche, steht ein Mann mit Bart, langem Haar und Schläfenlocken vor mir. Er spricht mich an, während ich in meiner Wanne sitze, daher muss ich annehmen, dass er Seth aus dem Gefolge der Königin ist. Nur heraus mit der Sprache, falls ich mich irre, dann lasse ich dich sofort hinauswerfen.«

Er lachte. »Schlussfolgerungen und Logik. Was sollte man von einer Bibliothekarin anderes erwarten?«

»Katalogisieren und Archivieren vielleicht?«, erwiderte ich.

Sein Blick senkte sich auf das Badewasser, das zwar von Schlieren durchzogen, aber keineswegs undurchsichtig war. »Es ist gewöhnlich nicht meine Art, Damen beim Baden zu überraschen«, sagte er. Sein Mund sagte das eine, sein Blick etwas ganz anderes. Es war kein Zufall, dass er in mein Badezimmer gestolpert war, als gerade kein Diener in Sichtweite war.

»Zu schade«, sagte ich. »Eine Störung kann durchaus ... reizvoll sein.«

Seine Nasenflügel begannen zu beben; diese Phrase hatte ich schon öfter gelesen, aber beobachtet hatte ich es noch nie. Und begriffen hatte ich die Wendung erst, als ich ein Pferd gesehen und erkannt hatte, wie es seine Umgebung über den Geruchssinn interpretierte. Seth wirkte keineswegs ungezähmt, im Gegenteil, er hatte auf mich ausgesprochen zivilisiert gewirkt, bis ich diese fleischliche Reaktion auf eine fleischliche Phantasie sah.

Sein Körper war gespannt wie ein Bogen kurz vor dem Schuss, und er hatte lange Finger und ein boshaftes Funkeln in den Augen. Ich wusste genau, welche Freiheiten Kleopatra ihm einräumte, und auch, wie loyal er ihr gegenüber war. Bis zu seinem Tod am Kreuz.

»Heute Mittag tritt der Bibliotheksrat zusammen«, sagte er. »Die Königin wünscht, dass ich dich zu dem Treffen eskortiere und dich den Anwesenden vorstelle. Ich habe ihr mitgeteilt«, fuhr er fort, und nun sprach aus seiner Stimme wieder die gleiche Wut wie vorhin, als er in den Raum getreten war, »und teile auch dir mit allem gebotenen Respekt mit, dass der Rat äußerst verstimmt sein wird, wenn die Leitung der Bibliothek an eine … Nicht-Griechin und eine unbekannte, unerfahrene Gelehrte vergeben wird.«

Ich setzte mich so schnell auf, dass das Wasser über den Boden spritzte. »Mein Geschlecht und meine Abstammung spielen keine Rolle. Die Königin, die selbst eine Gelehrte und erfahrene Lehrerin ist, hat mich ernannt.«

Seth funkelte mich zornig an.

Ich stand auf und ließ das duftende Wasser von mir abtropfen. »Ich werde den Rat zusammenrufen, sobald ich es für richtig halte. Macht euch keine Sorgen, eure heutige Zusammenkunft werde ich nicht stören.«

Der Jude war zwar groß, aber ich war größer. Ich trat aus der Wanne. »Oder zweifelst du etwa an der Entscheidung deiner Königin?«

»Woher kommst du?« Sein Blick wanderte langsam von meinem Gesicht abwärts über meinen nassen, nackten Körper. »Was für eine Frau bist du eigentlich?«

»Vergiss deine Vorurteile«, fuhr ich ihn an. »Mehr brauchst du nicht über mich zu wissen.«

Ruhte sein Blick nicht ein wenig zu lange auf meinen Armreifen? »Ich werde dem Rat deine Antwort überbringen«, sagte er. »Und ich würde dir von weiteren Bädern abraten, denn heute werden noch alle Ratsmitglieder bei dir vorstellig werden. Die meisten werden sich weniger erfreut zeigen als ich.«

»So siehst du also aus, wenn du erfreut bist?«, fragte ich und langte nach einem Trockentuch, mit dem ich mir das Gesicht abtupfte.

»Normalerweise bin ich ein freudvoller Mensch«, war seine

Antwort. »Heute allerdings muss ich feststellen, dass alle meine Launen auf eine harte Probe gestellt werden.«

Ich schielte hinter meinem Handtuch hervor. »Alle deine Launen?«

Er fuhr sich mit der Zunge über die Lippen und ließ seine grünen Augen erneut über meinen Körper wandern. »Alle meine Launen.«

»Bist du etwa enttäuscht, dass du nicht mehr wütend bist?« Ich beugte mich ein bisschen vor.

»Ist das ein ernst gemeintes Angebot oder nur eine List?«

»Ich biete überhaupt nichts an«, belehrte ich ihn. »Ich nehme, was und wer mir gefällt. Und ich brauche keine ›List‹.« Ich drehte mich um und schlang das Tuch um meinen Leib. »Vielen Dank für deinen Besuch, Seth.«

Ich spürte seine Lippen auf meiner Schulter. Seths Bart strich sanft über meinen Rücken, doch sein Mund, der sich von meiner Schulter in Richtung Hals und Ohr vorarbeitete, fühlte sich deutlich fordernder an. Er sagte kein Wort, ließ mich aber unter seinem Atem, der Intensität seiner Berührung erschauern. Ich konnte sein hartes Glied an meinem Bein spüren.

Die Verlockung, die von seiner Berührung ausging, war beinahe unwiderstehlich. Er war lebendig, er atmete, er war erregend, und er stand in meinem Bad. Ich ließ das Handtuch fallen, fasste nach seinem Kopf und spürte, wie meine Brustwarzen sich zusammenzogen, als Seth die andere Seite meines Nackens und die andere Schulter zu küssen begann.

Mit einem leisen Stöhnen presste er die Hände auf meine Schenkel und drückte mich gegen sein erigiertes Glied. Ich rieb mich an ihm. Er packte meine Brüste und zog sanft an meinen Brustwarzen, bis die Schockwellen der Lust mich feucht werden ließen. Ich berührte mich und ließ ihn dann meinen Finger ablecken.

Über die Badewanne gebeugt, spürte ich, wie er in mich glitt und meinen Rücken mit den Ellbogen nach unten drückte, um anschließend meine Taille festzuhalten. Ich stemmte mich gegen den Wannenrand, und wir begannen zu stoßen, uns dabei zu winden und zu drehen, weil jede neue Position uns in neue Höhen führte. Meine Wade schmiegte sich wie angegossen über seine Schulter, und sein Kuss in meiner Kniekehle, verbunden mit dem unwiderstehlichen Kitzeln seiner Barthaare, ließ mich erneut zum Orgasmus kommen.

Seth ergoss sich über meinen Bauch und hielt mich mit beiden Händen fest. Wir hockten praktisch auf dem Rand der Wanne. Und lachten. »Jetzt werde ich mich wohl endlich mit dir unterhalten können, Herrin Zimona.«

Er sprach meinen Namen perfekt aus, denn das hebräische »Zadi« war genau der entsprechende Laut. »Wir hätten gleich so anfangen sollen«, meinte ich.

Er trat zurück und bückte sich nach dem Tuch. Damit reinigte er erst mich, dann sich. »Ich werde mich auch so verspäten«, sagte er, beugte sich vor und küsste mich auf die Wange. Es war ein kurzer, zärtlicher Kuss. Dann küsste er mich noch mal, und ich wandte den Kopf zur Seite. Seine Lippen berührten meine, und ich spürte erneut die Kraft seiner Leidenschaft, diesmal aber viel weicher, langsamer.

»Lass dir noch ein Bad bringen«, sagte er. »Ich werde erst einmal Bericht erstatten und dir anschließend das Ergebnis mitteilen.« Er küsste mich schon wieder, diesmal mit offenem Mund und unverhohlener Lust.

Ich erwiderte den Kuss, indem ich sein Gesicht festhielt und nachspürte, wo sein rauer Bart in seidig weiche Haut überging. Meine Zunge fuhr über seine Lippen, dann biss ich ihn zärtlich. »Ich lasse mir nichts befehlen. Lass dir selbst ein Bad bringen.«

Immer weiter küsste er mich, bis wir zu Boden sanken. Die Fliesen waren verblüffend warm. Diesmal zog Seth seine Tunika aus. Ich strich mit den Händen über seinen Körper und spürte die festen Muskeln unter der hellen Haut. Er war von dünner Statur, die aber sehnige Kraft verriet. Hände, Füße und Penis waren verhältnismäßig groß. Unsere Hüften trafen aufeinander, und wir wiegten uns küssend hin und her. Wir neckten uns, lösten uns zwischendurch langsam voneinander und kamen danach unerträglich langsam wieder zusammen, bis er sich unvermittelt tief in mich versenkte und an meinen Muttermund stieß.

Schließlich erschauerte er. »Du bist der unterhaltsamste Bibliothekar, den Klea je ernannt hat«, flüsterte er mir ins Ohr und hielt mich dabei fest.

»Hast du sie alle gefickt?«, fragte ich.

Er sah mich erst erbost an und brach dann in ein Lachen aus, das meinen ganzen Leib zum Beben brachte. Ich musste ebenfalls lachen, bis unsere Fröhlichkeit von allen Wänden widerhallte.

Als ich am Vorabend des Angriffs auf Alexandria mit Rhodon Sex gehabt hatte, war ich so bezaubert von seiner Schönheit gewesen, dass sich die Erfahrung im Grunde in einem Nebel aus grünen Augen und straffem, jungem Fleisch verloren hatte. Ich war ziemlich sicher, dass er vor mir mit keiner Frau zusammen gewesen war – er hatte nicht gewusst, wie er mich berühren sollte, hatte aber große Wissbegier gezeigt.

Was andererseits Antyllus anging, wünschte ich mir nur, ich könnte ihn aus meinem Gedächtnis streichen. Es war keine kluge Entscheidung gewesen, mich an jemandem zu probieren, den ich mit Sicherheit nicht wieder sehen würde. Und noch schlimmer war die daraus entstandene Sehnsucht nach einer Verbindung, die weit über eine rein fleischliche Vereinigung hinausging.

Umgekehrt wusste Seth genau, wie man eine Frau berühren musste, wann er langsam und wann er schnell werden musste. Er setzte Körper und Hände mit der gleichen Präzision ein, die auch seinen Umgang mit der Sprache kennzeichnete. Er hatte mich durch und durch befriedigt, ohne dass sich lästige Emotionen dazwischengedrängt hätten.

»Wir müssen alle Dokumente in der Bibliothek katalogisieren und kopieren«, kündigte ich an. »Dazu brauche ich Helfer, einen Assistenten, einen Schreiber und eine Schreibstube außerhalb der Bibliothek.«

»Ich werde alles für dich tun«, versprach er. »Solange du mich nur in diese Stellung zurückkehren lässt.«

Er war immer noch tief in mir, und ich merkte, wie bei seinen Worten meine Hüften nach vorne drängten, um ihn noch tiefer aufzunehmen. Meine Beine waren um seine Taille geschlungen, sein Kopf schmiegte sich an meine Brust. »Ist das deine Lieblingsstellung?«, neckte ich ihn flüsternd. »Außerdem brauche ich Zimmerleute und Bildhauer, um in jedem Tempel Alexandrias eine Bibliothek einzurichten.«

Er wälzte mich herum und hielt dabei meine Unterarme mit beiden Händen fest, sodass er mich wie ein X gepackt hatte. Wieder drang er in mich ein, wieder hielt er mich so fest, dass ich mich nicht regen konnte, wieder erforschte seine Zunge meinen Mund. Nachdem ich drei weitere Male zum Höhepunkt gekommen war und er sich nochmals auf meinen Bauch ergossen hatte, rollte er von mir herunter. Inzwischen keuchten und schwitzten wir beide. Er griff nach einem zweiten Handtuch, reinigte wieder erst mich und dann sich und zog mich anschließend an seine Brust. »Wann soll ich mit dem Schreiber wiederkommen? Ich werde jemanden besorgen, der die Studenten kennt und der dir sagen kann, wen du in deiner Mannschaft brauchen kannst.«

»Gehst du?« Ich schmiegte mich enger an ihn, während sein Arm um meine Taille lag.

»Nicht solange du mich berührst«, sagte er.

»Gilt das für jetzt oder für immer?«

»Das weiß ich nicht«, gestand er. »Ich bin noch im Schock. Ich bin es nicht gewohnt, mit Bibliothekarinnen zu schlafen.«

»Hast du etwa Angst, dass eine Bibliothekarin dir Schande machen könnte?«, neckte ich ihn.

»Ich habe Angst, dass diese Bibliothekarin meinen Untergang bedeuten könnte«, gab er mit einem Kuss auf meine Schulter zurück.

Ich weiß nicht, ob er die kalte Angst bemerkte, die plötzlich mein Herz umklammert hielt.

Nachdenklich stützte er den Kopf in die Hand und betrachtete mich. Das Zimmer war erfüllt mit gefilterten Sonnenstrahlen, unter denen seine Haut wie blankes Gold und meine wie mattes Kupfer leuchtete. Seine Hand streichelte meine Haut.

Er war lebendig; und durfte auf keinen Fall sterben.

»Komm jetzt«, sagte ich, löste meine Glieder von seinen und stand auf. »Wir müssen los und den Bibliotheksrat einschüchtern.«

18. Kapitel

27. November

Akademische Institutionen sind zu allen Zeiten gleich. Das Museion unterschied sich nicht von meinem Institut, auch wenn beide durch tausende von Veränderungen und tausende von Jahren getrennt waren. Ich folgte Kleopatra hinein; hier saß Cäsarion in Arrest, den sie täglich besuchte, auch um ihm wöchentlich neue Lehrer zuzuteilen, damit sich keine allzu engen Verbindungen herausbilden konnten.

Auch wenn ihr Cäsarion mit seinem Verrat das Herz gebrochen haben musste, behandelte sie ihn mit Liebe und Respekt. Von einem Minimum an Makedoniern begleitet, trat sie durch den Vordereingang in den Hauptsaal. Die Studenten sahen auf, einige verbeugten sich, doch die meisten ignorierten die Königin einfach.

Ihr Besuch war nichts Besonderes.

Wir waren eben in eine kleine Kammer getreten, als ich Laufschritte hörte. Ich berührte sie an der Schulter. »Der Bote.«

Kleopatra drehte sich um und wartete. Der blonde Jüngling sank keuchend vor ihr auf die Knie. »Man hat das Schiff des ehrenwerten Antonius gesichtet, Herrin.«

»Und Antonius selbst?«, fragte sie schneidend.

»Befindet sich an Bord, Majestät. Er hat den Arbeitern im Leuchtturm zugewinkt.«

Sie entließ ihn mit einer knappen Geste und ohne ein Wort des Dankes. »In den Garten«, sagte sie zu mir. »Wir gehen spazieren.«

Bei Kleopatra war ein Spaziergang mit Powerwalking gleichzusetzen. Ich konnte nicht hinter ihr gehen, weil ich ihr sonst auf die Füße getreten hätte; und vor ihr ebenso wenig, weil ich viel größere Schritte machte als sie. Also setzte ich mich auf eine Bank, während sie das Gespräch so einteilte, dass sie immer dann etwas sagte, wenn sie an mir vorbeikam. »Er ist also noch am Leben.«

»Hast du etwas anderes erwartet?«

»Jeder anständige Römer hätte sich selbst entleibt!«

Sie marschierte schweigend vorbei; ich schwieg ebenfalls.

Als sie mich das nächste Mal erreichte, sagte ich: »Ich dachte, du hättest versucht, ihn in einen Griechen, in einen Dionysos zu verwandeln?«

»Er kommt Dionysos auch so nahe genug. Dazu hat er meine Hilfe nicht nötig.« Sie seufzte. »Eine unmögliche Situation.«

»Wieso?«

»Wenn Antonius sich umgebracht hätte, hätte er damit die Herzen der Römer wiedergewonnen. Man hätte Mitleid mit seinen Kindern gehabt, und ich hätte Oktavian möglicherweise von Ägyptens Stränden fern halten können.« Sie tigerte nun auf und ab. »So aber wird Oktavian ihn ständig weiter verfolgen. Er hasst mich aus tiefstem Herzen und möchte mich um jeden Preis aus dem Weg räumen, aber ich stelle keine echte Gefahr für ihn dar. Antyllus, Cäsarion und Antonius hingegen schon.«

Antyllus. Mein liebster Antyllus. Wenn ich mir vorstellte, wie dieser starke Hals durchtrennt wurde, wie der Todesschmerz aus diesen einfühlsamen braunen Augen loderte, überlief mich ein eisiger Schauer. Ich musste an mein letztes Gespräch mit Kleopatra zu diesem Thema denken; ich hatte wenig Lust, mir erneut ihren Zorn zuzuziehen. »Wenn du nicht willst, dass er von der Bühne abgeht, worüber reden wir dann überhaupt?«

»Ich will sehr wohl, dass er von der Bühne abgeht, wie du es ausdrückst. Aber er muss es aus eigenem Antrieb tun. Ich habe keine Zeit, mich um Antonius zu bemühen.« Sie machte kehrt und marschierte zurück ins Museion.

Ich ging, in mein schwarzes Wollkleid gehüllt, durch die Stadt, genau in der Straßenmitte bleibend, wo die Sonne am längsten hinkam und mich vor der winterlichen Kälte bewahrte. Alexandria war eine Pracht, aber wenn die Sonne nicht wärmte und der Wind von Norden her wehte, begann man vor lauter Wasser und Marmor zu frösteln.

Lautes Hämmern übertönte das Stimmengewirr. Kleopatra hatte ihre Gilden beauftragt, die Befestigungen der Stadt zu verstärken und die mächtigen Tore, mit denen die Zugänge im Osten und Westen geschützt wurden, wieder einzuhängen. Gärtner umschwärmten die Pflanzen und Bäume, schnitten Zweige zurück und kappten tote Blüten. Alles passierte langsamer, und eine neuartige Stille lag über der Stadt – alle wussten, was ihnen bevorstand.

An jenem Abend spazierte ich durch das Brucheion, durch die Gärten, an Teichen und Lauben vorbei, bis ich zu einer kleinen, von Palmen und Feigenbäumen umstandenen Rasenfläche gelangte. Eine Miniaturkolonnade erstreckte sich quer darüber hinweg. Danach ging es drei Marmorstufen hinauf, und dann führte mich Seth in sein Haus.

»Haben alle Gefolgsleute Kleopatras so schöne Häuser?«, fragte ich, während ich ihm durch die Zimmer, über Fliesenböden und Seidenteppiche folgte. Wir traten in einen Innenhof, wo vor einem Tisch zwei Liegen aufgebaut waren. Kobaltkelche und ziselierte Goldteller mit Falerner Wein beziehungsweise einer Obstauswahl warteten auf uns.

Seth ließ sich auf einer der Liegen nieder und zog mich, als ich die andere nehmen wollte, zu sich hinab. Ich hatte die Finger zwischen seine geschoben, spürte den Schweiß in meinem Haar und die zunehmende erotische Spannung in meinem Körper. Unsere Hände waren glitschig vom Greifen, während wir uns, anfangs lachend, später schwer atmend von einer Sinnenlust zur nächsten, größeren fortbewegten.

Ich klammerte mich an seinen Schultern, seiner Taille, seinem Hintern, seinen Schenkeln, seinen Knöcheln oder seinem Hals fest – bis wir schließlich, endlich zur Ruhe kamen und gegenseitig unseren Atem atmeten. Erschöpft hörte ich sein Herz im Einklang mit meinem schlagen und schloss die Augen.

Wirklich, ich *wollte*, dass sein Haar so lang und lockig war, ich *wollte*, dass seine Augen grün waren und sein Humor sardonisch und grimmig. Er war im Zeichen des Wassermanns geboren und damit ein perfekter Partner für mich. Er war empfänglich für körperliche Genüsse und verlangte meinem Geist oder meinem Verstand nicht allzu viel ab. All unsere Gespräche waren nicht mehr als ein Vorspiel, sie hatten keine tiefere Bedeutung, verbargen keine Emotionen hinter den Worten. Er war genau das, was ich mir ein Leben lang ersehnt hatte – ein perfekter Liebhaber, der sich nicht binden wollte, ein Mann von Welt, ein unabhängiger Geist.

Auch vom Alter her passte Seth zu mir, er hatte begriffen, wie vergeblich Hingabe und Treue waren. Und er war keine historische Gestalt – nicht dass ich darauf noch Rücksicht genommen hätte.

»Hast du Hunger?«, fragte er und löste sich von mir.

Der Falerner schmeckte köstlich, und ich aß sogar etwas Rebhuhn. In der Abenddämmerung hörten wir die Isis-Gebete, und später, als sich die Nacht über uns senkte, das Lärmen aus Antonius' Triklinium – der Soldat war heimgekehrt, und Kleopatra hatte die Unvergleichlichen Lebern zu einer Willkommensfeier zusammengetrommelt.

Seth und ich aßen in aller Stille, allein, in der angenehm kühlen Brise, von unseren Decken gewärmt.

»Glaubst du, Alexandria könnte ohne Sklaven überleben? Glaubst du, die Sklaven sind glücklich?«

»Ich kann mir nicht vorstellen, dass irgendein Mensch glücklich ist, der nichts selbst entscheiden darf«, antwortete Seth. »Aber wie die meisten griechischen Städte floriert auch Alexandria vor allem dank seiner Sklaven.«

»Bezahlte Arbeiter oder Bedienstete könnten ihre Arbeit nicht übernehmen?«

»Wahrscheinlich schon«, gab er, wenn auch skeptisch, zu. »In Sklaverei zu leben ist hier nicht schlimm«, sagte er. »Die Sklaven haben viele Freiheiten, sie können sich ihre Ehegatten selbst aussuchen, ihre Kinder selbst großziehen –«

»Aber du hast doch selbst gesagt, du könntest dir nicht vorstellen, dass ein Mensch, der nichts selbst entscheiden darf, glücklich ist.«

»Theoretisch stimmt das.«

»Würdest du deine Sklaven freilassen?«

»Nein. Ich kenne diese Menschen, seit ich denken kann. Abgesehen von der Königin stehen sie mir am allernächsten.«

Ich sah ihm in die Augen. »Wenn du sie vor die Wahl stellen würdest zu gehen oder zu bleiben, was würden sie dann tun?«

»Bleiben.«

»Wenn du ihnen Lohn bezahlst?«

»Genau.«

»Beweise es.«

Er runzelte die Stirn. »Ich habe nichts zu beweisen.«

»Hast du wohl. Du hältst dich für einen Wohltäter, der ein Anrecht darauf hat, von anderen Menschen bedient zu werden, und ich finde, dir sollte einmal ganz praktisch vor Augen geführt werden, dass alle Menschen, ob Mann oder Frau, der Freiheit den Vorzug geben würden, wenn man ihnen nur die Wahl ließe.«

»Warum suchst du Streit, Zimona?«

»Das tue ich nicht, ich bitte dich nur, eine Theorie zu überprüfen.«

Er seufzte. »Na gut«, sagte er und rief nach seiner Köchin.

»Elena«, sagte er, nachdem sie ihn gegrüßt und gefragt hatte, ob er noch etwas brauche. »Wenn ich dir die Wahl lassen würde, mein Haus zu verlassen und allein zu wohnen oder bei mir zu bleiben, wie würdest du dich entscheiden?«

»Herr!«, schrie die Frau auf. »Was habe ich mir zuschulden kommen lassen? Warum solltest du mich verkaufen? Habe ich dich beleidigt?« Sie warf sich zu Boden. »Du bist ein guter Herr! Bitte verkaufe mich nicht! Bitte!«

Seth sah mich triumphierend an.

Ich legte meine Hand auf Elenas bebende Schulter. »Keine Angst, Elena«, sagte ich. »Er will nur wissen, ob du nicht lieber in Freiheit leben und für Geld hier arbeiten würdest. Dieselben Aufgaben, nur dass er dir Lohn zahlen würde. Und dass du keine Sklavin mehr wärst.«

Sie sah Seth fassungslos und mit großen Augen an. »Das würdest du tun, Herr?«

Ich konnte mir ein siegesgewisses Lächeln nicht verkneifen.

»Was würdest du davon halten?«, fragte er.

»In Freiheit?« Sie sah abwechselnd ihn und mich an. »Wo sollte ich dann wohnen? Wovon sollte ich leben?«

»Du könntest weiter hier wohnen«, sagte er. »Und ich würde dich in Getreide und Essen auszahlen.«

»Und du könntest mich jederzeit aus dem Haus werfen?«, fragte sie. »Sobald es dir gefällt, einfach so?«

»Er kann dich auch jetzt jederzeit verkaufen«, sagte ich. »Da besteht kein Unterschied.«

»Er würde niemals eine Sklavin mit Familie verkaufen«, belehrte sie mich. »Meine Verwandten leben bei seiner Mutter. Damit würde er eine Familie auseinander reißen.«

»Soll das heißen, dass du lieber Sklavin bleibst, als in Freiheit zu leben?«, fragte ich.

»Nein, Herrin. Ich wäre lieber eine freie Frau mit eigenem Land und einem eigenen Haus, aber ich bin lieber Sklavin als eine Dienstmagd.«

»Elena bekommt eine Pension, wenn ich sterben sollte«, sagte

Seth. »Sie wird immer ein Dach über dem Kopf haben, sie wird ein Heim und genug zu essen haben und zum Arzt gehen können, wenn sie krank wird – ich habe dir doch gesagt, wir in Alexandria sind sehr gut zu unseren Sklaven.«

»Das bist du, Herr«, sagte Elena.

Darauf fiel mir nichts mehr ein. Ich nahm meinen Umhang und ging.

1. Dezember

Zu den Dingen, die ich besonders gern tat, gehörten meine nächtlichen Besuche in der Bibliothek/Tempelanlage, wenn die Kabbeleien der zahllosen Angestellten – die mich, wie Kleopatra richtig prophezeit hatte, allesamt hassten – verstummt waren. Wenn in den stillen Bibliothekssälen nur noch die Lampen glühten und ich, von Alexander einmal abgesehen, ganz allein war.

Es sei denn, ich traf unversehens auf Kleopatra, die oft in die Bibliothek geschlichen kam, um in der Stille ihrer einsamen Nächte zu lesen. Dann lächelten wir uns schweigend an und gingen weiter. Heute Abend allerdings war ich ganz allein – die Unvergleichlichen Lebern feierten nach wie vor Antonius' Heimkehr, und Kleopatra musste ihnen moralische Unterstützung leisten.

Auf meinem Weg in den Hauptsaal strich ich im Vorbeigehen über Aristoteles' Säule, trat dabei auf die heiligen Gräser des Nils, und marschierte dann an den Rollen vorbei, in denen die Weisheiten der Welt versammelt waren.

Eintausend Kopisten arbeiteten jeden Tag von Sonnenaufgang bis Sonnenuntergang für mich, für Kleopatra, für die Bibliothek, für die Nachwelt, indem sie die Dokumente der alten Perser, der Inder und zahlloser anderer Rassen und Kulturen kopierten, deren Weisheiten mir verschlossen blieben.

Zum Beweis dafür, dass sich die akademische Welt nie ändern sollte, nahmen alle Lehrer und Angestellten des Museions Anstoß an jedem einzelnen von mir ausgewählten Werk, an jedem zu kopierenden Dokument, jedem Ort auf meiner Empfängerliste und jedem noch so kleinen Detail. Sie bildeten Bataillone, die sich gegenseitig bekämpften, sie debattierten unablässig in ihren jeweiligen Cliquen, sie hielten stundenlange Besprechungen, in denen sie mich zur Hölle wünschten, und sie rannten alle naselang zu Kleopatra, um sich zu beschweren.

Ich hatte einiges über die Bürokratie bei den Griechen gelesen, aber sie in Aktion zu erleben, war atemberaubend. Auf eine Frau, die schon von fünf im Takt schlagenden Rudern fasziniert gewesen war, musste diese Hierarchie von Schreibern und Aufsehern, Gildenführern und Gefolgsleuten einfach Ehrfurcht gebietend wirken.

JWB hatten unsere Regierung zumindest funktionell gestaltet. Die eindeutig kopflastige Struktur der griechischen Behörden war dagegen total undurchsichtig. Und die Akademiker waren in ihrem Stolz insgesamt so nützlich wie festgerostete Räder, wenn es etwas zu bewegen galt.

Die Säulenhalle war mir inzwischen lieb und vertraut, die Gemälde sah ich kaum noch an, selbst gegen die Schönheit der Skulpturen war ich mittlerweile immun. Ich arbeitete von früh bis spät hier – und verbrachte den Rest der Zeit mit Seth im Bett. Wo ich meinen Körper befriedigte, ohne dass mein Herz und Hirn dabei ins Spiel gekommen wären.

Im Grunde war es bedauerlich, dass ich diesen Ort gar nicht mehr wahrnahm, dieses Wunderland, in dem sich, wie ich einst gemeint hatte, alles befand, was ich je brauchen würde. Ich blätterte in Schriftrollen, gab mich dem Gefühl von Papyrus unter meinen Fingern hin und labte mich an dem Geruch nach Tinte, Staub und Weisheit, der hier in der Luft hing.

Mit ausgestreckten Händen wanderte ich zwischen den Säulen herum, hier etwas berührend, dort etwas streichelnd. Und traurig. Ich war aus einem Traum hochgeschreckt, in dem JWB mich entführt hatten. Die Einsamkeit nagte zu den erstaunlichsten Zeiten an mir.

Ich wälzte Schriftrollen, die von Plato stammen mussten, bis ich auf den »Staat« stieß. Von dieser Schrift hatte ich nie etwas gehört. Ich suchte mir im Saal des Seelenheils eine Liege mit Rückenkissen und einer eigenen Lampe am Fußende.

Die griechische Schriftrolle war wunderschön und mit eleganten Buchstaben beschrieben. Ich öffnete sie und begann zu lesen.

Ein paar Minuten später fiel mir die Rolle aus den erstarrten Fingern.

»Bist du krank?« Die Stimme klang vertraut, aber verändert. Ich blickte auf und sah Antyllus in den Raum treten. Fünf Monate waren vergangen, seit er in ein Ruderboot gestiegen und aus meinem Leben gerudert war. Für einen jungen Mann sind fünf Monate ein ganzes Leben. Seine Stimme war tiefer geworden, sein Körper fester und härter, und die Sonne hatte sein Haar gebleicht und seine Haut dunkeln lassen.

»Zimona?« Er trat an meine Liege und ging neben mir in die Hocke. Seine Augen kamen mir heller vor.

»Ich bin im Saal des Seelenheils, oder etwa nicht?«, fragte ich aufgewühlt.

Er hob die Rolle vom Boden auf. »Der Staat«, las er vor und rollte sie zusammen. »Soll ich sie zurückstellen?«

Ich nickte, absolut unfähig, irgendetwas darauf zu erwidern.

Unsicher kehrte er zu mir zurück. Ich hatte mich nicht vom Fleck gerührt. »Ist etwas mit dir?« Er setzte sich nicht. »Worüber denkst du nach?«

»Ich habe gerade über das Wesen des Gefängnisses nachgedacht«, antwortete ich.

»Hast du ein Verbrechen begangen? Soll ich die Wachen draußen im Auge behalten?«

Ich schüttelte leicht lächelnd den Kopf. »Nein, ich dachte eher an ein geistiges Gefängnis.«

»Das wäre wirklich grässlich«, sagte er. Er hatte sich für das Bankett aufgeputzt, geplättet und poliert. Ich rätselte, ob er dort gewesen war.

»Hast du das Höhlengleichnis gelesen?«, fragte ich.

Er schien darüber nachzusinnen. »Ich kann mich nicht erinnern. Erzählst du es mir?«

»In einer Höhle sind Menschen an die Wand gekettet. Sie können nur auf die Wände sehen, nicht auf den Höhleneingang, der sich hinter ihnen befindet. Jedenfalls sehen sie die bewegten Schatten an der Wand und halten diese Schatten für Götter. Einer der Männer entkommt seinen Fesseln und flieht aus der Höhle. Draußen sieht er, dass andere Menschen mit ihren Händen vor einem Feuer gestikulieren. Sie formen Tierschatten, die an die Höhlenwand geworfen werden. Der Mann kehrt in die Höhle zurück und erklärt seinen angeketteten Mitgefangenen, dass die bewegten Figuren an der Wand keine Götter sind, sondern nichts als Schatten, die von anderen Menschen zur Unterhaltung geformt werden. Aber statt ihm zu glauben, machen sich die Höhlenmenschen über ihn und seine Ideen lustig.«

Antyllus nickte.

»Was meinst du dazu?«, fragte ich.

»Du bist die oberste Bibliothekarin, solltest du mir das nicht erklären?« Sein Blick hatte sich verschlossen; ich spürte, dass er seine Offenheit verloren hatte. Seine jugendlichen Hoffnungen.

Ich setzte mich auf. Ich fühlte mich alt und müde und den Tränen nahe.

»Zimona«, sagte er liebevoll, »ich wollte dich nur aufziehen. Plato stellt allegorisch dar, wie sehr dem Menschen jede Abkehr vom Bekannten und Akzeptierten widerstrebt. Seine Geschichte wirft ein Schlaglicht auf unsere Angst vor allen Veränderungen, selbst wenn es Veränderungen zum Besseren sind.«

Ich sah auf meine Hände, die vom ständigen Hantieren mit den störrischen Papyrusrollen schwielig geworden waren. Vor nicht einmal einer Woche hatten sie Seth gehalten, aber nun musste ich mir eingestehen, dass ich mir wünschte, ich hätte Antyllus gehalten.

Was falsch war. Bis dahin hatte ich meine Bettgefährten noch nie in richtig und falsch eingeteilt, doch nun tat ich es. »Geh«, flüsterte ich. »Und komm nicht wieder.«

Antyllus richtete sich auf und blieb einen kurzen Moment, einen unendlichen langen Moment am Rande meines Blickfeldes stehen. Dann drehte er sich um und verschwand so leise wie er gekommen war. Ich wälzte mich auf meiner Liege herum und weinte. Und weinte.

8. Dezember

»Du kannst inzwischen schwimmen«, sagte die alte Hohepriesterin. Ich wusste nicht, ob man ihr das erzählt hatte oder ob sie das kalte Meerwasser auf meiner Haut roch.

Ich schnüffelte zur Probe. Ich wusste nicht, was ich hier sollte. Nur dass sie bei meinem letzten Besuch eine Antwort für mich parat gehabt hatte – wie ich glaubte –, selbst wenn sie dick in Analogien und Mythen verpackt gewesen war.

»Ich kenne Klea schon, seit sie ein kleines Mädchen war«, erzählte die Alte. Ihr Atem schien inzwischen schwerer zu gehen, und ihre Bewegungen wirkten weniger elegant. »Ständig hat sie alle rumkommandiert, ständig wusste sie alles besser. Sie ist zum Herrschen geboren, und das sage ich nicht nur, weil in ihren Adern königliches Blut fließt, Alexander sei gesegnet, sondern vor allem wegen der Stellung der Sterne am Tag ihrer Geburt. Sie war von den Göttern mit allem ausgestattet, um Ägypten zu führen.«

Oder zumindest genetisch mit allem ausgestattet, um Ägypten zu führen, dachte ich.

»Du kennst Aristoteles, nicht wahr?«

»Natürlich.« Aristoteles, dessen Werke vernichtet würden, weil ich versagt hatte. Antyllus, der sterben würde; Seth, der gekreuzigt würde; Kleopatra, deren Erhabenheit und Lebenslust nur in obszönen Anekdoten Niederschlag finden würden. Was hätte ich anders machen können?

»Jeder tragische Held hat einen schicksalsschweren Charakterfehler. Weißt du, welchen Fehler Klea hat?«

»Es erscheint mir ein wenig verfrüht, sie als tragische Gestalt zu bezeichnen«, wandte ich ein.

»Das sagst ausgerechnet du, wo du ihre drohende Niederlage mit dir herumschleppst wie einen modrigen Mantel. Wenn selbst ihre Vertraute und Ratgeberin solche Zweifel hat, dann kann man sie wohl als tragische Gestalt bezeichnen. Ich glaube, das Ende der Geschichte ist weder fern noch unklar.«

»Wenn du es meinst.«

»Kennst du ihren tragischen Fehler? Du hast übrigens genau den gleichen, aber lass dich davon nicht beirren.«

»Wir hören beide auf das wirre Geschwafel alter Weiber?«

Sie lachte. »Es freut mich zu hören, dass unter diesem schleppenden Schritt und der schweren Sprache noch ein Lebensfunke glüht. Klea kann nicht vertrauen.«

»Das ist klug, kein Makel.«

»Damit versuchst du dich auch selbst zu verteidigen. Aber hör mir zu: Manchmal liegt der Göttin weniger am Schicksal ganzer Nationen und Mächte als an der Entwicklung einer einzelnen Seele. Wenn Klea sich weiterhin weigert, nachgiebiger zu werden und zu vergeben, wenn sie nicht lernt, Liebe zu empfangen, dann wird sie Ägypten in den Abgrund führen.«

»Solltest du diese… Weisheiten nicht lieber ihr mitteilen als mir?«

»Ach, für dich trifft das genauso zu. Du und meine Klea, ihr seid zwei vom gleichen Schlag, jedenfalls beinahe. Aber wo du klar siehst, ist sie blind. Und wo sie klar sieht, bist du blind. Nur gemeinsam könnt ihr Erlösung und Frieden finden.«

Ihre Worte hingen in der rauchigen Luft, als müsste gleich die nächste Erklärung folgen. Ich saß da und wartete ab. Wie eine brave kleine Schülerin. Aber mehr kam nicht. Ich fragte mich, was wir sonst noch tun konnten. Aber was wusste diese Alte denn schon?

»Deine Unbekümmertheit zeugt zugleich von Tapferkeit«, krächzte sie. »Dein Ehrgefühl geht Hand in Hand mit Sorglosigkeit und dein Feuer mit Wankelmut. Und du kannst nicht vertrauen, kannst nicht lieben, keinen anderen Menschen annehmen.«

»Ich vertraue sehr wohl!«, verteidigte ich mich.

»Du vertraust Ideen, aber nicht den Menschen. Wenn du nicht lernst, anderen Menschen zu vertrauen, dich ganz und gar in ihre Hand zu begeben, wirst du sterben, und alles Gute, das zu bewirken dir bestimmt war, wird vergehen.«

»Ich glaube nicht an die Göttin«, zischte ich. »Es gibt nur einen einzigen Schöpfer, und seine Regeln sind eng gefasst und allumfassend.«

Sie seufzte tief auf. »Na ja, ich habe es zumindest versucht. Man kann keinen Säugling mit gebratenem Pfau füttern«, meinte sie.

»Was?«

»Ich habe meinen Teil getan. Ich war meiner Göttin treu und gehorsam. Jetzt geh.«

Als Seth zu mir kam, war es schon tief in der Nacht. Der Mond stand voll und hell am Himmel, und von Norden her wehte ein kalter Wind. »Immer noch wach, wie ich sehe«, sagte er, als ich ihm die Tür öffnete.

»Ja.«

»Wir feiern das Fest der Septuaginta«, erklärte er. »Verzeih, dass ich so spät komme.«

Wir hatten drei Wochen lang kein Wort miteinander gewechselt, darum überraschte es mich, dass er sich für seinen späten Besuch entschuldigte. »Von so einem Fest habe ich noch nie gehört.«

»Vor mehr als hundert Jahren wollte Ptolemäus Philadelphus eine Abschrift der jüdischen Bücher anfertigen lassen«, antwortete er und setzte sich. »Dazu holte er zweiundsiebzig Rabbis und Gelehrte aus Judäa und Jerusalem hierher. Er brachte sie im Leuchtturm unter und forderte sie auf, die heiligen Bücher aus dem Hebräischen ins Griechische zu übersetzen. Ein Werk, das von siebzig Männern in siebzig Tagen geschaffen wurde. Hier in

Alexandria wiederholen wir regelmäßig die Festmähler, die Ptolemäus gab, ehe er die Rabbis zum Pharos schickte.«

»Wirklich nett von dir, nach einem so langen Tag noch hierher zu kommen«, bemerkte ich mit verschränkten Armen.

Seth im Mondschein war ein überirdisch schöner Anblick. »Es sind kurze Feiern«, gestand er. Dann holte er tief Luft. »Ich bin verheiratet.«

»Es wäre befremdlich, wenn du es nicht wärst«, sagte ich.

»Ich habe drei Töchter und zwei Söhne.«

»Du bist gesegnet.«

»Ich habe meine Pflicht erfüllt.«

»Leben deine Kinder hier in der Stadt?«

»Nein.« Er stand auf und kam auf mich zu. »Sie leben in Galiläa, im oberen Teil Judäas.«

»In Herodes' Gebiet?«

»Ja«, sagte er.

»Wie oft siehst du sie?«

»Ein Mal im Jahr, eventuell auch seltener.« Er lehnte sich an die Wand und ahmte meine Haltung nach. »Ich erzähle dir das, weil ich sie bald besuchen werde. Dann werde ich ein paar Monate lang nicht hier sein.«

»Ich dachte, Kleopatra würde ihre Gefolgsleute niemals aus ihrer Nähe lassen.«

Er lachte leise und ließ den Kopf gegen die Wand zurückfallen. »Nicht länger als ein paar Monate, aber so viel Zeit brauchen wir auf jeden Fall, wenn wir überhaupt etwas für sie erreichen sollen. Am liebsten lässt sie uns gehen, wenn das Meer unbefahrbar ist und die Jahreszeit der wenigen Intrigen beginnt.«

»Du bist der Ratgeber, dem sie am meisten vertraut.«

»Ich liebe die Gefürchtete Königin mehr als mein Leben.« Er sagte das leise und ehrfürchtig, als würde er einen Eid ablegen. »Und zwar schon, seit ich denken kann.« Er sah mich an. »Mein Vorfahr war Rabbi, ein sehr gelehrter Mann. Er gehörte zu den Gelehrten, die im Pharos zusammenkamen. Nachdem der Text übersetzt war, kehrten die meisten Rabbis heim. Mein Ahnherr blieb hier, ließ sein Weib und seine Kinder in Judäa zurück und widmete sich fortan ganz dem Museion.«

»Widersprach das nicht dem Willen seines Gottes?«

»Darüber kann ich nichts sagen. Aber er bestimmte, dass seine Söhne, sobald sie alt genug waren, in Alexandria studieren, in Galiläa heiraten und im Brucheion wohnen sollten. Ich habe dieses Gebot ebenso befolgt wie mein Vater und der Vater meines Vaters.«

Er legte die Fingerspitzen auf meine Wange und suchte mit seinen Augen meinen Blick. »Ich muss gehen.«

Was sollte ich zu diesem Mann sagen, dessen Körper ich genauestens kannte und der mir eben eröffnet hatte, dass er verheiratet war? Und ich bezweifelte, dass es sich bei seiner Ehe um einen alle sieben Jahre erneuerbaren Kontrakt handelte wie bei meinen diversen Ehen. Wobei selbst da Ehebruch verpönt war. Schließlich führte das zu Spannungen und konnte den Partner kränken.

»Du bist berauschend, ich bin süchtig nach dir, ich kann dir einfach nicht widerstehen.«

Ich lächelte. »Ich dir auch nicht.«

»Ich hätte nie gedacht, dass ich je eine Frau kennen lernen würde, die Kleopatra ebenso sehr liebt wie ich, die meine Loyalität verstehen kann.« Er lächelte, und ich erkannte, dass er wirklich glücklich darüber war.

Im Gegensatz zu mir.

Er küsste mich auf die Stirn. »Ich werde bald zurückkehren.«

Er wollte mich auf den Mund küssen, doch ich hielt ihn zurück. »Nicht zu mir.«

Seth richtete sich auf und lächelte wehmütig. »Dann möchte ich dir wenigstens für die vergangenen Wochen im Paradies danken«, sagte er. »Wir sehen uns am Hof meiner Herrin.«

Damit verschwand der beste Liebhaber, den ich je gehabt hatte, der Mann, der mich niemals lieben würde.

Und plötzlich war ich glücklich.

Die Feierlichkeiten zur Geburt des Goldenen Kindes fanden direkt nach der Wintersonnwende statt. Ganz Alexandria spazierte mit brennenden Kerzen durch die Stadt, um die Ankunft des Kindes zu feiern. Es waren nur noch wenige Tage bis zu Kleopatras Geburtstag, und als Geschenk würde ich ihr zeigen können, wie der Bast-Tempel zum Aufbewahrungsort für alle – kopierten – Schriften über die Natur geworden war.

Die Regale waren zu gleichen Teilen zwischen ihren Werken und denen von Aristoteles aufgeteilt. Aristoteles hatte Alexander damals gebeten, ihm von seiner Reise nach Persien Feder- und Schuppen- und Pflanzenproben mitzubringen. Kleopatra hatte sich auf die Tiere und Fische Ägyptens, auf die Pflanzen und Geschöpfe der Wüste und des Nildeltas konzentriert. Andere Autoren, zum Teil aus Indien, zum Teil aus noch weiter entfernten Ländern, hatten ebenfalls einen Beitrag geleistet, aber niemand hatte eine so bezaubernde Schriftrolle wie Aristoteles.

Ich war gerade auf dem Rückweg vom Tempel, der sich weit hinter dem Hügel von Rhakotis befand, als ich hörte, wie ein aufgeregtes Murmeln durch die Menge der Sonnenhungrigen ging, die sich während des Winters in den Gärten versammelten. »Neuigkeiten!« In einer kompakten Masse wälzten sich die Schaulustigen durch die Palasthöfe und schmalen Gänge.

Kleopatras Zorn war in jedem Teil des Palastes gut zu hören.

Iras und Charmian standen vor ihrer Tür. Charmian hielt die Hände auseinander, als wollte sie eine Größe anzeigen. Iras nagte an ihrer Unterlippe, und ihr Gesicht war knallrot.

»Ich habe gehört –«, setzte ich an.

»Das musst du gesehen haben«, fiel Charmian mir ins Wort.

»Ich glaube, mir wird schlecht«, stöhnte Iras und lief davon.

Ich sah ihr nach und dann Charmian wieder an. »Du musst gleich reingehen, ehe alles weg ist«, sagte die Nubierin. »Ich nehme an, dass sie die Schnüre so schnell wie möglich abmachen werden.«

Ich stutzte verdutzt, aber sie bedeutete mir mit einer Kopfbewegung einzutreten.

Kleopatras Gemächer waren voll gestopft mit Männern und Frauen. Kleopatra selbst marschierte zornbebend vor einem nackten Mann auf und ab, der mit gesenktem Kopf und erigiertem Glied mitten im Raum stand.

Plötzlich war mir klar, welche Größe Charmian angezeigt hatte. Die Götter hatten diesen Mann mit unglaublicher Schönheit und äußerst üppig beschenkt. Er versuchte sein Gesicht so gut wie möglich zu verbergen, obwohl er an Händen und Füßen gefesselt war.

»Man hat ihn eben erst hergebracht und abgesetzt. Er wurde schon vor einer Woche so gefesselt«, erklärte mir eine Frau.

Der Penis des Mannes war ebenfalls verschnürt. Und zwar fest. Die Adern standen dem armen Jungen an Armen und Brust hervor, und sein Atem ging flach und schnell. Er litt Todesqualen. »Bindet ihn los«, sagte ich laut.

Kleopatra sah von einem Stück Papier auf. »Wenn du ihn losgebunden haben willst, dann mach es selbst.«

Alle Augen im Raum, außer denen des Opfers, waren auf mich gerichtet. Jemand drückte mir ein Messer in die Hand, mit dem ich hinter den Jüngling trat. Sein Hintern war blutverschmiert; irgendwer hatte ihn gewaltsam missbraucht. Ich durchtrennte das dicke Schiffstau, mit dem seine Hände gefesselt waren, und kniete dann nieder, um die doppelt dicken Fesseln um seine Knöchel zu lösen. »Kannst du gehen?«, fragte ich ihn auf Griechisch.

Er murmelte etwas Zustimmendes, darum führte ich ihn durch die Menge der Schaulustigen zu einer kleinen Tür in der Wand. »Setz dich«, sagte ich in dem Waschraum nebenan.

»Ich kann nicht, dann reiße ich –«

Vor ihm kniend, besah ich mir das Lederseil, das um seinen After und Penis befestigt war. Durch die Erektion hatte sich die Schlinge um seine Hoden zugezogen und die Blutzufuhr abgeschnitten. Jemand wollte ihn ganz langsam kastrieren. Unter mörderischen Schmerzen.

Das Seil saß zu fest, als dass ich es aufknoten konnte, und viel zu tief, als dass man es durchschneiden konnte.

»Ich habe ihn gefragt, ob er zum Höhepunkt kommen muss«, erklärte die Rothaarige, die an sich herumgespielt hatte, während sie mit Kleopatra sprach, »aber er hat bloß gedroht, mich umzubringen.«

»Hol kaltes Wasser«, befahl ich ihr. »So kalt wie nur möglich.«

»Kalt?«, fragte sie und sah dabei wieder auf den Penis. »Bist du sicher –«

»Sofort!«, brüllte ich sie an.

Kleopatra schien sich nicht von dem Brief in ihrer Hand losreißen zu können. Ich deutete auf den Nebenraum, in dem der junge Mann stand, das erigierte Geschlecht in einen Wassereimer getaucht, weil wir hofften, die Schwellung werde dadurch so weit zurückgehen, dass wir das Seil durchschneiden konnten. »Wer hat ihm das angetan?«

Kleopatra schüttelte den Kopf. »Er ist offenbar Römer«, sagte sie und reichte mir den Zettel. Der Papyrusfetzen hatte oben ein dickes Loch.

»Hing der ... am Seil?«

»An ihm«, korrigierte sie.

Ich las: »Für die Frau, die so gern römische Schwänze mag.«

»Von wem stammt das?«, fragte ich. »Was hat das zu bedeuten?«

Der Schrei ließ uns alle erstarren. Der Sklave, der den Wassereimer gehalten hatte, kam herausgerannt. »Er braucht einen Arzt!«

»Holt Olympus«, befahl Kleopatra. Aber niemand rührte sich vom Fleck, obwohl das herzzerreißende Schluchzen des Jünglings nicht zu überhören war.

Ich trat in die Badekammer und schloss die Tür hinter mir. Der Knabe hatte sich auf dem Boden zusammengerollt und heulte ungehemmt. Der Boden war nass von verschüttetem Wasser. Der Bursche war jung, stark, er bibberte und hatte Todesangst.

Olympus erschien, aber auch ihm gelang es nicht, den Jungen

zum Aufstehen zu bewegen. Schließlich schüttete er eine kleine Phiole in etwas Wein und reichte sie mir. »Opium«, sagte er nur.

Ich strich dem Jüngling über das braune Haar und stellte den Becher vor ihm ab. »Das hilft gegen die Schmerzen.«

Dem Knaben stockte der Atem, doch dann ließ er sich von mir Wein einflößen, ohne dabei seine verkrampfte Haltung aufzugeben. Er hörte gleichzeitig auf zu trinken und zu weinen. Und presste sofort wieder das Gesicht gegen die Knie.

»Du musst mich sehen lassen, was sie dir angetan haben, mein Sohn«, mahnte Olympus. »Ich kann dir helfen, aber erst muss ich Bescheid wissen.« Olympus sah mich über den Knaben hinweg an und streckte fünf Finger in die Luft. Wie unter einem Schlag sackte der Junge zusammen, als die im Alkohol gelöste Droge in sein Blut gelangte; er erschlaffte immer weiter und kippte zu guter Letzt auf den Rücken. Olympus bat mich, den Patienten an den Schultern festzuhalten, und zog ganz behutsam die Beine nach unten.

Als der Jüngling erst losgeschnitten und sauber gemacht worden war, deckte Olympus kopfschüttelnd das Geschlecht mit einem Leintuch ab. »Ich frage mich, wer er ist und warum man ihn so bestialisch missbraucht hat«, meinte der Grieche. Der Knabe lag ohnmächtig da, den Kopf auf meinen Schenkel gebettet. Ich strich ihm das Haar aus der Stirn und schnappte unwillkürlich nach Luft.

»Kennst du ihn?«

»Rhodon«, sagte ich, als ich das Gesicht meines Adonis wieder erkannte. »Er heißt Rhodon.«

Und jetzt wusste ich, wie ein so junger und gesunder Mann steril geworden war.

Warum wusste ich allerdings nicht – oder wie das zusammenpasste, oder ob es zusammenpasste, oder ob sich die Geschichte tatsächlich verändert hatte. Ich kontrollierte nach, dass Cäsarion sicher im Museion eingesperrt war, und schwor mir, die beiden streng voneinander getrennt zu halten.

Damit sich wenigstens irgendetwas änderte.

Ich arbeitete mich gerade durch den Buchstaben Jota vor, als ein junger Schüler in den Raum platzte. Rhodon, den ich als Assistenten zu mir in die Bibliothek geholt hatte, drehte sich gleichzeitig mit mir um. Gähnend blinzelte ich gegen das helle Tageslicht an. Einen Monat hatten wir noch Zeit, ehe das Meer wieder befahrbar wurde und Oktavian mit Kurs auf Alexandria in See stechen würde. Jede Minute zählte.

»Herrin Bibliothekarin!«, rief der Knabe. »Eine Tragödie!«

Sofort hielt ich nach Rauchwolken am Himmel Ausschau. Wenn ich überhaupt noch etwas fürchtete, dann einen Brand. »Was ist passiert?«

»Eine Katze wurde getötet!« Seine Augen waren vor Schreck weit aufgerissen.

Im Jahr 59 vor Christus hatte ein Römer in Alexandria auf offener Straße eine Katze erschlagen. Katzen gelten als heilige Tiere, ganz besonders in einer Stadt mit vielen Warenhäusern. Und in Alexandria galt als gesichert, dass der Tod einer Katze den Fall der Stadt ankündigen würde. Bis der Römer zu Hause angekommen war, hatte sich bereits eine aufgebrachte Menge angesammelt und den Mann förmlich in Stücke gerissen.

»Wo?«, fragte Rhodon.

Er konnte sich immer noch nicht an seine Gefangennahme erinnern oder daran, wie er zu einem so vulgären Sendboten geworden war. Er litt, wie Jicklet es wahrscheinlich ausgedrückt hätte, an »retrograder Amnesie«. Ein Trick des Gehirns, um sich gegen ein Trauma zu schützen, das es nicht bewältigen kann. Darum verhielt sich Rhodon einstweilen äußerst vorsichtig und blieb möglichst innerhalb der Bibliothek.

Ich hatte einen Wächter für Cäsarion abgestellt. Bislang hatten sich die Wege der beiden nicht gekreuzt.

»Das tut nichts zur Sache«, sagte der Junge. »Olympus hat sie untersucht: Es ist eine Tempelkatze, und sie stillt noch.«

Man hatte die Katze als Tempelkatze identifiziert, weil sie einen Ohrring trug. (Es gibt so vieles, was hier jedem vollkommen logisch erscheint und wovon ich keine Ahnung habe.) »Sind die Kätzchen wohlauf?«, fragte ich skeptisch.

»Nein, genau das ist der Haken daran. Niemand weiß, wo sie stecken. Aber sie müssen noch ganz klein sein und sind wahrscheinlich schon halb verhungert.«

»Ruf ein paar von deinen Kollegen zusammen, dann suchen wir das Gelände ab«, befahl ich.

»Sie wird sich in irgendeinen Schlupfwinkel zurückgezogen haben«, meinte Rhodon.

Ich lachte sarkastisch. »Tja, davon gibt es hier ja wohl mehr als genug, oder?«

Selene Kleopatra fand die Kätzchen schließlich. Sie hatte sich in Rhodon verschaut und beobachtete ihn heimlich mit ihren großen blauen Augen durch Türritzen hindurch oder hinter Säulen hervor. Nachdem sie den Schüler belauscht hatte, hatte sie genau gewusst, wo sie suchen musste.

Alle fünf maunzten kläglich, aber sie waren älter, als Olympus angenommen hatte – sie hatten schon die Augen geöffnet. Selene brachte sie mir, und wir verabreichten ihnen ein in Milch getränktes Mahl. Kurz danach schliefen alle fünf, zu einem bunten Fellballen verheddert, in meinem Restekorb ein. Zwei waren gestreifte ägyptische Straßenkatzen, eine war ganz grau, eine war weiß mit schwarzen Pfoten und die letzte kohlrabenschwarz.

Draußen flogen Wolken, Zirruswolken, über den Himmel wie geblähte Segel im Blau. Ich sah, wie eine Priesterin vom Palast herübergelaufen kam, das schwarze, bestickte Himation mit beiden Händen haltend, damit der Wind es nicht fortwehte.

Eilig ließ ich warmen Wein kommen und reichte ihr einen Kelch, als sie in den Raum trat. »Ich habe gehört, ihr habt Kätzchen hier!«, sagte sie, nachdem wir uns begrüßt und unseren Segen ausgetauscht hatten.

»Insgesamt fünf.«

»Ist ein ganz weißes darunter?«

»Nein, das weiße hat schwarze Pfoten. Komm mit, dann zeige ich sie dir.«

Wir wanderten durch die Bibliothek zu der Abteilung, in der ich gerade beschäftigt war. Die Kätzchen schliefen fest, ihre kleinen Körper hoben und senkten sich rhythmisch unter ihren Atemzügen. Das schwarze, das ausgestreckt ganz obenauf lag, schlug nun die Augen auf, gähnte und hoppelte dann von seinen Geschwistern hinunter in meine Hand.

Die Priesterin hob das weiße am Kragenfell hoch, doch seine Augen blieben geschlossen.

»Weiß jemand, wie die Mutter gestorben ist?«, fragte ich.

»Dem Biss nach zu schließen, könnte es ein verwilderter Hund gewesen sein«, antwortete die Priesterin. »Wir werden diesen Hund einfangen müssen, wenn er Katzen totbeißt.«

Das schwarze Kätzchen war vom Korb weggetrottet und untersuchte gerade die Schriftrolle, an der ich arbeitete. »Was soll ich mit so vielen Katzen anfangen?«, fragte ich. Ich schnappte mir das schwarze Fellbündel. Es war so weich! Ich hatte Kleopatra mit Kätzchen spielen sehen, aber ich selbst hatte nie den Mut dazu aufgebracht. Die kleine Katze rollte sich in meiner Hand zusammen, und ich spürte das Schnurren in meinen Fingerspitzen.

»Ich glaube, die da hat dich erwählt.« Die Priesterin lächelte mich an. »Erst müssen wir sie taufen, und falls niemand sonst eine Katze braucht, übergeben wir sie an die königlichen Lagerhausbewacher. Die geben dann jedes Kätzchen zu einer erwachsenen Jägerin.« Sie tätschelte mit einem Finger das kleine Fellbündel in meiner Hand. »Das hier musst du taufen. Es gehört dir.«

»Ich kann keine Katze halten.«

»Warum nicht?«

Das Kätzchen hatte sich zu einem schnurrenden Ball zusammengerollt. Wie sollte ich dieser Frau klar machen, dass ich keine Ahnung hatte von Katzen oder Tieren oder – das Kätzchen leckte meine Hand, und ich musste die Tränen zurückblinzeln.

»Hauptsache, du nennst sie nicht Bast, denn so gut wie jede Katze heißt Bast«, sagte sie.

»Jedenfalls die Hälfte der Katzen im Palast.«

»Die graue hier würde Kleopatra bestimmt gefallen. Hast du die Königin heute schon gesehen?«, fragte die Priesterin.

»Nein, heute früh bin ich nicht zum Schwimmen gekommen.«

»Das ist keine von uns. Die Hohepriesterin ist während der Nacht gestorben.« Die Priesterin streichelte das weiße Kätzchen. »Ich dachte, ihr Geist wäre vielleicht in diese Katze gefahren, aber dazu ist die Katze zu alt.« Sie tätschelte dem Kätzchen die Stirn. »Heute Abend werden wir das Leben der Hohepriesterin feiern.«

»Ich –«

Sie schüttelte den Kopf. »Du wirst kommen.«

Mit einem ergebenen Nicken drückte ich das schlafende schwarze Kätzchen an meine Wange. »Bestimmt.«

1. März

Kreidebleich schleuderte sie mir den Brief vor die Füße. »Er hat es gewusst«, zischte sie. »Schon als Herodes hier zu Besuch war, hat er gewusst, dass die Nabatäer meine Schiffe verbrennen würden. Er selbst war der Lockvogel.« Ihrer Stimme war deutlich anzuhören, wie tief sie das traf. »Und diesem Mann sollte ich deiner Meinung nach als Verbündetem vertrauen?«

»Du solltest ihn als Verbündeten gewinnen«, schränkte ich mit einem mulmigen Gefühl ein.

»Und damit nicht genug.« Sie sah zu Rhodon auf, der nervös vor den Regalen ausharrte, wo wir inzwischen beim Rho angelangt waren. »Du warst sein Bote. Du kommst aus Klysma?«

Der gut aussehende Jüngling sank aschfahl zu Boden. »Nein, nein, ich war nur gerade dort, weil ich auf die indischen Winde im Mai wartete. Ich war zufällig dort. Sie …« Er schluckte. »Majestät, verzeih mir, dass ich mich erst jetzt erinnern kann, aber die Nabatäer haben deine Schiffe angezündet.«

»Du hast versucht, ihnen Einhalt zu gebieten, das hat Malichus selbst bezeugt«, sagte sie. »Du hast seinen Bruder getötet. Eigentlich wollte er dich umbringen, aber dann hat er beschlossen …«

Rhodon zog die Beine an. Damit war alles gesagt.

»Du hast gewusst, dass das passieren würde«, wandte sie sich an mich. »Du hast es mir prophezeit. Du hast mich gewarnt.«

Ich nickte.

Sie seufzte tief auf und fuhr sich mit den Fingern durchs Haar. »Nächste Woche hat Antonius Geburtstag. Die ganze Stadt wird tagelang feiern. Eigentlich hatte ich vor, Cäsarion zu krönen und Antyllus seinen Männerumhang zu überreichen, bevor ich beide nach Indien schicken wollte. Jetzt …« Sie sah mich an. »Die Schiffe waren meine letzte Hoffnung.«

Die Verzweiflung und Hoffnungslosigkeit in diesen grauen Augen trafen mich tief ins Herz. »Du musst wirklich alles ändern«, brachte ich gerade noch murmelnd heraus, obwohl mir diese Phrase so alt und verstaubt erschien wie die Regale um uns herum. Ich hatte alles geändert und damit gar nichts geändert.

Noch nicht.

Ich warf ihr einen verstohlenen Blick zu und fragte mich, ob sie ihn wohl zu lesen verstand.

»Nein!«, fauchte sie mich an. »Er ist mein Gemahl!«

Offenbar hatte sie ihn verstanden.

»Ich werde mehr Schreiber zum Kopieren brauchen«, sagte ich und schob eine lose Haarsträhne hinter das Ohr zurück. »Wir werden ab sofort in drei Schichten zu je acht Stunden durcharbeiten.« Ich schaute hinüber zu den hinteren Räumen, zu den Magazinen in den Nebenräumen, die ich noch nicht einmal gesichtet und schon gar nicht zum Kopieren gegeben hatte. »Sobald das Meer offen ist, verschicken wir die ersten Schriftrollen.«

»Ich werde mit Oktavian sprechen«, sagte sie müde und ging.

Kleopatra, Königin von Ägypten, bewegte sich immer noch voller Anmut und Grazie, aber mir kam sie vor wie in Trance.

Juli

Seit Wochen brachte Kleopatra ihre gesamte Zeit damit zu, Antonius zu unterhalten, das Land zu regieren und die Bevölkerung von Alexandria für sich zu gewinnen. Anlässlich ihres Geburtstages (der mit dem Eintreffen der Nilflut und nicht an ihrem wahren Geburtsdatum gefeiert wurde) hatte sie alle ergreifen lassen, die der Kollaboration mit den Latinern verdächtigt wurden, und sie köpfen lassen.

Dann hatte sie Oktavian das Gold der Toten sowie ihr eigenes Szepter übersandt und um Gnade gebeten.

Oktavian hatte von ihr verlangt, Antonius zu töten.

Antonius hatte daraufhin Oktavian zu einem Kampf Mann gegen Mann herausgefordert, und, als Oktavian nicht geantwortet hatte, auf eigene Kosten eine Woche mit Spielen und Theateraufführungen veranstaltet, um seinen Zorn zu lindern.

Iras hatte entdeckt, dass sie schwanger war. Niemand sprach darüber, wer der Vater war, aber das enge Band, das ich zwischen Antonius und der Cousine seiner Frau wahrgenommen hatte, schien sich noch verstärkt zu haben. Wusste Kleopatra davon? Kümmerte es sie?

Antyllus, der inzwischen ganz offiziell ein römischer Mann war, ging mir nach Möglichkeit aus dem Weg und tat all das, was junge Soldaten so tun, einen Besuch in Kanopus mit seinen Tänzerinnen und Prostituierten eingeschlossen. Aber er trank nicht. Keinen Tropfen.

Möglicherweise hatte er miterlebt, was der Alkohol bei seinem Vater angerichtet hatte.

Und Ptolemäus Cäsar war Kleopatras Koregent. Selbst wenn er fast die ganze Zeit hinter verschlossenen Türen im Museion bleiben musste und nur zu besonderen Gelegenheiten präsentiert wurde wie ein besonders wertvolles Juwel.

»Du drückst dich um meine Feiern?«, fragte mich Kleopatra, nachdem sie mich aus der Bibliothek hatte holen lassen. »Das ist eine Beleidigung.«

Endlich war ich beim Phi angekommen – jeder Tag war ein Wettlauf im Sortieren, Archivieren, Instruieren und Kopieren. In jedem Monat gab es einen Tag der Toten; in jedem Monat gab es mindestens drei Feiertage und drei freie Tage. Die Feierlust der Alexandriner hatte mich schon mehrere Wochen gekostet.

Oktavian war bereits in Syrien gelandet, er hatte seine Legionen versammelt und befand sich im Anmarsch auf Alexandria.

»Verstehst du nicht?«, flehte ich sie an. »Wir haben gar nichts verändert! Alles kommt, wie es kommen muss, mit Zerstörung, Tod, Verlust. Wie ist es möglich, dass ich so viel Zeit hatte, dass ich so viel wusste und dass ich doch der gleichen Realität gegenüberstehe wie beim ersten Mal?«

»Manche Wendungen des Schicksals können wir unmöglich abwenden«, sagte sie. »Wie zum Beispiel den Tod.«

»Diese Art von Tod schon. Den Tod von Träumen und Idealen und der Kreativität! Nein! Die Welt wird nicht mehr lebenswert sein, Kleopatra. Ich komme aus einem Seelengefängnis. Es ist komfortabel, aber –«

»Was hast du gesehen?«, fragte sie und sah mir dabei tief in die Augen. »Was war so grauenvoll, dass es dich nicht loszulassen scheint?«

»Weißt du, was mich an den Menschen in Alexandria am allermeisten fasziniert? Ihr Schmuck.«

»Ihr Schmuck?«

»Manche Männer tragen Ohrringe. Eine Frau hat einen kleinen Edelstein im Nasenflügel. Ein Kind hat Armreifen an und eine alte Frau Ohrläppchen, die ihr bis auf die Schultern reichen, während sie ihre gesamte Aussteuer als Schmuck um den Hals trägt. Kleine Dinge, kleine Freiheiten.« Ich berührte meine Perlen. »In meiner Welt ist all das verboten. Verstehst du, was wir damit verlieren?«

»Ich höre deine Worte, Zimona, aber ich glaube nicht, dass es dir bestimmt war, das ganz allein zu ändern. Die Welt zu verändern, den Lauf der Geschichte umzuleiten, ist eine viel zu gewaltige Aufgabe für so schmächtige Schultern. Eines Tages müssen wir alle sterben.« Sie streckte die Hand aus, und ich nahm sie. Dann zog sie mich her und küsste mich.

»Warum hast du das getan?«, fragte ich und trat, vollkommen perplex, zurück.

»Glaubst du, ich bin blind? Ein Jahr lang stehst du mir nun zur Seite, hast dich von mir beleidigen lassen und mir die Stirn geboten. Dein Blick wird sanft und staunend, wenn du mich ansiehst, so als wäre ich das unglaublichste Geschöpf, das dir je begegnet ist. Glaubst du, ich hätte mich nie gefragt, wie deine Lippen wohl schmecken? Ob sie so weich sind, wie sie aussehen? Ob deine langen Finger wissen würden, wie sie meinen Leib berühren müssen, wie deine Brüste sich wohl in meine Hände schmiegen würden?«

Ich brachte keinen Ton mehr heraus.

»Du liebst mich. Das zeigt sich in allem, was du tust.«

»Und das hast du gesehen?«

»Ehrlich gesagt ist es Seth aufgefallen. Er kam zu mir und hat mich gefragt, ob ich es als Beleidigung empfinden würde, wenn er dich zu erobern versuchte. Natürlich habe ich ihm erlaubt, dir beizuwohnen. Dann hast du mit ihm Schluss gemacht«, sagte sie. Und sah mich mit ihren klaren grauen Augen an. »Aber immer wenn ich dich berühre, spüre ich, wie du dich zurückziehst.«

»Ich war schon einmal deine Geliebte, Klea.« Und ich darf dich nicht ein zweites Mal verlieren.

»Warum machst du dir solche Sorgen?«, fragte Selene, die Nero in der Hand hielt – kein allzu origineller Name, zugegeben, da »nero« auf Lateinisch »schwarz« hieß. Mir war eben aufgegangen, dass der griechische Kopist jedes Mal, wenn im Original der Begriff »weibliche Gottheit« auftauchte, »männliche Gottheit« geschrieben hatte. Ich hätte am liebsten laut aufgeschrien.

Ich sah in Selenes gelassenes Gesicht.

Man hätte sie ebenso gut oder sogar besser »Serena«, »die Heitere« nennen können.

Ich legte das Buch nieder und sah sie an. Sie streckte mir das Kätzchen hin, und ich nahm es in die Hand, wo ich das Herz in dem vollen Bäuchlein pochen und das zerbrechliche Knochengerüst unter dem plüschigen Fell spürte. Das Kätzchen war sichtbar gewachsen und kletterte inzwischen an den Säulen hoch oder schlug mit der Pfote nach meinem Rock, wenn ich vorbeiging. Nero maunzte, und ich steckte ihn – oder sie? – unter mein Kinn, bis das Schnurren durch meinen Körper lief und mich beruhigte.

Kleopatra verhielt sich ihren Kindern gegenüber nie herablassend oder besserwisserisch. Sie klärte sie nicht bei jeder ihrer Entscheidungen über die möglichen Konsequenzen auf, aber sie log sie auch nicht an und redete schon gar nicht in Kindersprache mit ihnen. Ich versuchte mich an ihrem Beispiel zu orientieren und ähnlich mit ihnen zu kommunizieren. »Ich habe das Gefühl, auf einem schmalen Vorsprung zu stehen. Ich versuche ständig, das Gleichgewicht zu halten, aber dann … merke ich immer wieder, wie es mich hinunterzieht. Es macht mir Angst, und wenn ich Angst habe, arbeite ich umso mehr.«

»Früher hast du deine Untergebenen nie angeschrien.«

Ich starrte das kleine Mädchen an, während das Kätzchen weiter in meinen Händen schnurrte. »Ich habe jemanden angeschrien?«

Sie nickte. »Du schreist dauernd. Antyllus meint, du brauchst einen Mann.«

Lachend fragte ich mich, was diese vorwitzige Elfjährige wohl mit so einer Erklärung anfangen mochte. »Nein, ich muss nur wissen, dass ich nicht hinunterfallen werde.«

Selene streckte die Hände nach dem Kätzchen aus – glaubte ich –, aber stattdessen legte sie mir ihre Finger auf. Knubblige, verdreckte kleine Fingerchen.

Frieden durchfloss mich. Es war wie der erste Tropfen einer Infusion, ein mächtiges, verführerisches Gefühl, das einen durchströmte. Aber anders als bei einer Infusion wurde das Gefühl nicht schwächer. Es blieb erhalten und schien ununterbrochen von ihren Händen durch meinen Körper zu laufen. Schließlich öffnete ich die Augen und sah das kleine Mädchen an. War es möglich, diese Sache mit dem Goldenen Kind? Sie drehte sich um und ging davon. »Willst du gar nicht mit Nero spielen?«, rief ich ihr nach.

»Du brauchst sie«, sagte sie und rannte dann fröhlich kreischend davon, ganz und gar kindlich. Plötzlich drehte sie sich um. »Im Hafen liegen neue Schiffe! Mit Löwen auf den Segeln!«

Das Kätzchen quietschte auf, weil ich es in meinen Händen beinahe zerquetschte, und ich setzte es sofort ab.

Herodes war zurückgekommen.

Die zerstörerische Hinterlassenschaft, die irgendwann dazu führen würde, dass eine Million Menschen unter ihrer Kuppel leben und hilflos zuschauen mussten, wie ihre Ressourcen dahinschmolzen, während sie gleichzeitig nach neuen Methoden suchten, dank derer sie nicht mehr auf jene Dinge angewiesen waren, die einen Organismus als »lebendig« kennzeichneten, wurde mit jedem Tag wahrscheinlicher.

Aber vielleicht hatten wir noch eine letzte Chance.

19. Kapitel

Kleopatra marschierte auf und ab. »Schick sie alle fort«, sagte ich zu ihr, nachdem ich mich verbeugt und all die Begrüßungsrituale absolviert hatte, die einer Frau aus Kleopatras Gefolge abverlangt wurden.

Sie ließ sich Zeit, doch schließlich waren wir nur noch zu zweit. Ich erzählte ihr, dass Herodes kam. Das wusste sie natürlich längst, aber dadurch ließ ich ihr Zeit, die Situation noch einmal zu überdenken.

»Was willst du unternehmen?«, fragte ich.

»Seine Schiffe in Brand setzen und ihm das Herz aus der Brust reißen!«

Ich fühlte mich, als würde ich am Strand stehen und der Sand unter meinen Füßen weggespült. Wir hatten praktisch schon verloren. Soviel ich erkennen konnte, steuerten wir unausweichlich auf das Ende zu. Nichts, was wir unternommen hatten, hatte irgendetwas bewirkt. Dieser Besuch durch Herodes war geschichtlich überliefert. Es war das letzte Mal, dass der Idumäer Antonius um etwas bat: Oktavian würde ihm vergeben, wenn Antonius Kleopatra tötete.

Danach würde Herodes nach Rhodos weitersegeln, wo er eine

der eloquenteren Ansprachen halten würde, die uns überliefert waren, um sich daraufhin Oktavian anzuschließen. Und nach seiner Rückkehr nach Judäa würde er in einem Anfall von Eifersucht erst seinen Leibdiener und dann seine Frau ermorden, bevor er in einem Nebel aus Paranoia und Zorn versinken würde, der ihm und den Menschen in seiner Umgebung das Leben zur Hölle machen würde.

»Kleopatra«, sagte ich, »du musst Herodes erklären, warum du dich vor so vielen Jahren zu Cäsar geschlichen hast.«

Sie war so wütend, dass sie ihrer Wut keinen Ausdruck geben konnte.

»Die Hohepriesterin hat gesagt, wenn du nicht lernen würdest zu verzeihen, würdest du Ägypten in den Abgrund führen.«

»War das nicht dieselbe Priesterin, die auch behauptet hat, ich würde das Goldene Kind gebären? Ich glaube, du hast bereits Bekanntschaft mit Ptolemäus Cäsar gemacht?« Kleopatra zerbiss die Worte vor Wut, und ich überlegte kurz.

»Hat sie gesagt, du würdest das Goldene Kind gebären oder bereits in deinem Leib tragen?«

Es war erstaunlich, wie sich ihr Gesicht veränderte, als sie den Unterschied begriff. »Selene?«, flüsterte sie nach langem Nachdenken. »Sie … sie soll das Goldene Kind sein?«

»Die Göttin hat die Wahrheit gesagt, was deine Tochter angeht, und sie hat die Wahrheit gesagt, was das Verzeihen betrifft«, beschwor ich sie.

»Ich bin die Königin! Ich vergebe nicht, und schon gar nicht einem Mann, der mich jedes Mal infamer und sadistischer betrügt!«

»Das wäre die allergrößte Veränderung.«

»Ich weiß nicht«, erwiderte sie spröde. »Ich finde, alexandrinische Sklaven in der Sonne sitzen und über Aristophanes diskutieren zu sehen, ist eine ziemliche Veränderung.«

»Ich bitte dich gar nicht, Herodes anzulügen oder ihm aufrichtig zu verzeihen. Du sollst ihm nur erklären, was du damals empfunden hast.«

»Was ich wann empfunden habe?« Sie sah mich aus schmalen grauen Augen an.

»Als ihr beide eine neue Welt entworfen habt. Erinnere dich, Kleopatra. Alles, was du seither getan hast, geht auf diesen einen Augenblick zurück. Alle Entscheidungen, die du getroffen hast, gründen sich darauf. Du hast dir Cäsar als Liebhaber erwählt, aber beherrscht hat dich immer nur Herodes.«

»Wie kannst du dich erdreisten, so mit mir zu sprechen!« Jetzt marschierte sie noch schneller als zuvor.

»Ich kann es, weil ich genau weiß, dass wir alles umsonst durchgemacht haben werden, dass wir alles vergebens erduldet haben werden, wenn du hier nicht einlenkst.«

»Woher weiß ich, dass du nicht von ihm geschickt wurdest, dass du nicht Teil eines arglistigen Plans bist?«

Ich schob erst die eine, dann die andere Manschette zurück und streckte ihr die nackten Arme entgegen. »Du traust ihm zu viel zu.«

Sie betrachtete meine Handgelenke, wo Knochen und Fleisch in Titan und Glas übergingen. Sie sah den winzigen Bildschirm, über den die eingescannten Informationen übertragen wurden, die Halterungen für die Plasma-Einlagen und die zusätzlichen Ampullen für meine Nahrung und meine stimmungsaufhellenden Infusionen.

»Die Welt, die am 1. August in Alexandria ihren Anfang nehmen wird, jene Welt, die in Aktium gezeugt wurde, wird in etwas mehr als zweitausend Jahren in mehreren weltumspannenden Kriegen zugrunde gehen.« Ich schluckte und rief mir die eingetrichterten Informationen so ruhig ins Gedächtnis, wie ich sie während der Unterweisung durch JWB aufgenommen hatte – während ich mich gleichzeitig fragte, wie viel davon überhaupt wahr war. »Die Menschheit entwickelte ihre Intelligenz weiter, sie erschuf Wunderbares und Schreckliches. Die Menschen konnten den Mars besiedelbar machen, aber sie konnten nicht miteinander auskommen.«

»Jede Kultur, welche die Mittel zu fliegen besitzt, wird sich selbst zerstören«, zitierte sie leise. »Genau aus diesem Grund haben die Griechen ihre wissenschaftlichen Erkenntnisse nie in ihre Arbeiten einfließen lassen. Technik ist etwas Gefährliches. Sie lässt sich zu niederträchtigen Zwecken benutzen.«

»Nun, ich schätze, die alten Griechen hatten Recht«, sagte ich. »Zu den Folgen unserer hoch entwickelten Technologien gehörte auch die Krankheit des Fleischzerfalls. Von den Handgelenken ausgehend zersetzte sich das Fleisch, bis Knochen und Adern und Muskeln freilagen. Danach zerfraß sie die Muskeln, die Knochen und zuletzt die Adern.« Ich sah auf. »Eventuell rührte die Krankheit von den Giften her, die bei der biologischen Kriegführung eingesetzt worden waren, oder aber von der radioaktiven Verseuchung unseres Essens.« Ich zuckte mit den Achseln. »Das tut nichts zur Sache. Das hier war die Lösung.« Ich tippte auf das Röhrchen, das die Adern zwischen meinem Arm und meiner Hand verband und gleichzeitig die verbliebenen Handgelenksknochen und Muskeln verstärkte. »Natürlich entwickelten die Überlebenden daraus sofort eine neue Technologie.« Ich schob die Manschetten wieder in Position. »Ich bin keine Spionin oder höchstens deine Spionin. Du hast Herodes früher geliebt. Seit ich dich mit ihm zusammen erlebt habe, muss ich mich unablässig fragen, ob du ihn immer noch liebst. Vielleicht wird es nichts nützen, wenn du aufrichtig zu ihm bist. Aber vielleicht wird es auch die Welt verändern.«

»Könnte die Liebe einer Frau zu einem Mann wirklich so viel ausrichten?«

»Er fährt bereits in den Hafen ein, Klea. Er macht hier nur kurz Halt auf seinem Weg zu Oktavian. Er wird den Latiner auf seinem Marsch nach Alexandria begleiten, er wird seinen Nachschub sichern, ihm Schutz geben und ihm huldigen. Du hast nichts zu verlieren. Erzähl Herodes einfach die Wahrheit.«

Ihr Blick senkte sich auf meine Handgelenke. »Wie viele Menschen werden sterben, Zimona?«

»Von heute bis in meine Zeit? Oder nur in den Kriegen, die den Planeten endgültig verwüsteten?«

»Wie viele?«

»Zwei Milliarden, fünf Millionen, fünfhunderttausend.« Griechen und Römer verwendeten keine Nullen, aber ich verließ mich auf Kleopatras Intellekt. »So viele Menschen, wie in zwei Millionen Alexandrias leben würden.«

»Heilige Isis«, flüsterte sie und wandte sich, sichtlich bebend, ab. Schweigend öffnete sie ihre Kleidertruhe und wühlte ein schwarzes Kleid heraus. Sie streifte es über ihre Schultern, schüttelte ihre Locken locker, umrahmte dann ihre Augen mit Bleiglanz und warf zuletzt einen Umhang über.

Ich folgte ihr hinaus.

Herodes war bereits von Bord gegangen und saß unter freiem Himmel im Triklinium. Er saß steif da, mit verschränkten Händen, und schaute auf den Horizont. Als er Kleopatra sah, fasste er unwillkürlich nach seinem Dolch. Ich stand im Schatten des Tempels gegenüber und hatte mein Gehör so scharf wie möglich gestellt.

»Ägypten«, sagte er und stand auf.

»Ich weiß noch gut, wie du mich das erste Mal so angesprochen hast«, sagte sie und setzte sich. »Ich war eben über den Kanal geflohen und hatte dabei mein Pferd und meine Kammerzofe an die Krokodile verloren. Wir waren mitten im Sommer Stadion um Stadion durch die Wüste gewandert, und als du aus dem Sandsturm angeritten kamst, wollte ich mich nur noch dir zu Füßen werfen.

Du hast deine Hand ausgestreckt, ich habe die Hand hochgestreckt, und im nächsten Augenblick saß ich hinter dir auf dem Pferd, mit dem Wind im Haar und dem Sand weit unter mir. Dein Leib war so hart, und du warst schnell wie die Luft. Als wir das Lager erreicht hatten, hobst du mich vom Pferd und landetest mit einem Sprung neben mir. Und dann sagtest du nur: ›Ägypten‹.«

»Und du hast geantwortet: ›Ich bin Königin Kleopatra‹«, imitierte Herod sie steif und förmlich.

»Nun kommt unsere Geschichte also zum Ende«, sagte Klea. »Ich schaue zurück und bin überzeugt, dass ich tausend Jahre alt sein muss, so viele Konflikte und Schicksalswendungen, so viele Feiern und Intrigen, so viele Tote liegen inzwischen hinter mir.«

»Du bist noch nicht einmal vierzig.«

»Ich werde niemals vierzig werden«, war ihre Antwort.

Herodes schwieg.

»Alexander war immer mein Held«, erzählte Kleopatra. »Schon als ich Auletes das erste Mal ins Museion begleitete, waren die Gelehrten beeindruckt, wie ähnlich ich ihm sah. Natürlich wollte Auletes nicht zugeben, dass er die Frau, die er gern zur zukünftigen Königin Ägyptens erheben wollte, außerhalb des ptolemäischen Königshauses gezeugt hatte, darum verriet er ihnen meine Abstammung nicht.

Aber schon bei meinem ersten Besuch besichtigten wir das Soma. Ich sah Alexander und meinte ihn längst zu kennen. Ich wusste genau, dass ich von seinem Fleisch und Blut war, und wenn es möglich war, dass die Erinnerungen im Blut weitergegeben wurden, dann musste ich auch sein Herz kennen.«

Herodes sagte kein Wort; ich konnte ihn nicht mal atmen hören.

»So war es immer ... mit dir.« Ihre Stimme wurde leiser, fast liebevoll. »Es ist ein Wissen, das über alle Einzelheiten, über jede Erfahrung hinausgeht, ein Wissen, das meinem Fleisch innewohnt wie das Salz dem Meerwasser. Wir haben immer gewusst, wie wir uns am besten verletzen können, wo wir den Dolch ansetzen müssen, um dem anderen die schlimmsten Schmerzen zuzufügen. Heute Abend«, sie lachte traurig, »erst heute Abend habe ich erkannt, dass du ständig in meinen Gedanken warst, schon seit ich dir begegnet bin. Keiner meiner Ehemänner hat meine Entscheidungen stärker beeinflusst, nicht einmal über meine Kinder habe ich mir so viele Gedanken gemacht wie über dich.« Sie lachte wieder. »Dich zu hassen war mein Ein und Alles.«

»Und jetzt wirst du mich töten?«, fragte er amüsiert.

»Das... dass du stirbst, würde nur dazu führen, dass ich auch sterben wollte.«

Herodes regte sich, ich hörte seine Roben auf der Steinbank rascheln. »Ich bin auf dem Weg zu Oktavian«, sagte er.

»Ich weiß. Und Oktavian wird hier landen, und Antonius und ich werden verstoßen. Cäsarion wird auf einen Thron gesetzt werden, an dem ihm nicht das Geringste liegt, und meine schöne Tochter wird unter Fremden aufwachsen. Meine zwei kleinen Männer, Helios und Ptolemäus, werden irgendwo im Strudel der Ereignisse untergehen, Antyllus wird sterben, und die Welt wird sich zu einem ordentlichen römischen Mosaik zusammenfügen.« Sie seufzte. »Ich habe einst in deinen Armen gelegen, und wir haben aus unseren Träumen Paläste im Wüstensand erbaut. Damals sagtest du zu mir, du müsstest dich erst mit deinem Vater besprechen, ehe wir eine Entscheidung fällten.«

Ihre Stimme war so leise geworden, dass ich sie kaum mehr hörte. »In meinen einundzwanzigjährigen Ohren, für die jedes Versprechen eine Lüge war und jeder Eid nur geschworen wurde, um gebrochen zu werden, klangen deine Worte... sie klangen nach nichts anderem. Als würde dir nichts an mir liegen, als hättest du mich bloß verführen wollen und würdest nun deinen Vater zum Vorwand nehmen, um unseren Traum zu verraten.«

Ich meinte ihr Herz pochen zu spüren. »Als dein Vater starb, als er ermordet wurde und ich von deiner Trauer hörte, da erkannte ich, dass du in jener Nacht in der Wüste wohl wirklich nur mit ihm sprechen wolltest. Er war dein Mentor, dein Vertrauter, dein engster Ratgeber. Aber damals war Antipas schon dahingeschieden, Cäsar war längst tot, Cäsarion geboren und Ägypten spielte bereits jenes Spiel, das wir im Osten so gerne spielen: Wer wird der Nachfolger?

Ich war auf meinem Weg schon viel zu weit gegangen, um noch einmal kehrtzumachen, darum verbannte ich alles aus meinen Gedanken, was ich als wahr erkannt hatte, und nahm stattdessen lediglich das Schlechteste von dir an. Irgendwie war das leichter für mich.«

Jemand schluckte hörbar, doch ich konnte nicht sagen, wer von beiden es war.

»Herodes … Jerusalem.« Ich meinte ein Lächeln zu hören. Dann wurde ihre Stimme wieder düster. »Es tut mir so Leid, dass du deinen Vater verloren hast. Mein Herz leidet so sehr mit dir, dass auch ich die Farbe Gelb kaum mehr ertragen kann.«

Langes, tiefes Schweigen.

»Wir wollten die Welt verändern«, sagte sie und stand auf. »Vielleicht hätten wir genauer bestimmen sollen, wie.« Wieder ein leises Lachen. Und wieder Schweigen. Geflüster. »Ich werde dich nicht wieder sehen, geliebter Feind.«

Eine schwarze Gestalt kam, leise weinend, durch die Dunkelheit auf mich zu. Ich sah Kleopatra nach, bis sie am Wasser war und in die Wellen tauchte. Sie würde die Nacht im Tempel verbringen.

Dann hörte ich ein weiteres Geräusch, härter und schmerzvoller. Auch Herodes weinte.

Das Bedürfnis, endlich einmal über den Dingen zu stehen, ließ mich auf den Pylonen des PTOLEMAIOS-Tores klettern. Von dort aus sah ich, dass in einem der Triklinien eine Feier stattfand. Tausend Fackeln flackerten und akzentuierten wie Nadelstiche die scheinbar hirnverbrannte Anlage des ganzen Viertels.

Moment mal.

Ich kniff die Augen zusammen und ließ nur noch so viel Licht durch, dass ich nichts außer ein paar hellen Punkten in der Dunkelheit erkennen konnte. An markanten Punkten leuchteten weiß die Obelisken hervor. Ich betrachtete den gewundenen Palast neben dem Tempel.

Der Gürtel des Orion und sein Schwert.

In der goldenen Himmelskarte an der Decke in Alexanders Grabkammer waren auf dem Tierkreisbild genau dort Juwelen eingelassen, wo sich im Stadtbild die Obelisken befanden.

Das Brucheion war den Bildern des Nachthimmels nachgebaut.

Wenn das stimmte und die Obelisken auf der Karte durch Juwelen dargestellt waren, was hatte das dann zu bedeuten?

Die Bibliothek – ich hätte wetten können, dass die Informationen dort zu finden waren. Vielleicht würde sich alles ändern, wenn ich Kleopatra von den Schätzen erzählte? Ja! Dann konnte sie mit Oktavian feilschen – war dies womöglich ein weiterer Gabelungspunkt?

Dann waren sie da; genau wie ich immer geahnt hatte, genau wie ich immer befürchtet hatte, genau wie ich es geträumt hatte. Wie aus dem Nichts tauchten sie vor mir auf, ungelenk und künstlich wirkend, mit Titan überzogen, das Gesicht abgedeckt, um die saubere, duftende Luft zu filtern. Sie zielten mit fremdartigen Zylindern auf mich und bedeuteten mir wortlos, vorzutreten.

Ich blickte ein letztes Mal in den Nachthimmel über mir und dann auf die Kopie des Sternenmusters in den Gebäuden um mich herum. Nichts hatte sich verändert. Die Geschichte hatte sich selbst geschützt.

Wie hatte ich den Nachthimmel lieb gewonnen. Nie war ich es müde geworden, ihn anzuschauen, ihn zu deuten, wie es die Babylonier getan hatten oder vielleicht die uralten Druidenpriester in Stonehenge. Waren die Sterne wirklich nur unendlich weit entfernte Feuer- und Gasbälle, oder waren sie in Wahrheit Juwelen auf dem Rücken des Ewigen Drachens?

Religionen, begriff ich endlich, entwickelten sich aus dem Nachthimmel.

Tagsüber tat es wenig zur Sache, welche Gottheit die Menschen verehrten. Beinahe alle alten Kulturen hatten das Leben als ewigen Kreislauf betrachtet, in dem sich Überschwemmungen und Trockenheiten, Geburten und Todesfälle abwechselten. Ob die Menschen nun Ahura Mazda ein Feueropfer brachten oder Yahwe gebratene Schafslebern darboten, der Tag war überall gleich.

Aber die Nacht …

In der Nacht hatten sie Zeit, sich den Kopf über die großen Rätsel des Lebens zu zerbrechen: Wie kam ein Kind in den Bauch einer Frau? Woher kam der Wind? Was passierte nach dem Tod? Was waren das für kleine Lichter, die erst auftauchten, nachdem der Tag vorüber war?

Erst nachts zeigte sich das Wesen Gottes und die Verlockung der Religion. War sie wohlwollend? Wild? Hinterhältig? Verlässlich? Vorhersehbar? Unergründlich? Die Geschichte des Nachthimmels war das wahre Gesicht unseres Glaubens.

Vielleicht war darum der Himmel in meiner Epoche ständig verdeckt. Über meiner Welt war der Nachthimmel, wenn die Giftwolken ihn nicht gerade mit einem grünen Schleier überzogen, aus dem rosa Blitze schossen, einfach nur schwarz. Der Schöpfer-Zuschauer hatte uns genau das zugeteilt, was wir angeblich gewollt hatten, was wir uns selbst erschaffen hatten: Chaos, Zerstörung und Leere.

Sogar die Sterne hatten wir verloren.

Ich blinzelte meine Tränen zurück, ergriff die titanbedeckten Hände, die sich mir entgegenstreckten, und trat hinter den Schleier.

20. Kapitel

Schöne neue Welt

»Zimona –« Nach dreimonatiger Kerkerhaft hatten JWB mir meinen Namen zurückgegeben. »Zimona«, sagte Flore, »du hast uns alle hintergangen. Das verstehst du doch?«

Man hatte mich nicht neu codiert. Sondern mitsamt meinen Erinnerungen allein in absoluter Dunkelheit eingesperrt. Drei Monate lang. Tief unter der Erde. Ohne eine Menschenseele. Ohne jede Hoffnung auf Flucht oder Erlösung. Die schrecklichste Strafe, die ich mir überhaupt ausmalen konnte.

Doch jedes Mal, wenn ich die Augen zugemacht hatte, hatte ich den Nachthimmel über Alexandria gesehen. Sterne, die so hell schienen, dass ich einen kleinen Stich ins Rote oder ins Gelbe und Blaue und Grüne wahrnehmen konnte. Ich hatte in diesem Nachthimmel gelebt, hatte mir Geschichten über die Sterne erzählt, über die Planeten und über jene Hand, die all das mit dem allerersten Energiestrahl erschaffen hatte. Und wenn ich die Augen in meiner dunklen Zelle geöffnet und die Schwere der steinernen Mauern um mich herum gespürt hatte, wo jede Hoffnung außer jener auf eine Infusion Ewigkeit vergeblich war, dann hatte ich zumindest gewusst, dass die Sterne immer noch da waren. Hoch über mir, hoch über unserer Kuppel, hoch über den Giftwolken und den gespenstischen Blitzen, ja sogar über der Schwärze, die meine Augen nicht zu durchdringen vermochten.

Ich war ganz sicher, dass die Sterne immer noch leuchteten. Sie leuchteten für mich.

Dann war die Tür wieder aufgegangen. Der Drohn erklärte mir, dass man mir meinen Namen zurückgegeben hatte. Schließlich, nach einem weiteren Monat, hatte ich erfahren, dass JWB auf Widerstand gestoßen waren, weil die Gemeinschaft mich nicht neu codieren lassen wollte.

Und so hatte ich weiter gewartet.

Und weiter gewartet.

Wenn ich nicht neu codiert würde, was würde man stattdessen mit mir anstellen? Würden sie meine Erinnerungen an Alexandria auslöschen, mich wieder handzahm und dankbar machen?

War ich denn jemals handzahm und dankbar gewesen? Nicht laut der Plasmafolie, die ich mit sieben Jahren zu lesen bekommen hatte.

»Zimona, du hörst mir überhaupt nicht zu.«

»Flore, das erzählst du mir jetzt schon seit Wochen. Du sitzt da und sagst ununterbrochen: Ich müsste mich für meine Taten schämen. Ich hätte meinen Eid gegenüber JWB gebrochen. Wenn mir wirklich etwas an JWB und der Alpha-Generation liegen würde, dann würde ich EWIGKEIT nehmen und JWB die Unannehmlichkeit ersparen, mich zu diesem Schritt zu zwingen.«

»Wie ist es möglich, dass du dir das so lange anhörst und trotzdem so … schwierig bleibst?«, fragte sie. »So wäre es für alle am besten.«

»Für alle außer mir«, korrigierte ich.

»Ich vergesse ständig, dass du uns lieber alle auslöschen und danach fröhlich weiterleben würdest, als dich für das Wohl der Allgemeinheit zu opfern.« Sie stand auf. »Ich werde nicht noch mal kommen. Du bist zu selbstsüchtig, um dir meine Worte zu Herzen zu nehmen. Adieu, Zimona.«

Sie ging hinaus, eine große, schlanke Gestalt mit dunklem Haar, die einen Overall trug. »Flore! Warte!«, rief ich ihr nach.

Eine Hand in die Hüfte gestemmt, drehte sie sich um.

»Gefällt dir dieses Leben denn? Wo alle gleich sind? Wo alles gleich ist?«

Sie zog die Stirn in Falten. »Ich liebe mein Leben«, war ihre Antwort. »Ich genieße es, jeden Morgen einen perfekten Tag zu erleben. Ich genieße das Wissen, dass mir nichts zustoßen kann, dass ich nicht krank, alt, arbeitslos oder zornig werden kann. Meine Biomutter hatte keine solchen Sicherheiten, Zimona. Sie war an jenem schrecklichen Freitag zu nahe am Felsen und verdampfte. Und davor hatte sie, ihrer Familie und ihrer Religion wegen, jeden Tag fürchten müssen, dass sie verdampfen könnte.

Jeden Tag wurde sie von Mediadrohnen gewarnt, wie sehr die Menschen sie hassten und wie hartnäckig sie verfolgt wurde, weil man sie hasste. Nicht weil sie Nathalie hieß und in Beersheba geboren war, sondern wegen des Zeichens, das sie um ihren Hals trug, wegen dem, was sie zwischen ihren Beinen trug, und weil ihr Name mit bestimmten semitischen Stämmen verknüpft war.«

Das hatte ich nicht gewusst. Seit achtzehn Jahren war Flore nun meine Kollegin, und trotzdem hatte ich nicht gewusst, dass sie ihre Biomutter bei der Detonation des Felsens verloren hatte.

»Vor alldem brauche ich mich nicht zu fürchten«, sagte Flore. »Ich habe einen Job, der mir gefällt, ich kehre abends heim zu einer Frau, die mich liebt, wir erfreuen uns an unserem Zusammensein, und wir erfreuen uns an der Welt, in der wir leben.«

»Und das Essen vermisst du nicht? Die Schönheit?«

»Mit meiner Rasse und Religion, Zimona, wäre ich schon längst splitternackt verhungert.«

»Du kannst das eine nicht ohne das andere haben!« Ich lief zu ihr hin. »Genau darum geht es mir. Das Leben, das wir führen –«

Flore hob die Hand, um mir das Wort abzuschneiden. »Eine

Million Menschen leben in Frieden, Zimona. Dieses Wunder haben Jene Welche Bestimmen bewirkt, und ich für meinen Teil danke dem Großen Nichts in jeder wachen Sekunde für JWB. Ich kann dein Verlangen nicht teilen. Du tust mir nur Leid.«

Sie war wirklich glücklich, erkannte ich. Sie wünschte sich keine andere Welt. Ich war diejenige, die nicht hierher passte.

Zwei weitere Monate vergingen, bis Herzog mich besuchen kam. Ich behielt den Überblick darüber, wie viel Zeit verstrichen war, indem ich mir ständig das vergangene Jahr vor Augen hielt – das Jahr 30 vor Christus in Alexandria. Blumen hatten geblüht und waren wieder verblüht. Das Meer hatte jeden Tag anders ausgesehen, jeden Tag hatte es eine andere Farbe gehabt und anders geklungen. Hatte ich das wirklich beachtet, hatte ich das genug beachtet?

Möglicherweise war dies tatsächlich die Hölle – die geistige Agonie des Wissens, dass man die Gelegenheit, echt zu leben, glücklich zu leben, verpasst hatte. Das Leben war da, es umströmte uns, es lockte uns, aber wir waren zu … beschäftigt, um es zu beachten.

»Du hast JWB ganz schön in Aufruhr versetzt«, begrüßte mich Herzog und setzte sich mir gegenüber. Die Besuchskammer war nicht gerade gemütlich, aber immerhin ordentlich und sauber: Wände, Decke und Boden in BESÄNFTIGENDGRÜN, dazu unzerbrechliche, am Boden verankerte Titanmöbel. »Aber ich nehme nicht an, dass dir das Leid tut.«

Meine Stimme war rau geworden vom monatelangen Schweigen. »Ich wollte niemandem was Böses tun.«

»Du hast bloß versucht, uns zu vernichten.«

»Ich wollte eine bessere Welt erschaffen.«

»Zimona, zusätzlich zu deinen üblichen Regelverstößen wolltest du Gewalt einsetzen, um deinen Eid zu brechen. Du wolltest –«

Ich platzte fast vor Lachen. »Natürlich!«, rief ich zwischen den Lachanfällen. »Natürlich!«

Herzog sah mich an, als hätte ich den Verstand verloren.

»Ich bin nicht verrückt«, erklärte ich und wischte mir die Augen trocken. »Im Gegenteil, ich glaube, ich bin gerade zu Verstand gekommen.«

»Was … Zimona?«

»Verstehst du nicht?«, fragte ich ihn. »Genau deswegen hat sich die Geschichte nicht verändert. Weil sie es nicht konnte. Ich wollte mit Gewalt den Frieden herbeiführen. Ich habe gehofft, dass Mord oder Krieg zu Toleranz und Verständnis führen könnten. Aber das ist unmöglich – Gewalt erzeugt lediglich zwingend Gegengewalt. Mit einem Mord erntet man nur weitere Morde und noch weitere Morde.« Lachend – und weinend – ließ ich den Kopf auf die Tischplatte sinken.

»Wenn sich das Muster überhaupt ändern lässt, dann nur durch Liebe. Und wie viele Propheten und Erlöser haben das unseren Vorvätern gepredigt? Nicht einmal ich habe das verstanden, obwohl ich eigentlich Expertin im Bereich menschlichen Verhaltens und seiner Konsequenzen sein müsste.« Ich schüttelte den Kopf. »Fünfundfünfzig Jahrhunderte an aufgezeichneter Geschichte habe ich in meinem Kopf gespeichert, und trotzdem habe ich es nie begriffen. Wir hätten einfach nur Liebe gebraucht.« Ich ließ mich zurückfallen und sah Herzog an.

Er sah mich über die Brillengläser hinweg an – obwohl Herzog in Wahrheit keine Brille brauchte, oder höchstens als unverzichtbaren Bestandteil seines Mienenspiels. Er war kein Klon, kein gesichtsloser Jemand. Er war Herzog.

Er lebte nach wie vor mit derselben Frau zusammen, die er als Fünfzehnjähriger geheiratet hatte. Er hatte mich verteidigt, mich gescholten, mich aufgeheitert. Seine Augen waren nicht nur braun, sie waren warmherzig und braun und hatten schwarze Ringe um die Iris. Er hatte breite, große Hände. Er hatte den Reißverschluss seiner Uniform immer bis zum Kragen hochgezogen und den Gürtelverschluss immer exakt über dem Reißverschlussschlitz platziert. Er hatte ein tiefes, dröhnendes Lachen, und er schlug dreimal auf den Tisch, wenn er sich ereiferte.

Und Flore – sie hatte ausgesprochen schöne Hände mit langen Fingern. Sie feilte ihre Nägel, damit sie länger aussahen. Sie gestikulierte ausufernd beim Reden und fingerte ständig in ihrem Haar oder an ihrem Ellbogen herum. Ihre braunen Augen waren hell und hatten kurze Wimpern. Sie… sie war kein Klon.

Und Jicklet – Jicklet hatten sie neu codiert, nachdem er mir seine Warnung geschickt hatte. Darum gab es Jicklet inzwischen nur noch in meiner Erinnerung; der neue Jicklet in seinem Körper war mit einem Brüter gepaart worden, und beide erwarteten inzwischen freudig ihr erstes Kind.

Ich fasste nach Herzogs Hand. Persönliche Berührungen waren selten, wenn nicht gar einen Problematik-Vermerk wert, doch ich wollte diesen Mann unbedingt berühren, der so wichtig für mich gewesen war, auch wenn ich das allzu bereitwillig geleugnet hatte. »Entschuldige«, sagte ich, seine Hand in meiner haltend, und sah dabei tief in die braunen Augen mit den dünnen schwarzen Ringen. »So habe ich das gar nicht bedacht. Ich glaubte, nein, ich war sicher, dass alle sich so… beengt fühlen würden, wie ich es war.« *War.*

Denn ich war es nicht mehr.

»Wenn du es im Sinn der Alpha-Generation für das Beste hältst, mich neu zu codieren, werde ich mich deinem Vorschlag anschließen. EWIGKEIT kann ich nicht nehmen, Herzog. Ich kann mich einfach nicht töten.« Dieser Ausweg war allzu römisch, das entsprach genau jener römischen Tradition, der ich mich um jeden Preis verweigern würde.

Er tätschelte mir die Hand. »Im Gegenteil, ich bringe gute Nachrichten.«

Ich drückte seine Hand. Es war ein unglaublich schönes Gefühl, jemanden zu berühren. »Und zwar?«

»Unter gewissen Bedingungen wären JWB bereit, dich freizulassen.«

»Frei?«

Er reagierte mit einem halben Lächeln, gepaart mit einem Kopfschütteln. Dann zog er seine Hand zurück. »Du hast nie wirklich zu uns gehört, Zimona. Dich neu zu codieren würde nicht funktionieren.«

Sprachlos sah ich ihn an. »Die Zelle«, brachte ich dann heraus. »Meine Kindheit.« Man hatte mich schon einmal neu codiert. Und umzuerziehen versucht.

»Das geschah damals zum Nutzen der Alpha-Generation«, erklärte Herzog. »Deine Talente waren unübertroffen, und JWB wussten, dass du glücklicher gewesen wärst, wenn du hierher gepasst hättest, wenn du das Gefühl gehabt hättest, zu uns zu gehören.«

Ich erinnerte mich an einen gleißenden Schmerz, an ein blendendes Licht. Die Dunkelheit meiner Zelle, in der ich mich erholen sollte, bis ich geheilt und gesund wäre und als echter Teil der Gemeinschaft wieder herausgelassen würde. Als glücklicher Mensch, der sich niemals unausgefüllt fühlte.

»Aber du ... es hat einfach nicht funktioniert«, sagte er.

JWB hatten keine Wahl. Sie würden mich in EWIGKEIT freilassen. Ich zwang mein Herz, ruhiger zu schlagen. JWB behaupteten, dahinter läge nur absolute Leere, aber schließlich war es kaum möglich, dass sich alle Religionen der Welt täuschten. Oder? Es musste doch etwas nach diesem Leben geben, oder?

»Du hast dir von klein auf eine andere Welt gewünscht«, sagte Herzog. »Jahrzehntelang hast du versucht, dich anzupassen, du warst eine beispielhafte Studentin, du hast dich eifrig bemüht, eine gute Ehefrau zu sein –«

»Mehrmals«, bestätigte ich lachend.

Herzog nickte. Wie oft war er dabei gewesen, wenn mir mitgeteilt wurde, dass mein Ehekontrakt nicht erneuert wurde? Auf Betreiben meines Gemahls? »Du wirst weggehen.«

Mein Herz blieb stehen.

Nach draußen.

Eine so grauenvolle Bestrafung, dass ich sie nie auch nur in Betracht gezogen hatte.

Er stand auf. »Aber erst machen wir einen Ausflug.«

Der Raum war alt, staubverhangen und riesengroß. Herzog leuchtete ihn mit einem Strahler aus. »Das war früher ein Bahnhof«, erklärte er. »Ein großer Bahnhof.«

Wir hatten Tage gebraucht, um hierher zu kommen, und waren dabei von einer lichtlosen Passage in die nächste gewechselt. Wie die Maulwürfe waren wir gereist, stets unter dem Boden bleibend. Unterirdisch, so wie alle Menschen gereist waren, ehe die Kuppel gebaut worden war.

An einer Wand lehnten Buchstaben, größer als jedes Gebäude in meiner Welt. »Das war mal eine Stadt mit acht Millionen Einwohnern, nicht wahr?«, fragte ich, als ich den Namen las.

»Vor der großen Detonation, genau.« Herzog kletterte ins Gleisbett hinunter. »Warte hier«, sagte er und überquerte dann ein Gleis und noch eines und noch eines. Ich hörte ihn klappern und scheppern, wobei der Lärm immer leiser und sporadischer kam.

»Kannst du mein Licht sehen?«, hörte ich ihn aus dem Intercom.

»Ja«, bestätigte ich und spähte mit zusammengekniffenen Augen auf den winzigen Fleck in der Ferne. »Du bist weit weg.« Ich schwieg kurz und starrte auf den hellen Punkt. Mir war nur zu deutlich bewusst, wie verletzlich ich war. »Soll ich gleich von einem Zug überfahren werden?«

Ich hörte ihn leise lachen. »Dies sind Paralleluniversen, Zimona. Dein Gleis kreuzt sich nicht mit meinem. Es verschwindet in der Ferne, und dieser Bahnhof wird irgendwann verschwinden, so wie alle anderen Gleise auch. Er wird nicht einmal mehr eine verblasste Erinnerung sein.«

Ich hatte mir nie überlegt, wie sehr Herzog mich beeinflusst hatte. Ich redete sogar wie er. Aber was er mir jetzt sagen wollte, überstieg mein Begriffsvermögen. Er kam über die Gleise zurückgestiefelt, schneller als beim Weggehen. »Willst du es immer noch, Zimona?«, fragte er.

»Was denn?«

»Dass die Welt anders ist«, sagte Herzog. »Dass die Geschichte einen anderen Lauf nimmt.«

Ich sah von meinem Gleis auf und zu ihm hinüber. *Paralleluniversen.* Damit diese Welt existieren konnte, mussten auch alle anderen Welten existieren. Und das bedeutete, dass es irgendwo eine Welt gab, in der Frieden herrschte und es Unterschiede gab. Gleichzeitig.

Und dorthin würden mich JWB schicken?

Würden sie mich dorthin schicken?

»Ja.«

Sternenlicht

Das Gras unter meinen Fingerspitzen fühlte sich warm an. Warmes Gras, echtes Gras. Ich wollte die Augen aufschlagen, schaffte es aber nicht. Sie taten so weh. Ich konnte die Arme und Beine nicht bewegen, ohne dass ich am liebsten laut aufgeschrien hätte. Mit aller Kraft bohrte ich die Finger in die Erde und stemmte mich auf die Ellbogen hoch.

Das strahlend helle Tageslicht blendete alle Konturen aus. Ich blinzelte, aber keine Sonnenschilder schoben sich vor meine Pupillen.

Ich hatte keine Sonnenschilder und auch keine Nachtsichthilfe mehr.

Angestrengt kniff ich die Augen zu und hob einen schmerzenden Arm, um das Sonnenlicht abzuschirmen. Gärten. Grüne Gärten. Behutsam drehte ich meinen Arm und betrachtete mein Handgelenk.

Man hatte mir jede Art von Tek genommen; eine der Bedingungen, die JWB gestellt hatten, ehe sie mich gehen ließen. Wo meine Aderschlitze gewesen waren, leuchtete jetzt frisch verpflanzte Haut. Meine Arme sahen fast so aus wie die aller Menschen hier. Meine Augen brannten noch, aber ich drehte mich trotzdem um, weil ich meine Beine in Augenschein nehmen wollte. Die Einschnitte waren noch zu sehen, unter denen die

Stäbe und Netze herausoperiert worden waren, die mir das Klettern, Springen, Rennen erleichtert hatten. Ich konnte nur noch das Rauschen des Windes in den Bäumen hören. Meinen Gehörsinn zu justieren, war mir nicht mehr möglich. Ich versuchte zu kommunizieren, aber die Worte echoten leer in meinem Kopf wider.

Ich war frei. Wahrhaft frei.

Ich plumpste ins Gras zurück.

Nach einem weiteren Jahr im Tiefschlaf wäre ich ganz gewiss bei Kräften. Mit richtig tiefem Schlaf, den der Körper brauchte und der ihn verjüngte – und nie wieder unter Infusionen. Erleichtert und zuversichtlich klappten meine Lider erneut zu.

»Komm, Herrin, wir sind im Krieg, oder ist dir das etwa entgangen?« Hände drehten mich auf den Rücken, ich blinzelte – die Sonne war wirklich gleißend hell – und blickte in die blauen Augen eines makedonischen Soldaten. Unwillkürlich klammerte ich mich an seinen Armen fest.

»Ich glaube, meine Herrin wird ziemlich überrascht sein, wenn sie dich sieht«, sagte er.

»Kleopatra«, krächzte ich.

»Königin Kleopatra«, korrigierte er und half mir auf. Ich knickte wieder ein, darum hielt er mich an der Taille fest. »Du hast dich der Belagerung lieber entzogen, Herrin Zimona?«

Seine Worte schossen wie Adrenalin durch mein Hirn. »Hast du gerade Belagerung gesagt?«

Blaue Augen blickten mich an. »Wenn du nicht gerade acht Monate lang zu Besuch bei den Göttern warst, müsstest du wissen, dass wir belagert werden. Selbst wenn du in Oktavians Diensten stündest, hättest du davon erfahren.«

Mein Blick flog über die üppigen, blühenden Gärten. Eine Belagerung. »Alexandria hat noch Wasser?«

»Natürlich, wir schützen unser Wasser. Wir können noch lange durchhalten ... na ja, zumindest eine Weile«, sagte er.

Ich presste die Hand gegen den Kopf. Mein Schädel pochte,

wo sich einst der Funkkontakt befunden hatte. »Hast du acht Monate gesagt?« JWB hatten mich im Juli geholt. Also war es jetzt März?

Der Soldat hob mich hoch. »Das kann dir alles die Königin erklären. Sie kann es kaum erwarten, mit dir zu sprechen.«

Irgendetwas musste ich Kleopatra um jeden Preis sagen. Oder? Ich ließ den Kopf gegen Blauauges Brust sinken. Was war das nur gewesen?

Erst als der Makedonier mich vor der bronzenen Doppeltür absetzte, erwachte ich blinzelnd. Ich presste meine Hand gegen die Schläfe.

»Kannst du stehen?«, fragte der Soldat. Zum ersten Mal konnte ich keine Ironie in seiner Stimme hören.

»Herrin Zimona!«, rief der Zeremonienmeister, und die Tür schwang auf. Ich hörte ein Atemholen; es hörte sich an, als würde der Saal selbst die Luft anhalten, aber das war Unfug, Räume konnten keine Luft anhalten. Menschen halten die Luft an, Zimona. Ich stolperte vorwärts.

Der Boden war kalt. Es roch nach Parfüm und Kräutern, Wein und Mensch. Mir wurde schwindlig. Kalt. Übel. Unter neuerlichem Blinzeln konzentrierte ich meinen Blick auf die Gestalt am anderen Ende des Raumes.

Dass das Gehen anstrengend war, war eine vollkommen neue Erfahrung für mich. Ich musste ganz bedacht einen Fuß vor den anderen stellen und mich mit aller Kraft aufrecht halten. Mein Gehör, dachte ich. War mein Gleichgewichtssinn gestört worden, als sie mir das Tek entfernt hatten?

Ich schaffte es, am Fuß des Podestes zusammenzubrechen. In meinen Ohren gellte ein schrilles Klingeln, das alles andere übertönte.

»Steh auf!«, sagte Kleopatra, als ich endlich wieder hören konnte. »Ich befehle dir –«

Mühsam richtete ich mich auf und blickte in das Gesicht der Frau, für die ich die Geschichte verändert hatte. Ihre grauen

Augen betrachteten mich ohne jedes Gefühl. Ich spürte, dass mir Tränen über die Wangen rannen.

»Ist Oktavian mit dir fertig und hat dich zurückgeschickt, damit du dich ein weiteres Mal bei mir einschmeicheln kannst?«

»Das ist die vermisste Isis Nemesis?«, fragte eine Stimme leise. Auf Hebräisch.

Ich sah auf. Herodes stand hinter Kleopatras Thron und flüsterte ihr ins Ohr.

Herodes.

Acht Monate.

Belagerung.

Die Geschichte hatte sich verändert!

Oder hatte ich die Geschichte verändert?

Wieder presste ich verwirrt die Hand auf die Schläfe. Beglückt. Verletzt. Mit einem ekelhaften Gefühl im Magen. Ich wollte schon die Hand nach oben drehen, um mir eine Infusion zu verabreichen, als mir einfiel, dass das nicht mehr möglich war.

»Wo bist du gewesen, Zimona?«, fragte mich Kleopatra.

Alle hatten sie sich versammelt, alle standen sie hinter ihr: Seth, Antyllus, Charmian und Iras. Und Herodes.

Wo war Cäsarion? Und Selene?

Ich blickte Seth ins Gesicht – dem Mann, dessen Bett ich geteilt hatte, dessen Worte ich kannte. Trotzdem sah er mich an wie eine Fremde. Charmian, stets meine Fürsprecherin, wich beharrlich meinem Blick aus. Und Iras, Iras spielte mit einem Säugling in ihrem Arm.

Iras hatte ein Kind.

Ich merkte, wie mir der Boden unter den Füßen wegrutschte, bis ich von starken Armen aufgefangen wurde. »Offenbar wurde sie gefoltert«, hörte ich Antyllus wie aus weiter Ferne sagen.

»Gut, dann ist sie wenigstens schon daran gewöhnt«, sagte Kleopatra. »Sie war acht Monate lang verschwunden. Man kann ihr nicht trauen.«

»Klea«, flüsterte ich und streckte ihr die Arme entgegen. »Sieh mich an. Du kennst mich.«

Sie blickte auf meine Handgelenke, dieselben Handgelenke, die ich ihr gezeigt hatte, als sie noch mit Tek voll gestopft waren, und schüttelte den Kopf.

Da meldete sich Herodes zu Wort. »Ich bürge für sie. Sie kann in meiner Unterkunft wohnen.«

»Herr Herodes, die Königin spricht die Wahrheit«, wandte Seth ein. »Diese einstige Vertraute des Hofes verschwand spurlos an jenem Abend, bevor du den Entschluss fasstest, meiner Herrin gegen Oktavian beizustehen.«

»Die Tatsache, dass sie so spurlos verschwand, erweckt unsere Neugier, nicht wahr?«, fragte der König Judäas.

»Ich werde sie aufnehmen«, sagte Antyllus.

Ich berührte seinen Hals, warm und pulsierend – und nicht durchtrennt. »Du bist am Leben«, flüsterte ich. »Dem Großen Nichts sei Dank.«

»Du wirst dich von ihr fern halten«, pfiff Kleopatra ihren Stiefsohn zurück. Erst als mehrere Leibwachen Antyllus umzingelten, ließ er widerwillig meine Hand los. Seths unglaublich grüne Augen waren aufmerksam wie die einer Katze.

»Morgen wird Antonius seine Truppen gegen Oktavian ins Feld führen«, eröffnete mir Herodes an jenem Abend. Wir saßen an einem reich gedeckten Tisch für zwei, und ich schaute zu, wie er mit verblüffender Eleganz Pflaumen verzehrte, ohne dabei seinen Redefluss zu unterbrechen. Er trug eine kurze Tunika, unter der ich haarige Waden mit festen Muskeln erkennen konnte. Jeder einzelne seiner Finger war mit einem Ring geschmückt, und sein Bart war akkurat gestutzt.

Seine schwarzen Augen waren genauso unergründlich wie in meiner Erinnerung.

»Warum erzählst du mir das, wo Kleopatra doch glaubt, dass ich bei Oktavian war?«, fragte ich ihn.

Er zuckte mit den Schultern. »Vielleicht um dich auf die Probe zu stellen, vielleicht weil ich mehr als diese vernunftbesessene griechische Gelehrte, die ich als meine Verbündete bezeichne, an die Welt der *Elohim* glaube, jene himmlischen, jenseitigen Reiche.«

Ich kaute an einer Olive. Mich allein durch Essen bei Kräften zu halten, würde nicht leicht werden. Obwohl ich schon gefüllten Fisch und gebratenes Geflügel und eingelegte Trauben und Datteln verschlungen hatte, fühlte ich mich immer noch … leer.

Dank der Infusionen hatte ich früher nie Hunger empfunden. Dieses Bedürfnis war gestillt worden, ehe ich es auch nur bemerkt hatte. Ich rülpste verstohlen in die hohle Hand. Wenn man aß, also einfach Nahrung konsumierte, war es nicht leicht einzuschätzen, wann die Kapazitäten voll waren. Oder übervoll.

»Außerdem hat sie mir selbst erzählt, dass du sie so weit gebracht hast«, sagte sie. »In der Nacht, nachdem meine Truppen eingetroffen waren. Sie und Antonius hielten eine Art Festmahl ab und waren sichtbar entsetzt, als ich in meiner Rüstung hereinplatzte, den schwarzherzigen Malichus am Bart führend.« Herodes lächelte und musterte mich dann mit zusammengekniffenen Augen.

»Sie machte sich Sorgen um dich. Sie erzählte, du hättest sie überredet, mit mir zu sprechen, weshalb sie dachte, du hättest dich irgendwo versteckt, um zu lauschen. Doch als sie in ihre Kammer zurückkam, warst du nirgendwo zu finden. Nach einer Weile ließ sie Seth holen, mit dem du offenbar eng verbunden warst.« Herodes zwinkerte mir zu. »Als du bis zum Morgen nicht wieder aufgetaucht warst, gab sie Antyllus' Forderung nach, dich suchen zu lassen.«

Ich konnte mich nur noch an den Nachthimmel erinnern. Alles Übrige war in retrograder Amnesie versunken. So oft hatte ich diesen Begriff gehört, doch erst jetzt begriff ich, wie tiefschwarz die klaffenden Löcher in meiner Erinnerung waren. Löcher in meinem Hirn, Löcher in der Chronologie jenes Tages. Ich konnte mich kaum noch entsinnen, dass ich Kleopatra zugeredet hatte, mit Herodes zu sprechen. Er hatte auf sie gewartet und … danach war alles ausgelöscht. Offenbar hatten mich JWB zu diesem Zeitpunkt aufgespürt.

»Mit unseren vereinten Flotten hielten wir die Römer von Alexandrias Gestaden fern«, erklärte er.

»Und an Land?«

Herodes zuckte nonchalant mit den Achseln, schnippte die nächste Pflaume in seinen Mund und spuckte den Kern in die offene Hand, ohne auch nur Luft zu holen. »Der Feind hatte offenbar ziemliche Schwierigkeiten, die Wüste zu durchqueren. Ein, zwei Legionen verirrten sich und gingen verloren. Es gab Sandstürme, in dieser Jahreszeit gibt es regelmäßig viele Sandstürme. Eine weitere Legion ist anscheinend darin untergegangen. Das Wasser wurde knapp, viele Italiener verdursteten. Ich glaube, die Überlebenden kamen gerade rechtzeitig in Alexandria an, um mitzuerleben, wie Oktavian nach seiner Überfahrt von Zypern an Land ging. Sie waren keineswegs kampfbereit, als Antonius angriff.«

Nachdenklich kaute er auf der nächsten Pflaume herum. »In der Wüste gibt es ein Sprichwort: ›Am Ende siegt immer der Sand.‹« Seine schwarzen Augen blickten tief in meine.

»Und jetzt befinden wir uns im Belagerungszustand?«, fragte ich.

»Im Belagerungszustand. Obwohl sich darüber diskutieren ließe, wer der Belagerer ist und wer belagert wird.« Er grinste. »Wir Juden lieben solche Diskussionen. Ist Oktavian, völlig abgeschnitten von Italien und an einem windigen, wasserlosen Fleck kampierend – er hätte die Bäume nicht abholzen lassen sollen –, wirklich der Belagerer?

In Alexandria gibt es genug Vorräte, Nachschub, ausgeruhte Männer und Wasser. Zugegeben, niemand wagt sich durch das Sonnentor oder segelt auf dem Mareotis-See, aber die Stadt ist nach wie vor dieselbe.«

Die Geschichte hatte sich tatsächlich vollkommen und grundlegend verändert.

Aber immer noch trug sie den Keim einer Katastrophe.

»Was will Kleopatra von mir?«, fragte ich.

Herodes zuckte mit den Achsen. »Ich weiß es nicht. So viele

Worte Kleopatra und ich in jener Nacht auch gewechselt haben … wir sind lediglich Waffenkameraden. Unter Antonius.«

»Er führt morgen den Angriff an?«

Herodes lächelte und warf eine weitere Pflaume ein. »Wenn du mir glauben kannst. Sage ich die Wahrheit oder stelle ich dich nur auf die Probe?« Er stand auf. »Ich werde mich jetzt zurückziehen.«

»Wie geht es deiner Gemahlin, Herr?«, fragte ich.

Ein verdutzter Ausdruck huschte über sein Gesicht. »Mariamne geht es gut, sie ist in Sicherheit in meinem Palast in Massada.« Der Blick aus seinen schwarzen Augen war nicht zu deuten.

»Und Joseph?«, fragte ich nach dem Mann, den Herodes aus Eifersucht getötet hatte.

»Joseph kümmert sich in Jerusalem um meine Schwester«, antwortete er deutlich kühler. »Ich bitte dich, die Gastfreundschaft meines Hauses zu genießen, Herrin Zimona.«

Dann ging Herodes, der weder seine Frau noch ihren angeblichen Liebhaber umgebracht hatte, aus dem Zimmer.

Ich blieb eine Weile auf der Liege sitzen, in den Kissen lehnend. Mein Kopf war wieder klar, ich konnte wieder gerade gehen, aber ich hatte noch keine Erinnerung an jene letzten Stunden in Alexandria. Oder auch an die letzten qualvollen Stunden, in denen ich mich von JWB gelöst hatte.

Auf ihre ganz eigene Art hatten JWB mich geliebt. Sie hatten nur das Beste für die Gesellschaft, für die Alpha-Generation gewollt. Ich nahm einen Schluck von dem gewässerten Wein neben mir. Inzwischen war es Nacht geworden. Ich trat aus dem Palast, einem der unzähligen Bauten für das königliche Gefolge im Brucheion, und wanderte über die Landspitze zum Strand. Schiffslaternen schaukelten am schwarzen Horizont, und weit draußen auf dem Meer spiegelte sich die riesige Flamme des Leuchtturms auf dem Wasser.

Ich schlüpfte aus meinen Sachen und lief über den Sand in die Brandung. Das Wasser war kälter als in meiner Erinnerung, aber seine Umarmung war liebevoll und warmherzig wie die eines lang vermissten Geliebten.

Mit geschlossenen Augen ließ ich mich unter die Wasseroberfläche sinken und spürte, wie der Frieden des Meeres meine Ohren überschwemmte, meine Seele erfüllte. Ich drehte mich auf den Rücken und schaute nach oben. Die Sternenposition entsprach nicht mehr jener, an die ich mich erinnerte – inzwischen stand der Himmel im Zeichen des Widders –, aber die Sterne glitzerten und glühten.

Selbst wenn all das morgen verblassen sollte – wie ein Traum, eine Infusion, eine letzte Phantasie vor der EWIGKEIT –, kam es mir wirklicher vor als alles, was ich sonst erlebt hatte. Und ich würde hier in diesem Augenblick verharren, solange es mir gefiel. Ich schloss die Augen, spürte das Leuchten der Sterne und das Meer unter mir und erkannte, dass ich endlich meine Heimat gefunden hatte.

Bei Tagesanbruch entstieg ich bibbernd, aber voller Tatendrang dem Wasser. Kleopatra wartete bereits mit einem warmen Umhang und gewürztem Wein auf mich. Nachdem sie mir den Umhang übergelegt hatte, nahm sie erst selbst einen Schluck Wein, ehe sie mir den Kelch reichte. »Damit du weißt, dass er nicht vergiftet ist.«

»Wie kommst du darauf, dass ich dieser kleinen Vorführung glauben kann, wo ich doch weiß, dass du eine Expertin für Gifte bist?«, neckte ich sie.

»Du weißt eben zu viel«, sagte Kleopatra und setzte sich. Ich ließ mich neben ihr nieder, und wir schauten zu, wie die Sonne über der Landspitze emporstieg, wie die Morgenröte mit zarten Fingern über das Meer, die Stadt, den Pharos strich. »Was haben sie dir angetan?«, fragte sie.

»Wen meinst du?«, fragte ich.

Sie sah mir offen ins Gesicht, mit hellen grauen Augen, aus denen der Sonnenaufgang leuchtete. »Wen auch immer du damals so gefürchtet hast.«

»Sie haben mich wieder freigelassen. Nach… tja, acht Monaten.«

»Ich habe genau das getan, was du mir damals geraten hast, was verhindern sollte, dass deine Welt entsteht.«

»Herodes, ach ja«, sagte ich.

»Aber es sieht nicht gut aus, Zimona.«

»Ich dachte, ihr hättet genügend Vorräte, Lebensmittel, Wasser –«

Sie warf seufzend das Haar zurück, dass alle ihre Locken tanzten. »Die Situation ist festgefahren. Oktavian hat gerade noch genug Männer und Vorräte, um uns eingekesselt zu halten; wir haben gerade genug Männer, um die Stadt zu halten.«

»Die Legionen?«

»Zwei sind noch an jenem Morgen übergelaufen, an dem Herodes zu uns stieß. Sie wollten nicht in einem Heer mit Nabatäern dienen«, sagte sie.

»Und machten dadurch die wieder wett, die Oktavian verloren hatte.«

»Ihm fehlen zwar noch zwei, aber ja, wir waren wieder gleich stark.«

»Und ihr seid es seither geblieben?«

Sie nickte, und ich reichte ihr den Weinkelch zurück. Sie nahm einen Schluck, gab mir den Kelch wieder und zog zum Schluss ihren Umhang enger. »Meine Schatzkammer ist so gut wie leer. Nabatäische Söldner sind nicht billig«, erklärte sie grimmig.

»Hast du von der Konstellation gehört?«, fragte ich.

»Du meinst die Sterne am Himmel?«, fragte sie verdutzt.

Sterne am Himmel… Sterne am Himmel… Ich stand auf und ging auf das PTOLEMAIOS-Tor zu.

»Wohin gehst du?«

»Wir werden ein wenig klettern«, antwortete ich. Irgendwas war damit, *irgendwas war mit dem Pylonen.* Wir liefen durch das Labyrinth von Palästen und Tempeln, Skulpturengärten und Parks, die das Brucheion durchzogen. Vor dem äußeren Pylonen blickte ich nach oben.

»Da hinauf?«, fragte Kleopatra, den Kopf in den Nacken gelegt. Der Pylon war 28 Meter hoch und glatt. Früher wäre ich mit Leichtigkeit die Wand hinaufgelaufen. Jetzt würde ich Stunden dazu brauchen.

»Wir müssen Leitern holen.«

Kurz darauf kamen Soldaten mit Leitern angelaufen. Man half erst Kleopatra auf die Spitze des Pylonen, dann mir an ihre Seite. »Es war Nacht, die Sterne strahlten, und es war Juli«, murmelte ich. »Was ... was ...?«

»Was redest du da?«

»In der Nacht, als du mit Herodes geredet hast, war ich hier, wenn mich die Erinnerung nicht trügt.« Ich kniete nieder und hob eine silberne Flocke auf. JWB hatten hier gestanden. Genau hier hatten sie mich geschnappt. »Da war etwas mit einer Konstellation«, wiederholte ich. »Es kam mir so wichtig vor –«

Kleopatra schnappte nach Luft und blickte hinaus auf das Palastviertel. »Alexander! Unser Vater! Ich sehe es!«

Ich stellte mich neben sie, dem Brucheion zugewandt.

»Über Alexanders Leichnam, im Soma –«, erklärte sie aufgeregt.

»Die Konstellation ist dort genauso abgebildet wie hier.« Jetzt fiel mir alles wieder ein. »Sie zeigen die Orte!«

»Was für Orte?« Sie sah mich an. »Was redest du da?«

Ich hatte es ihr nicht erzählt. Ich hatte es ihr *nie* erzählt. Wie hatte ich das nur vergessen können?

»Liegt dir viel an diesem Umhang?«, fragte ich, auf ihre Robe deutend.

»Was?«

»Fürchtest du dich vor Fledermäusen?«

»Wieso?«

»Deine Göttin wird all deine Gebete erhören.«

»Morgen reitest du in die Schlacht«, sagte ich ihm von der Tür aus. »Zusammen mit deinem Vater.«

Antyllus sah zu mir auf. Er war verschwitzt und dreckig nach dem Exerzieren. Ein bisschen größer war er geworden, und seine Haltung verriet sein gewachsenes Selbstbewusstsein, obwohl mir nie aufgefallen war, dass es ihm daran gemangelt hätte. Mir fiel nur auf, dass es gewachsen war. Er war inzwischen zwanzig.

»Herrin Zimona.« Seine tiefe Stimme klang förmlicher als je zuvor. »Was für eine angenehme Überraschung.«

Ich trat in seine spartanische, aufgeräumte Unterkunft. Eine Soldatenunterkunft. Vorsichtig, um sie nicht umzukippen, ließ ich mich auf der Pritsche nieder. Antyllus beobachtete mich aus kühlen braunen Augen und ausgesprochen skeptisch. »Du reitest morgen mit?«, fragte ich.

»Natürlich. Egal, in welche Schlacht wir ziehen – ich reite an der Seite meines Vaters.«

»Wie geht es deinem Vater?«

Antyllus verschränkte die Arme und baute sich breitbeinig vor mir auf. »Gut.«

»Und Selene?«

»Sie hat für dich gebetet und deine Katze gehütet.«

Nero. Das kleine Fellknäuel, dem ich kaum Aufmerksamkeit geschenkt hatte. Wie hatte ich ihn in meinem steinigen Gefängnis vermisst. »Ich vermute, er ist inzwischen ein ausgewachsener Kater.«

»Du warst ziemlich lange weg«, meinte Antyllus nur.

Ich nickte.

»Deine Armbänder hast du auch nicht mehr.«

Ich sah zu ihm auf und atmete tief durch. Es fehlte mir an Vertrauen. Als ich damals während der Besprechung meinem Komitee von der niedergebrannten Bibliothek erzählt hatte, hatte ich auch keinem vertraut. Stattdessen hatte ich jede Bemerkung für eine Attacke, jede Frage für einen Verrat gehalten. Ich hatte mich getäuscht. Sie waren lediglich so verblüfft gewesen, dass sie nur noch sinnloses Zeug geredet hatten. Dann war das mit meinen Perlen passiert ... und ... ich atmete noch mal tief durch.

Antyllus beobachtete mich und wartete ab. Er war mit jeder Faser so, wie ein Römer sein sollte, wie ein Römer sein konnte. *Konnte.* Falls Oktavian irgendetwas zustoßen sollte, wäre Antyllus rechtmäßiger Herrscher über Rom.

»Was ist, Zimona?«

Meine Tapferkeit war verfehlt. Er war nach wie vor eine historische Gestalt. Vielleicht kannte ich mich in diesem Geschichtsuniversum nicht aus, aber Antyllus war in keinem denkbaren Kontext für mich bestimmt. Als Römer würde er letztendlich einer Römerin gehören.

Und was war ich? Halbasiatin, Viertelaraberin und Viertelspanierin – aus einem Weltteil, den weder Spanier noch Römer bislang erobert hatten.

(O ja, JWB hatten mich über meine Biografie aufgeklärt.)

Antyllus machte einen Schritt auf mich zu. Seine Miene verriet, wie durcheinander er war.

Ich stand auf und strich das schwarze Gewand glatt, das ich ein halbes Dutzend Mal gefaltet und umgefaltet, festgesteckt und um meinen Leib gewickelt hatte, bevor ich mich auf den Weg zu ihm gemacht hatte. »Ich wollte dir nur Glück wünschen«, sagte ich.

»Du lügst, Zimona.« Er klang barsch. »Du hast mich immer wieder angelogen, du hast mich weggeschickt, obwohl du mich nicht gehen lassen wolltest, du hast mir lebewohl gesagt, obwohl du mich willkommen heißen wolltest. Warum lügst du mich an? Ist dir klar, dass du dich damit selbst betrügst?«

Ich wagte es, ihm mit einem Lächeln meine Gefühle zu verraten. Er machte noch einen Schritt auf mich zu und fasste nach meiner Hand.

»Werde ich morgen sterben?«, fragte er.

»Ich hoffe bei deinen Göttern, dass nicht.«

»Und wenn doch, würdest du das hier dann bereuen?«

»Wenn ich deine Erinnerung auslöschen könnte, wenn ich so in dein Bett und wieder hinausschlüpfen könnte, dass du glauben würdest, du hättest alles nur geträumt, dann würde ich es auf der Stelle tun. Aber das kann ich nicht. Du bist zu wichtig, zu –«

Er ließ die Hand sinken und sagte kalt: »Was ich für dich empfinde, ist kein Traum. Ich möchte es nicht zu Ende gehen lassen. Ich möchte, dass meine Tage mit dir nie zu Ende gehen. Ich möchte mich mit dir streiten und mit dir weinen. Ich möchte mit dir jedes einzelne Buch in der Bibliothek durchgehen und mit dir darüber debattieren. Ich möchte Neros Kinder und Kindeskinder zur Welt kommen sehen, möchte sie bei dir aufwachsen sehen. Du bist für mich nicht nur ein Spiel, Zimona. Ich liebe dich, seit ich dich auf dem Strand gefunden habe.«

Meine Kehle war so eng, dass ich fast keine Luft mehr bekam. »Pass morgen auf dich auf.«

Er senkte den Kopf mit den sonnengebleichten kurzen Haaren und den rasierklingenscharfen Koteletten.

Ich machte einen Schritt zurück: *Seit wann bist du so feige?*

Und noch einen: *Seit wann hast du solchen Respekt vor der Geschichte und ihren Figuren – wo du doch mit Kleopatra und ihrem Berater und mit Rhodon geschlafen hast?*

Der nächste Schritt: *Dein Leben lang hast du dich nach Liebe gesehnt. Wenn du jetzt weggehst, hättest du genauso gut die* Ewigkeit *wählen können. Genau das Gleiche tust du jetzt deinem Herzen an.*

Es war Jicklets Stimme. Mein lieber Mann, der mich nie verstanden hatte, der nie einer Meinung mit mir gewesen war und der mich doch in- und auswendig gekannt hatte. Und der mich stets lieben wollte.

Behutsam berührte ich Antyllus' Schulter, umfasste die deutlich erkennbaren, sehnigen und vollen Muskeln. »Komm morgen zu mir zurück«, flüsterte ich. »Schwöre mir, dass du morgen zu mir zurückkommst.«

»Ich schwöre es.«

»Ich liebe dich«, sagte ich. »Ich habe dich immer geliebt.«

19. März

»Isis möge über euch wachen«, sagte Kleopatra, die mit ihren Kindern dastand, während Antonius und seine Männer die Treppe am anderen Ende des Ganges hinunterpolterten, dass die Schritte durch den ganzen Marmorpalast hallten.

Antyllus war schon früher losgeritten und hatte seine Soldaten auf dem Hügel von Rhakotis, dem höchsten Punkt in Alexandria, postiert. Das Donnern der Hufe hatte mich aus meinem Schlaf im Isis-Tempel auf der Insel gerissen.

Isis war für mich weder Schöpferin noch Beobachterin, doch die Stille im Palast half mir, mein angsterfülltes Herz zu beruhigen, und verlieh mir die Kraft, an Antyllus zu glauben. Wenn das CereBellum durch die Kraft von achtzigtausend gewöhnlichen Menschen, die alle an eine bestimmte Sache dachten, physische Wellen produzieren konnte, die derart miteinander agierten, dass sie sich als die Kraft von acht Milliarden Gehirnen manifestierten – eine Kraft, die ausreichte, meinen Körper und meinen Geist durch die Zeit zu schicken, eine Kraft, die ausreichte, in einer Millionenstadt Frieden zu bewahren –, dann konnte ich, wenn ich mich mit den Frauen und Müttern und Töchtern und Söhnen Alexandrias zusammentat und Antyllus gute Gedanken schickte, durchaus erwarten, dass sich die Dinge zu unseren Gunsten entwickeln würden.

Selene sah mich und kam zu mir gelaufen. »Wo ist Rhodon?«, fragte sie. Dieses Kind brauchte keine Erklärungen dafür, wo ich die letzten acht Monate abgeblieben war; das schien sie instinktiv zu wissen.

»Wahrscheinlich schaut er von der Bibliothek aus zu«, sagte ich. »Möchtest du zu ihm?«

»Nein, wir sollten ihn lieber bitten, zu uns aufs Dach zu kommen«, sagte sie. »Von dort aus kann man alles sehen.«

Kleopatras Blick traf auf meinen, und ich ließ mich von Selene die Treppe zum Flachdach des Palastes hinaufführen.

Die römischen Schiffe, die schon, als ich aufgewacht war, über alle zwei Häfen hinweg mein Blickfeld ausgefüllt hatten, waren näher gerückt. Herodes' und Kleopatras Schiffe unter den lila und grünen Flaggen hatten sich ihnen entgegengestellt. Die übrigen Liburnen versuchten Oktavians größere Schiffe zu rammen, jene Schiffe, auf denen er nach Ägypten hatte reisen müssen.

Kleopatras neue, schlanke Schiffe flitzten, bis auf den letzten Platz bemannt, um die römische Flotte herum und feuerten Stein- und Brandgeschosse auf die feindliche Flotte ab. Selene schaute mit der für sie typischen, befremdlichen und doch betörenden Ruhe zu, die ägyptisch- blauen Augen gegen die Sonne zusammengekniffen. Ich wandte mich von der Seeschlacht ab und blickte nach Osten, wo eine Staubwolke anzeigte, auf welchem Weg Antyllus und seine Männer dem Feind entgegenzogen.

Ein Zangenangriff. In der überlieferten Geschichte war er am 1. August 30 vor Christus gescheitert, aber diesmal waren Oktavians Soldaten ausgelaugt und krank. Herodes kämpfte auf unserer Seite, genau wie die Nabatäer. Und wir hatten Gold. Körbeweise Gold, um uns jeden Verbündeten zu kaufen, den wir brauchten.

»Was haben weiße Segel zu bedeuten?«, fragte Selene.

»Weiß?« Mein Blick flog suchend über die kämpfenden und schießenden Schiffe am Horizont und im Hafen dahin. »Was für weiße Segel?«

»Da drüben«, sagte sie und deutete dabei an der Küste entlang nach Osten.

Fünf Schiffe mit römischem Bug und weißen Segeln, die sich auf das Brucheion zubewegten. »Hol deine Mutter«, sagte ich und legte ihr dabei die Hand auf die Schulter. »Schnell.«

Gleich darauf stand Kleopatra neben mir. Selene hatte an meiner Berührung gespürt, wie ernst es mir war.

»Römer. Die sich ergeben«, stellte Kleopatra fest, während sie beobachtete, wie die Schiffe ihre Ruder hochklappten. »Aber Oktavian ist das wohl nicht.«

»Welche Römer sollten sich sonst ergeben?«, fragte ich. Wir sahen uns kurz an und dann wieder hinaus aufs Meer. Wer hatte für diesen Krieg bezahlt, wer hatte zahllose Söhne verloren, wer wartete sehnsüchtig auf ein Ende der Kämpfe?

»Der Senat?«, fragten wir wie aus einem Mund.

Sie sah mich erschrocken an. Ich hätte vor Freude beinahe gelacht. Rom wollte sich ergeben? Auf dem Wasser tobte noch die Schlacht, aber es war inzwischen unmöglich festzustellen, wer wer war und wer siegen würde.

»Ach!«, schnaufte sie plötzlich. Sie presste sich eine Hand auf die Brust und packte mich mit der anderen. »Antonius!«

»Was ist denn?« Ich stützte sie und brachte sie zu einer Sitzbank. Aus ihrem Gesicht war alle Farbe gewichen, ich hatte Angst, sie könnte in Ohnmacht fallen, aber nachdem sie einen Moment lang Atem geschöpft hatte, setzte sie sich wieder auf. »Ich muss alles vorbereiten«, sagte sie und eilte über das Dach und die Treppe davon.

Mein Blick blieb auf die Staubwolke im Osten gerichtet. Antonius. Antyllus.

Vergiss deinen Schwur nicht, spornte ich ihn im Geiste an. Du musst zu mir zurückkehren.

Die Schlacht ging unter der höher steigenden Sonne weiter. Von den achtzig Schiffen, mit denen Oktavian angegriffen hatte, waren in den vergangenen fünf Stunden mehr als die Hälfte gesunken oder hatten sich zurückgezogen.

Ich sah drei weitere Schiffe sinken und immer mehr Leichen, die in Rüstung und scharlachroter Uniform ans Ufer gespült wurden – die Möglichkeit eines Sieges wuchs zur Wahrscheinlichkeit an.

»Wir siegen, Majestät!« Ein Ruf, untermalt von Laufschritten. »Wir siegen!«

Der Herold löste überall Jubel aus, und plötzlich strömten die Menschen aufs Dach. »Wie geplant fiel Antonius ins feindliche Lager ein, während Oktavian noch den Angriff vorbereitete«, keuchte der Bote. Kleopatra ließ sich unter ihrem bestickten Zeltdach nieder. Iras und Charmian zogen die Kinder zum Spielen weg, und die vielen Hofdamen lauschten mit offenen Mündern. Kleopatra ließ sich einen Kelch geben und überreichte ihn mit eigenen Händen dem Herold.

»Wie viele Verluste hat es gegeben?«

»Schlimme, Herrin, aber nicht so schlimme wie unter den Römern.«

Ihre Miene wurde hart. »Antonius?«

»Antonius war prachtvoll anzusehen, Gefürchtete Königin. Mit beiden Armen streckte er die Römer nieder.«

»König Herodes?«

»Er führte die Nabatäer und armenischen Legionen in einem Umzingelungsangriff, bei dem jeder Römer, der nicht fiel, einfach überrannt wurde.«

Sie dankte ihm mit einem Nicken.

Charmian führte den Herold in die Küche, wo er etwas zu essen bekam. Eine Zeit lang spielte Kleopatra mit ihren Kindern, wobei ihr Blick unablässig zu dem Sieg auf See oder der Verwüstung des römischen Lagers im Osten abschweifte. Die Kinder lachten und tobten, während die Hofdamen tratschten und klatschten, herumschlenderten oder nähten.

Dann schlug das kapriziöse alexandrinische Märzwetter um in eine Hitzewelle. Die Kinder wurden zum Mittagsschlaf niedergelegt, und Kleopatra blieb allein zurück, unter türkisen und grünen Pfauenfächern lagernd und an ihrem Alabasterbecher nippend. Ich liebte die Hitze und lehnte mich zurück, um sie auf meinem Gesicht zu spüren.

Plötzlich japste die Königin auf und der Becher fiel ihr aus der Hand. Der hauchdünne Alabaster zersplitterte auf dem Boden. Dienerinnen und Sklaven eilten zu ihr, doch sie brachte keinen Ton heraus. Ihr Gesicht war leichenblass. »Er ist verletzt«, flüsterte sie und rief dann: »Iras, Charmian, schickt jemanden an die Front! Er soll herausfinden, ob Antonius noch lebt! Eilt euch! Los!«

Ganze Horden von Sklaven schwärmten auf der Suche nach Wahrsagern, Amuletten, Weihrauch, Wein und allem Möglichen aus. Währenddessen hockte Kleopatra im Schatten und wrang einen Schal in ihren Händen. »So viel darf uns der Sieg nicht kosten, Isis«, flüsterte sie. »Nicht Antonius. Nicht er.«

Ich konnte nichts weiter tun, als ihre Schulter zu streicheln; ich war kein Orakel mehr.

Als die Sonne im Westen stand, kam ein Herold angerannt und warf sich ihr zu Füßen.

»Was gibt es für Nachrichten? Wie geht es meinem Antonius? Meinem Gemahl?«

Der Herold sah mit ernstem Gesicht auf. »Antonius wurde von einem Schwert getroffen, Gefürchtete Königin. In den Bauch.«

Kleopatra presste beide Hände auf ihren Magen. Sie hatte es geahnt; sie hatte es gespürt. Mir schauderte.

»Lebt er noch?«, fragte sie.

Jetzt schaute der Herold sie eindeutig elend an. »Er stirbt. Man bringt ihn eben hierher.«

Kleopatra hob das Kinn und erklärte scharf: »Sisyphus, du warst mir stets ein guter Diener. Es ist nicht deine Schuld, dass du mir so üble Nachricht bringen musst. Aber du wirst sofort mein Haus verlassen und mir nie wieder unter die Augen treten.«

Ohne ihr auch nur zu danken, sauste der Jüngling los.

Kleopatra fuhr sich mit den Fingern durchs Haar. »Ist das Mausoleum schon bereit?«

»Es ist noch nicht ganz fertig, aber das Innere ist bereits eingerichtet«, antwortete Iras.

»Kleidet mich an. Ich werde Antonius dort empfangen.« Sie wandte den Blick von uns ab und fuhr langsam fort: »Ich bin Isis, die um ihren Osiris trauert. Aphrodite, die um Dionysos weint.« Kleopatra verhielt sich durch und durch königlich und würdevoll, doch das Licht in ihren grauen Augen war erloschen.

Wir Hofdamen begleiteten sie zu ihren Gemächern. Die Türen schlossen sich direkt hinter der Königin.

Alle liefen los zum Mausoleum.

Dort wartete keine riesige Schatztruhe auf den nahenden Weltenbrand. Hastig wurden ein paar Statuen in das Gebäude geschleift, und mitten auf dem Marmorboden wurde ein goldenes Bett aufgestellt.

Durch die Fensteröffnungen fiel goldenes Licht in die Halle, und ein paar Katzen streunten durch die warme Vorabendluft. Im Laufschritt trugen Sklaven alabasterne Lampenständer, bronzene und goldene Weihrauchschalen, Statuen von Isis-Aphrodite und Osiris-Dionysos herein. Außerdem Kissen, Teppiche, seidene Wandteppiche, Amphoren, Tische und Stühle mit prunkvollen Einlegearbeiten, Truhen und Brustpanzer. All die Dinge, die ihrer Meinung nach mit Antonius zusammen begraben werden sollten.

Irgendwie war es unvorstellbar, dass Antonius tot sein sollte.

Dann näherten sich einige Männer, die wie besessen einen Karren über den rot-grauen Fußweg heranrollten. Antonius lag auf der Ladefläche, ein römisches Schwert im Bauch, mit blutdurchtränkter Brust – auch dort war er getroffen worden. Er war fahl, übel riechend, verschwitzt, verdreckt und blutverschmiert, aber er lächelte.

Kleopatra küsste ihn aufs Gesicht und belebte ihn mit ihren Tränen wieder, sobald er aufs Bett gelegt worden war.

»Wir haben gesiegt«, verkündete Antonius lallend. »Oktavians Truppen sind geflohen.«

»Mein Vater, wo ist mein Vater?« Antyllus kam hereingelaufen und drängte sich durch die Sklaven, Bediensteten, Diener, Ärzte, Priester und Gärtner. »Vater!«

Antonius' Blick huschte zu seinem Sohn. »Mein Junge«, flüsterte er lächelnd. »Eine gute Schlacht.«

»Ja, Herr.« Damit fasste Antyllus nach Antonius' Hand.

Der wandte sich wieder an Kleopatra. »Ich sterbe, Geliebte.«

»Nein, sag das nicht. Es ist nur eine Wunde. Wir haben die besten Ärzte –«

»Die Klinge war vergiftet, das habe ich sofort gespürt.«

Kleopatra begann zu weinen, und stille Tränen rannen ihr übers Gesicht. Nie hatte sie schöner ausgesehen, nie herzerweichender, nie zerbrechlicher.

Antonius keuchte vor Schmerzen. »Bringt mir Wein, aber nicht gleich.«

Kleopatra streichelte ihn weinend, liebkoste sein Gesicht und küsste ihn auf den Mund. »Verlass mich nicht, Antonius. Nicht wenn wir gerade siegen, nicht jetzt.«

»Die Jungs«, sagte er, wieder halbwegs bei Bewusstsein. »Antyllus, bleib bei deiner Mutter.«

Antonius' Sohn nickte und legte eine Hand auf Kleopatras Schulter.

»Es war ein guter Tag…« Antonius hustete und schnappte verzweifelt nach Luft. Die Kompresse, mit der man die Wunde abgedeckt hatte, war blutdurchtränkt. Die Ärzte legten neuen Stoff auf, aber Antonius verlor einfach zu viel Blut. »… schöner Tag, um wie ein Römer zu sterben«, hauchte er.

Antyllus nickte und blinzelte eine Träne zurück.

»Selene, Helios, Ptolemäus…« Inzwischen ging sein Atem so abgehackt, dass Antonius kaum noch zu verstehen war. »Küsst sie von mir…«

Kleopatra winkte Charmian herbei und nahm ihr einen Becher ab. »Ich habe dich geliebt, Marcus Antonius«, sagte sie. »Bei dir konnte ich das Mädchen sein, das ich nie gewesen bin.« Sie hob behutsam seinen Kopf an und flößte ihm Wein ein.

»Du warst mein Mädchen«, krächzte er mit glasigem Blick. »Für dich habe ich den Römer getötet. Ich… wollte… deiner… würdig…« Er sackte zurück. Kleopatra hielt ihn noch ein paar Minuten lang im Arm. Dann hörte er zu atmen auf.

»Nein! Nein!«, schrie sie. »Nein, ich bin noch nicht so weit! Isis, nein, bitte!« Sie ließ den Kopf auf seine Brust sinken und wiegte ihn unter lautlosen Tränen. Antyllus kniete neben seinem Vater nieder und hielt mit gesenktem Kopf dessen Hand. Wir anderen standen wie betäubt da.

Als die Abenddämmerung den Raum rot zu färben begann, setzte die Musik ein. Fröhliche Klänge, untermalt von Gelächter, Zymbeln und Gesang. Eine ausgelassene Feier mit hunderten von Gästen.

Kleopatra hob den Kopf. »Dionysos kommt einen der seinen holen«, sagte sie. Zunehmend lauter wurde der Lärm, so als würde die Feier direkt vor dem Mausoleum stattfinden. Alle erstarrten und sahen sich an, während sich ringsum Dunkelheit herabsenkte. Die Musik strömte durch oder über den Raum und dann zum Fenster hinaus auf das schwarze Mittelmeer.

Blutig und leblos lag Antonius' Leichnam im Fackelschein.

Kleopatra stand auf. »Holt die Einbalsamierer, sie sollen seinen Leichnam vorbereiten. Iras, Charmian, ihr holt die Kinder, damit sie von ihrem Vater Abschied nehmen können.« Sie sah mich an. »Hat er gesagt, er hat ›den Römer‹ getötet?«

Ich nickte. Welcher andere »Römer« konnte das sein?

Die Königin Ägyptens und der König von Judäa und Idumäa – der junge Pharao Ptolemäus Cäsar war leider verhindert – empfingen die Konföderation römischer Senatoren mit größerem Pomp und Prunk, als Plutarch ihn sich hätte ausmalen können.

Selbst die niedrigsten Sklaven trugen Schmuckstücke, die eines Pharaos würdig gewesen wären. Jeder Soldat, der noch aufrecht stehen konnte, glänzte in polierter Rüstung und stand, umgeben von seinen Kameraden, stramm.

Spät in der Nacht hatte Rhodon den Entwurf für die Flagge der Halbmondallianz vollendet, die, nachdem Seth von seiner diplomatischen Eilmission zurückgekehrt war, neben den Wappen von Parthia, Idumäa, Judäa, Ägypten und Nabatäa nun auch die Embleme Syriens, des Hochlandes von Medien, Zyperns und Armiens umfasste.

Die hastig zusammengenähte grün-lila Flagge hing zwischen

zwei mit Hieroglyphen beschrifteten Säulen über den mit Leopardenfell bezogenen Thronen von Herodes und Kleopatra.

Kleopatra trug Blau, wie es einer trauernden Ägypterin geziemte. Aber wir Übrigen sollten vor allem Eindruck schinden: Nur die schönsten Frauen durften Wein ausschenken und nur die schönsten Knaben Meeresdelikatessen anbieten, von denen diese Römer noch nie gehört und noch viel weniger gekostet hatten.

Antyllus stand rechts von Kleopatra. In seiner schlichten Toga wirkte er in diesem Raum voller Gold und Juwelen eigenartig fremd. Irgendwie wirkte die weiße Wolle mit dem strengen lila Streifen verglichen mit den prunkvollen Königskronen, den bestickten Umhängen des Hofstaates und den Pfauenfächern der Sklaven, überaus förmlich. Seine Miene wirkte angespannt und konzentriert. Zu mir hatte er nur gesagt: »Ich habe meinen Schwur gehalten«, bevor er sich in die offiziellen Beratungen vertieft hatte, wie mit Antonius' Leichnam verfahren werden sollte.

Die Römer traten ein, wurden zu ihren Plätzen geführt, bekamen zu essen und zu trinken und wurden nach ihrer Heimatstadt, dem Volk, dem Wetter und dem Senat befragt.

»Genau aus diesem Grund sind wir hier… eure Hoheiten«, sagte einer von ihnen. »Wir reisen im Auftrag des Senats.«

Kleopatra lächelte ihn freundlich an. »Wie angenehm für euch.«

Der Römer erwiderte ihr Lächeln, blickte dabei kurz von einer nackten Schönheit zur nächsten und sah gleich darauf wieder die Königin an. »Die Taten Oktavians entsprechen nicht den Wünschen des römischen Volkes.«

Herodes und Kleopatra warteten ab.

»Oktavian handelt nicht länger im Auftrag des Senats«, fuhr der Römer fort. »Er wurde seines Amtes als Triumvir enthoben. Er ist nicht mehr Imperator und auch nicht mehr oberster Befehlshaber unserer Legionen.«

Kleopatra erhob sich. »Meine Herren, bitte erfrischt euch. Ihr werdet mir vergeben, wenn ich euch einen Augenblick allein lasse.«

Die Römer erhoben sich zum Zeichen ihres Respekts; Römer verbeugten sich niemals.

Herodes und Kleopatra gingen gemeinsam aus dem Saal, gefolgt von Seth, Charmian, Iras und Antyllus. Ich spürte eine Hand auf meinem Arm. »Du sollst ihnen folgen«, flüsterte Rhodon mir zu.

In der schmucklosen Vorratskammer neben dem Thronsaal ging Kleopatra energisch auf und ab. »Sie wissen es noch nicht.«

»Es wäre gar nicht gut, wenn sie es jetzt erführen«, meinte Herodes.

»Wie ist die Lage unter den Legionen?«, fragte Seth Antyllus.

»Diese Römer wurden durch das Palastviertel geführt, darum hatten sie noch keinen Kontakt zu Oktavians Soldaten«, antwortete der.

Antonius hatte Recht – er hatte Oktavian getötet, wenn auch nicht sofort. Der kränkliche, von Allergien geplagte Cäsar erlag seiner Wunde nur langsam. Im Gegensatz zu Cäsars Schwert war das von Antonius nicht vergiftet gewesen. Die Legionen hatten sich versammelt und warteten ab. »Bevor er nicht tot ist, werden die Legionen auf keinen Fall verhandeln«, urteilte Antyllus.

»Wir müssen dafür sorgen, dass diese Senatoren einen Friedensvertrag unterzeichnen und wieder abgereist sind, ehe sie von Oktavians Tod erfahren«, sagte Kleopatra.

»Es sei denn, sie nehmen einfach an, Cäsar hätte nach der verlorenen Schlacht die Aussicht, mit einer solchen Niederlage nach Rom zurückzukehren, nicht ertragen – genauso wenig wie den Verlust Agrippas –«

(Der mit seinem Schiff im Hafen von Alexandria untergegangen war.)

»– und den Ausweg jedes anständigen Römers gewählt«, sagte Seth.

»Das Schwert«, ergänzte Herodes. »Ein guter Plan, Seth.«

»Nein«, meldete ich mich zu Wort.

Alle sahen mich an.

»Keine Irreführungen mehr«, sagte ich. »Ihr solltet die Senatoren genau wissen lassen, was vorgefallen ist, ihr solltet ihnen freies Geleit zu Oktavians Lager zusichern, ihr solltet sie mit Oktavian reden lassen und ihnen Zeit geben, nach Rom zurückzukehren und die Entscheidung des Senates abzuwarten.« Ich zuckte mit den Achseln. »Vielleicht solltet ihr ihnen ein paar Geschenke mitgeben.«

»Damit würden wir unseren Vorteil verspielen«, beschwerte sich Seth.

Herodes sah mich aus zusammengekniffenen Augen an.

Kleopatra setzte sich, starrte auf ihre Hände und begann ihren Amethystring zu drehen.

»Warum?«, wollte Antyllus wissen.

»Weil wir die Saat der Falschheit nicht ausbringen wollen. Wenn es eine Allianz des Halbmondes geben wird, wenn sie Erfolg haben soll, wenn wir mit Rom und seinen Vorposten einen langen, festen Frieden schließen wollen, dann müssen unsere Beziehungen auf Respekt und Aufrichtigkeit beruhen.«

Totenstille.

Keiner sah mich an, nur Antyllus. Schließlich fing ich seinen Blick auf. Er sagte: »Willst du meine Frau werden?«

»Ja.«

Kleopatra ließ den Ring fallen, der über den Boden davonkullerte. Ich hob ihn auf und reichte ihn ihr zurück. »Antyllus wird eines Tages vielleicht über Rom herrschen«, sagte sie leise.

Er stellte sich an meine Seite. »Und wer wäre dann besser als Gemahlin geeignet als eine Frau aus dem Osten, die für den Respekt gegenüber allen Völkern eintritt?« Er fasste mein Gesicht mit beiden Händen, und ich sah die Tränen in seinen Augen leuchten. Ich küsste ihn.

Kleopatra erhob sich. »Lasst die Streitwagen holen. Die Senatoren haben eine staubige Fahrt vor sich. Und Charmian, du holst meinen Umhang, denn ich werde mit ihnen fahren.« Sie sah mich an. »Respekt und Aufrichtigkeit sind edle Charakterzüge, und wir werden sie achten. Dennoch gibt es jemanden, der noch nicht tot ist und der nicht unbedingt die gleichen Maßstäbe anlegt. Wir sollten ein Auge auf ihn und seine Senatoren haben.«

Seth erhob sich gleichzeitig mit Herodes, und die beiden traten hinter Kleopatra aus der Kammer, gefolgt von Charmian und Iras.

Antyllus wandte sich an mich. »Aufrichtigkeit und Respekt?«

Ich nickte.

Er küsste mich, schmeckte meinen Mund, fuhr mit den Händen an meinem Körper entlang und drückte mich an seinen Leib. »Dann verrate mir, im Interesse von Aufrichtigkeit und Respekt, wer du wirklich bist. Woher kommst du?«

Ich gab mich ganz seinem Geschmack hin, seinen vollen Lippen, seinen kräftigen Armen. »Ich war früher Schattenspringerin«, begann ich. »Ein Mitglied der Elite unter den Historikern, in einer Welt … unzählige Gleise von unserer entfernt.« Wieder küsste ich ihn und schmiegte mich ganz in die Wärme seines Körpers, drückte ich die Stoppeln seines Gesichtes auf meine glatten Wangen. »Meine Aufgabe war es, die Geschichte selbst zu beobachten …«

»Aber stattdessen hast du eingegriffen?« Er erwiderte meinen Kuss. »Und beschlossen, die Geschichte zu verändern?«

»Nicht allein. Dazu muss man mindestens zu zweit sein.«

»Aber welcher Traum zieht sich am längsten durch die Geschichte, welcher Traum verblasst im Lauf der Jahrhunderte immer wieder, nur um immer wieder aufs Neue aufzutauchen? Ist es nicht die Hoffnung, dass Ost und West, jene beiden Hälften einer entzweiten Welt, eines Tages ganz verschmelzen mögen?

Unter Alexander wurde dieser Traum geboren. Er erscheint erneut mit Cäsar und Kleopatra und dann wieder unter Friedrich II. von Hohenstaufen und Lawrence von Arabien …

Immer wieder stirbt dieser Traum, doch in allen Zeitaltern erwacht er zu neuem Leben; so bleibt er ewig bestehen wie der Pfeiler einer Brücke, deren Bögen eingestürzt sind.

Kann ein Mensch überhaupt einen Traum ganz für sich allein träumen? Handelt es sich nicht eher um Fragmente eines gemeinsamen großen Traums, den die GESCHICHTE *eigensinnig mit Hilfe verschiedenster Menschen verfolgt?«*

Jacques Benoist-Mechin